수용소군도

수용소군도 ❶

Архипелаг ГУЛАГ

알렉산드르 솔제니찐 기록문학 김학수 옮김

1918~1956
문학적 탐구의 한 실험

이 책은 실로 꿰매어 제본하는 정통적인 사철 방식으로 만들어졌습니다.
사철 방식으로 제본된 책은 오랫동안 보관해도 손상되지 않습니다.

이미 세상을 떠나
이 진실을 이야기할 수 없는
모든 사람에게 이 책을 바친다.
모든 것을 다 보지 못하고
모든 것을 다 회상하지 못하고
모든 것을 다 알아차리지 못한 나를
그들이 용서해 주기를 바라면서.

나는 오래전에 이 책을 써놓고도 가슴을 짓누르는 괴로움을 느끼면서 여러 해 동안 출판을 망설여 왔다. 그것은 죽은 사람들에 대한 의무감보다도 아직 살아 있는 사람들에 대한 의무감이 더 컸기 때문이다. 그러나 기관[1]에서 이 책의 원고를 압수해 버린 지금, 나로서는 한시바삐 이 책을 출판하는 길밖에 다른 방도가 없게 되었다.

1973년 9월
A. 솔제니찐

---

1 소련의 국가 권력을 유지하기 위한 첩보 및 감시 활동을 하던 조직. 러시아 혁명 이후 1917년에 창설된 〈체까(비상 위원회)〉라는 조직이 그 시초이며, 이후 〈GPU(국가 정치 총국)〉 및 〈OGPU(통합 국가 정치 총국)〉, 〈NKVD(내무 인민 위원회)〉, 〈MGB(국가 보안부)〉, 〈KGB(국가 보안 위원회)〉 등으로 변화하였다. 특정하지 않았을 경우 〈기관〉이라고 부르기로 한다 ─ 옮긴이주. 앞으로 이처럼 별도로 표시하지 않은 주는 원주이다.

서문

1949년경 나는 몇몇 친구들과 함께 과학 아카데미 잡지 『자연』에서 주목할 만한 토막 기사 하나를 발견했다. 거기에는 꼴리마강[1] 연변에서 발굴 작업을 하던 도중 우연히 지하의 얼음층 ─ 얼어붙은 고대의 하천 ─ 을 발견했다는 소식이 작은 활자로 실려 있었다. 그리고 이 얼음덩이 속에는 수만 년 전에 냉동된 여러 가지 동물들이 들어 있었다는 것이다. 현장에 있었던 학자의 증언에 의하면, 그 냉동 동물들은 물고기나 도마뱀을 막론하고 너무나 싱싱하게 잘 보존되어 있었기 때문에, 현장에 있던 사람들은 얼음을 깨고 그 자리에서 〈신나게〉 다 먹어 치웠다고 한다.

이 잡지는 그다지 많은 독자를 가지고 있지는 않지만, 그래도 물고기가 그토록 오랫동안 얼음 속에 보존될 수 있었다는 사실만으로도 적잖이 독자들을 놀라게 했을 것이 틀림없다. 그러나 이 경솔한 토막 기사가 갖는 매우 의미심장한 의의를 이해할 수 있었던 사람은 거의 없었을 것이다.

그렇지만 우리는 곧 알아차렸다. 우리는 세세한 점에 이르기까지 그 모든 장면을 선명히 그려 볼 수 있었다 ─ 현장에

1 시베리아 동북부 끝에 있는 강 ─ 옮긴이주.

있었던 사람들이 갈팡질팡 서두르며 얼음을 깨는 장면, 그리고 물고기 화석에 대한 깊은 관심을 무시해 버리고, 서로 팔꿈치로 밀어젖히면서 선사 시대의 고기를 조각조각 잘라 모닥불로 가져가 녹여서 배불리 먹어 치우는 광경들을 말이다.

우리가 그것을 이해하는 것은 우리들 자신이 발굴 작업의 〈현장에 있던 사람들〉과 조금도 다를 바가 없고, 우리들 역시 지구상에서 유일하게 선사 시대의 도마뱀을 〈신나게〉 먹어 치울 수 있는 힘센 종족 〈제끄〉[2] 출신이기 때문이다.

꼴리마는 〈수용소〉라는 불가사의한 나라의 가장 크고 가장 유명한 섬이며 잔혹의 극지(極地)이기도 했다. 이 나라는 지리적으로 보면 군도(群島)로 산재해 있지만, 심리적으로는 하나로 결합되어 대륙을 형성하고 있다. 거의 눈에 띄지도 않고 손에 잡히지도 않는 나라 — 바로 이 나라에 수많은 죄수들이 살고 있었던 것이다.

이 〈군도〉는 전국 방방곡곡에 점점이 얼룩져 산재해 있었다. 이 군도는 여러 도시로 파고들기도 하고 거리 위에 낮게 도사리고 있기도 했다. 대부분의 사람들은 그 사실을 어렴풋이 듣고는 있었으나, 어떤 사람들은 전혀 그런 것을 짐작도 하지 못했다. 오직 그곳에 다녀온 사람들만이 그 실정을 알고 있었던 것이다.

그러나 그들마저도 〈수용소군도〉에서 말하는 능력을 상실당했는지 한결같이 모두 침묵만을 지켜 왔다.

우리 나라의 역사가 뜻밖에 방향 전환을 하게 됨에 따라 이 〈군도〉에 대한 이야기들이 조금씩이나마 세상에 알려지게 되었다. 그러나 우리에게 수갑을 채우던 바로 그 손들은 지금 타협적으로 손바닥을 내밀며 다음과 같이 제지하고 있다. 「그

2 수용소의 은어로, 〈죄수〉라는 뜻 — 옮긴이주.

래선 안 돼! 과거를 들추면 안 돼! 〈과거를 기억하는 자는 한쪽 눈이 빠져 버린다〉라는 속담이 있지 않냐 말이야.」

그러나 이 속담은 이렇게 끝을 맺고 있다. 〈과거를 잊는 자는 양쪽 눈을 다 잃는다〉라고.

세월은 흐르고 또 흘러, 과거의 상흔과 질병들도 이젠 아물어 가고 있다. 어떤 섬들은 그동안에도 요란하게 진동하며 사방으로 무너져 내리고, 북극해는 그 섬들 위에 망각의 파도를 끼얹는다. 그래서 어느 미래의 세기에는 그 군도, 그 공기, 그리고 얼음층에 냉동된 그 주민들의 뼈가 후손들 앞에서 진실과는 거리가 먼 도마뱀으로 둔갑할 것이다.

나는 군도의 역사를 쓸 만큼 대단한 사람이 못 된다. 내게는 군도의 기록을 읽을 수 있는 기회가 없었다. 그러나 과연 언제, 그 누가 그런 기회를 가질 수 있겠는가? 과거를 〈회상〉하기를 원치 않는 자들은 그 모든 기록을 송두리째 없애 버릴 수 있는 충분한 시간적 여유를 가질 수 있었고, 또 이러한 일은 앞으로도 계속될 것이다.

나는 거기서 보낸 11년을 수치스러운 것이나 저주스러운 악몽으로 생각하지 않는다. 나는 오히려 그 추악한 세계를 사랑하게 되었다. 그리고 지금 나는 다행히도 〈군도〉에 관한 새로운 이야기와 많은 편지를 받게 되었다. 그래서 어쩌면 내가 이 도마뱀의 뼈와 살을 일부 전할 수 있을지도 모르겠다 — 아직도 살아 움직이는, 아직도 살아 숨 쉬는 도마뱀 말이다.

이 책에는 허구의 인물이나 허구의 사건은 하나도 존재하지 않는다. 등장인물이나 지명은 모두 실제 이름 그대로 표기되었다. 머리글자로 쓴 이름들은 그 개인들을 보호하기 위한 배려에서이다. 만약 이름이 전혀 언급되지 않았다면 인간의 기억력이 그 이름들을 다 기억해 내는 데 모자라기 때문이다.

그러나 이 속의 모든 것은 실제로 일어난 그대로이다.

이 책은 어느 한 개인의 힘만으로는 도저히 쓸 수 없는 것이다. 내가 〈군도〉에서 체험한 모든 것 — 나 자신의 피부로 느끼고, 기억하고, 귀로 듣고, 눈으로 본 것 이외에도, 모두 합해 227명에 달하는 사람들이 자신들의 이야기와 추억과 편지로 된 자료들을 나에게 제공해 주었다.

나는 여기서 그들에게 개인적으로 감사를 표하지는 않겠다. 왜냐하면 이 책은 고통받고 학살당한 모든 이들에 대한 우리 모두의 기념비이기 때문이다.

나는 이들 협력자들 가운데서도 나를 위해 많은 노력과 도움을 아끼지 않았던 여러 사람을 특별히 언급하고 싶다. 그들은 지금 도서관에 보관되어 있는 장서, 혹은 이미 오래전에 절판되었거나 해판된 책(따라서 보관되고 있는 특정한 책을 찾기 위해서는 커다란 인내와 노력이 필요했다)들을 통해 이 책이 문헌적으로 보완될 수 있도록 나를 도와주었다. 그리고 또 위험한 순간에 이 책 사본의 은닉을 도와주고, 그 후 사본의 복사를 위해 애써 준 여러분에 대해서도 그 이름을 밝히고 싶다.

그러나 내가 용감하게 그들의 이름을 밝힐 수 있는 그러한 시기는 아직 오지 않았다.

실은 솔로프끼섬의 죄수 드미뜨리 뻬뜨로비치 빗꼬프스끼 노인이 이 책의 첫 편집자가 되어야 했다. 그러나 그는 〈거기서〉 반생을 보낸 끝에 — 그의 수용소 회고록도 『반생』이란 표제가 붙어 있다 — 불행하게도 반신불수가 되고 말았다. 완결된 몇 장(章)만이라도 읽을 수 있게 된 때는 이미 그의 말하는 기능이 완전히 마비되고 난 뒤의 일이었다. 그는 앞으로 모든 것이 〈이야기될 때가 오리라〉는 것을 굳게 믿어 의심치 않았다.

만약 앞으로도 오랫동안 우리 나라에 자유가 보급되지 않는다면, 이 책을 읽고 전달하는 일에는 매우 큰 위험이 따를 것이다. 따라서 나는 이미 작고한 사람들을 대신하여 미래의 독자에게 미리 감사 인사를 드려 두지 않을 수 없다.

1958년에 내가 이 책을 쓰기 시작했을 때, 나는 수용소에 관한 어느 누구의 회고록도, 문학 작품도 알지 못했다. 1967년까지 이 일을 계속하는 동안 나는 바를람 샬라모프의 『꼴리마 이야기』를 비롯하여, D. 빗꼬프스끼, Y. 긴즈부르끄, O. 아다모바슬리오즈베르끄 등의 회고록을 차차 알게 되었다. 그래서 나는 이 서술을 진행시켜 가는 과정에서 모든 사람들이 다 알고 있는(결국에는 알게 될) 문학적인 사실로서 그것들을 인용하기로 했다.

그들의 의도나 그들 자신의 의지와는 달리 이 책을 위해 귀중한 자료를 제공해 주고, 많은 중요한 사실과 숫자, 그리고 〈군도〉의 죄수들이 호흡하고 있던 공기에 이르기까지 그 모든 것을 그대로 보존해 준 것은 M. 라찌스(수드랍스)를 비롯하여 여러 해 동안 검찰 총장을 지낸 N. V. 끄릴렌꼬, 그의 후임자 A. 비신스끼, 그리고 그의 공범자인 법관들이지만, 그중에서도 특히 I. L. 아베르바흐의 이름을 지적하지 않을 수 없다.

또 러시아 문학에서 최초로 노예 노동을 찬미한 백해(白海) 운하에 관한 수치스러운 책의 저자들, 즉 〈막심 고리끼〉를 필두로 한 〈서른여섯 명〉의 소련 작가들한테서도 이 책의 자료를 제공받았다.

알렉산드르 솔제니찐

수용소군도 총목차

제1부
형무소 기업

독재 시대에 사방에서 적이 포위하고 있을 때에도,
우리는 가끔 불필요한 온정과 자비심을 베풀 때가 있었다.

— 산업당 재판에서 행한 끄릴렌꼬의 연설

제1장

체포

사람들은 도대체 이 신비로운 〈군도〉에 어떻게 오게 되는가? 매시간 그곳으로 비행기가 날고, 배가 항해하고, 기차가 덜컹거리며 다니지만, 어느 하나의 표지판도 그것이 가고 있는 행선지를 가리키지 않고 있다. 만약 당신이 매표소 직원이나 내외국인 여행사 직원에게 그곳으로 가는 표에 대해 묻는다면 그들은 아마 한결같이 모두 질겁하며 놀랄 것이다. 그들은 〈군도〉 자체는 말할 것도 없고, 그 무수히 흩어져 있는 섬들 중 어느 하나의 섬에 대해서도 알지 못하며, 또 거기에 관해서 들어 본 적조차 없기 때문이다.

군도를 관리하러 가는 사람들 — 그들은 내무부의 학교를 거쳐 그곳으로 가게 된다.

군도를 경비하러 가는 사람들 — 그들은 군사 위원회를 거쳐 징집되어 간다.

그리고 나나 여러 독자들처럼 목숨을 잃기 위해 강제로 끌려가야 하는 사람들 — 그들은 반드시 하나의 관문, 즉 체포라는 과정을 거쳐 그곳으로 가게 된다.

체포! 이것은 당신의 전 생애의 파멸을 뜻한다! 이것은 당신에게 정통으로 떨어진 청천벽력과도 다를 바가 없다! 그것은 너무나도 엄청난 정신적인 충격이다. 그래서 대부분의 사람들은 그 충격을 감당해 내지 못해 곧잘 미쳐 버리고 만다.

수많은 생물이 우주에 살고 있지만, 이 우주에는 생물의 수효만큼의 중심이 있다. 우리 모두도 각자가 우주의 중심이다. 그러나 〈당신은 체포되었습니다〉라고 속삭이는 음성을 들었을 때, 당신의 그 우주는 산산조각이 나고 만다.

〈당신〉이 만약 체포된다면, 당신은 과연 어떤 힘으로 이 재앙을 견뎌 낼 수 있겠는가?

그러나 우리들 중에서 아무리 예민한 사람도, 또 아무리 우둔한 사람도 지칠 대로 지친 그 머리로는 이 우주의 급변을 도저히 이해할 수가 없다. 그래서 이 숙명적인 순간에 그들은 지금까지의 모든 인생 경험을 총동원해서 그저 다음과 같은 말을 내뱉을 뿐이다. 〈나를? 무엇 때문에?〉

이것은 지금까지 수백, 수천만의 사람들이 되풀이해 왔으면서도 아직도 그 대답을 얻을 수 없는 질문이다.

체포 — 이것은 느닷없이 한 상태에서 다른 상태로 눈 깜짝할 사이에 내동댕이쳐지는 놀랄 만한 사건을 뜻한다.

우리는 기나긴 인생의 오솔길을 따라 어떨 때는 행복하게 달리기도 하고 또 어떨 때는 불행하게 방황하면서 수많은 담 옆을 지나왔다. 그 가운데에는 썩은 나무 울타리도 있고, 지푸라기에 흙을 이겨서 만든 토담도 있고, 벽돌담, 시멘트 담 그리고 철책 담도 있었다. 그러나 그 담 뒤에 무엇이 있는지에 대해서 우리는 미처 생각해 볼 겨를이 없었다. 우리는 담 뒤를 엿보려고도 하지 않았고 또 엿볼 생각조차 하지 않았다. 그러나 바로 거기, 우리에게서 2미터도 안 떨어진 바로 거기서부터 〈수용소〉라는 나라가 시작되고 있는 것이다. 그리고 이들 담에는 촘촘히 늘어선, 교묘히 은폐된 작은 문과 쪽문들이 무수히 있다는 것을 우리는 아직까지 모르고 있다. 바로 이 쪽문들은 모두 우리들을 위해 준비된 것이다! 그래서 그 운명의 쪽문이 홱 열리는 날이면, 네 개의 희고 억센 손이, 노동에는 익숙지 않지만 체포에는 재빠른 그 손들이 우리의 팔다리, 목덜미, 모자, 귀를 움켜잡고 짚단처럼 우리를 안으로 끌고 들어간다. 그리고 우리의 과거로 돌아갈 수 있는 쪽문은 우리 등 뒤에서 영원히 굳게 잠겨 버리고 마는 것이다.

이것으로 만사는 끝장이다. 당신은 체포되고 만 것이다!

그렇지만 당신은 아무런 대꾸할 말을 찾지 못한다. 그저 양의 울음소리 같은 처량한 목소리를 낼 뿐이다. 「나를? 무엇 때문에?」

체포란 바로 이런 것이다. 이것은 눈을 멀게 하는 섬광이며 타격이다. 이것을 당하는 순간 현재는 갑자기 과거로 변하고, 불가능은 합법적인 현실로 탈바꿈을 한다.

그러면 만사는 끝나 버린다. 그리고 체포되고 나서 한 시간, 아니 만 하루가 지날 때까지도 당신은 아무것도 이해할 수가 없다.

그저 곡마단의 장난감 달만이 아직도 명멸하면서 절망에 빠진 당신에게 이렇게 말한다. 「이것은 실수일 것이다! 조사하면 무죄가 판명되리라!」

체포라고 하는 전통적인 관념, 심지어 문학적인 체포의 관념은 이미 당신의 혼란스러운 머릿속을 차지할 수 없다. 그것은 당신의 가족이나 이웃 사람들의 기억 속에만 축적되고 형성되게 마련이다. 한밤중에 요란스럽게 울리는 벨 소리나 거칠게 두드리는 노크 소리는 곧 체포다. 그것은 바로 흙 묻은 장화로 용감하게 들이닥치는 오만무도한 기관 요원들의 침입을 뜻한다. 그것은 또한 두들겨 맞은 민간인 증인이 겁에 질린 얼굴로 그들의 등 뒤에 서 있는 것을 뜻한다. (도대체 무엇 때문에 이 증인이 필요할까? 물론 피해자들은 그것에 대해 생각할 여유도 없고, 요원들 역시 그들을 기억하지 못한다. 그저 그렇게 하도록 지시가 내려져 있기 때문이다. 그래서 증인을 밤새껏 몰아세운 다음, 아침 녘에야 서명을 하게 한다. 따라서 잠자리에서 끌려 나온 증인의 고통도 이만저만이 아니다. 밤마다 돌아다니며 자기 이웃과 친지의 체포를 도와주어야 하니 말이다.)

전통적인 체포는 떨리는 손으로 끌려갈 준비를 하는 것을 뜻한다. 속옷을 갈아입고 비누 조각과 음식물을 준비하지만 무엇이 필요하고 무엇을 가져갈 수 있으며 또 어떻게 입어야 좋을지를 아무도 모른다. 그러나 요원들은 마구 끼어들며 재촉할 뿐이다.

「아무것도 필요 없어! 거기서 다 먹여 줄 거야. 거긴 따스하단 말이야.」 (언제나 거짓말뿐이다. 그들이 서두르는 것은 공포를 주기 위해서이다.)

전통적인 체포는 불쌍한 희생자가 끌려간 후에도 계속된다. 법을 벗어난 잔인무도한 힘이 여러 시간 동안 집 안에서 난무한다. 부수고, 찢고, 벽에 걸린 것을 집어 던지고, 장롱이나 책상에 있는 물건들을 마구 내동댕이치고, 흔들고 뿌리고 갈기갈기 찢는 일이 벌어진다. 그러면 나중에는 마루에 산더미처럼 쓰레기가 쌓이고, 장화 밑에서는 유리 조각이 박살 난다. 가택 수색을 할 때 성스러운 것은 하나도 존재하지 않는다! 기관사 이노신이 체포될 때 그의 방에는 방금 죽은 어린애의 조그만 관(棺)이 놓여 있었다. 이른바 〈사법관〉들은 어린애의 시체를 관 밖으로 집어 던진 다음 관 속까지 샅샅이 조사했다. 그들은 환자를 침대에서 끌어 내리고 붕대를 풀게

하기도 했다.[1]

수색을 할 때는 무슨 행동이나 다 합리화되었다. 고대 문헌 애호가인 체뜨베루힌은 여러 장의 〈칙령〉을 압수당했다. 그것은 나폴레옹과의 전쟁 종결에 관한 칙령을 비롯하여 신성동맹에 관한 칙령, 그리고 1830년의 콜레라에 대한 기도문 등이었다. 우리 시대의 가장 훌륭한 티베트 전문가 보스뜨리꼬프는 귀중한 티베트의 고대 문헌을 압수당했다. (이미 고인이 된 보스뜨리꼬프의 제자들은 30년 후 KGB로부터 이 문서를 가까스로 돌려받았다!) 동양학자 네프스끼가 체포될 때는 탄구트족(族)의 문서가 압수되었다. (그로부터 25년 후 그는 그 문헌을 판독했다는 공로로 사후에 레닌상을 받았다.) 그들은 또한 까르게르로부터 예니세이 오스탸크족의 옛 기록을 압수함으로써 그가 개발한 문자와 사전을 말살해 버렸다. 그결과 오스탸크족은 문자 없는 소수 민족으로 남게 되었다. 이모든 것을 지식 계급의 입으로 표현하자면 아직도 한이 없겠으나, 일반 민중은 수색을 가리켜 다음과 같이 말한다 ― 〈그들은 거기에 없는 것을 찾아 헤맨다〉고. 압수한 물건은 차로 실어 가는 것이 보통이지만 때로는 체포당한 당사자로 하여금 그 물건을 운반하게 하기도 한다. 예를 들어 니나 알렉산드로브나 빨친스까야의 경우가 그러했다. 그녀는 일생 동안 위대한 러시아의 기사(技師)로 활약하다 죽은 자기 남편의 서류와 편지가 든 자루를 몸소 어깨에 짊어지고 그들한테 가야

1 1937년 까자꼬프 박사의 연구소를 휩쓸어 버릴 때 위원회는 박사가 발명한 특효약 〈리사테스〉를 담은 용기를 때려 부수었다. 그때 주위에 있던 완치된 환자들과 치료 중에 있던 환자들은 펄쩍 뛰면서 그 특효약을 보존해 달라고 간청했으나 막무가내였다. (공식 발표에 의하면 〈리사테스〉는 독약으로 간주되고 있었다. 그렇다면 물적 증거를 위해서라도 그 특효약은 보존될 만한 가치가 있지 않았을까?)

만 했었다. 그러나 그녀는 끌려간 후 두 번 다시 돌아오지 않았다.

체포가 있은 후 집에 남겨진 사람들에게는 파멸된 황량한 생활이 길고 긴 꼬리처럼 이어지게 마련이다. 이윽고 가족들은 차입(差入)이라도 하려고 시도한다. 그러나 어느 창구를 막론하고 개 짖는 듯한 소리로 이렇게 대답한다. 「그런 이름은 없어. 그런 사람은 없단 말이야!」 레닌그라드의 사정이 좋지 않았을 때에는 이 창구까지 오려면 만 닷새 동안 줄을 서서 기다려야 했다. 그리고 반년이나 1년이 지나서야 〈체포된 사람과 교신할 권리가 없음〉이라는 통보를 받게 된다. 이것은 벌써 끝장이 났다는 것을 뜻한다. 〈교신할 권리가 없음〉, 이것은 거의 예외 없이 〈총살당했다〉는 것을 의미한다.[2]

우리가 머릿속으로 떠올릴 수 있는 체포란 이런 모습일 것이다.

사실 야간 체포는 우리 나라에서 습관이 되어 왔다. 왜냐하면 거기에는 크나큰 이점이 있기 때문이다. 집 안에 사는 모든 사람들은 첫 번째 노크 소리를 듣자마자 공포에 질리고 만다. 체포되는 사람들은 따스한 잠자리에서 강제로 끌려 나온다. 그는 잠에 취해 있어 무력하고 분별력이 없다. 야간 체포를 할 때 요원들은 힘에 있어서도 우세하다. 바지도 채 입지 못한 사람에게 몇 사람의 무장한 요원들이 들이닥치기 때문

---

2 한마디로 말해서 〈우리는 한 사람이 행방불명되어도 가장 가까운 사람들인 그의 아내와 어머니가 몇 년씩이나 그의 소식을 알 수 없는 저주스러운 조건 속에 살고 있다〉. 이것은 옳은 말일까, 아니면 틀린 말일까? 이것은 1910년 레닌이 바부시킨의 추도사에서 쓴 말이다. 그러나 여기서 한 가지만은 밝혀 둘 필요가 있다. 바부시킨은 폭동을 위해 무기를 나르다가 적발되어 총살을 당했다. 그는 자기가 무엇 때문에 체포되는지를 알고 있었다. 그러니까 이것은 힘 없는 집토끼 같은 우리들에게는 해당되지 않는 말이다.

이다. 그렇다고 해서 가택 수색을 하거나 증거물을 수집할 때 피해자의 편이 되어 줄 사람들이 떼를 지어 현관에 모여들 리도 없다. 그들은 여유 있게 한 집을 털고 다시 두 번째 집으로 가고, 내일은 다시 세 번째, 네 번째 집으로 발길을 옮기면서 작전 인원을 가장 효율적으로 운용할 수 있다. 그들은 이렇게 함으로써 그들의 요원 수보다 많은 도시의 주민들을 여러 번에 나누어 형무소에 처넣을 수가 있는 것이다.

그리고 또 야간 체포는 아무리 많은 사람을 체포해 가도 옆집이나 도시의 거리에서 그들을 보지 못한다는 장점을 지니고 있다. 바로 옆집의 이웃 사람들만 놀라게 할 뿐, 조금만 떨어져 있어도 전혀 알 길이 없다. 마치 그런 일이 언제 있었느냐는 듯이, 밤에 호송차가 왕래한 같은 아스팔트 길을 낮에는 깃발과 꽃을 든 젊은이들이 행진하며 유쾌한 노래를 부른다.

체포라는 단 한 가지의 의무에만 종사하는 〈요원〉들에게 체포되는 사람들의 공포란 하도 많이 보아서 싫증이 날 정도일 것이다. 체포 작전에 대한 그들의 지식은 매우 광범위하다. 그들은 수많은 이론으로 무장되어 있다. 따라서 이론 따위는 없다고 단순히 생각해서는 안 된다. 체포학 — 이것은 일반적인 형무소 연구 과정에서도 중요한 부분을 차지하며, 주요한 사회 이론에 기초를 두고 있다. 체포는 그 특징에 따라 여러 가지로 분류된다. 야간 체포, 주간 체포, 가택 체포, 직장 체포, 여행 중 체포, 초범 체포, 재범 체포, 개인 체포, 집단 체포 등등. 체포는 또한 긴급함의 등급에 따라 구별되기도 하고, 예상되는 저항의 정도에 따라 구별되기도 한다(그러나 지금까지 있었던 수천만의 경우를 보아도 저항이 예상된 적은 한 번도 없었다). 체포는 또한 부여받은 수색 업무의 중요성에 따라 구별되기도 하고,[3] 압류 물품의 목록 작성 여부, 방이나 아파트의 봉인 여부, 그리고 남편에 이어 아내까지도 체포하고 아이들을 탁아소에 보낼 필요가 있는가 없는가, 그리고 나머지 가족들을 모두 유형지로 보낼 것인가, 아니면 노인들까지도 수용소로 보낼 것인가 등등의 필요성에 따라 구별된다.

그뿐만이 아니다. 체포는 또한 그 형식으로 보아서도 매우 다양하다. 이르마 멘델이라는 헝가리 여인은 1926년 코민테른[4]을 통해 볼쇼이 극장의 맨 앞줄 좌석표 두 장을 얻어 냈다. 그녀는 끌레겔 검사와 가까운 사이였기 때문에 그를 극장에 초대했다. 그들은 무척 정답게 연극을 관람했으나, 연극이 끝나자 검사는 그녀를 곧장 루비얀까로 데려가 버렸다. 1927년 꽃이 만발한 6월의 어느 날, 얼굴이 둥근 빨간 머리 미녀 안나 스끄리쁘니꼬바가 하늘빛 옷감을 막 사서 들고 꾸즈네쯔끼 다리 위로 나타나자, 어떤 멋쟁이 젊은이 하나가 그녀를 마차로 안내했다(마부는 이내 눈치를 채고 얼굴을 찌푸렸다 — 〈기관원〉이 요금을 지불할 리가 없기 때문이다). 그러나 이것은 사랑하는 연인들끼리의 밀회가 아니었다. 역시 체포 행위에 지나지 않았던 것이다. 그들은 곧장 루비얀까로 마차를 몰

---

3 그 밖에 수색학도 있다. 나는 까자흐스딴의 수도 알마아따의 통신 학교 법학과 학생들을 위한 팸플릿을 읽은 적이 있다. 거기에는 다음과 같은 사법관들을 매우 찬양하고 있었다. 즉, 수색 당시에 2톤의 비료와 6세제곱미터의 장작, 마차 두 대분의 건초를 파헤친 사람을 비롯하여 농가 부속 마당의 눈을 말끔히 치운 사람, 난로에서 벽돌을 빼낸 사람, 쓰레기 구덩이를 파낸 사람, 변기 속을 뒤져 본 사람, 개집·닭장·새장을 수색한 사람, 매트리스를 찔러 본 사람, 몸에서 반창고를 떼어 낸 사람, 그리고 심지어 〈마이크로필름〉 문서를 찾기 위해 금속 치아를 뜯어본 사람 등등이다. 몸수색으로 시작해서 몸수색으로 끝낼 것(수색하는 중간에 체포 대상이 무언가를 집어들 수도 있기 때문에), 다른 시간에 다시 한번 같은 장소에 찾아가서 재차 수색할 것도 학생들에게 적극 권장하고 있었다.

4 국제 공산당 사무국 — 옮긴이주.

아 높은 담장의 검은 아가리 속으로 자취를 감추어 버렸다. 그리고 그로부터 22년 후 어느 날, 하얀 하복 차림의 해군 중령 보리스 부르꼬프스끼가 고급 향수 냄새를 풍기면서 젊은 아가씨에게 보내려고 케이크를 샀다. 그러나 그 케이크가 당사자인 아가씨에겐 전달되지 않고 수사관들의 나이프로 잘게 썰려 중령 자신의 감방에 전달되리라고는 그 누가 상상이나 했겠는가. 그렇다. 주간 체포건, 노상 체포건, 사람들이 들끓는 군중 속에서의 체포건 간에 결코 부주의하게 집행된 적은 한 번도 없었다. 그것은 언제나 깨끗이 집행되었다. 그리고 또 참으로 놀라운 것은 체포되는 순간 피해자 자신들은 자기의 파멸을 다른 사람이 눈치채지 못하도록 기관원에게 순응하며 되도록 점잖게 행동했다는 것이다.

모든 사람을 집에서 미리 노크를 한 후에 체포하는 것은 아니다(노크를 하는 것은 가옥 관리인이나 우편배달부들이 해야 할 일이다). 또한 모든 사람을 그의 일터에서 체포하는 것도 아니다. 만약 체포 대상이 사납고 영리하다면 일상적인 환경에서 〈격리시킨〉 다음에 체포하는 것이 유리하다. 자기 가족이나 동료, 동지, 비밀 장소로부터 격리시키고 나면 그는 아무것도 감출 수 없고 아무 데도 숨을 수 없을 테니 말이다. 군대나 당의 거물급을 체포할 때에는 먼저 새 임무를 부여하기도 한다. 그들은 열차를 타고 임지로 향하는 도중 체포되고 만다. 대량 체포의 공포에 질려 벌써 일주일째 상관의 눈치만 살피며 전전긍긍하던 어떤 사람이 별안간 노동조합 지구 위원회로부터 소환을 받는다. 그는 뜻밖에도 거기에서 환대를 받고 소치[5] 요양소행 특별 휴가증을 하사받는다. 얌전한 집토끼는 자기의 공포가 기우에 지나지 않았다는 것을 실감하게

5 흑해 연안의 휴양지 — 옮긴이주.

된다. 그는 감사를 표하고 기쁜 마음을 억제하지 못하면서 트렁크를 챙기려고 바삐 집으로 달려간다. 기차 시간까지는 두 시간이 남아 있다. 그는 꾸물거리고 있는 아내에게 호통을 친다. 이윽고 아내와 함께 역에 도착한다! 아직 시간이 좀 남아 있다. 그때 대합실이나 맥주 판매대 옆에서 무척 친절해 보이는 젊은이 하나가 그에게 말을 걸어온다. 「저를 모르시겠습니까, 뾰뜨르 이바니치?」 뾰뜨르 이바니치는 어리둥절할 수밖에. 「잘 모르겠는데요, 아마……」 그러나 젊은이의 태도 속에는 정다움이 넘쳐흐른다. 「아니, 그럴 리가. 그렇다면 제가 상기시켜 드리죠……」 그러고는 뾰뜨르 이바니치의 아내에게 공손히 절을 하며 이렇게 말한다. 「용서하십시오. 댁의 남편을 〈잠깐〉만……」 아내는 동의한다. 미지의 사나이는 사뭇 정답게 팔짱을 끼고 뾰뜨르 이바니치를 데리고 간다 ─ 영원히, 아니면 10년 동안이나!

떠들썩한 정거장, 아무도 이런 것을 알아차리지 못한다. 여행을 즐기는 시민 여러분! 정거장마다 GPU의 지부가 있고 몇 개의 감방이 있다는 것을 결코 잊어서는 안 된다.

이렇게 지기(知己)를 가장한 끈덕진 설득은 너무나도 그럴 듯해서 수용소에서 늑대 체험을 해보지 않은 사람이라면 저도 모르게 그 함정에 빠져들지 않을 수 없다. 그리고 가령 당신이 알렉산더 D.란 이름으로 미국 대사관에 근무하고 있다 하더라도, 중앙 전신국 근처 고리끼가(街)의 한복판에서 대낮에 체포되는 일은 없을 것이라고 생각한다면 큰 오산이다. 전혀 알지도 못하는 사나이가 군중 속을 헤치고 당신 곁으로 다가와서 그 커다란 손을 벌리며 이렇게 외친다. 「사샤! 이게 몇 년 만인가! 정말 오랜만이군! 자, 딴 사람에게 방해되지 않게 우리 옆으로 좀 물러나세.」 그러자 바로 그때 길옆의 두 사람

곁으로 뽀베다[6]가 스르르 다가온다(며칠 후 따스 통신은 알렉산더 D.의 행방불명에 대해 소련 정부는 전혀 아는 바 없다는 분노에 찬 성명을 각 신문에 발표할 것이다). 이러니 무슨 말을 할 수 있겠는가? 그들은 모스끄바에서만 이런 체포를 감행하고 있는 것이 아니다. 조라 블레드노프는 브뤼셀에서 바로 이런 식으로 체포되었다.

이 〈기관원〉의 공적은 그야말로 나무랄 데가 없다. 강연자의 연설도, 극장의 연극도, 여성복의 디자인도 모두 컨베이어에서 나온 것처럼 보이는 이러한 시대에, 체포만은 여전히 그 다양성을 과시하고 있다. 신분증을 제시하고 공장의 출입문을 통과한 뒤 옆으로 불려 나가면 — 당신은 체포된 것이다. 39도의 고열에도 불구하고 육군 병원에서 체포될 수도 있다(안스베른시쩨인의 경우). 그러나 이때 의사는 당신의 체포에 대해 항의하지 못한다(한 번쯤은 항의해 볼 만한데도!). 당신은 수술대에서 위궤양 수술 도중에 끌려갈 수도 있다(1936년, 지방 인민 교육 위원회 장학관 N. M. 보로비요프의 경우). 이렇게 간신히 살아 있는 피투성이가 된 사람들도 감방으로 실려 온다(까르뿌니치의 회상). 만약 당신에게 유죄 선고를 받은 어머니와 면회가 허가된다면, 이것은 곧 대질 신문인 동시에 체포를 뜻하는 것이다(나자 레비쯔까야의 경우). 식료품 상점인 〈가스뜨로놈〉 주문 부서에서 당신을 초대했다면, 당신은 그곳에서 체포를 면하기 어렵다. 당신은 제발 하룻밤만 묵게 해달라고 애원하던 순례자에 의해 체포되기도 하고, 전기 계량기를 검침하러 왔던 검침원에 의해서도 체포되고, 거리에서 당신과 충돌한 자전거를 탄 사람에 의해서도, 철도 차장에 의해서도, 택시 운전사에 의해서도, 저축 은행의 행원에 의

6 〈승리〉라는 뜻의 자동차 이름 — 옮긴이주.

해서도, 영화관 관리인에 의해서도 체포된다 ─ 이 모든 사람들이 다 당신을 체포할 수 있다. 그리고 깊숙이 숨겨 두었던 검붉은 색깔의 수첩을 보았을 때는 이미 늦은 것이다.

체포는 가끔 장난처럼 느껴질 때도 있다. 그들은 체포를 위해 지나칠 정도로 궁리를 하며 남아도는 정력을 쏟는다. 그렇게까지 하지 않아도 저항이란 것을 모르는 무력한 피해자를 위해서 말이다. 그들 기관원은 그렇게 함으로써 자기들의 근무와 수많은 인원수를 정당화시키려고 하는 것일까? 예정된 모든 피의자들에게 소환장을 발송하는 것만으로 충분하다고 생각할 수도 있을 텐데 말이다. 소환장을 받은 사람들은 자기들에게 배정된 감방 안 마루의 한 귀퉁이를 차지하기 위해, 지정된 시간에 기관의 검은 철문 옆에 보따리를 들고 공손히 나타나게 마련이다. 집단 농장의 농민들은 바로 이런 식으로 끌려간다. 하긴 밤에 험한 시골길을 따라 그들의 농가까지 갈 필요가 어디 있겠는가? 마을 소비에뜨로 소환하여 체포하면 그만이다. 노동자를 체포할 때는 사무소로 호출한다.

물론 어느 기계든 그 기계가 수용할 수 있는 한도가 있게 마련이다. 긴장감이 넘쳐흐르던 1945년과 1946년, 유럽에서 포로 호송 열차가 계속 밀어닥칠 때 그들은 이 모든 포로들을 한꺼번에 몽땅 집어삼켜서 〈수용소〉로 보내야만 했다. 그러므로 여기서는 쓸데없는 장난을 하고 있을 겨를이 없었다. 체포 이론 자체도 퇴색하고 형식적인 펜대조차 자취를 감추었다. 그리하여 수만 명의 체포를 위해 적용된 것이 주먹구구식의 점호(點呼)였다. 즉 명단을 가지고 서서 한 열차에서 호명을 하여 다른 차에 옮겨 실었는데, 바로 이것이 모두 체포 행위였던 것이다.

수십 년에 걸쳐 우리 나라에 있었던 정치범들의 체포는 하나같이 모두 아무 죄도 없이 잡혀갔다는 데에 그 특징이 있다. 그렇기 때문에 그들은 어떠한 저항도 시도해 보지 못한 채 끌려가고 말았다. 그리고 바로 여기서, GPU와 NKVD[7]의 마수를 피할 수 없다는 피해자의 통속적인 관념이 생겨난 것이다(우리 나라의 신분 증명 제도하에서는 충분히 그럴 수 있으므로 이것은 정확한 표현이다). 그래서 일터에 나가는 사람들이 오늘 저녁에 무사히 살아 돌아올지를 몰라 아침마다 가족과 작별 인사를 나누던 때, 즉 숙청 선풍이 최고조에 달해 있을 때조차 그들은 거의 도망을 치지 않았던 것이다(드물기는 하지만 그중에는 자살을 한 사람도 있었다). 늑대 이빨 앞의 유순한 양이라는 표현은 바로 이것을 두고 하는 말이다.

이러한 유순함은 대량 체포의 수법을 이해하지 못했기 때문이기도 했다. 기관들은 대부분의 경우, 어떤 사람을 체포하고 어떤 사람을 체포하지 말라는 정확한 선택 기준을 가지고 있지 않았다. 그들은 그저 할당된 숫자만을 집행할 뿐이었다. 할당된 숫자를 채우는 일은 합법적인 성격을 띨 수도 있었고, 반면에 극히 우발적인 성격을 띨 수도 있었다. 1937년 한 여인이 노보체르까스[11]의 NKVD 면회실로 찾아가, 체포된 이웃 여인의 젖먹이 어린애가 굶고 있다고 전하면서 어떻게 하면 좋겠느냐고 물었다. 그러자 기관원은 〈좀 앉아 있어요, 알아볼 테니〉하고 말했다. 그들은 황급히 숫자를 채워 넣어야 했던 것이다. 도시로 파견할 근무자도 모자랐던 판국에 그녀는 제 발로 거기에 굴러들어 온 셈이 된 것이다!

라트비아인 안드레이 파벨의 경우는 이와 반대였다. 오르샤 근처에서 NKVD 요원이 그를 체포하러 왔을 때였다. 그는 문을 열어 주지 않고 창문에서 뛰어내려 곧장 시베리아로 도망

7 NKVD는 1934년에 GPU를 개편하여 설립되었다 — 옮긴이주.

치는 데 성공했다. 그는 시베리아에서 자기 이름 그대로 살았는데도, 신분증명서에 의하면 그가 오르샤에서 온 것이 분명했기 때문에 〈한 번도〉 감방에 들어가지 않았을뿐더러 소환도 받지 않고 아무 혐의 없이 무사히 지낼 수 있었다. 수색은 전 연방 수색, 공화국 수색, 주(州) 수색의 세 가지 형태로 나뉜다. 그리고 숙청 선풍 시대에 체포된 사람들 중 약 반수는 주 단위 수색에서 체포되었다. 이웃의 밀고와 같은 우연한 기회에 체포 대상자로 지목된 사람들은 다른 이웃과 곧잘 뒤바뀌기도 했다. 그러나 안드레이 파벨의 경우처럼 우연히 포위망 속에 걸려들었다가도 첫 신문을 받기 전에 용감하게 그 장소에서 도망칠 수 있었던 사람들은 결코 붙잡히지도 않았고 소환당하지도 않았다. 그리고 공정성을 기대하며 주저앉았던 사람들은 하나같이 모두 형을 선고받았다. 압도적인 다수를 차지하는 거의 대부분의 사람들은 그저 소심하고 무력하게 자신의 파멸을 기다려야 했던 것이다.

NKVD는 체포 대상자가 없을 때면 그의 친척으로부터 그 지역을 떠나지 않겠다는 서약서를 받아 두곤 했다. 도망간 사람 대신에 남아 있는 사람에게 죄를 〈뒤집어씌워〉 잡아가는 것은 어렵지 않았다.

아무런 죄가 없는 사람이라면 역시 아무런 저항도 하지 않게 마련이다. 〈나만은 잡혀가지 않겠지? 무사히 고비를 넘길 수 있겠지?〉 하는 생각에서다. A. I. 라디젠스끼는 꼴로그리프 시골 학교의 주임 교사로 있었다. 1937년의 어느 날, 시장에서 농부 한 사람이 그에게 다가오더니 다음과 같은 말을 전해 주었다. 「라디젠스끼, 도망가세요. 당신이 〈명단〉에 올라 있대요!」 그러나 그는 그대로 남아 있었다. 〈학교 전체가 나 때문에 유지되고 있고, 그들의 아이들도 나한테 배우고 있는

데 어떻게 나를 체포해 갈 수 있으랴?〉 (며칠 후 그는 체포되었다.) 바냐 레비쯔끼 소년의 경우는 좀 특이했다. 그는 14세 때부터 벌써 다음과 같은 것을 이해하고 있었다. 〈정직한 사람이라면 누구나 형무소에 들어가게 마련이다. 지금 아버지도 형무소에 들어가 있지만, 나도 크면 형무소에 들어가게 될 것이다.〉 (결국 그는 23세에 투옥되었다.) 대부분의 사람들은 실오라기 같은 희망에 기대를 건다. 너에게 죄가 없는 이상, 무엇 때문에 너를 잡아가겠는가? 〈이것은 무언가 잘못된 거다!〉 목덜미를 붙잡혀 끌려가면서도, 여전히 자기 자신에게 외친다. 〈이것은 잘못된 거다!《조사해서 무죄가 드러나면》 석방해 줄 것이다!〉 다른 사람들을 대량 체포하는 것을 볼 때는 역시 불합리하게 느껴지지만 애매하게 느껴지는 경우도 있다. 〈어쩌면《저 사람은》유죄일지도?〉 그러나 당신은, 당신만은 틀림없이 무죄일 것이다! 그래서 아직도 〈기관〉이 무죄를 판가름해서 석방해 주는 논리 정연한 인도적 공공 기관이라고 생각하게 되는 것이다.

그러니 무엇 때문에 도망갈 필요가 있겠는가? 그리고 또 저항을 한들 무슨 소용이 있겠는가? 섣불리 그런 짓을 하면, 자신의 입장만 악화시킬 뿐이고, 사건의 해결만 방해할 뿐이다. 그리하여 그들은 저항 같은 것은 생각지도 못하고 시키는 대로 이웃 사람들이 듣지 못하도록 발끝으로 살금살금 계단을 걸어 내려가는 것이다.[8]

8 그 후 수용소에서는 다음과 같은 이야기로 열을 올렸다. 만약 모든 요원들이 체포 활동을 위해 한밤중 집을 나서면서 다시 살아 돌아올 수 있을지를 몰라 자기 가족에게 작별 인사를 나누어야 했다면 어땠을까? 혹은 또 대량 체포 기간, 이를테면 레닌그라드의 경우처럼 전 시민의 4분의 1이 체포될 때, 현관문이 쾅쾅 울릴 때마다, 그리고 층계에서 발걸음 소리를 들을 때마다 사람들이 공포에 마비된 얼굴로 자기 방에 틀어박혀 있지만 말고 더 이상 아무것

그리고 또 사실 무엇에 대하여 저항을 하란 말인가? 혁대를 빼앗겼다 해서? 아니면 구석으로 물러나라거나 문지방을 넘어서라는 명령을 받았다고 해서? 체포는 여러 가지 사소한 일과 허무맹랑한 일로 이루어져 있어서, 따로 떨어진 어느 한 부분에 대해 논의한다는 것은 무의미하게 느껴진다(특히 체포당한 사람의 생각이 〈무엇 때문에?〉라는 중요한 문제의 주위를 맴돌고 있을 때). 그러나 이 모든 사소한 것들이 불가분

도 잃을 것이 없음을 알아차리고 나서 도끼, 쇠망치, 부지깽이 등 무엇이든지 닥치는 대로 움켜쥐고 몇 사람씩 떼를 지어 용감히 출입구에 매복했다면 과연 어떤 일이 벌어졌을까? 밤의 사냥꾼들이 좋은 목적으로 찾아오진 않는다는 것을 미리부터 알고 있었기 때문에 살인자에게 한 방쯤 골탕을 먹일 수도 있었을 텐데. 혹은 운전사가 길가에 서 있는 호송차를 몰고 혼자서 가버리게 하든가 자동차 바퀴에 구멍이라도 뚫어 줄 수 있었을 텐데 말이다. 기관들이 다시 활동 요원과 장비를 갖추려면 꽤 오랜 시간이 걸릴 것이므로 스딸린의 갈망에도 불구하고 저주의 숙청 기계는 정지하지 않을 수 없었을 것이다.

만약…… 만약 우리가 그렇게만 했던들……. 그러나 우리는 자유 애호 사상이 부족했다. 아니 그보다 먼저 우리는 사태를 정확하게 이해하지 못하고 있었던 것이다. 우리는 1917년 혁명 당시 억제할 수 없는 격정 속에 자기 역량들을 소모해 버리고 그 후부턴 〈서둘러〉 명령에 복종해 왔다. 우리는 〈기꺼이〉 정부에 복종해 온 것이다. (아서 랜섬Arthur Ransome은 1921년 야로슬라블에서 있었던 한 노동자 회의에 대하여 다음과 같이 묘사하고 있다. 모스끄바에서 중앙 위원회의 위원들이 직업 동맹의 논쟁점을 토의하기 위하여 노동자들을 찾아왔다. 반대파의 대표자 Y. 라린은, 직업 동맹은 마땅히 행정부의 보호를 받아야 한다고 역설하고 노동자들은 스스로의 힘으로 획득한 권리를 가지고 있으며 그 권리를 침해할 수 있는 사람은 아무도 없다고 노동자들에게 설명했다. 그러나 노동자들은 전혀 무관심한 태도를 보였다. 그들은 누구의 보호가 필요하며 또 무엇 때문에 권리 같은 것이 필요한지를 〈도무지 이해하지 못한〉 것이다. 이윽고 찬성파의 대표자가 노동자들의 불평과 태만을 꾸짖고 나서, 그들의 희생정신을 강조하면서 시간 외 무임 노동과 식량의 절약, 공장 관리부에 대한 군대식 복종 등을 요구했을 때, 대회장에서는 환호와 우레 같은 박수가 터져 나왔다.) 그런 우리였기 때문에 그 후의 일은 모두 그렇게 〈될 수밖에 없었던〉 것이다.

의 관계로 서로 합쳐져서 체포라는 개념을 형성하게 되는 것이다.

갓 체포된 사람의 마음속에는 얼마나 많은 상념들이 배회할까! 아마 그것만으로도 한 권의 책이 될 수 있으리라. 거기에는 우리들의 상상을 초월한 감정이 깃들어 있는지도 모른다. 1921년 19세의 처녀 예브게니야 도야렌꼬가 체포될 때 세 명의 젊은 요원들이 그녀의 침대와 속옷이 든 장롱을 뒤졌으나 그녀는 태연자약하게 서 있었다. 아무것도 없고 또 아무것도 발견되지 않으리라는 것을 알고 있었기 때문이다. 그런데 갑자기 그들은 그녀의 일기에 손을 댔다. 자기 어머니에게조차 보일 수 없었던 그 일기를 말이다. 그리고 원수와 다름없는 낯선 젊은이들이 그녀의 일기장을 읽어 내려갔을 때 그녀의 놀라움은 형용키 어려웠다. 창살과 지하실이 있는 루비얀까도 그녀를 그렇게까지 놀라게 할 수는 없었을 것이다. 많은 사람들이 가지고 있는 이러한 개인적인 감정들과 애착이 체포에 의해서 타격을 입을 때 야기되는 그 공포는, 형무소나 정치 이념의 공포보다 훨씬 더 강할 수도 있다. 압제에 대하여 마음의 준비가 되어 있지 않은 사람은 언제나 압제자보다 약한 입장에 서게 마련이다.

극히 소수의 현명하고 용감한 사람들은 순간적으로 알아차린다. 과학 아카데미의 지질학 연구소 소장 그리고리예프는 1948년 기관원들이 그를 체포하러 왔을 때 바리케이드를 치고 두 시간 동안이나 서류를 소각할 수 있었다.

가끔 사람들은 체포를 당함으로써 마음의 부담을 덜기도 하고 심지어 〈기쁨〉을 느끼기까지 한다. 이것은 인간 본성의 또다른 면인데, 혁명 전에도 마찬가지였다. 예를 들어 알렉산드르 울리야노프 사건에 연루된 예까쩨리노다르 학교 여교사

세르주꼬바는 체포되고 나서야 안도했다고 한다. 그러나 무더기 체포 시기에는 이러한 감정이 천 배는 더 강해졌다. 주위에선 당신 같은 사람들을 마구 잡아가는데, 아직까지 당신을 잡으러 오는 기색도 없이 자꾸 시간만 끌고 있다면 당신은 그 조바심 때문에 녹초가 되고 만다. 과연 그때의 그 피로와 고통은 체포에 비할 바가 아니다. 용감한 공산주의자 바실리 블라소프(이 사람에 대해서는 다시 상세히 언급할 것이다)는 그의 비당원(非黨員) 부하들이 탈주를 권했음에도 불구하고 도망가기를 거부하고 그대로 남아 있었다. 1937년 까디 지구(地區)의 모든 간부들이 체포되었는데 그만은 여전히 체포되지 않고 남아 있었다. 그는 어떠한 희생도 받아들일 각오가 되어 있었기 때문에 체포되자 도리어 마음이 안정되고 처음 얼마 동안 아주 홀가분한 기분을 느끼기까지 했다. 1934년 이라끌리 신부는 유형 중인 신자들을 방문하기 위해 알마아따로 떠났다. 그가 없는 동안 그를 체포하려고 세 번이나 기관원들이 모스끄바의 그의 집을 다녀갔다. 신부가 돌아오자 여신도들은 역으로 마중 나가 그를 집으로 돌려보내지 않고 신도의 집에 숨어 있게 했다. 신부는 이 집 저 집으로 옮겨 다니며 8년이나 숨어 살았다. 그러나 그는 기나긴 은신 생활에 완전히 지쳐 버리고 말았다. 그리하여 마침내 1942년 체포되었을 때, 그는 기쁜 마음으로 찬송가를 불렀을 정도였다.

이 장(章)에서 우리는 무엇 때문인지도 모르고 투옥된 수많은 대중과 선량한 〈집토끼〉들에 대해서 말하고 있다. 그러나 우리는 여기에서 새로운 시대에도 불구하고 여전히 자기의 정치적 신념을 바꾸려고 하지 않는 몇몇 사람들에 대해서도 언급할 필요가 있을 것 같다. 사회 민주당원이었던 여대생 베라 리바꼬바는 자유의 몸이면서도 수즈달의 독방 형무소를

〈꿈꾸고〉 있었다. 거기라야 훌륭한 동지들을 만날 수 있고(이미 바깥 세상에 사회 민주당원은 남아 있지 않았다), 또 거기라야 자기의 세계관을 완성시킬 수 있다고 믿었기 때문이다. 1924년, 사회 혁명당원 예까쩨리나 올리쯔까야라는 여자는 자기 같은 건 투옥될 만한 〈가치가 없는〉 사람이라고 생각하고 있었다. 러시아의 훌륭한 사람들은 모두 형무소를 거쳐 갔지만, 그녀는 아직 젊은 데다가 러시아를 위해서 아무것도 한 일이 없었기 때문이다. 그러나 드디어 그녀는 더 이상 〈자유의 몸〉으로 남아 있을 수가 없게 되었다. 이렇게 두 처녀는 긍지와 기쁨을 가지고 형무소로 향했던 것이다.

「저항! 당신들은 저항을 해야 했단 말이오!」 무사히 체포를 면할 수 있었던 사람들은 형무소에서 고생한 사람들을 보고 이렇게 나무란다.

그렇다. 저항은 체포되는 그 순간부터 시작되어야 했다.

그러나 그것은 시작되지 않았다.

자, 이렇게 해서 당신은 〈끌려간다〉. 당신이 대낮에 체포되어 끌려갈 때는 두 번 다시 되풀이될 수 없는 짧은 순간이 있다. 그때 협박과 설득에 의하여 슬그머니 끌려가건, 권총을 노출시킨 노골적인 방법으로 끌려가건, 하등의 문제가 되지 않는다. 당신이 당신과 똑같이 자멸할 운명에 있는 무고한 군중 사이를 헤치며 끌려갈 때면, 아무리 그들이라도 당신의 입을 틀어막지는 못한다. 그때 당신은 고함칠 기회를 갖게 되며 또 반드시 〈고함을 쳐야 한다〉! 〈나는 체포되고 있다! 변장한 악한이 사람을 잡아간다! 허위 신고에 의해서 사람을 잡아간다! 수백만에 대한 제재가 소리 없이 진행되고 있다!〉 이렇게 외쳐 대야 하는 것이다. 하루에도 수없이 거리거리에서 이런 외침을 들었다면, 우리 동포들도 증오심을 느끼지 않을 수 없었을 것이다! 그리고 체포도 그렇게 손쉽게 감행되지는 못했을 것이다!

정부 당국이 마음대로 조종할 수 있을 정도로 아직 우리의 머리가 나약해지지 않았을 때인 1927년, 대낮에 세르뿌호프 광장에서 두 사람의 기관원이 한 여인을 체포하려고 했다. 그러나 그녀는 순순히 끌려가지 않고 전봇대를 붙들고 고함치기 시작했다. 군중이 모여들었다. (이런 여인도 필요하지만 이런 군중도 또한 필요했다! 통행인이라고 해서 모두 다 눈을 내리까는 것도 아니고, 모두 다 황급히 지나쳐 버리는 것도 아니다!) 동작이 빠르기로 이름난 기관원들도 당황하지 않을 수 없었다. 그들도 많은 사람들이 보고 있는 앞에서 〈일〉을 해치울 수는 없었던 것이다. 결국 그들은 자동차를 타고 달아나 버렸다. (이때 그 여자는 바로 기차역으로 달려가 도망쳤어야 했디! 그러나 그녀는 자기 집에 돌아가 하룻밤을 보내기로 했다. 그리고 그날 밤에 루비얀까로 끌려가고 말았다.)

그러나 〈당신의〉 말라빠진 입술에서는 외침 소리 하나 터져 나오지 않고, 옆을 지나가는 사람들은 당신과 당신의 형리(刑吏)를 산책하는 친구로밖에는 생각하지 않는다.

나 자신에게도 〈고함칠〉 수 있는 기회는 여러 번 있었다.

내가 체포된 지 열하루째 되던 날, 3명의 스메르시[9] 대원들이 나를 모스끄바의 백러시아 역으로 데리고 갔다. 그들은 나보다도 전리품을 담은 네 개의 트렁크에 더 부담을 느끼고 있었다(오랜 여행 탓으로 그들도 이젠 나를 믿고 있었던 것이다). 그들은 〈특별 호송병〉이라 불렸다. 그러나 실제에 있어 그들의 자동 소총은 네 개의 트렁크를 나르는 데 방해만 될

9 소련군의 방첩 부대 — 옮긴이주.

뿐이었다. 그 트렁크 속에는 제2 백러시아 전선의 스메르시 장교들과 그들 자신이 독일에서 약탈한 전리품들이 들어 있었다. 그리고 지금 그들은 나를 호송한다는 구실 아래 그 전리품을 조국의 가족들에게 운반하고 있는 중이었다. 한편 나 자신은 다섯 번째의 트렁크를 힘없이 나르고 있었다. 그 속에는 나의 일기와 창작물, 즉 나에 대한 물적 증거들이 들어 있었다.

그들은 세 사람 다 시내 지리를 몰랐기 때문에, 나 자신이 형무소로 가는 지름길을 선택해야만 했고, 또 그들조차 한 번도 가본 적이 없는 루비얀까로 그들을 안내해야만 했다(그러나 나도 외무부 건물과 루비얀까를 혼동하고 말았다).

나는 군의 방첩대 형무소에서 하루를 보내고, 전선의 방첩본부 형무소에서 사흘을 보냈다(거기서 나는 감방 동료들한테서 많은 것을 배웠다 — 그들은 신문관의 거짓말과 공갈과 구타, 그리고 일단 체포된 사람은 결코 풀려나올 수 없으며, 〈10년 형〉은 피할 수 없다는 것 등을 가르쳐 주었다). 나는 이미 변기통 옆의 썩은 지푸라기 위에 누워 보고, 내 눈은 벌써 호되게 얻어맞은 사람들과 밤에 잠 못 이루는 사람들의 모습을 보고, 귀는 무서운 진실을 듣고, 입은 식은 죽을 맛보았음에도 불구하고, 기적처럼 풀려나와 벌써 나흘째 〈자유인〉처럼 〈자유인들〉 속을 여행하고 있었다. 그런데도 나는 왜 침묵을 지키고 있었는가? 내가 고함칠 수 있는 마지막 기회인데도, 왜 기만당한 군중들을 일깨우려 하지 않았는가?

나는 폴란드의 거리 브로드니차에서도 침묵을 지켰다. 그러나 그것은 그 고장 사람들에게 러시아어가 통하지 않는다고 생각했기 때문이 아니었을까? 나는 비아위스토크의 거리에서도 한마디도 외치지 않았다. 그러나 그것은 폴란드인들이 나와는 전혀 관계가 없다고 생각했기 때문이 아니었을까? 나는 볼꼬비스끄 역에서도 말 한마디 하지 않았다. 그러나 그 것은 너무나 사람이 적었기 때문이다. 나는 이 강도들과 함께 민스끄의 플랫폼을 거닐면서도 죽은 듯이 침묵만을 지켰다. 그러나 그것은 역이 너무 황폐했기 때문이다. 그런데 지금 나 는 하얀 둥근 지붕이 반짝이는 백러시아 역 지하철의 원형 입 구로 스메르시 대원들을 안내하고 있다. 전등이 눈부시다. 아 래에서 위로 우리 쪽을 향하여 두 줄의 에스컬레이터가 올라 오고 있다. 그 위에 촘촘히 늘어선 모스끄바인들, 그들 모두가 나를 바라보고 있는 것만 같다! 그들은 저 아래 무지의 심연 에서 끝없이 풀려 나오는 리본과도 같이 꼬리를 물고 눈부신 원형 지붕 밑으로 올라오면서 한마디라도 좋으니 진실의 말 을 원하고 있다. 그런데 왜 나는 침묵을 지키고 있는 것일까?

사람이라면 누구나, 왜 자기가 희생을 하지 않아도 되는가 에 대해서 항상 그럴듯한 여러 가지 이유를 가지게 마련이다.

어떤 사람들은 아직도 사건이 잘 해결되기를 기대하기 때 문에 자기의 외침으로 사태를 더 악화시키지나 않을까 해서 두려워하고 있다(그도 그럴 것이 저 세계로부터의 소식을 전 혀 알 길이 없기 때문에 체포되는 바로 그 순간부터 우리의 운명은 이미 최악의 상태로 결말이 난다는 것을, 그리고 그보 다 더 나쁜 운명이란 있을 수 없다는 것을 우리는 모르고 있 는 것이다). 또 어떤 사람들은 군중에 대한 외침이 어떤 효과 를 지니는지조차 모르고 있다. 그들은 혁명가들이나 그런 구 호들을 밖으로 터뜨려 내보낼 수 있다고 생각한다. 아무 관련 도 없는 온순한 사람이 어떻게 그런 구호를 외칠 수 있단 말 인가? 다시 말해서 그들은 〈무엇을 외쳐야 하는지 모르고 있 는〉 것이다. 그리고 마지막으로 다음과 같은 부류에 속하는 사람들도 있다. 가슴속에 너무나 많은 것이 넘쳐흐르고 또 너무나 많은 것을 보아 왔기 때문에 연결도 안 되는 몇 마디의 외침만으로는 그 모든 것을 다 표현할 수 없다고 생각하는 사람들이다.

그리고 내가 침묵했던 데에는 또 한 가지의 이유가 있었다. 두 대의 에스컬레이터 계단을 타고 올라오는 이 모스끄바인들의 행렬만으로는 아직도 적었다 — 그 수효가 너무나도 〈적었던〉 것이다! 내가 여기서 외친다고 해서 2백 명, 아니 2백 명의 곱절이 들은들 무슨 소용이 있겠는가? 아무리 애써도 2억[10]이 다 들을 수는 없지 않은가? 막연한 생각이긴 하지만 나는 언젠가 2억의 동포를 향해 소리칠 날이 올 것 같은 생각이 들었던 것이다.

그러는 사이에 에스컬레이터는 굳게 입을 다문 나를 거침없이 땅속으로 끌어 내린다.

나는 오호뜨니 랴뜨[11]에서도 침묵을 지키리라.

메뜨로뽈 호텔 근처에서도 외치지는 않으리라.

고난의 원천지 루비얀까의 광장에서도 나는 손을 흔들지 않으리라.

◆

아마도 나는 누구나 쉽사리 상상할 수 있는 가장 손쉬운 방법으로 체포되었던 것 같다. 매달리는 친척들의 손을 뿌리치고 나를 연행한 것도 아니고, 귀중한 가정생활로부터 나를 강제로 떼어 놓은 것도 아니었다. 을씨년스러운 유럽의 2월, 발트해 연안에서 적을 향해 뻗어 있는 좁은 전선에서 나는 체포

10 소련의 전체 인구를 뜻한다 — 옮긴이주.
11 모스크바 중심부의 지명 — 옮긴이주.

되었다. 그때의 전황은 우리가 독일군을 포위하고 있는지, 독일군이 우리를 포위하고 있는지 분간할 수 없는 그런 상태에 있었다. 그러니까 나는 정들었던 나의 포병 중대에서 쫓겨나 전쟁의 마지막 3개월을 볼 기회를 잃었을 뿐이다.

여단장은 나를 지휘 본부로 불렀다. 어떤 이유에서인지는 몰라도 그는 나에게 권총을 좀 보자고 말했다. 딴 꿍꿍이속이 있다고는 전혀 생각하지 않고 나는 순순히 권총을 내주었다. 그러자 별안간 한쪽 구석에 부동자세로 서 있던 방첩 장교 두 사람이 몇 걸음 만에 방을 가로질러 달려오더니 네 개의 손으로 모자에 붙은 별과 견장, 혁대, 야전 배낭을 낚아채면서 극적인 말투로 소리쳤다.

「당신을 체포하겠소!」

머리에서 발끝까지 찌르는 듯한 고통을 느끼면서도 내가 이때 외칠 수 있었던 것은,

「나를? 무엇 때문에?」

라는 말뿐이었다. 더 이상 현명한 말을 찾을 수가 없었던 것이다. 이 질문에 대해서는 대답이 없는 것이 상례이다. 그러나 놀랍게도 나는 그 대답을 받았던 것이다! 내가 여기서 이 말을 강조하는 것은 우리 나라의 관습으로 보아 너무나도 예외적인 일이었기 때문이다. 스메르시 대원들은 나의 몸수색을 끝마치자 배낭과 함께 나의 정치적인 사색을 적은 비망록을 압수했다. 그러고는 작렬하는 독일군 포탄에 유리창이 진동하는 가운데 나를 재빨리 출구 쪽으로 떠밀었다. 그런데 바로 그때였다. 별안간 나를 부르는 단호한 목소리가 울려 퍼졌다! 그렇다! 느닷없이 떨어져 내린 〈체포하겠소!〉라는 말 때문에 다른 사람들과 나 사이에 생긴 이 무언의 단절, 이미 어떠한 소리도 스며 나올 것 같지 않은 이 방어선을 넘어, 꿈에

도 생각지 못했던 여단장의 목소리가 들려온 것이다!

「솔제니찐! 이리 오게.」

나는 몸을 홱 돌리며 스메르시 대원의 손을 뿌리치고 여단장 쪽으로 걸음을 옮겼다. 나는 여단장을 잘 몰랐었다. 그는 나와 평범한 대화를 나눌 만큼 겸손한 태도를 보인 적이 한 번도 없었기 때문이다. 나에게 비친 여단장의 얼굴은 언제나 명령, 지휘, 분노를 나타내고 있었을 뿐이다. 그러나 지금 그의 얼굴은 깊은 생각에 잠겨 있었다. 이 더러운 일에 마지못해 참여하고 있는 자기 자신이 부끄러워서였을까? 지금까지 줄곧 가련하게 복종만 해왔지만 갑자기 그것을 뛰어넘고 싶은 충동이라도 느낀 것일까? 열흘 전 12문의 중포로 구성된 그의 포병 대대가 포위된 적이 있었다. 그때 나는 우리 중대를 이끌어 그 〈포위망〉을 뚫고 그의 포병 대대를 고스란히 다 구출해 냈다. 그런데 지금 그는 도장이 찍힌 한 장의 종이쪽지 앞에서 나와 인연을 끊지 않으면 안 되었던 것이다.

「자네…….」 여단장은 엄중한 어조로 물었다. 「제1 우끄라이나 전선에 친구가 있지?」

「안 됩니다! 당신에겐 그럴 권리가 없습니다!」 방첩대의 대위와 소령이 여단장인 대령에게 소리쳤다. 사령부의 참모 장교들은 유례가 없었던 여단장의 경솔한 행동에 자기들도 말려들까 봐 두려웠던지 겁에 질린 얼굴로 한쪽 구석으로 움츠러들었다(그러면서도 정치부 장교들은 여단장에게 제출할 〈자료〉를 준비하고 있었다). 그러나 나는 그것만으로도 충분했다. 나는 학창 시절 친구하고의 서신 교환 때문에 체포되었다는 것을 곧 알아차렸다. 그리고 나에게 앞으로 어떤 방향에서 위험이 다가오리라는 것도 알 수 있었다.

자하르 게오르기예비치 뜨라프낀 여단장은 그쯤만 해두고

나를 내보낼 수도 있었으리라! 그러나 그러지 않았다! 그는 여전히 자기 자신의 양심 앞에 스스로를 정화시키고 자세를 바로잡기라도 하려는 듯이 테이블에서 일어나(그는 지금까지 한 번도 내 앞에서 일어선 적이 없었다!) 방어선 너머로 나에게 손을 내밀었다(내가 자유인이었을 때도 결코 나에게 손을 내민 적이 없었다!). 그러고는 말없이 공포에 질려 있는 참모 장교들 앞에서 내 손을 쥔 채 언제나 무서웠던 그 얼굴을 누그러뜨리며 두려움이 없는 똑똑한 목소리로 말했다.

「자네의 행복을 빌겠네, 대위!」

나는 이미 대위가 아니었을 뿐만 아니라 정체를 폭로당한 인민의 적이었다(왜냐하면 우리 나라에서는 체포 대상이면 누구나 체포되는 그 순간부터 완전히 인민의 적으로 낙인이 찍히기 때문이다). 그런데도 그는 행복을 빌었던 것이다 — 인민의 적에게!

유리창이 진동했다. 독일군의 포탄이 2백 미터가량 떨어진 땅 위에서 작렬하고 있었다. 나는 그 소리를 들으며 생각했다 — 〈이런 일〉은 여기서 멀리 떨어진 조국의 땅, 후방의 안정된 생활 속에서는 결코 일어날 수 없으며, 모든 사람이 다 같이 죽음의 숨결을 가까이 느끼는 이런 절박한 전쟁터에서나 일어날 수 있다고.[12]

이 책은 나의 개인적인 회상록이 아니다. 따라서 나는 너무나도 어처구니없는 나의 체포와 관련된 지극히 우스꽝스러운

---

12 어쨌든 여단장이 인간다운 인간으로 〈남아 있을 수〉 있었다는 것은 참으로 놀라운 일이다. 그는 고역을 치르지 않았다. 얼마 전에 우리는 기쁘게 만났고, 처음으로 서로 사귀게 되었다. 그는 지금 퇴역 장군이고 사냥꾼 협회의 감사관으로 일하고 있다.

사건들을 여기 자세히 늘어놓고 싶은 생각은 없다. 그날 밤 방첩대원들은 지도를 판독하려는 필사적인 노력을 완전히 포기해 버렸다(그들은 작전도를 전혀 알아보지 못했다). 그래서 그들은 상냥한 태도로 작전도를 나에게 넘기면서 군 방첩대로 가는 길을 운전사에게 말해 달라고 간청했다. 나는 그들을 안내하며 스스로 형무소로 들어갔으나, 그 대가로 내가 들어간 곳은 보통 감방이 아니라 징벌 감방이었다. 그러나 임시로 징벌 감방으로 사용하고 있던 독일 농가의 그 창고에 대해서는 몇 마디 이야기해 둘 필요가 있을 것 같다.

이 징벌 감방의 길이는 사람의 키만 하고 그 넓이는 세 사람이 누워 자기에도 좁을 정도였다. 그래서 한 사람이 더 들어오면 서로 꼭 붙어서 자야만 했다. 그런데 공교롭게도 내가 그 네 번째 사람이 된 것이다. 자정이 넘은 한밤중에 쑤시고 들어가니, 잠을 자던 세 사람이 등피(燈皮) 없는 석유램프 불빛으로 잠결에 나를 보고는 미간을 찡그리며 자리를 내주었다. 이리하여 구겨지고 부서진 밀짚 위에, 네 켤레의 장화를 문 쪽을 향해 두고 네 개의 외투를 덮은 채 우리는 그럭저럭 자리를 잡았다. 그들은 잠이 들었으나 내 머리는 불처럼 타오르고 있었다. 바로 반나절 전만 해도 자신만만한 대위였다고 생각하니, 이 헛간 바닥에 끼어 있는 게 더욱더 괴롭기만 했다. 한두 사람이 옆구리가 아파 잠을 깨면 다른 사람들도 일제히 몸을 뒤척여 돌아누워야 했다.

아침이 되자 그들도 잠에서 깨어났다. 그들은 하품을 하고 목소리를 가다듬어 보기도 하고 다리를 폈다가 오므리기도 하며 구석구석에 웅크리고 앉았다. 우리는 서로 인사를 나누기 시작했다.

「당신은 무엇 때문에 들어왔소?」

그러나 스메르시 형무소의 지붕 밑에서 나는 막연하긴 하지만 벌써 긴장감이 감도는 찬바람을 느끼고 있었다. 그래서 나는 그들의 질문에 놀란 듯한 표정을 지어 보이며 이렇게 대답했다.

「나도 모르겠소. 그놈들이 어디 말이나 해줍니까?」

그러나 나의 감방 동료들 — 부드러운 검정 헬멧을 쓴 전차 대원들 — 은 아무것도 숨기지 않았다. 그들 세 사람은 정직하고 소탈한 군인 정신의 소유자였다. 나 자신은 그들보다 더 복잡하고 그다지 인상도 좋지 않았지만, 그들은 전쟁 중에 내가 애착을 느낄 수 있었던 그런 부류의 사람들이었다. 그들은 세 사람 다 장교였다. 그들의 견장도 역시 난폭하게 뜯겨 군데군데 실밥이 튀어나와 있었다. 낡고 더러운 군복 재킷에 남아 있는 깨끗한 반점은 나사로 고정시켰던 훈장의 흔적이었고, 그 얼굴과 손 위의 울긋불긋한 상처들은 부상과 화상의 흔적이었다. 그들의 전차 부대는 공교롭게도 제48군의 방첩 기관 스메르시가 주둔하고 있는 이 마을로 수리를 하러 왔었다. 그저께 전투의 울적한 기분도 풀 겸, 어제 그들은 술을 마시고 마을 변두리에 있는 목욕탕으로 몰려갔다. 두 명의 멋쟁이 아가씨가 목욕하러 들어가는 것을 보았기 때문이다. 그 아가씨들은 다리를 제대로 가누지도 못할 만큼 만취한 전차 대원들을 뿌리치고 옷을 입는 둥 마는 둥 도망치는 데 성공했다. 그런데 그들 중 한 아가씨가 다름 아닌 방첩대장의 여자였던 것이다.

그렇다! 전쟁은 벌써 3주일 동안 독일 땅에서 계속되고 있었다. 우리는 누구나 다음과 같은 것을 잘 알고 있었다. 즉 상대방이 독일 여자였다면 그들을 강간한 후 사살해도 괜찮으며 이것은 또한 전공(戰功)과도 다를 것이 없다는 것을. 그리고 만약 폴란드 아가씨거나 우리 나라에서 쫓겨난 러시아 여자였다면, 그들을 발가벗겨 밭으로 내몰아 궁둥이를 두들겨 보는 재미 정도만 맛볼 수 있다는 것도 우리 모두는 잘 알고 있었다. 그러나 이 아가씨는 방첩대장의 〈진중(陣中)의 아내〉였기 때문에, 후방의 일개 상사가 군 명령에 의해서 부여된 견장을 세 명의 일선 장교의 어깨에서 마구 떼어 내고 최고 회의 간부회에서 내린 훈장까지 제멋대로 박탈하고 만 것이다. 그리고 지금, 모든 전투를 다 겪어 오면서 적군의 참호선을 수없이 짓이겨 온 그들 세 명의 용사들은, 그들의 탱크가 없었다면 아직까지 이 마을에 도착하지 못했을지도 모를 군법 회의의 재판을 기다리고 있는 것이었다.

우리는 석유램프를 껐다. 그러지 않아도 이미 램프는 우리가 여기서 호흡하기에 필요한 산소를 죄다 태워 버리고 난 후였다. 문에는 엽서 크기만 한 〈들여다보는 구멍〉이 뚫려 있었고 그 구멍을 통하여 복도의 빛이 비스듬히 새어 들어오고 있었다. 날이 밝자, 이 징벌 감방이 너무 넓을까 봐 근심이라도 해주는 듯 곧 다섯 번째 사람이 투옥되었다. 그는 붉은 군대의 새 외투를 입고 있었고 모자도 역시 새것을 쓰고 있었다. 그는 문구멍 맞은편에 서서 볼이 빨간, 매부리코의 원기 왕성한 얼굴로 우리를 바라보았다.

「어디서 오는 길이오? 당신은 누구요?」

「〈저쪽〉에서 왔소.」 그는 활기차게 대답했다. 「난 스파이요.」

「농담이겠지?」 우리는 모두 깜짝 놀라며 반문했다. (스파이가 자기 정체를 밝히다니. 저 유명한 셰이닌도, 뚜르 형제도 그런 이야기를 쓴 적은 한 번도 없지 않은가!)

「전시에 어떻게 농담을 할 수 있단 말이오!」 젊은이는 신중한 표정으로 한숨을 내쉬었다. 「그건 그렇고, 포로가 된 사람은 어떻게 해야 집으로 돌아갈 수 있소? 좀 가르쳐 주시오.」

그는 우리에게 자초지종을 이야기하기 시작했다. 그 전날 그는 정찰을 한 후 다리를 폭파하라는 독일군의 지령을 받고 전선을 넘어왔다. 그러나 그는 전선을 넘자마자 투항하려고 가까운 대대를 찾아갔다. 잠을 못 자 피로에 지친 대대장은 그가 스파이라는 것을 도저히 믿을 수 없었던지 그를 의무실 간호사에게 보냈다는 것이었다. 이야기가 여기까지 미쳤을 때 갑자기 밖에서 새로운 호령 소리가 들려왔다.

「용변 볼 시간이다! 모두 손을 등 뒤로!」이마빼기가 튀어 나온 상사가 문을 열고 호통을 쳤다. 꼭 122밀리미터 포가나 끌기에 알맞을 놈이었다.

자동 소총을 든 군인들이 헛간을 우회하는 오솔길을 지키기 위해 농가의 뜰을 포위하고 있었다. 나는 분노를 참을 수가 없었다 — 일개 상사 녀석이 감히 장교인 우리에게 〈손을 등 뒤로〉라고 호령을 하다니. 그러나 전차 부대 장교들이 순순히 손을 뒤로 돌렸기 때문에 나도 그 뒤를 따라 걷기 시작했다.

헛간 뒤에는 정방형의 조그만 뜰이 있었다. 거기에는 아직도 사람의 발에 밟혀 다져진 눈이 녹지 않고 남아 있었는데, 그 마당 전체가 인분으로 가득 차 있었다. 그것이 너무나도 많고 너무나도 지저분하게 흩어져 있어서 어디다 두 발을 놓고 쭈그려 앉을지 도무지 엄두가 나지 않았다. 그러나 어쨌든 우리는 모두 뿔뿔이 흩어져서 여기저기에 쭈그리고 앉았다. 두 명의 자동 소총수가 쭈그리고 앉은 우리에게 험상궂은 표정으로 자동 소총을 겨누고 있었다. 그러나 상사는 1분도 채 지나기 전에 퉁명스럽게 재촉하기 시작했다.

「자, 빨리 서둘러! 여기선 용변을 빨리 봐야 하는 거야!」

나에게서 멀지 않은 곳에 전차 부대 장교 한 사람이 웅크리고 앉아 있었다. 로스또프 출신의 키가 크고 우울해 보이는 상급 중위였다. 그의 얼굴은 쇳가루와 연기로 검게 그을려 있었으나, 볼을 가로지른 커다란 붉은 상처는 너무나도 확연히 눈에 띄었다.

「〈여기〉라니 어디를 말하는 건가?」 그는 석유 냄새가 배어 있는 징벌 감방으로 돌아가기가 싫었던지 조금도 서두르는 기색이라곤 없이 조용히 물었다.

「스메르시, 방첩대를 말하는 거다!」 상사는 뻐기면서, 필요 이상으로 언성을 높여 이렇게 소리쳤다(방첩대원들은 〈스메르찌 시삐오남!〉, 즉 〈스파이에게 죽음을!〉이란 말에서 앞 음절들을 조합하여 만들어 낸 이 낱말을 무척 좋아했다. 이 말로 겁을 줄 수 있다고 생각했기 때문이다).

「하지만 우린, 좀 천천히 해야겠는걸.」 상급 중위는 생각에 잠긴 듯한 표정으로 대꾸했다. 그의 헬멧이 뒤로 흘러내리자 맨머리가 드러나 보였고, 떡갈나무처럼 단단한 그의 궁둥이는 시원한 바람을 받으며 기분 좋게 노출되어 있었다.

「〈우리〉라니 누굴 말하는 거야?」 상사는 필요 이상으로 크게 고함을 질렀다.

「붉은 군대를 말하는 걸세.」 짐승만도 못한 상사를 노려보면서, 중위는 쭈그리고 앉은 채 아주 태연자약하게 대꾸했다.

이게 바로 내가 들이마신 형무소의 첫 공기였다.

제2장
숙청의 흐름

　이제 와서 〈개인숭배의 폭정〉을 비난하는 사람들은 주로
1937년과 1938년에 있었던 대숙청만을 거듭 내세우고 있다.
그래서 마치 그 〈이전〉이나 〈이후〉에는 이렇다 할 대규모 투
옥 사건이 없었던 것 같은 인상을 주기에 이르렀다.

　구체적인 통계 숫자를 가지고 있는 것은 아니지만, 1937년
에서 1938년까지의 숙청의 〈흐름〉은 유일한 흐름도, 가장 중
요한 흐름도 아니었으며, 형무소로 통하는 어둡고 악취가 풍
기는 거대한 배수로의 가장 큰 세 줄기 흐름 중 하나였을 뿐
이라고 해도 아마 틀림이 없으리라 생각한다.

　그 〈이전〉의 큰 흐름은 1929년과 1930년에 있었다. 이 흐름
은 시베리아의 대하(大河) 오삐강처럼 도도히 흐르면서 1천
5백만의(아니, 그보다 더 많을지도 모른다) 농민을 툰드라와
밀림 지대로 떠내려 보냈다. 그러나 농민들이란 말을 할 줄도,
글을 쓸 줄도 몰랐기 때문에 아무런 호소문도, 아무런 회상록
도 남기지 못했다. 수사관들도 그들을 상대하려고 밤마다 책
상에 달라붙어 있지도 않았고, 애써 조서를 꾸밀 필요도 없었
다. 그저 농촌 소비에뜨의 결의문 한 장만으로 충분했기 때문
이다. 이 거대한 흐름은 줄기차게 흐르고 흘러 영원히 녹을

줄 모르는 광막한 동토대 밑으로 잦아들고 말았다. 그리하여 기억력이 왕성한 사람들조차 이 흐름에 대해서는 거의 기억해 내지 못하고 있다. 이 흐름은 또한 러시아인의 양심에 상처를 남긴 것 같지도 않다. 그러나 사실 스딸린이(그리고 나나 당신이) 저지른 죄 중에서도 이보다 더 무거운 죄는 달리 없을 것이다.

그 〈이후〉의 큰 흐름은 1944년에서 1946년에 이르는 시기에 있었다. 이 흐름은 또 하나의 대하 예니세이강처럼 거대한 배수로를 이루며 소련 내의 몇몇 〈소수 민족〉을 송두리째 삼켜 버리고 수백만의 러시아인을 휩쓸어 떠내려 보냈다. 그중에는 전쟁 중에 독일군의 포로가 되었다가(이것 역시 우리들의 탓이다!) 종전 후 돌아온 수많은 귀환 포로들이 포함되어 있었다. 그러나 이 흐름 속에 떠내려간 사람들 역시 대부분이 무식해서 어떠한 기록이나 회고록 같은 것을 남기지는 못했다.

이에 비하면 1937년의 흐름은 상당한 사회적 지위에 있던 사람들, 당원이었던 사람과 지식인 등을 휩쓸어 〈군도〉로 떠내려 보냈다. 그리고 여러 도시에는 그들 주변에서 상처를 입은 많은 사람들이 그대로 남아 있었고, 이들 중에는 글을 쓸 줄 아는 사람도 많았다! 그래서 지금 이들은 모두 하나같이 1937년의 참상에 대하여 글로 쓰기도 하고 이야기하기도 하고 회상에 잠기기도 한다. 1937년이야말로 전 국민적 비극의 볼가강이었다고!

그러나 끄리미야 지방의 따따르인, 깔미끄인, 혹은 체첸인들에게 〈1937년〉을 이야기해 보라. 그러면 그들은 그저 어깨를 한 번 움츠려 보이고 말 것이다. 그리고 또, 1935년을 체험한 레닌그라뜨인에게는 1937년 따위가 무슨 큰 재난일 수 있겠는가? 그리고 〈다시 체포된 사람〉이나 발트해 연안의 사람들에게는 1948년부터 1949년까지의 일들이 훨씬 더 괴로웠던 것이 아닐까? 그래서 만일 아주 꼼꼼한 사람이나 지리학자가 나더러 그 밖의 흐름들을 왜 열거하지 않느냐, 러시아엔 더 많은 강들이 있지 않느냐고 항의한다면 그 기록을 제시해 주기 바란다! 나머지 흐름들도 모두 여기 합류시킬 테니까.

주지하는 바와 같이 어떠한 기관이건 활동을 하지 않으면 결국 쇠퇴하게 마련이다. 그렇기 때문에 우리 나라의 〈기관들〉(그들은 이 혐오스러운 낱말로 자신들을 부르기를 좋아했다)은 모든 생명체 위에 군림하고 찬미받으면서 촉수 하나도 위축되지 않았을 뿐 아니라 오히려 새로운 촉수를 수없이 증가시키면서 근육 조직을 강화시켜 나갔다는 것을 안다면, 그들이 〈잠시도 쉬지 않고〉 활동해 왔다는 것을 추측하기가 어렵지 않을 것이다.

배수관에도 맥박과 같은 흐름이 있었다. 간혹 예정된 설계보다 수압이 높을 때도 있고 낮을 때도 있었으나 속이 텅 빈 적은 한 번도 없었다. 사람들의 몸에서 쥐어짠 피와 땀과 오줌이 그 배수관을 통해 쉴 새 없이 흘러내렸다. 이 배수로의 역사는 끊임없이 집어삼켜서 흘려 내보내는 반복의 역사이다. 그저 만수의 상태가 갈수(渴水)의 상태로 바뀌거나, 다시 만수의 상태로 되돌아오거나 할 뿐이었다. 그리하여 크고 작은 흐름들이 모여들고, 다시 사방팔방으로부터 시냇물, 조그만 물줄기, 도랑물, 그리고 홈통의 구정물과 수인(囚人)의 한 방울 한 방울이 그 흐름 속으로 모여들었던 것이다.

앞으로 인용하게 될 각 시기들의 숙청 리스트 속에는 수백만의 유형수들로 이루어진 커다란 흐름은 물론이고, 단지 수십 명 정도로 이루어진 시냇물까지도 빠짐없이 서술되고 있지만, 이것은 아직도 매우 불충분하고 빈약하며, 과거를 규명할 나의 역량에도 한계를 느끼고 있다. 따라서 목격자나 체험자 중 살아남은 사람들의 많은 보충이 필요하게 될 것이다.

◆

이러한 흐름을 열거해 가는 데 있어서는 〈무엇부터 시작할 것인가〉가 가장 어려운 일이다. 과거로 거슬러 올라가면 갈수록 생존해 있는 증인은 줄어들고 풍문도 거의 사라졌거나 애매해지고 기록 또한 없거나 열람이 금지되어 있기 때문이다. 게다가 극도로 잔인무도했던 내전 시기와 자비가 기대되던 최초의 완화 정책 시기를 동일하게 취급한다는 것은 전혀 옳은 일이 아니라고 보기 때문이다.

그러나 인구 구성 때문에 러시아가 어떠한 형태의 사회주의에도 적합하지 않다는 것은 내전 이전에도 명백한 사실이었다. 러시아는 온통 더럽혀져 있었다. 독재 정권의 최초의 탄압은 입헌 민주당원들에게 가해졌다(입헌 민주당원들은 제정 러시아 시대엔 가장 위험한 혁명의 전염병 균이었고 프롤레타리아의 집권하에선 가장 위험한 반동의 병균이었다). 1917년 11월 말, 소집되었다가 유회(流會)된 헌법 제정 회의 제1회기에서 입헌 민주당은 불법 정당으로 선포되어, 당원의 체포가 시작되었다. 거의 같은 시기에 〈헌법 제정 회의 동맹〉과 〈병사의 대학〉 조직에 가담하고 있던 사람들을 〈처넣는 일〉이 시작되었다.

10월 혁명의 성격이나 의의로 보아, 혁명 직후의 수개월 동안 뻬뜨로그라뜨의 끄레스띠, 모스끄바의 부띠르끼 형무소를 비롯한 각 지방의 형무소들이 제정 시대의 재벌들, 저명한 사회 활동가들, 장군들과 고급 장교들, 그리고 새 정권의 명령을 수행하지 않은 중앙과 지방 관서의 공무원들로 꽉 차 있었으리라는 것은 추측하기에 어렵지 않다. 체까의 첫 임무 중의 하나는 전 러시아 동맹 파업 지도 위원회 위원들의 체포 투옥이었다.

1917년 12월에 하달된 NKVD의 첫 훈령 중 하나에는 다음과 같은 것이 있었다. 〈공무원들의 태업에 대해서는 독자적인 창의력을 최대한 발휘하여 강제 수색, 압수, 구속 등 즉각적인 조처를 취할 것.〉[1]

1917년 말에 레닌은 〈엄격한 혁명 질서〉의 확립을 위하여 〈주정뱅이, 폭력배, 반혁명 분자, 그 밖의 기타 인물들이 무정부 상태를 조성하려는 시도를 가차 없이 분쇄할 것〉[2]을 요구했는데, 이는 곧 10월 혁명의 가장 위험한 적은 주정뱅이들이고 반혁명 분자는 세 번째쯤으로 미루어 놓고 있다는 뜻이 된다. 그러면서도 그는 보다 더 광범한 과업을 제시하려고 했다. 「어떻게 사회주의적 경향을 조직할 것인가」라는 글(1918년 1월 7일과 10일)에서, 레닌은 러시아 땅에서 모든 해충을 〈일소〉하자는 유일하고도 공통적인 목표를 제창했다.[3] 그리고 그는 이 해충 속에 모든 이질적 계급뿐만 아니라 노동을 회피하는 〈노동자들〉, 예컨대 뻬뜨로그라뜨(후의 레닌그라뜨) 당 소속 인쇄소 문선공들까지도 포함시키고 있다. (어째서 이 노동자들이 스스로 〈독재 계급〉이 되자마자 자신에게 부과된 일을 회피하려 들었는지, 지금의 우리로서는 도저히 이해가 가지 않는다.) 그리고 또 다음과 같은 구절도 있다. 〈……대도시의 어느 구역에, 어떤 공장과 어떤 농촌에…… 지식 계급을 자칭하는 태업자들이 숨어 있지 않다고 말할 수 있을까?〉[4] 사실

1 『내무 인민 위원회 통보』, 1917년, 제1호, p. 4.
2 『레닌 전집』 5판, 제35권, p. 68.
3 같은 책, p. 204.

이 논문에서 레닌은 〈해충〉의 숙청 방식이 다양할 것임을 시사했다. 즉 그들을 체포하여 투옥하는 방법도 있고, 변소 청소부 일을 시키는 방법도 있으며, 또 단기간의 구류 후에 황색 감찰을 발급할 수도 있고, 〈무위 도식배들을 총살형〉에 처하거나 〈가장 가혹한 종류의 강제 노동형에 처할 수도 있다〉는 것이다.[5] 이렇게 레닌은 징벌의 기본 방향을 제시하면서, 가장 효과적인 숙청 방법을 발견할 수 있도록 〈코뮌과 공동체〉가 경쟁해야 한다고 제의하고 있다.

이러한 넓은 의미의 〈해충〉 속에는 과연 어떤 부류의 사람들이 포함되어 있었는지, 지금의 우리로서는 일일이 그것을 조사할 수 있는 형편이 못 된다. 왜냐하면 러시아의 국민 구성 성분은 너무나 복잡하고 다양해서 그중에는 고립된 극소수의 불필요한 특수 집단도 포함되어 있었기 때문이다. 게다가 그들은 지금 이미 잊힌 지 오랜 집단이기도 했다. 혁명 전의 지방 자치 회의 의원들은 물론 해충이었다. 협동조합원도 해충이었고, 큰 건물의 건물주 역시 해충이었다. 중등학교 교원 중에도 해충이 적지 않았다. 각 교구 평의회는 그야말로 해충의 소굴이었다. 해충은 교회 합창단 속에도 많았다. 교회 성직자들은 하나같이 해충이었고, 특히 수도사나 수녀들은 해충의 대표자 격이었다. 일부 똘스또이주의자들은 소비에뜨 기관이나 철도국 같은 데 들어가 일했으나, 소비에뜨 정권 수호를 위해서라면 언제든지 손에 〈무기〉를 들고 나서겠다는 서약서를 제출하지 않음으로써 스스로 〈해충〉임을 입증했다(그들에 대한 재판 사건도 앞으로 기술하게 될 것이다). 철도국 얘기가 나왔으니 말이지만 그 산하에는 철도원 제복을 입은

4 같은 책, p. 204.
5 같은 책, p. 203.

해충들이 우글우글했다. 그래서 그들을 모조리 〈솎아 내고〉 경우에 따라서는 〈때려죽이기〉까지 했다. 전신 기사들 역시 어찌 된 일인지 대부분이 소비에뜨 정권에 반대하는 극렬한 해충이었다. 전 러시아 철도 노동자 동맹 집행 위원회도 그랬거니와 노동조합 안에서도 노동 계급을 적대시하는 해충들이 들끓었다.

우리가 지금까지 열거한 집단만으로도 해충은 방대한 수에 달해서, 그 숙청 작업에는 수년이 소모되게 마련이었다.

뿐만 아니라 말썽 많은 지식인들, 정신적으로 동요하는 대학생들, 각종 기인(奇人)들, 이른바 진리의 탐구자들과 광신자들, 이런 부류들은 또 얼마나 많았던가? 이런 부류는 어느시대에나 질서 정연한 체제 확립에 방해가 되므로 일찍이 뾰뜨르 대제도 그 숙청에 힘을 기울인 바 있었다.

그래서 만약 옛날의 형사 소송법과 같은 법적 절차를 적용했더라면, 내전이 계속되고 있는 상태에서는 해충들의 숙청 작업은 도저히 불가능했을 것이다. 그러나 〈재판 없는 제재〉라는 전혀 새로운 방식이 채택되었고, 이 달갑지 않은 일을 〈혁명의 파수병〉인 체까, 전(全) 러시아 비상 위원회가 자진해서 맡고 나섰다. 이 기관이야말로 수사, 구속, 예심, 기소, 재판과 판결의 집행 등 모든 권한을 한 손에 틀어쥔 인류 역사상 유례없는 징벌 기관이었다.

1918년에는 혁명의 문화적 승리를 촉진하기 위해 교회 안에 봉안된 성인의 유해를 들어내고 교회의 값진 기물을 몰수하기 시작했다. 교회와 수도원이 폐허로 변하는 것을 막기 위해 도처에서 봉기가 일어났다. 이곳저곳에서 종소리가 요란하게 울리고 러시아 정교도들은 몽둥이를 들고 달려 나왔다. 결국 그들 중 일부는 현장에서 〈사살〉되고 일부는 체포되었다.

1918년부터 1920년까지의 기간을 돌이켜 볼 때 우리는 일종의 곤란함을 느끼게 된다 — 즉 감방까지 끌려가기도 전에 〈처단〉된 모든 사람들을 형무소의 흐름 속에 포함시켜야 하는가? 또 농촌 소비에뜨의 현관 층계 밑이나 농장 뒤뜰에서 빈농 위원회에 의해 〈처단〉된 많은 사람들은 어떻게 분류해야 옳은가? 어느 지방을 막론하고 여러 주에서 (랴잔에서 두 건, 꼬스뜨로마, 비시니볼로초끄, 벨리시에서 각 한 건, 끼예프, 모스끄바에서 여러 건, 사라또프, 체르니고프, 아스뜨라한, 셀리게르, 스몰렌스끄, 보브루이스끄, 땀보프 까발레리스끄, 쳄바르, 벨리끼예 루끼, 므스찌슬라블 등에서 각 한 건 등) 반혁명 음모가 발각되었는데 그 가담자들이 수용소군도의 땅을 밟아 보지 못했다는 이유만으로 우리의 조사 대상에서 그들을 제외해야 할 것인가? 유명한 폭동(야로슬라블, 무롬, 리빈스끄, 아르자마스의 폭동)의 진압 외에도 우리가 이름만 알고 있는 몇몇 사건이 있다. 예를 들어 1918년 6월에 일어난 꼴삐노에서의 총살, 이것은 도대체 어떤 사건인가? 어떤 사람들이 살해되었는가? 그리고 이것은 어디에 분류해 넣어야 하는가?

내전 시기엔 단지 적군이나 반란군에 대한 공포 내지 복수심에서 수만 명의 무고한 주민들을 이른바 〈인질〉로 잡아들였는데, 이들을 형무소의 흐름 속에 포함시키느냐 아니면 내전 결산표 속에 기입하느냐 하는 것 역시 결정하기에 적잖은 곤란을 느낀다. 1918년 8월 30일 이후, NKVD는 다음과 같은 지령을 내렸다. 〈우파인 사회 혁명당원을《모조리》지체 없이 체포할 것이며 부르주아 계급과 장교 계급에서는《상당수의 인질》을 확보할 것.〉[6] (이것은 마치 예를 들자면 알렉산드르

6 『내무 인민 위원회 통보』, 1918년, 제21~22호, p. 1.

울리야노프의 조직에 의한 알렉산드르 3세의 암살 미수 사건 후, 이 조직뿐만 아니라 러시아의 학생 〈전부〉와 〈상당수의 지방 자치회 의원〉을 체포하자는 것과 다를 것이 없었다.) 또한 1919년 2월 15일 자 방위 소비에뜨 결의에 의하면 — 이 회의는 레닌 주재로 열렸음이 분명하다 — 체까와 NKVD에게, 철로의 제설 작업이 부진한 지방 농민들을 〈인질〉로 확보하고 〈만약에 앞으로 제설이 완료되지 않으면 총살형에 처하도록〉[7] 지시했다. 1920년 말 인민 위원회의 결정에서는 사회 민주당원을 인질로 잡는 것도 허용되었다.

그러나 일반적인 체포 사건으로 범위를 좁히더라도, 이미 1918년 봄부터 소위 사회주의 변절자들의 흐름이 여러 해에 걸쳐 줄기차게 계속되었음을 지적하지 않을 수 없다. 변절자들이란 사회 혁명당원, 멘셰비끼, 무정부주의자, 인민 사회당원 등을 가리키는 말인데, 이들은 오랫동안 혁명가의 탈을 쓰고 혁명가를 가장해 온 데 지나지 않는다. 이들은 그러한 목적으로 유형 생활도 하고, 계속하여 혁명가를 가장해 왔던 것이다. 그러나 혁명의 급격한 진행 과정에서 처음으로 이들 사회주의 변절자들의 부르주아적 본질이 곧 드러나고 말았다. 그러니 그들을 체포하는 것은 지극히 당연한 처사였다! 입헌 민주당원의 체포, 제헌 회의의 해산, 쁘레오브라젠스끼 연대와 그 밖의 연대의 무장 해제에 뒤이어, 처음엔 조금씩 눈에 띄지 않게 사회 혁명당원과 멘셰비끼들을 잡아들이기 시작했다. 1918년 6월 14일 모든 소비에뜨 기관에서 이들을 제거한 뒤로는 이들의 체포가 대대적으로 신속히 진행되기 시작했다. 7월 6일에는 좌파 사회 혁명당원들도 제거되었는데, 이들은 프롤레타리아 유일 정당의 동맹임을 가장 교활하게, 그리고

7 『소비에뜨 정권 법령』 제4권, 1968년, p. 627.

가장 오랫동안 가장해 온 자들이었다. 그 후부터 어느 공장이나 어느 도시에서 노동자들의 소요, 불만, 파업이 하나라도 일어나면(노동자들의 소요와 폭동은 이미 1918년 여름에도 많이 일어났고, 1921년 3월에는 뻬뜨로그라쁘와 모스끄바 그리고 끄론시따뜨 등을 온통 뒤흔들어 놓아, 마침내 NEP[8]를 실시하지 않을 수 없게 만들었다), 노동자를 진정시키고 그들에게 양보도 하고 그들의 정당한 요구에는 응해 주면서, 체까는 이러한 소요의 조종자로서 사회 혁명당원과 멘셰비끼들을 밤마다 쥐도 새도 모르게 잡아들이곤 했다. 1918년 여름, 그리고 1919년 4월과 10월에는 무정부주의자들이 대량으로 검거되었다. 1919년에는 사회 혁명당의 나머지 중앙 위원들이 모두 투옥되었는데 그들은 1922년에 재판을 받을 때까지 부띠르끼 형무소에 수감되었다. 같은 해인 1919년에 체까의 고위 간부 라찌스는 멘셰비끼에 대하여 다음과 같이 쓰고 있다. 〈그들은 더욱더 우리를 방해하고 있다. 그래서 우리는 그들이 발끝에 거치적거리지 않도록 길에서 끌어내는 것이다……. 우리는 그들을 사람들의 눈에 띄지 않는 조용한 곳, 부띠르끼로 보내면서 노동과 자본의 투쟁이 끝날 때까지 거기 앉아 있게 하려는 것이다.〉[9] 1919년에는 또 무소속 노동자 대회 대의원들도 투옥되었다(그 때문에 대회는 유회되고 말았다).[10]

일찍이 1919년부터 해외에서 돌아온 우리 러시아인 귀국

8 신(新)경제 정책. 1921~1927년에 레닌의 주도로 소련에서 시행된 경제 정책으로, 러시아 혁명과 내전으로 저하된 국내 경제력을 회복하기 위하여 잉여 농산물의 자유 판매와 개인 경영의 인정 따위와 같은 자본주의적 요소를 도입하였다 ― 옮긴이주.

9 M. 라찌스 『국내 전선에서의 2년간의 투쟁, 체까의 활동 개관』(모스끄바: 국립출판소, 1920), p. 61.

10 같은 책, p. 60.

자들은 이미 의심스러운 혐의를 받고 있었다. (무엇 때문에? 무슨 임무를 띠고 돌아왔는가?) 그리하여 1차 대전 중 프랑스에 파견되었다가 돌아온 러시아군 장교들은 귀국하자마자 모조리 투옥되었다.

또한 1919년에 진위가 뒤섞인 반(反)소비에뜨 음모 혐의로 (민족 회의, 군사적인 음모 등) 모스끄바와 뻬뜨로그라뜨, 그리고 그 밖의 도시에서 〈명부순(順)〉의 총살(이것은 즉 자유인을 체포하여 즉석에서 총살하는 것을 뜻한다)이 대대적으로 행해지고, 이른바 〈입헌 민주당 계열〉에 속하는 지식인들이 형무소로 끌려갔다. 〈입헌 민주당 계열〉이란 대체 무엇을 뜻하는가? 군주제 지지자도 〈아니고〉 사회주의자도 〈아닌〉 사람들, 즉 과학자, 대학교수, 문인과 예술인, 기술자 등을 가리키는 말이다. 극단적인 사회주의 작가, 신학자, 사회주의 이론가를 제외한 나머지 지식인 전부, 즉 지식 계급의 80퍼센트 가량이 모두 〈입헌 민주당 계열〉이었다. 꼬롤렌꼬 같은 작가도 바로 이 부류에 속하는 사람이었다. 레닌의 견해에 따르면 그는 부르주아적 선입견에 사로잡힌 가련한 소시민[11]이며, 〈그런 종류의 천재는 얼마 동안 형무소에 처넣어도 상관없다〉[12]는 것이었다. 개별적 인사의 구속에 관해서는 고리끼의 항의 서한을 통해서도 알 수 있다. 1919년 9월 15일 레닌은 그에 대한 회신에서 〈여기에 과오가 있다는 것을 우리도 잘 알고 있다〉, 그러나 〈이 얼마나 불행한 일인가! 또한 얼마나 불공평한 일인가!〉라고 개탄한 뒤에는 〈썩어 빠진 지식인들을 위해 징징대느라 힘을 소모하지 말 것〉을 고리끼에게 충고하고 있다.[13]

11 『레닌 전집』 5판, 제51권, pp. 47~48.
12 같은 책, p. 48.

1919년 1월부터 식량 징발이 실시되어 식량 조달을 위한 징발대가 편성되었다. 징발대는 전국 각지의 농촌에서 끈덕지고도 강력한 온갖 저항에 부딪혔다. 이 저항을 진압하는 과정에서, 역시(그 자리에서 사살된 자는 계산에 넣지 않더라도) 2년간에 걸친 수많은 죄수의 흐름이 생겨났던 것이다.

나는 여기서 전선의 이동에 따라 여러 도시와 주가 점령되었을 때의 〈체까〉, 〈특무 부대〉, 〈혁명 재판소〉 등의 활동에 관해서는 일부러 언급을 회피할 작정이다. 1918년 8월 30일부 NKVD의 훈령은 〈백위군 활동에 가담한 자는 무조건 총살에 처할 것〉을 강조하고 있었다. 그러나 그 경계를 어떻게 그어야 할지 곤란을 느끼게 되는 경우가 더러 있다. 1920년 여름, 내전은 아직 전국적으로 완전히 끝나지 않았으나 돈강 지방에서는 이미 끝난 때였다. 그런데 이때 돈강 지방의 로스또프와 노보체르까스끄로부터 수많은 장교들이 아르한겔스끄를 경유하여 목조 화물선으로 솔로프끼섬으로 이송되었다(전해 오는 말로는 그중 몇 척의 화물선이 백해에서 침몰되었다고 한다). 이런 일은 카스피해에서도 있었는데, 그렇다면 이 사건들을 내전 시기에 포함시킬 것인가, 아니면 평화적 재건 시기에 포함시킬 것인가? 그리고 같은 해에 노보체르까스끄에서는 백위군 장교인 남편을 숨겼다는 죄로 임신 중인 그 아내가 사살되었는데, 이것은 또 어느 항목에 기재해야 옳을 것인가?

1920년 5월에 발표된 〈후방 지구의 파괴 활동에 관하여〉라는 당 중앙 위원회의 결정은 너무나도 유명하다. 그런 종류의 모든 결정은 전국적으로 새로운 죄수의 흐름을 일으키는 동기가 되고, 죄수들의 흐름이 홍수를 이룰 것이라는 예보임을 우리는 경험을 통하여 잘 알고 있다.

13 같은 책, p. 49.

1922년까지 이런 모든 흐름을 형성하는 데 있어 형법이나 그와 유사한 제도가 없었다는 사실은 하나의 난점 — 아니, 오히려 더 큰 장점이었는지도 모른다 — 이었을 것이다. 오직 투철한 혁명 의식만이 어떤 사람을 〈체포하여〉 어떻게 처치할 것인가(여기엔 언제나 오류가 있을 수 없었다), 즉 어떤 불순물을 제거하여 배수로에 던져 넣을까를 지도해 왔던 것이다.

　이 개관에서는 일반 형사범이나 경범죄자들의 흐름에 대해서는 상세하게 언급하지 않기로 하겠다. 다만 한 가지, 행정 기관과 모든 법질서의 개편에 따르는 전반적인 빈곤과 결핍은 필연적으로 절도, 강도, 강간, 뇌물 수수, 암거래(투기 행위) 등의 범죄를 급증시켰다는 점만을 상기시키는 것으로 그치겠다. 비록 이러한 형사범들이 사회주의 공화국의 존재 자체를 위협하는 것은 아니었다 할지라도 그들 중 일부는 재판에 회부되었고, 이 형사범 죄수의 흐름이 반혁명 분자들의 흐름을 더욱 크게 만들었다. 그리고 그들 중에는 완전히 정치적 성격을 띤 〈투기 행위〉를 한 자도 있었다. 레닌이 서명한 1918년 7월 22일부 중앙 인민 위원회 포고령에는 다음과 같은 조항이 포함되어 있다. 〈폭리를 목적으로 정부의 독점 거래 품목인 식량을 매매하거나, 매점하거나, 저장하는 자[14]는…… 가장 무거운 강제 노동 및 전 재산의 몰수와 《최저》10년 형에 처함.〉

　1918년 여름부터 농민들은 능력의 한계를 넘는 양의 수확물을 강제로, 그것도 무상으로 징발당했다. 그것은 마침내 농민의 반란을 초래했고, 그 탄압을 위해 새로운 검거 선풍[15]이

---

　14 농민이 상거래를 위해서 식량을 저장하다니, 도대체 그것은 어떤 상거래를 말하는 것일까?

　15 〈인민 가운데 가장 근면한 농민들을 뿌리째 뽑아 버렸습니다……〉 고리끼에게 보낸 꼬롤렌꼬의 서한, 1921년 8월 10일 자.

일어났다. 우리는 1920년에 소위 〈시베리아 농민 동맹〉 재판이 있었다는 것을 알고 있다(그 상세한 내용은 모르지만). 그리고 그해 말에는 땀보프주의 농민 폭동이 사전에 분쇄되었다(이 사건은 재판조차 없었다).

그러나 땀보프주 농민에 대한 본격적인 숙청 작업은 1921년 6월에 시작되었다. 주 내에는 폭동 가담자 가족을 위한 수용소가 수없이 생겨났다. 들판 한구석에 말뚝을 박아 철조망을 둘러치고 그 속에 폭동 혐의자 가족을 3주 동안 가두어 두는 것이다. 만약 3주 안에 장본인이 자기 목숨으로 가족을 구하려고 나타나지 않으면 그 가족은 모두 유형에 처해졌다.[16]

그보다 앞서 1921년 3월에는 끄론시따뜨 군항의 반란 수병 중 총살을 면한 자들이 뻬뜨로빠블로프스끄 요새를 거쳐 수용소군도로 옮겨졌다.

1921년은 〈부르주아에 대한 탄압을 더욱 강화〉하라는 체까의 명령 제10호(1921년 1월 8일 자)로 시작된 해이기도 했다. 내전도 끝난 이때에 탄압을 완화하는 것이 아니라 오히려 더 〈강화〉하라는 것이었다! 이 명령이 어떻게 이행되었는지는 끄리미야 지방에서도 볼 수 있는데, 우리는 볼로신이 남겨놓은 몇 편의 시 속에서 그것을 엿볼 수 있다.

1921년 여름에는 러시아를 휩쓴 미증유의 기근을 극복해 보려고 조직된 기아 구호 위원회 간부들(꾸스꼬바, 쁘로꼬뽀비치, 끼시낀 등)이 체포되었다. 문제는 굶주린 자에게 음식을 주려는 그들의 손에, 굶주린 자에게 음식을 주는 것을 허가할 수 있는 권한이 없었다는 데 있었다. 체포를 모면한 이 위원회의 위원장 꼬롤렌꼬는 임종의 자리에서 위원회의 해체를 〈정치적 음모 중에서도 가장 악질적인, 정부에 의한 정치

16 뚜하체프스끼, 「반혁명 폭동과의 투쟁」, 『전쟁과 혁명』, 1926년, 제7~8호.

적 음모〉라고 불렀다.[17]

같은 해인 1921년에는 이미 〈체제 비판 학생들〉(예컨대 찌미랴제프 대학의 도야렌꼬를 중심으로 한 학생 그룹)에 대한 구속이 시작되었다. 비판이라 해도 공공연한 것은 아니고 자기들끼리의 대화 중에 비판적인 말을 한 것뿐이었다(학생 그룹의 신문을 멘진스끼나 야고다 자신이 직접 담당한 것으로 보아 이런 유의 사건은 아직 많지 않았던 것 같다).

역시 같은 해인 1921년에는 다른 정당원에 대한 체포 투옥이 본격적으로 확대되었다. 승리를 거둔 볼셰비끼 당 이외의 모든 정당은 사실상 러시아에서 이미 자취를 감춘 뒤였다. 그러나 다른 정당들이 다시는 되살아나지 못하도록, 그리고 그 정당의 당원들이 영영 머리를 쳐들지 못하도록 못을 박아 놓을 필요가 있었던 것이다.

과거에 볼셰비끼 당 이외의 다른 정당에 가입한 사실이 있는 러시아 시민이라면 한 사람의 예외도 없이 파멸의 운명을 면할 길이 없었다. 그 사람의 운명은 이미 결정되어 있었다(마이스끼나 비신스끼처럼 자기가 소속해 있던 정당이 괴멸했을 때 교묘히 줄사다리를 타고 공산당에 입당하지 않는 한). 그런 사람은 첫 번째로 체포되지 않은 경우도 있고(그 사람의 위험도에 따라) 1922년이나 1932년까지 또는 1937년까지도 살아남은 예가 있었으나, 일단 명단에 올라 있는 이상 언젠가는 자기 차례가 와서 체포되거나 아니면 정중히 소환되어 어느 당에, 언제부터 언제까지 소속되었는가라는 단 하

17 1921년 9월 14일 고리끼에게 보낸 서한. 꼬롤렌꼬는 또한 1921년에 티푸스가 형무소를 휩쓸고 있다는 중대한 사실을 우리에게 알려 주고 있다. 그 당시 투옥되었던 스끄리쁘니꼬바와 그 밖의 인사들도 이 사실을 증언하고 있다.

나의 질문을 받게 마련이다(때로는 반혁명 활동 유무를 묻는 수도 있지만 어쨌든 이 첫 질문으로 모든 것이 결정되는 것이었다).

그다음엔 각자가 서로 다른 운명의 길을 밟게 된다. 어떤 사람은 곧바로 제정 시대부터 유명한 중앙 형무소 중 하나로 끌려가기도 했다(다행히도 중앙 형무소는 모두 혁명 전과 똑같이 잘 보존되어 있어서 어떤 사회주의자는 옛날에 자기가 수감되었던 바로 그 감방에 들어가서 전부터 잘 아는 바로 그 교도관의 감시를 받게 되는 수도 있었다). 또 어떤 사람은 유형지로, 오랫동안이 아니라 그저 2~3년 동안만 가 있을 것을 제의받기도 했다. 그리고 좀 더 가벼운 경우는 지정된 몇몇 도시 가운데 거주지를 〈스스로〉 선택하도록 관대한 처분을 받기도 했다. 그러나 그곳에 거주를 제한받는다는 것은 GPU의 감시하에 다음 조치를 기다린다는 것과 다를 바가 없었다.

이 작전은 여러 해에 걸쳐 계속되었다. 왜냐하면 사람들이 눈치채지 못하도록 조용히 진행할 필요가 있었기 때문이다. 볼셰비끼 이외의 모든 당파의 사회주의자를 숙청하는 작전은 우선 모스끄바와 뻬뜨로그라뜨를 비롯한 주요 항구, 산업 중심지로부터 시작하여 점차로 각 지방에까지 확대해 나가야 했다. 이것은 상대도 없이 조용히 하는 복잡한 카드놀이와 흡사해서 그 당시의 사람들은 그 규칙을 전혀 알 길이 없었고, 지금에 와서야 그 윤곽을 간신히 짐작할 수 있을 뿐이다. 앞을 훤히 내다보는 누군가의 두뇌가 이 카드놀이를 꾸미고, 누군가의 정확한 손이 잠시도 쉬지 않고 지켜보다가, 하나의 카드 뭉치에서 3년의 형기를 마친 카드를 끄집어내어, 그것을 조용히 다른 자리로 옮겨 놓곤 했다. 그러면 중앙 형무소에 있던 자는 유형지로, 거주 제한을 받았던 자 역시 유형지로,

유형지에 있던 자는 다른 유형지로, 그리고 또 중앙 형무소로 (이번에는 다른 곳이지만) 옮겨졌다. 카드놀이는 언제나 참을성 있게 꾸준히 진행되었다. 이리하여 다른 정당원들은 전부터 자기를 알고 자기의 혁명 활동을 알고 있는 사람들과 그 고장으로부터 점점 격리되어, 소리도 없이 탄식도 없이 사라져 갔다. 한때 학생 집회에서 기염을 토하던 사람들, 짜르의 족가(足柳)를 자랑스럽게 철거덕거리던 사람들에 대한 제거 작업은 이토록 눈에 띄지 않게 그리고 무자비하게 계획되었던 것이다.[18]

이 방대한 규모의 〈카드놀이〉에서 옛 정치범 유형수들은 대부분 말살되었다. 이들은 사회 민주당원이 아니라, 사회 혁명당원 내지 무정부주의자들로서 제정 시대에도 가장 가혹한 형벌을 받았으며, 따라서 옛 유형지는 주로 이들로 형성되어 있었던 것이다.

여하튼 숙청의 순번제는 공정했다……. 1920년대에 그들은 소속 당과 그 당의 이데올로기를 부인하는 성명서에 서명할 것을 권유받았다. 일부는 이를 거부했다. 물론 이들은 맨 먼저 숙청되었다. 일부는 이를 수락함으로써 몇 해 동안 더 연명할 수 있었다. 그러나 그들의 순번은 어김없이 찾아왔고, 그들의 머리도 어김없이 어깨 위에서 굴러떨어졌던 것이다.[19]

18 꼬롤렌꼬는 고리끼에게 보낸 서한에서 이렇게 쓰고 있다(1929년 6월 21일 자). 〈역사는 언젠가 볼셰비끼 혁명이 진정한 혁명가와 사회주의자들을 짜르 전제 정부와 똑같은 수법으로 탄압했다는 사실을 반드시 밝혀 줄 것입니다.〉

19 간혹 신문 기사를 보고 우리는 눈을 의심하게 된다. 1959년 5월 24일 자 『이즈베스찌야』(정부 기관지)에도 그런 기사가 실렸다. 독일에서 히틀러가 정권을 잡은 지 1년 후 막시밀리안 하우케라는 사람이 다른 정당이 아닌 바로 공산당에 소속되어 있다는 죄로 체포되었다. 물론 사형당했을 것이라고 우리는 생각할 것이다. 그러나 천만에. 그는 단지 2년 형을 선고받았을 뿐이다. 그

1922년 봄에 체까는 GPU로 이름을 바꾸었는데, 본디 반혁명 분자와 투기 모리배 단속의 임무를 맡았던 이 기관이 이번엔 교회 문제에 개입하기로 결정했다. 〈교회 혁명〉도 아울러 수행할 필요가 있다는 것이었다. 교회 혁명이란 교회의 지도층을 한쪽 귀는 하늘 쪽에, 한쪽 귀는 루비얀까 쪽에 기울이는 사람들로 갈아 치워야 한다는 것이었다. 〈혁신 교회파〉가 그 요청에 응하여 나섰으나, 외부의 도움 없이 그들 자신의 힘만으로는 교회 기관을 지배할 수가 없었다. 그리하여 총대주교 찌혼이 체포되고, 뒤이어 두 개의 유명한 재판이 열려 총살형이 선고되었다. 하나는 모스끄바에서 총대주교를 중심으로 폭동을 일으킬 계획을 추진하려던 자들에 대한 재판이었고, 또 하나는 뻬뜨로그라쁘에서 교회 지휘권을 〈혁신 교회파〉에 넘기는 것을 방해한 베니아민 대주교에 대한 재판이었다. 각 지방마다 대주교와 주교가 구속되었다. 언제나 그렇듯 큰 고기를 잡은 뒤엔 송사리 떼에까지 그물을 던지게 마련이다. 뒤이어 사제들, 수도사들, 심지어 보제들까지 투옥되었으나 이것은 신문 지면에는 전혀 보도되지 않았다. 교회 개혁을 제창하는 〈혁신 교회파〉의 압력에 굴복하지 않으려던 사람들도 구속되었다.

그리하여 날이면 날마다 성직자들을 무더기로 잡아들였고 솔로프끼섬의 죄수 호송단 숙박지마다 그들의 은발이 여기저기서 눈에 띄었다.

1920년대 초기부터 접신론자, 신비론자, 강신술자(빨렌 백

렇다면 물론 추가형이 선고되었겠지. 천만에. 형기가 끝나자 그는 완전히 자유의 몸으로 석방되었다. 참으로 놀라운 일이 아닌가! 그 후 그는 조용히 살면서 지하 활동을 전개했다고 한다. 『이즈베스찌야』는 이러한 그의 대담성을 찬양하는 기사를 실었던 것이다.

작 일파는 영혼과의 대화록을 작성하고 있었다), 각종 종교 단체, 베르쟈예프 서클의 철학자들도 투옥되었다. 이와 병행하여 〈동방 가톨릭파〉(블라지미르 솔로비요프의 추종자들)와 A. I. 아브리꼬소바 일파도 숙청되었다. 그리고 다음엔 일반 가톨릭 신자와 폴란드 가톨릭 신부들에게도 손이 뻗쳤음은 물론이다.

그러나 1920년대와 1930년대에 걸쳐 GPU와 NKVD의 주요 목표 중 하나였던 종교 말살은 정교회 일반 신자들을 대량 투옥함으로써만 비로소 가능했다. 예전의 러시아를 검게 수놓았던 수도사와 수녀들은 특히 집요한 탄압을 받으면서 투옥되거나 유배되었다. 교회의 열성분자들은 모두 체포되어 재판에 회부되었다. 그 범위는 점점 더 확대되어, 나중에는 일반 신자들, 노인들과 부녀자들까지 닥치는 대로 잡아들였다. 특히 부녀자들은 끝까지 신앙을 고수했기 때문에 유형지나 수용소에서는 오랫동안 〈수녀〉라는 별명으로 통했다.

하기는 그들이 처형된 것은 신앙 그 자체 때문이라기보다 자기들의 신념을 공공연히 말하고 아이들을 그런 정신으로 교육시켰기 때문이라는 편이 옳을는지 모른다. 따냐 홋께비치도 이런 시를 쓰지 않았던가.

네가 기도하는 것은 〈자유〉지만
오직 하느님 혼자만이 들을 수 있도록 하라.

이 시 때문에 그녀는 10년 형을 받았다. 그러나 믿음을 가진 인간이 자기의 종교적인 신념을 자기 아이들에게까지 숨겨야 한다니! 자녀에 대한 종교 교육은 1920년대에는 제58조 10항, 즉 반혁명 선동죄로 간주되었다! 물론 법정에서는 신앙을 부인할 수가 있었다. 그리 흔하지는 않지만 아이들을 양육하기 위해 아버지는 신앙을 부인하고 어머니는 끝내 솔로프끼섬으로 간 경우도 있었다(지난 수십 년 동안 특히 부녀자들이 발휘한 종교에 대한 강인성은 놀랄 만한 것이었다). 종교범들에게는 예외 없이 그 당시의 최고형인 10년 형이 선고되었다.

앞으로 다가올 깨끗한 사회를 위해 대도시에서 숙청 작업이 진행되던 그 무렵, 특히 1927년에는 〈수녀님〉들과 함께 매춘부들도 솔로프끼섬으로 유배되었다. 죄 많은 지상 생활의 애호가인 그들은 훨씬 가벼운 〈3년 형〉을 선고받았다. 숙영지나, 중계소에서 심지어는 솔로프끼섬에서도 그들은 관리자나 호송병들을 상대로 아무런 방해 없이 자기들의 유쾌한 직업에 종사할 수 있었다. 그래서 3년 뒤엔 묵직한 트렁크를 몇 개씩이나 들고 다시 출발점으로 되돌아갈 수 있었다. 그러나 여자 종교범들은 과연 언제 사랑하는 자식들한테 돌아갈 수 있을지 막막하기만 했다.

1920년대 초기에는 이미 순수하게 민족적 관점에서 숙청의 흐름이 나타나기 시작했으나 아직까지는 변경 지역에서도 그리 큰 것은 아니었고, 더욱이 러시아의 기준에서는 더욱 보잘것없는 것이었다. 그것은 중앙아시아에서의 소비에뜨 정권(중앙아시아 최초의 대표 소비에뜨는 러시아인의 힘이 우세하여 러시아 정권으로 간주되고 있었다)의 수립에 저항하고 있던 아제르바이잔의 무사바띠스뜨들, 아르메니아의 다시나끄들, 그루지야의 멘셰비끼와 뚜르끄멘의 바스마치들이었다. 1926년에는 시오니스트 단체 〈헤할루츠〉가 완전히 소탕되고 말았다. 전 국민을 사로잡은 국제주의의 정열에 함께하지 못했기 때문이었다.

다음 세대에 속하는 사람들 중에는 1920년대를 아무런 제한도 받지 않고 자유롭게 행동할 수 있었던 시대라고 믿는 사람이 많다. 그러나 우리는 이 책에서 그와는 다른 각도에서 1920년대를 보낸 사람들을 만나게 될 것이다. 그 당시 비당원 대학생들은 〈대학의 자치〉와 집회의 권리, 그리고 과다한 정치 교양 과목의 폐지를 위해 싸우고 있었다. 그리고 그 대답은 체포 투옥이었다. 체포는 국경일이 가까워지면 강화되었다(예컨대 1924년 5월 1일). 1925년에 레닌그라드의 대학생들(수백 명가량)이 해외에 있던 멘셰비끼의 기관지 『사회주의 통보』를 읽고 쁠레하노프를 연구했다 하여 모두 3년의 정치범 격리 금고형을 선고받았다(쁠레하노프 자신도 젊은 시절에 까잔 대성당 앞에서 짜르 정부를 공격하는 연설을 했는데 이보다는 훨씬 가벼운 형을 받았었다). 1925년에 처음으로 젊은 뜨로쯔끼주의자들의 투옥이 시작되었다(두 사람의 순진한 붉은 군대 병사가 러시아의 전통을 상기하고, 구금된 뜨로쯔끼주의자를 위한 모금을 하다가 역시 정치범 형무소 신세를 지게 되었다).

물론 착취 계급 역시 탄압을 면할 수 없었다. 1920년대 초기부터 말기에 이르기까지 장교 출신으로 아직 살아남은 자들에 대한 〈소탕 작전〉이 계속되었다. 내전 시기에 총살을 면한 백위군 장교들, 백위군에서 적위군으로 전향하여 내전을 치른 전향파 장교들, 제정 러시아 군대 출신으로 적위군에 가담했으나 도중에 이탈했거나 시종 종군했다는 증명서를 제시할 수 없는 장교들이 그 대상이었다. 〈소탕 작전〉이란 대번에 그들을 처형하지 않고 자유롭게 돌아다니게 하고서는(이것 역시 〈카드놀이〉였다) 끊임없이 점검하고, 직장과 거주를 제한하고, 잡아들였다가는 풀어 주고, 다시 잡아들이고 — 그러다가는 조금씩 수용소로 추방하여 다시는 돌아오지 못하도록 하는 점진적 숙청 방법을 말하는 것이다.

그러나 수용소군도로 장교들을 추방하는 것으로 작전이 종결된 것은 아니었다. 그것은 작전의 개시를 의미할 뿐이었다. 왜냐하면 그들의 어머니와 아내와 자녀는 그대로 남아 있었기 때문이다. 정확한 사회 분석을 적용한다면 가장(家長)이 투옥된 뒤 그 가족의 심리적 상태가 어떠하리라는 것은 쉽사리 추측하고도 남는다. 그 때문에 그들은 가족들까지도 잡아들이지 않을 수 없었고, 따라서 이번엔 가족들의 흐름이 넘실거리게 되었다.

1920년엔 내전에 참가한 까자끄들을 특별 사면했다. 많은 사람들이 렘노스섬으로부터 고향인 꾸반 지방으로 돌아가 토지를 분배받았다. 그러나 얼마 안 있어 모두 다시 투옥되었다.

제정 시대에 관리로 있다가 종적을 감춘 사람들도 모조리 적발 대상이 되었다. 그들은 과거의 신분을 감추고, 아직 신분 증명서나 전국 공통의 노동 수첩 제도가 없는 것을 기회로 소비에뜨 기관에 기어들어가 일하고 있었다. 그러나 스스로 실언을 하거나, 이웃 사람들이 밀고를 하거나 하여, 다시 말해서 기관의 정보망에 걸려들어 정체가 폭로되곤 했다(때로는 순전히 우연일 때도 있었다 — 예컨대 어떤 사람은 단순한 호기심에서 지방 법조계 인사들의 방명록을 보관하고 있었는데 1925년에 우연히 그것이 발각되는 바람에 전원이 체포되어 총살된 일도 있었다).

이리하여 자기의 〈출신 성분〉과 〈사회 성분〉을 숨긴 자들의 흐름이 굽이쳐 흐르기 시작했다. 출신 성분이나 사회 성분은 광범위하게 해석되었다. 세습 귀족들이 체포되었다. 그들의 가족도 제외되지는 않았다. 마침내는 이른바 〈당대의 귀족〉, 즉 과거의 대학 출신자들까지도 그 행적을 자세히 조사하지도 않은 채 무조건 잡아들였다. 그리고 일단 붙잡히면 되돌아올 길은 없었다. 〈혁명의 파수병〉에겐 실수란 있을 수 없기 때문이다.

(아니, 그래도 개중엔 되돌아오는 사람도 있기는 있었다 — 그것은 거꾸로 흘러오는 아주 미미한 흐름이었으나, 그 흐름 속에 용하게 끼어든 자도 있었던 것이다. 그들 중 첫 번째 경우를 여기 소개해 보자. 귀족이나 장교의 아내나 딸 중에는 뛰어난 자질과 매혹적인 용모를 가진 여자가 드물지 않았다. 그중 일부는 거꾸로 〈되돌아오는〉 가느다란 흐름 속에 끼어드는 데 성공했다. 이들은 삶이란 우리에게 단 한 번 주어진 것이며 따라서 그보다 더 귀중한 것은 이 세상에 아무것도 없다는 점을 깨달은 여성들이었다. 그들은 체카나 GPU에 협력할 것을, 즉 끄나풀이 될 것을 자청했다. 이용 가치가 있다고 인정되면 그들의 청은 받아들여졌다. 하기는 그들보다 더 쓸모 있는 끄나풀이 어디 있겠는가! 그들은 많은 도움이 되었다. 그도 그럴 것이 〈과거의 족속〉들은 그들을 철석같이 믿어주었기 때문이다. 여기서 혁명 후의 가장 뛰어난 밀고자라 할 수 있는 최후의 공작 부인 뱌젬스까야 — 그녀의 아들도 솔로프끼섬에서 밀고자였다 — 라든가, 꼰꼬르지아 니꼴라예브나 이오세의 이름을 예로 들 수 있다. 아마도 이오세는 뛰어난 자질을 지닌 여성이었던 모양이다. 장교였던 남편이 그녀의 눈앞에서 총살되었고 그녀 자신은 솔로프끼섬으로 추방되었다. 그녀는 당국의 허락을 받아 모스끄바로 되돌아와서 루비안까 형무소 근처에 살롱을 차렸다. 그 집에는 기관의 거물급들이 단골로 찾아오곤 했다. 1937년에 그녀는 자기의 보호자인 야고다 일파와 함께 다시 투옥되었다.)

우스운 얘기지만 정치 적십자사만은 어리석은 전통에 따라

구 러시아 시대부터 존속되고 있었다. 러시아에는 세 개의 지부가 있었다. 모스끄바 지부(뻬시꼬바 비나베르)와 하리꼬프 지부(산도미르스까야), 그리고 뻬뜨로그라뜨 지부였다. 모스끄바 지부는 조심스럽게 처신하여 1937년까지 그대로 존속됐다. 뻬뜨로그라뜨 지부(늙은 인민주의자 셰프초프, 절름발이 가르뜨만, 꼬체로프스끼)는 겁도 없이 정치 문제에 개입하여 옛날에 실리셀부르끄 요새에 수감되었던 정치인들의 지지를 구하기도 하고(레닌의 형 알렉산드르 울리야노프와 동일 사건으로 유죄가 된 노보루스끼), 사회주의자뿐만 아니라 KR, 즉 반혁명 분자에게까지 구호의 손길을 뻗쳤다. 결국 1926년에 지부는 폐쇄되고 간부들은 유형지로 추방되고 말았다.

세월은 흘러 이제는 모든 것이 우리의 기억 속에서 희미하게 퇴색해 버렸다. 그래서 1927년이라고 하면 우리는 NEP의 완화된 사회 분위기 속에서 무사태평했던 한 해였다고 생각하기 쉽다. 그러나 실제로는 마치 세계 혁명 전쟁의 전야를 방불케 하는 긴장 속의 한 해였던 것이다. 신문에는 충격적인 기사들이 나왔다. 바르샤바 주재 소련 대사 보이꼬프의 암살 사건이 6월의 신문 전면을 메웠으며 이와 관련하여 마야꼬프스끼[20]는 뇌성 같은 비난의 시 네 편을 발표하였다.

그러나 그것은 헛수고였다. 폴란드 정부는 곧 사과 성명서를 발표했으며 보이꼬프 암살범[21]은 바르샤바에서 체포되었다. 결국 시인의 으름장은 행차 뒤의 나팔 격이 되고 만 셈이다.

---

20 러시아의 20세기 미래파 시인 — 옮긴이주.
21 군주제 지지자인 암살자는 보이꼬프 개인에게 복수를 감행한 것처럼 보인다. 전에 우랄 지방 식량 징발 위원직에 있던 보이꼬프는 1918년 7월 러시아 황실 가족 살해 흔적을 소멸하는 임무를 수행한 바 있었다. 그는 시체를 갈기갈기 찢어 화장한 후 그 재를 아무 데나 뿌려 버렸던 것이다.

굳건한 결속으로,
　　눈부신 건설로,
　줄기찬 끈기로,
　　가차 없는 〈징벌〉로,
미친 개새끼들의
　　모가지를 비틀자!

　누구를 징벌하자는 건가? 누구의 모가지를 비틀자는 건가?
여기서 〈보이꼬프 복수전〉이 벌어졌다. 언제나 그렇듯이 무
슨 자극적인 사건이 벌어지기만 하면 곧 〈과거의 족속〉들 ─
무정부주의자, 사회 혁명당, 멘셰비끼, 그리고 애매한 지식 계
급에 대한 검거 선풍이 일어나곤 했다. 하지만 도시에서 대체
누구를 잡아들여야 한단 말인가? 설마 노동 계급을 잡아들일
수야 없지 않은가!
　〈입헌 민주당 계열〉 지식인들은 이미 1919년부터 솎아 낼
대로 모조리 솎아 냈다. 그렇다고 전위 세력을 자처하는 지식
인에게 손을 대기에는 아직 시기가 이르지 않은가? 결국 학생
층을 들추어내는 수밖에 없을 것이다. 여기서 마야꼬프스끼
는 또다시 기염을 토한다.

　자나 깨나
　　공산 청년 동맹을
　　　생각하라!
　날카로운 눈으로
　　자기 대열을
　　　살펴라!
　모두가 모두

진짜 성실한
　　　　　동맹의 일원인가를?
　　혹시나 그 속에
　　　동맹원을
　　　　　가장한 자가 없는지를?

　자기 편리에 따른 세계관은 역시 〈사회적 예방 조치〉라는 편리한 법적 용어를 만들어 낸다. 이 말은 곧 널리 퍼져 모든 사람에게 받아들여졌다. 누구나 쉽게 알 수 있는 용어였기 때문이다. (라자리 꼬간이라는 백해 운하 건설 현장의 한 간부는 곧 이렇게 말할 것이다. 「나는 당신이 개인적으로는 아무 죄도 없다는 걸 믿고 있소. 그러나 당신이 고등 교육을 받은 사람이라면, 현재 우리 나라에서는 광범한 〈사회적 예방 조치〉가 취해지고 있다는 점을 이해해야 할 거요.」) 사실 쓸모없는 동반자 격인 썩어 빠진 지식인들을 세계 혁명을 위한 전쟁 전야인 지금 이 시기에 잡아들이지 않고 언제 잡아들인단 말인가? 대전쟁이 시작된 다음엔 이미 때가 늦을 것이다.

　그리하여 모스끄바에서는 지구마다 조직적인 체포가 시작되었다. 어느 지구에서나 누군가 반드시 걸려들게 되어 있었다. 슬로건은 이러했다 ― 〈온 세상이 공포에 떨도록 주먹으로 책상을 내려치자!〉 루비얀까와 부띠르끼 형무소로 한낮에도 소형 자동차와 포장 씌운 트럭과 포장 없는 마차가 몰려들어 출입문과 뜰 안은 일대 혼잡을 이루었다. 체포한 자들을 차에서 끌어 내려 인수인계하기도 어려울 지경이었다(이것은 다른 도시에서도 마찬가지였다. 로스또프의 33호 건물 지하실은 며칠 사이에 어찌나 붐볐는지 새로 잡혀 온 보이꼬프는 맨바닥에 앉을 자리를 찾기조차 힘들 정도였다).

이런 흐름에 끌려든 전형적인 예를 하나 들어 보자. 몇십 명의 젊은이가 〈음악의 밤〉을 열기로 하고 한자리에 모였다. GPU의 사전 허가를 받은 모임은 아니었다. 그들은 음악을 듣고 차를 마셨다. 그러고는 찻값으로 각자 형편에 따라 몇 꼬뻬이까씩 돈을 모았다. 변명의 여지가 없었다. 음악은 그들의 반혁명적 성격을 대변하는 것이고, 돈은 찻값이 아니라 멸망해 가는 세계 부르주아 계급에 대한 원조금이라는 것이었다. 〈전원〉이 체포되어 3년에서 10년의 실형을 선고받았다(안나 스끄리쁘니꼬바는 5년을 선고받았다). 혐의 사실을 시인하지 않은 주동자들(이반 니꼴라예비치 바렌쪼프와 그 밖의 청년들)은 〈총살형〉에 처해졌다!

같은 해에 프랑스 파리 어딘가에서 망명 중인 학습원 졸업생이 전통적인 뿌시낀 기념제를 거행했다는 기사가 신문에 보도되었다. 이것 역시 명백했다. 그런 모임은 치명상을 입은 제국주의자들의 새로운 기도를 의미한다는 것이었다. 따라서 소련 내에 아직 남아 있는 학습원 출신자는 〈하나도 빠짐없이〉 검거되었고, 뒤이어 또 다른 특수학교였던 〈법률 학교〉 졸업생까지도 모조리 체포되었다.

이때까지 체포되는 자의 수효는 전적으로 SLON, 즉 솔로프끼 특별 수용소의 규모에 따라 제한되어 있었다. 그러나 〈수용소군도〉는 이미 그 악명을 떨치기 시작했으므로, 이제 곧 그 암종(癌腫)은 전국 방방곡곡으로 전이되어 나갈 것이었다.

새로운 맛을 보게 되면 새로운 식욕이 나게 마련이다. 당국의 지시에 재빨리 호응할 줄 모르는, 그러면서도 스스로를 필요 불가결의 존재로 인정하고 있는 기술계 지식인에 대한 탄압이 서서히 다가오고 있었다.

애초부터 우리는 기사니 기술자니 하는 족속을 믿어 본 적이 없었다. 그래서 혁명 초기부터 우리는 자본가의 충실한 종복이었던 그들을 건전한 노동 계급의 감시와 통제 밑에 묶어두었던 것이다. 그러나 경제 재건기에는 계급 투쟁의 화살을 여타의 지식 계급에 돌리면서 그들이 우리의 산업 분야에서 계속 일하도록 내버려 둘 수밖에 없었다. 그런데 우리의 계획 경제의 규모가 확대되고 각종 사업 계획이 수적으로 증가하면 할수록 그 계획들이 서로 어긋나면서 커다란 차질을 나타내게 되었다. 그리하여 구시대의 기술자 계급의 불성실성과 교활함이 드러났고, 그들이 바로 해악을 끼치는 존재임이 명백해졌다. 〈혁명의 파수병〉의 날카로운 눈초리가 그들을 쏘아보게 되었다. 일단 그 무서운 눈초리가 향하기만 하면 그곳에서 곧 해충의 소굴이 드러나게 마련이다.

이 제독(除毒) 작업은 1927년부터 활발히 전개되었으며, 우리 나라 경제의 침체와 실패의 원인이 어디에 있는가를 프롤레타리아에게 명백히 보여 주었다. 철도 교통 인민 위원회에도 해독 분자가 있었다(그 때문에 기차를 타기 힘들고 물자 수송이 원활치 못했다). 모스끄바 수력 발전소에도 해독 분자가 있었다(그 때문에 정전이 잦았다). 석유 생산 부문에도 있었다(그 때문에 휘발유가 부족했다). 방직 부문에도 있었다(그 때문에 노동자들이 헐벗어야 했다). 석탄 생산 부문에도 해독 분자가 무더기로 있었다(그 때문에 추위에 떨어야 했다!). 금속 부문에도, 군수 산업 부문에도, 기계·조선 부문에도, 화학 공업 부문에도, 광산 부문에도, 금 및 백금 생산 부문에도, 관개 사업 부문에도, 도처에 방해 분자의 소굴이 곪은 종기처럼 해독을 퍼뜨리고 있었다! 가는 곳마다 계산자를 손에 든 적들이 우글거리고 있었던 것이다. GPU는 그들을 잡아내느라 눈코 뜰 새가 없었다. 각 도시와 지방에서 GPU의 협의회와 프롤레타리아 재판소가 이 종기를 도려내는 작업을 전개했다. 근로자들은 날마다 신문을 통하여 새로운 해독 사건을 전해 듣고는 놀라움을 금치 못했다. 빨친스끼 사건, 폰 메끄 사건, 벨리치꼬[22] 사건, 그리고 그 밖에 이름도 없는 사람들의 사건이 꼬리를 물고 일어났다. 각 생산 부문마다, 각 공장마다, 각 협동조합마다 자기 내부에 숨어 있는 해독 분자를 적발해 내야만 했다. 하기는 일에 착수하기만 하면 해독 분자는 곧 발견되었다(물론 GPU의 도움을 받긴 했지만). 만약 혁명 전에 학교를 나온 기술자 중에 아직도 배신자로 낙인찍히지 않은 자가 있다면, 그는 우선적으로 혐의를 받을 수밖에 없었다.

간사하고 교활하기 짝이 없는 이 구시대의 기술자들은 각종 방법으로 악랄한 해독 행위를 자행하고 있던 것이다! 니꼴라이 까를로비치 폰 메끄는 철도 교통 인민 위원회에 숨어들어 새 경제 건설에 충성하는 척하면서 사회주의 건설의 경제 문제에 관해 곧잘 그럴싸한 제안을 하곤 했다. 그중 가장 해독적인 제안의 하나는 화물 차량을 더 많이 연결하여 열차 단위 적재량을 배가하라는 것이었다. 결국 폰 메끄는 GPU에 의해 제거되었다(총살형을 받았다). 그가 철도 선로와 화물 차량, 기관 차량들을 못 쓰게 만들어, 외국의 침공이 있을 경우 전국의 교통마비 상태를 초래하려 했다는 것이다! 얼마 지나지 않아 새로 교통 인민 위원으로 취임한 까가노비치 동지는 열차 단위 적재량을 두 배 또는 세 배까지 늘리도록 명령했다(이것으로 그와 그의 참모들은 레닌 훈장을 받았다). 그러자 간악한 기사들은 이번엔 이른바 〈제한론자〉로 변신하여 등장

22 육군 중장 A. F. 벨리치꼬는 육군 대학 교수를 역임하였으며 제정 시대에는 육군부 총책임자로 있었다. 그는 체포되어 총살형을 받았다. 만약에 1941년까지 살았더라면 소련을 위해 얼마나 크게 공헌했을 것인가?

했다. 그들은 한계를 넘는 적재량 초과는 열차의 수명을 결정적으로 단축시킨다고 극구 반대함으로써 사회주의적 수송 정책의 가능성을 불신했다는 죄목으로 총살형에 처해졌다.

이러한 〈제한론자〉들은 몇 해 동안 수난을 면치 못했다. 그들은 자기들의 수학 공식만을 내세우며, 노동자들의 앙양된 의욕이 능히 기적 같은 성과를 쟁취할 수 있음을 이해하려 하지 않는다는 것이었다(이 몇 해 동안에 민중 심리에도 일대 변화가 일어났다. 러시아 민중의 신중한 지혜를 나타내는 옛 속담 ──〈조용히 하는 자가 멀리 간다〉라는 속담은 한낱 웃음거리가 되어 이제는 누구도 그것을 인용하려 들지 않게 되었다). 만약에 구시대 기사들의 숙청이 일시 보류되는 일이 있었다면, 그것은 그들을 대신할 새 일꾼이 미처 양성되지 않았기 때문이었다. 이제프스77 군수 공장 기사장인 니꼴라이 이바노비치 라디젠스끼는 처음에 〈제한론〉과 〈안전에 대한 맹목적 신앙〉(그는 이 신앙에 입각하여 공장 확장을 위해 오르조니끼제한테서 승인을 받은 자금이 턱없이 부족하다고 생각하고 있었다) 때문에 체포되었었다.[23] 그러나 그 후 그는 자택 연금에서 풀려나 이전의 직장에서 일하라는 명령을 받았다(그가 없으면 당장 일을 해나갈 수 없기 때문이었다). 그는 일을 하려고 했으나, 자금은 여전히 부족했다. 그래서 이번에는 〈자금의 부정 이용〉 때문에 또다시 투옥되었다. 주임 기사를 잘못 썼기 때문에 자금이 부족했다는 것이다! 그는 1년 후 벌목장에서 죽고 말았다.

이렇게 수년 동안에 우리 나라의 자랑거리였으며 가린미하일로프스끼와 체호프와 자먀찐 같은 작가가 주인공으로 즐겨

23 오르조니끼제는 이때 테이블 좌우편에 각각 권총을 한 자루씩 놓고 고참 기사들과 이야기를 나누었다고 한다.

내세웠던 구시대 러시아 기술자들의 맥은 흔적도 없이 사라지고 말았다.

물론 다른 흐름과 마찬가지로 이 흐름 속에는 그 밖의 사람들, 즉 당사자와 가까운 관계에 있던 사람들도 끼어 있었다. 예를 들어 — 〈혁명의 파수병〉의 밝은 구릿빛 얼굴에 먹칠을 하고 싶지는 않지만, 그래도 부득이 밝힐 것은 밝혀야겠다 — 정보 제공자가 되기를 거절한 사람이었다. 이것은 절대 공개적으로는 밝혀지지 않는 비밀의 흐름이었으나, 우리는 독자들에게 특히 이 흐름을 항상 기억하도록 간청하고 싶다. 혁명 후 첫 10년 동안만 해도 사람들은 아직 높은 자부심을 가지고 있었으며, 도덕이 상대적인 것이라고 생각하지도 않았고, 단지 좁은 계급적 의미만을 지닌 것이라고 생각하지도 않았다. 따라서 많은 사람들이 정보원 노릇을 단호하게 거부했는데, 그 때문에 그들은 모조리 가차 없는 형벌을 받아야 했다. 예를 들어 마그달리나 에주보바라는 젊은 여자는 기술자들의 언행을 정탐하라는 제의를 받았다. 그러나 그녀는 정탐은 고사하고 자기 후견인 격인 기술자에게(바로 그 사람을 정탐해야 했는데도) 이 사실을 털어놓았다. 그런데 그 기술자는 곧 체포되어 모진 고문 끝에 모든 것을 실토하고 말았다. 마침 임신 중이던 에주보바는 〈기밀 누설〉 죄목으로 체포되어 총살형을 선고받았다(후에 25년으로 감형되기는 했지만). 같은 무렵인 1927년에 나제즈다 비딸리예브나 수로프쩨바라는 여인은 하리꼬프시의 이름 있는 공산당원들 사이에 끼어들어 우끄라이나 정부 요인들의 동정을 감시하여 밀고하라는 제의를 거부했다 하여 GPU에 잡혀 들어갔다. 그리고 25년이 지난 후에야 그녀는 거의 송장이 된 몸으로 꼴리마에서 자기의 억울한 사정을 호소할 수 있었다. 그러나 그때까지 살아남지 못한 사람들에 대해서는 전혀 알 길이 없다.

(1930년대에 와서 당국의 말을 듣지 않는 자들의 이러한 흐름은 바닥이 나고 만다. 일단 끄나풀이 될 것을 요구받은 이상 그것을 어떻게 회피할 수 있겠는가? 〈손에 칼을 든 자에 겐 당할 수가 없다.〉 〈내가 아니면 다른 놈이 할 것이다.〉 〈다른 나쁜 사람이 하기보다는 차라리 좋은 사람인 내가 하는 편 이 낫다.〉 하긴 이 무렵에는 스스로 하고 싶어 하는 지원자가 수없이 밀려와서 거절하기가 힘들 정도였다. 급료도 좋고 칭 찬도 받으니까.)

1928년에 모스끄바는 샤흐띠 사건으로 떠들썩했다. 이 사 건을 공개적으로 요란스럽게 떠들어 댄 것은 놀랍게도 피고 인들이 자기의 죄과를 스스로 인정하고 뉘우쳤기 때문이었다 (아직 피고인 전원이 그렇게 한 것은 아니었지만). 2년 후인 1930년 9월엔 〈기근 조성자〉들에 대한 재판이 진행되었다. (저놈들이다! 바로 저놈들이다!) 식료품 생산 부문에 종사하 는 48명의 해독 분자가 바로 그들이었다. 1930년 말에는 산 업장에 대한 재판이 빈틈없는 각본하에 요란스럽게 진행되었 다. 이 자리에서 피고인 전원은 각자의 추악한 혐의 사실을 스스로 자인했다. 그리하여 노동자들의 눈앞에는 밀류꼬프,[24] 랴부신스끼,[25] 데테르딩,[26] 푸앵카레[27] 등과 관련을 맺고 있던 해충들의 지금까지의 모든 해독 행위가 하나로 뭉쳐져서 마 치 새로 제막된 거대한 기념비처럼 우뚝 솟아올랐다.

그러나 이런 종류의 재판이란 마치 두더지가 파헤친 조그

24 혁명 후 망명한 러시아의 정치가 — 옮긴이주.
25 혁명 후 망명한 러시아의 은행가 — 옮긴이주.
26 네덜란드의 실업가 — 옮긴이주.
27 프랑스의 정치가 — 옮긴이주.

만 흙더미와 같은 것이어서 진짜 두더지굴은 겉으로는 보이지 않는 땅 밑에 뻗어 있다는 것을 우리는 경험을 통하여 잘 알고 있다. 이런 재판에 끌려 나오는 것은 투옥된 사람들 중의 일부에 지나지 않는다. 관대한 처분을 받을지도 모른다는 기대하에 터무니없는 죄목을 자기 자신과 동료에게 들씌우는 데 동의한 사람에 지나지 않는다. 그러나 이치에 맞지 않는 심리를 거부할 용기와 이성을 가지고 있던 대부분의 기사들은 비밀리에 재판을 받았다. 하지만 자기의 죄를 인정하지 않았던 그런 사람들에게도 GPU의 협의회로부터 똑같은 〈10년 형〉이 선고되었다.

이들의 흐름은 배수관을 통해 땅속을 흐르면서, 행복한 지상 생활의 오수를 처리하고 있었다.

바로 이 시기에 중대한 결정이 내려졌다. 즉 이 배수 공사에 전체 인민을 참가시켜 책임을 다 함께 나눠서 지자는 것이다. 아직도 배수구에 떨어져 본 적이 없는 사람들, 아직도 배수관을 따라 수용소군도로 떠내려가지 않은 사람들은 모두가 깃발을 높이 쳐들고 재판소를 찬미하고 재판을 기뻐하지 않으면 안 되는 것이다(이만저만한 선견지명이 아니다! 10년, 20년이 지나 역사가 바로잡히는 날이 오더라도, 유독 신문관과 판사, 검사들만이 우리 일반 국민보다 더 나빴다고 할 수는 없을 테니 말이다! 동포 여러분! 그 옛날 점잖게 〈찬성〉의 뜻을 표했기 때문에, 우리의 머리는 지금 백발이 된 것이다).

이것을 스딸린은 〈기근 조성자〉들의 재판 때 처음으로 시도해 보았다. 러시아가 전반적인 기아 상태에 빠져 있어서 누구나 눈이 벌겋게 되어 내 빵은 어디 있느냐고 두리번거릴 때였으니, 이 시도가 실패로 돌아갈 리는 만무했다. 그래서 공장마다 직장마다 노동자와 직원들이 재판관보다 한술 더 떠서 핏대를 올리며 악질분자를 사형에 처하라고 외쳐 댔다. 그리고 〈산업당〉 재판 때는 전국 각지에서의 집회, 데모 행진(어린 학생까지 동원된), 수백만의 정연한 발걸음 소리, 그리고 노호의 함성이 재판소 건물의 창문을 뒤흔들었다. 〈사형! 사형! 사형!〉

이 역사적 전환점에서도 항의 또는 기권의 목소리가 가냘 프게 울려 나왔다. 그러나 규탄의 노호 속에서 〈아니요!〉라고 외치는 데는 그야말로 대단한 용기가 필요했다(오늘날에도 섣불리 반대 발언을 할 수는 없는 형편이지만 그 당시는 오늘과는 비교도 되지 않을 정도였다). 그리고 우리가 알기로 그것은 마찬가지로 나약한 지식인들의 가냘픈 목소리였다. 레닌그라뜨 공업 대학 집회에서 드미뜨리 아뽈리나리예비치 로잔스끼 교수는 〈기권〉의 발언을 했다(그는 〈원래부터〉 사형 제도를 반대하는 사람이었다. 사형은 〈돌이킬 수 없는〉 판결이라는 것이었다). 물론 당장에 투옥되었다! 지마 올리쯔끼라는 학생도 기권하여 즉각 투옥되었다! 이렇게 그들의 항의의 목소리는 일어나기가 무섭게 진압되고 만 것이다.

우리가 아는 한 수염이 허연 노동 계급은 사형에 찬성이었다. 우리가 아는 한, 열광적인 공산 청년 동맹원들로부터 당 최고 간부와 전설적인 군 장성들에 이르기까지, 전위대에 속하는 사람은 모두가 하나같이 사형에 찬성이었다. 거물급 혁명가들, 이론가들, 공산주의적 선지자들은 자신의 무력한 파멸(1937년 대숙청)을 7년 앞두고 이 군중의 노호 소리에 박수를 보냈다. 그들은 머지않아 자기의 이름이 저 노호 속에서 〈악당〉으로, 〈망나니〉로 불리리라는 것을 꿈에도 예견하지 못했던 것이다.

그러나 기술자들에 대한 탄압은 이 시기에 종말을 고해 가고 있었다. 1931년 초에 스딸린은 사회주의 건설의 6개 조항을 시달했다. 그의 전제 정치는 낡은 기술 인텔리겐치아의 전멸 정책으로부터 그들에게 관용을 베풀고 우대하는 정책으로의 전환을, 그 다섯째 조항으로 지시했던 것이다.

그들에게 관용을 베풀다니! 그럼 우리의 공명정대한 분노는 어디로 증발해 버렸던 말인가? 서슬이 퍼렇던 그 고발의 목소리는 어디로 꺼져 버렸던 말인가? 때마침 요업(窯業) 부문의 해독 분자들에 대한 재판이 진행 중이었다. (그런 곳까지도 손을 뻗쳤던 것이다!) 그리고 피고인들은 모두 입을 모아 자기의 죄과를 자백하려던 참이었다. 그러던 것이 갑자기 입을 모아 외쳐 대는 것이었다 — 〈우리는 무죄다!〉 그리고 그들은 곧 석방되었다!

(심지어 그해에는 미미하나마 거꾸로 되돌아오는 흐름조차 발견되었다. 이미 복역 중이거나 기소 중인 지식인들이 제 집으로 살아 돌아온 것이다. 드미뜨리 로잔스끼도 돌아왔다. 그렇다면 그는 스딸린과의 대결에서 이겼다고 말할 수 있지 않을까? 아니, 모두가 다 그처럼 시민적 용기를 가진 사람이었다면 이 장도, 이 책도 쓰게 되지는 않았을 것이다.)

같은 해에 스딸린은 이미 오래전에 뿌리가 뽑힌 멘셰비끼에게 또다시 손을 뻗쳤다(그로만, 수하노프,[28] 야꾸보비치를 중심으로 한 〈멘셰비끼 동맹 사무국의 공개 재판〉은 1931년

---

28 뻬뜨로그라드 까르뽀프까 지구에 있는 바로 그 수하노프의 자택에서 1917년 10월 10일 그의 사전 양해하에(지금 그곳의 견학 안내원은 〈양해 없이〉라고 거짓말을 하고 있지만) 볼셰비끼 중앙 위원회가 열렸고 거기서 무장 봉기에 관한 결정이 채택되었다.

3월에 있었고, 그다음엔 몇몇 대수롭지 않은 인물들의 재판이 산발적으로 비밀리에 진행되었다).

그러고는 스딸린은 갑자기 생각에 잠겼다.

백해 연안 사람들은 만조를 가리켜 물이 〈생각에 잠겼다〉고 한다. 이것은 곧 썰물의 시작을 의미한다. 백해의 맑은 물을 스딸린의 혼탁한 마음에 비유한다는 건 적당치 않을 것 같다. 게다가 그는 한시도 생각에 잠긴 적이라곤 없었는지도 모른다. 게다가 썰물이라는 것도 전혀 없었다. 그런데 같은 해에 또 하나의 이상한 사건이 일어났다. 산업당 재판에 뒤이어 1931년에는 근로 농민당 사건이라는 어마어마한 규모의 재판이 준비되고 있었다. 이 당은 농촌 지식인, 소비조합과 농업 협동조합 활동가, 그리고 프롤레타리아 독재의 전복을 시도하려 한 농민의 상층부 지도자 등으로 구성된 거대한 지하 조직을 가진 비밀 단체라는 것이었다. (그러나 사실상 그러한 당은 존재한 적이 없었다!) 산업당 재판 과정에서 이미 이 근로 농민당의 존재는 여러 차례 언급한 바 있었다. GPU의 조사 기관은 쉴 새 없이 활동하고 있었다. 그리하여 이미 〈수천 명〉에 달하는 피고인이 근로 농민당에 소속되었다는 사실과 자기들의 흉악한 목적을 〈자백〉했다. 〈당원〉은 총 20만 명에 이르는 것으로 추정되고 있었다. 당 지도부는 농촌 경제학자인 알렉산드르 바실리예비치 차야노프, 〈미래의 총리〉 꼰드라찌예프, 유로프스끼, 마까로프, 〈미래의 농업부 장관〉[29] 찌미랴제프 농업 대학 교수 알렉세이 도야렌꼬 등이었다.

29 그 후 40년 동안 그 직책에 있었던 사람보다 그가 더 적임자였을지도 모른다. 인간의 운명이란 기구하다. 도야렌꼬는 항상 정치에 초연하고자 한 사람이었으니 말이다. 그의 딸이 사회 혁명당 노선을 지지하는 대학생들을 집으로 데리고 오면, 그는 언제나 그들을 집에서 내쫓곤 했다.

그런데 어느 날 밤 스딸린은 별안간 〈생각을 바꾸어 버렸다〉. 무엇 때문이었는지 우리로서는 도저히 알 길이 없다. 갑자기 마음속의 평온을 바랐던 것일까? 그러기엔 너무 이르다. 느닷없이 유머 감각이 고개를 쳐든 것일까? 언제나 똑같은 짓만 되풀이해서는 재미가 없었을 테니까. 스딸린이 유머 감각을 지녔다고 해서 감히 누가 그것을 탓할 수 있겠는가? 아니, 그보다도 그에겐 다른 속셈이 있었을 것이다. 어차피 온 농촌 사람들이 죄다 굶어 죽을 것이 뻔한 이상 구태여 20만 명을 가지고 헛수고를 할 필요가 어디 있느냐는 생각이었는지 모른다. 여하튼 근로 농민당 사건은 완전히 철회되었고, 피고인들은 이미 자백한 범죄 사실을 다시 〈부인하도록〉 권유받았다. (그들의 기쁨이 어떠했겠는지 상상해 보라!) 그 대신에 꼰드라찌예프 및 차야노프 일파[30]에 속하는 몇몇 사람만을 재판에 회부했던 것이다(그런데 1941년이 되자 기진맥진해진 바빌로프가 근로 농민당은 실제로 있었으며 바로 자기가 당수였다고 자백함으로써 유죄 선고를 받았다).

사건들이 엇갈리고 연대가 겹치고 하는 바람에 우리로서는 모든 것을 질서 정연하게 기술할 수가 없다(하지만 GPU는 하나도 빠짐없이 그 모든 사건을 훌륭히 처리해 나가고 있었다). 그러나 다음에 열거하는 사건들은 앞으로도 영원히 기억해 주기 바란다.

— 종교인들이 끊임없이 투옥되었다는 것은 말할 필요도 없다(여기서 몇몇 날짜와 체포의 절정기가 머리에 떠오른다.

---

30 꼰드라찌예프는 격리 감방에 혼자 수감되어 있다가 정신병에 걸려 죽고 말았다. 유로프스끼도 사망했다. 차야노프는 5년 동안 격리 감방에 수감되었다가 멀리 중앙아시아 알마아따로 추방되었으나 1948년에 다시 투옥되었다.

예를 들어 〈종교 반대 투쟁의 밤〉인 1929년 크리스마스 전야에 레닌그라뜨에서는 지식층 종교인을 대량으로 구속했다. 그리고 1932년 2월에는 많은 교회를 일시에 폐쇄하였으며 성직자들을 한꺼번에 무더기로 잡아들였다. 그 밖에도 많은 날짜와 장소가 있었으나, 그것에 관해서는 전혀 알 길이 없다).

— 비록 공산주의에 동조하는 〈종파〉라 할지라도 박해 대상에서 제외될 수는 없었다(그리하여 1929년 소치와 호스따 사이에 위치한 코뮌의 회원들이 한 사람도 남김없이 모두 투옥되었다. 그들은 생산도 분배도 공산주의식 방법으로 철두철미하고 정직하게 운영했다. 국가 권력하에서는 1백 년이 걸려도 실행할 수 없을 정도로 공평하게 모든 일을 처리해 왔던 것이다. 그러나 유감스럽게도 그들은 너무나 유식했고 종교 서적을 너무 많이 읽어서 무신론을 자기들의 철학으로 삼을 수는 없었다. 그들 속에는 많은 침례교도와 똘스또이주의자, 그리고 〈요가〉 수행자까지 섞여 있었다. 따라서 이러한 〈공산 체제〉는 해독을 끼치는 것이기 때문에 민중에게 행복을 가져다줄 수 없다고 판단했던 모양이다).

1920년대에 똘스또이주의자들의 커다란 집단이 알따이산맥 기슭으로 추방되었다. 그들은 거기서 침례교도들과 함께 코뮌 마을을 건설했다. 꾸즈네쯔끼 공업 단지가 건설될 때 그들은 거기에 식량을 공급했다. 그러나 곧 검거 선풍이 휘몰아쳤다. 맨 처음엔 교사들이 체포되었다(국정 교과서에 따라 교육을 실시하지 않았기 때문이었다). 아이들이 울부짖으며 호송차 뒤를 쫓아갔다. 다음엔 마을 지도자들이 체포되었다.

— 물론 사회주의자들에 대한 〈카드놀이〉는 여전했으며 카드는 쉴 새 없이 이리 옮겨지고 또 저리 옮겨지곤 했다.

— 1929년에는 혁명 직후에 국외로 추방되지 않은 사학자

들(쁠라또노프, 따를레, 류바프스끼, 고찌예, 리하초프, 이즈마일로프)과 걸출한 문학 평론가 미하일 바흐찐이 투옥되었다.

— 변방의 소수 민족들의 흐름이 사방으로부터 흘러들었다. 1928년에는 야꾸뜨족이 폭동을 일으킨 후 투옥되었고, 1929년에는 부랴뜨·몽골족이 폭동 후 투옥되었다(전해지는 말로는 약 3만 5천 명이 사살되었다고 하지만 우리로서는 확인할 길이 없다). 1930년부터 1931년 사이에는 유명한 부존니 기병대의 무자비한 진압 후 까자흐족이 대량 검거되었다. 1930년 초 우끄라이나 해방 동맹에 대한 재판이 진행되었다(예프레모프 교수, 체호프스끼, 니꼬프스끼 등). 공식적으로 발표된 사건과 비밀리에 처리된 사건과의 비례가 어떻다는 것을 우리는 알고 있다. 그러니 우리가 알고 있는 희생자들의 뒤에는 또 얼마나 많은 사람이 있었겠는가? 얼마나 많은 사람들이 비밀의 장막 속에서 사라져 갔겠는가?

이제는 당 지도층에 대한 숙청의 차례가 서서히 다가오고 있었다. 1927년부터 1929년까지만 해도 그 대상은 이른바 〈반대파〉, 즉 주도권을 상실한 뜨로쯔끼파에 국한되어 있었고, 그들의 수는 수백을 넘지 못했으나, 곧 수천을 헤아리게 될 것이다. 이들 뜨로쯔끼파가 비공산당 정치인의 숙청을 태연히 바라보고 있었던 것처럼, 지금은 다른 당원들이 뜨로쯔끼파의 숙청을 만족스러운 눈으로 바라보고 있었다. 누구에게나 자기 차례가 있는 법이다. 다음에는 실제로 존재하지도 않는 〈우익 반대파〉의 차례가 시작될 것이다. 탐욕스러운 입은 꼬리부터 조금씩 먹어 들어가다가 나중엔 대가리까지 삼켜 버리게 될 것이다.

1928년부터는 부르주아 잔재인 네쁘만(NEP, 즉 신경제 정책으로 돈을 모은 사람)을 처리할 시기가 다가왔다. 그들에 대한 세금 부과액은 점점 많아져서 마침내는 도저히 감당할수 없을 지경에 이르고 말았다. 그러나 단 한 번이라도 납부를 거부하거나 기한을 어기기만 하면, 파산을 선고하여 재산을 몰수하는 동시에 즉각 투옥해 버리곤 했다(이발사, 재봉사, 각종 가정용품 수리공 등 영세 자영업자들은 허가 취소 처분으로 끝냈다).

네쁘만의 숙청이 계속 확대된 데는 그럴 만한 경제적 이유가 있었다. 국가는 재정 형편상 금을 필요로 했으나 아직 꼴리마와 같은 금광은 제대로 운영되지 못하고 있었다. 1929년 말부터 저 유명한 〈금 열병〉이 퍼지기 시작했다. 그러나 이 열병에 고통당하는 것은 금을 찾는 자가 아니라, 금을 몰수당하는 자였다. 새로운 〈금〉의 흐름의 특징은 GPU가 이들 가련한 집토끼들에게 죄목을 덮어씌워 수용소군도로 추방하려는 것이 아니라 단지 강자의 권리를 행사하여 그들에게서 금을 탈취하려는 데 목적이 있었다는 점이다. 그렇기 때문에 전국의 형무소가 빈틈없이 들어차고 신문관들이 기진맥진 피로에 지쳐 있는데도, 중계 형무소나 죄수 호송단 숙박지나 수용소에까지 끌려온 사람은 비교적 적은 편이었다.

대체 어떤 사람들이 이 〈금 열병〉에 휘말려 들었을까? 예전에, 그러니까 15년쯤 전에 〈사업〉을 하거나 상업을 하거나 수공업을 경영한 사람들은 필시 금을 간직하고 있을 것이다 ─ GPU는 이렇게 생각했다. 그러나 예상과는 달리 그들 중엔 금을 갖지 않은 사람이 훨씬 더 많았다. 예전엔 상당한 동산과 부동산을 가지고 있던 사람도 혁명으로 모두 몰수당하고 지금은 아무것도 남은 것이 없었다. 물론 보석공과 시계공도 큰기대를 가지고 잡아들였다. 그런데 밀고를 통해 금을 보유하고 있다는 혐의를 받은 사람은 그야말로 뜻밖의 인물인 경우가 많았다. 수준급 〈선반공〉인 한 노동자가 어디서 어떻게 얻었는지 5루블짜리 금화를 60개나 가지고 있다는 정보가 들어오는가 하면, 시베리아의 유명한 빨치산 무라비요프가 순금 덩어리가 가득 찬 가방을 들고 오데사로 돌아왔다는 정보도 있었다. 그리고 뻬뜨로그라뜨에서 짐마차를 끄는 따따르인들은 예외 없이 금화를 숨기고 있다는 밀고도 있었다. 그것이 정말인지 아닌지는 고문실에서나 판명될 일이었다. 여하튼 일단 금을 보유하고 있다는 혐의를 받기만 하면, 설사 그가 프롤레타리아의 핵심 분자이건 아니건, 혁명에 공훈이 크건 작건 아무런 도움도 되지 않았다. 닥치는 대로 잡아들여 GPU 감방에 처넣었는데, 여태까지 그렇게 많은 사람을 한 감방에 수감한 적은 한 번도 없었다. 하지만 금을 내놓는 것은 빠르면 빠를수록 좋았다! 아무튼 사람이 너무 많아져서, 여자와 남자를 한 방에 넣어 서로가 보는 앞에서 변기에 올라앉을 수밖에 없는 상황이 되었다. 그런 사소한 것도 참을 수 없는 놈은 금을 내놔, 이 악당들아! 신문관은 아예 조서를 꾸밀 생각도 하지 않았다. 그런 종잇조각 같은 건 누구에게도 필요가 없었기 때문이다. 나중에 형기가 낮춰지건 말건 그런 건 아무 관심도 없었다. 금을 내놔라, 이 새끼야! 중요한 것은 이 한마디뿐이었다. 국가는 지금 금이 필요한데, 너 같은 게 금이 무슨 소용이 있냔 말이야? 신문관은 마침내 목이 쉬어 버리고 공갈이나 고문을 할 힘도 없을 만큼 지쳐 버렸다. 그러나 어디서나 사용하는 공통적인 방법이 있었다. 감방에 짠 음식만 들여보내고 물을 안 주는 방법이다. 금을 내놓는 자는 물을 마실 수 있다! 10루블 금화 한 닢에 맹물 한 잔!

사람들은 금속 때문에 멸망해 간다⋯⋯.

이 수감자들이 그 전의 다른 수감자들이나 그 후의 수감자들과 다른 점은 (그들의 절반까지는 안 되더라도 그 일부는) 자신의 운명을 자기 손에 쥐고 있다는 데 있었다. 만약에 정말로 금을 가지고 있지 않은 사람이라면 물론 빠져나갈 길이 없었다. 신문관이 그의 말을 믿을 때까지 그는 얻어맞고, 불로 지져지고, 증기 찜질을 당하는 등 죽도록 고문을 받을 수밖에 없었다. 그러나 만약에 금을 가진 사람이라면 고문의 정도와 감금 기간과 앞으로의 운명은 그 자신이 스스로 결정할 수 있는 것이다. 그러나 이것은 심리적으로 상당히 괴로운 일이다. 만약에 신문관을 상대로 잘못 처신했다가는 평생을 두고 후회하게 될 것이기 때문이다. 물론 경찰의 의도를 재빨리 알아차리고 얼른 양보하여 금을 내놓는다는 건 쉬운 일이다. 그러나 너무 순순히 내놓아도 안 된다. 가진 것 중의 일부만을 내놓지 않았나 의심하여 고문을 계속할 테니 말이다. 그렇다고 너무 끈질기게 버티는 것 또한 좋지 않다. 반죽음이 되도록 고문을 당하거나, 아니면 홧김에 〈형기〉를 받을 수도 있기 때문이다. 따따르인 마부 중의 하나는 온갖 고문을 당하면서도 끝까지 버텼다. 「금 같은 건 없소!」 그러자 그의 아내를 잡아들여 고문했다. 그래도 따따르인은 고집했다. 「금 같은 건 없소!」 이번엔 딸을 잡아들였다. 따따르인은 더 이상 견디지 못하고 10만 루블의 금화를 내놓았다. 결국 가족은 풀려나왔으나 그 자신은 형기를 받고 수용소군도로 끌려갔다. 가장 조잡한 약탈극과 오페라가 거대한 국가 규모로 벌어진 것이다.

1930년대 초에 실시된 신분 증명 제도 역시 수용소에 적지 않은 수의 유형수들을 공급했다. 일찍이 뾰뜨르 대제가 각 계급 사이에 끼어 있는 잡다한 계층을 없앰으로써 국민 구성을 단순화한 것처럼 우리의 사회주의적 신분 증명 제도 역시 그와 같은 구실을 했다. 이 제도는 바로 중간층의 벌레들을 일소했으며 사회의 어느 계층에도 속하지 않는 간사한 부랑배들을 쓸어버렸다. 그러나 처음엔 많은 사람들이 이 제도의 실시 과정에서 과오를 범했다. 비록 첫 한 해 동안이긴 했지만 제때에 등록을 하지 않거나 전출, 전입 신고를 하지 않은 많은 사람들이 그 때문에 수용소군도에까지 흘러가게 되었다. 수용소로의 흐름은 이렇게 거품을 일으키며 흐르고 또 흘렀다.

그러나 수많은 흐름들 중에서도, 1929년과 1930년에 수백만 명으로 이루어진 〈숙청된 꿀라끄(부농)들〉의 흐름이 압도적이었다. 이 흐름은 엄청나게 큰 것이어서 그사이 전국적으로 증설된 형무소와 구치소만으로는 도저히 수용할 수 없는 형편이었다(그렇잖아도 형무소들은 〈금 열병〉으로 대만원이었다). 이 흐름은 급기야 형무소를 거치지 않고 공장 중계 수용소와 숙영지를 거쳐 수용소군도를 향해 줄달음쳤다. 이 대해 와도 같은 흐름은 일시에 놀랄 만큼 불어나서, 거대한 국가의 모든 형무소가 수용할 수 있는 인원의 한도를 초월하고 있었다. 참으로 러시아 역사상 이에 비길 만한 흐름은 한 번도 없었다. 이것은 민족의 대이동이요, 한 민족의 비극이었다. 그러나 만약에 가뭄도 전쟁도 없는 괴이한 흉년이 3년이나 계속되어 도시 사람들을 기아 상태로 몰아넣지 않았던들 그들은 이 흐름을 전혀 눈치채지 못했을지도 모른다! 그만큼 GPU와 수용소 관리 본부의 운하는 빈틈없이 만들어져 있었던 것이다.

이 흐름은 다음과 같은 또 하나의 특징을 지니고 있었다. 여태까지의 모든 숙청에서는 한 가정의 가장만을 잡아들였고 나머지 가족에겐 손을 대지 않는 것이 상례였다. 그러나 이번엔 달랐다. 다짜고짜 집에 불을 지르고는 열 살짜리나 대여섯 살짜리 아이 하나라도 빠져 달아날까 봐 눈을 희번덕거리며 온 가족을 모조리 한데 묶어 끌고 갔다(이것은 우리 나라의 새 역사 중에서도 〈처음〉 경험하는 일이었다. 그 후 히틀러가 유대인에게 이런 짓을 했고 스딸린 자신이 충성을 의심하는 소련 내의 소수 민족에 대해 이 방법을 되풀이했다).

말이 〈꿀라끄〉의 흐름이지 진짜 〈꿀라끄〉는 이 흐름 속에 별로 끼어 있지도 않았다. 단지 사람들의 판단을 흐리기 위해 그렇게 불렀을 뿐이다. 원래 러시아어로 〈꿀라끄〉란 말은 스스로 일하지 않고 고리대금업이나 중개업으로 부유한 생활을 누리는 간사하고 인색한 농촌 거간꾼을 뜻하는 호칭이었다. 혁명 전에만 해도 이런 거간꾼들은 어느 고장에나 몇 사람씩 있었다. 그러나 혁명이 일어나자 그들은 활동 무대를 완전히 상실하고 말았다. 그런데 1917년 이후에는 〈꿀라끄〉란 말이 전혀 다른 뜻으로 변해 버렸다(전에는 공용어나 선전문에 그렇게 사용되다가 나중에는 일반적인 용어로 보편화되었다). 즉 자기 가족의 노동력으로 농사를 지을 수 없는 경우 날품팔이 노동자를 이용하는 자를 가리켜 〈꿀라끄〉라고 부르게 된 것이다. 그런데 여기서 간파할 수 있는 것은, 혁명 후 이런 종류의 고용 행위는 반드시 정당한 임금의 지불이 있어야만 가능했다는 점이다. 날품팔이 뒤에는 빈농 위원회와 농촌 소비에뜨가 버티고 있었으므로 그 누구도 함부로 날품팔이를 업신여길 수 없는 형편이었다. 개인 간의 정당한 고용 행위는 우리 나라에서 지금도 허용되고 있다.

그러나 〈꿀라끄〉란 말은 날이 갈수록 점점 그 뜻이 확대되어 1930년경에 이르러서는 〈일반적인 강인한 농민〉 — 농업 경영이 강인한 농민, 노동 능력이 강인한 농민, 심지어는 자기 신념이 강인한 농민을 통틀어 가리키게 되었다. 〈꿀라끄〉란 호칭은 농민 속에 있는 이 〈강인성〉을 분쇄하는 데 이용되었던 것이다. 우리는 여기서 정신을 가다듬어 불과 12년 전에 선포된 위대한 〈토지 법령〉을 상기할 필요가 있다. 이 법령이 아니었던들 농민들은 볼셰비끼를 지지하지 않았을 것이며 따라서 10월 혁명도 승리를 거두지 못했을 것이다. 토지는 농민들에게 〈균등하게〉 분배되었다. 내전이 끝나고 농민들이 붉은 군대에서 돌아와 자기들이 쟁취한 땅에 눌러앉은 지 이제 겨우 9년 — 그런데 지금 느닷없이 〈부농〉이다 〈빈농〉이다 하는 건 도대체 웬 말인가? 집집마다 가족 구성이 유리한 집도 있고 불리한 집도 있다. 그러나 〈부농〉과 〈빈농〉의 차이는 무엇보다도 먼저 누가 더 끈질기게 열심히 일했느냐 하는 데서 나온 것이 아닐까? 1928년에 러시아 전체를 먹여 살린 이 건실한 농부들을, 지금 같은 마을에 사는 실패자들과 타지에서 온 자들이 결탁하여 뿌리 뽑으려고 달려든 것이다. 그들은 수천 년에 걸쳐 확립된 인간 사회의 모든 통념을 무시하고 야수처럼 포악하게 날뛰면서 착실한 농부들을 가족과 함께 마구 잡아들여 재산을 몰수하고 벌거숭이로 만든 채 삭막한 북쪽 툰드라와 밀림 지대로 추방하기 시작했다.

이와 같은 대이동은 더욱 복잡한 문제를 야기하지 않을 수 없었다. 〈꿀라끄〉뿐 아니라 집단 농장에 가입하기를 꺼려하거나 집단생활을 달갑잖게 생각하는 농민도 함께 추방할 필요가 있었다. 그들은 집단 농장의 집단생활이 어떤 것인지 아직 제 눈으로 보기도 전에 그것이 게으름뱅이의 지배하에서 강제 노동과 굶주림을 가져다줄 것이라고 예견했던 것이다(우리는 지금, 이것이 얼마나 근거 있는 판단이었는지를 잘 알고 있다). 그리고 대담성, 강인한 체력, 결단력, 집회에서의 분명한 발언과 정의감으로 한 마을 사람들의 사랑을 받고 있으나 한편으로는 그 자주성 때문에 집단 농장 간부들에게 위험인물이었던 농민들도 제거할 필요가 있었다(그중에는 아주 가난한 농민들도 있었다).[31] 그리고 또 농촌마다 〈개인적으로〉그 고장 〈열성 당원〉의 미움을 사고 있는 인물들이 있었다. 평소부터 그런 사람들에게 품고 있던 시기와 선망과 모욕감을 푸는 데는 지금이 가장 절호의 기회였다. 이렇게 희생의 대상이 되는 모든 사람을 위해 새로운 낱말이 필요했고, 그 낱말은 곧 생겨났다. 그 낱말 속에는 이미 아무런 〈사회적〉, 〈경제적〉의미도 포함되어 있지 않았으나, 그 소리만은 그럴듯했다. 그것은 〈꿀라끄 지지자〉라는 낱말이었다. 즉 〈나는 네가 적의방조자라고 생각한다〉라고 말하면 그것으로 끝나는 것이다! 이렇게 해서 형편없는 누더기를 걸친 날품팔이 일꾼들마저도 간단히 〈꿀라끄 지지자〉 속에 끼워 넣을 수 있었던 것이다.[32]

이렇게 〈꿀라끄〉와 〈꿀라끄 지지자〉라는 두 호칭에 의해 러시아 농촌의 정수(精髓), 그 원동력, 그 영리함과 부지런함, 그리고 그 저항과 양심이었던 사람들이 모두 일소당하고 말았다. 그들은 추방되었고 결국 농촌 집단화가 실시되었다.

그러나 농촌 집단화 이후에도 거기서 새로운 흐름이 또 흘러나오기 시작했다. 첫째는 농촌 경제의 해독 분자들의 흐름이었다. 도처에서 〈악질〉 농업 기술자들을 적발하기 시작했다. 여태까지 한평생 성실하게 일해 온 그들이었건만, 이제는 그들이 계획적으로 러시아의 농토를 잡초로 덮어 버리게 했다는 것이다. (그들은 단지 모스끄바 농업 연구소의 지시에 따랐던 것뿐이다. 그러나 그들이야말로 아직 투옥되지 않은

31 이러한 농민상과 그 비극적 운명을 작가 잘리긴은 자기 소설의 주인공 스쩨빤 차우소프를 통해서 훌륭히 묘사한 바 있다.
32 젊었을 때, 우리에겐 이 말이 그야말로 논리적이고, 조금도 애매한 점이 없는 것처럼 생각되었던 것을 나는 잘 기억하고 있다.

근로 농민당의 20만 당원에 지나지 않았던 것이다!) 일부 농업 기술자들은 리센꼬의 너무나도 현명한 지시를 따르지 않았다. (〈감자의 왕〉이라 불리던 농학자 로르흐는 1931년에 이 흐름 속에 끼어 까자흐스딴으로 유배되었다.) 다른 일부는 그 지시를 지나치게 충실히 이행함으로써 자신의 어리석음을 폭로했다. (1934년에 쁘스꼬프 지방 농업 기술자들은 리센꼬의 지시대로 눈 위에다 아마 씨를 뿌렸다. 씨앗은 물기를 머금고 잔뜩 부풀어 올라 나중엔 곰팡이가 껴서 죽어 버렸다. 광대한 농토가 한 해 동안 공지로 방치되었다. 아무리 리센꼬라도 눈을 가리켜 꿀라끄라고 비난할 수도 없었고, 자기 자신을 가리켜 바보라고 말할 수도 없었던 모양이다. 그는 농업 기술자들을 꿀라끄라 칭하면서 그들이 고의로 자기의 학설을 뒤덮으려 한 짓이라고 비난했다. 결국 농업 기술자들은 시베리아로 추방되었다.) 그리고 또 거의 모든 농기계 센터마다 트랙터 수리와 관련된 해독 행위가 적발되었다. (초기 집단 농장의 실패 원인이 바로 여기에 있다는 것이다!)

둘째는 〈수확량 미달〉로 걸려든 사람들의 흐름이었다. (미달이란 봄에 〈수확량 사정 위원회〉가 제멋대로 매겨 놓은 숫자에 대한 미달을 뜻한다.)

셋째는 〈식량 공출 의무 불이행〉으로 구속된 사람들의 흐름이었다. (지구 위원회에서 부과한 공출량을 집단 농장이 전량 납부하지 못하면 즉각 형무소행이다!)

넷째는 〈이삭 자르기〉의 흐름이었다. 밤에 사람들이 밀밭에서 손으로 이삭을 자른다! 완전히 새로운 농사법이자 수확법이다! 이 흐름도 결코 적지는 않았다. 어른들은 적었으나, 주로 젊은 처녀 총각들, 심지어는 코흘리개 소년 소녀들까지 합하여 몇 만 명이나 되었다. 이들은 집단 농장으로부터 주간 노동의 보수를 받지 못하리라고 예견한 연장자의 명령에 따라 밤마다 〈이삭 자르기〉에 나섰다. 별로 큰 소득도 없는 이 뒷맛 쓴 작업에 나선 죄로(예전 농노 시대의 농민도 이 지경까지는 이르지 않았었다!) 그들은 너무나 심한 처벌을 받았다. 1932년 8월 7일에 공포된 유명한 법령에 따라 가장 악질적인 사회주의 재산 횡령죄로 10년 형을 선고받았던 것이다. (죄수들 사이에선 이 법령을 〈8·7법〉이라고 불렀다.)

이 〈8·7법〉에 따라 제1차와 제2차 5개년 계획 수행 중에 건설 현장과 운수 부문, 상업 부문과 각 공장에서 또 다른 죄수들의 큰 흐름이 형성되었다. 대규모의 횡령 사건에 관여하도록 명령받은 것은 NKVD였다. 이 흐름은 앞으로 15년 동안(숙청의 흐름이 더욱 확대되고 엄격해지는 1947년까지) 끊임없이 계속되었고, 특히 전시에는 더욱 높은 수위를 유지하면서 흘렀다는 것을 염두에 두지 않으면 안 될 것이다.

그러나 마침내 우리는 숨을 돌릴 수 있게 된 것 같다! 이제야 비로소 대량 체포의 흐름은 종말을 고하게 될 것이다. 1933년 5월 17일 몰로또프 동지는 〈이제 우리의 과업은 대량 탄압에 있지 않다〉라고 말했다! 휴, 이제야 살게 되나 보다. 밤의 공포여, 물러가라! 그런데 저기 저 개 짖는 소리는 또 뭔가? 〈잡아라! 잡아라!〉 개를 부추기는 소리가 들려오지 않는가?

아하, 그렇군! 레닌그라뜨에서 〈끼로프〉의 암살 사건과 관련된 흐름이 시작된 것이다. 초비상사태가 선포되었고, 각 지구 인민 위원회마다 NKVD의 지휘부가 설치되었으며, 항소권(抗訴權)이 배제되어(전에도 항소권은 인정되지 않았다) 소송 절차가 〈신속화〉되었다(전에도 지연된 적은 없었다). 1934년과 1935년에 레닌그라뜨 시민의 4분의 1이 〈숙청〉된 것으로 보인다. 이에 대한 정확한 숫자를 가지고 있거나 그것을 공표할 수 있는 자가 있다면 반론을 제기해 주기 바란다 (그러나 이 흐름은 레닌그라뜨에 국한된 것은 아니었다. 예전과 같은 형식을 취하여, 즉 아직까지 여기저기 어딘가에 숨어 있던 성직자의 자제, 귀족의 자제, 그리고 해외에 친척을 가진 자들에 대한 대대적인 숙청이 전국적인 규모로 진행되었다).

이와 같은 요란스러운 사건의 흐름 속에서 언제나 자질구레하고 조용한 사건들은 잊히게 마련이다. 그 몇 가지 예를 들어 보기로 하자.

— 오스트리아의 빈에서 폭력 혁명에 실패한 후 세계 프롤레타리아의 조국으로 도망쳐 온 망명자들에 대한 숙청.

— 에스페란토 운동 관련자들에 대한 숙청(스딸린과 히틀러는 거의 같은 시기에 이들을 탄압했다).

— 비합법적 철학 단체인 〈자유 철학 협회〉 잔존 인사에 대한 탄압.

— 〈집단 실험 교육 방식〉에 반대한 교사들의 투옥(1933년, 나딸리야 이바노브나 부가옌꼬라는 여교사는 이 때문에 로스또프시 GPU에 구속되었다. 그러나 다행히도 3개월 후에 이 방식이 상부에서 철회되는 바람에 다시 풀려나왔다).

— 예까쩨리나 뻬시꼬바[33]의 노력으로 아직도 그대로 남아 있던 적십자사 직원들에 대한 탄압.

— 1935년에 폭동을 일으킨 북까프까스 산지인(山地人)들의 투옥. 소수 민족들은 한 곳에서 다른 곳으로 끊임없이 이동되었다(볼가 운하 연변에서는 네 가지 민족어 신문 — 따따르어판, 뚜르끄어판, 우즈베끄어판, 까자흐어판 — 이 간행되었다. 그런 신문을 읽을 사람이 있었던 것이다!).

33 러시아 작가 막심 고리끼의 부인 — 옮긴이주.

— 또다시 이번에는 일요일에 일터에 나가기를 싫어하는 정교 신자들에 대한 박해(주 5일제, 6일제 노동이 실시되고 있었다). 그리고 개인 농업 시대의 습관에서 벗어나지 못해 교회 제일(祭日)에 태업하는 집단 농장원들.

— 이것은 언제나 있는 일이지만, 기관의 끄나풀이 될 것을 거부한 사람에 대한 보복(여기에는 고해 성사의 비밀을 고수한 신부들도 포함된다. 〈기관원〉들은 종교의 유일한 이용 가치는 고해 성사의 내용을 알아내는 데 있다고 생각했다).

— 소수 종파에 속하는 종교인들에 대한 박해도 더욱 확대되었다.

—사회주의자들에 대한 〈카드놀이〉 또한 여전히 계속되었다.

그리고 마지막으로, 여태까지 한 번도 언급하지 않았으나 줄곧 계속되는 흐름이 또 하나 있었다. 그것은 이른바 〈10항〉의 흐름, 즉 〈반혁명 선동죄〉와 〈반소비에뜨 선동죄〉의 흐름이었다. 아마도 이것은 다른 모든 흐름보다 가장 안정된 흐름으로, 한시도 중단된 적이 없었으며 1937년이나 1945년, 1949년과 같은 거대한 흐름이 있을 때에는 이 흐름 또한 한껏 불어나곤 했다.[34]

◆

국민 생활의 구석구석에까지 침투하여 다년간에 걸쳐 빈틈

---

34 이 중단 없는 흐름은 누구든 지목되기만 하면 아무 때나 마음대로 낚아채 가곤 했다. 그러나 1930년대에는 저명한 지식인들에 대해서 어떤 수치스러운 기사를 쓰게 함으로써 보다 좋은 효과를 거둘 수 있다고 생각된 적도 있었다(예를 들어 남성 동성애라거나, 혹은 쁠레뜨뇨프 교수가 여자 환자와 단둘이 있을 때 환자의 유방을 깨물었다거나 하는 식의 기사를 중앙의 신문에 쓰게 하는 수법이다 — 반증이 있으면 해봐라! 하는 식이다).

없는 활동을 줄기차게 전개해 온 〈기관원〉들에게 힘을 준 것이 148개조로 이루어진 형법(1926년에 제정된) 중에서 유독한 조목뿐이라는 것은 그야말로 기이한 일이라 아니할 수 없다. 그러나 이 조목을 찬미한 문구 속에서 우리는 일찍이 뚜르게네프가 러시아어를 찬미하며 사용한 것보다, 그리고 네꼬라소프가 〈어머니 러시아〉를 위해 선택한 것보다 더 많은 수식어를 발견할 수 있다. 위대하고 강력하며, 풍부하고 다양한, 모든 것을 닥치는 대로 휩쓸는, 그리고 원래 형식뿐 아니라 그 변증법적인 확대 해석으로 온 세상을 남김없이 휘어잡는 제58조여!

우리 중에서 이 조목의 무한한 포용력을 몸소 체험하지 않은 사람이 과연 있을까? 아무리 사소한 과실이나 기도나 활동이나 태만이라 할지라도 이 하늘 아래서 제58조로 징벌 불가능한 것은 하나도 없다.

이 조항은 그토록 광범위하게 성문화되지는 않았으나 그토록 확대하여 해석될 수 있었던 것이다.

제58조는 형법전에서 정치범에 관한 조항을 규정하지 않고 있고, 또 어디에도 〈정치〉라는 말을 쓰고 있지 않다. 단지 사회 질서에 위배되는 범죄 및 폭력 행위와 함께 〈반역〉 조항이 포함되어 있을 뿐이다. 이렇게 형법은 처음부터 자기 영토에서의 정치범이라는 것을 누구라도 인정하려 들지 않고 그저 형사범으로만 규정하고 있는 것이다.

제58조는 14개 항목으로 구성되어 있었다.

1항의 조문에서 우리는 정권의 약화를 기도하는 모든 활동이(형법 제6조에 의하면 — 비활동까지도) 반혁명으로 인정되고 있음을 알 수 있다.

이 항목을 확대 해석하는 경우, 가령 수용소 죄수가 굶주림 때문에 또는 극심한 피로 때문에 작업장에 나갈 것을 거부한다면, 이는 곧 정권의 약화를 기도하는 것이 된다. 그래서 그 결과로 오는 것은 총살형이다(전쟁 중의 〈노동 기피자〉의 총살).

1934년부터 우리 나라에서 〈조국〉이란 말을 다시 쓰게 되자, 이 항목 속에는 〈조국에 대한 반역〉이란 죄목이 삽입되었다(1항의 a, b, c, d). 이에 따르면 소련 군사력의 손실을 초래하는 행위는 총살형에 처하고(1항의 b), 단 민간인에 대해서만 정상을 참작할 수 있는 경우에 한해 10년 형에 처하도록(1항의 a) 되어 있다.

이것을 확대해서 해석하면 이렇게 된다. 적에게 포로가 되었던(이것 또한 군사력의 손실이다!) 병사들을 귀환 후에 단지 10년 형에 처한 것은 법에 위배될 만큼 동정적인 처사였다. 스딸린 형법에 따른다면 그들은 모두 총살형에 처해야 옳았을 것이다.

(확대 해석의 전형적인 예를 또 하나 들어보자. 1946년 여름에 부띠르끼 형무소에서 폴란드인 한 사람을 만났던 기억이 지금도 생생하다. 그는 렘베르크시에서 태어났는데, 그 당시만 해도 이 도시는 오스트리아·헝가리 제국의 영토였다. 2차 대전까지 그는 고향 도시에서 — 이때는 폴란드의 영토로 귀속되어 있었다 — 살다가 그 후 오스트리아 땅으로 넘어가서 군대에 복무했다. 1945년에 그는 소련 기관에 체포되어 우끄라이나 형법 제54조 1항 a에 따라 10년 형을 받았다. 즉 자기 조국 〈우끄라이나〉에 대한 반역죄로 몰린 것이다. 그도 그럴 것이 렘베르크시는 그 무렵 우끄라이나 리보프라는 도시로 변해 있었기 때문이다! 이 가엾은 폴란드인은 자기가 우끄라이나에 반역할 목적으로 빈에 간 것이 아니었음을 심리 과정에서 증명할 수가 없었던 것이다! 결국 이렇게 되어 그는

반역자라는 억울한 죄목을 뒤집어쓸 수밖에 없었다.)

반역에 관련된 더욱 중요한 확대 해석은 형법 제19조의 적용, 즉 〈의도〉의 적용에 있었다. 실제적인 반역 행위는 전혀 없었더라도 반역을 〈의도〉한 사실이 있다고 신문관이 인정할 때는 실제의 반역 행위와 마찬가지로 처벌 대상이 되었다. 물론 제19조는 〈의도〉에 대한 징벌이 아니라 〈준비〉에 대한 징벌을 명시하고 있다. 그러나 변증법적 견지에서 볼 때 〈의도〉는 곧 준비로 해석할 수 있다. 그리고 〈준비는 범죄 자체와 마찬가지로(즉 같은 징벌로) 벌할 수가 있다〉(형법). 대체적으로 우리의 형법은 〈의도〉와 〈범죄〉 자체를 구분하지 않는다. 여기에 부르주아적 법률에 비해 소련 법률 제도의 〈우월성〉이 있는 것이다![35]

2항은 소비에뜨 연방의 어느 한 부분을 강제로 떼어 낼 목적으로 중앙이나 지방에서 무장 폭동을 일으키거나 행정 기관을 점령하는 자에 대해 최고 총살형까지(다음 항들도 마찬가지이다) 처하도록 규정한 항목이다.

이것을 확대 해석하면(법 조항에 명기되지는 않았지만 혁명적 법의식이 암시하는 바에 의하면) 각 가맹 공화국이 소비에뜨 연방으로부터 탈퇴하려는 모든 기도가 이 조항에 해당된다. 법조문에는 〈강제적〉이라는 것이 누구에 대해서 말하고 있는지 그 점이 명기되어 있지 않다. 가령 어느 가맹 공화국의 전 주민이 연방으로부터의 이탈을 원한다 하더라도 모스끄바가 이를 원하지 않는다면 그것은 곧 〈강제적〉 이탈이 되는 것이다. 그리하여 에스토니아, 라트비아, 리투아니아, 우끄라이나, 뚜르께스딴 등 가맹 공화국의 민족주의자들은 이

35 『형무소에서 교육 시설로』, 형사 정책 연구소 논문집, 비신스끼 감수 (모스끄바: 소비에뜨 법률 출판소, 1934), p. 36.

조항에 따라 모조리 10년 내지 25년 형을 선고받았다.

3항은 〈어떠한 방법으로든지 소련과 전쟁 상태에 있는 외국을 이롭게 하는 행위〉에 관한 항목이다.

이것은 적의 점령하에서 독일군의 장화를 수선해 주거나 홍당무를 한 단 팔거나, 아무튼 점령군에게 협력한 남자 시민, 그리고 적군 병사와 춤을 추거나 함께 자거나 함으로써 적군의 사기를 높여 준 여자 시민이라면 〈누구에게나〉 적용할 수 있다. 하기는 그러한 시민이 모두 처벌된 것은 아니지만(그 수가 엄청나게 많았기 때문에) 원하기만 하면 누구든지 〈잡아들일 수〉 있었다.

4항은 〈국제 부르주아지〉에게 도움을 주는 행위를 규정한 항목이다.

〈여기 해당될 사람이 과연 있을까?〉 하고 생각할는지 모른다. 그러나 혁명적 양심의 도움을 받아 이것을 확대 해석한다면 해당되는 사람을 얼마든지 발견할 수 있다. 이 형법이 제정되기 수년 전에, 즉 1920년 이전에 국외로 망명했다가 사반세기 후에(1944~1945년) 유럽에서 소련군에게 붙잡힌 사람들은 모두 제58조 4항에 의해 10년 형에서 사형까지 선고받았다. 그들이 외국에 머물면서 〈국제 부르주아지〉에게 도움을 주지 않았다면 대체 무슨 짓을 했겠는가? (이미 우리는 전술한 음악회의 예에서, 소비에뜨 연방 내부에서도 부르주아지에게 도움을 줄 수 있었다는 것을 보아 왔다.) 그리고 또 모든 사회 혁명당원, 모든 멘셰비끼 당원(이 조항은 바로 그들을 위해서 만들어진 것이다)이 국제 부르주아지를 지원하고 있었고, 그리고 그 후는 국가 계획 위원회와 최고 국민 경제회의 기술자들이 그 역할을 수행했다.

5항은 소련에 선전 포고를 하도록 외국을 설득하는 행위에 관한 항목이다.

무엇보다도 이 항목은 스딸린 자신과 1940년부터 1941년까지의 그의 군사, 외교적 측근들에게 적용됐어야만 했을 것이다. 그의 우둔함과 광기는 제정 러시아가 1904년과 1915년에 감수한 패배와는 비교도 안 될 만큼 치욕적이고도 비참한 패전을 초래하지 않았던가! 13세기 몽골군의 침공 이후 러시아는 이토록 처참한 패전을 당한 적이 없다. 그들이야말로 그 패배의 장본인이 아니고 누구란 말인가?

6항은 간첩 행위에 관한 항목이다.

만약에 이 항목에 따라 처벌된 사람들의 수를 모두 합산한다면, 스딸린 시대의 우리 국민은 농업이나 공업이나 그 밖의 모든 업으로 생활을 유지한 것이 아니라, 간첩을 업으로 삼고 외국의 첩보 기관으로부터 받는 활동 자금으로 살아왔다는 결론에 도달할 만큼 이 항목은 너무나도 광범하게 적용되었다. 간첩 행위 — 이것은 무식한 법법자에게도, 유식한 법학자에게도, 신문 기자나 일반 사회인에게도 쉽사리 이해되는 아주 편리한 죄목이었다.[36]

이 항목의 확대 해석은 더욱 심해서, 형을 선고받은 이유가 간첩 행위 그 자체라기보다는,

PSh — 간첩 행위 혐의(혹은 충분히 입증되지 않은 간첩

---

[36] 간첩 망상에 대한 지나친 편향은 비단 스딸린의 편협한 성격에 기인하는 것만은 아닌 것 같았다. 특권층에 속하는 모든 사람에게 이것은 편리하기 짝이 없는 항목이었다. 이것은 이미 일반화된 비밀주의, 보도 관제, 출입문의 봉쇄, 엄격한 검문 제도, 격리된 별장, 비밀 판매점 등의 필요성을 입증하는 근거가 되었다. 간첩 망상의 철저한 장벽이 가로막혀 있어서, 국민은 관료들이 어떻게 대화를 나누고 있으며, 얼마나 게으름을 피우고 있으며, 어떠한 과오를 범하고 있으며, 무엇을 먹고 어떻게 여가를 즐기고 있는지 들여다볼 수도 없고 추측할 수도 없었다.

행위. 이것은 간첩 행위와 똑같이 엄하게 취급된다!).

그리고 또 심지어는,

SVPSh — 간첩 행위의 혐의를 받을 만한(!) 관계 — 에까지 이르고 있는 것이다.

즉, 예를 들어 당신 아내의 아는 사람이 외국 외교관 부인의 단골 양재사(물론 NKVD의 여자 정보원)한테서 옷을 지어 입었을 때에도 이에 해당되는 것이다.

그리고 이들 제58조 6항, 〈PSh〉, 〈SVPSh〉는 마치 끈끈이와 같은 귀찮은 조항이었다. 이 두 항목은 엄한 내용과 빈틈없는 감시를 요구하고(하긴 외국의 첩보 기관은 수용소 안에까지 마수를 뻗쳐 올지도 몰랐기 때문이다), 한시도 눈을 떼는 것을 금하고 있었다. 도대체 이 〈대문자 조항〉, 즉 조항이라기보다는 국민에게 위협을 주는 대문자의 결합(우리는 이 장에서 다시 다른 대문자들도 만나게 될 것이다)은 한결같이 모두가 반드시 신빙성을 띠고 있어서, 그것이 과연 제58조의 한 부칙인지, 아니면 무언가 독립된 매우 위험한 것인지 좀처럼 분간할 수 없을 지경이었다. 이 대문자 조항으로 체포된 죄수는 많은 수용소에서 제58조의 다른 항으로 체포된 죄수보다 더 학대받았다.

7항은 산업, 운수, 상업, 금융 및 협동조합의 파괴 행위에 관한 항목이다.

1930년대에 들어서면서, 이 항목은 무척 빈번하게 적용되기 시작했고 누구나 쉽게 알 수 있도록 간략화된 명칭, 즉 〈해독 행위〉라는 명칭으로 수많은 사람들을 무더기로 잡아들였다. 사실 7항에 열거한 부문들은 날이 갈수록 눈에 띄게 황폐화되고 있었다. 그러니까 그런 일을 하는 사람이 반드시 있게 마련이라는 것이다! 몇 세기에 걸쳐 러시아 국민은 꾸준히 모든 것을 창조하고 건설해 왔으며, 심지어 지주 귀족에게까지도 성실을 다해 왔다. 그런 〈해독 행위〉는 류리끄(고대 러시아 국가의 원조) 시대 이래 한 번도 들어 본 일조차 없었다. 그런데 나라의 모든 재산이 인민의 소유로 귀속된 지금, 수십만의 훌륭한 인민의 아들들이 까닭 모를 〈해독 행위〉를 감행하기 시작한 것이다(이 조항은 본래 농업에 대한 해독 행위를 예상했던 것은 아니었다. 그러나 이 항목 없이는 농토가 잡초로 덮이고 수확량이 날로 줄어들고 각종 기계가 파손되는 이유를 적절히 설명할 수 없었기 때문에 〈변증법적 감각〉에 따라 농업에도 이 항목이 적용되게 되었다).

8항은 〈테러〉 행위에 관한 항목이다(이것은 소련 형법이 마땅히 〈그 근거를 부여하고 합법적인 것〉으로 만들어야 했던 〈위로부터의 테러〉가 아니라,[37] 〈아래로부터의 테러〉를 말한다).

테러 행위란 말은 너무나도 광범위한 뜻으로 인식되었다. 예를 들어 주지사나 총독의 마차 밑에 폭탄을 장치하는 것 같은 그런 종류의 테러만이 아니라, 개인적인 원한으로 뺨을 한 대 갈겼더라도 상대방이 당원이거나 공산 청년 동맹원이거나 민병대의 열성 당원인 경우엔 그것이 테러 행위로 간주되는 것이다. 더욱이 열성 당원을 살해한 것과 보통 사람을 살해한 것은 절대로 동일시되지 않았다(기원전 18세기의 함무라비 법전에는 그렇게 되어 있었지만). 만약 남편이 아내의 정부를 살해했는데 상대방이 요행히 비당원이라면 제136조를 적용받아 일반 형사범으로 취급되지만, 그 정부가 당원임이 판명된다면 남편은 제58조 8항에 따라 〈인민의 적〉이 되는 것이다.

8항의 더욱 중요한 확대 해석은 제19조의 〈기도〉를 아울러

37 『레닌 전집』 5판, 제45권, p. 190.

110

적용하는 데 있다. 가령 맥줏집 근처에서 열성 당원에게 〈너이놈 두고 보자!〉라는 식의 위협 문구뿐만 아니라, 시장 바닥의 아낙네가 〈너 같은 건 뒈져 버려!〉라고 한 말까지도 〈TN〉, 즉 〈테러 기도〉로 판단되어 엄한 형벌을 적용하는 근거를 부여하게 되는 것이다.[38]

9항은 폭파 또는 방화에 의한 파괴 및 손상 행위(반혁명적 목적하의)에 관한 항목이다. 간단히 파괴 행위라고 부른다.

이 항목의 확대 적용은 〈반혁명적 목적하의〉란 말이 덧붙여졌음에도 불구하고 노동과 생산 과정에서의 모든 실책, 과오, 실패 등을 무자비하게 〈파괴 행위〉로 간주하는 데 있다(범인의 의식 속에 무슨 일이 일어나고 있는가를 가장 잘 알고 있는 것이 신문관이기 때문에 반혁명적 목적이 있는지도 신문관들이 판별할 수 있다는 것이다).

그러나 뭐니 뭐니 해도 제58조 중에서 10항만큼 혁명적 양심을 불태우면서 무한정으로 확대 해석된 항목은 없었다. 〈소비에뜨 정권을 전복, 와해, 약화하려는 목적을 내포하는 선전 및 선동…… 또는 이와 같은 내용을 담은 문서의 작성 및 보관〉 ─ 이것이 10항의 골자이다. 또한 이 항목은 전시 아닌 평시에도 최저형만을(그것도 결코 가벼운 형은 아니다) 규정했을 뿐 최고형은 아예 〈정하지도 않았다〉!

이 기막힌 항목이 얼마나 기막히게 확대 적용되는가를 살펴보자. 첫째, 친구 간이나 부부간의 사적인 대화 또는 사적인 서신도 얼마든지 〈반소 선동〉으로 몰릴 수 있다(우리가 〈몰릴 수 있다〉고 쓰는 것은 그런 일이 〈실제로 있었기〉 때문이다).

또한 오늘날의 소련 신문의 사상과 일치하지 않거나 그 논

38 이게 과장으로 들릴지 모르지만 나는 이 글을 결코 농담 삼아 쓰고 있는 것이 아니다. 나는 감방과 수용소에서 그런 사람들과 함께 생활했다.

조와 일치되지 않는 모든 사상은 곧 정권의 〈파괴〉요, 〈약화〉인 것이다. 〈강화하지 않는〉 모든 것은 〈약화〉를 의미하며, 완전히 〈일치되지 않는〉 모든 것은 〈파괴〉를 의미하기 때문이다!

> 오늘 우리와 함께 노래하지 않는 자 —
> 그는
> 우리의
> 적이다!
> (마야꼬프스끼)

그리고 또 〈문서의 작성〉에는 편지 한 통, 메모 하나, 자기 혼자만의 일기 등이 모두 포함된다.

이 항목이 이렇게 확대 해석된다면 — 생각하고 말하고 혹은 기록으로 남긴 〈사상〉으로 10항의 적용을 받지 않을 사람이 어디 있겠는가?

11항은 독자적 내용을 갖지 않는 특수한 종류의 항목이다. 즉 앞에 열거한 범죄 중에서 그 행위가 조직으로 이루어졌거나 범법자 자신이 비합법적 단체에 가입했을 경우 추가형을 가하기 위한 항목이다.

이 항목을 확대 적용함에 있어서는 실제로 어떤 조직이 존재해야만 하는 것은 아니다. 그 미묘한 적용은 나 자신이 직접 경험한 바 있다. 우리는 〈두 사람〉이 서로 〈비밀리〉에 사상을 교환하고 있었는데 이것은 곧 조직의 발단이요, 즉 〈조직〉이라는 것이다!

12항은 시민의 양심에 가장 저촉되는 항목이다. 이것은 제58조 각항의 범죄 사실을 〈당국에 고발하지 않은 죄〉, 즉 〈불고지죄(不告知罪)〉를 말한다. 이것 역시 최고형이 명시되어 있지 않았다!

이미 이 항목은 더 이상 확대할 필요가 없을 만큼 확대되었다. 〈알면서도 고하지 않았다〉 — 이것은 자기 자신이 죄를 범한 것과 다를 바가 없는 것이다!

13항은 이미 오래전에 무용지물이 된 항목인 것 같다. 〈제정 시대의 보안과에 근무한 죄〉[39]가 그것이다(그다음 시대의 이와 유사한 근무는 가장 빛나는 애국적 공로로 인정되고 있다).

14항은 〈의식적인 직무 불이행 및 고의적인 태만〉에 관한 항목인데, 물론 최고 총살형까지 규정하고 있다. 간단히 〈태업(사보타주)〉 또는 〈경제적 반혁명〉이라고도 부른다.

그러나 고의인지 고의가 아닌지는 오직 신문관만이 자기의 혁명 의식에 입각하여 가려낼 수 있는 것이다. 이 항목은 식량 공출에 응하지 않은 농민, 계획된 노동 일수를 채우지 못한 집단 농장원들, 규정된 노동량을 완수하지 못한 수용소 죄수에게도 적용되었다. 2차 대전 후에는 수용소 탈주자에게도 확대 적용되었는데, 그것은 그들이 자유로운 생활을 원해서라기보다 수용소 제도의 와해를 목적으로 탈주했기 때문이라는 것이다.

이것이 인간의 존재를 완전히 뒤덮어 버린 제58조라는 부채의 마지막 살이다.

이상과 같이 〈위대한 조항〉의 대체적인 윤곽을 훑어보았으므로, 우리는 앞으로 좀 덜 놀라게 될 것이다. 법이 있는 곳에

---

39 제58조의 이 항에 관해서도 스딸린이 관련되어 있다고 의심할 만한 심리적 근거가 있다. 이러한 근무에 관한 자료는 결코 그 전부가 1917년 2월을 넘기고 무사히 살아남아 널리 알려질 수 있었던 것은 아니다. 제정 시대에 경찰국장을 지냈으며 후에 꼴리마에서 죽은 준꼬프스끼가 단언한 바에 의하면, 2월 혁명이 일어나자마자 경찰 문서 보관소를 급히 불질러 버린 데는 경찰과 관계가 있던 일부 혁명가들의 합심에 의한 것이었다고 한다.

범죄는 반드시 있게 마련이다.

◆

대장장이의 망치질이 끝나기 무섭게 1927년에 시험 삼아 사용한 후 10년 동안 줄곧 죄수들의 흐름 속에 담가 온 제58조라는 강철의 검은, 마침내 1937년에서 1938년에 걸쳐 인민들에게 가해진 법의 공격에서 그 위력을 유감없이 발휘했다.

여기서 한 가지, 1937년의 싸움은 자연 발생적으로 일어난 것이 아니라 사전에 면밀하게 계획된 것이었음을 강조해 둘 필요가 있다. 그해 전반기에 소련의 많은 형무소에서 대대적인 수리가 진행되었다. 감방에서 침대를 들어내고 아래위 두 단으로 판자를 빽빽이 깔아 여러 사람을 수용할 수 있게 만들었다.[40] 늙은 죄수들은 그 당시를 회상하면서, 숙청 선풍의 첫 번째 물결이 8월 어느 날 밤에 전국을 일시에 휩쓴 것 같다고 말했다(그러나 나는 무슨 일이든 그토록 신속하게 해치울 수 없는 우리의 속성을 잘 알고 있으므로, 이 말은 그다지 믿을 만한 것이 못 된다고 본다). 그런데 그해 가을 10월 혁명 20주년을 앞두고 전면적인 특사가 있을 것이라고 기대하고 있을 때, 장난꾸러기 스딸린은 오히려 형법에 여태까지 없던 15년 형과 20년 형을 새로이 추가했던 것이다.[41]

여기서 새삼스럽게 1937년 숙청에 대한 이야기를 되풀이할 필요는 없을 것이다. 그러잖아도 그것은 이미 여러 사람이 쓴 바 있으며 앞으로도 여러 차례 쓰일 것이기 때문이다. 여하튼 이 숙청 선풍은 당 및 소비에뜨 기관과 고위층, 사령관

---

40 1934년 끼로프 암살 사건이 일어날 무렵에 레닌그라뜨의 〈큰집〉이 이렇게 완성된 것은 결코 우연한 일이 아닐 것이다.

41 25년 형은 10월 혁명 30주년인 1947년에 추가되었다.

급 군 장성들과 GPU 및 NKVD 자체의 고위층을 휩쓸었다는데 특징이 있다.[42] 아마도 어느 주를 막론하고 주 당 제1서기와 주 집행 위원회 위원장이 끝까지 무사히 남아 있었던 곳은 거의 없었다고 해도 과언이 아니다. 스딸린은 더 자기 마음에 드는 자들을 그 자리에 앉히려고 했다.

올가 차프차바제는 그루지야 공화국 수도 뜨빌리시에서 있었던 일을 다음과 같이 이야기했다. 1938년에 시 집행 위원회 위원장과 부위원장, 부장 전원(11명)과 차장, 회계 주임 전원, 경리 주임 전원이 구속되고 새로운 사람들이 임명되었다. 불과 두 달 만에 또다시 위원장, 부위원장을 비롯하여 부장 전원(11명), 회계 주임 전원, 경리 주임 전원이 잡혀 들어갔다. 결국 남은 것은 말단 직원과 타자수, 청소부, 사환들뿐이었다……

평당원들의 숙청에서는, 그들에 대한 조서나 선고문 어디에도 전혀 명기되어 있지 않은 명백히 숨은 동기가 있었던 것 같다. 주로 1924년 이전의 고참 당원들을 우선적으로 투옥했기 때문이다. 고참 당원들의 숙청은 특히 레닌그라뜨에서 철저하게 진행되었는데, 그것은 그들이 모두 새 반대파의 〈정치 강령〉에 서명한 바 있었기 때문이다. (그러나 어찌 그들이 서명하지 않을 수 있었겠는가? 어찌 자기가 속해 있는 레닌그라뜨 시당을 〈믿지 않을〉 수 있었겠는가?)

그 무렵에는 다음과 같은 광경을 흔히 볼 수 있었다. 모스끄바주의 어느 지구당 대표자 회의가 열렸다. 〈얼마 전에 구속된〉 서기 대신에 새로 임명된 서기가 의장이 되어 이 회의

---

42 지금 중국의 문화 대혁명을 보면(이것은 중국 공산당이 최종적 승리를 거둔 지 17년 만에 일어났다), 그 어떤 역사적 법칙 같은 게 있는 것이 아닌가 몹시 의심하게 된다. 뿐만 아니라 스딸린 자신도 그저 맹목적이고 피상적인 집행자에 지나지 않았던 것처럼 생각된다.

를 진행하고 있었다. 회의 끝머리에 스딸린에게 충성을 맹세하는 메시지가 채택된다. 전원이 기립한다(회의 도중에도 스딸린의 이름이 나올 때마다 전원이 벌떡 일어서곤 했지만). 조그만 강당 안에서 〈우레와 같은 열렬한 박수〉가 터져 나온다. 3분, 4분, 5분, 우레와 같은 열광적인 박수는 계속된다. 이제는 손바닥이 아프다. 쳐들어 올린 팔이 저려 올 지경이다. 나이 먹은 사람들은 사뭇 숨까지 헐떡이고 있다. 스딸린을 진심으로 숭배하는 사람들조차 이제는 더 이상 참을 수가 없다. 그러나 대체 누가 〈제일 먼저〉 박수를 그만둘 수 있을 것인가? 그것은 단상 위에서 방금 이 메시지를 낭독한 지구당 서기만이 할 수 있는 일이다. 그러나 그는 바로 얼마 전에 〈걸려든〉 서기 대신에 새로 임명된 사람이다. 그는 겁이 나는 것이다! 이 강당 안에서는 NKVD 요원들도 서서 박수를 치며 〈누가〉 제일 먼저 그만두는가를 감시하고 있을 테니 말이다! 그리하여 지도자를 위한 박수는 아무도 모르는 좁은 강당에서 6분이나 계속된다! 아니, 7분! 8분! 더 이상은 곤란하다! 죽을 지경이다! 그러나 심장이 터져 쓰러질 때까지 이젠 멈출 수가 없다! 구석진 어둑한 곳에서는 박수 치는 시늉만 하면서 어느 정도 꾀를 부릴 수도 있다. 그러나 남들이 다 보는 정면 단상 위에서는? 제지 공장 지배인은 고집 센 건장한 사나이다. 단상 위에 서서 이 모든 허위성을 잘 알면서도 기를 쓰고 박수를 치고 있다. 9분! 10분! 그는 서글픈 눈으로 지구당 서기를 바라본다. 그러나 서기는 감히 박수를 중지할 수 없다. 이쯤 되면 완전히 미친 사람의 미친 짓이다. 단상 위에 서 있는 지구당 간부들은 가냘픈 기대를 가지고 서로를 돌아보면서도 얼굴에는 애써 감격의 빛을 띠며 박수를 계속할 것이다 — 쓰러질 때까지, 들것에 실려 나갈 때까지. 그래도 남아 있는 사람들은 눈썹 하나 까딱 안 할 것이다. 11분이 되었을 때 제지 공장 지배인이 사무적인 표정으로 되돌아가면서 단상 위의 자기 자리에 주저앉았다. 그러자 오, 이상도 해라! 무엇으로도 억제할 수 없을 것 같던 그 불길 같은 열광이 이렇게 어이없이 꺼질 줄이야! 모두들 일시에 박수를 멈추고 일시에 제자리에 앉았다. 그들은 구원을 받았다! 한 마리의 다람쥐가 쳇바퀴에서 뛰어나오는 법을 알아차린 것이다!

그러나 바로 이렇게 해서 자주성이 강한 사람들이 눈에 띄게 된다. 그리고 또 이렇게 해서 그런 사람들은 제거되고 만다. 바로 그날 밤에 제지 공장 지배인은 구속되었다. 그는 다른 죄목으로 10년을 선고받았다. 그러나 그가 제206조 서류(최종 조서)에 서명을 마치자 신문관은 그에게 이렇게 주의를 주었다.

「무슨 일이 있어도 제일 먼저 박수를 멈추는 것만은 하지 마시오!」[43]

(그러면 어떻게 하라는 건가? 우리는 어떻게 박수를 멈추란 말인가?)

이것이야말로 다윈이 말하는 자연 선택이다. 그리고 이것이야말로 멍청함으로 어떻게 사람을 괴롭힐 수 있는가를 보여 준다,

그런데 오늘날에 와서는 새로운 신화가 만들어지고 있다. 출판물에 실리는 1937년의 기술은 모두가 공산당 지도층의 비극에 관한 이야기뿐이다. 그래서 우리는 저도 모르는 사이에 1937년에서 1938년까지의 특징은 거물급 공산당원의 투옥이고, 그 이외에는 아무도 투옥되지 않은 것처럼 믿기에 이르렀다. 그러나 당시에 체포된 〈수백만〉 명 중에 당 및 국가 기

43 N. G.가 내게 해준 이야기.

관의 요직에 있던 사람은 10퍼센트도 안 되었다. 레닌그라뜨에서 형무소 앞에 차입물을 들고 늘어선 대열 중에는 우유 배달부 같은 서민층의 부녀자가 절대 다수를 차지했던 것이다.

이 엄청나게 큰 흐름 속에 휘말려 들어 반죽음이 된 채 수용소군도로 쫓겨난 유형수들의 인적 구성은 너무나도 다양하고 잡다해서, 어떤 법칙에 따라 과학적으로 그것을 구분하려면 꽤 오래 머리를 짜내야 할 지경이었다(더구나 당시의 사람들은 그러한 법칙 같은 것을 알 리가 없었다).

그러나 그 당시 투옥의 참다운 법칙은 〈인원수의 할당〉, 노르마(기준량)에 따른 계획 배분이었다. 도시마다, 지구(地區)마다, 군관구마다 체포 인원수를 할당받았고, 그 수를 기일 내에 확보해야 했다. 나머지 문제들은 순전히 일선 기관원들의 재량에 달려 있었다.

전에 체까에서 일한 바 있는 알렉산드르 깔가노프는 그 당시의 일을 다음과 같이 회상하고 있다. 〈따시껜뜨로 전문이 날아왔다.《2백 명을 보낼 것!》그러나 방금 소탕이 끝난 후라 더 이상 잡아들일 사람은《아무도》없을 것 같았다. 실제로 각 지구에서 약 50명가량을 호송했던 것이다. 그렇다. 좋은 수가 있다! 지방 경찰이 잡아들인 일반 형사범들에게 제58조를 둘러씌우면 된다! 이것은 즉시 실행되었다! 그런데도 여전히 할당량 미달이었다. 때마침 지방 경찰에서 보고가 올라왔다. 시내의 한 광장에 떠돌이 집시들이 뻔뻔스럽게 천막을 쳤는데 어찌하오리까? 됐다, 됐어! 즉각 그들을 포위해서 제58조 위반으로 17세에서 60세까지의 남자를 모조리 잡아들였다. 이리하여 할당량을 완수한 것이다!〉

그루지야 공화국에서는 이런 일도 있었다(지방 경찰서장을 지낸 자볼로프스끼의 이야기다). 지방에서 5백 명을 잡아 총살하라는 명령을 받은 오세찌야시 주재 비상 위원회는 그 수를 230명 더 늘려 달라고 상부에 요청했다. 물론 그들의 청은 받아들여졌다.

이런 전문들은 간단히 암호화되어 일반 통신망을 통해 하달되었다. 쩸류끄시의 한 여자 전신원은 〈내일 중으로 비누 240상자를 끄라스노다르로 급송하라〉라는 전문을 NKVD의 교환대로 전달했다. 이튿날 아침 그녀는 대대적인 체포와 죄수 호송이 있었다는 것을 알고 바로 어제의 전문을 상기했다. 그리고 자기가 어떤 전문을 쳤는가를 자기 친구들에게 이야기했다. 그녀는 즉각 체포되었다.

(사람을 〈비누 상자〉로 암호화한 것은 순전한 우연이었을까? 아니면 〈비누 제조〉에 관한 것을 알고 한 일이었을까?)

물론 그럴듯한 법칙이 있는 경우도 있었다. 예컨대,

국외에 있었던 진짜 간첩들(이 중에는 열성적인 코민테른 활동가라든가 체까 요원, 그리고 수많은 매혹적인 여성도 있었다. 그들은 본국으로의 송환 명령을 받고 돌아오는 길에 국경선에서 체포되어 전에 코민테른에서 자기 상사였던 사람, 예컨대 미로프꼬로나와 같은 사내와 대면하게 된다. 상관은 자기 자신이 외국의 한 첩보 기관에서 일해 왔었다고 말한다. 그렇게 되면 그의 부하는 자동적으로 간첩 활동을 하고 있었던 것이 되고, 게다가 열심히 일한 사람일수록 더 해를 입게 되는 것이다!).

동만(東滿) 철도 직원들. 소련의 동만 철도 직원은 여자, 아이, 노파까지 포함하여 모두가 일본의 간첩으로 몰렸다. 그러나 그들에 대한 체포, 투옥은 이미 몇 년 전부터 진행되어 왔음을 상기할 필요가 있다.

다음으로 극동 지방의 한국인들은 까자흐스딴으로 추방당

했다. 이것은 〈민족적인 혈통에 따른〉 체포의 첫 케이스였다.

레닌그라뜨 거주 에스토니아인들. 이들은 에스토니아 특유의 성만 보고 백색 에스토니아의 앞잡이라 하여 모조리 잡혀 들어갔다.

라트비아 출신 저격병들과 체까 요원들. 이들은 혁명의 산파 구실을 한 라트비아인들로서 바로 최근까지만 해도 체까의 뼈대를 이루는 정예분자들이었다! 그리고 1921년의 인질 교환에서 2년 내지 3년의 무서운 형기를 모면한 부르주아의 나라 라트비아의 공산주의자도 예외일 수 없었다(레닌그라뜨에서는 게르쩬 연구소 라트비아 지부, 라트비아 문화 회관, 에스토니아인 집회소, 라트비아 기술 전문학교가 폐쇄되고, 라트비아 신문과 에스토니아어 신문이 폐간되었다).

전국적인 소란 속에 〈카드놀이〉도 끝나 가고 있어서, 아직 체포되지 않은 자들을 거둬들일 때가 왔다. 이제는 이 일을 비밀리에 처리한다는 것 자체가 무의미했다. 〈끝내기〉에 들어가야 할 판이었던 것이다. 그리하여 사회주의자들은 각지의 유형지(우파, 사라또프 등지)에서 무더기로 형무소에 잡혀 들어가 전원이 한꺼번에 재판에 회부되어 가축 무리처럼 떼를 지어 〈군도〉의 도살장으로 끌려갔다.

지식인들을 더욱 많이 잡아들이도록 노력하라는 말은 누구의 입에서도 나온 적이 없었다. 그러나 앞에 열거한 흐름 속에서 그들은 한 번도 잊힌 적이 없거니와 지금도 마찬가지다. 학생들의 밀고 역시 이제는 하나도 이상할 것이 없게 되었다. 예를 들어 고등 교육 기관의 어느 강사가 레닌이나 마르크스는 많이 인용하면서 스딸린은 인용하지 않는다는 학생의 밀고가 있으면 그것만으로 충분했다. 그 강사의 모습을 더 이상 강의 시간에 찾아볼 수 없을 것이다. 그럼 만약에 〈이 중 누구도 인용하지 않는다면〉 어떻게 될까? 레닌그라뜨의 동양학 연구원들은 중년에서 젊은 세대에 이르기까지 전원이 〈체포〉 구금되었다. 북방 연구소 연구원들도 (비밀 요원만 빼놓고는) 전원이 〈투옥〉되었다. 초등학교와 중학교 교사들도 이 대상에서 제외될 수는 없었다. 스베르들로프스끄에서는 주 교육부의 부장 뻬렐을 위시하여 서른 명의 중학교 교사를 잡아들여, 그들이 〈학교를 불사르기 위해〉 자작나무로 크리스마스트리를 장식했다는 어마어마한 죄목을 뒤집어씌웠다.[44] 그리고 기사(技師)들의 머리 위에도 곤봉은 시계추처럼 규칙적으로 내리쳐졌다(그들은 이미 부르주아 시대가 아니라 소비에뜨 시대의 기사들이었다). 광산 측량 기사 니꼴라이 메르꾸리예비치 미꼬프의 경우, 지층에 어떤 장애물이 있었기 때문에 서로 반대쪽에서 맞뚫어 들어가던 갱도가 어긋났다 해서 제58조 7항을 적용하여 20년 형을 선고받았다. 꼬또비치가 이끄는 여섯 명의 지질학자는 〈독일군이 들어올 때까지 고의로 주석 매장 광구를 숨겼다〉는 이유로(즉 그것을 발견하지 못했다는 이유로) 역시 제58조 7항을 적용, 각각 10년 형을 받았다.

큼직큼직한 흐름의 뒤에는 추가적으로 〈특수한 흐름〉이 쫓아가게 마련이다. 〈아내들〉과 〈ChS〉, 즉 가족들의 흐름이 그것이다. 거물급 당원들의 아내들. 여기저기서(예컨대 레닌그

、44 그들 중 다섯 명은 심한 고문을 이겨 내지 못하고 재판이 있기 전에 죽었다. 스물네 명은 수용소에서 죽었다. 마지막 한 사람인 이반 아리스따울로비치 뿌니치는 명예 회복이 되어 고향으로 돌아왔다(만약에 이 사람마저 죽어 버렸더라면, 우리는 다른 수백만의 희생자에 대해 이야기할 수 없는 것처럼 이 서른 명에 대해서도 여기서 언급할 수 없었을 것이다). 그들을 몰아넣은 수많은 〈증인〉들은 지금도 스베르들로프스끄에서, 재판소의 촉탁을 하거나 또는 연금 수령자로서 안락한 생활을 누리고 있다.

라뜨) 〈서신 교환 권리 박탈 10년〉 형을 받은 자, 즉 이미 이 세상에 없는 모든 사람의 아내들이다. 〈ChS〉에게는 통례에 따라 각각 〈8년 형〉이 선고되었다(그래도 토지를 빼앗긴 꿀라끄들의 형보다는 가볍고, 아이들도 본토에 남아 있다).

희생자는 쌓이고 쌓여 산더미를 이루었다. 도시에 대한 NKVD의 전면 공세가 시작되었다. G. P. 마뜨베예바라는 여인의 집에서는 남편과 남동생 셋이 하룻밤 사이에 모두 잡혀 갔는데 그들은 각각 〈다른〉 사건에 관련되어 있었다(네 사람 중 셋은 영영 돌아오지 않았다).

한 전기 기사의 경우, 그의 담당 구역에서 고압선이 끊어졌다. 그는 제58조 7항에 의해 20년을 선고받았다.

뻬름시의 노동자 노비꼬프는 까마강의 철교 폭파를 기도했다는 죄목으로 체포되어 유죄 판결을 받았다.

역시 뻬름시의 유자꼬프는 낮에 체포되고, 그날 밤에는 그의 아내를 체포하려고 기관원들이 찾아왔다. 그들은 명단을 내놓고 거기에 적힌 사람들이 그녀의 집에서 멘셰비끼와 사회 혁명당원의 집회를 가졌다는(물론 터무니없지만) 사실을 시인하고 서명하라고 요구했다. 서명만 하면 집에 남겨 둔 세 자식한테로 돌려보내 주겠다는 것이었다. 그녀는 서명했다. 결국 명단에 적힌 사람들을 모두 파멸로 이끌고 그녀 자신도 형무소 신세를 지게 되었음은 물론이다.

나제즈다 유제니치는 자기 성(姓) 때문에 체포되었다. 9개월 후 그녀는 악명 높은 백위군 장군 유제니치와는 아무런 인척 관계도 아니라는 것이 입증되어 풀려나왔다(그러나 그동안에 그녀의 어머니는 마음의 충격을 이겨 내지 못하고 죽고 말았다).

스따라야 루사에서 「10월의 레닌」이라는 영화가 상영되고

있었다. 〈빨친스끼는 그것을 알아야만 한다!〉라는 대사에 주
목한 사람이 있었다. 영화에서는 그 빨친스끼가 겨울 궁전을
방위하고 있다. 그런데 우리 병원에 빨친스까야라는 간호사
가 있지 않은가? 그 여자를 잡아라! 물론 잡아들였다. 조사해
보니 그녀는 정말로 빨친스끼의 아내였음이 드러났다. 그녀
는 남편이 총살당한 후 먼 시골 벽지에 와서 숨어 살았던 것
이다.

보루시꼬 형제들(빠벨, 이반, 스쩨빤)은 1930년, 아직 어린
〈소년〉이었을 때 폴란드에서 친척들이 있는 소련 땅으로 돌
아왔다. 이제 청년이 된 그들은 〈PSh〉, 즉 간첩 혐의로 10년
형을 받았다.

끄라스노다르시의 한 여자 전차 운전사는 밤늦게 차고에서
도보로 집에 돌아가고 있었다. 변두리까지 왔을 때 그녀는 바
퀴가 진흙에 빠져 움직이지 못하고 있는 트럭 옆을 지나게 되
었다. 트럭 주위에는 사람들이 분주히 움직이고 트럭 위에는
시체가 가득 실려 있었다. 시체의 팔다리가 포장 밑으로 비죽
비죽 나와 있었다. 한 사나이가 그녀의 이름을 적었다. 이튿날
그녀는 구속되었다. 신문관이 무엇을 보았느냐고 물었다. 그
녀는 고지식하게 그대로 말했다. 반소비에뜨 선동죄로 10년
형이 떨어졌다.

한 수도국 직원은 자기 방에서 라디오를 듣다가 스딸린에
게 드리는 장황한 편지[45]가 낭독되기 시작하면 번번이 스위치
를 끄곤 했다. 이웃 사람이 그것을 밀고했다. (아, 그 이웃 사
람은 지금 어디에 살고 있을까?) 그는 〈사회적 위험 분자〉로

45 누가 그것을 기억하고 있을까? 날마다 매시간 되풀이되던 그 바보스러
운 편지를. 아마도 아나운서 레비딴은 누구보다 잘 기억하고 있을 것이다. 그
편지를 낭독할 때마다 그는 감격에 겨워 사뭇 목청을 떨곤 했으니 말이다.

몰려 8년 형을 선고받았다.

제대로 읽고 쓸 줄도 모르는 한 난로공은 여가 시간에 글씨 연습하기를 좋아했다. 이것이 자기 자신의 품위를 높여 준다고 생각했던 것이다. 백지가 없어서 그는 신문지에다 글씨를 썼다. 인민의 〈어버이〉요 〈스승〉이신 그 얼굴이 온통 그의 글씨로 더럽혀진 신문을 이웃 사람이 공동변소 휴지통에서 발견하고 즉각 밀고했다. 그는 반소비에뜨 선동죄로 10년 형을 받았다.

스딸린과 그 측근들은 자기 사진이나 초상화를 무척 좋아해서 신문마다 그것을 큼직큼직하게 싣게 했고, 수백만 장씩이나 방방곡곡에 퍼뜨렸다. 그런데 파리 새끼들은 그 사진의 신성함을 인정하려 들지 않았고, 사람들은 신문지를 무엇에든 요긴하게 이용할 수밖에 없었다. 그 때문에 얼마나 많은 사람이 가엾게도 징역살이를 해야 했는가!

체포 선풍은 전염병처럼 거리거리를 휩쓸었다. 사람들은 서로 전염병 균을 옮겨 주는 줄 모르면서 악수를 하고 숨을 쉬고 물건을 주고받는다. 이와 마찬가지로 그들은 거리에서 만나 악수를 하고 얼굴을 맞대고 숨을 쉼으로써 피할 길 없는 체포의 병균을 서로 옮기고 있었다. 만약에 오늘 내가 거리에서 만나 악수한 그 사람이, 내일 체포되어 상수도 수원지에 독약을 집어넣을 것을 모의했다고 자백한다면, 나 역시 체포를 모면할 수 없는 것이다.

7년 전만 해도 도시 사람들은 농촌이 무참하게 두들겨 맞는 꼴을 먼발치에서 바라보면서 지극히 당연한 일이라 생각했었다. 이번에는 농촌이 도시가 당하는 꼴을 그런 눈으로 바라볼 수도 있었겠지만 그러기엔 농촌은 너무나 세상 소식에 어두웠다. 뿐만 아니라 농촌 자신도 지금 마지막 숨통이 눌리고 있는 처지에 있었던 것이다.

측량 기사(!) 사우닌은 자기 지구 내의 가축이 전염병(!)으로 모두 쓰러지고 흉작(!)이 겹쳤다는 이유로 15년 형을 선고받았다(물론 지구 간부들도 같은 이유로 전원 총살형을 받았다).

지구당 서기가 경작을 독려하려고 마을을 찾아왔다. 늙은 농부 한 사람이 그에게 물었다. 「우리 집단 농장원들은 지난 7년 동안 노동 일수에 대해 단 한 알의 곡식도 받지 못하고 얼마 안 되는 〈밀짚〉밖에 못 받았다는 걸 당신은 〈알고 있소?〉」 이 질문 때문에 노인은 반소비에뜨 선동죄로 10년 형을 받았다.

아이를 여섯이나 거느린 어느 농부의 이야기는 좀 색다르다. 그는 여섯 개의 입을 위해 집단 농장 일에 자기 몸을 아끼지 않았다. 그렇게 하면 무언가 소득이 있겠지 하는 마음에서였다. 그리고 그에겐 정말 훈장이 내려졌다. 회의를 소집하고 그에게 훈장을 수여하고는 축하 연설들을 했다. 답사 차례가 되자 농부는 약간 감상적인 기분에 빠져 이렇게 말했다. 〈아아, 이 훈장 대신 밀가루나 한 부대 주었으면 좋으련만! 그렇게는 안 될까요?〉 장내에서는 폭소가 터져 나왔다. 그러나 이 농부는 자기의 〈여섯 개의 입〉과 함께 유형지로 추방되고 말았다.

이제는 모든 것을 정리하여, 대체 무엇이 〈죄 없는 사람들〉을 체포, 투옥하게 만들었는가를 해명할 수는 없을까? 그러나 프롤레타리아 혁명으로 〈죄〉에 대한 개념 자체가 아주 바뀌어 버렸다는 것을 우리는 간과한 것 같다. 더구나 1930년대 초기에는 이른바 〈우익 기회주의〉[46]라는 새로운 용어까지 등장했다. 그러므로 이제는 유죄와 무죄에 대한 낡은 개념에 입

46 논문집 『형무소에서 교육 시설로』, 1934, p. 63.

각하여 설명할 수는 없게 된 것이다.

●

1939년의 〈역류(逆流)〉 현상은 소련 기관의 역사상 도저히 믿을 수 없는 사건이었고, 그들의 역사의 일대 오점이 아닐 수 없었다! 그러나 이 거슬러 흐르는 물줄기는 보잘것없을 만큼 작은 것이어서, 체포는 되었지만 아직 형을 선고받지 않은 자, 아직 멀리 보내지지 않은 자, 그리고 죽지 않은 자의 1 내지 2퍼센트에 불과한 것이었다. 보잘것없이 작은 흐름이긴 하지만 그런대로 이용 가치는 얼마든지 있었다. 이것은 루블을 받고 거스름돈으로 내주는 꼬뻬이까[47]와 같은 것이었다. 이것은 추악한 두목 예조프[48]에게 모든 것을 둘러씌우고 새로 등장한 베리야[49]의 위치를 굳히기 위해서도, 그리고 수령의 존재를 더욱 빛나게 하기 위해서도 꼭 필요했다. 이 1꼬뻬이까 덕분에 수중에 남아 있던 1루블은 교묘하게 흙 속에 사라져 버리고 만 것이다. 만약에 〈옳고 그름을 철저히 가려내서 석방하였다〉고 한다면(심지어 신문들은 뻔뻔스럽게도 중상모략에 희생될 뻔한 〈몇몇 개별적인 사람들〉이 있었다고까지 쓰고 있었다), 풀려나오지 못한 절대 다수의 사람들은 진짜 죄수임이 틀림없지 않은가! 풀려나온 사람들은 침묵을 지켰다. 그들은 그것을 서약했을 뿐 아니라 겁이 나서도 차라리 벙어리가 될 수밖엔 없었다. 그렇기 때문에 〈군도〉의 비밀을

47 1루블은 1백 꼬뻬이까 — 옮긴이주.
48 NKVD의 위원장으로, 스딸린에 이은 2인자로 불린 인물이다. 대숙청을 실질적으로 지휘했으나, 이후 자신이 숙청 대상이 되어 처형되었다 — 옮긴이주.
49 예조프를 처형하고 그의 후임으로 NKVD의 위원장이 된 인물 — 옮긴이주.

조금이라도 알고 있는 사람은 거의 없었던 것이다. 죄수 호송차는 밤에, 데모 행진은 낮에 — 이런 식으로 밤낮의 구분은 여전히 철저하게 지켜지고 있었다.

그러나 결국은 그 꼬뻬이까마저도 곧 다시 거둬들이고 말았다 — 그것도 같은 해에 같은 죄목으로. 그건 그렇고, 1940년에는 남편을 〈버리려고 하지 않았다〉는 죄로 체포된 아내들의 흐름이 있었는데, 과연 이것을 알아차린 사람이 있었을까? 이 평화로운 해에 땀보프시의 모제른 극장에서 재즈를 연주한 악단이 전원 인민의 적으로 판명되어 체포된 것을 기억하는 사람이 있는가? 1939년에 독일군에게 짓밟힌 체코슬로바키아로부터 슬라브인들의 조국 소련으로 넘어온 3만 명의 체코인들을 본 사람이 있는가? 그들 속에 간첩이 끼어 있지 않다고 보장할 수는 없는 일이었다. 그들은 모두 북방에 있는 수용소로 이송되었다(바로 거기서 전시에 〈체코슬로바키아 군단〉이라는 것이 편성되어 나왔던 것이다). 그런데 1939년에 우리가 서부 우끄라이나와 서부 백러시아에, 1940년에는 발트해 연안 지방과 몰다비아에 원조의 손길을 뻗었다는 것은 상기할 필요가 있다. 이들 형제 나라들은 조금도 불순물이 제거되어 있지 않았으므로, 그 때문에 〈사회적 예방 조치〉의 흐름이 시작됐다. 무척 돈이 많고 영향력 있는 자들이 체포되고, 뒤이어 무척 자주적이고 무척 현명하고 무척 저명한 사람들도 체포되었다. 전에 폴란드에 속해 있던 지방에서는 특히 폴란드인들이 많이 걸려들었다(불운한 카틴 숲 사건의 희생자들은 그렇게 채워졌다. 그리고 바로 그때 북방 수용소에서는 장차 시코르스키와 안데르스 부대에 편입될 사람들을 거둬 모으고 있었다). 도처에서 장교들이 체포되었다. 그리하여 주민들은 몸을 떨며 숨소리마저 죽였다. 저항을 시도할 만한 지도자는 이미 찾아볼 수 없었다. 이렇게 모든 사람이 분별력을 잃어 갔고, 예전에 맺고 있던 관계며 지기(知己)로서의 교제도 점차 시들어 갔다.

핀란드는 소련과의 접경에 무인(無人) 지대를 만들었다. 그 대신에 소련에서는 1940년에 까렐리야와 레닌그라뜨에 살던 핀란드인들의 말살과 강제 이주가 행해졌다. 우리는 이 작은 흐름을 눈여겨보지 않았다. 우리는 핀란드인이 아니었기 때문이다.

핀란드와의 전쟁에서 적에게 포로가 되었던 군인을 조국의 반역자로 처벌했는데, 이것은 인류 역사상 처음 있는 일이었다. 그런데도 우리는 별로 관심을 두지 않았던 것이다!

예행연습은 끝났다. 그때 마침 2차 대전이 발발했으나, 발발과 동시에 전면적인 후퇴 작전이 시작되었다. 적의 수중에 넘어가게 될 서쪽 가맹 공화국에서는 며칠 안에 되도록 많은 인원을 신속히 체포해야만 했다. 너무나 급한 나머지 라트비아에서는 많은 부대와 연대들과 고사포 부대와 포병 부대를 그대로 남겨 두게 되었다. 그러나 위험 분자로 지목된 수천의 리투아니아인 가족들은 우선적으로 철수시켰다(그중 4천 명은 그 후 *끄라스노야르스끄* 수용소에 형사범으로 이송되었다). 라트비아와 에스토니아에서는 6월 28일부터 위험 분자의 체포를 서둘렀다. 그러나 발등에 불이 떨어진 판국이라 한시바삐 후퇴해야 했다. 심지어는 브레스뜨 요새까지도 그냥 내버려 두고 떠났다. 그러나 리보프와 로브노, 탈린 등 여러 형무소에 수감 중인 정치범들만은 잊지 않고 모조리 총살해 버렸다. 타르투 형무소에서만도 192명을 사살하고 시체는 우물 속에 던져 넣었다.

이런 일을 어찌 상상인들 할 수 있겠는가? 죄수는 아무것도 모르고 있는데, 갑자기 감방 문이 열리고 방아쇠를 당기는 것이다. 아무리 외쳐 보아도 형무소의 돌벽 이외에는 아무도 그 단말마의 부르짖음을 듣지 못하고 이야기하지 못할 것이다. 그러나 전하는 말로는 그때 구사일생으로 살아남은 사람도 있다고 한다. 그러니 그때의 일을 적은 책을 우리가 언젠가는 읽을 수 있을지도 모르겠다.

후방에서 흐르기 시작한 전쟁 중의 최초의 흐름은, 전쟁 발발 후 며칠 내에 공포된 특별 조치법에 의한 〈유언비어 유포자 및 혼란 조성자〉들이었다.[50] 이것은 사회의 전반적인 긴장감을 조성하기 위한 일종의 사혈(瀉血) 요법과도 같은 것이었다. 여기에 걸려든 사람은 모두 10년 형을 선고받았으나 제58조는 적용되지 않았다(이들 중 전쟁이 끝날 때까지 수용소에서 무사히 살아남은 소수의 사람들은 1945년에 특사로 풀려나왔다).

그다음에는 〈라디오 수신기와 그 부속품을 당국에 바치지 않은 자〉들의 흐름이 있었다. 진공관 한 개라도 보관하고 있다가 들키는 날엔(밀고에 의해서) 영락없이 10년 형이 선고되었다.

여기에 또 우끄라이나와 북부 까프까스 지방에서 볼가강 연안으로 이주해 와서 살던 독일계 시민들과 그 밖의 소련 각지에 산재해 있던 독일계 시민들의 흐름이 합류했다. 독일인 혈통이라는 특징과 표정이 드러나기만 하면, 내전의 영웅이건 고참 당원이건 가릴 것 없이 모조리 추방되었다.[51]

---

50 나도 하마터면 이 법에 걸려들 뻔했다. 빵 가게 앞에 늘어선 대열 속에 끼어 있었는데 경찰관 하나가 다짜고짜 나를 대열 밖으로 끌어내더니 계산대가 있는 곳까지 따라오라고 했다. 나를 옹호해 주는 사람이 있었기에 망정이지 만약 없었다면 나는 전쟁터 대신에 곧장 수용소로 끌려가고 말았을 것이다.

독일계 시민의 추방은 본질적으로 꿀라끄 계급의 숙청과 같은 것이었다. 다만 그 방법이 좀 더 온화할 뿐이었다. 그들은 더 많은 물건을 휴대할 수 있었고 유형지도 아주 불모의 땅은 아니었다. 꿀라끄 숙청의 경우와 마찬가지로 독일계 시민의 숙청에도 아무런 법적 근거는 없었다. 형법은 형법이고, 유형은 유형일 뿐이었다. 형법 따위와는 관계없이 몇십만 명이라도 한꺼번에 유형에 처할 수 있었으니 말이다. 이것은 최고 권력자의 개인적인 명령이었다. 더욱이 이것은 그와 유사한 종류의 〈민족 실험〉의 첫 사례였으므로 그로서는 이론적으로도 흥미가 있었으리라 믿는다.

1941년 늦여름부터 가을에 걸쳐 〈포위망 탈출자〉들의 흐름이 현저히 늘어났다. 이들은 불과 수개월 전, 우리 나라의 도시들이 악대와 꽃다발로 열렬히 환송한 바로 그 조국의 수호자들이었다. 그러나 그들은 독일군 탱크 부대의 강력한 공격을 받아 전반적인 혼란 속에서 본의 아니게 적 후방에 남게 되었다. 그렇다고 포로가 된 것은 아니었다! 비록 여러 동강으로 끊어지기는 했으나 그래도 전투 부대 단위를 유지하면서 얼마 동안 독일군 포위망 속에 빠져 있다가 마침내 그것을 돌파하고 구사일생으로 살아온 용사들이었다. 그들은 형제애

51 독일계 혈통인지는 성을 보고 판별했다. 설계 기사 바실리 오꼬로꼬프는 자기 성이 설계도에 서명하기에 어울리지 않는다는 생각에서 아직 개명이 용이하던 1930년대에 로베르뜨 시쩨께르Robert Shtekker로 바꾸었다. 이 얼마나 아름다운 이름인가. 그는 서명을 멋지게 하는 방법도 여러 가지로 연구했다. 그런데 지금 자기의 혈통을 증명할 길이 없어 독일인으로 잡혀 들어왔다. 〈이건 너의 본명이지? 파시스트 첩보대한테서 어떤 임무를 받아 왔나?〉 땀보프 사람 까베르즈네프(모사꾼이란 뜻)는 자기 성이 남에게 좋지 못한 인상을 준다 해서 이미 1918년에 꿀베Kolbe로 개명했었다. 그에게 오꼬로꼬프와 동일한 운명이 닥친 것은 언제였을까?

가 담긴 따뜻한 포옹으로 환영을 받고 잠시 휴식을 취한 후 가족한테 다녀와서 다시 일선으로 복귀하는 것이 당연한 순서였다(세계 어느 나라 군대에서나 다 그렇게 하고 있다). 그러나 그들은 의심을 받아 까닭 없이 무장 해제를 당하고 특무대 장교가 기다리는 심사 분류소로 끌려갔다. 심사관들은 그들의 말 한마디 한마디를 불신하면서 마치 배반자를 대하듯 그들을 대했다. 검사 방법은 반대 신문, 대질 신문, 귀환자 상호 간의 증언이었다. 심사 결과 귀환자의 일부는 신용을 회복하여 이전 계급대로 새 부대에 편입되었고, 그 밖의 사람들은 전자보다는 소수였지만 〈조국의 배반자〉의 첫 흐름을 이루었다. 그들에겐 제58조 1항 b가 적용되었으나 아직 일정한 기준이 마련되어 있지 않았기 때문에 일률적으로 10년 이하의 형이 선고되었다.

전투에 참가 중인 부대에 대한 숙청은 이렇게 진행되었다. 그러나 극동 지방과 몽골 지방에는 아직도 작전에 참가하지 않은 군대가 그대로 남아 있었다. 이 군대를 녹슬게 내버려두어서는 안 된다 ── 이것이 특무대의 고귀한 임무였다. 할힌골과 하산 전투에서 영웅성을 유감없이 발휘했던 용사들 사이에서는 무료한 생활에서 오는 불평이 싹트기 시작했다. 더구나 지금 그들의 손엔 여태까지 일반 병사들에겐 비밀로 되어 있던 다발식 자동 소총과 최신형 박격포가 쥐어져 있었다. 이런 무기를 가지고 왜 우리 군대가 서부 전선에서 후퇴를 거듭하고 있는지 그들은 이해할 수 없었다. 광막한 시베리아와 우랄산맥을 거쳐 서부 전선의 우리 군대가 하루에 120킬로미터씩이나 재빠르게 후퇴하면서 꾸뚜조프 장군[52]의 유인 작전을 되풀이하고 있을 뿐이라는 설명을 그들은 곧이들을 수가

52 나폴레옹 전쟁 때의 러시아 명장 ── 옮긴이주.

없었다. 이 사실을 받아들이기 쉽게 만들어 준 것은 동부군으로부터의 〈흐름〉뿐이었다. 그리하여 입은 다시 봉해졌고, 믿음도 강철처럼 굳건해졌다.

물론 군 고위층에서도 후퇴 책임자에 대한 숙청이 있었다. (정작 책임을 져야 할 사람은 〈위대한 전술가〉 자신이 아닌가!) 50명 안팎으로 이루어진 이 장군들의 흐름은 1941년 여름에 모스끄바 형무소에 머물렀다가 같은 해 10월에 유형지를 향해 흘러갔다. 이 장군들 중에는 공군 출신이 가장 많았다. 공군 사령관 스무시께비치, E. 쁘뚜힌 장군(그는 이렇게 말했다 — 〈이렇게 될 줄 미리 알았더라면 나는 우선《조국의 아버지》의 머리 위에다 폭탄을 퍼부었을 텐데!〉)을 비롯한 장성급 공군들이었다.

모스끄바 근교에서의 승리는 새로운 흐름을 만들어 냈다. 그것은 죄 많은 모스끄바인들의 흐름이었다. 이제 와서 냉정히 생각해 보면 정부 당국이 버리고 철수한 함락 직전의 수도에, 도망도 치지 않고 철수도 하지 않고 겁도 없이 그냥 잔류해 있었다는 것 자체가 벌써 정부의 권위를 실추시켰거나(제58조 10항), 독일군을 은근히 기다렸다는(제58조 1항 a와 제19조) 의혹을 사기에 알맞은 일이었다(이 흐름은 전쟁이 끝나는 1945년까지 모스끄바와 레닌그라뜨의 신문관들을 먹여 살렸다).

하기는 제58조 10항 〈반소비에뜨 선동〉은 전쟁의 시초부터 끝까지 후방과 전선에서 끊임없이 적용되었다. 후방으로 철수한 자가 후퇴의 무서운 혼란상을 말해도(신문들은 아군의 후퇴가 질서 정연하게 이루어지고 있음을 거듭 강조하고 있었다) 이 조항에 걸려들었고, 식량 배급이 너무 적다고 불평을 하거나, 전선에서 독일군이 강력한 기계와 장비를 가지고 있다는 말을 해도 이 조항이 적용되었다. 1942년에는 적의 포위하에 있는 레닌그라뜨에서 사람들이 굶어 죽어 가고 있다는 말을 퍼뜨렸다는 이유로 이 조항에 걸려든 사람이 많았다.

같은 해에 끄리미야 전투의 실패(12만 명이 포로가 되었다), 하리꼬프 근교에서의 패전(더 많은 사람이 포로가 되었다)에 뒤이어, 남부 전선에서 까프까스로부터 볼가강 쪽으로 대대적인 후퇴가 진행되고 있을 때 일선 장병들로 이루어진 또 하나의 매우 중요한 흐름이 생겼다. 이들은 죽음으로 전선을 고수하지 않고 명령 없이 후퇴한 자들이었다. 이와 관련해 스딸린은 그의 유명한 명령 제277호에서 〈조국은 이 치욕을 결코 용서하지 않을 것〉이라고 경고한 바 있었다. 그러나 이 흐름은 수용소군도에까지는 도달하지 못했다. 그들은 군법 회의에서 약식 재판을 받은 후 징벌 부대에 편입되어 최전방의 붉은 모래밭 속에 자취도 없이 사라지고 말았다. 그들이야말로 스딸린의 승리의 기초가 되는 시멘트 구실을 했음에도 불구하고 우리의 역사 교과서엔 단 한 줄도 기록되지 못하고 오직 사적인 숙청사의 한 귀퉁이에 그 이름을 남기고 있을 뿐이다.

(그건 그렇고, 우리는 여태까지 외부로부터 수용소로 흘러든 흐름만을 추적해 왔다. 수용소 내에서 온갖 방법으로 징벌을 가하는 이른바 〈수용소식 재판〉은, 특히 전쟁 기간 중에 포악스럽게 실시되었으나 이 장에서는 언급하지 않겠다.)

기록의 공정을 기하기 위해서는 전쟁 중에 있었던 〈되돌아간 흐름〉도 상기할 필요가 있을 것이다. 그것은 이미 앞에서도 언급한 바 있는 체코인과 폴란드인들, 그리고 수용소에서 일선으로 내보낸 형사범들의 흐름이다.

전황이 아군에게 유리하게 급변한 1943년부터, 1946년에 이르기까지 점령 지구(소련군 해방 지구)와 유럽 각지로부터 수백만이라는 엄청난 흐름이 이어지기 시작했다. 이 흐름은 해가 거듭될수록 불어났는데, 그 주요한 두 개의 흐름은 다음과 같은 것이었다.

　── 그 하나는 독일군의 점령하에 있던 시민들(그들에게는 제58조 1항 a에 따라 〈10년 형〉이 선고되었다).
　── 또 하나는 적에게 포로가 되었던 군인들(그들에게는 제58조 1항 b에 따라 역시 〈10년 형〉이 선고되었다).

　적의 점령하에 남게 된 사람들 역시 살기를 원했을 것이고 하루하루 먹을 것을 얻으려면 무슨 짓이든 해야 했을 것이다. 이런 불가피한 행위는 설사 조국에 대한 반역 행위는 아니었다 하더라도 적에 대한 방조 행위로 간주할 수는 있다는 것이었다. 그러나 실제로는 신분증명서에 적의 점령하에 있었다는 것을 확인하면 그만이었다. 전원을 체포한다는 것은 경제적으로 보아도 무모한 짓이었다. 그것은 이토록 광대한 지역을 무인 지대의 황무지로 만드는 것과 다를 것이 없었다. 국민 전체의 의식을 높이기 위해서라면 죄가 있는 자, 반쯤 죄가 있는 자, 4분의 1쯤 죄가 있는 자, 그리고 그들과 함께 어울린 자 등, 그들 중의 몇 퍼센트만 잡아넣어도 충분했던 것이다.
　그도 그럴 것이, 1백만 명의 1퍼센트만 가지고도 한 다스의 훌륭한 수용소가 생겨나니 말이다.
　그리고 반독일 지하 조직에 가담하여 성실히 활동한 사람이면 이 흐름에 말려들지 않았을 것이라고 생각해서는 안 된다. 예를 들어 끼예프시의 공산 청년 동맹원 하나는 지하 조직의 명령에 따라 끼예프 독일 경찰에 근무하면서 모든 정보를 성실히 제공했다. 그런데도 그는 우리 군대에 의해 끼예프가 해방되자 10년 형을 선고받았다. 적의 경찰에 근무한 이상 소련에 적대적인 분위기에 물들지 않을 수 없었을 것이고, 또 적이 부여하는 임무를 전적으로 거부하지는 못했을 것이라는 게 그 이유였다.

유럽에 다녀온 사람들은 가장 엄하고 가장 심한 징벌을 받았다. 유럽 생활을 단편적으로나마 경험했으니 거기에 대해 얘기하지 않을 수 없을 것이고, 그런 얘기는 아직 폐허 상태를 벗어나지 못하고 있는 전후 시기에는 몹시 불쾌한 것이었기 때문이다(물론 고도의 이성을 지닌 작가들의 유럽 기행문 같은 것은 예외에 속하지만). 그러나 어쨌든 유럽에서는 모두들 어렵게 살고 있다, 도대체 사람 살 곳이 못 된다 — 누구나가 다 이렇게 말할 수는 없었던 것이다.

적에게 포로로 잡혔다는 사실 말고도 위와 같은 이유에서 귀환 〈포로〉들은 대부분 처벌되었다. 특히 서방으로 끌려가서 독일군의 〈죽음의 수용소〉 이외의 것을 조금이라도 보고 온 사람들은 더욱 엄하게 다스려졌다.[53] 귀환 포로뿐 아니라 외국

---

53 이러한 흐름은 처음부터 명백히 드러난 것은 아니었다. 1943년에 하나의 특이한 흐름이 나타났는데 보르꾸따 건설 현장에서는 이들을 오랫동안 〈아프리카 사람들〉이라고 불렀다. 그들은 북아프리카에서 로멜 장군 휘하 독일군에게 잡혀 있다가 미국 군대에 의해 해방된 러시아 포로들이었다. 그들은 이집트, 이라크, 이란을 경유해서 조국으로 돌아왔다. 인적이 드문 카스피해 바닷가에 닿자마자 그들은 철조망 안으로 끌려 들어가서 휴대한 장비와 미군이 선물로 준 물건을 모두 압수당했다(물론 국가 소유로 돌아간 것이 아니라 기관원들의 개인 소유물이 된 것은 말할 필요도 없다). 그리고는 보르꾸따 건설장으로 끌려갔는데, 아직 전례가 없었기 때문에 아무런 법 조항의 적용도 받지 않았고 형기도 선고되지 않았다. 이 〈아프리카 사람들〉은 이것도 저것도 아닌 어중간한 처지에 놓여 있었다. 특별한 감시하에 있는 것도 아니었지만 통행증이 없으니 보르꾸따에서 한 발자국도 나다닐 수가 없었다. 군속의 급료를 지급받고 있었지만, 죄수 취급을 받고 있는 것만은 사실이었다. 그들에 대한 특별 지시는 결국 하달되지 않았다. 그들의 존재는 잊히고 만 것이다······.

에 억류되었다가 돌아온 민간인까지도 가차 없이 처벌한 것으로 보아 그 저의는 더욱 명백하다. 예를 들어 전쟁 초기에 우리 나라 구축함이 스웨덴의 해안에 좌초된 적이 있었다. 그들은 전쟁 기간 동안 스웨덴에서 자유롭게 살았다. 그토록 보장된 안락한 생활을 맛본 것은 그 전에는 물론 그 후에도 없었다. 소련군이 후퇴하고 전진하고 싸우고 죽고 굶주리고 있을 때, 이 파렴치한 자들은 중립국에 편안히 앉아서 배불리 먹고 있었던 것이다. 종전 후 스웨덴은 그들을 돌려보냈다. 조국에 대한 배반은 명백했다. 그런데도 당국은 어떤 일인지 아무 일 없이 그들을 풀어 주었다. 그러고는 그들로 하여금 제멋대로 돌아다니며, 자본주의 국가 스웨덴의 자유롭고 풍족한 생활을 떠벌리게 함으로써 〈반소비에뜨 선동〉을 자행할 기회를 주었다가(까젠꼬와 그의 동료들의 이야기다) 다시 잡아들였다.[54]

54 이들 일행에 대해서는 그 후 재미있는 일화가 있다. 그들은 수용소에 들어오자 다시는 스웨덴 얘기를 입 밖에 내지 않았다. 추가형을 받을까 겁이 났기 때문이다. 그런데 어떻게 해서 그들의 소식을 알았는지 스웨덴 신문에 이 사건을 비방하는 기사가 실렸다. 그 무렵에 그들 일행은 여러 수용소에 분산 수용되어 있었다. 그런데 갑자기 그들은 모두 특별 지시에 따라 레닌그라뜨의 끄레스띠 형무소로 이송되었다. 거기서 두 달 동안 배가 터지도록 먹이고 머리가 길게 자랐는데도 깎지 않고 내버려 두었다. 다음에 그들에게 점잖고도 세련된 양복을 입혀 주고 〈대사 외우기〉 연습을 시켰다. 만약에 미리 연습한 대로 말하지 않고 조금이라도 딴소리를 지껄이면 그대로 뒷덜미에 총알을 박아 주겠다고 거듭 다짐을 받았다. 그러고는 그들 일행을 잘 아는 외국 기자를 초청한 기자 회견 석상으로 끌고 갔다. 그들은 지금 자기들이 어디서 어떻게 살고 있으며 어느 학교에 다니고 어느 직장에서 일하고 있는가를 힘찬 어조로 이야기함으로써 최근 서방 신문에서 〈읽은〉(우리 나라의 어느 가판대에서 서방 신문을 팔고 있단 말인가!) 부르주아적 중상을 반박했다. 그러면서 그들은 서로 편지 연락을 취해서 지금 이렇게 레닌그라뜨에 모인 것이라고 말했다(그까짓 여비쯤은 문제가 아니라고 큰소리까지 쳤다). 무엇보다도 그들의 윤택하고 싱싱한 모습이 외국 신문쟁이들의 중상에 대한 훌륭한 반증이었다. 창피를 당한 기자들은 사과 기사를 쓰려고 흩어졌다. 서방측 기자들은 그

적의 점령하에서 해방된 사람들의 일반적인 흐름에 섞여, 과오를 범한 소수 민족의 흐름이 연이어 집단을 이루며 놀라운 속도로 흘러갔다.

  — 1943년에는 까프까스 지방의 깔미끄족, 체첸족, 인구시족, 발까르족, 까라차이족의 흐름이 있었다.
  — 1944년에는 끄리미야의 따따르족의 흐름이 있었다.

  만약에 정규군 부대와 군용 차량이 〈기관〉을 돕지 않았더라면, 이 흐름들은 그토록 힘차게, 그토록 빨리 각자의 영원한 유형지로 흘러가지는 못했을 것이다. 무장한 군인들이 용감하게 촌락을 사방으로 포위한다. 이곳에 둥지를 틀고 몇 세기를 살아온 마을 사람들은 24시간 내에, 유격대의 공격처럼 신속하게 군용 트럭에 실려 기차역으로 끌려간다. 군용 열차에 옮겨지기가 무섭게 그들은 시베리아나 중앙아시아나 까자흐스딴 또는 러시아 북부 지방으로 멀고 먼 유형의 길을 떠난다. 그리고 또 하루 후면 마을에 남겨 둔 그들의 땅과 부동산은 새로운 〈상속인〉에게 넘어가 버리는 것이다.

  전쟁 초기에 독일계 시민이 당한 것처럼, 이제는 소수 민족들이 단지 혈족 고유의 표징만으로 어느 누구의 조사도 신문도 받아 보지 못하고 강제 추방되었다. 당원이건, 노동 영웅이건, 아직 채 끝나지 않은 전쟁의 영웅이건 이 억센 흐름에서 제외될 수는 없었다.

  전쟁 말기에는 일반 포로수용소에서 가려내어 재판을 거쳐

  것이 연극이라고는 상상도 할 수 없었다. 회견을 마친 죄수들은 곧 목욕을 하고 머리를 박박 깎인 후 다시 누더기를 걸쳐 입고 각각 자기 수용소로 쫓겨 갔다. 그들은 훌륭하게 행동한 덕분에 추가형을 받지 않아도 되었다.

수용소군도로 넘어온 독일 〈전범자들〉의 흐름이 있었다. 그리고 1945년에는 불과 3주 만에 끝난 일본과의 전쟁에서 얻은 수많은 일본군 포로들이 시베리아와 중앙아시아에서의 시급한 건설 사업을 위해 투입되었고, 그중에서 추려 낸 〈전범자〉들이 역시 수용소군도로 흘러왔다.[55]

우리 군대가 발칸반도에 진입한 1944년 말부터, 특히 1945년에 유럽 중앙에까지 진격했을 때, 수용소로의 물줄기를 타고 다시 〈망명〉 러시아인들의 흐름이 흘러들었다. 혁명기에 조국을 떠났던 노인들과 망명지에서 성장한 젊은이들이었다. 보통의 경우 남자들만 체포해 왔고, 부녀자들은 망명지에 그냥 남겨 두었다(하기는 남자라고 해서 모조리 잡아 온 것은 아니었다. 25세 이상 된 자로서 혁명기에 또는 해외 망명 후에 자기의 정치적 견해를 다소나마 표명한 일이 있는 사람을 대상으로 했다. 시종일관 조용하게 살아온 사람은 건드리지 않았다). 그들 중에는 불가리아, 유고슬라비아, 체코슬로바키아에서 온 사람이 가장 많았고, 오스트리아와 독일에서는 그보다 적었다. 그 밖의 동유럽 나라들에는 러시아 망명자들이 거의 없었다.

이에 호응해서 1945년에는 만주에서도 망명자들이 끌려왔다(그중에는 당장 체포되지 않은 사람들도 있었다. 이들은 온 가족과 함께 자유로운 입장에서 조국에 돌아와 살도록 초청받았다. 그러나 일단 조국의 땅을 밟자마자 그들은 가족과 분리되어 유형지로 추방되거나 형무소에 투옥되었다).

1945년과 1946년에는 소비에뜨 정권의 진짜 적들이(블라

---

55 상세한 것은 알 수 없지만 그래도 이들 일본인의 절대 다수는 법적으로 처벌할 수 없는 사람들이었다고 나는 확신한다. 그것은 단순한 복수 행위였고 장기간에 걸쳐 노동력을 확보하는 수단에 불과했다.

소프 휘하의 장병, ㄲ라스노프 휘하의 까자ㄲ, 히틀러 치하에서 창설된 소수 민족 부대의 회교도들) 떼를 지어 군도로 흘러들어 왔다. 이들 중에는 확고한 신념을 지닌 사람도 있었지만 본의 아니게 적대 세력에 가담한 사람도 있었다.

그들과 함께 〈1백만 이상의 소비에뜨 정권으로부터의 도피자〉들이 체포되었다. 이들은 전쟁 중에 연합국 영토에 무사히 피신했다가 1946년에서 1947년에 연합국에 의하여 교묘한 방법으로 소련 땅에 송환된 온갖 연령층의 남녀 시민들이었다.[56]

미코와이치크의 지지자들, 폴란드 국내군에 가담한 사람들, 그리고 얼마간의 〈폴란드인〉이 1945년 내가 있던 형무소를 거쳐 수용소군도로 떠나갔다.

〈루마니아인〉과 〈헝가리인〉도 몇 명 있었다.

56 서방 세계에서는 어떠한 정치적 비밀이든 오래 지켜질 수 없으며 반드시 매스컴에 의해 떠들썩하게 폭로되기 마련이지만, 그 서방 세계에서 이 배신의 비밀만은 영국과 미국 정부에 의해 빈틈없이 그리고 훌륭히 지켜졌다는 것은 참으로 놀라운 일이다. 이것이야말로 2차 대전의 마지막 비밀이거나 아니면 마지막 비밀 중의 하나다. 나는 이런 사람들을 형무소와 수용소에서 수없이 만났으므로, 서방 세계의 정부가 러시아의 서민을 징벌과 파멸이 기다리는 러시아 땅으로 넘어가게 한 데 대해서 서방측의 여론이 〈아무것〉도 모른다고 말하고 있지만, 나는 앞으로 사반세기가 흐르더라도 이러한 사실을 믿을 수 없을 것이다. 1973년에야(1월 21일 자『선데이 오클라호먼』) 비로소 율리우스 엡시쩨인이 쓴 글이 발표되었다. 여기서 나는 이미 죽어 간 많은 사람들과 아직 살아남은 몇몇 사람들의 이름으로 감히 그에게 감사를 드리는 바이다. 오늘날까지도 비밀에 부쳐 온 소비에뜨 연방으로의 강제 송환에 대한 수많은 공문서 중에서 단편적이나마 다소의 자료가 공개된 셈이다. 〈영국 정부 당국의 보호하에 2년 동안 일시적이나마 안정감을 누릴 수 있었던 러시아인들에게는 전혀 예상 밖의 일이어서, 자기들이 본국으로 송환된다는 사실조차 모르고 있었다……. 그들은 주로 볼셰비끼에 대해 개인적인 깊은 원한을 품고 있는 평범한 농민들이었다.〉 그러나 영국 정부는 그들을 〈전범자처럼 다루었다. 그들의 의사를 무시하고 정당한 재판을 기대할 수 없는 곳으로 넘겨주었다〉. 결국 그들은 수용소로 끌려가 파멸의 길을 걷게 되었다.

종전 후 여러 해에 걸쳐 끊임없이 우끄라이나 민족주의자들 —〈반데라파(派)〉—의 숙청의 흐름이 노도와 같이 흘러갔다.

수백만이라는 전후의 대이동을 배경으로 다음과 같은 조그만 흐름이 있었다는 것을 알아차린 사람은 거의 없었다.

—〈외국인 상대의 젊은 처녀들〉(1946~1947년) — 다시 말해서 외국인에게 꼬리를 흔들어 함께 어울린 여자들인데, 그들은 제7조 35항〈사회적 위험 분자〉의 적용을 받았다.

—〈스페인의 자녀들〉— 스페인 내전 때 소련으로 끌려와서 2차 대전 후에 성인이 된 스페인 2세들인데 그들은 우리 손에 양육되었음에도 불구하고 좀처럼 우리 나라 생활에 적응하려 들지 않았다. 그들 중 많은 사람들이〈고향으로!〉를 외쳤다. 그들에게도 제7조 35항이 적용되었으나, 특히 고집이 센 자에게는 제58조 6항〈미국을 위한 간첩죄〉를 적용했다.

(공정을 기하기 위해서는 1947년에 있었던 짤막한〈거슬러 돌아온 흐름〉도 빼놓을 수 없다. 이것은 참으로 기적과 같은 일이었다! 30년 만에 처음으로 교회 성직자들을 해방한 것이다! 실은 각 수용소에서 그들을 찾아낸 것이 아니라 수용소 밖의 사람이 성직자의 이름과 출신지를 기억했다가 지명하는 형식을 취했다. 지명받은 성직자는 이 시기에 재건된 교회의 강화를 위해 수용소에서 석방되었던 것이다.)

◆

이 장(章)은 결코 수용소군도로 흘러 들어온〈모든〉흐름을 다 열거하려 한 것이 아니라, 그중에서도 정치적 색채를 띤 흐름만을 살펴보려 했다는 점을 상기하기 바란다. 해부학 교과서에서 우선 혈액 순환 계통을 상세히 기술한 후에야 림프 계통의 상세한 기술로 들어갈 수 있는 것처럼, 이제는 1918년에서 1953년에 이르기까지의 일반 〈경범죄자〉와 〈형사범〉의 흐름도 상세히 기술할 수 있게 되었다. 이 기술도 역시 그 나름대로의 자리를 차지하게 될 것이다. 지금은 이미 그 일부분이 잊히고 말았지만(그렇다고 해서 결코 법률로 폐지된 것은 아니다) 영원히 배부를 줄 모르는 〈군도〉를 위해 풍부한 인적 자원을 공급해 준 유명한 수많은 법령들이 여기서 조명을 받게 될 것이다. 그것은 예를 들어 〈생산 기관에서의 무단결근 및 태업 단속법〉, 〈불량 식품 제조 공급 단속법〉, 〈밀주 양조 단속법〉(이 단속법 위반 건수는 1922년에 최고조에 달했으나 1920년대 전체를 통해 계속 높은 수준을 유지했다), 〈집단 농장원들의 노동일 기준량 미완수 단속법〉, 〈철도의 전시 체제화에 관한 법령〉(전쟁 초가 아니라, 전황이 호전된 1943년 4월에 공포되었다) 등등.

이러한 법령들은 옛날 뾰뜨르 대제 이래의 전통에 따라 언제나 모든 법률 중에서도 가장 중요한 것으로서 다른 법률과의 관계를 전혀 고려하지 않고 제정, 공포되곤 했다. 이렇게 공포된 법령 상호 간의 조화를 도모하도록 법학자들에게 의뢰했으나 그들은 별로 열성을 보이지 않았고 따라서 성과도 신통치가 않았다.

이 법령들의 출현으로 말미암아 소련에서의 일반 경범죄와 형사 범죄는 기이한 양상을 띠게 되었다. 절도, 살인, 밀주 양조, 강간 등의 여러 가지 범죄는 인간 특유의 여러 약점과 욕망과 정욕의 결과, 때론 여기 때론 저기 하는 식으로 여기저기서 일어나게 마련인데, 우리 나라에서는 그런 식으로 일어나지 않았다는 것을 알 수 있다. 전국의 범죄 사건을 보면 이상하게도 항상 같은 종류의 사건만이 발생했다. 어떨 때는 온 나라에 강간 사건만이 일어나는가 하면 어떨 때는 살인 사건만이, 또 어떨 때는 밀주 양조 사건만이 나타난다. 언제나 가장 최근에 공포된 법령에 민감하게 반응하는 것이다. 모든 범죄를 한시바삐 없애려고 자진해서 법령을 향해 돌진하는 듯한 인상이었다! 그리하여 지금 막 법률로 새로 규정된 그 범죄가 일시에 전국 방방곡곡에서 쏟아져 나오는 것이었다.

철도의 전시 체제화에 관한 법령은 전시에 철도 직원의 절대다수를 차지하고 있던 많은 부녀자들을 군사 법정으로 보냈다. 부녀자들은 철도에서 일하기 전에 병영에서의 훈련을 받고 있지 않았으므로 지각도, 규율 위반도 가장 많았던 것이다. 노동일 기준량 미완수 단속법은 노동 수첩에 기입된 〈노동일〉을 가리키는 〈작대기〉 수에 따라 급여를 받는 데 만족하지 않고 대신 생산된 농작물을 받기를 원하는 태만한 집단 농장원들을 유형에 처하는 절차를 무척 간소화했다. 그 전에는 재판과 〈경제적 반혁명 행위〉의 적용이 필요했지만, 지금은 지구 집행 위원회의 승인만 받으면 그것으로 족했다. 게다가 농민들 자신은 설사 유형을 가더라도 〈인민의 적〉으로 취급 당하지는 않을 것이라는 일종의 안도감 같은 것을 느끼고 있었다(노동일의 기준량은 지역마다 달라서, 가장 가벼웠던 것은 까프까스 지방의 연간 75일이었다. 그럼에도 불구하고 이 지방에서도 적지 않은 농민이 이 법에 걸려 8년 형을 선고받고 끄라스노야르스끄 변방으로 유형을 갔다).

그러나 우리는 여기서 더 이상 일반 범죄자들의 방대한 흐름 속에 끼어들지 않기로 하겠다. 하지만 1947년 공포된 스딸린의 법령에 관해서만은 언급하지 않을 수가 없다. 이에 앞서

1932년에 공포된 유명한 〈8·7〉법, 혹은 〈8분의 7〉법에 관해서는 이미 앞에서도 기술한 바 있다. 밀 이삭 하나, 오이 한 개, 감자 두 알, 나뭇조각 하나, 실 한 타래[57] 때문에 수많은 사람들이 그 법에 걸려 10년 형을 선고받았던 것이다.

그러나 스딸린은 이제 시대적 요구가 바뀌었다고 생각했다. 10년이란 형량은 치열한 전쟁기엔 그 정도로 족했지만, 세계사적인 승리를 거두고 난 지금으로서는 좀 부족하다고 생각한 것이다. 그래서 다시금 형법 자체를 무시하고, 아니 그 속에 포함된 수많은 법 조항과 이미 공포되어 시행 중인 절도 및 횡령에 관한 단속법이 있다는 것조차 잊어버리고, 1947년 6월 4일에 종전의 모든 법령을 포괄하고도 남을 새 법령을 공포했다. 이 법령을 수용소 죄수들은 곧 〈6·4법〉이라 명명했다.

새 법령의 우월성은 첫째, 그 새로움에 있었다. 법령이 공포되기가 무섭게 이 법에 규정된 범죄 사건이 일시에 터져 나왔으며, 새 범법자들의 방대한 흐름이 수용소군도의 요구를 충족시켜 주었다. 그러나 보다 큰 우월성은 〈형량〉에 있었다. 대담한 소녀가 밀 이삭을 자르러 갈 때 혼자가 아니라 셋이서 간다면 그건 하나의 절도단이었다. 그리고 참외나 사과를 따 먹으러 열두서너 살짜리 조무래기들 몇 명이 어울려 갔다면, 그들은 최고 〈20년〉의 강제 노동형을 받아야 했다. 공장에서의 최고형도 〈25년〉으로 연장했다(이 형기는 인도적 견지에서 사형이 폐지되기 며칠 전 사형을 대신하여 새로 정한 것이었다).[58]

---

57 조서에는 〈2백 미터의 재봉 재료〉라고 기입했다. 〈실 한 타래〉라고 쓰기엔 아무래도 낯간지러웠던 모양이다.

58 그러나 사형 제도는 일시적으로 베일을 씌워 놓았을 뿐이었다. 그리고 2년 반 후에는(1950년 1월) 이를 드러내고 웃으면서 그 베일을 다시 벗겨 던져 버렸다.

그리고 마지막으로 이 법의 우월성은 종전에 불고지죄를 정치범의 경우에만 처벌하던 맹점을 시정하여 이번에는 국가 및 집단 농장 재산의 절취에 관해서 당국에 통보하지 않은 경우에도 3년의 수용소 강제 노동 또는 7년의 유형이 선고되게 되었다는 데에 있다.

　이 법령이 공포된 후 몇 년 동안 각 도시와 농촌에서 몇 개 사단 규모의 주민들이 수용소군도에서 죽어 버린 죄수들을 대신하여 곡괭이를 들기 위해 그곳으로 보내졌다. 하지만 이 흐름은 그렇잖아도 전후 몇 년 동안 초긴장 상태에 있던 비밀 경찰의 배수로를 거치지 않고 일반 경찰과 재판소를 거쳐 목적지로 향했다.

　파시스트를 쳐부수고 승리를 거둔 지금, 그 어느 때보다도 정력적으로, 보다 많이, 보다 오랫동안 사람들을 〈잡아 가둘〉 필요가 있다는 스딸린의 이 새로운 노선은 물론 정치범에게도 곧바로 영향을 미쳤다.

　사회생활 전반에 걸쳐 박해와 감시가 두드러지게 강화된 1948년에서 1949년에는 스딸린의 불법적 숙청사 속에서도 일찍이 볼 수 없었던 희비극이 진행되었다. 이른바 〈반복 숙청〉이 그것이다.

　1937년에 숙청된 사람 중의 일부는 도저히 견뎌 낼 수 없는 10년이란 긴 형기를 마친 후, 1947년에서 1948년에 지칠 대로 지친 반병신의 몸을 이끌고 얼마 남지 않은 나머지 생애나마 조용히 살아 보려는 희망을 안고서 〈자유〉의 땅으로 조심스럽게 걸어 나왔다. 그러나 그 어떤 야수적인 환상이(아니면 끈질긴 원한이나 충족되지 않은 복수심이) 승리자인 최고 사령관으로 하여금 터무니없는 명령을 내리도록 충동했다 —

그 반병신 놈들을 또다시 모조리 잡아 쓸어 넣어라! 새로운 죄가 있건 없건 상관할 것 없다! 기계가 토해 낸 폐기물을 다시 그 기계에 가득 쑤셔 넣는다는 것은 경제적으로나 정치적으로나 손실만을 초래하는 짓임이 명백했다. 그런데도 스딸린은 그렇게 명령했다. 이것은 역사적 인물이 역사적 필연성 앞에서 변덕을 부린 본보기가 될 것이다.

그리하여 이제 겨우 새 거주지와 새 가족에 정을 붙이기 시작한 그들을 모조리 잡아들이기 시작했다. 그들은 돌아왔을 때와 마찬가지로 허약하고 지친 표정으로 붙잡혀 갔다. 잡혀 가는 사람들은 이미 자기가 걸어야 할 고난의 길을 잘 알고 있었다 — 이 십자가의 길을. 그들은 〈무엇 때문에?〉라고 묻지도 않았고 가족에게 〈곧 돌아올 거야〉라고 말하지도 않았다. 묵묵히 남루한 옷을 골라 입고 수용소에서 쓰던 담배쌈지에 담배를 가득 채운 다음 조서에 서명하러 갔다. (대화는 간단했다. 「징역살이를 했소?」 「그렇소.」 「〈10년〉만 더 받으시오.」)

이때 독재자의 머리에는 문득 새로운 생각이 떠올랐다 — 1937년에 들어갔다 살아남은 놈들을 다시 집어넣는 것만으론 부족하다! 그놈의 아이들도 집어넣어야 한다! 그것들이 자라면 복수를 기도할지도 모르니까! (아마도 저녁밥을 배 터지게 먹은 탓으로 악몽을 꾸면서 그 아이들을 꿈속에서 보았는지도 모른다.) 그래서 아이들을 찾아내서 잡아들였다. 그것만으로도 역시 흡족하지 못했다. 내친 김에 군사령관의 아이들까지 잡아넣었으나, 뜨로쯔끼파의 아이들은 아직도 남아 있었다! 이렇게 해서 〈복수를 기도할지도 모를 아이들〉의 흐름이 형성되기 시작한 것이다(17세의 레나 꼬사레바와 35세의 옐레나 라꼬프스까야도 이 속에 포함되어 있었다).

유럽을 휩쓴 대혼란이 있은 후, 스딸린은 1948년까지 다시 주위에 울타리를 두르고 천장을 좀 더 낮춤으로써 자기 지배 하의 공간을 1937년의 험악한 분위기로 채우는 데 성공했다.

그리하여 1948년, 1949년, 1950년에 걸쳐 몇 줄기의 새로운 흐름이 형성되었다.

— 가상의 간첩들(10년 전에는 독일과 일본의 간첩이던 것이 지금은 영국과 미국의 간첩으로 바뀌었다).

— 종교인들(이번엔 대부분이 소수 종파에 속하는 사람들이었다).

— 아직도 남아 있는, 바빌로프와 멘델 학설을 믿는 유전학자 및 품종 개량 전문가들.

— 서방 세계를 그다지 싫어하지 않는 교양 있고 사색하는 사람들(특히 엄밀히 말하면 학생들). 그들에게는 다음과 같은 멋진 칭호가 부여되었다.

VAT — 미국 기술의 찬양.

VAD — 미국식 민주주의 찬미.

PZ — 서방 세계 숭배.

1937년 숙청 때와 죄수들의 흐름은 비슷했지만, 다른 것은 그 〈형량〉이었다. 이제는 옛날의 낡아 빠진 〈10년 형〉은 기준이 될 수 없었고 스딸린 시대에 새로 태어난 〈25년 형〉이 새로운 기준이 되었다. 〈10년 형〉 같은 건 〈아이들〉에게나 선고되는 형량이었다.

새 법령에 의해 제법 큰 흐름이 또 하나 새로 흐르기 시작했는데, 이들은 국가 기밀을 누설한 자들이었다(지구의 곡물 생산량, 전염병 통계, 공장의 생산품, 민간 비행장의 위치, 도시의 주요 수송로, 수감자와 수용소 죄수의 성명 등이 모두 국가 기밀에 속했다). 이 법령에 따라 국가 기밀을 누설한 자에게는 15년 형이 선고되었다.

소수 민족들의 흐름도 잊히지는 않았다. 전투가 진행되는 숲속에서 체포된 우끄라이나 민족주의자 반데라파의 흐름이 계속해서 이어졌다. 민족주의 유격대에게 잠자리를 제공했거나, 먹을 것을 한 끼라도 주었거나, 그들을 당국에 알리지 않았거나 해서 유격대들과 접촉을 한 서부 우끄라이나의 농촌 주민들은 모두 10년 강제 노동에 5년 유형을 선고받았다. 1950년부터는 반데라파의 〈아내〉들이 이 흐름 속에 끼어들었다. 자기 남편을 밀고하지 않음으로써 그를 죽음의 길로 몰아넣지 않았다는 죄목으로 이 여인들은 각각 10년 형을 선고받았다.

이 무렵에는 발트해 연안의 리투아니아와 에스토니아에서의 저항 운동도 이미 끝나 있었다. 그런데도 1949년에는 그곳으로부터 새로운 강력한 흐름이 세차게 흘렀다. 새로운 사회적 예방 조치와 집단화 보장 조치 과정에서 걸려든 사람들이었다. 발트해 연안의 세 개 가맹 공화국으로부터 도시 주민과 농민들을 실은 군용 열차가 시베리아의 유형지를 향해 뻔질나게 떠나곤 했다. 이들 공화국에서는 역사의 리듬이 깨졌다. 압축된 짧은 기간 내에 이들 공화국은 나라 전체가 걸어온 길을 되풀이하지 않으면 안 되었기 때문이다.

1948년에는 또 하나의 민족의 흐름이 유형지로 떠나갔다. 아조프해 연안과 꾸반 지방 및 수훔 지방의 〈그리스인〉들이었다. 전쟁 시기에 그들이 〈어버이〉[59]에게 떳떳하지 못한 일을 한 적은 한 번도 없었다. 그런데 그 어버이는 지금 그리스에서의 실패에 대한 분풀이를 그들에게 하고 있는 것이다. 이

59 스딸린을 뜻함—옮긴이주.

흐름 역시 스딸린 자신의 광기의 소산인 듯싶다. 대부분의 그리스인들은 중앙아시아 지방으로 유형을 갔고, 이에 불만을 품은 자들은 정치범 격리 감방에 투옥되었다.

1950년경에는 같은 전쟁의 실패에 대한 분풀이에서인지, 아니면 이미 유형에 처해진 사람들과의 균형을 유지하기 위해서인지, 불가리아가 소련에 넘겨준 마르코스군의 그리스인 유격대들까지도 수용소군도로 이송되어 갔다.

스딸린의 생애 마지막 몇 년 동안에는 〈유대인〉에 대한 숙청이 계획적으로 준비되고 있었다(이미 1950년부터 유대인들은 코즈모폴리턴이라는 죄목으로 조금씩 잡혀 들어가고 있었다). 그것을 위해서 이른바 〈의사(醫師) 사건〉이 꾸며졌다. 아마도 스딸린은 대대적인 유대인 학살을 생각하고 있었던 모양이다.[60]

그러나 이 계획은 그의 생애에서 처음으로 무너져 버렸다. 하느님이 그에게 — 사람의 손을 빌린 듯하지만 — 이 세상을 떠나도록 명령한 것이다.

앞에서 기술한 사실들을 통해, 수백만 명에 대한 추방과 수용소로의 유형 과정에서 시종일관 냉혈적인 구상과 지칠 줄

---

60 우리 나라에서는 확실한 내용을 전혀 알 길이 없다. 지금도 그렇고, 앞으로도 영원히 알 수는 없을 것이다. 그러나 모스끄바에서 돌고 있는 풍문에 의하면 스딸린의 구상은 다음과 같은 것이었다고 한다. 즉 3월 초에 스딸린 암살을 기도한 유대인 의사들은 붉은 광장에서 교수형에 처해질 예정이었다. 흥분한 애국적 시민들은 당연히(훈련 교관들의 지휘하에) 유대인들을 학살하려고 미친 듯 달려갈 것이다. 바로 이때 정부는(스딸린의 음흉한 성격은 여기서도 역력히 나타나지 않는가?) 민중의 분노로부터 유대인들을 보호하기 위해 그날 밤 안으로 모스끄바에서 극동 지방이나 시베리아로 그들을 싣고 가버릴 작정이었다(그곳에는 이미 그들을 위한 막사가 마련되어 있었을 것이다).

모르는 끈덕진 고집이 모든 것을 지배해 왔음을 입증했으리라 믿는다.

그리고 우리 나라에서는 〈비어 있는〉 형무소는 한 번도 있어 본 적이 없으며 언제나 만원이거나 초만원인 형무소만 존재했음을 똑똑히 보여 주었으리라 믿는다.

당신이 스스로 만족스러운 상태에서 원자핵의 안전한 비밀을 연구하고, 사르트르에 대한 하이데거의 영향을 고찰하고, 피카소의 복사판 그림을 수집하고, 안락한 침대차로 휴양지에 가고, 모스끄바 근교에 별장을 짓고 있을 때에도, 죄수 호송 차량들은 쉴 새 없이 거리를 질주하고, 기관원들은 이 집저 집의 문을 두드리며 초인종을 눌러 대고 있었다는 것을 알게 되었으리라 믿는다.

그리고 나는 이 글로 입증했다고 생각한다 ― 〈기관원들〉은 지금까지 한 번도 밥값을 못 한 적이 없다는 것을.

제3장

신문

체호프의 희곡 속에 등장하는, 앞날을 예언하기 좋아하는 지식인들이 앞으로 20년이나 30년, 그리고 40년 후의 러시아에서는 사람의 두개골을 무쇠 고리로 압착하는 고문을 사용해서 신문(訊問)이 자행될 것이고,[1] 산(酸)이 든 욕조 속에 사람을 집어넣기도 하고,[2] 알몸으로 결박당한 사람을 개미와 빈대에게 물어뜯기게도 하고, 난롯불에 시뻘겋게 달군 쇠 꼬치로 항문을 쑤시기도 하고(〈비밀의 낙인〉), 장화를 신은 구둣발로 서서히 생식기를 짓누르기도 하고, 그리고 가장 손쉬운 방법으로는 일주일씩 잠을 재우지 않거나 물을 주지 않음으로써 불면과 갈증으로 고통을 주기도 하고, 만신창이가 되도록 사람을 때려서 피투성이의 고깃덩어리로 만드는 고문 행위가 자행될 것이라고 말했다면, 체호프의 희곡은 단 한 편도 멀쩡한 결말에 도달하지 못했을 것이다. 거기에 등장하는 주인공들이 모두 정신 병원으로 끌려가고 말았을 테니까.

아니, 체호프의 주인공들뿐만 아니라 20세기 초엽의 정상적인 러시아인이라면(러시아 사회 민주 노동당원들까지도

1 A. P. K.의 증언, S 박사에게 가해진 고문.
2 K. S. T.

포함해서) 아무도 이 말을 믿을 수 없었을 것이고, 또 밝은 미래에 대한 이러한 중상을 참아 낼 수 있는 사람도 없었으리라. 17세기의 황제 알렉세이 미하일로비치 시대에 흔하게 행해졌던 일도 뾰뜨르 대제 시대에는 이미 야만적인 행위로 간주되었고, 18세기 중엽의 비론 섭정 시대에는 고작 열 명 내지 스무 명에게밖에 적용되지 않았으며, 예까쩨리나 여제 시대에는 완전히 불가능하게 되었던 그 잔혹한 행위가, 비행기가 날고 유성 영화와 라디오가 출현한 위대한 20세기의 전성기에, 그것도 사회주의적 원칙에 의해 세워졌다는 사회에서 자행되었던 것이다. 그것도 어느 한 사람의 악한에 의해 어느 한 곳의 비밀 장소에서 자행된 것이 아니라, 특수 훈련을 받은 수만 명의 야수 같은 인간들에 의해 수백만 명의 무력한 희생자들에게 자행되었으니 말이다.

이 얼마나 무섭고도 돌발적인 격세유전인가? 지금에 와선 그것이 〈개인숭배〉란 말로 그럴듯하게 불리고 있다. 그리고 바로 그 최전성기인 1937년에 우리가 뿌시낀의 1백 주기를 축하했으니 더욱 소름이 끼치는 일이 아니고 무엇이겠는가? 그리고 또 체호프의 그 희곡들은 여전히 상연되지 않았던가? 그 대답을 얻은 지 이미 오래인데도 말이다. 그리고 더욱 소름이 끼치는 것은 30년이 지난 지금 그들은 우리에게 다음과 같이 말하고 있다는 사실이다. 그런 것을 얘기해선 안 된다! 수백만 명의 고통을 회상할라치면, 〈그것은 역사적 전망을 왜곡하는 것이다!〉라는 꾸중이 들어온다. 우리 나라의 민족적인 습성의 본질까지 탐구하려 들면, 〈이는 물질적 진보를 저해하는 행위다!〉라고 한다. 그보다는 불타오르는 용광로나 압연기(壓延機)를, 새로 건설한 운하를 회상하는 편이 훨씬 더 좋지 않아? 아니, 운하는 회상하지 않는 편이 낫겠군……

그러면 꼴리마의 금광은 어떨까. 아니, 그것도 얘기하지 않는 편이 좋아…… 무엇이든 얘기해도 되지만, 단지 그걸 요령 있게 찬양할 수 있을 때만 그 자유를 사용하라고…….

우리가 무엇 때문에 종교 재판을 단죄하는지 나는 그 이유를 알 수가 없다. 화형장 옆에서 장엄한 예배를 올리고 있었던 것도 사실이잖아? 그리고 또 왜 농노 제도를 그토록 싫어하는지 이유를 모르겠다. 농민이라고 해서 매일같이 일하는 게 금지되어 있는 것도 아닌데 말이다. 그때는 농민들도 성탄절에는 크리스마스 캐럴을 부르며 돌아다닐 수 있었고, 처녀들 또한 삼위일체 주일에는 아름다운 화관을 엮을 수 있었으니 말이다…….

◆

지금까지 말이나 글로 전해지고 있는 전설에 따르면, 1937년의 예외성은 사건을 날조하고 고문한 것에 있다고 할 수 있다. 그러나 이것은 옳지도, 정확하지도 않다. 수십 년이 지나는 동안 어느 해를 막론하고 제58조와 관련된 신문(訊問)에서 목적이 진실을 밝히는 것이었던 적은 〈거의 한 번도〉 없었다. 그것은 다만 불가피하게 더러운 절차에 지나지 않았다. 말하자면 신문이란 얼마 전까지 자유로운 몸으로 때로는 긍지를 가지며 살았던, 마음의 준비라곤 전혀 되어 있지 않은 사람을 별안간 잡아다가 녹초로 만든 다음 좁은 배수관 속으로 밀어 넣는 절차에 지나지 않았다. 그 배수관 속에 들어가면 옆으로 비어져 나온 무쇠 갈고리들이 양 옆구리를 찌르고, 숨도 제대로 내쉴 수가 없어서 결국 다른 쪽 출구로 나가게 해달라고 애원하게 된다. 그러나 바로 그 다른 쪽 출구로 나서면 그는 미리 대기하고 있는 〈군도〉의 주민들에게 내동댕이쳐져, 마침내는 약속된 땅에 유배당하고 만다(어리석은 자는 끊임없이 저항하곤 한다! 그는 배수관에서 빠져나갈 출구가 있다고 생각하는 것이다).

아무것도 기록되어 있지 않은 세월이 자꾸 흐르면 흐를수록 무사히 살아남은 사람들의 여러 가지 증언을 수집한다는 것은 더욱더 어려워지게 마련이다. 그러나 그들의 증언에 의하면, 사건의 〈날조〉는 이미 기관이 조직된 초기부터 시작되고 있었다. 왜냐하면 그들의 끊임없는 활동은 〈기관〉의 존재 가치를 확인시켜 주기 때문이다. 또 그렇기 때문에 적이 감소하는 그 불행한 시기에도 기관은 폐지되지 않고 활동을 계속할 수 있었던 것이다. 꼬시레프의 사건에서와 같이[3] 체까의 입장은 1919년 초까지만 해도 확고부동한 것은 아니었다. 나는 1918년의 신문을 읽다가, 무서운 음모 사건을 적발했다는 공식 보도를 발견했다. 열 명으로 구성된 이 집단은 양육원 옥상으로(그 높은 곳으로 말이다) 〈대포〉를 끌어올린 다음 거기서 끄레믈 궁전을 향해 포격을 하려고 했다는 것이다(그들은 다만 그렇게 〈하려고 했다〉는 것뿐이다!). 그들은 모두 합해 〈열 명〉이었다(그 속에는 여자도 있고 미성년도 있었을 것이다). 대포가 몇 문이며, 구경 몇 밀리미터의 대포를 어디서 입수해서 어떻게 층계로 옥상까지 끌어올릴 예정이었는지, 대포 자체에 대해서는 전혀 언급이 없었다. 하물며 경사진 옥상 위에 어떻게 포를 고정시키고, 포격 시 포의 반동을 어떻게 막을 수 있는지에 대해서 생각해 보지도 않았을 것이다. 만일 이것이 가능하다면, 왜 뻬쩨르부르끄 경찰은 2월 혁명군과 싸울 때, 기관총보다 무거운 중화기를 지붕 위에 설치하지 않았을까? 그러나 어쨌든 1937년보다 앞질러 일어난 이 허무

3 이 사건에 관해서는 제1부 제8장을 참조하라.

153

맹랑한 사건은 모든 사람에 의해 읽혔을 것이고 또 그들은 그렇게 믿었을 것이다! 그리고 1921년의 구밀료프 사건은 완전히 날조된 것이 분명하며, 이것은 시간이 흐름에 따라 더욱더 많은 것을 입증해 줄 것이다.[4]

같은 해인 1921년 랴잔시의 체까 지부는 지방 지식인들의 〈음모〉 사건이라는 허무맹랑한 사건을 날조했다. 그러나 그때까지만 해도 용기 있는 사람들의 항의가 모스끄바에까지 미칠 수가 있어서 이 사건은 도중에 기각되고 말았다. 역시 같은 해에 자연력 촉진 위원회에 속해 있던 부니탄(腐泥炭) 위원회의 위원들이 모조리 총살되었다. 광신적인 연막에 가려지지 않고 그 당시 러시아 학계의 성격과 분위기를 충분히 이해한다면, 거기에 대한 자료를 캐볼 필요도 없이 우리는 사건의 진상이 어떤 것이었는지를 쉽게 판단할 수 있을 것이다.

E. 도야렌꼬는 1921년에 대해 다음과 같이 회상하고 있다. 마흔 개 내지 쉰 개의 판자 침상이 있는 루비얀까 형무소의 감방에 밤새도록 쉬지 않고 여자들이 붙잡혀 왔다. 아무도 자기 죄를 아는 사람이 없었다. 아무 잘못도 없이 끌려왔다는 것이 그들 모두가 느끼는 공통적인 감정이었다. 감방 전체를 통하여 자기가 끌려온 이유를 알고 있는 여자는 사회 혁명당원 한 사람뿐이었다. 그때 야고다의 첫 질문은 이러했다 — 〈무슨 일로 잡혀 왔소?〉 즉 피의자 스스로 그 이유를 말하게 함으로써 기관원들의 사건 날조를 도우라는 뜻이다! 1930년 랴잔의 GPU에서도 〈역시 똑같은 방법〉을 썼다고 한다. 수감자들은

---

4 안나 아흐마또바(러시아의 유명한 여류 시인으로, 러시아의 대표적인 상징파 시인 구밀료프의 아내 — 옮긴이주)는 이 점에 대해 확신을 표명해 주었다. 그녀는 심지어 그 사건을 조작한 요원의 이름까지 지적했다(그녀의 말에 의하면 Y. 아그라노프 같다고 한다).

모두가 무엇 때문에 잡혀 왔는지를 모르고 있었다. I. D. T.의 경우 아무리 애써도 죄를 뒤집어씌울 수 없자 그의 성(姓)이 가짜라는 혐의로 유죄 선고를 내렸다(그의 성은 전혀 허위가 아니었는데도 제58조 10항에 따라 3년 형이 선고되었다). 아무 꼬투리도 잡을 수 없을 때 수사관은 이렇게 묻곤 했다. 「무슨 일을 하고 있었소?」 「생산 계획의 편성관이었습니다.」 「그럼 〈공장의 생산 계획을 어떻게 완수하는가〉를 설명하는 자술서를 쓰시오! 그러면 체포된 이유를 알게 될 거요.」(수사관은 그 설명 속에서 어떤 구실을 찾아내는 것이다.)

1921년의 꼬브노 요새 사건은 다음과 같이 행해졌다. 그때 이 요새는 전술적인 가치가 없다고 판단되어 폐쇄하기로 결정되었다. 그러자 전전긍긍한 요새 지휘 본부는 요새의 유용성을 입증하고 자기들의 위치를 고수하려는 일념에서 요새에 대한 〈야간 공격〉을 조작해 냈던 것이다!

그러나 피의자가 〈유죄〉라는 논리적인 근거는 애초부터 매우 유동적이었다. 체까 요원 M. 라찌스는 〈적색 테러〉에 관한 지령에서 다음과 같이 쓰고 있다. 〈신문 과정에서는 피의자가 반소비에뜨 발언이나 행동을 했다는 증거와 자료를 찾을 필요가 없다. 가장 중요한 문제는 그가 어떤 계급에 속해 있고, 그의 교육과 성장 배경이 무엇인가(부니딴 위원회 사건이 바로 그것이다!)라는 것이다. 피의자의 운명은 바로 이러한 문제들에 의해 결정되어야만 한다.〉 1920년 11월 13일 제르진스끼는 체까에 보낸 편지 속에서 〈무고(誣告)를 활용해도 무방하다〉라고 쓰고 있다.

그리하여 수십 년이 흐르고 〈그곳에서는〉 돌아오는 사람이 아무도 없다는 고정관념이 생기게 된 것이다. 1939년 잠시 의도적으로 풀어 주었던 소규모의 석방 이외에는 신문 결과 피의자가 석방된 예는 거의 찾아볼 수 없었다. 어쩌다가 간혹 풀려나는 사람이 있었다고 해도 그들은 곧 다시 체포되거나 아니면 계속 감시를 받아야 했다. 결국 이렇게 해서 〈기관은 절대로 실수하지 않는다〉는 전통이 확립된 것이다. 그러니 죄가 있건 없건 무슨 상관이 있겠는가?

달Dal의 주해(註解) 사전에 의하면 〈신문(訊問)〉과 〈심문(審問)〉에는 차이가 있는데, 심리할 근거가 있느냐의 여부를 가리는 예비 과정이 신문이라는 것이다.

아아, 얼마나 간결하고도 멋진 말이냐! 그러나 지금까지 그러한 〈신문〉을 해온 〈기관〉이 어디 있었던가! 상부에서 하달된 명단이나 사소한 혐의, 정보 제공자의 밀고, 그리고 심지어 익명의 밀고[5]만으로도 체포를 하고 어김없이 기소를 하지 않았느냐 말이다. 그리고 1백 건 중 95건의 경우에서 심리를 위해 부여된 시간은 범죄의 규명을 위한 것이 아니라, 피고인을 지치게 하고 녹초를 만들어, 죽어도 좋으니 한시바삐 끝장을 내주기를 바라는 심정으로 몰아넣는 것이다.

1919년에 벌써 〈7연발 권총을 책상 위에 놓는 것〉이 수사관들의 주요 신문 방법으로 사용되었다. 이것은 정치범뿐만 아니라 경범죄자나 일반 형사범에게도 적용되었다. 연료 공급 위원회 사건의 심리 과정에서(1921년) 피고인 마흐로프스까야는 신문 도중 코카인으로 마취당했다고 항의를 제기했다. 그러나 검사는 그 말을 태연히 받아넘겼다. 〈만약 그녀가 신문 도중 난폭한 짓을 당했다거나《총살의 위협을 받았다》고 항의를 했다면 그런대로 믿을 수 있겠지만, 그런 말을 어떻게 믿을

---

5 형사 소송법 제93조는 다음과 같이 규정하고 있다. 〈익명의 신고는 형사 소송을 일으키는 사유가 될 수 있다!〉 (형사라는 말에 놀랄 필요는 없다. 모든 〈정치적〉 사건은 〈형사〉 사건으로 간주되고 있었기 때문이다.)

수 있겠는가!)[6] 책상 위에 놓여 있는 위협적인 7연발 권총은 때때로 그 총구가 피고인 쪽으로 향해진다. 신문관은 피고인에게 무슨 죄가 있는지에 관심조차 없이 〈자, 네 잘못은 네가 알고 있으니 자백하라!〉 하고 소리친다. 1927년 하이낀이 스끄리쁘니꼬바 여사에게 자백을 강요한 것도 바로 이런 식이었고, 1929년 빗꼬프스끼에게 행해진 신문도 바로 이러했다. 그 후 사반세기가 지나서도 그 신문 방법에는 하등의 변화가 없었다. 1952년 안나 스끄리쁘니꼬바가 이미 다섯 번째로 투옥되었을 때 오르조니끼제의 보안부 주임 수사관 시바꼬프는 그녀에게 이렇게 말했다. 「형무소 의사의 보고에 의하면, 너의 혈압은 최고 240이고 최하 120이라고 했어. 그러나 이년아, 네 혈압은 아직도 낮단 말이야! (그녀는 당시 50대였다.) 우리가 네년의 혈압을 340까지 올려 주지. 우린 너 같은 년에게 멍이 들게 하거나 때리지도 않고, 뼈다귀를 부러뜨리지 않고도 얼마든지 죽일 수가 있단 말이다. 잠을 못 자게 하면 그만이야!」 그래서 스끄리쁘니꼬바 여사가 밤새 신문을 당한 후 감방에 돌아와 낮에 눈이라도 감으면, 당장 교도관이 뛰어 들어와서 호통을 치는 것이었다. 「눈을 떠! 그렇지 않으면 당장 침상에서 끌어 내려 선 채로 벽에다 꽁꽁 묶어 놓을 테다!」

야간 신문도 1921년에는 주요한 신문 방법이었다. 그들은 그때 자동차의 헤드라이트를 피고인의 얼굴에 비추곤 했다 (랴잔시 체까, 스쩰마흐). 1926년 루비안까에서는(베르따 간달의 증언) 아모소프식의 특수 난방을 이용하여 감방에 찬 공기를 불어 넣기도 하고 구역질 나는 악취를 번갈아 불어 넣기도 했다. 그리고 환기가 안 되게 코르크로 밀폐한 찜통 감방

6 N. V. 끄릴렌꼬, 『5년간(1918~1922년)』(국립 도서 출판소, 모스끄바-뻬뜨로그라뜨, 1923), p. 401.

도 있었다. 시인 끌류예프는 바로 이런 감방에서 시련을 겪었고, 베르따 간달 여인도 그런 감방에서 고역을 당했던 것 같다. 1918년 야로슬라블 폭동에 참가했던 바실리 알렉산드로비치 까시야노프는 인체의 털구멍에서 피가 스며 나올 때까지 감방에 불을 땠다고 말했다. 그들은 감방 문에 붙은 조그만 구멍을 통해 이 사실을 확인한 다음, 조서에 서명을 받기 위해 들것으로 죄수를 실어 나가곤 했다. 이렇게 〈불로 굽기도 하고〉 혹은 〈소금에 절이는〉 방법이 있지만, 이것은 모두 이른바 〈황금〉 시대에 있었던 유명한 신문 방법들이다. 그런가 하면 1926년 그루지야에서는 피고인의 손을 담뱃불로 지지기도 하고, 메쩨히 형무소에서는 캄캄한 밤중에 죄수를 더러운 저수지에 집어넣기도 했다.

바로 여기서 다음과 같은 아주 단순한 이론이 생겨난다. 무슨 일이 있든 간에 단번에 죄를 뒤집어씌워야만 한다. 다시 말해서 협박과 폭력과 고문은 불가피하며, 상대방의 죄가 허무맹랑한 것일수록 고백을 강요하기 위해서는 더욱 가혹한 신문을 적용해야 한다는 것이다. 그래서 무고한 사람들에 대한 체포가 영원히 계속되는 한 폭력과 고문도 영원히 계속되게 마련이다. 이것은 비단 1937년에 한정되는 것이 아니라, 끊임없이 계속되고 있는 일반적인 특징이다. 그러므로 가끔 죄수들의 회상기 속에서 〈고문은 1938년 봄부터 허용되었다〉고 쓴 것을 읽을 때면 도무지 납득이 가지 않는다.[7] 〈기관〉들

---

[7] Y. 긴즈부르끄는 〈육체적 고문〉이 1938년 4월부터 허가되었다고 쓰고 있다. V. 샬라모프는 1938년 중반부터 고문이 허용되었다고 생각하고 있다. 또한 늙은 죄수 M.은 〈신문의 단순화 및 정신적인 방법에서 육체적인 방법으로의 교체 명령〉이 있었다는 것을 확신하고 있다. 이바노프라줌니끄는 〈1938년 중반이 가장 가혹한 신문 시기〉였다고 말하고 있다.

이 고문을 하지 못할 정도의 양심적, 도덕적 장벽을 가진 적은 아직까지 한 번도 없었다. 혁명 초기부터『주간 체까』,『붉은 칼』과『적색 테러』에는 마르크스주의적인 관점에서 고문의 적용 여부가 공공연히 논의되었다. 추후 일련의 사건들로 판단해 보면, 비록 완전한 것은 아니라 해도, 긍정적인 해답이 나왔던 모양이다.

그러므로 1938년에 대해서는 다음과 같이 말하는 것이 더 정확할 것이다. 즉, 그전까지는 고문을 적용하기 위해 그 어떤 공식 문서의 작성이나 허가(비록 그것이 간단히 얻어질 수 있었다 해도)가 필요했으나, 1937년과 1938년에는 비상사태를 고려하여(수백만 명의 사람들을 부과된 최단 시일 안에 개별적인 신문 과정을 거쳐〈군도〉로 보내야 했다. 그리고 꿀라끄 숙청이나 민족 단위의 숙청 같은 집단적인 숙청에서는 이러한 신문을 찾아볼 수 없었다) 신문관들에게 무제한의 폭력과 고문이 허용되었고, 할당된 일의 양과 정해진 시일에 따라 모든 고문이 신문관의 재량에 맡겨졌다. 게다가 고문의 종류가 규정되어 있지 않았기 때문에 그들은 마음대로 고문 방법을 안출해 낼 수 있었던 것이다.

1939년 이러한 무제한의 허가는 폐지되고 다시 고문에 대한 서류상의 수속이 요구되었다(그렇지만 단순한 협박, 공갈, 기만, 잠을 안 재우거나 독방에 처넣는 고문 행위는 한 번도 금지된 적이 없었다). 그러나 전쟁 말기부터 전후에 걸쳐 죄수들의〈범주〉를 정하는 법령이 공포되고 이에 따라 광범위한 고문의 적용이 자동적으로 허용되었다. 이 범주에는 민족주의자, 특히 우끄라이나인과 리투아니아인이 포함되었다. 그것도 지하 조직의 혐의(그것의 실재 여부는 별도로 하고)에 따라 그 조직을 완전히 일망타진하기 위해서는 이미 체포된 사람들에게서 다른 사람의 이름을 알아낼 필요가 있었기 때문이다. 예를 들어 프라누스의 아들 스키리우스 로무알다스의 집단에는 50명가량의 리투아니아인들이 있었다. 1945년, 그들은 반소비에뜨 전단을 뿌린 혐의로 체포되었다. 그 당시 리투아니아에는 형무소가 부족했기 때문에 그들은 아르한겔스끄주의 벨스끄시 근처의 수용소로 유배되었다. 거기서 일부는 고문을 당하고, 일부는 신문과 노동이라는 이중의 고문을 견디다 못해 결국에 가서는 50명 전원이 하나같이 〈자백하고〉 말았다. 그러고 나서 얼마 후 리투아니아에서 전단 살포의 진범들이 발견되어, 〈그들은 모두 혐의가 없다!〉는 연락이 왔다. 1950년 나는 꾸이비셰프시의 이송 감방에서 드네쁘로 뻬뜨로프스끄 출신의 우끄라이나인을 만났다. 수사관들은 〈관련자〉를 색출해 내려고 여러 가지 방법으로 그를 고문했다. 그 고문 가운데는 앉지도 눕지도 못하고 꼬박 서 있어야 하는 징벌 감방도 있었다고 한다. 잠을 자려면 그들이 감방 속에 들이민 장대에 몸을 기대야 했고, 그것도 하루에 네 시간뿐이었다. 전쟁이 끝나고, 과학 아카데미의 준회원인 레비나 여사는 알릴루예프 일가와 서로 잘 아는 공통의 지기(知己)를 가지고 있다는 혐의로 역시 그런 고문을 받았다.

그리고 또 모든 물적 증거나 사실보다도 피고인 자신의 자백이 더 중요하다고 한 그 〈발견〉을 1937년에만 관련시키는 것도 옳지 못하다. 이것은 이미 1920년대부터 실시되었던 것이다. 1937년에는 다만 비신스끼의 그 훌륭한 교훈이 때에 알맞게 나왔다는 것뿐이다. 그것도 그때에는 세상의 도덕적인 질서를 유지한다는 견지에서 수사관이나 검사들에게만 알려져 있었다. 그 밖의 사람들은 그 후 20년이 지나서야 그것을 알게 되었다. 그나마도 이미 선호되는 방법으로서의 지위를 잃은 뒤, 모든 사람들이 다 아는 사실인 것처럼 짤막하게 다룬 기사 끄트머리 속에서 우리는 비로소 그것을 알 수 있었던 것이다.

바로 그 공포의 해(1937년)에 안드레이 야누아리예비치 비신스끼는 유명한 보고서 속에서 탄력성이 있는 변증법(이것은 지금은 소비에뜨 국민에게도, 전자계산기에도 허용되지 않는다. 왜냐하면 이 양자에 있어 〈네〉는 〈네〉이고, 〈아니요〉는 〈아니요〉이기 때문에)을 이용하여 인류를 위한 절대적인 진리의 확립이란 어느 때건 불가능하며, 항상 상대적 진리만 있을 뿐이라고 지적했다. 결국 그는 법률가들이 2천 년 동안이나 주저하며 내딛지 못했던 한 걸음을 성큼 내디딘 셈이다. 즉 신문과 재판에 의해서 확립된 진리는 절대적일 수가 없고 오로지 상대적일 따름이라는 것이다. 그렇기 때문에 총살 선고에 서명을 하면서도 우리는 결코 〈죄인〉을 벌한다는 〈절대적인〉 확신을 가질 수는 없다.[8] 그것은 어느 정도의 근사치와 어느 정도의 추측, 또 어느 정도의 목적이 수반된 상대적인 확신일 수밖에 없다. 바로 여기에서, 절대적인 물적 증거(물적 증거는 언제나 상대적이다)를 찾거나 확고부동한 증인들(그들은 상반된 증언을 할 수 있다)을 찾아 헤맨다는 것은 공연히 시간만 낭비할 뿐이라는 가장 현실적인 결론이 나온다.

8 어쩌면 그때 비신스끼는 자기 청중들 못지않게 이러한 변증법적인 위안이 필요했는지도 모른다. 〈미친개를 죽이듯이 그놈들을 모두 쏴 죽여야 한다!〉고 검사석에서 외쳐 대면서도, 간악하면서도 영리한 그 자신만은 피고인들이 죄가 없다는 것을 잘 알고 있었다. 그래서 부하린 수준으로 마르크스주의 변증법에 뛰어났던 그는 모든 열정을 다하여 거짓 재판을 변증법적으로 미화하려고 애썼던 것 같다. 부하린은 아무 죄도 없이 바보처럼 무력하게 죽어가야 했지만, 비신스끼는 자기 자신을 노골적인 비열한이라고 느끼기보다는 이론가로 인정받고 싶었을 것이다.

죄의 입증은 〈상대적〉이고 개략적인 것이기 때문에, 신문관은 물적 증거나 증인 없이도 집무실에 들어앉은 채, 자기의 두뇌뿐만 아니라 자기의 당(黨)적인 감각, 자기의 〈정신력〉(즉, 배불리 먹고 충분히 잠을 자고, 고문을 당해 보지 않은 특권적 인간의), 그리고 자기의 〈성격〉(즉, 가혹한 의지) 등에 입각하여 유죄를 증명할 수 있다는 것이다.

물론 이러한 형식적인 미화는 라찌스의 지령보다는 훨씬 화려하게 느껴진다. 그러나 그 본질은 조금도 다를 바가 없다.

게다가 비신스끼는 단 한 가지 점에서 실수를 저질러 변증법적인 이론에서 이탈하고 말았다. 즉, 그는 어째서인지 사형 집행인의 〈총알〉에 대해서만은 상대적인 것이 아니라 〈절대적〉인 개념을 부여했던 것이다…….

이와 같이 나선형으로 발전해 가면서, 진보적인 소비에뜨 법률학의 결론은 고대나 중세의 관점으로 되돌아갔다. 중세의 사형 집행인들처럼 우리 나라의 신문관, 검사, 재판관들은 주로 피고인 자신의 자백 속에서 죄의 증거를 찾는 데 동의하고 있으니 말이다.[9]

그러나 순박했던 중세 사람들은 그들이 원하는 고백을 받아 내기 위해서 고문대, 수레바퀴, 화로, 못을 이용하고 말뚝을 박는 등 극적이면서도 생동적인 수단을 사용했다. 그러나 20세기의 사람들은 발달된 의학과 풍부한 형무소 실험을 이용함으로써(어떤 사람은 이 분야에 관한 자기의 학위 논문을 쓰기도 했다) 그렇게 원시적인 고문 수단을 필요로 하지 않게 되었다. 또 대량 고문을 위해서는 그 거추장스러운 시설들이

9 미합중국 수정 헌법의 제5조와 비교해 보자. 제5조는 〈누구도 형사 사건에서 자기 자신에게 불리한 증언을 하도록 강요받지 않는다〉는 것이다! (17세기의 권리 장전에도 같은 것이 적혀 있다.)

적합하지도 않았다. 그리고 또…….

그리고 또 여기에는 또 한 가지의 명백한 사정이 있었다. 스딸린은 언제나 자기 의사를 끝까지 다 토로하는 일이 없었기 때문에 부하들이 스스로 그 뜻을 추측해야 했는데, 그는 언제나 빠져나갈 개구멍을 뒤에 남겨 두곤 했다. 아무튼 인류 역사상 최초로 수백만에 대한 계획적인 고문을 자행하고 그토록 강력한 권력을 가지고 있었음에도 불구하고 스딸린은 완전무결하게 자기의 성공을 믿을 수는 없었던 것이다. 거대한 자료에 입각한 그의 실험은 빈약한 자료의 경우와는 달리 엉뚱한 방향으로 나갈 수도 있었다. 그 실험은 미증유의 폭발을 야기할 수도 있고, 지질학적인 지층 전위(轉位)를 가져올 수도 있고, 혹은 또 전 세계적 소동을 불러일으킬 수도 있었으리라. 그러나 스딸린은 어느 경우에건 천사처럼 깨끗한 옷을 입고 남아 있어야만 했다.

따라서 온갖 고문이며 조롱의 방법을 인쇄한 신문관용 리스트는 존재하지 않았을 것이다. 그저 모든 신문 부서는 부여받은 기간 내에 할당받은 숫자대로 자기 죄를 고백한 〈불쌍한 집토끼들〉을 법원에 기소하라는 명령만을 받았다. 아니 그저 다음과 같은 지령만을 받았다(구두로, 그러나 빈번히). 즉 고상한 목표를 지향하고 있는 이상 수단과 방법을 가릴 필요가 없다. 신문 중에 피의자가 죽어도 신문관을 문책할 사람은 아무도 없다. 형무소 담당 의사는 되도록 신문 과정에 끼어들지 않는 게 좋다. 그들은 동지적으로 서로의 경험을 교환하면서 〈뛰어난 사람들에게서 배우기도〉 했을 것이다. 또 당연한 일이지만 〈물질적 보상〉도 도입되었을 것임에 틀림없다. 즉 야간 근무에 대한 할증 수당과 심리 기간의 단축에 대한 상여금을 약속받기도 하고, 임무를 수행하지 못하는 신문관들은 경고를 받기도 했으리라…… 이런 형편이다 보니, NKVD의 어느 지부에서 골치 아픈 일이 일어나더라도, 그의 상관은 스딸린 앞에서 자기는 결백하다고 말할 수 있다. 왜냐하면 그는 고문을 하라는 명령을 직접 내린 적이 없기 때문이다! 그러나 그와 동시에 그는 고문 사용을 보장하고 있었다!

고참 신문관들이 자기 몸의 안전을 생각하고 있다는 것을 알고 있던 일부 하급 신문관들(광신적인 열성분자들이 아닌)은 역시 보다 온건한 방법으로 시작하려고 노력하고 있었다. 그들은 눈알을 빼거나, 귀를 자르거나, 척추를 부러뜨리거나, 온몸을 시퍼렇게 멍들게 하는 등 지나치게 명백한 흔적을 남기는 고문 행위는 피하려고 했던 것이다.

우리가 1937년, 잠을 안 재우는 고문 이외에 일관성 있게 적용되는 다른 방법을 발견할 수 없는 것도 바로 여기에 원인이 있다. 여러 지역의 기관을 놓고 보아도 그렇고, 한 기관에서 행한 여러 신문 절차를 보아도 그렇다.[10]

전반적인 신문 경향이 이른바 〈가벼운〉 방법(우리는 그것이 어떤 것인지 곧 알게 될 것이다)을 띠게 되었다. 이것은 확실하다. 인간이 균형을 유지하는 진정한 한계는 매우 좁은 것이어서 보통 인간을 무력하게 만들기 위해서 꼭 고문대나 화로가 필요한 건 아니기 때문이다.

죄수의 몸에 아무 흔적도 남기지 않고 죄수의 의지와 인격을 꺾는 가장 간단한 몇 가지의 방법을 열거해 보기로 하자.

우선 〈심리적〉인 방법부터 살펴 나가기로 하자. 형무소의 고통을 전혀 겪어 보지 못한 집토끼 같은 죄수들에게는 이 방법이 매우 효과적이고 거대한 파괴력을 지니기까지 한다. 아

10 로스또프-나-도누와 끄라스노다르가 가혹한 고문으로 유명했다는 소문이 있으나 그것이 입증된 바는 없다.

무리 신념이 강한 사람이라 해도 역시 이 고문을 감당해 내기는 힘들다.

1. 우선 〈밤〉에 대해서 이야기하도록 하자. 정신력을 파괴하는 작업은 왜 주로 〈밤〉에 행해지는 것일까? 왜 비밀경찰과 〈기관〉은 그 시초부터 밤을 선택했을까? 왜냐하면 밤에 잠자다 체포된 죄수는(아직까지 불면의 고문을 당해 보지 못한 사람까지지도) 낮처럼 침착할 수도 없고, 또 낮처럼 정신이 맑을 수도 없기 때문이다. 결국 죄수는 고분고분 말을 잘 듣게 마련이다.

2. 성실한 태도로 〈설득시키는 방법〉. 가장 간단한 방법이다. 무엇 때문에 고양이와 쥐 놀음을 할 필요가 있겠는가? 잠깐만 다른 죄수들 사이에 앉아 있어도, 피의자는 곧 전반적인 상황을 파악하게 마련이다. 그래서 신문관은 정다운 어조로 느릿느릿 죄수에게 말한다. 「자네도 알다시피, 어차피 형(刑)은 피할 수 없어. 그러나 만약 자네가 저항을 한다면 자네는 이 형무소에서 〈가지가지의 고통을 겪은〉 끝에 건강을 해치고 말 거야. 그 대신 수용소로 가면 공기와 햇빛을 볼 수 있지 않느냐 말이야……. 자, 그러니 빨리 서명을 하는 편이 자네를 위해서도 좋을 거야.」 그야말로 논리적이다. 결국 사람들은 그 말에 동의하고 서명을 하게 된다. 그러나 이것은 공술서의 내용이 그들 자신의 일에 한정되었을 때에 한한다. 그렇지만 이런 경우는 극히 드물다. 결국 싸움은 불가피한 것이다.

당원을 설득시킬 때는 다른 방법을 쓴다. 「만약 국내에 식량이 부족해서 기아 현상까지 나타나고 있다면, 당신은 볼셰비끼로서 자기 자신의 입장을 밝힐 의무가 있지만, 당신은 이 모든 것을 당 전체의 잘못이나 소비에뜨 정권의 잘못으로 돌릴 수 있습니까?」 그러면 재배 센터의 감독관은 황급히 이렇게 대답할 것이다. 「물론 그럴 수는 없습니다!」「그렇다면 과감하게 그 죄에 대한 책임을 자기 자신이 지도록 하시오!」 그래서 결국 그는 죄를 짊어지게 되는 것이다!

3. 난폭한 〈욕설〉. 단순한 방법이지만, 연약한 교양인이나 섬세한 감정의 소유자에게 곧잘 효과를 거둘 수 있는 방법이다. 나는 사제들이 단지 욕설에 못 이겨 항복을 하게 된 두 가지의 경우를 알고 있다. 그들 중의 한 사람은 여자 신문관에 의해 조사를 받았다(부띠르끼 형무소, 1944년). 처음엔 여자 신문관이 어찌나 친절했던지, 그는 감방에서나마 뭐라고 그녀를 칭찬해야 좋을지 고민할 지경이었다. 그러나 어느 날 그는 의기소침하여 돌아왔다. 그는 그녀가 한쪽 다리를 무릎 위에 올려놓고 아주 거만하게 〈욕설을 퍼붓기 시작했을〉 때의 일에 대해서 한동안 말도 꺼내기 힘들어했다. (그녀의 욕설 한마디를 여기에 소개할 수 없는 것이 유감이다).

4. 〈심리적인 변화〉에 의한 충격 주기. 상대방에게 급격한 변화를 주는 것을 뜻한다. 말할 수 없이 상냥한 태도로 신문을 진행한다. 그것은 신문을 다 마칠 때까지 계속될 수도 있고, 혹은 일부 신문에 한할 때도 있다. 그때 신문관은 상대방을 정중하게 이름과 부칭으로 부르면서, 갖가지 특혜를 약속해 준다. 별안간, 문진(文鎭)을 손에 들고 상대방에게 던질 듯한 시늉을 하며 고함을 지른다. 〈이 개새끼야! 맛을 좀 봐야 알겠냐!〉 머리라도 움켜잡을 듯이 두 손을 뻗치고 날카로운 손톱을 들이대며 서서히 앞으로 다가온다(이 방법은 여자에게 잘 먹혀 들어간다).

또 다른 변형으로는 두 명의 신문관이 서로 바꾸어 가며 신문하는 방법이 있다. 한 사람은 괴롭히며 고통을 주지만, 또 한 사람은 무척 친절하고 성실하기까지 하다. 피고인은 신문관실에 들어갈 때마다, 어떤 사람이 신문할지 공포에 떤다. 이와 같은 대조에서 피고인은 두 번째 신문관에게 서명을 하게 되고, 심지어 실제로 없었던 일까지도 고백하고 싶어진다.

5. 미리 〈모욕〉을 주는 방법. 로스또프시 GPU의 이름난 지하실(33호)은 두꺼운 유리가 깔린 보도 밑에 자리 잡고 있었다. 수감자들은 신문을 기다릴 동안 복도에 엎드려 있어야 했다. 그들은 머리를 들어도 안 되고 말을 해도 안 된다. 그들은 인솔자가 그들의 어깨를 툭 쳐서 신문관실로 데려갈 때까지, 기도를 하는 회교도처럼 엎드려 있어야만 한다. 알렉산드라 O. 여사는 루비얀까 형무소에서 아무 증언도 하지 않았다. 그녀는 레포르또보 형무소로 옮겨졌다. 거기서 여교도관은 옷을 벗으라고 명령하고, 수속 때문이라고 말하면서 옷을 딴 곳으로 가져간 후 알몸이 된 그녀를 칸막이 별실에 집어넣고 자물쇠를 잠갔다. 그러자 거기에 남자 교도관들이 찾아와서 문 위의 좁은 틈으로 그녀를 들여다보기 시작했다. 그러고는 서로 시시덕거리면서 그녀의 몸매에 대해 이러쿵저러쿵 이야기를 주고받는 것이었다. 여러 사람에게 물어보면 이런 예는 수없이 많이 수집될 수 있을 것이다. 그러나 목적은 한 가지 — 기를 죽여 놓는 것이다.

6. 심리 중의 피고인을 〈혼란〉에 빠뜨리는 여러 가지 방법. 모스끄바주 끄라스노고르스끄시 출신의 F. I. V.는 다음과 같은 신문을 받았다(I. A. P.의 증언). 여자 신문관은 신문 도중 피의자 앞에서 마치 스트립쇼라도 하듯이 차례차례 옷을 벗었다. 그러나 신문은 여전히 계속되었고, 그녀는 아무 일도 없었다는 듯이, 방 안을 거닐기도 하고 피의자 쪽으로 다가오기도 하면서 증언을 얻어 내려고 애썼다. 어쩌면 이것은 그녀의 개인적인 욕구에서 나온 행동이었는지도 모르지만, 피의자의

이성을 흐리게 해서 서명하게 만든다는 냉철한 계산도 있었을 것이다. 그리고 그녀는 하나도 겁날 것이 없었다 — 권총이 있고 또 벨이 있었으니 말이다.

7. 〈위협〉하는 방법. 가장 많이 사용되는 방법이고 또 가장 다양한 방법이다. 자주 〈유혹〉과 〈약속〉을 혼합해서 사용한다 — 물론 모두 거짓말이기는 하지만. 1924년의 예. 「자백하지 않겠소? 아니면 솔로프끼섬으로라도 가겠단 말이오? 자백하는 사람은 풀어 주겠소.」 1944년에는 이러했다. 「네가 어떤 수용소로 떨어지는가는 순전히 내 손에 달려 있다. 수용소라고 다 같은 곳은 아니야. 정말 뼈가 부서지도록 고생을 해야 하는 곳도 있으니 말이다. 정직하게 자백을 하면 비교적 좋은 곳으로 갈 수 있고, 끝까지 자백을 안 하면 25년간 수갑 차인 손으로 지하 노동을 해야 할 거야!」 때로는 더 조건이 나쁜 형무소로 보내겠다고 위협을 하기도 한다. 「자백을 안 하면 레포르또보 형무소(죄수가 루비얀까에 있는 경우)으로 보내겠다(만약 죄수가 레포르또보 형무소에 있다면 수하노프까 형무소로 보낸다고 위협한다). 거기 가면 너하고 이렇게 말할 사람도 없단 말이야.」 죄수는 또 죄수대로 이미 형무소 생활에 익숙해져서 이 형무소에서도 살아갈 수 있을 것 같고 또 그런대로 〈괜찮다〉는 생각을 하고 있을 것이다. 그런데 또 〈다른 곳〉으로 가면 거기서 기다리고 있을 무지막지한 고문! 게다가 그 이송……. 당신이라면 어떻게 하겠는가? 〈큰집〉으로 출두하라는 소환장만 받고 아직 체포되지 않은 사람들에게는 위협이 매우 큰 작용을 한다. 그(그녀)에게는 아직도 잃을 것이 많이 있다. 그(그녀)는 줄곧 공포에 질려 있어서, 오늘 집으로 돌아올 수 있을까, 물건과 아파트를 차압당하지나 않을까 하는 근심 속에 나날을 보낸다. 그래서 그들은 이러한 위험을 모면하기 위

해 많은 증언과 고백을 할 마음의 준비를 갖춘다. 만일 여자라면, 물론 형법 같은 것을 알 리가 없다. 그리고 신문을 시작할 때 그녀 앞에는 형법을 변조하여 발췌한 다음과 같은 종이가 내밀어진다. 〈허위 공술을 할 때에는 5년 형(실제로는 제95조에 따라 2년 이하로 되어 있다)……, 증언을 거부할 때에는 5년 형(형법 제92조에 의하면 3개월 이하)…….〉 여기에는 벌써 또 하나의 기본적인 신문 방법이 사용되고 있는 셈이다.

8. 〈허위.〉 어린 양처럼 순한 우리는 거짓말을 모르지만, 신문관은 언제나 거짓말 속에 살고 있다. 그에게는 어떠한 법률도 적용되지 않기 때문이다. 우리는 신문관의 거짓말에 대해서 어떤 벌이 내려지는지 — 거기에 대해 묻는 것조차 잊고 말았다. 그는 우리의 친척과 친구들의 위조 서명이 든 조서를 얼마든지 우리 앞에 내놓을 수 있다. 이 얼마나 멋진 신문 방법인가!

유혹과 허위가 곁들여진 위협은 증언을 얻기 위해 소환당한 피의자의 〈친척들〉에게 곧잘 효과를 거두는 주요한 신문 방법이다. 「만약 당신이 이러한(그들이 요구하는) 증언을 하지 않는다면, 《당신 아들》은 더 고역을 치르게 될 겁니다……. 당신은 그를 완전히 파멸시키고 마는 겁니다……. (이 말을 듣는 어머니의 심정은 어떻겠는가?)[11] 이 옆에 있는 종이에 서명하는 것만이 당신의 아들을 구할 수(파멸시킬 수) 있는 길입니다.」

9. 가까운 사람들에 대한 〈애착을 희롱〉하는 방법. 이것은 수

---

11 제정 러시아의 준엄한 법률에 따르더라도 가까운 친척은 증언을 거부할 수 있었다. 그리고 가령 예심에서 진술을 했다가도, 본심까지 올라가지 않게 그 증언을 취하할 수도 있었다. 그때는 죄인의 친척이나 지기라고 해서 유죄가 분명하다고 여겨지지 않았다니 이상하게 느껴진다.

많은 위협 중에서도 가장 효과적인 방법이어서, 대담무쌍한 사람들까지도 이 방법에는 손을 들 수밖에 없었다. 아아, 옛날 사람들의 말에는 선견지명이 있었다 ─ 〈그대의 적은 그대의 집안사람이다!〉 자신의 고통도 자기 아내의 고통도 꿋꿋이 다 참아 냈지만, 귀여운 자기 딸의 고통만은 참아 낼 수 없었던 그 따따르 사람의 경우를 상기해 보라. 1930년 한 신문관은 그에게 다음과 같은 위협을 했던 것이다. 「당신의 딸을 체포해서 매독 환자들이 들끓는 감방 속에 처넣겠다! 당신의 딸을…….」이렇게 말한 것은 여자 신문관이었다.

그들은 당신이 사랑하는 모든 사람을 잡아넣겠다고 위협을 한다. 가끔 음향적인 효과를 곁들일 때도 있다. 「네 아내는 벌써 체포되어 와 있다. 그 여자의 운명은 너의 성실성 여하에 달려 있다.」 옆방에서 그녀를 고문하기 시작한다. 「자, 들어봐!」 그러자 정말 옆방에서 여자의 울음소리와 비명이 들려온다(그러나 여자의 비명이나 울음소리는 모두 서로 비슷하게 마련이다. 게다가 그 소리는 벽 뒤에서 들려오고 있다. 그리고 당신 자신도 몹시 흥분한 상태에 있기 때문에 그 음성을 분간해 낼 수도 없다. 때때로 그들은 〈전형적인 여자〉 목소리 ─ 소프라노나 콘트랄토, 혹은 라디오 녹음 ─ 를 담은 레코드판을 돌리기도 한다). 그러나 드디어 당신은 가짜가 아닌 진짜 당신 아내의 모습을 유리문 너머로 보게 된다! 그녀는 처절하게 고개를 숙이고 말없이 걸어가고 있다 ─ 그렇다! 그것은 당신의 아내다! 그녀가 지금 기관의 복도를 걸어가고 있다! 당신은 자기의 고집 때문에 아내까지도 파멸시키고 만 것이다! 〈그녀는 체포되고 말았다!〉 하고 피고인은 생각한다. (그러나 실은 어떤 사소한 수속 때문에 소환장을 받고 호출당한 데 지나지 않는다. 그녀는 약속된 시간에 복도로 내보내진다.

그러나 그녀는 그때 다음과 같은 명령을 받았던 것이다 ─ 절대로 머리를 들어서는 안 된다! 만약 그것을 위반하면 여기서 내보내 주지 않겠다!) 혹은 아내의 편지를 읽게 하는 경우도 있다. 어김없는 아내의 필적이다. 〈나는 당신이 싫어졌습니다! 당신에 관한 그 몸서리치는 이야기를 들은 다음부터 나는 당신이 필요 없게 되었습니다!〉 (그런 아내, 그런 편지는 우리나라에서 전혀 불가능한 것이 아니기 때문에 당신은 그저 마음속으로 확인해 볼 수밖에 없다 ─ 〈과연 나의 아내는 그런 여자였던가?〉)

1944년, 신문관 골드만은 V. A. 꼬르네예바 여사에게 다른 사람들에 대한 증언을 강요하면서, 〈집을 압류하고 노인들을 길가로 내쫓겠다〉고 위협했다. 확고부동한 신앙심을 가지고 있던 꼬르네예바 여사는 자기 자신에 대해서는 조금도 두렵지가 않았다. 그녀는 무슨 고통이라도 참아 낼 각오가 되어 있었다. 그러나 골드만의 협박은 너무나도 현실적인 것이어서, 그녀는 가까운 사람들을 위해 고민하기 시작했다. 밤새껏 신문을 하는 동안 여러 차례 조서가 찢기고 거부당했고, 골드만은 아침 녘에 네 번째의 조서를 작성하기 시작했다. 그 조서에는 그녀 혼자만 모든 죄를 뒤집어쓰게 되어 있었다. 그러자 꼬르네예바 여사는 정신적인 승리감을 느끼면서 기쁜 마음으로 조서에 서명을 했다. 날조된 죄상을 뒤집어엎고 자기 자신을 정당화하려는 것이 보통 인간의 본능인데도, 우리에겐 그것마저 불가능하다! 우리는 모든 죄를 자기 혼자 뒤집어쓴 채 기뻐하고 있으니 말이다.[12]

12 그녀는 오늘날 다음과 같이 말하고 있다. 〈그로부터 11년 후 명예 회복 시기에 그들은 그 조서를 읽어 보라고 하며 다시 나에게 내주었다. 그러자 나는 어떤 정신적인 혐오감을 느꼈다. 내가 여기 무슨 자랑할 만한 것이 있단 말

10. 〈음향〉 효과. 피고인을 6미터 내지 8미터가량 떨어진 곳에 앉힌 다음, 계속 큰 소리로 말하게 하고, 한 말을 또 되풀이하게 한다. 지칠 대로 지친 사람에게는 이것도 결코 쉬운 일이 아니다. 혹은 자기 방에 온 동료 신문관과 함께 마분지로 두 개의 확성기를 만든 다음 죄수 옆으로 바싹 다가가서 양쪽 귀에 대고 외쳐 댄다. 〈이 새끼야, 자백을 해!〉 죄수는 한동안 귀가 멍멍해지고 때로는 고막이 터질 때도 있다. 그러나 이것은 시간을 절약할 수 있는 방법은 못 된다. 이것은 신문관도 매일같이 하는 일에 싫증을 느낀 나머지 장난이라도 하고 싶은 생각이 들게 마련이고, 그럴 때에 그들은 각자 마음에 드는 장난 거리를 고안해 냈던 것이라 봐야 한다.

11. 〈간지럽히기.〉 역시 장난기에서 비롯된 신문 방법이다. 손과 발을 묶거나 꼭 누른 다음 새털로 콧구멍을 간질인다. 죄수는 몸을 비틀며 어쩔 줄을 모른다. 이때 그는 뇌 속까지 구멍이 뚫리는 듯한 고통을 느끼는 것이다.

12. 피고인의 살에 대고 〈담배를 비벼 끄는〉 방법(이것은 이미 앞에서 언급한 바 있다).

13. 〈조명〉을 이용하는 방법. 죄수가 수감되어 있는 감방이나 칸막이 영창에 밤낮을 가리지 않고 눈부신 전구를 비추기도 하고, 조그만 방과 새하얀 벽에 지나칠 정도로 밝은 전등을 달아 놓고 밤이고 낮이고 불을 끄지 않는다(학생들과 주부들이 그렇게도 절약하는 그 전기를 말이다!). 죄수들의 눈꺼풀은 염증을 일으키고, 그것이 또한 참을 수 없는 아픔을 준

인가……) 나도 명예 회복이 되던 때, 옛날 조서의 발췌문을 듣고 동일한 감정을 느꼈다. 나는 강제로 왜곡되어 전혀 딴사람이 되어 있었다. 이제 와서야 그것이 과연 나였던가 의심이 간다. 왜 나는 그런 것에 서명을 했는지, 그리고 또 그것을 잘했다고 생각했는지 이해가 가지 않는다.

다. 그러고 나서 신문관실에 가면 그들은 또다시 실내조명을 받게 되는 것이다.

14. 또 다음과 같은 방법을 고안해 내기도 한다. 1933년 5월 1일 전날 밤 하바로프스끄의 GPU에서 있었던 일이다. 체보따료프는 밤새도록 신문관실에 끌려 다녔으나 〈12시간〉 동안 한 번도 신문을 당하지 않았다. 그 내막은 이러했다. 그는 손을 뒤로 하고 감방에서 끌려 나와 재빨리 층계를 거쳐 신문관실로 연행되었다. 그러나 신문관은 한마디도 물어보지 않고 (어떤 때는 앉으라고도 하지 않았다) 수화기를 집어 들었다. 「107호실이다. 죄수를 데려가라!」그는 연행되어 감방으로 다시 내려간다. 그러나 그가 침상에 눕기가 무섭게 다시 자물쇠가 절거덕거린다. 「체보따료프! 신문이다! 손을 뒤로!」그리고 신문관실로 가면 다시 말한다. 「107호실이다. 죄수를 데려가라!」

그렇다. 신문관실에 들어가기 훨씬 전부터 얼마든지 영향을 줄 수 있는 방법이 있는 것이다.

15. 형무소는 궤짝이나 장롱 같은 〈칸막이〉 별실에서부터 시작된다. 자유인으로 있다가 방금 체포되어 들어온 사람은 아직도 내적인 흥분에 들떠 있어서 자기 자신을 해명하고 싶어 하고 따지고 싶어 하고 싸우고 싶어 한다. 이런 사람이 형무소에서 처음 맞닥뜨리는 곳은 상자와 같은 조그만 칸막이 별실이다. 경우에 따라서는 전등도 있고 앉을 수도 있지만 어떤 때는 문에 짓눌린 채 꼬박 서 있어야 하는 캄캄한 방일 수도 있다. 이런 방 속에 그를 몇 시간씩, 반나절씩, 혹은 일주일씩 가두어 둔다. 시간에 대해서는 전혀 알 길이 없다! ── 어쩌면 여기에 영원히 유폐되는 것은 아닐까? 그는 생전 처음 겪는 일이라서 뭐가 뭔지를 분간하지 못한다. 걷잡을 수 없는

마음의 소용돌이가 아직도 그의 내부에서 휘몰아치고 있을 때, 그는 이 첫 번째 시련을 겪어야 하는 것이다. 어떤 사람은 곧 체념하고 만다 — 그러자 곧 그에게 첫 번째 신문이 시작되는 것이다! 그러나 어떤 사람은 그때까지도 성을 가라앉히지 않는다. 하지만 기관원들은 그럴수록 좋다고 생각한다 — 그렇게 화나 있는 사람은 신문관을 욕할 수도 있고, 실수를 할 수도 있기 때문에 쉽사리 올가미를 씌울 수 있기 때문이다.

16. 칸막이 별실이 모자랄 때는 이런 방식도 쓴다. 노보체르까스끄의 NKVD에서는 6일 동안 옐레나 스뜨루쩐스까야라는 여자를 복도에 놓인 걸상에 앉아 있게 했다. 그뿐만이 아니다 — 그녀는 기대도 안 되고, 잠을 자도 안 되고, 앞으로 쓰러져도 안 되고, 또 일어나도 안 된다는 명령을 받았다. 그것이 만 6일 동안이나 계속된 것이다! 보통 사람이면 단 6시간도 그렇게 앉아 있지는 못하리라!

거기서 좀 변형된 형식으로 죄수를 실험실 의자 같은 높은 의자에 앉히는 방법도 있다. 그때 두 발은 마룻바닥에 닿지 않고 공중에 뜨게 된다. 이렇게 8시간 내지 10시간씩 앉아 있게 함으로써 죄수의 두 다리를 쉽게 마비시킬 수 있다.

혹은 또 신문할 때 죄수를 보통 의자에 앉히기는 하지만, 그 앉히는 방식이 다를 때가 있다. 즉 의자의 맨 끝 가장자리에 걸터앉게 하는 방식이다. (더 앞으로! 더 앞으로!) 겨우 쓰러지지 않을 정도로 앉힘으로써 신문을 받을 동안 척추에 고통을 주기 위해서이다. 그는 몇 시간 동안 이렇게 꼼짝달싹 않고 앉아 있어야 하는 것이다. 그것뿐이냐고 독자는 물어볼지도 모른다. 그렇다, 그것뿐이다. 그러나 한번 시도해 보기 바란다!

17. 지형 조건에 따라 감방은 〈사단(師團)의 구덩이〉로 대

체되는 수도 있다. 2차 대전 당시 고로호베쯔 주변의 주둔지에서 바로 그런 일이 있었다. 체포당한 사람은 깊이 3미터, 넓이 2미터의 구덩이 속에 들여보내졌다. 거기서 그는 하늘을 지붕 삼고 때로는 비를 맞아 가면서 며칠을 보내야 했는데, 그 구덩이는 그에게 감방 구실도 하고, 변소 구실도 겸하고 있었다. 그리고 3백 그램의 빵과 물이 밧줄에 매달려 구덩이 속으로 내려보내졌다. 아직도 마음속이 불타고 있는 갓 체포된 사람이 별안간 이런 처지에 놓였을 때, 과연 그는 무엇을 느낄 것인가? 독자 여러분도 한번 상상해 주기 바란다.

붉은 군대의 특무대에 내린 지시가 모두 같았기 때문인지, 아니면 그들의 야영 조건이 모두 흡사했기 때문인지, 어쨌든 이 방법은 널리 보급되고 있었다. 예를 들어 1941년 몽골 사막에 주둔했던 제36 기계화 사단에서는, 특무 부대장인 사물료프가 갓 체포된 사람에게 무조건 삽을 내주며 자기가 들어갈 만한 〈무덤〉(심리적인 방법으로 이렇게 지레 겁을 준다!)을 파라고 명령했다. 죄수가 허리보다 깊이 구덩이를 팠을 때, 그들은 파는 것을 중지시키고 그 바닥에 앉으라고 명령한다 — 그러면 죄수의 머리는 이미 보이지 않게 마련이다. 몇 개의 이러한 구덩이를 보초 한 사람이 지키고 있었으므로 그 주위는 텅 빈 것처럼 느껴졌다.[13] 이 몽골 사막에서 죄수들은 낮이면 혹독한 더위에 시달리고 밤이면 추위에 떨어야 했다. 그러니 공연히 힘을 들여 고문을 할 필요도 없었던 것이다. 급식

13 이것은 몽골 사람들에게서 얻은 착상인 듯싶다. 1914년 3월 15일에 발간된 잡지 『니바』 218페이지에는 몽골 가옥의 그림이 실려 있다 — 죄수는 모두 자물쇠가 잠긴 궤짝 속에 들어가 있고 그 궤짝에는 머리를 내밀기 위해서, 그리고 식사를 위해 조그만 구멍이 뚫려 있다. 그리고 교도관은 그 궤짝들 사이를 돌아다닌다.

으로는 하루 〈1백 그램의 빵〉과 〈한 컵의 물〉이 지급되었다. 용감한 장교였고 권투 선수였던 21세의 출뻬뇨프 중위는 이렇게 〈한 달〉을 보내야 했다. 열흘이 지나자 이가 들끓기 시작했다. 그는 보름이 지나서야 첫 신문을 받을 수 있었다.

18. 피고인에게 〈무릎을 꿇게〉 하는 방법. 무슨 다른 뜻이 있어서가 아니라, 그저 신문을 위한 목적에서 그렇게 할 뿐이다. 무릎을 꿇을 때는 발뒤꿈치 위에 앉아도 안 되고 허리를 구부려도 안 된다. 신문관실이나 복도에서 이런 자세로 12시간, 24시간, 혹은 48시간씩 견디어 내야 하는 것이다(이때 신문관 자신은 집에 갈 수도 있고, 잠을 잘 수도 있고 기분을 풀 수도 있다. 아주 조직적인 시스템이다. 무릎을 꿇은 피고인 옆에 보초를 세우고 시간을 정해서 교대시킨다).[14] 이 방법은 어떤 사람에게 효과적일까? 이미 지칠 대로 지친 항복 직전의 사람에게 잘 든다. 여성에게도 극히 효과적이다. 이바노프 라줌니끄는 이 수법의 변형에 대해서 다음과 같이 전하고 있다. 신문관은 젊은 로룻끼빠니제에게 무릎을 꿇게 한 후 그의 얼굴에다 대고 방뇨를 했다. 그래서 어떻게 되었을까? 무슨 방법에 의해서도 굴복을 모르던 로룻끼빠니제도 결국 이 방법에는 손을 들고 말았다. 자존심이 강한 사람에게도 효과가 있는 셈이다.

19. 그런가 하면 무조건 〈서 있게〉 하는 방법도 있다. 신문할 때만 서 있게 할 수도 있는데, 이 방법 역시 사람을 지치게 하고 녹초로 만든다. 그리고 또 신문할 때는 앉게 하지만, 신문과 신문 사이, 즉 신문을 하지 않을 때 서 있게 하는 수도 있다(보초를 세워서 죄수가 벽에 몸을 기대지 못하도록 감시한

14 개중에는 젊을 때 무릎을 꿇은 사람 옆에서 보초를 섰던 사람도 있을 것이다. 그러나 지금은 계급도 높아지고, 그 아이들도 이젠 성인이 되었으리라……

다. 만약 잠이 들거나 바닥에 쓰러지면 당장 발길로 걷어차서 일으켜 세운다). 인간을 무력하게 만들어 마음대로 진술을 받아 내기 위해서는 일주일만 이렇게 세워 두면 되는 것이다.

20. 이렇게 3, 4, 5일씩 서서 고생을 하는 동안 죄수는 〈물을 마실 수 없는 것〉이 상례이다.

그리하여 정신적인 방법과 육체적인 방법은 점점 더 명백한 〈연결성〉을 띠게 된다. 뿐만 아니라 앞에서 언급한 모든 방법들은 다음에서 설명하게 될 방법과도 밀접한 관련을 가지게 된다.

21. 〈잠 안 재우기.〉 중세 사람들은 인간이 자기의 인격을 보존할 수 있는 범위가 그토록 협소하다는 것을 몰랐기 때문에, 이 방법의 효과를 전혀 알지 못했다. 불면(게다가 부동자세의 고역, 갈증, 강렬한 조명, 공포, 미지의 고문 등이 수반되는)은 이성을 흐리게 하고 의지를 파괴해 버리기 때문에, 인간은 자신의 〈자아〉를 상실하게 된다(체호프도 「자고 싶다」라는 단편을 쓴 바 있지만, 그쪽이 훨씬 더 형편이 좋다. 거기에 나오는 소녀는 옆에 누울 수도 있고 의식을 쉬게 할 수도 있다. 그리고 잠시 후에는 다시 신선한 정신을 되찾을 수 있으니 말이다). 잠을 못 잔 인간은 반쯤 무의식적으로 행동할 수도 있고 완전히 무의식적인 상태에서 행동할 수도 있다. 그렇기 때문에 그 사람이 어떤 증언을 했다고 해서 그 사람을 비난할 수는 없을 것이다.[15]

---

15 러시아어를 몰라 어리둥절해하는 외국인에게 서명을 하라고 조서를 내맡기는 장면을 한번 상상해 주기 바란다. 독일 바이에른 출신의 유프 아센 브레너는 살인 가스 차량 작업에 종사했다는 조서에 서명을 했다. 그러나 실은 그때 뮌헨의 전기 용접공 양성소에서 공부하고 있었던 것이다. 1954년 수용소에서 그는 비로소 이 사실을 입증할 수 있었다.

흔히 이렇게들 말한다. 「당신의 증언은 〈솔직하지 못하기 때문에〉 우린 당신을 잠자게 할 수 없소!」 때로는 효과를 올리기 위해 세워 두지 않고 잠을 재촉하기에 안성맞춤인 〈포근〉한 소파에 〈앉힐〉 때도 있다(그러나 같은 소파 바로 옆에 당직 교도관이 앉아 있다가 조금만 눈을 감아도 발길로 걷어차곤 한다). 한 체험자(그는 고문을 받기 전에 빈대가 들끓는 영창에서 하루를 보내야 했다)는 고문을 당한 느낌을 다음과 같이 묘사하고 있다 — 〈피를 너무 많이 쏟아서 오한이 나더군요. 눈의 점막이 마를 대로 말라서 마치 누군가가 시뻘겋게 단 쇳덩어리를 바로 눈앞에 들고 있는 것 같았습니다. 혀는 갈증으로 부풀어 올라 조금만 움직여도 바늘로 찌르는 것 같았고, 무엇을 삼킬 때마다 목구멍은 경련 때문에 째지는 듯했습니다.〉[16]

잠을 안 재우는 것은 가장 유력한 고문 수단이다. 그것은 외부에 전혀 흔적을 남기지 않을 뿐 아니라, 가령 내일 유례없는 검열이 시작된다 할지라도 탄원을 할 근거마저 주지 않는다.[17] 「뭐 잠을 안 재웠다고? 아니 여기가 〈요양소〉인 줄 알아! 너하고 함께 있던 근무자들도 잠을 못 자긴 마찬가지야!」 (그러나 그들은 낮에 실컷 잠을 잘 수 있다.) 잠을 안 재우는 방법은 보편적인 수단으로 변했고, 여러 가지 고문 중 하나였던 것이 〈기관〉의 직무상의 〈내규〉로까지 변모되고 말았다. 그것을 위해서는 보초도 필요 없고, 가장 용이한 방법으로 목적을 달성할 수 있기 때문이다. 모든 예심 감방에서는 아침

16 G. M.

17 사실 검열은 불가능했고 또 한 번도 있어 본 적이 없었기 때문에, 1953년 전 국가 보안부 장관 아바꾸모프가 갇혀 있던 감방에 진짜 검열관이 왔을 때, 아바꾸모프는 그것을 속임수라고 생각하고 큰 소리로 웃어 대기까지 했다.

점호에서 저녁 점호까지 한시도 잠을 재우지 않는다(수하노프까와 다른 몇몇 형무소에서는 낮에 잠을 안 재우기 위해 침상을 벽 속에 집어넣어 버리고, 다른 형무소에서는 눕지도 못할뿐더러 심지어 앉아서도 눈을 감을 수가 없다). 그리고 주로 신문은 밤에만 진행된다. 만약 누군가에게 신문이 진행된다면, 자동적으로 그는 1주에 닷새는 잠을 잘 시간이 없는 것이다(토요일 밤과 일요일 밤은 신문관들 자신도 쉬고 싶어 한다).

22. 거기서 좀 발전된 형식으로 〈컨베이어식 신문〉이라는 것이 있다. 신문을 받은 죄수는 잠을 잘 수 없을 뿐만 아니라 사흘 나흘 밤낮없이 신문을 받아야 하는데, 이때 신문관은 〈컨베이어식〉으로 교대되어 들어온다.

23. 〈빈대 감방.〉 이미 앞에서 언급한 바 있지만, 시커먼 상자에 수백 수천 마리의 빈대를 양식시켜 둔다. 피고인은 일상복이나 군복을 벗어야 한다. 그러면 곧 피에 굶주린 빈대들이 주위의 벽과 천장에서 떨어지면서 벌 떼처럼 덤벼든다. 처음 얼마 동안 죄수와 빈대 사이에 치열한 혈전이 벌어진다. 그는 자기 몸 위에서 빈대를 죽이기도 하고 벽 위의 빈대를 죽이기도 하지만, 그 역한 냄새 때문에 숨이 막힐 지경이다. 결국 몇 시간 후에는 완전히 기운이 빠져 순순히 자기 몸을 빈대 떼에게 내맡기게 마련이다.

24. 〈징벌 감방.〉 아무리 나쁜 감방이라고 해도 감방은 언제나 징벌 감방보다는 좋게 마련이어서, 징벌 감방에서 보자면 다른 감방은 천국 같다는 생각이 든다. 징벌 감방은 사람을 굶주림과 〈추위〉로 녹초를 만든다(수하노프까 형무소에는 〈불덩이〉 징벌 감방도 있다). 예를 들어 레포르또보 형무소의 징벌 감방에서는 전혀 난방을 하지 않는다. 그러나 복도만은

난방이 되어 있어서, 당직 교도관들은 방한 장화에 방한복을 입고 이 〈난방〉된 복도를 걸어다닌다. 한편 죄수들은 속옷까지 벗겨진 채 때로는 바지 바람으로 사흘이나 닷새씩 그 비좁은 징벌 감방 속에서 꼼짝달싹 않고 앉아 있어야 하는 것이다 (사흘째가 되어야 뜨거운 죽이 나온다). 맨 처음 순간 죄수는 단 1시간도 견디어 낼 수 없을 것 같다는 생각이 든다. 그러나 자기도 모르는 기적적인 힘으로 5주를 무사히 견디어 내는 사람도 있다. 하기는 이때 평생 동안 고칠 수 없는 불치의 병을 얻게 마련이지만.

징벌 감방은 또한 그 형태가 가지가지여서, 습기 찬 곳도 있고 물이 괴어 있는 곳도 있다. 전쟁이 끝난 후 마사야 G.라는 처녀는 체르노프찌 형무소에 수감되었는데, 그때 그녀는 자백을 안 한다고 해서 2시간 동안이나 맨발로 복사뼈까지 차는 〈얼음물〉 속에 서 있었다고 한다. (그녀는 그때 18세였다. 그러니 그 발이 얼마나 애처로웠으랴! 아직도 얼마를 더 살아야 할지 모를 그 발이!)

25. 움푹 들어간 〈벽 속에 갇힌 채 서 있어야 하는 것〉도 징벌 감방의 변형으로 볼 수 있을까? S. A. 체보따료프는 1933년에 벌써 하바로프스끄의 GPU에서 그런 경험을 했다. 그는 벌거벗은 채 콘크리트 벽 속에 감금되었다. 다리를 구부릴 수도 없고, 팔을 펼 수도, 움직일 수도, 머리를 돌릴 수도 없는 그런 곳이었다. 아니 그것만이 아니다! 정수리 위에 찬물까지 떨어져서 몸 위로 줄줄 물이 흘러내렸다. 그들은 물론 24시간 동안만 그렇게 감금한다는 것을 그에게 말해 주지도 않았다. 무서웠기 때문인지 아니면 다른 어떤 이유에서인지 그는 결국 의식을 잃고 말았다. 이튿날 그는 시체와 다름없이 끌려 나와 병원 침대에서 의식을 회복했다. 그는 암모니아수와 코

카인으로 치료를 받고 몸에 마사지를 받았다. 그는 의식을 회복한 후에도 오랫동안 자기가 어디서 왔으며 어젯밤 무슨 일이 있었는지를 기억해 낼 수가 없었다. 그리하여 그는 만 한달 동안이나 신문도 받을 수 없었던 것이다. (움푹 들어간 벽속에 물이 떨어지는 이러한 장치가 체보따료프 한 사람만을 위해서 만들어지지는 않았으리라는 것은 자명한 일이다. 1949년 드네쁘로삐뜨로쁘스끄에서도 내가 아는 사람이 비슷한 고문을 당했다. 물론 그 경우 물은 떨어지지 않았지만, 하바로쁘스끄에서 드네쁘로삐뜨로쁘스끄에 이르기까지의 16년동안 얼마나 많은 사람들이 그 고통을 당했을 것인가?)

26. 〈굶주림〉에 대해서는 결합 작용을 설명할 때에 이미 언급한 바 있다. 죄수를 굶겨서 고백을 짜내는 방법 ─ 이것은 어디서나 널리 사용되고 있는 방식이다. 사실 굶기는 방법은 밤에 하는 신문과 마찬가지로 가장 보편적인 수단으로 변해 버렸다. 형무소의 식량 배급은 언제나 비참했다. 1933년 평화 시의 배급량은 3백 그램, 1945년 루비얀까 형무소에서는 450그램, 그리고 차입은 그들 마음대로 허가되기도 하고 취소되기도 했다. 이것은 누구에게나 적용되었던 보편적인 사실이다. 그러나 경우에 따라서는 더욱 철저하게 굶주림을 당해야 할때도 있다. 그 예로 출뻬뇨프는 한 달 동안이나 1백 그램으로 연명을 해야 했다. 그다음 소꼴 신문관은 감방에서 끌려 나온출뻬뇨프 앞에 김이 무럭무럭 나는 보르시 그릇과 옆으로 비스듬히 자른 커다란 흰 빵 덩어리를 내놓았다(빵을 비스듬히 자른 것은 무슨 뜻에서일까? 그러나 출뻬뇨프는 그것이 무척 유혹적이었다고 지금도 술회하고 있다). 그러나 그 수프와 빵을 먹인 적은 한 번도 없었다. 이 모든 것이 얼마나 고루하고 얼마나 봉건적이고 얼마나 원시적인가! 이것이 사회주의 사

회에서 적용되었다는 것이 새로울 뿐이다! 다른 사람들도 그와 유사한 경험에 대해서 말하고 있다. 그러나 우리는 다시 체보따료프의 사건으로 화제를 돌려야겠다. 아직도 그에게는 많은 이야깃거리가 남아 있기 때문이다. 그는 72시간이나 신문관실에 앉아 있었다. 그에게는 변소에 가는 것만 허용될 뿐, 다른 것은 일체 허용되지 않았다. 먹지도 못하고 마시지도 못하고(바로 옆에 물병이 있었지만), 또 잠을 잘 수도 없었다. 방 안에는 언제나 세 사람의 신문관이 있었고, 그들은 3교대로 일을 했다. 한 사람은 언제나 말없이(그는 조금도 피고인을 괴롭히지 않았다!) 무엇인가를 쓰고 있었고, 두 번째 사람은 소파에서 늘 잠만 자고, 세 번째 사람은 방 안을 오락가락하면서 체보따료프가 잠들기가 무섭게 그를 후려갈기곤 했다. 그다음에 그들은 교체되었다. 그러자 갑자기 체보따료프에게 식사를 가져왔다 — 기름기가 도는 우끄라이나식 보르시, 구운 감자를 곁들인 커틀릿, 그리고 붉은 포도주가 든 유리병. 그러나 평소부터 알코올에 대해 혐오를 느끼고 있던 체보따료프는 신문관의 권유에도 불구하고(신문관 역시 너무 지나치게 권하지 않았다. 그러다간 장난을 그르칠 수도 있었기 때문이다) 포도주를 마시지는 않았다. 식사를 마치자 신문관은 그에게 이렇게 말했다.「자, 여기 서명을 해. 바로 네가 〈두 증인〉 앞에서 증언을 한 거니까!」그 조서는 한 사람은 잠자고 또 한 사람은 활기차게 방 안을 돌아다니고 있을 때 말없이 조작되었던 것이다. 조서 첫 페이지에는 체보따료프가 모든 일본군 장군들과 허물없이 지내 왔으며 그들 모두에게서 간첩 임무를 받았다고 적혀 있었다. 그는 조서에 적힌 허위 증언을 모조리 지우기 시작했다. 신문관은 그를 두들겨 패고 감방으로 내쫓았다. 한편 체보따료프와 함께 체포된 다른 동만 철도 직원 블라기닌은 역시 같은 고문을 거친 후 포도주를 마시고 지나치게 취한 상태에서 서명을 했다. 그는 결국 총살당하고 말았다(사흘이나 굶은 사람에게는 한 잔의 포도주도 크나큰 위력을 과시한다! 그러나 거기에 있었던 것은 한 잔이 아니라 한 병이었던 것이다).

27. 흔적을 남기지 않는 〈구타〉. 고무 방망이로 때리기도 하고, 나무망치와 모래주머니로 때리기도 한다. 뼈마디를 때릴 때, 예를 들어 뼈가 거의 표면에 드러나 있는 정강이뼈를 신문관의 장화로 얻어맞으면 다리가 깨질 듯이 아프다. 여단장 까르뿌니치브라벤은 21일 동안 계속해서 얻어맞았다(30년이 지난 지금도 온 뼈가 쑤시고 머리가 아프다고 그는 말하고 있다). 그는 자기 체험과 남의 이야기를 종합하여 52가지 고문법을 열거하고 있다. 예를 들어 다음과 같은 방법도 있다. 특수한 도구로 손을 사방에서 짓눌러 놓는다. 즉 피고인의 손바닥을 책상 위에 반듯이 올려놓은 다음 자 끝으로 관절을 때리면 ── 누구라도 비명을 지를 수밖에 없다! 이를 부러뜨리는 방법도 여기에서 특별히 구별해서 지적할 필요는 없을 것 같다(그들은 까르뿌니치의 이를 여덟 개나 부러뜨렸다).[18] 또 누구나 다 아는 사실로, 주먹으로 명치를 얻어맞으면 숨은 한순간 정지되지만 거기에는 아무 흔적도 남지 않는다. 전후 시기 레포르또보 형무소의 시도로프 대령은 덧신으로 남성 죄수들의 사타구니를 걷어차는, 이른바 〈페널티킥〉을 활용하곤 했다(축구 선수라면 그곳에 공을 얻어맞았을 때의 그 아픔을 이해

18 1949년에 체포된 까렐리야주 공산당 위원회의 서기 G. 꾸쁘리야노프에게서도 여러 개의 이를 부러뜨렸다. 그들은 부러뜨린 이 가운데 보통 이는 계산하지 않고 금니만 계산한 다음 보관증을 써주었다. 그러나 곧 자기들의 실수를 알아차리고 그 보관증을 다시 빼앗아 버렸다.

할 수 있을 것이다). 그 어느 아픔도 이 아픔에 비할 바는 못
된다. 그래서 대부분 의식을 잃고 마는 것이다.[19]

28. 노보로시스끄 NKVD에서는 손톱을 압착하는 기계를
발명했다. 우리는 그 후 중계 형무소에 있을 때 노보로시스끄
에서 온 죄수들의 손톱이 많이 빠져 있는 것을 보았다.

29. 그리고 〈구속복〉은 어떤가?

30. 그리고 〈척추의 골절〉이라는 것도 있다(역시 하바로프
스끄의 GPU에서 있었던 일이다, 1933년).

31. 그리고 또 〈재갈을 물리는 방법〉(제비라고도 한다)도
있다는 것을 아시는지? 이것은 수하노프까 형무소에서 쓰던
방법이지만, 아르한겔스끄 형무소에서도 역시 그것을 알고
있었다(신문관 이프꼬프, 1940년). 거칠거칠한 긴 수건으로
입을 틀어막은 다음(재갈을 물리듯이), 등 뒤로 돌려 그 양쪽
끝을 뒤꿈치에 잡아 묶는다. 그러면 배는 망새같이 휘어지고
등에서는 삐걱삐걱 소리가 난다. 이런 식으로 물도 빵도 없이
만 2주일을 누워 있어야 하는 것이다.[20]

자, 더 이상 열거할 필요가 있을까? 아니, 열거할 만한 것이
아직도 많이 남아 있을까? 하긴 한가하고 배부르고 몰인정한
그들이 무엇인들 발명해 내지 못하겠는가?

나의 형제들이여! 그들을 책망하지 말아 다오, 맥없이 끌려
간 사람들, 용감하지 못했던 사람들, 그리고 강요에 못 이겨
서명을 한 사람들…… 제발 그들을 비난하진 말아 다오……

---

19 1918년, 모스끄바 혁명 재판소에서는 제정 시대의 교도관이었던 본다
르의 재판이 행해졌다. 그는 〈가장〉 가혹한 고문을 했다는 죄목으로 기소되었
는데 그의 죄상은 다음과 같았다 ― 〈어느 날 그는 정치범의 고막이 찢기도록
세게 구타를 했다〉(끄릴렌꼬, 같은 책, 1923, p. 16).

20 N. K. G.

◆

그러나 사실은 이렇다. 대다수의 사람에게서 증언을 받아 내기 위해서, 따스한 엄마 품으로 뛰어들고 싶어 하는 세상 물정 모르는 어린 양을 그 무쇠 이빨로 물어뜯기 위해서, 이 모든 고문 수단들은 별로 필요치 않았을 것이다! 심지어 가장 〈가벼운〉 고문마저도 필요 없었을 것이다. 양쪽의 힘의 불균형이 너무나 심하기 때문이다.

오, 지나간 과거 생활을 돌이켜 보니, 아프리카의 정글처럼 여기저기 위험이 도사리고 있는 신문관실이 새삼 새롭게 느껴지는 것은 어째서일까! 그러나 우리는 그때만 해도 인생을 너무나도 단순하게 생각했던 것이다!

한 사람을 A라 하고 A의 친구를 B라 하자. 두 친구는 여러 해 동안 서로 잘 알고 서로 믿고 있었기 때문에 만날 때마다 대담하게 여러 가지 정치 이야기를 늘어놓곤 했다. 그 자리에 는 그들 말고는 아무도 없었다. 따라서 아무도 그들의 말을 엿들을 수 없었다. 더욱이 그들 중의 누가 밀고를 한다는 것 은 도저히 생각할 수도 없는 일이었다.

그런데 어떻게 된 일인지 A가 지목을 받고 군중 속에서 귀 를 붙잡혀 끌려 나가 형무소에 수감되었다. 이유야 어쨌든 누 군가가 밀고를 한 것이 틀림없다. A는 집안사람들을 걱정하 며 제대로 잠도 자지 못한다. 이윽고 감방의 시련 속에서 A는 자기 자신을 완전히 체념해 버린다. 그러나 다른 사람만은 절 대로 끌어들이지 않겠다고 다짐을 한다!

그리고 네 번째의 조서 속에서 그는 소비에뜨 정권의 적이 라는 것을 자인하고 서명을 한다. 즉 지도자를 비꼬는 농담을 했다. 선거 때는 제2의 후보자를 요구하고 유일한 후보자의 이름을 지우기 위해 투표소에 들어갔으나 잉크병에 잉크가 없어 뜻을 이루지 못했다. 그리고 16미터의 주파 음역(音域)을 가진 수신기가 있어서, 전파 방해에도 불구하고 서방 방송을 들으려고 애썼다. 따라서 소비에뜨 정권의 적이라는 것이었다. A는 그 대가로 〈10년 형〉을 받을 게 확실하다. 아무튼 아직은 갈빗대도 성하고 폐렴에도 걸리지 않았다. 그리고 아무도 배반하지 않았다. 현명하게 재난에서 빠져나온 듯한 생각이 든다. 그래서 그는 감방 동료에게 자기의 신문이 거의 끝나 가고 있다고 말하기까지 한다.

그러나 그것은 오산이다! 그의 필적을 서서히 감상하면서, 신문관은 다섯 번째 신문 조서를 꾸미기 시작한다. 「당신은 B하고 친하게 지냈소?」「네.」「정치 문제에 대해서도 서로 허물이 없었겠죠?」「아닙니다, 아닙니다. 저는 그 친구를 믿지 않았습니다.」「그러나 서로 자주 만났지요?」「그다지 자주 만나지는 못했습니다.」「아니, 왜 자주 만나지 못했다는 거죠? 이웃 사람들의 증언에 의하면, 지난달만 해도 그 친구는 당신네 집에 와 있었다던데? 몇 일과 몇 일에도 와 있었죠?」「네, 그럴지도 모릅니다.」「여기 증언에 의하면 당신들은 언제나처럼, 술도 마시지 않고 떠들지도 않고, 자주 조용히 이야기만 했다는군요. 복도에도 들리지 않을 정도로 조용히.」(아, 친구들이여! 마셔라! 병을 두들겨라! 큰 소리로 욕설을 주고받아라! 이것이 너희들의 행복을 보장해 주는 길이다!) 「아니, 그게 어쨌다는 겁니까?」「당신도 그 친구네 집에 간 적이 있죠? 그때 전화로 나눈 이야기를 다 알고 있어요. 우린 그때 당신네들의 그 수상한 저녁 모임을 조사해 본 겁니다. 그다음에 우리는 네거리에 서 있는 당신을 보았습니다. 당신은 그 친구하고 30분이나 서 있더군요, 그 추위 속에. 그런데 당신은 무척 우울한 표정이었습니다. 뭔가 좀 불만스러운 듯한 표정이었어요. 마침 그때 우리는 당신들이 만나는 장면을 사진에 담아 두었습니다. (이건 간첩의 수법이다. 친구들이여, 간첩의 수법이 아니고 뭐냐!) 자, 그때, 〈무슨 이야기〉들을 했소?」

무슨 이야기라니? 이것은 정말 무서운 질문이다! 우선 퍼뜩 머리에 떠오르는 것은 그때 한 말을 잊었다고 대답하자는 것이다. 그리고 또 반드시 그 말을 기억해 두어야 할 의무는 없지 않은가? 첫 번째 대화를 잊은 것은 좋다고 하자. 그럼 두 번째 대화도 잊었다고 할 것인가? 그리고 세 번째 대화도? 그리고 그 수상한 저녁의 대화도? 그리고 네거리에서의 대화, C하고의 대화, D하고의 대화까지도 잊었다고 할 것인가? 아니다. 〈잊었다〉는 것은 출구가 되지 못한다. 그것으로는 도저히 이 난관을 빠져나갈 수 없다. 여기서 A는 체포에 뒤흔들리고 공포에 얼어붙은, 그리고 불면과 굶주림으로 흐려질 대로 흐려진 그의 두뇌를 짜내 신문관을 교묘히 피해 나갈 수 있는 그럴듯한 대답을 찾으려고 고심하기 시작한다.

무슨 말을 했다고 할까? ……만약 하키 이야기를 했다면(이 것은 어느 경우에건 가장 무난한 이야기다) 얼마간은 버틸 수 있을 것이다. 아니면 여자 이야기라든가, 과학에 관한 이야기를 했을 수도 있다(과학 이야기나 하키 이야기나 별다른 것은 아니지만, 우리 나라에서만은 과학에 대한 이야기가 금지되어 있다. 비밀 폭로죄로 체포될 수도 있다). 그러나 실제로 만약 시내에서 일어난 새로운 체포에 대해 이야기했다면? 집단 농장에 대해 이야기했다면? (물론 나쁜 이야기임에 틀림없다. 그런 것을 좋게 말할 사람이 어디 있는가?) 생산 임금의 저하에 대해 이야기를 했다면? 「자, 당신은 반 시간이나 우울한 표정을 하고 네거리에 서 있었는데, 그때 무슨 이야기를 했소?」

어쩌면 B도 체포되었을지 모른다(신문관은 B도 체포되었다고 확신시킨다. 그리고 벌써 A에 대한 증언을 했을 뿐만 아니라 곧 대질 신문이 있을 것이라고 말한다). 아니면 아직도 태연히 집에 앉아 있을지도 모르지만, 곧 잡혀 와서 똑같은 질문을 받게 될지도 모른다. 「그때 당신들은 네거리에서 얼굴을 찌푸리고 무슨 말을 했지요?」

뒤늦게나마 이제야 그는 모든 것을 이해한다. 즉 친구하고 만났다가 헤어질 때마다 반드시 다음과 같은 것을 약속하고 기억해 두어야 한다는 것을 ― 〈오늘 우리는 무슨 이야기를 했지? 나중에 누가 물어본다면 뭐라고 말하지?〉 그렇게만 하면 어떤 신문에서도 서로의 증언이 빗나갈 리가 없다. 그러나 그들은 그런 약속을 한 적이 없었다. 그때만 해도 그는 이 인생이 어떠한 정글인지 미처 몰랐던 것이다.

낚시를 가자고 말했다면 어떨까? 그러나 B는 말할 것이다 ― 낚시에 대해서는 한마디도 말한 적이 없다. 우리는 통신 교육에 대해서 말했을 뿐이라고. 그렇게 되면, 신문의 부담을 경감시키려고 말한 것이 오히려 신문을 더 복잡하게 만드는 결과를 가져온다. 무슨 말을 할까? 무슨 말을? 무슨 말을?

퍼뜩 이런 생각이 머리에 떠오른다 ― 이것이 성공할지 실패할지는 모르지만, 실제로 있었던 일과 되도록 가깝게 이야기할 필요가 있지 않을까(물론 날카로운 표현을 누그러뜨리고 위험한 것은 제거하면서)? 속담에도 거짓말을 하려면 진실에 가까워야 한다는 말이 있지 않은가. 아마 B도 이것을 알아차리고 뭔가 이 비슷한 말을 할 것이고, 서로의 증언도 어딘가는 들어맞는 데가 있어서, 그들도 더 이상 괴롭히지 않을 것이다.

그 후 많은 세월이 흐르고 나면 A는 그것이 아주 우둔한 착상이었음을 알게 될 것이다. 그러나 그는 3주나 잠을 못 잔 상태다. 자신의 생각을 추적할 만한 힘도 없거니와 자기 얼굴에서 침착성을 되찾을 만한 기력도 없다. 그리고 생각할 만한 시간도 주지 않는다. 곧 다시 두 사람의 신문관(그들은 서로 남의 신문에 관여하기를 좋아한다)이 그를 물고 늘어진다 — 무슨 말을 했지? 무슨 말을? 무슨 말을?

이윽고 그는 증언을 한다 — 집단 농장에 대해서 말하고 (아직은 잘되어 나가고 있지 않지만 이제 곧 그렇게 될 것이라고) 노동 임금의 저하에 대해서 말했다고 자백을 한다. 그러니까 무슨 말을 했다는 거지? 임금의 저하를 기뻐했단 말인가? 그러나 정상적인 사람이라면 도저히 그렇게는 말할 수 없기 때문에, 기뻐했다면 곧 거짓말이 되는 셈이다. 결국 다시 진실답게 보이기 위해서는 생산 임금의 압박에 대하여 다소 불평을 늘어놓았다고 실토하는 수밖에 없다.

한편 신문관은 직접 조서를 꾸미면서 그가 한 말을 〈자기〉 말로 옮겨 놓는다 — 〈A와 B는 그날 저녁 모임에서 당과 정부의 임금 정책을 중상했다〉. 그리고 언젠가 B는 A를 책망할지도 모른다 — 〈에잇, 이 바보야! 난 낚시를 가기로 약속했다고 말했는데……〉. 그러나 그는 그의 신문관보다 더 교활하고 더 현명하기를 원했던 것이다. 그는 기민하고도 예리한 사고력을 가지고 있었다! 그는 지식인다웠다! 그리고 그는 자기 계략에 자기가 넘어가고 만 것이다…….

도스또예프스끼의 『죄와 벌』에서 예심 판사 뽀르피리 뻬뜨로비치는 라스꼴리니꼬프에게 놀랄 만큼 섬세한 지적을 해준다. 즉 당신 같은 지식인들하고 직접 이러한 숨바꼭질을 해본 사람만이 그를 찾아낼 수 있다는 것이다. 〈당신과 같은 지식인이 상대라면, 나는 직접 그 범죄를 해명할 필요가 없습니다.

당신네들은 스스로 그것을 해치워 완전한 형식으로 만들어 가지고 나한테 가져오니 말입니다.〉사실 그렇다! 지식인은 체호프 작품에 나오는 〈악인〉처럼 능수능란하게 거짓말을 할 수는 없다. 그는 의무적으로 모든 이야기를 하려고 노력한다. 그리고 그 이야기 때문에 그는 죄를 뒤집어쓴다.

그러나 인간 백정과 다름없는 신문관은 피고인의 말의 논리 정연성 따위엔 관심도 없이 그저 그중의 두서너 마디로 결판을 지어 버린다. 그는 무엇을 어떻게 해야 하는지를 잘 알고 있다. 한편 우리는 전혀 마음의 준비라곤 되어 있지 않은 상태에 놓여 있다!

어릴 때부터 우리는 직업, 시민의 의무, 군 복무, 자기 몸의 청결, 예의 바른 행동, 아름다운 것에 대한 이해(그러나 이것은 그다지 심하지는 않다)에 이르기까지 수많은 교육을 받아 오고 또 훈련을 쌓아 왔다. 그러나 그 어느 교육, 어느 교양, 어느 실험도 가장 커다란 인생의 시련이랄 수 있는 체포(아무 죄도 없이 잡혀가는)나 신문(아무것도 할 말이 없는)에 대해서는 일언반구도 우리에게 가르쳐 주지 않는다. 장편 소설이나 희곡, 영화들(그 작가들에게 수용소군도의 생활을 한번 맛보게 했으면 좋으련만!)은 신문관실에서 만날 수 있는 사람들을 진리와 박애의 기사로, 혹은 조국의 아버지로 묘사하고 있다. 우리는 가는 곳마다 그런 강의를 들어야 하고, 심지어 그 강의를 들으라고 강제로 동원당하기까지 한다! 그러나 그 어느 누구도 형법의 확대 해석의 참된 의의에 대해서는 강의해 주지 않는다. 게다가 그 법전은 도서관에서도 볼 수 없고, 서점에서도 살 수 없고, 그렇다고 천진난만한 젊은이들의 손에 저절로 굴러 들어오지도 않는다.

그래서 지구 어딘가에서는 피고인이 변호사의 도움을 이용할 수 있다는 것이 우리에게는 거짓말처럼 느껴지는 것이다. 이것은 즉, 투쟁의 가장 괴로운 순간에 모든 법률을 통달하고 있는 빛나는 지혜를 자기 옆에 가질 수 있다는 것을 뜻한다!

우리 나라의 신문은 피고인으로 하여금 법률을 알지 못하게 하는 것을 원칙으로 삼고 있다.

무조건 유죄 판결이 나온다. 처음에는 이런 말이 오간다. 「여기 서명하시오.」「저는 여기 동의할 수 없습니다.」「서명하시오.」「하지만 제겐 아무 죄도 없습니다!」「……당신은 러시아 소비에뜨 연방 사회주의 공화국 형법 제58조 10항 2호와 제58조 11항에 따라 기소되어 있소. 서명하시오.」「그건 어떤 조항입니까? 형법을 한번 보여 주십시오!」「나는 그걸 가지고 있지 않소.」「그럼 상관한테 가서 가져오면 되잖습니까!」「상관도 가지고 있지 않소. 어서 서명하시오!」「하지만 전 그걸 보고 싶습니다!」「당신에겐 그걸 보여 줄 수 없게 돼 있소. 그건 당신을 위해 쓴 것이 아니라, 우리를 위해 쓴 거요. 따라서 당신에겐 필요가 없단 말이오. 자, 내 설명을 들어요. 이것은 당신이 저지른 죄에 꼭 들어맞는 조항들이오. 그러니까 지금 당신은 이 조서에 동의한다는 뜻으로 서명을 하는 것이 아니라 당신에게 제시된 죄를 당신이 읽었다는 데 대해서 서명을 하는 거요.」

어느 문서 가운데 낯선 대문자의 약어 UPK라는 낱말이 퍼뜩 눈에 띈다. 자, 신경을 곤두세워 한번 생각해 보자. 도대체 UPK와 UK(형법)는 어떤 차이가 있는 것일까? 만약 당신이 신문관의 기분이 좋을 때 신문을 받게 된다면, 그는 당신에게 설명해 줄 것이다. UPK는 형사 소송법의 약자라고. 아니 뭐라고? 그 법조문에 따라 당신에게 재판이 시작되고 있는 바로 이 순간에도, 당신은 한 가지도 아니고 두 가지의 다른 법이 적용되고 있다는 것조차 모르고 있었으니 말이다!

그때로부터 10년이 흐르고 다시 15년이 흘렀다. 나의 청년 시절의 무덤은 무성한 풀로 뒤덮여 버렸다. 나는 형기를 마치고도 기약 없는 유형 생활을 보내야 했다. 그러나 나는 어디서도 — 수용소의 〈문화 교육부〉에서도, 지방 도서관에서도, 중소 도시에서도 — 그 어디서도 소비에뜨의 법전이라는 것을 내 눈으로 본 적이 없고, 내 손에 들어 본 적이 없고, 또 살 수도, 구할 수도, 심지어 〈물어볼〉 수도 없었다![21]

내가 아는 수백 명의 죄수들 역시 신문과 재판을 거친 사람들이고 그중에는 벌써 여러 번 수용소와 유형지를 전전한 죄수도 많았지만, 그들 중에서도 역시 형법을 보았거나 손에 쥐어 본 사람은 아무도 없었던 것이다!

그리고 마침내 이 두 개의 법전이 35년에 걸친 자기 생애를 마치고 새로운 것으로 대체될 운명에 놓였을 때, 나는 그제야 비로소 제본되지 않은 두 형제 UK와 UPK를 모스끄바 지하철 가판대에서 만나 볼 수 있었던 것이다(이젠 낡았으므로 유통을 허용하기로 결정한 것 같았다).

그리고 지금 나는 이상한 감회를 느끼며 그것을 읽고 있다. 예를 들어 UPK에는 다음과 같은 것이 적혀 있었다.

제136조 — 신문관은 폭력과 위협을 사용하여 피고인의 증언이나 자백을 강요할 권리를 가지지 못한다(물속을 들여다보듯이 명백하게 적혀 있다!).

제111조 — 신문관은 피고인을 정당화하거나 피고인의 죄

---

21 남을 의심하는 우리 나라의 분위기를 알고 있는 사람들은 인민 재판소나 지구 집행 위원회에서 왜 법전을 요청할 수 없었는지 그 이유를 이해할 것이다. 당신이 만약 법전에 관심을 기울인다면, 이는 곧 범죄를 준비하고 있거나 증거를 인멸하려 한다는 인상을 주어 극단적인 결과를 자초하기 때문이다.

를 경감시킬 수 있는 관련 사실들을 분명히 하지 않으면 안 된다.

하지만 나는 《10월》 혁명 당시 소비에뜨 정권의 수립을 도 왔소! 나는 꼴차끄의 백군과 싸웠소! 나는 꿀라끄를 숙청했 소! 나는 1천만 루블의 국가 예산을 절약했소! 나는 지난 전 쟁에서 두 번이나 부상을 입었소! 나는 세 번이나 훈장을 받 았소!

「우리는 그런 일로 당신을 비난하고 있는 것이 아니오!」 역 사는 신문관의 허연 이빨을 드러내며 말한다. 「당신이 했다는 좋은 일은 이 사건과는 무관한 것이오.」

제139조 — 피고인은 자기의 증언을 자기가 직접 쓸 권리 를 가지며 신문관이 작성한 조서에 대하여 수정을 요구할 권 리를 가진다.

아아, 만약 이것을 그때 알았다면! 더 정확히 말해서, 만약 정말로 그렇게 실행이 되었다면! 우리는 얼마나 애걸복걸하 며 신문관에게 졸랐던가. 〈나의 잘못된 의견〉을 제발 〈나의 추악한 중상모략〉이라 쓰지 말아 달라고, 그리고 〈나는 녹슨 핀란드 칼〉 대신 제발 〈우리의 지하 무기 창고〉라고는 쓰지 말아 달라고. 그러나 이러한 간청이 받아들여진 적은 한 번도 없었던 것이다.

아, 만약 죄수들에게 감방 생활을 시작하기에 앞서 형무소 지식을 강의해 주었다면! 먼저 연습 삼아 예행 신문을 실시하 고, 그다음에 본신문을 실시했다면……. 신문관들은 1948년 에 〈다시 체포된 사람들〉에게는 그전과 같은 신문 방식을 되 풀이하지는 않았을 것이다 — 공연히 헛수고만 할 것이기 때 문이다. 그러나 〈처음 잡혀 온 사람들〉은 경험도 없고 지식도 없다! 그리고 조언을 구할 만한 상대도 없었던 것이다.

죄수를 혼자 격리시켜 두는 것! 이것부터가 부당한 신문의 성공 요인이다! 이 외롭게 억눌린 한 사람의 의지를 향해 〈기관〉 전체가 때려 부수려고 덤벼든다. 체포의 순간부터 첫 〈공격〉을 받아야 하는 모든 신문 기간 동안 피의자는 완전한 고독을 감수해야만 한다. 감방에서도, 복도에서도, 층계에서도, 취조실에서도, 그는 자기와 같은 처지에 있는 사람들을 만날 수 없고, 누구의 미소나 눈초리에도 동정, 충고, 지원을 찾을 수 없다. 〈기관들〉은 그의 미래를 체념시키고 그의 현실을 왜곡하기 위해 수단과 방법을 가리지 않는다. 그의 친구와 친척들이 체포되었다고도 하고, 물적 증거들이 발견되었다고 속이기도 한다. 그들은 피의자와 피의자 친척들을 처벌할 권리도 있고, 그들을 용서할 권리도 있다고(〈기관〉은 용서해 줄 권리를 하나도 갖지 못한다) 과장한다. 성실하게 〈참회〉하면 형량을 경감시키고 수용소의 대우를 개선시켜 준다고 꾀기도 한다(그러나 그런 일은 지금까지 한 번도 있어 본 적이 없다). 피의자가 충격을 받아 녹초가 되고 생각할 능력을 상실했을 때, 그 짧은 시간을 이용하여 〈기관〉은 되도록 많은 치명적인 증언을 얻어 내고 되도록 많은 무고한 사람들을 잡아넣으려고 애쓴다. 어떤 사람들은 너무나 기력이 쇠진해서 제발 조서를 읽지 말아 달라고 간청하기도 한다. 그걸 듣는 걸 참을 수 없는 것이다. 그저 한시바삐 서명하기를 바랄 뿐이다. 서명이 끝나면 그때 비로소 고독에서 풀려나 커다란 감방으로 옮겨진다. 그리고 그는 거기서 뒤늦게나마 자기의 잘못을 알아차리고 절망과 후회를 하게 되는 것이다.

이 일대일의 격투에서 도대체 누가 잘못을 저지르지 않을 수 있을까? 도대체 누가 잘못을 저지르지 않을 수 있겠는가?

우리는 이미 〈완전한 고독을 감수해야 한다〉고 말했다. 그

러나 1937년 모든 형무소가 초만원을 이루었을 때(1945년에
도 역시 마찬가지였지만) 새로 잡혀 온 사람을 혼자 있게 하
는 이 이상적인 방법은 지켜질 수가 없었다. 체포되어 오는
첫 시간부터 피의자는 초만원을 이룬 공동 감방에 수용될 수
밖에 없었던 것이다.

　그러나 여기에는 결함만이 아닌 그 나름대로의 장점도 있
었다. 초만원을 이룬 감방은 비좁은 독방 영창의 효과를 겸했
을 뿐만 아니라, 제1급〈고문실〉로서의 새로운 역량을 과시했
던 것이다. 독방 영창에서는 며칠씩 혹은 몇 주일씩 신문이
계속되었으나, 이 초만원 감방에서는 신문관의 노력이 조금
도 필요 없었다. 죄수들은 서로 자기들끼리 고문을 하게 마련
이기 때문이다! 어찌나 많은 사람을 한 방에 집어넣었는지,
한 사람에게 마루 한 조각도 돌아가지 않았고, 사람이 사람 위
를 걸어다니는가 하면, 서로 남의 발 위에 올라앉아 있었기 때
문에 몸을 움직일 수도 없을 정도였다. 1945년 끼시뇨프 구치
소에서는 한 방에〈열여덟 명〉씩 잡아넣었고, 1937년 루간스
끄에서는〈열다섯 명〉씩 잡아넣었다.[22] 그리고 1938년 이바노
프라줌니끄는 부띠르끼 형무소 25인용 표준 감방에〈140명〉
이 들어가 있었다고 말했다(변소가 흘러넘쳐서 하루에 한 번
용변이 허락되었고, 그것도 어떨 때는 한밤중에 하게 했다는
것이다).[23] 또 그의 계산에 의하면, 루비얀까 형무소의 임시

22　게다가 그들의 신문마저 8개월 내지 10개월씩 끌었다.〈아마 끌림(보
로실로프)이라면 이러한 독방에 혼자 앉아 있었을 것이다〉라고 사람들은 말
하곤 했다. (하지만 과연 앉아 있을 수 있었을까?)

23　그해 부띠르끼에서는 새로 잡혀 온 죄수들(이미 욕실과 개인 감방을 지
나쳐 온)이 감방이 날 때만을 기다리면서 며칠씩 층계 계단 위에 앉아 있었다.
그보다 7년 전인 1931년에 부띠르끼에 수감되었던 T.의 말에 의하면, 침상 밑
까지 모두 차버려서 아스팔트 바닥 위에 누워 있었다고 한다. 그보다 7년 후

195

수용소 〈개집〉에서는 몇 주일에 걸쳐 1제곱미터에 〈세 사람〉
꼴로 쑤셔 넣어졌다(계산해 보면 알 것이다. 앉을 수 있는
지!).[24] 〈개집〉에는 창문도 통풍구도 없었기 때문에 체온과 입
김으로 실내 온도는 40 내지 45도(!)까지 올랐다고 한다. 그
래서 모두들 바지 차림으로 앉아 있었는데(겨울옷은 모두 자
기 밑에 깔고 앉았다), 맨몸으로 서로 붙어 있었기 때문에 남
의 땀이 몸에 닿아 모두 피부염을 앓기 시작했다. 이렇게 〈몇
주일〉을 앉아 있는 동안 그들은 공기도 물도 마실 수 없었다
고 한다(아침에 주는 멀건 수프와 차 한 잔 이외에는).[25]

　만약 감방 내의 용변 통이 모든 형태의 변기를 대신하기 위
해서라면(혹은 몇몇 시베리아 형무소에서처럼 다음 용변 시
간까지 기다리는 동안 방 안에 용변 통마저 놓여 있지 않다
면), 그리고 또 만약 서로의 무릎 위에 올라앉아서 네 사람이
한 접시의 수프를 먹어야 한다면, 그리고 끊임없이 누군가를
신문으로 불러내고 그 대신 만신창이가 되도록 얻어맞아 녹
초가 된 잠 못 잔 죄수를 밀어 넣는다면, 그리고 또 이 지칠 대
로 지친 사람들의 모습이 어떤 신문관의 협박보다도 더 무서
운 것이었다면, 몇 달째 신문에 불려 나가지 않고 있는 사람

인 1945년에 내가 거기 수용되었을 때에도 역시 마찬가지였다. 그러나 최근
에 나는 M. K. B.로부터 〈1918년〉의 부띠르끼 형무소에 대한 값진 증언을 얻
어 냈다. 그해 10월에(붉은 테러의 두 번째 달) 하도 사람이 많이 잡혀 들어와
서 세탁소까지 70인용 여자 감방으로 개조되었을 정도였다고 한다! 자, 그러
니 부띠르끼 형무소는 한시도 비어 있은 적이 없었던 셈이다.

　24　그러나 이것도 별로 신기하다고는 할 수 없다. 1948년 블라지미르의 『정
치범 형무소』에서는 3제곱미터 감방 속에 항상 30명씩 서 있었다고 한다(S. 뽀
따뽀프)!

　25　대체로 이바노프라줌니끄의 책은 피상적인 사사로운 견해가 많고 그
해학들도 지루하고 단조롭다. 그러나 1937년과 1938년의 형무소 상태만은 매
우 잘 묘사하고 있다.

들에게는 이 몸서리치는 상태보다는 차라리 죽어 버리든가 수용소에 유배되는 편이 낫다고 느껴졌을 것이다 — 그렇다면 이것은 이론적으로도 완전한 고독의 상황을 훌륭히 대신했다고 말할 수 있지 않을까? 그러나 이러한 인간의 혼란 속에서는 누구에게 고백을 할지 결심이 서지 않게 마련이고, 또 조언을 받을 만한 사람도 언제나 찾을 수 있는 것은 아니다. 그래서 구타와 고문의 공포를 믿게 되는데, 그것은 신문관이 그를 위협할 때가 아니라 다른 동료들의 모습에서 그런 것을 보게 될 때 그렇게 믿게 되는 것이다.

직접 고문을 당한 사람들의 말에 의하면, 소금 덩어리를 목구멍에 쑤셔 넣은 후 며칠씩 독방 영창에서 갈증의 고통을 겪게 했다고 한다(까르뿌니치의 경우). 혹은 피가 날 때까지 등을 강판으로 문지르고 그 위에 테레빈유를 바르기도 했다(여단장 루돌프 뻰쪼프는 이 양쪽을 다 경험했다. 그러고도 모자라서, 손톱 밑을 바늘로 찔리기도 했고 몸이 퉁퉁 부을 때까지 물을 먹어야만 했다. 그러고 나서 그는 10월 혁명 기념식 때 탱크 여단을 정부 쪽으로 돌리려고 했다는 신문 조서에 서명을 강요당했다).[26] 한편 척추가 부러져 눈물샘 조절 기능을 상실, 결국 울음을 멈추지 못하게 된 전(前) 소련 대외 문화 연락 협회의 예술부장 알렉산드르의 증언에 따르면, 아바꾸모프[27] 자신이 직접 〈구타〉를 했다는 사실을 알 수 있다(1948년).

26 기념식 때 그가 탱크 여단을 지휘했던 것은 사실이다. 그러나 그는 어떤 이유에선지 여단의 총구를 정부 쪽으로 돌리지 않았다. 그러나 이런 사실은 고려되지 않았다. 결국 그는 갖가지의 고문을 당한 끝에 〈특무부〉에서 10년 형을 선고받았다. 당국은 그 정도로 자기 업적에 대한 믿음이 없었다.

27 열렬한 스딸린 추종자로, 국가 보안부 장관을 역임한 인물. 스딸린의 대숙청에 적극적으로 관여했으며 숙청 대상자들을 직접 고문하는 것을 즐겨 악명을 떨쳤다 — 옮긴이주.

그렇다. 국가 보안부 장관 아바꾸모프 자신부터 그 더러운 일을 조금도 꺼리지 않았기 때문에 그가 직접 고무 몽둥이를 든 적도 한두 번이 아니었다. 그러나 그보다 더 고문을 좋아한 것은 차관 류민이었다. 그는 수하노프까 형무소의 이른바 〈장군〉 신문관실에서 그런 짓을 했다. 방 안에는 벽을 따라 호두나무 무늬의 장식 판자가 둘러쳐져 있었고, 창문과 문에는 두꺼운 비단 커튼이 늘어져 있었으며, 마루 위에는 커다란 페르시아 양탄자가 깔려 있었다. 신문을 할 때에는 아름다운 양탄자를 더럽히지 않으려고 양탄자 위에 피로 얼룩진 더러운 카펫을 깔았다. 구타를 할 때 류민의 조수 역할을 담당하는 것은 일반 교도관이 아니라 대령이었다. 「자, 어디 한번 봅시다.」 직경 4센티미터가량의 고무 몽둥이를 쓰다듬으면서 류민은 점잖게 말한다. 「잠을 안 자는 시련도 훌륭히 견뎌 냈다니(알렉산더 D.는 꾀를 부려서 한 달이나 잠을 안 자고도 견뎌 낼 수 있었다. 그는 서서 잠을 잤던 것이다), 그럼 오늘은 몽둥이맛을 한번 보여 드리지. 이걸 두세 번 이상 견뎌 낸 사람은 아직까진 없었으니까. 자, 바지를 벗기고 카펫 위에 눕히게.」 대령은 죄수의 등 위에 올라탄다. 알렉산더 D.는 얻어맞는 횟수를 〈세려고〉 한다. 그러나 그는 아직도 고무 몽둥이의 위력을 모르고 있다. 특히 오랫동안 굶주려서 궁둥이에 살이 없을 때 좌골 신경을 내리치는 그 고무 몽둥이의 위력을 말이다. 얻어맞는 장소가 아프다기보다는 머리가 부서져 나가는 것 같다. 첫 번째 타격에 벌써 죄수는 고통으로 제정신을 잃는다. 류민은 겨냥을 해서 힘껏 몽둥이를 내리친다. 대령은 그 뚱뚱한 몸집으로 죄수의 등을 누르고 있다 — 마치 전지전능한 류민을 돕는 것이 견장에 달린 세 개의 큰 별을 위한 자기의 임무이기라도 한 듯이! (한 차례의 고문이 끝나면 얻어맞은 죄수는 걸음을 옮길 수가 없다. 그렇다고 그들이 그를 업고 가지도 않는다. 그냥 마루 위로 질질 끌어 내가는 것이다. 엉덩이는 곧 바지를 입을 수 없을 정도로 부풀어 오른다. 그러나 상처라고는 거의 찾아볼 수 없다. 갑자기 심한 설사가 시작되지만, 알렉산더 D.는 용변 통 위에 앉아서 혼자 너털웃음을 짓는다. 그리고 두 번째, 세 번째 고문이 행해진다. 그러면 살갗이 찢기고, 광기에 휩싸인 류민은 배에 고무 방망이를 내두른다. 그리하여 장이 파열되고 탈장처럼 밖으로 비어져 나오자, 그를 복막염 환자라 하여 부띠르끼 병원으로 후송해 갔다. 그리고 그때서야 비로소 이 비열한 고문은 일시적으로 중지되었던 것이다.)

누구나 이런 고문에 걸려들 수 있었다! 이런 고문을 겪고 나면 다음과 같은 것은 아버지의 따스한 손길처럼 느껴질 정도이다 — 끼시뇨프의 신문관 다닐로프는 빅또르 시뽀발니꼬프 신부의 뒤통수를 부지깽이로 때리고 머리채를 잡고 끌고 다녔다(신부의 경우는 그것이 편했지만 일반 평민의 경우는 턱수염을 잡고 구석에서 구석으로 끌고 다니는 것이었다. 한편 핀란드인 적위군 리하르드 오흘라는 영국인 첩자 시드니 라일리의 체포에 가담하고 끄론시따뜨 폭동 진압 시 중대장으로 참가했던 사람인데, 그는 펜치로 콧수염을 붙잡힌 채 10분씩이나 공중에 대롱대롱 매달려 있기까지 했다).

그러나 여러 방법 중에서도 가장 무서운 방법은 이런 것이었다. 허리 밑까지 홀랑 벗기고 마루 위에 등을 돌려 눕힌 후 다리를 벌리게 한다. 이윽고 조수들(팔팔한 중사급들이다)이 죄수의 손을 잡고 다리 위에 올라타면 신문관은(여자 신문관일 경우에도 전혀 주저하지 않고) 벌어진 두 다리 사이에 서서, 장화 혹은 단화 끝으로 서서히 그러나 점점 힘을 주면서,

죄수로 하여금 한때 사내로 태어나게 한 그 물건을 마루에다 짓누른다. 그때 신문관은 죄수의 눈을 응시하면서 몇 번씩이나 질문을 되풀이하고, 수없이 배반하도록 독촉하는 것이다. 신문관은 죄수의 그것을 눌러 가는 과정에서 좀 더 강하게 누르기 전에 죄수에게 15초가량의 여유를 준다. 그것은 모든 것을 자백하고 또 그들이 요구하는 대로 스무 명을 형무소에 끌어들일 용의가 있으며, 자기가 사랑하는 소중한 사람을 중상할 용의가 있다고 외칠 수 있는 시간적 여유를 죄수에게 주기 위해서이다…….

그러한 당신을 재판할 수 있는 것은 인간이 아니라 신뿐이다…….

「빠져나갈 길은 없어! 모든 걸 고백해야 돼!」 감방에 잠입한 기관의 앞잡이는 소곤거린다.

「계산은 간단해. 몸을 챙기는 게 제일이야!」 현실에 눈뜬 사람들이 말한다.

「이는 한 번 뽑히면 끝이야.」 이미 이를 뽑힌 사람이 머리를 끄덕이며 말한다.

「자백하든 안 하든 선고받는 건 마찬가지야.」 본질을 이해한 사람들이 결론을 내린다.

「서명하지 않는 사람들은 총살당한대!」 누군가가 한쪽 구석에서 예언을 한다. 「복수 때문에, 그리고 신문의 증거를 남기지 않기 위해서.」

「신문관실에서 죽으면 친척들에게 자네가 〈교신할 권리가 없는 수용소에 보내졌다〉고 선언할 테지. 그래서 실컷 찾아다니게 만드는 거야.」

그리고 만약 당신이 정통파 공산당원이었다면, 또 한 사람의 정통파 공산당원이 슬그머니 당신 옆으로 다가온다. 그러고는 다른 사람들이 엿들을까 봐 적의 어린 눈으로 둘러보면서 귓속말로 당신에게 열심히 소곤거리기 시작한다.

「우리는 소비에뜨의 신문에 협조할 의무가 있어요. 전시가 아니냔 말이오. 우리 자신들도 죄가 있어요. 우린 너무나 연약했어요. 이런 타락이 나라에 만연하고 있으니. 격렬한 비밀 전쟁이 시작되고 있어요. 바로 여기 우리 주위에도 적들이 우글거려요. 들었지요, 그들이 뭐라고 말하는지를? 당은 우리 각자에게 그 하나하나의 이유를 다 변명할 의무는 없는 겁니다. 그러니 일단 서명을 요구받으면, 그대로 서명을 해야 하는 거예요.」

이윽고 또 한 사람의 정통파 공산당원이 슬그머니 다가온다.

「저는 서른다섯 사람의 이름을 알려 주고 서명을 했습니다. 제가 알고 있는 모든 사람을 다 댄 거지요. 당신에게도 충고하지만, 되도록 많은 이름을 대세요. 그래서 되도록 많은 사람을 형무소에 끌어들여야 해요! 그러면 나중엔 이것이 모두 엉터리라는 것을 알게 돼서 모두 석방해 줄 테죠.」

기관은 바로 이런 것을 필요로 한다! 정통파 공산당원의 의식과 NKVD의 목적이 자연스럽게 일치를 본 것이다. NKVD는 이름이 적힌 부챗살처럼 그 이름들의 확대와 재생산을 필요로 한다. 이것은 새로운 올가미를 던지기 위한 도살 사업의 전조라고 할 수 있다. 바로 그렇기 때문에 모든 사람의 머리에서 공범자와 동조자를 강제적으로 뽑아내고 있는 것이다(소문에 의하면, R. 랄로프는 자기의 공범자로 추기경 리슐리외의 이름을 말했고, 공술서에도 그렇게 기입되었다고 한다. 1956년 복권 과정에서 랄로프에게 질의하기 전에는, 이것을 이상하다고 생각하는 사람은 아무도 없었다).

말이 나온 김에 정통파 공산당원들에 대해 좀 더 이야기해 보자. 바로 이러한 〈숙청〉을 위해서는 스딸린이 필요했고 또 그러한 당이 필요했던 것이다. 정부에서 일했던 대부분의 고관들은 자기 자신이 투옥되는 바로 그 순간까지 무자비하게 다른 사람을 투옥시켰다. 그리고 자기와 같은 처지에 있는 사람들을 역시 동일한 지령에 따라 숙청하고 어제의 친구와 동지를 재판에 회부했다. 지금에 와서 수난자로 칭송받는 모든 거물급 볼셰비끼들도 자기가 처형되기 전까지는 다른 볼셰비끼들의 사형 집행인이었던 것이다(그보다 전에 그들이 비당원들의 사형 집행인이었다는 것을 고려하지 않더라도). 그러나 1937년의 숙청은 그들의 세계관이 얼마나 보잘것없는 것이었는가를 보여 주기 위해서도 〈필요〉했을는지 모른다. 그들은 그 세계관을 발판으로 그토록 호언장담을 하며 러시아를 뒤흔들고 러시아의 요새를 파괴하고 러시아의 성지로 여겨지던 것들을 밟아 뭉겠다. 〈그들 자신〉은 러시아에서 〈이러한〉 폭력으로 위협당한 적이 한 번도 없었는데 말이다. 1918년에서 1946년까지의 볼셰비끼에게 당한 희생자들은 자기에게 재난이 닥쳐왔을 때, 결코 거물급 볼셰비끼들처럼 그렇게 비열하게 행동하지 않았다. 1936년부터 1938년까지의 투옥과 소송에 얽힌 모든 역사를 세밀히 관찰해 보면, 스딸린이나 그의 추종자가 아니라 추악하고 혐오스러운 피고인들에게 역겨움을 느끼게 될지도 모른다. 예전의 그 오만한 긍지와 비타협성 대신, 그들이 취하고 있는 그 정신적인 비굴함을 볼 때, 구토를 느끼지 않을 수 없는 것이다.

그러면 도대체 어떻게 해야 하는가? 아픔에 민감하고 연약한, 그리고 사랑하는 가족을 뒤에 남기고 온, 아무 경험도 없는 당신은 도대체 어떻게 이 난관을 버텨 나가야 하는가?

이 모든 함정과 신문관을 이겨 내려면 무엇을 해야 하는가?

남겨 두고 온 따스한 생활에 대해서는 조금도 미련을 갖지 말고 형무소로 들어가야 한다. 형무소의 문지방을 넘어서기 전에 자기 자신에게 이렇게 말하라. 〈인생은 끝났다. 좀 이르기는 하지만 어떻게 할 도리가 없다. 나는 결코 자유를 되찾지 못하리라. 나는 지금 당장 파멸할 수도 있고 좀 더 늦게 파멸할 수도 있다. 그러나 늦으면 늦을수록 고통은 더할 것이다. 차라리 빨리 파멸하는 게 낫다. 이미 나에게 남아 있는 재산이란 아무것도 없다. 가까운 사람들은 나를 위해 죽은 것이나 다름없고, 나도 그들을 위해 죽는 거나 다름없다. 나의 육체는 오늘부터 나의 것이 아니다. 그러나 나의 정신과 나의 양심만은 여전히 고귀하고 소중한 채 나에게 남아 있으리라.〉

이러한 죄수 앞에서는 신문관도 뒷걸음질을 칠 것이다.

모든 것을 체념하는 자만이 승리를 거둘 수 있다!

그러나 자기 몸을 어떻게 돌로 변모시킬 것인가?

그들은 베르자예프 회원들을 꼭두각시로 만들 수 있었으나 베르자예프[28]에게서만은 그것이 불가능했다. 그들은 베르자예프를 재판에 회부하려고 두 번이나 체포했다. 1922년 베르자예프는 야간 신문을 받기 위해 제르진스끼 앞에 끌려 나왔다. 그 자리에는 까메네프도 앉아 있었다(이는 체까를 이데올로기 투쟁에 이용하는 것을 까메네프가 싫어하지 않았음을 알려준다). 그러나 베르자예프는 살려 달라고 애원하지도 않았고 자기 자신을 비하하지도 않았다. 그는 자기 자신의 종교적, 도덕적인 신념을 확고히 천명함으로써 러시아에 수립된 볼셰비끼 정권을 받아들이지 않았던 것이다. 그 결과 재판에

28 러시아의 철학가, 문명 비평가. 혁명 후 서방으로 망명했다 — 옮긴이주.

세울 필요조차 없다고 인정되어 그는 석방되고 말았다.

인간에게는 누구나 자기 〈관점〉이라는 것이 있다!

N. 스똘랴로바는 1937년 부띠르끼 형무소에 같이 있던 한 노파에 대해 다음과 같이 회상하고 있다. 그 노파는 매일 밤 신문을 받았다. 그녀는 2년 전 유형지를 도망쳐 온 전직 대주교를 모스끄바의 자기 집에 묵게 한 적이 있었다. 「그분은 전직 대주교가 아니라 현직 대주교였단 말이오. 그러니까 나도 그분에게 경의를 표할 겸 묵어가시게 한 거요.」 신문관은 그녀에게 물었다. 「그럼 좋다. 모스끄바에서 그다음 그가 누굴 찾아갔지?」 「알곤 있지만 대답하지 않겠소!」 (대주교는 신자들의 조직망을 통하여 핀란드로 빠져나갔다.) 신문관이 교체되는가 하면 때로는 떼를 지어 몰려와서 노파 앞에 주먹을 휘두르며 위협을 했지만, 그녀는 끄떡도 하지 않았다. 「나를 갈기갈기 찢어 죽인다 해도 아무것도 얻어 내지 못할 거요. 당신들이 상관을 두려워하고 서로서로를 두려워하듯이 나를 죽이기도 두려울 거요(단서를 잃을 테니까). 그러나 나는 하나도 두려운 게 없어! 나는 지금이라도 주님 곁으로 갈 준비가 되어 있으니까!」

1937년에는 신문을 받으러 갔다가 다시 감방으로 돌아오지 않는 사람들도 많았다. 그들은 동료의 이름을 파는 대신 죽음을 택했던 것이다.

러시아 혁명가들의 역사가 강인한 투지의 훌륭한 본보기를 우리에게 보여 준다고 말하기는 힘들다. 그리고 또 이것은 비교될 수도 없다. 왜냐하면 옛날의 러시아 혁명가들은 지금과 같은 〈훌륭한〉 신문 방법(52가지나 되는)을 전혀 체험하지 못했기 때문이다.

세시꼬프스끼는 라지셰프를 고문하지 않았다. 라지셰프 자신도 그 시대의 관습에 따라 그의 아들들이 여전히 근위대 장교로 근무하리라는 것을, 그리고 아무도 그들의 생명을 위협하지는 않으리라는 것을 너무나도 잘 알고 있었다. 그리고 또 자기의 고향 영지를 몰수당하지 않으리라는 것도 그는 잘 알고 있었다. 그럼에도 불구하고 이 탁월한 혁명 시인은 2주일간의 짧막한 신문 끝에 자기의 신념, 자기의 책을 부인하고 용서를 빌었던 것이다.

니꼴라이 1세는 12월당[29] 당원의 아내를 체포하여 그들로 하여금 옆방에서 비명을 지르게도 하지 않았고, 또 12월당 당원들에게마저도 고문의 고통을 받게 하지는 않았다. 그러나 릴레예프[30]는 심지어 하나도 숨기지 않고 솔직히 모든 것을 고백해 버렸고, 뻬스쩰도 동지를 배반하여 〈루스까야 쁘라브다(러시아의 진실)〉이라는 강령을 묻으라고 위임했던 자기 동지들(아직도 잡히지 않고 있던)의 이름을 밝혔을 뿐만 아니라 그것을 묻어 둔 장소까지 고백하고 말았다.[31] 조사 위원회에 대하여 그토록 노골적인 멸시와 경멸을 표시했던 루닌과 같은 예는 아주 드물었다. 대부분이 졸렬하게 굴종하여 동료들을 배신했고, 또 많은 사람들이 비굴하게 사면을 애원했다. 자발리신은 릴레예프에게 모든 죄를 전가시켰고, E. P. 오볼렌스끼와 뜨루베쯔꼬이는 앞을 다투어 그리보예도프를 헐뜯었다 — 니꼴라이 1세조차 그 말을 믿지 않을 정도였던 것이다.

---

29 니꼴라이 1세를 암살하려 했던 급진적인 비밀 조직 — 옮긴이주.

30 12월당의 지도자의 한 사람, 시인 — 옮긴이주.

31 부분적인 이유는 그 후에 있었던 부하린의 경우와 같다. 즉 같은 계급 출신의 동료들이 그들을 신문하고 있었기 때문이다. 그래서 자기도 모르게 모든 것을〈설명해 주고 싶은〉희망이 끓어오르는 것이다.

바꾸닌은 〈참회〉를 통해 니꼴라이 1세 앞에서 자기 자신을 비굴하게 모욕함으로써 사형을 면할 수 있었다. 그렇게도 정신은 무가치한 것일까? 아니면 이게 바로 혁명적인 교활함일까?

알렉산드르 2세 암살 사건에 가담했던 사람들은 마땅히 투철한 희생정신의 소유자들뿐이었을 거라고 느껴질 것이다. 그들은 자기들이 무슨 짓을 하고 있었는지를 잘 알고 있었을 것이다! 물론 그리네비쯔끼는 황제와 운명을 같이했지만, 리사꼬프는 살아남아서 조사 위원회에 넘겨졌다. 그리고 〈바로 그날〉 그는 모든 비밀 회합 장소와 음모에 가담했던 사람들을 고해바치기 시작했다. 자기의 젊은 생애에 대한 애착과 공포에서, 그는 자기에게서 기대할 수 있었던 것보다 훨씬 더 많은 정보를 황급히 정부에 고해바쳤던 것이다! 그는 후회의 눈물을 흘리면서 〈무정부주의자들의 모든 비밀을 폭로하겠다〉라고 제안했던 것이다.

19세기 말과 금세기 초만 해도 피고인에 대한 질문이 부당하거나 사생활 간섭이라고 항의하면 헌병 장교는 곧 자기 질문을 거두어들이곤 했다. 이와 대조적으로, 1938년 끄레스띠 형무소에서 제정 시대의 정치범 젤렌스끼가 바지가 벗겨진 다음 쇠꼬챙이로 얻어맞았을 때, 그는 감방으로 돌아와서 다음과 같이 울부짖었다. 「제정 러시아의 신문관도 감히 나에게 〈반말〉을 쓰지 못했어!」

그리고 또 최근의 연구에서 다음과 같은 것이 밝혀졌다.[32] 제정 시대의 헌병이 「우리 나라의 장관은 무엇을 생각하고 있는가?」라는 레닌의 논문 원고를 압수했지만, 그들은 그 원고의 저자가 누군지를 알 수 없었다. 그들은 바네예프라는 대학생을 신문했지만 예상했던 대로 별 소득이 없었다. 바네예프

32 R. 뻬레스베또프, 『노비 미르』, 제4호, 1962년.

는 자기에게서 발견된 그 원고가 가택 수색을 당하기 며칠 전 〈이름을 밝힐 수 없는 어떤 사람〉에 의해서 보관용으로 자기에게 맡겨졌을 뿐이라고 딱 잘라 말했다. 신문관은 하는 수 없이 전문가에게 감정을 〈의뢰하는 수밖에 없었다〉. (왜 그랬을까? 무릎까지 차는 얼음물에 잡아넣을 수도 있고, 소금으로 관장을 할 수도 있고, 류민처럼 고무 방망이로 때릴 수도 있었을 텐데 말이다…….) 물론 그들은 아무것도 발견해 낼 수 없었다. 이 연구의 저자 뻬레스베또프는 그 자신도 몇 해를 〈수용소〉에서 보냈다고 하니, 신문관이 「우리 나라의 장관은 무엇을 생각하고 있는가?」라는 논문의 보관자를 조사할 때 어떤 방법을 써야 했는가를 용이하게 열거할 수 있었을 것임에 틀림없다!

S. P. 멜구노프는 다음과 같이 회상하고 있다. 〈제정 시대의 형무소는 행복한 추억이다. 지금도 정치범들은 즐거운 마음으로 그때의 형무소를 회상하곤 한다.〉[33]

바로 여기에 관념의 변화, 전혀 다른 기준이 있는 것이다. 고골 시대의 농민이 제트기의 속력을 이해할 수 없듯이, 〈군도〉의 인육 도살장을 거치지 않은 사람은 신문의 진정한 가능성을 이해할 수 없는 것이다.

1959년 5월 24일 자 『이즈베스찌야』에는 다음과 같은 내용이 실려 있다 ─ 율리야 루만쩨바라는 여인이 나치 수용소로 끌려갔다. 같은 수용소에서 도망간 그녀의 남편의 소재를 물어보기 위해서였다. 그녀는 남편의 소재를 알고 있었다 ─ 그러나 대답을 거절했다. 무지한 독자에겐 이것이 전형적인 영웅 행위로 보일 것이다. 그러나 〈수용소군도〉의 쓰라린 과거를 가진 사람에게는 이것이 우둔한 신문의 전형으로밖에 보

33 S. P. 멜구노프, 『회상과 일기』 제1권(파리, 1964), p. 139.

이지 않는다 — 왜냐하면 율리야는 고문 때문에 죽지도 않았고 미치지도 않았으며 한 달 후에는 버젓이 산 채로 석방되었으니 말이다!

◆

1945년 2월, 그때만 해도 나는 돌처럼 무감각해야 한다는 그런 모든 생각들하고는 아주 거리가 멀었다. 나는 세상 사람들하고의 따사로운 관계를 끊어 낼 준비가 되어 있지 않았을 뿐만 아니라, 심지어 체포 당시에 빼앗긴 수백 자루의 전리품 파버 연필에 대해서도 오랫동안 아쉬움을 금할 수가 없었다. 오랜 형무소 생활을 겪고 난 후 지난날의 신문 과정을 돌이켜 보면 나는 아무것도 자랑하거나 내세울 것이 없다. 나는 더 꿋꿋이 처신할 수도 있었을 것이고, 또 어쩌면 약삭빠르게 궁지에서 벗어날 수도 있었으리라. 하지만 혼돈과 절망이 첫 주부터 나를 갉아먹기 시작했다. 그런 가운데서도 이런 추억들이 나에게 후회의 고뇌를 안겨 주지 않는 것은, 다행히도 나는 다른 사람을 아무도 형무소에 끌어들이지 않았다는 단 한 가지 이유 때문이다. 그러나 그럴 가능성은 너무나도 컸다.

나와 같은 사건으로 걸려든 친구 니꼴라이 V.와 나는 그때 이미 의젓한 일선 장교였으면서도 어린애 같은 짓을 하다가 형무소에 들어갔다. 우리는 상이한 두 전선에서 전쟁 기간 동안 서로 편지를 주고받았다. 우리는 군사 우편물에 대한 검열이 있다는 것을 알면서도, 서로의 편지 속에 정치적인 불만과 욕설을 숨김없이 털어놓으면서, 〈현자 중의 현자〉[34]를 빠한[35]이란 말로 불렀던 것이다. 심지어는 〈두목〉이라고 부르기도

34 스딸린을 뜻함 — 옮긴이주.
35 〈아버지〉를 뜻하는 러시아의 은어 — 옮긴이주.

했다. (나중에 형무소에서 이 말을 했더니, 우리의 순진함에 대해 그들은 그저 웃고 놀랄 뿐이었다. 우리 같은 바보를 다시는 발견할 수 없을 것이라고들 말했다. 나도 그 말에는 동감이었다. 나는 알렉산드르 울리야노프의 사건을 조사하던 중, 그들 역시 우리와 똑같은 부주의한 서신 왕래 때문에 실패했다는 사실을 알았다. 그리고 또 바로 그 덕분에 알렉산드르 3세는 1887년 3월 1일에 자기 생명을 구할 수 있었던 것이다.)[36]

유달리 큰 창문이 달린 높고 밝은 방 — 나의 신문관 I. I. 예제쁘프의 사무실이었다. 5미터 높이의 벽을 이용하여 위대한 〈권력자〉의 전신을 담은 4미터 길이의 초상화가 걸려 있었다. 이 모래알만도 못한 내가 저 권력자에게 자신의 증오를 토로한 것이다. 신문관은 때때로 그 초상화 앞에 서서 극적인 어조로 맹세하곤 했다. 「우리는 당신을 위하여 목숨을 바칠 각오가 되어 있습니다! 우리는 당신을 위해서라면 탱크 밑에라도 눕겠습니다!」이 제단과도 같은 거대한 초상화 앞에 서고 보면, 정화(淨化)된 레닌주의에 대한 나의 넋두리 같은 것은 가련할 정도로 초라하게 느껴져, 나 같은 모독적인 비난자는 죽어 마땅하다는 생각이 드는 것이었다.

우리가 주고받은 편지 내용은 그 당시의 사정으로 보아 우

---

36 암살 집단에 참여했던 안드레유시긴은 하리꼬프에 있는 자기 친구에게 다음과 같은 노골적인 편지를 보냈다. 〈나는 가장 무자비한 테러 사건이 머지않은 장래에 우리 나라에서 일어나리라는 것을 확신한다. ……붉은 테러는 내 특기지. ……나는 내 편지의 수신인을 걱정하고 있어 ……만약 자네가 《체포》된다면 결국 나도 《그렇게》 되겠지. 그러나 나는 나 때문에 많은 유능한 사람들이 끌려가게 되는 것을 원하지 않아.〉그는 이런 편지를 이때 처음 쓴 것도 아니었다! 하리꼬프 경유로 이 편지를 쓴 뻬쩨르부르끄의 장본인을 알아내기 위해 5주일에 걸친 수색이 시작되어 2월 28일에야 안드레유시긴이라는 이름이 판명되고, 암살 직전인 3월 1일에 폭탄을 가진 암살자들이 네프스끼 거리에서 체포되었다.

리 두 사람을 처형하고도 남을 만한 물적 증거를 제공하고 있었다. 따라서 나의 신문관은 나에게 죄를 뒤집어씌우려고 골머리를 앓을 필요는 하나도 없었다. 그는 다만 내가 편지를 보내고 또 나에게 편지를 보내온 모든 사람에게 올가미를 씌우려고 했을 뿐이다. 나는 나의 동년배 남녀 친구들에게 보낸 편지 속에서 거의 도전에 가까운 폭동적인 사상을 대담하게 토로했었다. 그런데도 그 친구들은 어째서인지 나하고 서신 교환을 계속했던 것이다! 그리고 그들이 보내오는 답장 속에도 역시 같은 의혹들이 담겨 있었다.[37] 그런데 지금 나의 신문관 예제쁘프는 마치 『죄와 벌』의 뽀르피리와도 같은 태도로 이 모든 것을 조리 있게 설명하라고 요구하고 있었다. 뻔히 검열당하는 줄 알면서도 그런 내용을 편지에 썼다면, 서로 가까이 마주 앉아 있을 때는 도대체 무슨 말들을 했는가? 과격한 그 모든 표현들이 단지 편지에 국한되었다고 말한들, 그는 나를 믿지도 않았을 것이다……. 그러나 나는 지금 친구들과의 모임에 관해서(그 회합들이 편지 속에 언급되고 있었다) 흐릿한 머리로나마 뭔가 아주 그럴듯한 것을 짜내야만 했다. 나는 그 모임들에 대하여 편지 색깔에 알맞게 설명을 하면서도 아주 보잘것없는 정치적인 색채를 띠고 있었다는 것, 그러

---

37 하마터면 그때 또 한 명의 학교 친구가 나 때문에 형무소에 끌려 들어올 뻔했다. 나는 그가 체포를 면했다는 소식을 듣고 얼마나 기뻐했는지 모른다. 그러나 22년이 지난 지금 그는 나에게 다음과 같은 편지를 보내왔다 ─ 〈지금까지 출판되어 나온 자네의 작품을 보니, 자네는 인생을 일방적인 각도로 평가하고 있어. 대외적으로 자네는 서독이나 미국과 같은 서방에서 파시스트 반동의 기치가 되고 있으니 말이야……. 나는 아직도 자네가 레닌을 존경하고 사랑하리라고 확신하지만, 그 레닌과 마르크스, 엥겔스는 자네를 가장 준엄한 방법으로 규탄하고 있을 걸세. 바로 이 점을 이해하기 바라네!〉 나는 이 편지를 받고 이런 생각이 들었다 ─ 〈아아, 자네가 그때 체포되지 않은 것이 정말 유감이군! 자네는 얼마나 많은 것을 잃은 셈인가!〉

면서도 또한 형법에 저촉되지 않았다는 것을 입증해야 했다. 그리고 또 나는 거침없이 단숨에 이 모든 것을 설명함으로써, 나의 기탄없는 솔직함과 단순함으로 완고한 신문관을 납득시켜야만 했다. 그리고 또 나는 — 이것이 가장 중요한 것이었지만 — 나의 게으른 신문관으로 하여금 내가 트렁크에 넣어 날라 온 귀중한 자료들을 조사하지 못하도록 그럴듯하게 해명을 해야만 했다. 희미하지만 딱딱한 연필로 깨알같이 적어 넣은 수많은 진중(陣中) 일기들, 그 속에는 이미 군데군데 잘 보이지 않는 곳도 있었지만, 이 일기 속에는 작가가 되려는 나의 포부가 여실히 반영되어 있었다. 나는 놀랄 만한 기억력이라는 것을 믿지 않았기 때문에, 전쟁 기간 동안 줄곧 내가 본 모든 것(그것뿐이었다면 아직 구원의 여지는 있었지만), 그리고 내가 사람들에게서 〈들은〉 모든 것을 열심히 기록해 두었던 것이다. 그러나 일선에서는 그토록 자연스럽게 받아들여지는 의견과 이야기들도 이곳 후방에서는 반역적으로 받아들여져 나의 일선 친구를 축축한 형무소로 데려갈 위험성을 내포하고 있었다. 그래서 나는 제발 신문관이 땀을 흘려 가며 나의 〈진중 일기〉 조사에 달라붙지 말아 주기를 바라는 마음에서, 그리고 또 일선에 있는 나의 자유로운 친구들이 모조리 끌려가지 않기를 바라는 마음에서 나는 필요한 모든 것을 후회하고, 또 내가 저지른 정치적인 오류들을 시인했다. 그리고 나와의 대심(對審)을 위해 아무도 끌려오지 않는다는 것을 알게 될 때까지, 신문이 끝났다는 명백한 징후를 느낄 때까지, 나는 이 칼날 위를 방황하느라고 지칠 대로 지치고 말았다. 결국 4개월 만에 나의 〈진중 일기〉의 모든 노트들이 루비얀카 형무소의 지옥과도 같은 난로 아가리 속에 집어 던져져, 러시아에서 빛을 보지 못한 또 하나의 장편 소설이 붉은 화염에 휩싸여 옥상의 높은 굴뚝으로부터 검은 연기의 나비가 되어 날아 올라가고 말 때까지 말이다.

　바로 이 굴뚝 밑, 콘크리트 상자 같은 6층 건물의 루비얀까 형무소 옥상을 우리는 산책했다. 옥상 주위에도 담벼락은 사람 키의 세 배 높이로 솟아 있었다. 우리는 모스끄바를 귀로 듣고 있었다 — 요란스레 주고받는 자동차 경적 소리. 우리가 볼 수 있는 것은 옥상 위의 굴뚝과 7층 망루 위에 있는 보초, 그리고 루비얀까 위에 불행하게 걸려 있는 조그만 하늘 조각 뿐이었다.

　오, 그을음이여! 전후 첫 5월에 그을음은 쉴 새 없이 계속해서 떨어져 내렸다. 산책 삼아 옥상으로 끌려 나갈 때마다 그 그을음이 어찌나 많았던지, 우리는 루비얀까 형무소가 옛날의 그 모든 기록과 문서를 태워 버리지나 않나 생각했을 정도였다. 나의 사라져 간 일기 따위는 그 매연의 흐름 중 사소한 일부분에 지나지 않았던 것이다. 나는 맑게 갠 3월의 어느 추운 날 아침, 신문관실에 불려 가 앉아 있던 일이 생각난다. 신문관은 여느 때와 다름없이 난폭한 질문을 던지고는 자기 마음대로 나의 말을 왜곡하면서 무엇인가를 적고 있었다. 태양은 얼어붙은 넓은 창문을 녹이면서 눈부시게 빛나고 있었다. 때때로 나는 그 창문에서 뛰어내리고 싶은 충동을 느끼곤 했다. 언젠가 어릴 때 이름 모를 선구자 한 사람이 〈로스또프-나-도누〉에서 뛰어내렸듯이(〈33호〉에서), 비록 박살이 나도 좋으니 죽음에 의해서라도 모스끄바를 한 번 번쩍 빛내기 위해 5층에서 보도로 뛰어내리고 싶은 생각이 들 때가 있었다. 녹아내린 창문을 통해 모스끄바의 지붕들이 보이고 그 지붕 위에서 모락모락 연기가 피어오르고 있었다. 그러나 나는 그쪽을 보고 있는 것이 아니라, 반쯤 비다시피 한 30제곱미터의 신문관실 한복판에 산더미처럼 쌓여 있는 누군가의 원고 뭉치를 바라보고 있었다. 그것은 방금 운반되어 와서 아직 채 분류도 안 되어 있었다. 이 수많은 기록물과 수기들은 인간 영혼의 분묘처럼 말없이 누워 있었다. 그중에는 노트로 된 것, 서류철로 된 것, 자기 손으로 제본된 것이 있는가 하면, 묶음으로 고정된 것도 있고 고정되지 않은 것도 있고 한 장 한 장 떨어져 있는 것도 있었다. 이 원추형의 분묘는 신문관의 테이블보다도 높아서, 신문관의 얼굴이 가까스로 보일 정도였다. 그러자 간밤에 체포된 미지의 인간의 노작(勞作)에 대한 형제적인 연민의 정이 나의 마음을 갈기갈기 찢어 놓았다. 오늘 아침 그 가택 수색의 결실들이 고문실의 쪽마루 위, 4미터의 스딸린 발밑으로 내던져진 것이다. 나는 앉아서 다음과 같은 것을 생각하고 있었다 — 〈어젯밤엔 또 어떤 기구한 인생이 고문실로 끌려와 고통을 받았을까, 그리고 또 어떤 기구한 노작들이 화형(火刑)을 당할 것인가?〉

아, 이 건물 속에서 얼마나 많은 사색과 노작들이 파멸되었을까! — 완전히 소실된 문화! 아, 그을음, 루비얀까 굴뚝의 그을음이여! 나중에 우리 후손들이 우리 세대의 실정을 모르고 우리를 우둔하고 무능하고 비겁했다고 평가할 생각을 하니 더욱더 가슴 아픈 일이 아닐 수 없다.

◆

직선을 그으려면 그저 두 개의 점을 정하면 된다.

1920년 에렌부르끄[38]는 체까가 다음과 같은 질문을 그에게

38 일리야 에렌부르끄(1891~1967). 스딸린 사후 〈해빙기〉 문학의 대표자로 알려져 있지만 솔제니쩐은 그에 대해 극히 비판적인 입장을 개진하고 있다 — 옮긴이주.

던졌다고 회상하고 있다. 「당신이 브란겔의 스파이가 〈아니라는〉 것을 〈직접〉 입증하시오.」

그리고 1950년, MGB의 유명한 대령 중의 한 사람인 포마 포미치 젤레즈노프는 체포된 수감자들에게 다음과 같이 설명했다. 「우리는 죄수들에게 그들 자신의 죄가 무엇인지 입증해 주려고 힘들이지 않을 것이다. 죄수들이 〈적대적인〉 의도를 가지고 있지 〈않았다〉는 것을 〈직접〉 우리에게 입증하면 되는 것이다.」

이 식인종처럼 무지막지한 논리 속에 수백만의 헤아릴 수 없는 추억들이 퇴적되고 있다.

이처럼 빠르고 이처럼 단순화된 신문 방법을 그전의 사람들은 도저히 이해할 수 없을 것이다! 〈기관〉은 증거를 찾으려는 노력으로부터 자기 자신을 완전히 해방시켰다! 창백한 얼굴로 공포에 떠는 체포된 집토끼는 누구에게 편지를 쓸 권리도, 전화를 걸 권리도, 그리고 바깥세상에서 물건을 가져올 권리도 갖지 못한다. 잠과 식사와 종이, 연필, 심지어 단추까지도 박탈당한 채 신문관실 한구석의 의자에 앉혀진 죄수는 적대적인 〈의도〉가 〈없었다〉는 사실을 뒷받침하는 증거를 〈스스로〉 찾아내어 게으른 신문관 앞에 제시하지 않으면 안 된다. 그리고 만약 그가 그러한 사실을 찾아내지 못하면(그런 것을 어떻게 찾아낼 수 있겠는가?), 바로 그 사실로 인해 자기 죄를 입증하는 것과 다름없는 결과를 지니게 되는 것이다!

나는 독일군의 포로가 되었던 한 노인이 그 의자에 앉아 앙상한 손가락을 열심히 흔들어 대면서, 괴물과도 다름없는 자기 신문관에게 결코 조국을 배반한 일이 〈없을〉뿐더러 그런 생각은 해보지도 〈않았다〉는 것을 가까스로 입증시킬 수 있었던 한 경우를 알고 있다. 이 얼마나 이상한 일인가! 그럼 그 노인은 석방되었을까? 천만의 말씀! 그 노인은 이 모든 사실을 형무소 밖에서 이야기해 준 것이 아니라, 부띠르끼 형무소 속에서 나에게 말해 주었다. 그때 주임 신문관에게는 또 한 사람의 신문관이 딸려 있었다. 그들은 어느 날 저녁 노인과 함께 아늑한 추억의 밤을 가진 적이 있었으나, 그 후 그 두 신문관은 그날 밤 굶주림에 지쳐 잠에 취한 노인이 자기들이 있는 앞에서 반소비에뜨 선전을 늘어놓았다고 날조해 버렸다. 아무 뜻도 없이 한 말이지만, 그들은 그것을 역이용한 것이다. 노인은 세 번째 신문관에게 넘겨졌다. 새로운 신문관은 노인에게서 근거가 희박하다는 이유로 조국에 대한 반역죄를 덮어 주었지만, 신문 과정에서 반소비에뜨 선동을 했다는 죄로 〈10년 형〉을 요구하는 서류를 작성했다.

진실을 탐색할 필요성이 없어지자, 신문관들은 신문이 어려울 때는 사형 집행인으로서의 임무를 다하면 되고, 신문이 가벼울 때는 그저 월급을 받기 위해 시간을 보내기만 하면 되었다.

그리고 가벼운 신문의 예는 언제나 있어서, 그 악명 높은 1937년에도 찾아볼 수 있다. 예를 들어 보롯꼬는 16년 전 자기 양친이 사는 폴란드를 다녀온 적이 있었다. 그때 그는 해외여행에 필요한 여권을 소지하지 않았다는 죄로 기소되었다 (그의 양친은 약 10킬로미터 떨어진 곳에 살고 있었는데 소련 정부는 백러시아의 그 지역을 폴란드에 넘겨주는 조약에 서명했다. 그러나 1921년만 해도 사람들은 아직도 그 협정에 익숙하지 않아서 옛날식으로 그 지역을 드나들고 있었다). 신문은 반 시간이면 족했다. 「거기 갔었지?」 「네, 갔습니다.」 「어떻게 갔지?」 「말을 타고 갔습니다.」 그래서 그는 KRD[39] 죄로

39 KRD는 반혁명 활동의 약자이다.

10년 형을 선고받았던 것이다!

그러나 이러한 신속성은 〈푸른 제모(制帽)〉[40] 사이에서도 지지를 받을 수 없었던 이른바 스타하노프 운동과도 일맥상통한다. 소송법에 의하면 무슨 신문이건 두 달이 걸리게 되어 있고, 특히 신문이 어려울 경우에는 수회에 걸쳐 한 달씩 신문 기간의 연장을 검사에게 요청할 수 있다(물론 검사들도 거절하지 않았다). 이러한 연장을 이용하지 않고 몸을 망칠 정도로 일하거나, 아니면 공장 노동자들이 곧잘 말하듯이, 자기 자신의 노르마를 제고시킨다는 것은 그야말로 어리석은 짓임에 틀림없다. 신문마다 첫 주에 목청과 주먹을 휘두르는 고역을 치르고 자기의 의지와 〈인성〉(비신스끼의 말에 의하면)을 소모하고 나면, 신문관들은 되도록 자기가 맡은 사건을 오래 끌려고 애쓴다. 그것은 새로운 사건보다 힘이 덜 드는 낡은 사건에 더 많은 시간을 보내기 위해서이다. 따라서 정치적인 신문을 두 달 안에 끝낸다는 것은 도저히 있을 수 없는 일로 간주되고 있었다.

결국 국가 체제는 불신과 융통성 없는 고질로 해서 자기 자신을 벌하고 있는 셈이다. 일급 간부들도 역시 신임을 못 받고 있다. 그들도 들어오고 나갈 때마다 자기 이름을 기입하게끔 지시를 받고 있는 것 같다. 물론 신문에 호출된 죄수는 감시를 위해서도 반드시 체크를 당하게 마련이다.

그러면 급료를 보장받기 위해서 신문관들은 무엇을 하면 되는가? 자기가 담당하는 피의자 가운데 한 사람을 아무나 불러 놓고 한쪽 구석에 앉힌 다음, 어떤 위협적인 질문을 던진다 — 그러고는 피고인에 대해서는 까맣게 잊은 채 신문을 뒤적이며 읽기도 하고 정치 학습의 개요를 작성하거나 사적인

40 기관원을 뜻함 — 옮긴이주.

편지를 쓰기도 하고(자기 대신 교도관을 번견처럼 앉혀 놓고) 옆방으로 친구를 찾아다니기도 한다. 소파에 앉아서 자기 친구와 함께 정답게 이야기를 주고받다가 신문관은 가끔 생각난 듯이 험상궂게 죄수를 바라보며 이렇게 말한다.

「저놈은 아주 악질이야! 저런 악질도 아마 드물걸! 하긴, 괜찮아. 〈9그램〉[41] 정도는 저놈을 위해서도 아까울 게 없으니까!」

나의 신문관은 또한 전화를 폭넓게 이용하기도 했다. 즉 그는 자기 집에 전화를 걸고는 내 쪽으로 눈알을 번뜩이면서, 오늘은 철야 신문을 해야겠으니 아침께나 돌아가게 될 것 같다고 자기 부인에게 말했다(나는 가슴이 철렁했다 — 그러니까 밤새 나를 신문할 생각이구나!). 그러나 그는 곧 다시 자기 애인에게 다이얼을 돌리고는 고양이가 목구멍을 가르랑거리는 듯한 목소리로 오늘 밤 그곳에 들르겠다고 약속하는 것이었다(아, 오늘 밤은 잘 수 있겠구나 — 나는 안도의 숨을 몰아쉬었다).

이와 같이 결점이 없는 기구도 그 수행자의 결점에 의해서 완화되고 있었다.

그런가 하면, 보다 호기심이 강한 신문관들은 자기의 인생 경험을 넓히기 위해 그런 〈맹랑〉한 신문들을 즐겨 이용하기도 한다. 그들은 피고인에게 일선에서 있었던 일이며(그 밑으로 뛰어들 시간이라고는 전혀 없었던 바로 그 독일군 탱크에 대해서), 그리고 유럽과 외국의 생활 풍습이며, 그곳의 상점과 상품들, 특히 외국 사창가의 모습과 여자와 얽힌 갖가지 모험에 대하여 꼬치꼬치 캐어묻기도 한다.

형사 소송법에 의하면, 모든 신문이 정확히 진행되는지, 반드시 검사가 그 진행 과정을 감독하게 되어 있다. 그러나 오

41 총알의 무게, 곧 총살을 뜻함 — 옮긴이주.

217

늘날 우리 나라에서는 신문의 최종 단계를 뜻하는 이른바 〈검사의 신문〉을 맞을 때까지 그 검사를 본 사람은 아무도 없다. 나도 바로 그러한 〈신문〉을 받았다. 침착하고 뚱뚱한 금발의 꼬또프 중령은 결코 악하다고도 할 수 없고 그렇다고 선량하다고도 할 수 없는 이른바 무성격의 사나이였다. 그는 책상 뒤에 앉아서 처음으로 나에 관한 서류 뭉치를 들여다보고 있었다. (이러한 신문은 불가피한 것으로, 기록하여 남기게 되어 있는데, 따라서 그가 기록되지도 않는 과외 시간에 미리 내 서류를 읽고 공부한다는 건 말도 안 되는 일이었다.) 그는 내가 있는 앞에서 15분가량이나 더 서류를 뒤적이고 나서, 벽쪽으로 무표정한 눈을 들어 올리고는 진술서에 덧붙일 것이 없느냐고 느릿느릿 물었다.

그는 마땅히 다음과 같은 것을 물어봤어야 했을 것이다 ─ 신문 과정에서 어떤 고충은 없었는가? 나의 자유 의지와 법률 상의 권리를 침해당하지는 않았는가? 그러나 검사들이 이런 것을 묻지 않게 된 것은 이미 오래전 일이다. 그러나 만약 그것을 묻는다면? 어림도 없는 일이다. 1천여 개의 방을 가진 이 건물, 그리고 전국에 산재해 있는 5천 개의 신문 기관, 차량, 동굴, 토굴은 한결같이 모두 법률의 침해에 의해서만 유지될 수 있기 때문이다. 그도 나도 그것을 되돌릴 수는 없었다. 그리고 또 모든 검사들은 의무적으로 국가의 안전을 통제해야 한다는 바로 그 국가 안전상의 이유로 자기들의 위치를 차지하고 있으니 말이다.

그의 무기력과 온화함, 그리고 끝없이 바보짓을 되풀이하는 데서 오는 피로감이 어느새 나에게도 감염되어 왔다. 그래서 나도 근본적인 문제들을 그에게 제시하지는 않았다. 나는 다만 너무나도 명백한 하나의 모순점만을 시정해 달라고 요구했을 뿐이다. 즉 우리 두 사람은 같은 사건으로 기소되었으나 우리는 각각 따로 신문을 받았던 것이다(나는 모스끄바에서, 나의 친구는 일선에서). 이와 같이 나는 혼자 신문을 받았으나 결국 내가 기소된 것은 11항, 즉 〈집단과 조직〉에 관한 조항에 의해서였다. 나는 논리적으로 설명하고 11항에 의한 추가 기소를 삭제해 달라고 그에게 요청했다.

그는 다시 5분가량 서류를 뒤적이더니 한숨을 내쉬고 두 손을 펼쳐 보이면서 이렇게 말했다.

「무슨 말을 하는 건가? 한 사람일 때는 단수지만 두 사람일 때는 복수가 아니냔 말이야.」

그럼, 한 사람 반일 때는 ─ 그것도 조직이란 말인가?

이윽고 검사는 나를 데려가라고 단추를 눌렀다.

그 후 얼마 지나지 않아서였다. 5월 말의 어느 날 저녁 늦게, 나는 또다시 대리석 벽난로 위에 청동 시계가 놓여 있는 검사실로 호출당했다. 이번에는 신문관이 소송법 제206조에 따라 나의 마지막 서명을 받기 위해서였다. 내가 서명을 하리라는 것을 조금도 의심하지 않아선지, 신문관은 벌써 자리에 앉아서 피고인에 대한 기소장을 작성하고 있었다.

나는 두툼한 서류철의 표지를 펼쳤다. 그 순간 나는 표지 속에 들어 있는 인쇄물에서 놀랄 만한 사실을 발견했다. 즉 그 인쇄물에 의하면, 피고인은 신문 도중 불공평한 신문에 대하여 서면으로 청원할 권리를 가지며, 신문관은 피고인의 청원을 날짜순으로 소송 서류에 철해 둘 의무가 있다는 것이었다! 신문 도중이라니! 신문이 끝났을 때가 아니고 말이다!

나는 그 후 많은 죄수들과 함께 감옥살이를 해왔지만 그들 중의 어느 누구도 이런 권리를 알고 있는 사람은 없었다.

나는 조서를 들추며 읽어 내려갔다. 나는 나의 편지의 복사본들을 보고, 나도 모르게 해설자(예를 들어 리빈 대위)에 의해서 그 편지의 뜻이 완전히 악의와 중상으로 변조되고 있음을 보았다. 그리고 나의 신중한 증언을 거짓말로 받아들인 대위의 과장된 조작도 읽었다. 그리고 마침내 나는 내가 혼자이면서도 〈집단〉으로 기소된 불합리한 판결을 읽었던 것이다!

「나는 서명할 수 없습니다. 당신의 신문은 공정하지 못했습니다.」

나는 맥이 빠진 어조로 이렇게 말했다.

「그럼 할 수 없군. 처음부터 다시 시작하는 수밖에!」

그는 화가 치민다는 듯이 입술을 깨물었다.

「독일 경찰 앞잡이들을 가둬 놓은 그런 수용소에 집어넣어 주지.」

그리고는 나의 조서 뭉치를 거두어들이기라도 하려는 듯이 한쪽 손을 내밀었다(나는 그 순간 손으로 그 조서를 붙들었다).

황금빛 석양이 루비얀까 형무소의 5층 창문 밖 어딘가에서 붉게 타오르고 있었다. 그 어딘가에는 분명히 5월이었다. 검사실의 창문은 청사의 다른 모든 바깥 창문들과 마찬가지로 굳게 닫혀 있었다. 싱그러운 봄의 숨결과 꽃의 향기가 비밀의 방으로 스며들지 못하도록 겨울에 봉한 창문들을 아직까지도 열어 놓지 않고 있었다. 벽난로 위의 청동 시계를 비추던 마지막 햇살마저 자취를 감추고 말았다.

처음부터 다시? 처음부터 그 모든 것을 다시 시작하기보다는 차라리 죽어 버리는 것이 나을 것 같았다. 어차피 내 앞날이 어떨지는 분명했다(그러나 그 생활이 어떤 것인지를 내가 알았다면!). 게다가 경찰관들이 있는 수용소! 아니다. 그를 화나게 해서는 안 된다. 그가 피고인에 대한 조서를 어떻게 쓰느냐에 따라 나의 운명도 결정되게 마련이니까……

결국 나는 서명을 했다. 11항을 받아들이며 서명을 한 것이다. 나는 그때 11항이 어떤 무게를 가지고 있는지를 몰랐다. 그저 형기를 추가하지 않는다는 말을 들었을 뿐이다. 그러나 나는 그 11항 때문에 강제 노동 수용소로 유배되어 갔다. 그리고 바로 그 11항 때문에 나는 〈형기〉를 다 마치고도 아무 선고 없는 유형 생활을 계속해야 했던 것이다. 그러나 어떻게 보면 그것이 더 잘된 일인지도 모른다. 그렇지 않았다면, 아마이 책도 쓸 수 없었을 테니까…….

나의 신문관은 잠을 안 재운다든가 거짓말을 한다든가 협박을 한다든가 할 뿐이지 다른 방법으로 나를 괴롭히지는 않았다. 극히 합법적인 방법만을 사용한 셈이다. 그러므로 그는 다른 더러운 신문관들이 자기의 책임을 전가하기 위해 사용하는 방법, 즉 제206조를 내놓고 신문 과정에서 있었던 일을 언제 어디서나 절대로 폭로하지 않겠다는 서약에 대한 서명 같은 것을 나에게 요구하지는 않았다.

몇몇 지방의 지방 경찰 본부에서는 이런 방법이 아주 규칙적으로 행해지고 있었다. 즉 비폭로 서약에 대한 서명 용지가 특심(特審)의 판결과 함께 죄수 앞에 내밀어진다(그리고 수용소에서 해방될 때에는 아무에게도 수용소의 일을 이야기하지 않겠다는 서명을 다시 해야 하는 것이다).

그래서 어떻게 되었던가? 무슨 일에나 순종하는 우리의 습성, 우리의 굽은(아니면 부러진) 허리로 인해 우리에게는 이 야만적인 방법에 항거할 힘도, 또 그것을 거절할 힘도 허용되지 않았던 것이다.

우리는 〈자유의 척도〉를 상실하고 말았다. 우리는 그것이 어디서 시작되고 어디서 끝나는지를 판가름할 기준을 가지고 있지 못했다. 우리 민족은 아시아적이다. 그들은 원하는 사람이면 누구에게나, 이 끝없는 비폭로 서약을 우리에게서 받아내고 있다.

이제 우리는 확신할 수조차 없다. 우리는 과연 우리 자신의 삶에서 일어난 사건에 대하여 이야기할 권리를 가지고 있는 것일까.

제4장

푸른 제모

이 거대한 〈야간 시설〉의 톱니바퀴 사이를 지나게 될 때, 우리의 마음은 산산이 부서지고 그 육체는 부랑자의 누더기처럼 축 늘어져서, 우리는 너무나도 괴롭고 너무나도 고통스러운 나머지 우리를 책망하는 창백한 밤의 〈사형 집행인〉의 얼굴을 예언자같이 투시력 있는 눈길로 바라보기란 도저히 불가능하다. 마음속에 넘쳐흐르는 고통 때문에 우리의 눈은 흐려지고 만다. 그렇지 않았다면 우리는 이들 박해자들을 위한 역사의 증언자가 되었을 텐데 말이다! 내가 이런 말을 하는 것은 그들의 모습이 사실 그대로 묘사되고 있지 않기 때문이다. 그렇지만 한 번 체포되어 투옥된 사람이라면 누구나 자기의 신문 과정을 — 그들이 어떻게 자기를 괴롭히고 어떻게 쥐어짰는가를 상세히 기억하고 있지만, 정작 신문관에 대해서는 그가 어떤 인물이었는지 제대로 생각이 나지 않을뿐더러, 가끔 그 이름조차 기억하지 못하는 경우가 많다. 그것은 나도 마찬가지여서, 신문실에서 꽤 오랫동안 단둘이 마주 앉았던 대위 예제쁘프보다는 한 방에 함께 있던 동료 죄수를 떠올리는 편이 훨씬 더 쉽고 흥미 있게 느껴지니 말이다.

한 가지 우리에게 공통된 확실한 추억이 있다면, 그것은 남김없이 죄다 썩어 문드러진 공간에 대한 것이다. 이미 10년이 지난 지금, 우리는 어떠한 분노의 발작이나 모욕도 없이 담담한 심정으로, 그들이 저열하기 이를 데 없고, 타인의 괴로움을 기뻐하는 악마와 같은 사악한 인간들이었다고, 아니 어쩌면 길을 잘못 든 인간이었을지도 모른다는 확고한 인상을 가지고 있다.

일찍이 알렉산드르 2세가 자기의 암살을 일곱 번이나 기도한 혁명가들이 수감되어 있는 시빨레르나야 형무소(〈큰집〉의 아저씨뻘이 되는)를 찾아갔던 이야기는 꽤 널리 알려져 있다. 그는 227호 격리 감방에 혼자 들어가서 문을 닫아걸게 한 후 한 시간 이상을 거기 앉아 있었다. 자기가 감금한 사람들의 심정을 조금이라도 이해하려는 뜻에서였다.

군주에게 있어서 이것은 사건을 정신적으로 바라보려는 욕구와 시도였고 도덕적인 행동이었다는 것을 아무도 부정할 수는 없을 것이다.

그러나 오늘날 아바꾸모프와 베리야를 포함한 우리 나라의 신문관들 중에서 감방에 기어들어 가 한 시간만이라도 혼자 생각에 잠겨 보려고 하는 사람은 아마 하나도 없을 것이다. 아니, 그런 일은 상상도 할 수 없는 일이다.

그들은 자기 직무를 수행함에 있어서 높은 교양이나, 깊은 문화적 소양이나, 사물에 대한 넓은 안목 같은 건 필요도 없으며, 그들 자신이 그런 인간도 못 된다. 그들에게 필요한 것은 명령의 정확한 수행 능력과 고통받는 자에 대한 무자비함뿐이다. 그들은 바로 이런 인간들이고, 또 그것이 그들에게는 어울리는 것이다. 그들의 손을 거쳐 온 우리는 인간의 공통적인 면모를 완전히 상실한 그들의 본질만을 숨 막히게 느낄 뿐이다.

다른 사람은 몰라도 신문관들만은 사건의 전말을 너무나 똑똑히 알고 있었다! 그들도 정식 회의가 아닌 장소에서는 자기 동료에게나 또는 자기 자신에게 범인을 적발하고 있다고는 차마 말할 수 없었을 것이다. 그러면서도 그들은 우리를 괴롭히며 조서를 꾸미기에 바빴다. 〈너는 오늘 죽어라, 나는 내일 죽겠다!〉 여기서 악당들의 원칙이 생겨나게 되는 것이다.

신문관들은 자신들이 다루는 모든 사건이 거짓이라는 것을 알고 있으면서도 여러 해 동안 그 일에 힘을 기울이고 있었다. 어떻게 그럴 수가 있었을까? 그들은 스스로 〈생각하지 않으려고〉 애썼던 걸까(이것은 이미 인간성의 파괴를 의미한다), 아니면 그저 무조건 그렇게 해야 한다고 믿었던 걸까 — 지령을 내리는 인간에겐 절대로 과오란 있을 수 없으니까.

그러나 나치스도 이런 식의 논법을 사용하지 않았던가?[1]

어쩌면 그것이 진보적 학설이요, 바윗돌 같은 이데올로기인지도 모른다. 신문관은 음산한 오로뚜깐 형무소에서(1938년의 꼴리마 지방으로의 징벌 출장에서), 끄리보이로끄 종합 공장 지배인 M. 루리예가 두 번째의 형기를 인정하고 조서에 순순히 서명하자 한가할 때에 다음과 같이 말했다고 한다.

「당신은 우리가 어떤 즐거움을 느끼며 〈설득〉[2]을 시키고 있

1 나치스의 비밀경찰과 비교할 때 그 시대와 방법이 매우 흡사함을 알 수 있다. 나치스의 게슈타포와 MGB를 다 거친 알렉세이 이바노비치 디브니치의 경험으로 가장 자연스러운 비교가 될 것이다. 러시아 정교회 전도사로서 독일에 망명 중이던 그는 독일 내의 러시아 출신 노동자 사이에서 공산주의 활동을 했다는 혐의로 게슈타포에 구속되었었고, 소련으로 송환된 후에는 국제 부르주아지와 내통한 죄목으로 MGB에 체포되었다. 그의 결론은 MGB가 더 나쁘다는 것이었다. 거기서나 여기서나 고문을 당하기는 매한가지였으나 게슈타포는 끝까지 사실을 알고자 했고 혐의가 풀리자 즉시 석방했다. 그런데 MGB는 사실을 추구하지도 않았거니와 일단 잡아들인 자를 놓아줄 생각은 애초부터 하지도 않았다.

다고 생각하오? 하지만 우리는 당이 우리에게 시키는 일을 수행하지 않을 수 없소. 당신은 고참 당원이지요. 만약 당신이 나의 입장이었다면 어떻게 했겠소?」 듣자 하니 루리예는 신문관의 말에 거의 모두 동의한 것 같다(어쩌면 그는 그 자신도 그렇게 생각하고 있었기 때문에 그토록 순순히 서명했는지 모른다). 이것이야말로 설득력 있는 논거가 아니고 무엇이겠는가.

그러나 무엇보다도 자주 볼 수 있었던 것은 냉소주의적인 경향이었다. 푸른 제모의 사나이들은 고문 방법을 잘 알고 있었고 또 그것을 즐겨 사용했다. 1944년 신문관 미로넨꼬는 지진스끼 수용소에서, 이 기구의 합리성에 어떤 긍지까지 느끼면서 이미 운명이 결정된 죄수 바비치에게 다음과 같이 말했다. 「신문이나 재판 같은 건 단지 법적인 형식에 불과한 거야. 그런 것이 〈미리부터 예정된〉 너의 운명을 바꿀 수는 없어. 총살할 필요가 있는 사람은 아무리 결백하더라도 총살되고 마는 거야. 만약에 무죄로 해야 할 사람이 있다면,[3] 아무리 유죄라 해도 반드시 혐의를 벗겨 무죄로 석방되는 거야.」 서부 까자흐스딴 국가 안전부 제1신문과장 꾸시나료프는 아돌프 찌빌꼬에게 이런 말을 했다 ——「네가 레닌그라뜨 출신이라면 (즉 고참 당원이라면) 절대 석방할 수 없는 건데…….」

「사람만 있으면 〈사건〉이야 만들어 내는 거지!」 그들은 농담 삼아 곧잘 이런 소리를 했다. 그들의 견지에서 볼 때 우리가 당하는 고문은 훌륭한 일거리였다. 신문관 니꼴라이 그라비센꼬의 아내는 이웃 사람에게 자랑스럽게 말했다 ——「우리 그이는 아주 실력이 대단한가 봐요. 아무리 해도 자백하지 않

2 이것은 〈고문〉을 상냥하게 표현한 말이다.
3 이것은 아마 자기들의 〈동료〉에게만 해당되는 말일 것이다.

는 죄수는 모두 우리 그이한테 넘긴대요. 그런데 그런 고집 센 죄수도 그이와 하룻밤만 이야기하면 모두 순순히 자백한다지 뭡니까!」

그들이 모두 기를 쓰고 달리고 있는 이 경주는 진실을 위한 경주가 아니라 죄수의 〈숫자〉를 늘리기 위한 경주인 것이다. 뒤처지지 않으려면 무엇보다 숫자가 중요하기 때문이다. 숫자는 그들에게 안락한 생활과 상여금과 훈장과 진급을 보장하며 그들이 속한 〈기관〉의 권력을 확대 강화해 주기 때문이다. 숫자가 많으면 그만큼 거들먹거릴 수 있고 돈도 더 벌 수 있고 밤에 흥청거릴 수도 있다. 숫자가 적으면 견책을 당하고 강등되고 수입원도 잃게 된다. 왜냐하면 스딸린은 그곳이 어느 지구든, 어느 도시든, 어느 부대든 간에 자기의 적이 갑자기 없어졌다고는 도저히 믿지 않을 것이기 때문이다.

그렇기 때문에 불면에도 징벌 형무소에도 굶주림에도 굴복하지 않고 끝까지 그들의 숫자를 늘려 주기를 거부하는 고집 센 피의자는 그들에게 동정심이 아니라 분노와 초조감을 불러일으켰던 것이다. 죄수들이 자백을 거부함으로써 신문관의 개인적 위치를 위태롭게 하기 때문이다. 아니, 죄수들은 마치 신문관 〈자신〉을 쓰러뜨리려는 것처럼 보였다! 이렇게 된 이상 이젠 모든 수단 방법을 다 쓸 수밖에 없다! 어디 싸울 테면 싸워 보자! 고무호스를 목구멍에 쑤셔 넣고 소금물을 실컷 먹여 줘라!

자기 자신의 직업 선택과 활동의 종류에 따라 인간 세상의 〈상부〉 세계에 들어가지 못한 〈푸른 기관〉 근무자들은 하부 세계에서 더욱더 탐욕스럽게 살고 있었다. 그곳에서 그들을 지배하고 그들을 이끄는 것은 하부 세계의 가장 강한(식욕과 성욕 이외의) 본능적 욕망, 즉 〈권력〉에 대한 욕망과 〈재물〉에 대한 욕망이었다(그중에서도 특히 권력에 대한 욕망, 우리들 시대에는 그것이 금전욕보다 더 중요하다는 것이 판명되었다).

권력은 독이다. 그것은 이미 수천 년 전부터 널리 알려진 사실이다. 그러나 어느 누구나 타인이 물질적 권력을 가지지 않기를 바란다! 하지만 우리들 위에 뭔가 숭고한 것이 있다고 믿고 있는 사람들은 자기 자신의 한계를 의식하고 있기 때문에, 그들에게는 권력도 그다지 치명적인 독이 되지는 못한다. 반면에 상부 세계를 상실한 자에게는 권력도 그야말로 죽음의 독이다. 이 독에 일단 감염되기만 하면 이미 구원의 길은 없는 것이다.

똘스또이가 권력에 대해서 어떻게 썼는지 기억하는가? 이반 일리치는 자기가 〈원하기만 하면 누구든지 죽일 수 있는〉 권한을 가진 그런 직책에 있는 사람이다. 〈모든 사람이 그의 손아귀에 들어 있으며, 아무리 높은 지위에 있는 사람일지라도 죄를 뒤집어씌워 잡아들일 수 있는 권력을 그는 가지고 있었다.〉(이것이 바로 우리 나라의 푸른 제모가 아니고 무엇이겠는가! 여기에는 아무것도 덧붙일 말이 없다!) 이 권력 의식은 그에게 있어 〈근무상의 주요한 흥미와 매력〉이었던 것이다(그런데 이반 일리치에게는 〈이 권력을 자비롭게 사용할 수 있다는 가능성〉도 매력이었는데, 이것은 우리의 푸른 제모에게는 해당되지 않는 이야기이다).

어찌 매력을 느끼지 않을 수 있겠는가! 매력뿐이겠는가! 그것은 〈자기도취〉이기도 하다! 도취라는 말이 정말 딱 맞다. 너는 아직 젊다. 솔직히 말해서 코흘리개나 다를 바 없다. 불과 얼마 전만 해도 너의 부모는 공부하기 싫어하는 돌대가리 너를 어떻게 해야 할지 몰라 걱정이 태산 같지 않았는가. 그런데 너는 어쩌다 〈그 학교〉에 들어가 3년을 보냈다. 너는 거기서 날개를 달고 나온 것이다! 인생에서의 너의 처지는 완전히 바뀌었다. 너의 언동과 너의 시선과 머리의 회전은 또 얼마나 변했는가! 대학에서 교수 회의가 열린다. 네가 들어가면 모두 너를 알아보고 심지어는 몸을 부르르 떨기까지 한다. 너는 물론 의장석에 올라가지는 않는다. 거기에는 학장이 올라가서 지껄이게 하고 너는 한쪽 옆에 자리 잡고 앉는다. 그러나 이 자리의 실권자가 너라는 것은 누구나 다 알고 있다. 너는 이 대학에 파견된 기관원이니까. 너는 한 5분쯤 앉아 있다가 나와 버릴 수도 있다. 이건 교수들에게는 없는 너만의 특권이다. 왜냐하면 더욱 중요한 일이 너를 기다리고 있을 수도 있으니까. 그러나 회의가 끝난 후 너는 그들의 결의문을 받아 들고 눈썹을 움직거리며(아니 입술을 쫑긋거려도 좋다) 학장에게 말한다 ─「안 돼요, 〈특별히 고려할〉 필요가 있소……」 이 한마디면 그만이다! 결의 사항은 보류되는 것이다. 혹은 네가 특무대원이나 스메르시 대원이라도 좋다. 너는 일개 중위에 불과하지만 부대장인 늙은 뚱보 대령은 네가 들어올 때면 반드시 기립하여 맞아들인다. 그는 너의 비위를 맞추려고 열심히 아첨하고, 참모장과 한잔할 때는 반드시 너를 초청한다. 네 견장에는 조그만 별이 두 개밖에 없지만 그런 것은 조금도 문제가 되지 않는다. 아니, 그쪽이 오히려 더 재미있다 ─ 같은 별이라도 너의 별은 무게가 아주 다르므로 다른 일반 장교들의 별과 한 저울에 달 수는 없는 것이다(때로는 특수 임무를 수행하기 위해서, 예컨대 소령 계급장을 달고 다녀도 무방하다. 물론 이것은 익명이라든가 조건부로 허용되는 일이긴 하지만). 어느 부대, 어느 공장, 어느 지구에서나 너는 부대장이나 지배인이나 지구당 서기와는 비교도 안 될 만큼 크나큰 권

229

한을 가지고 있다. 그들은 부하의 근무 상태와 임금과 포상을 장악하고 있지만 너는 그들 모두의 자유를 장악하고 있다. 아무도 감히 회의 석상에서 너의 이야기를 하지 못하며 아무도 감히 신문 지상에 쓰지 못한다! 너는 마치 비밀스러운 신과 같은 존재이므로 함부로 이름을 부를 수조차 없다! 너는 — 존재한다. 모두들 너의 존재를 느끼면서도 너의 존재를 모르는 것같이 행동해야 한다! 네가 하늘빛 제모를 쓴 그날부터 너는 모든 공개적 권력보다 더 높은 자리에 있는 것이다! 〈네가〉 하는 일은 누구도 감히 검열할 수 없지만 너는 누구의 일이건 검열할 수가 있다. 그렇기 때문에 너는 이른바 시민이라는(너의 눈에는 한낱 나무 그루터기 정도로밖엔 안 보이겠지만) 순진한 인간들 앞에서 자못 의미심장한 표정을 지어야 한다. 오직 너 혼자만이 〈특별한 판단력〉을 지니고 있을 뿐이니까. 네가 하는 일은 항상 옳게 마련이다.

오직 한 가지만은 절대 잊지 마라 — 만약에 기관의 일부가 되는 행운이 너에게 따르지 않았다면, 너 역시 한낱 그루터기에 지나지 않았을 것이라는 사실을. 이 기관은 촌충이 인간의 내부에 기생하고 있듯이, 국가 속에서 국가와 일체가 되어 살아 있는 유일한 생물이다. 네가 그 일부가 된 이후 지금 모든 것은 네 것이고 모든 것은 너를 위해 존재한다! 그러니 〈기관〉에 대해서만은 충성을 다해야 한다!! 기관은 항상 너를 보호할 것이다! 그리고 너를 모욕하는 자를 집어삼킬 수 있도록 너를 도와줄 것이다! 네 앞길의 장애물은 지체 없이 제거될 것이다! 여하튼 〈기관〉에만은 충성스러워야 한다! 기관의 명령이면 무엇이든지 충실히 수행하라! 그러면 너를 대신해서 너의 자리를 보살펴 줄 것이다. 오늘 네가 파견원이라면 내일은 신문관 자리를 얻게 될 것이고, 그다음에는 민속학자가 되어 셀리게르 호수로 부임할지도 모른다.[4] 어쩌면 그것은 피로에 지친 신경을 쉬게 하기 위해서일지도 모른다. 그다음에는 이미 너의 역량이 충분히 발휘된 도시를 떠나 어느 한 지방의 종교 문제 전권 위원[5]으로 영전될 수도 있다. 혹은 또 작가 동맹의 책임비서[6] 자리에 올라앉게 될지도 모른다. 하나도 놀랄 것은 없다. 사람들의 진짜 직책과 진짜 계급은 오직 〈기관〉만이 알고 있으니까. 다른 사람들은 그저 연기를 하게 내버려두면 된다 — 예를 들어 어느 고장의 공로 예술가이건 사회주의 농장 영웅이건 그런 것은 혹 불면 꺼져 없어질 초라한 존재에 지나지 않는다.[7]

신문관의 일은 물론 수월한 것만은 아니다. 낮에도 출근해야 하고 밤에도 출근해야 하며, 또 어떤 때는 몇 시간씩 계속 자리를 지키고 앉아 있어야 한다. 그러나 〈증거〉를 얻어 내려고 골머리를 앓을 필요는 없다(그것은 신문을 받는 죄수들이 할 일이니까). 죄가 있느냐 없느냐 하는 것을 굳이 가려낼 필요도 없다. 단지 〈기관〉이 요구하는 대로 일을 처리하기만 하면 되는 것이다. 그러면 모든 것이 잘되어 나가게 마련이다. 신문을 그다지 피로하지 않게 즐겁게 이끌어 가거나, 또 그것으로 뭔가 소득을 얻어 내거나, 혹은 심심풀이로 기분을 풀거나 하는 것은 순전히 신문관의 수완에 달려 있다. 지루하게 앉아

4 1931년의 일린.
5 야로슬라블의 잔인한 신문관 볼꼬빨로프는 몰다비아의 종교 문제 전권 위원으로 영전됐다.
6 또 다른 일린인 빅또르 니꼴라예비치는 MGB의 중장이었다.
7 「자넨 누군가?」 세로프 장군이 베를린에서 세계적으로 유명한 생물학자 찌모페예프레소프스끼에게 물었다. 과학자는 꿈쩍도 않고 조상한테서 물려받은 까자끄의 담대한 기질을 발휘했다. 「그러는 자넨 누군가?」 그러자 세로프는 금방 말투를 고쳤다. 「아, 당신은 학자이신가요?」

231

있다 보면 문득 새로운 고문 방법이 떠오르는 수가 있다 — 옳거니! 동료들한테 전화를 걸어야지. 방마다 돌아다니며 이야기해 주자! 한바탕 웃어 댈 거야! 그럼 한번 시험해 보자. 어느 놈한테 한다? 언제나 똑같은 꼬락서니는 지긋지긋해 — 부들부들 떠는 손, 애원하는 눈초리, 겁에 질려 쩔쩔매는 태도. 그따위는 이젠 신물이 날 지경이야. 좀 더 버티는 놈은 없을까? 이왕이면 강한 상대가 좋다! 〈그런 놈의 등뼈를 우지끈 밟아 뭉개 줘야 기분이 시원하거든!〉[8]

그러나 만약에 상대가 지독히 완강해서 끝내 굴복하지 않고, 너의 모든 방법이 아무런 결과도 얻지 못한다면? 너는 화를 낼 것인가? 그렇다고 화를 억제할 필요는 없다! 그것도 하나의 쾌락이니까. 도리어 기분은 상쾌해진다! 자기의 광기의 고삐를 풀어 주고 울타리 문을 활짝 열어젖혀라! 자, 이젠 좀이 쑤셔서 견딜 수가 없다! 이런 상태에선 저주스러운 피의자의 벌어진 입속에 가래침을 내뱉을 수도 있고 오물이 가득한 타구 속에 그의 얼굴을 처박아 넣을 수도 있다.[9] 교회 신부의 머리채를 잡아끌고 다닐 수도 있고, 무릎을 꿇고 있는 그 얼굴에 오줌을 갈길 수도 있다! 그리고 이러한 광기의 회오리바람이 지나간 후엔 자기 스스로 진짜 사나이가 된 것 같은 만족감을 맛보게 되는 것이다.

혹은 또 〈외국인과 관계를 맺은 처녀〉를 신문할 때도 있다.[10] 처음엔 더러운 욕설을 퍼붓기도 하고 다음과 같은 질문을 던지기도 한다. 「그래, 미국 놈 물건엔 다이아몬드라도 붙어 있더냐? 러시아 남자의 그것 가지곤 부족하더란 말이지?」

---

8 레닌그라뜨의 신문관 시또프가 G. G.에게 한 말.
9 이바노프라줌니끄의 책에 나와 있는 바실리예프의 예.
10 에스피리 R., 1947년.

그러자 문득 좋은 생각이 떠오른다 — 이 여자는 외국인한테서 뭔가를 체득했을 것임에 틀림없다. 이 기회를 놓치지 말자. 이건 외국에 출장 간 것이나 다를 것이 없지 않은가! 그래서 신문에 더욱 열을 올린다. 「〈어땠어?〉 어떤 체위로 했지? 그 밖에 또 어떤 자세로? 좀 더 자세하게 말해 봐! 하나하나의 동작을!」(자기 자신도 알고 싶거니와 나중에 동료들한테 얘기해 줄 수도 있다!) 여자는 눈물로 범벅이 된 빨개진 얼굴로, 그건 사건과는 관계없는 일 아니냐고 항의한다. 「아냐, 관계가 있어! 어서 말해 봐!」 이것이 신문관의 권력이라는 것이다! 여자는 너한테 모든 것을 상세하게 얘기한다. 입으로 부족하면 그림이라도 그리고, 그림으로도 부족하면 직접 자기 몸으로 실연해 보인다. 그녀에겐 도저히 빠져나갈 길이라곤 없다. 아무튼 징벌 감방과 〈형기〉는 너의 손 안에 쥐여 있으니까.

신문을 기록하기 위해 여자 속기사를 〈주문〉하면[11] 예쁘장한 여자가 파견되어 온다. 너의 손은 곧 그녀의 앞가슴을 더듬기 시작한다. 피의자를 앞에 놓고 그런 짓을 하는 것이다.[12] 저건 사람이 아니니까, 저런 놈의 눈치를 봐야 할 필요는 없다는 것이다.

아니, 도대체 너희들이 눈치를 봐야 할 상대가 어디 있단 말인가? 만약에 네가 계집을 좋아한다면(하긴 좋아하지 않는 사람이 어디 있으랴마는) 바보가 아닌 이상 너의 지위를 최대한으로 이용할 것이다. 어떤 여자들은 너의 권력에 끌려올 것이고, 또 어떤 여자들은 겁이 나서 순순히 응할 것이다. 어디서든 네 눈에 띄는 아가씨가 있으면, 그건 네 것이다. 어디로 빠져 달아난단 말인가? 남의 아내라도 네 눈에 들기만 하면

11 신문관 뽀힐리꼬, 께메로보 보안대.
12 학생 미샤 B.

그건 이미 네 것이다! 그 남편을 처치하는 건 밥 먹기보다도 쉬운 일이니까.[13] 그 정도는 문제도 아니다. 도대체 푸른 제모를 썼다는 건 무엇을 의미하는가? 네 눈에 띄는 물건은 무엇이건 모두 네 것이다! 어떤 아파트건 네 눈에 들면 그건 이미 네 것이다! 어떤 여자건 마음만 내키면 모두 네 것이다! 어떤 적이건 간단히 해치울 수 있다! 네 발밑의 땅도 — 네 것이다! 네 머리 위의 하늘도 — 네 것이다, 너의 그 푸른 모자처럼!

그러나 왕성한 물욕은 그들의 공통된 욕망이다. 아무도 그것을 방해하지 않는 이상 그 물욕을 위해 어찌 자기의 무한한

---

13 나는 이미 오래전부터 〈망그러진 아내〉라는 단편 소재를 가지고 있다. 그러나 그것을 작품으로 쓰게 될 것 같지는 않다. 내용인즉 다음과 같다. 한국전쟁 직전의 일인데 극동 지방 어느 공군 부대의 모 중령이 출장에서 돌아와 보니 아내는 병원에 입원 중이었다. 의사는 그에게 솔직히 얘기했다. 다름 아니라 그의 아내의 생식기는 병적인 결과로 인해서 온통 못 쓰게 〈망가졌다〉는 것이었다. 중령은 아내한테 달려가서 상대가 누군지 자백을 받았다. 바로 그의 부대 특무 장교인 중위였다(그러나 여자 쪽에서 관심이 전혀 없었던 건 아닌 성싶었다). 화가 머리끝까지 치민 중령은 단숨에 중위의 사무실로 달려 들어가서 권총을 꺼내 들고 죽여 버리겠다고 위협했다. 그러나 불과 몇 분 만에 중령은 중위 앞에 굴복하여 풀이 죽은 가련한 꼴로 그 방에서 물러 나왔다. 중위는 중령에게 수용소 중에서도 가장 살기 힘든 생지옥 같은 곳으로 당장 쫓아 버리겠다고 응수했던 것이다. 그러면서 중위는 중령에게 그 아내를 그대로 (신체의 일부분이 돌이킬 수 없을 만큼 못 쓰게 되어 버린 그 아내를) 받아들여 함께 살 것이며 이혼은 물론 불평 한마디 하지 말 것을 〈명령〉했다. 그 대가로 중령을 잡아들이지 않겠다는 것이다. 물론 중령은 그의 명령을 충실히 이행했다(이것은 바로 그 특무대 중위의 운전사가 나한테 들려준 얘기다).
이와 유사한 사건은 얼마든지 있다. 이것이야말로 자기의 권력을 가장 행사하고 싶어지는 분야이기 때문이다. 1944년 한 특무대원은 육군 장성의 딸을 위협하여, 즉 불응하면 아버지를 잡아넣겠다고 위협하여 강제로 결혼했다. 아가씨에겐 이미 결혼을 약속한 청년이 있었지만 아버지를 구하자니 별수 없었다. 결혼 후 얼마 동안 그녀는 날마다 일기를 써서 그것을 애인에게 전한 후 곧 자살하고 말았다.

권력을 이용하지 않을 수 있겠는가? 아니, 그것을 참으려면 성자가 아니고선 불가능하다!

만약 우리에게 개개의 체포 사건의 이면에 숨겨져 있는 직접적 동기를 투시할 수 있는 기회가 부여된다고 하자. 그때 우리는, 체포된 사람 중의 4분의 3가량은 순전히 인간의 탐욕과 복수심 때문에(그중의 반수는 지방 NKVD와 검찰의 물욕 때문에) 걸려들었다는 것을 알고 놀라움을 금하지 못할 것이다.

예를 들어 V. G. 블라소프의 19년간에 걸친 〈군도〉 여행이 어떻게 시작되었는가를 알아보자. 그는 지구 소비조합 위원장이었다. 한번은 핵심 당원들을 위한 고급 직물 판매회를 마련했다(그때만 해도 그런 직물은 아무나 손에 넣을 수 없는 희귀한 물건이었다). 그런데 검사 루소프의 부인은 부득이한 일로 그 자리에 참석하지 못하여 물건을 살 수 없었고 검사 자신도 체면상 판매장에 갈 수가 없었다. 블라소프는 재빨리 눈치를 채서 〈당신 것은 따로 남겨 놓겠습니다〉라고 했어야 옳았다(그러나 그는 성격상 도저히 그런 소리를 할 위인이 아니었다). 그뿐만이 아니었다. 검사가 자기 친구를 데리고 소비조합의 간부 전용 식당에 들어갔을 때(1930년대에는 지방마다 그런 식당이 있었다) 식당 지배인은 그의 친구가 식당 출입증을 갖지 않았다는(즉 낮은 직위에 있다는) 이유로 식사 주문에 응하지 않았다. 검사는 블라소프에게 무례한 식당 지배인을 처벌하도록 요구했으나 블라소프는 처벌하지 않았다. 게다가 블라소프는 지구 NKVD를 좋지 않게 말했다. 결국 그는 우익 반대파로 몰려 체포되고 말았다.

푸른 제모의 유리한 사고방식과 졸렬한 행동에 우리는 가끔 벌어진 입을 다물지 못할 만큼 놀랄 때가 있다. 보안 장교 센첸꼬는 체포된 장교에게서 휴대용 지도 케이스와 야전 가방을 빼앗아 그 장교가 보는 앞에서 그것을 사용했다. 그리고 다른 피의자한테서는 조서를 꾸밀 때 적당한 구실을 붙여 외국제 장갑을 몰수했다(아군이 진격할 때 최초의 전리품이 자기들의 손에 들어오지 않는 것을 푸른 제모는 특히 불만스럽게 생각하고 있었다). 나를 체포한 제43군의 특무대원은 내 담배 케이스에 눈독을 들였다. 실은 담배 케이스라기보다는 독일 군인들이 쓰는 조그만 상자로 유혹적인 주홍빛을 띠고 있었다. 이 하찮은 물건을 손에 넣기 위해 그는 신문에서 간계를 꾸미기까지 했다. 처음에 그는 압수 품목에 그 케이스를 기재하지 않았다(그래야만 자기가 가질 수 있으니까). 그러고는 내 주머니 속에 그 밖에 아무것도 남아 있지 않다는 걸 잘 알면서도 다시 한번 수색하도록 명령했다. 「아니, 이건 또 뭐야? 압수해!」 나한테 항의할 여유를 주지 않으려고 그는 계속해서 명령했다. 「빨리 징벌 감방으로 끌고 가!」(제정 시대의 어느 헌병도 조국의 수호자에게 이런 태도를 취하지는 않았을 것이다.)

신문관들에게는 신문 도중 자백과 밀고를 촉진하기 위해 일정량의 담배가 지급되고 있었는데, 그들은 그 담배까지도 몽땅 가로채곤 했다. 더욱이 추가 수당이 지급되는 야간 신문 시간까지 그들은 속이고 있었다. 우리는 〈몇 시부터 몇 시까지〉라는 야간 취조 시간이 실제 시간보다 길게 쓰여 있는 것을 자주 목격하곤 했다. 신문관 표도로프(레셰띠 역 사서함 235호)는 아직 구속되지도 않은 꼬르주힌의 집을 수색할 때 제 손으로 손목시계를 훔쳐 가졌다. 신문관 니꼴라이 끄루시꼬프는 레닌그라드가 포위 상태에 있을 때 담당 피의자 K. 스뜨라호비치의 아내 엘리자베따를 불러 명령했다. 「나는 솜이 불이 필요하오. 가서 가져오시오!」 그녀는 대답했다. 「방문에 봉인이 붙어 있는데 어떻게 이불을 꺼내 옵니까?」 그러자 그는 그녀의 집으로 가서 MGB 요원이 붙여 놓은 봉인이 찢기지 않도록 드라이버로 손잡이를 몽땅 뜯어내고는(《우리 MGB의 솜씨를 보시오!〉 하고 그는 자랑스럽게 말했다) 방 안에서 이불을 들어냈고 그것만으론 부족했던지 눈에 띄는 유리컵까지 호주머니 속에 쑤셔 넣었다. 문이 열린 김에 엘리자베따가 자기 물건을 좀 꺼내려고 하자 그는 〈당신은 안 돼!〉 하고 제지하면서, 그 자신은 훔치기를 계속했다.[14]

이와 유사한 일들을 1918년부터 시작해서 일일이 열거하자면 아마 1천 권의 책으로도 모자랄 것이다. 물론 여기에는 체포되었던 사람들과 그 아내들의 광범한 증언이 필요하다. 어쩌면 남의 재물은 한 번도 강탈하거나 가로채 본 적이 없는 푸른 제모도 있었을는지 모른다. 그러나 나 자신으로서는 그런 제모가 있었으리라고는 상상도 할 수 없는 일이다! 도대체 그따위 제도 아래에서 자기 마음에 드는 물건을 보고도 손을 뻗치지 않는 일이 어찌 있을 수 있겠는가! 나로서는 도저히 이해할 수 없는 일이다. 일찍이 1930년대 초반에 우리가 아직 소년단에 끌려 다니고 전국적으로는 첫 5개년 계획이 실시되고 있던 시절에도 그들은 꼰꼬르지아 이오세의 저택 같은 귀족적인 서구식 살롱에서 매일 밤을 지내고 있었으며, 그 부인들도 외국제 의상과 화장품으로 한껏 멋을 부리고 있었다. 그것들을 도대체 어디서 손에 넣었단 말인가?

14 모든 것을 다 받아들였고, 심지어 사형 선고를 받았던 일도 용서하기로 작정한 그녀의 남편은 그럴 필요가 없다고 그녀를 만류했으나 이 정력적이고도 고집 센 여인은 1954년 끄루시꼬프를 탄핵하는 증인으로 법정에 나섰다. 끄루시꼬프는 이런 일이 한두 번이 아니었으므로 결국은 기관에 해독을 끼쳤다 하여 25년 형을 선고받았다. 그러나 그 형기가 실제로 그렇게 길었는지는 의문이다.

그들의 성(姓)을 보면, 마치 그 성에 따라 기관에 고용되었다는 느낌을 준다. 예를 들어, 1950년 초 께메로보주 보안부에는 다음과 같은 인물들이 있었다 — 검찰관 〈뜨루뜨네프(수컷 벌, 무위도식하는 사람)〉, 신문부장 〈시꾸르긴(이기주의자)〉 소령, 그 차장 〈발란진(수프 — 수용소에서 나오는 것)〉 중령, 신문관 〈스꼬로흐바또프(잽싸게 훔치는 사람)〉. 아니 이 이상 더 어떻게 생각해 낼 수 있겠는가! 게다가 이 모든 사람이 죄다 한자리에 모여 있으니! [볼꼬빨로프(늑대 가죽을 벗기는 사람)와 그라비셴꼬(약탈자)에 대해서는 다시 되풀이하지 않기로 한다.] 이런 성을 가진 사람들이 이렇게 한자리에 모여 있으니 과연 이것이 아무 의미도 없다고 말할 수 있겠는가?

여기서 다시 죄수의 기억을 더듬어 보기로 하자. 꼬르네예프라는 죄수는 블라지미르 형무소에서 보안부 대령(그의 이름은 잊었지만)과 한 감방에 수감되어 있었다. 꼰꼬르지아 이오세의 친구이기도 한 이 대령은 그야말로 권세욕과 물욕의 화신이었다. 1945년 초, 그러니까 각종 〈전리품〉이 쏟아져 들어오던 황금기에 그는 청을 넣어 아바꾸모프 휘하 〈기관〉에 전입되었다. 이 기관은 가능한 한 많은 전리품을 긁어모아 국가에 바친다기보다는 그것으로 사복을 채우는 일을 맡은 그런 기관이었다(그들은 큰 성공을 거두고 있었다). 그는 탈취한 물건을 몇 대씩 기차로 싣고 와서는 여러 곳에 별장을 지었다(그중 하나는 끌린 지방에 있다). 그가 얼마나 흥청망청 놀아났는지 이런 이야기도 있다. 종전 후에 그는 노보시비르스끄 역에 도착하자 식당에 앉아 있는 손님들을 모두 쫓아내고 자기와 자기 일행들을 위해 젊은 처녀와 여자들을 데려오라고 명령하고, 여자들을 벌거벗겨 테이블 위에서 춤을 추게 했다는 것이다. 그러나 그 정도만으로는 무사했을지 모른다. 그는 끄루시꼬프의 경우와 마찬가지로 다른 주요한 법칙을 위반했다. 즉 자기 기관의 이익에 반대되는 짓을 한 것이다. 자기 기관을 기만한 것이다. 그는 다른 사람이 아닌 바로 자기 동료들의 아내를 유혹하겠노라고 내기를 걸기까지 했다. 이쯤 되면 도저히 묵과할 수 없는 일이다! 결국 제58조에 따라 정치범용 격리 감방에 투옥되고 말았다. 형무소에 들어앉아 있으면서도 그는 어찌 〈감히〉 자기를 잡아들일 수가 있느냐고 줄곧 투덜거렸다. 그리고 이제라도 반드시 〈재고〉해 주리라는 걸 의심치 않았다(어쩌면 재고해 주었는지도 모른다).

자기 자신이 〈투옥되는〉 이런 기구한 운명은 푸른 제모들에게 그다지 드문 일이 아니다. 이런 운명을 피할 수 있는 안전책은 없다. 그러나 어쩐 일인지 그들은 과거의 교훈에 너무나도 둔감했다. 이것 역시 고도의 이성이 결여된 데 기인할 것이다. 그들의 우둔한 이성은 이렇게 속삭인다 — 어쩌다 재수 없는 자가 걸려들지, 설마한들 나야 걸려들라고. 설사 걸려든다 해도 〈동료들〉이 모르는 체하지야 않겠지.

사실 〈동료들〉은 모르는 체하지는 않는다. 그들 사이에는 하나의 묵계 같은 것이 있었다 — 하다못해 형무소 생활만이라도 좀 편하도록 주선해 주자(그래서 I. 보로비요프 대령은 마르피노 특별 형무소에서, V. N. 일린은 루비얀까에서 8년 이상이나 머물러 있었다) — 자신의 개인적인 판단 착오 때문에 감방 신세를 지게 된 기관원들은 이러한 〈동족적〉인 조심스러운 배려 때문에 형무소 생활도 그렇게 나쁜 편이 아니다. 이것은 또한 기관원들이 일상생활에서 징벌을 두려워할 줄 모르는 이유 중의 하나가 될 수도 있다. 그러나 그와 반대되는 경우도 없는 것은 아니다. 여러 수용소의 보안 장교들이 일시에 체포되어 일반 수용소에서 복역하게 되었을 때 전에 자기 관리하에 있던 죄수들을 만나 도리어 큰 봉변을 당한 일도 있었다(예를 들어 제58조 위반 죄수들을 몹시 사납게 대해 온 보안 장교 문신은 일반 형사범들이 자기를 비호해 줄 것으로 기대했으나 그들은 오히려 그를 판자 침상 밑으로 몰아넣어 버렸다). 그러나 이런 예를 더 설명하고 싶어도 우리는 그보다 더 상세한 것을 알 길이 없다.

어쨌든 일단 〈흐름〉 속에 말려들기 시작하면 기관의 앞잡이들도 그 고난의 길에서 좀처럼 헤어날 길이 없다. (그들에게도 자기들의 〈흐름〉이 있는 것이다!) 그도 그럴 것이 이 흐름은 불가항력적인 자연현상이어서 〈기관〉 자체의 힘보다도 오히려 강력하기 때문이다.

하지만 기관원다운 예민한 감각과 정확한 정보를 가지고 있다면, 자신의 무혐의를 입증하고 마지막 순간에 가서 위기를 모면할 수도 있다. 사옌꼬 대위(1918년부터 1919년까지 하리꼬프에서 죄수들의 몸에 수없이 구멍을 뚫고, 정강이뼈를 꺾고, 아령으로 머리통을 부수고, 벌겋게 달군 무쇠로 낙인을 찍는 등 모든 악독한 짓을 감행하며 악명을 떨친 바로 그 사옌꼬[15]는 아니지만, 어쩌면 그와 친척인지도 모른다)는 꼬한스까야라는 동만 철도의 여직원과 연애결혼을 했다는 약점을 지니고 있었다. 그런데 그는 숙청의 물결이 일어나려고 할 때에 동만 철도의 직원을 모조리 잡아들일 것이라는 정보를 미리 입수했다. 그때 그는 아르한겔스끄 GPU 공작 책임자로 있었다. 한시도 우물쭈물할 여유가 없었다. 그는 무엇을 했던가? 그는 즉각 〈자기 아내를 체포, 투옥했다〉! 그것도 동만 철도의 직원으로서가 아니라 그와는 다른 〈사건〉을 조작해 내

15 로만 굴, 『제르진스끼』(파리, 1936).

아내에게 뒤집어씌웠다. 덕분에 그는 무사했을 뿐만 아니라 오히려 진급을 해서 똠스끄 NKVD의 부장으로 영전했다.[16]

그들의 흐름은 기관의 〈혁신〉이라는 그 어떤 신비적인 법칙에 따라 발생하곤 했다. 남아 있는 자가 정화된 듯이 보이기 위해 〈혁신〉에는 반드시 주기적인 소수의 희생이 따르게 마련이다. 〈기관〉들은 일반 사회에서의 세대교체보다 더 빠른 속도의 교체를 필요로 한다. 기관원이라는 물고기 떼는, 스스로의 목숨을 던져 새끼를 낳기 위해 여울을 거슬러 올라가는 철갑상어와도 같은 의연한 자세로 자기 목숨을 내놓지 않으면 안 된다. 고도의 이성을 가진 사람에게는 이 법칙이 불을 보듯 뻔한 것이었다. 그러나 푸른 제모 자신들은 이 법칙을 인정하려 들지도 않았으며 예견하지도 못했다. 그리하여 각 기관의 거물들과 세도가들, 심지어는 부(部)의 우두머리인 장관들까지도 예정된 운명의 시간에 제 손으로 만든 단두대에 자기 목을 들이밀어야 했다.

물고기 떼의 하나는 야고다가 이끌고 갔다. 백해 운하에서 우리가 앞으로도 찬사를 아끼지 않을 수많은 이름들이 이 고기 떼 속에 끼어들어 있었으나, 얼마 안 있어 곧 찬양 시편에서 자취를 감춘 이름들이 되었다.

두 번째 물고기 떼는 목숨이 짧았던 예조프가 이끌었다. 1937년의 뛰어난 기사(騎士)들 중 몇몇이 이 흐름 속에서 죽어 갔다(그러나 그들의 수를 과장하지 않기로 하자. 〈가장 뛰어난 사람들을 모조리〉라고 하기에는 아직도 거리가 멀었다). 예조프 자신은 신문을 받으며 호되게 두들겨 맞아 보기에도 애처로운 꼴을 하고 있었다. 중앙의 우두머리들이 연거푸 투

16 역시 작품의 소재가 되기에 충분하다. 이런 종류의 인간은 얼마든지 있다. 이것을 소재로 누군가가 소설을 쓸지도 모른다.

옥되자 〈수용소〉는 고아가 된 거나 다를 바 없었다. 예를 들어 수용소 재정부장도, 수용소 위생부장도, 수용소 무장 경비부장[17]도, 심지어는 모든 수용소 기관원의 〈대부〉 격인 수용소 특무부장까지도 잡혀 들어갔다!

그다음에는 베리야의 물고기 떼가 뒤따랐다.

묵직한 몸집에 언제나 자신만만했던 아바꾸모프는 그보다 먼저 돌부리에 걸려 혼자 고꾸라지고 말았다.

〈기관들〉의 역사가 언젠가(만약에 문서 보관소가 불타 버리지만 않는다면) 우리에게 이 사건들의 전모를 상세히 이야기해 줄 날이 있을 것이다.

나는 여기서 단지 우연한 기회에 내가 알게 된 류민과 아바꾸모프의 이야기를 간단히 기술하는 데 그치겠다(하지만 그들에 관하여 나의 다른 책 『연옥 속에서』에서 언급한 사실은 생략하기로 한다).

아바꾸모프 덕분에 출세했고 그래서 그의 측근이기도 한 류민은 1952년 말에 충격적인 보고를 들고 왔다. 의과 대학 교수 에찐게르가 즈다노프와 셰르바꼬프에게 부정한 치료(살해할 목적으로)를 했다고 자백했다는 것이었다. 아바꾸모프는 이것이 류민의 조작에 불과하다는 것을 알고 좀처럼 믿으려 들지 않았다. 그는 류민이 지나치게 일을 벌이고 있다고 판단했던 것이다(그러나 류민 쪽이 오히려 스딸린의 의중을 더 잘 파악하고 있었다). 사실 여부를 가려내기 위해 그날 저녁에 에찐게르에 대한 반대 신문을 행하고 두 사람은 각기 상이한 결론에 도달했다 ─ 아바꾸모프는 〈의사 사건〉 같은 건 절대 없다는 것이고, 류민은 반드시 있다는 것이었다. 이튿날 아침에 다시 한번 신문할 예정이었으나 놀랍게도 〈에찐게르

17 무장 경비는 그전에 공화국 내부 경비라고 불렀다.

는 바로 그날 밤에 감방에서 죽어 버리고 말았다〉! 아침이 되
자 류민은 아바꾸모프에겐 한마디 말도 없이 당 중앙 위원회
에 전화를 걸어 스딸린을 직접 만나게 해달라고 간청했다.
(나는 그가 단호한 결단을 그때 내렸다고 생각하지는 않는다.
전날 저녁에 아바꾸모프와 의견을 달리하고 밤중에 에쩐게르
를 살해했을 때 그는 이미 죽느냐 사느냐의 단호한 결심을 했
을 것이다. 그러나 〈구중궁궐〉 안의 비밀을 누가 알 수 있으
랴! 어쩌면 그 이전에 이미 스딸린과 선이 닿아 있었는지도
모르지 않는가?)

스딸린은 류민을 접견하고 〈의사 사건〉을 계속 수사하도록
명령하는 한편 아바꾸모프를 즉각 체포토록 했다. 그 후부터
류민은 〈의사 사건〉을 독자적으로 수사했고 심지어 베리야까
지도 무시하는 태도를 취했다(스딸린이 죽기 전에 베리야의
위치가 위태로웠다는 징후가 있다. 그리고 어쩌면 스딸린 자
신도 베리야에 의해 목숨이 단축되었는지 모른다). 스딸린이
죽은 후 새 정부가 취한 첫 조치 중의 하나는 〈의사 사건〉의
철회였다. 이때 류민은 구속되었다(아직 베리야가 권력을 쥐
고 있을 때였다). 그런데도 〈아바꾸모프는 풀려나오지 않았
던 것〉이다! 루비얀까 형무소에는 새로운 제도가 도입되었다.
그리고 이 형무소가 생긴 후 처음으로 일반 검사(D. T. 쩨레
호프)가 발을 들여놓았다. 류민은 부산스럽게, 그러면서도 제
법 상냥하게 굴었다. 「난 죄가 없어요. 난 억울하게 잡혀 있는
거요.」 그러면서 신문을 해달라고 간청했다. 그는 버릇대로
사탕을 빨고 있었으나 쩨레호프가 주의를 주자, 〈실례했습니
다〉 하고 이내 손바닥 위에 뱉어 버렸다. 그러나 아바꾸모프
는 달랐다. 앞에서도 이미 언급한 바 있지만 그는 껄껄 웃어
댔다. 「이건 속임수야!」 쩨레호프는 MGB의 정치범 형무소에

대한 검열 명령서를 그에게 제시했다. 「그까짓 것은 5백 장이라도 만들어 낼 수 있어!」 아바꾸모프는 손을 내저었다. 〈기관의 지사(志士)〉로서 그는 자기 자신이 이렇게 갇혀 있다는 사실보다도, 이 세상에서 그 무엇에도 종속될 수 없는 이 〈기관〉을 감히 억압하려고 기도하고 있다는 데에 더욱 큰 모욕을 느꼈던 것이다. 1953년 7월에 류민은 모스끄바에서 재판을 받고 곧 사형에 처해졌다. 그러나 아바꾸모프는 여전히 갇혀 있었다! 신문을 받으며 그는 검사 쩨레호프에게 말했다. 「자네 눈이 참 아름답군. 난 자네가 앞으로 총살당하게 될 것이 가여워!」[18] 내 사건에서 손을 떼게. 그게 좋을 거야.」 하루는 쩨레호프가 그를 불러내 베리야 숙청에 대한 신문 기사를 읽게 했다. 그 당시 이것은 천지를 뒤엎을 만큼 놀라운 소식이었다. 아바꾸모프는 이 기사를 읽고 나서 눈썹 하나 까딱하지 않고 뒷면을 들추어 스포츠 기사를 읽기 시작했다! 또 한 번은 최근까지 아바꾸모프의 직속 부하였던 간부가 신문에 입회했다. 아바꾸모프는 그에게 물었다. 「자네들은 어째서 베리야 사건을 국가 보안부에서 다루지 않고 검찰이 맡도록 내버려 두었나?」 [그는 여전히 자기 부(部)에 집착하고 있었던 것이다!] 「자네 생각엔 국가 보안부 장관인 나를 끝내 〈재판에 회부〉할 것으로 보나?」 「예.」 「그렇다면 그 군모를 벗고 〈실크해트〉를 쓰게. 〈기관〉은 더 이상 존재하지 않을 테니까…….」(원래가 무식한 전령에 불과했던 그는 이 문제에 관해 너무 비판

---

18 그것은 사실이다. 대체로 쩨레호프는 비범한 의지와 용기(그 당시처럼 불안정한 정세에서 거물급 스딸린주의자들을 재판함에 있어서는 바로 그러한 용기가 필요했다), 그리고 명석한 두뇌의 소유자인 것 같다. 만약 흐루쇼프의 개혁이 일관성 있게 진행되었더라면 그는 반드시 두각을 나타냈을 것이다. 우리 나라에서는 이렇게 역사적인 인물이 빛을 보지 못하게 되어 있다.

적으로 생각하고 있었다). 루비얀까에 수감되어 있는 동안 아바꾸모프는 재판의 결과를 두려워하지는 않았다. 그는 독살을 두려워했다(역시 기관의 아들다운 구석이 있었다!). 그는 형무소에서 주는 식사를 완전히 거절하고 매점에서 달걀만 사서 먹었다(달걀엔 독을 넣을 수 없다고 생각한 것은 그에게 기술적인 지식이 부족했기 때문이다). 장서가 많기로 이름난 루비얀까 형무소 도서관에서 그는 책을 빌려다 보았는데 그것은 모두가 스딸린의 책뿐이었다(스딸린은 그를 투옥한 장본인이 아닌가)! 하지만 이것은 일종의 시위였거나, 아니면 스딸린파가 반드시 정권을 틀어쥘 것이라는 판단에서였는지도 모른다. 그는 2년이나 더 형무소에 수감되어 있었다. 어째서 그를 풀어 주지 않았을까? 이것은 단순한 문제가 아니다. 만약 인간성에 대한 그의 죄과로 판단한다면 그는 모가지가 몇 개 있어도 그 벌을 다 면치 못할 것이다. 그러나 유독 아바꾸모프에게만 책임을 추궁할 수는 없지 않은가! 나머지 사람들은 모두 무사히 남아 있는데 말이다! 여기에도 비밀은 있지만, 떠도는 풍문에 의하면 아바꾸모프는 전에 흐루쇼프의 며느리(스딸린 시대에 징벌 부대로 추방되었다가 거기서 죽어버린 맏아들의 아내) 류바를 직접 때린 적이 있었다고 한다. 바로 그런 이유로 해서 스딸린에 의해 투옥된 그는 흐루쇼프 시대에 재판을 받고(레닌그라뜨에서) 1954년 12월 18일에 총살되었던 것이다.[19] 그러나 그의 걱정은 기우에 지나지 않

---

19 그의 고관다운 일화에는 이런 것도 있다 — 하루는 자기 경호 책임자인 꾸즈네쪼프와 함께 사복으로 갈아입고 모스끄바 거리를 거닐다가 무슨 변덕에서인지 갑자기 기관의 공금을 적선했다고 한다. 그 적선으로 과연 자기의 영혼을 조금이라도 정화시켰다고 생각했던 것일까 — 어딘지 모르게 옛날 러시아의 냄새가 풍기는 것 같다.

왔다 ― 그 후에도 〈기관〉은 여전히 건재하고 있으니 말이다.

◆

우리 나라에는 다음과 같은 속담이 있다 ― 〈늑대에게 말하려면 늑대처럼 말하라〉.

이러한 늑대의 자손은 어디서부터 우리 민족 속에 나타난 것일까? 정말로 그 근원이 우리 민족일까? 우리의 혈통일까?

그렇다, 그건 우리의 것이다.

정의의 백색 망토를 치켜들 필요도 없이, 각자 자기 자신에게 물어 보자 ― 〈만약 나의 인생이 다른 길을 걸었다면 나도 그런 사형 집행인이 되지 않았을까?〉

이 물음에 정직하게 대답하자면, 이것은 무서운 질문이다.

나는 대학 3학년 때인 1938년 가을의 일이 생각난다. 공산 청년 동맹 지구 위원회는 우리 동맹원들을 두 번씩이나 불러다가, 동의 여부는 물어보지도 않고 기입하라고 우리에게 서류를 넘겨주었다. 다시 말해서 이학부나 화학부는 그만해도 충분하니, NKVD의 학교로 가는 것이 조국을 위해 더 필요하다는 것이었다(그들은 언제나, 어느 개인을 위해 필요하다고 말하지 않고 조국을 위해서라고 말한다. 따라서 어느 관리건 그가 하는 모든 일, 모든 말은 다 조국을 위해서이다).

그보다 1년 전 역시 같은 지구 위원회는 우리를 항공 학교로 부른 적이 있었다. 우리는 역시 그것도 피했다(대학을 버리기가 싫었던 것이다). 그러나 지금처럼 어떤 굳은 확신을 가지고 거절했던 것은 아니다.

그로부터 사반세기가 지난 지금 어쩌면 다음과 같이 생각할 수도 있을 것이다 ― 우리가 그때 그 더러운 직장을 거절한 것은 우리 주변에 체포 행위가 그칠 날이 없었고 수많은 사람들이 형무소에서 고통을 당하고 있다는 것을 잘 알고 있었기 때문이라고. 그러나 그것은 틀린 생각이다! 기관원들은 야음을 틈타서 행동했고 우리는 낮에 깃발을 들고 행진을 했으니, 체포에 대해서는 전혀 알 수도 없었고 또 생각도 할 수 없었던 것이다. 주(州)의 간부들이 모두 바뀐다 해도 우리하고는 전혀 관계가 없었다. 두서너 명의 교수가 체포되어도 우리는 무관심했다. 교수들이 체포되면 오히려 시험만 더 쉬워졌을 뿐이다. 우리 20대의 젊은이들은 10월 혁명의 동년배의 대열 속에 끼어 행진하고 있었고 10월 혁명의 아들로서 우리들은 가장 빛나는 미래를 약속받고 있었다.

따라서 그때 NKVD의 학교로 들어가지 못하도록 방해한 것이 무엇이었는지 그 내면적인 이유를 딱 꼬집어 말할 수는 없다. 사적 유물론 강의에서도 이런 것은 전혀 다루어지지 않았다. 우리는 그 강의를 통해 내부의 적과의 투쟁이 당면한 과제이고 명예로운 임무라는 것을 명시받았을 뿐이다. 그러나 그것은 우리의 실제적인 이익과도 모순된 것이었다. 그 당시 지방 대학들은 산간벽지의 농촌 학교 이외에는 다른 아무것도 우리에게 약속해 주지 않았고, 게다가 그 보수마저 인색했다. 그 반면 NKVD의 학교는 여러 가지 배급의 특혜와 두세 배의 급료를 약속해 주고 있었다. 우리는 그 모순을 마음속으로 느끼면서도 입 밖으로 소리 내어 말할 수는 없었다(설령 말할 수 있었다 해도, 위험성을 생각해서 서로 그런 말을 주고받을 수 없었다). 그것은 머리에서 나온 어떤 저항이 아니라, 가슴 한구석에서 우러나온 저항이었던 것이다. 사방 주위에서 그렇게 〈해야 한다!〉고 자신에게 외치면 자신의 머리도 〈그렇게 해야 한다!〉고 대답하지만, 가슴만은 그것을 부정한다. 〈난 싫어, 《싫단》 말이다! 내가 없어도 되잖아. 나는 참

여하지 않겠다.〉

이것은 아주 오래전부터 전해져 내려오는 본성이다. 아마 레르몬또프(러시아의 낭만주의 시인, 1814~1841) 시대부터였는지도 모른다. 그때부터 수십 년 동안 러시아의 훌륭한 사람들은 헌병 직책보다 더 나쁘고 추악한 것은 없다고 노골적으로 공언해 왔다. 아니 그 훨씬 전부터였다. 동화와 은화로 몸값을 치르고 자기 몸의 자유를 되찾던 그 시대부터, 즉 도덕이 상대적인 것이 아니었던 그 시대부터, 선과 악은 순전히 마음에 의해서 구별되었던 것이다.

그렇지만 우리들 중의 누군가는 그때 징집되어 갔다. 만약 그때 더 강한 압력을 받았다면 우리도 모두 끌려갔을지도 모른다. 그래서 나는 지금 다음과 같은 것을 상상해 본다 — 만약 내가 푸른 제모를 쓴 기관원으로 전쟁에 나갔다면, 나는 어떻게 되었을까? 물론 나는 지금, 다음과 같이 나 자신을 위로할 수는 있다 — 나의 심장은 그런 일을 감당해 낼 수 없으리라, 나는 거기서 항의를 하고, 문을 쾅 닫고 나와 버렸을 것이라고. 그러나 형무소의 판자 침상 위에 누워서 지난날의 현역 장교 생활을 돌이켜 보니 오싹 소름이 끼친다.

나는 미적분에 골몰하던 대학생에서 바로 장교가 된 것은 아니다. 나는 그전에 6개월 동안 억눌린 사병 생활을 했다. 나는 그때 굶주린 배를 안고라면 항상 누구에게나 복종할 용의가 생긴다는 것을 알게 되고, 자기 자신을 지푸라기만도 못한 인간으로 만들어 버릴 수도 있다는 것을 피부를 통해 실감했다. 그러고 나서 나는 다시 반년 동안 사관학교에서 고생스러운 훈련을 견뎌 내야 했다. 그러니 나는 살가죽이 얼고 터져 나가는 그 사병 생활의 비애를 영원히 잊지 말아야 했다. 그러나 그렇지 않았다. 그들이 내 견장 위에 두 개의 별을 달아

주고 다시 세 개, 네 개로 늘어 가는 사이에 나는 이 모든 것을 잊고 만 것이다!

그렇다면 나는 적어도 대학생다운 자유 애호 사상만은 가지고 있었던가? 그런 것은 애초부터 우리에게 있어 본 적이 없다. 우리에게는 그저 대열 애호 정신과 행진 애호 사상이 있었을 뿐이다.

나는 사관학교에서 체험한 〈단순화의 기쁨〉이라는 것을 지금도 잘 기억하고 있다. 군인이 되려면 〈생각을 버려야 한다〉는 것이다. 다른 모든 사람들과의 동일한 생활 방식에 몰두해야 하는 기쁨, 우리 군인들의 동료 사회에서 당연하게 받아들여지고 있는 생활에 〈몰두해야 하는 기쁨〉, 어릴 때부터 길들여 온 그 모든 섬세한 감각을 잃어야 하는 기쁨.

우리는 항상 사관학교에서 배고픔을 맛보아야 했다. 그래서 여분의 빵 조각이라도 없나 언제나 두리번거렸고, 서로 시기심을 가지고 누가 먹을 것을 훔쳐 오는가를 감시하곤 했다. 무엇보다도 장교 임관 때까지 견디어 내지 못할까 봐 두려웠다(탈락자는 모두 스딸린그라뜨 근처의 전선으로 내몰렸던 것이다). 그들은 우리를 야수처럼 교육시켰다. 그들은 우리에게 되도록 많은 원한을 품게 했다. 나중에 그 원한을 우리가 다른 사람에게 풀게 하기 위해서였다. 우리는 제대로 잠을 잘 수도 없었다. 소등 후에도 우리는 중사의 호령 아래 대열을 맞추어 걸어 다녀야 했다. 그런가 하면 한밤중에 소대 전원이 한 짝의 더러운 장화 때문에 정렬을 해야 했다 — 그 장화가 광이 날 때까지 소대원 전원이 서 있어야 하는 것이다.

장교 계급장을 따려는 열렬한 기대 속에 우리는 호랑이 같은 장교의 걸음걸이며 쇳소리의 호령법을 익혔다.

그리하여 마침내 우리는 장교 계급장을 달게 되었다! 그리고 불과 1개월 후 후방에서 포병 중대를 편성할 때 나는 일을 태만히 하는 베르베뇨프 병사를 취침 후에 불러내 콧대가 센 메뜰린 병사의 호령을 받게 함으로써 첫 번째의 기합을 줄 수 있었다. (나는 이 사실을 여러 해 동안 까맣게 〈잊고 있었다〉. 지금 원고지를 대하니 불현듯 그의 이름이 생각난 것이다.) 그때 어떤 늙은 대령이 우연히 검열을 왔다가 나를 불러내 핀 잔을 주었다. 그러나 나는(그때만 해도 대학을 갓 졸업한 기분이었다!) 사관학교에서 그렇게 배웠다고 나 자신을 정당화했다. 일단 군대에 들어가면 인류 전체에 대한 사고방식도 이렇게 변할 수 있는 것이다.

(그러니 하물며 〈기관〉에서는…….)

돼지 살에 기름이 오르듯이 우리 가슴에도 오만한 자만심이 자란다.

나는 부하에게 명령을 내릴 때 어떤 질문도 허용하지 않았으며, 내 명령보다 현명한 명령은 없을 것이라고 납득시켰다. 그리고 누구나 똑같이 죽음을 앞두고 있는 일선에서조차 나의 계급장은 내가 최고급의 인간이라는 것을 언제나 확신시켜 주었다. 나는 〈차렷 자세〉로 말하는 부하들의 말을 앉은 채 들었다. 나이로 보아 아버지나 아저씨뻘이 되는 그들에게 나는 〈너〉라는 호칭을 썼다(그들은 물론 나에게 〈당신〉이라고 존칭을 썼지만). 나는 끊어진 전선(電線)을 수리하라고 적의 포탄 밑으로 그들을 내몰았다. 그러나 그것은 상관들의 책망을 모면하려는 단 한 가지의 이유 때문이었다(안드레야신은 이렇게 해서 전사한 것이다). 나는 장교용 빵에 버터를 발라 먹었다. 그러나 나는 왜 그것을 먹어야 하고 사병들은 먹지 말아야 하는가에 대해서는 생각하지 않았다. 물론 나에게도 당번병이 있었다(좀 더 고상하게 말하면 〈전령〉이다). 그는 나 자신을 위해서 너무나 많은 시중을 들었다. 그는 언제나 일반 사병과는 다른 식사를 나에게 마련해 주었다(루비얀까 형무소의 신문관에게는 전령이 없었다. 그러니까 이 점에 대해서는 나쁜 말을 할 수가 없다). 새 장소로 이동할 때마다 나의 부하들은 나의 개인호를 판 다음 내가 편하고 안전하게 기거할 수 있도록 지붕에 굵은 통나무를 깔아야 했다. 그리고 우리 포병 중대에도 영창이란 것이 있었다. 숲속에 있는 영창은 어떤 것이었을까? 역시 구덩이지만, 그래도 고로호베쯔 사단의 영창보다는 훨씬 좋았다. 거기에는 지붕도 있고 병사용 식량 배급도 있었으니 말이다. 바로 거기에 뷰시꼬프는 말을 잃어 버렸다는 죄로, 그리고 뽑꼬프는 기관총을 잘못 간수했다는 죄로 들어가 있었다. 그리고 또 이런 일도 있었다! 어느 날 나의 부하들이 독일제 가죽으로 지도철을 만들어 준 일이 있었다(사람 가죽으로 만든 것이 아니라 운전석 깔개로 만든 것이었다). 그러나 거기에는 끈이 없었다. 나는 아쉬운 표정을 지었다. 그런데 갑자기, 어느 빨치산 부대의 정치위원(그 지방의 공산당 지구 위원회의 사람)이 마침 내가 필요로 하던 가죽 끈을 가지고 있는 것을 부하들이 발견하고, 그것을 압수해 버렸다 — 우리는 군인이니까 빨치산보다는 높다는 것이다! (여러분은 보안 장교 센첸꼬의 일을 기억하고 계시는지?) 그리고 마침내 그 주홍색 담배 케이스까지 탐을 내서 손에 넣고 만 것이다. 바로 이러한 이유로 해서 그것을 빼앗겼을 때의 기억이 더욱 생생할 수밖에 없었던 것이다⋯⋯.

다름 아닌 계급장이 사람에게 이런 짓을 시키는 것이다. 성상 앞에서 할머니가 행하시던 그 훈계는 다 어디로 간 것일까! 미래의 밝은 〈평등〉에 대한 소년단 시절의 그 꿈들은 또 어디로 가고!

그리고 전투 사령부의 여단장실에서 스메르시 대원들이 이 저주스러운 견장과 혁대를 나에게서 빼앗은 다음 그들의 자동차 쪽으로 나를 떠밀었을 때에도 나는 뒤바뀐 운명 속에서 다음과 같은 생각을 하고 더욱 가슴이 아팠던 것이다 — 〈이 초라한 꼴을 하고 어떻게 전화 교환실을 지나갈 수 있을까, 저 사병들이 나를 어떻게 볼 것인가!〉

체포된 이튿날, 유형을 떠나는 나의 도보 행군이 시작되었다 — 체포된 자는 군 방첩대에서 전선의 방첩 본부로 호송되어야 했다. 우리는 오스테로데에서 브로드니차까지 도보로 갔다.

영창에서 나오니, 거기에는 벌써 일곱 명의 수감자들이 내 쪽으로 등을 돌리고 2열 종대로 서 있었다. 그중 여섯은 다 떨어진 소련군 사병 외투를 입고 있었고, 그 등 뒤에는 지워지지 않는 흰 페인트로 커다랗게 〈SU〉라고 쓰여 있었다. 이것은 〈소비에뜨 연방Soviet Union〉을 뜻하는 것이었다. 나는 이미 그 마크의 내력을 알고 있었다. 자기들을 〈해방시켜 준〉 군대에 대한 죄책감에 싸인 슬픈 얼굴을 하고 정처 없이 헤매는 우리 러시아군 포로의 등에서 수없이 그 마크를 보아 왔기 때문이다. 그들은 자기 부대에서 해방되긴 했으나, 그 해방 속에는 거기에 상응하는 기쁨이 없었다. 그들을 해방시킨 동족들은 독일군보다 더 사나운 눈초리로 그들을 흘겨보는가 하면, 가까운 후방에서는 그들을 모두 형무소에 처넣고 있었던 것이다. 일곱 번째 수감자는 검은 양복에 검은 외투, 역시 검정 모자를 쓴 독일 민간인이었다. 50세가량 되어 보이는 그 독일인은 키도 크고 옷차림도 단정하고, 흰 빵을 먹고 자라서 그런지 얼굴도 희멀쑥했다.

나는 네 번째 줄에 세워졌다. 호송 책임자인 따따르인 중사가 나에게 머리를 끄덕였다 ― 옆에 세워 둔 봉인된 트렁크를 들라는 신호다. 그 트렁크 속에는 나의 장교 비품과 나의 사색을 담은 진중 일기들이 들어 있었다. 결국 나보고 트렁크를 나르라는 것이다. 중사인 그가 장교인 나에게 트렁크를 나르라고 하다니? 새 내규에 의하면 장교는 이렇게 큰 짐을 나르지 못하게 되어 있는데도? 게다가 옆에는 빈손으로 가게 될 여섯 명의 〈사병들〉이 있지 않느냐 말이다! 그리고 또 저 패전국의 신사 나리는 어떻고?

그러나 나는 이렇게 복잡한 말을 다 늘어놓지는 않고 간단히 다음과 같이 말했다.

「나는 장교요. 독일인보고 들라고 하게.」

수감자들 중의 어느 누구도 나의 말에 뒤돌아보는 사람은 없었다. 뒤돌아보지 말라는 명령이 내려져 있었기 때문이다. 그저 나와 짝이 된 넷째 줄의 〈SU〉만이 놀란 눈으로 나를 바라보았을 뿐이다(하긴 그가 포로가 되었을 때만 해도 우리 군대는 그렇지가 않았던 것이다).

그러나 방첩 기관의 중사는 조금도 놀라는 기색이 아니었다. 그의 눈으로 볼 때 물론 나는 이미 장교는 아니었지만, 그와 내가 받은 정치 교육은 같은 것이었다. 그는 아무 죄도 없는 독일인을 불러 그에게 트렁크를 나르라고 명령했다. 다행히도 독일인은 우리들의 대화를 알아듣지 못했다.

나머지 사람들은 모두 손을 뒤로 한 채(과거의 전쟁 포로들은 아무것도 가진 것이 없었다. 그들은 빈손으로 조국을 떠났다가 역시 빈손으로 돌아오고 있었다) 4개 조 2열 종대로 앞사람의 뒤통수만 바라보며 움직이기 시작했다. 호송되어 가는 도중에는 길 위에서건, 휴식 시간이건, 노숙지에서건, 호송병과의 대화는 물론 죄수들 간의 대화도 전부 금지되어 있었다. 우리 수감자들은 마치 보이지 않는 칸막이로 격리되어 각자 독방에라도 갇혀 있는 듯한 표정으로 걸음을 옮겨야만 했다.

변덕스러운 이른 봄 날씨였다. 엷은 안개가 무럭무럭 피어오르고, 끈적끈적한 진흙이 장화 밑으로 신음 소리를 냈다. 그러다가 하늘이 맑게 개면 아직도 자기 자신의 능력을 의심하는 시뻘건 태양이 거의 다 눈이 녹은 동산을 따스하게 녹여주었다. 이제 곧 버리게 될 세상이 그지없이 맑고 투명해 보였다. 혹은 또 갑자기 사나운 회오리바람이 몰아쳐서 검은 비구름을 찢어 놓으면, 싸늘한 비바람이 우리의 외투며 각반을 적시면서 얼굴과 등, 다리 밑을 사정없이 후려갈겼다.

여섯 개의 등이 앞에서 걸어가고 있었다. 지금은 더럽고 지저분한 〈SU〉 마크와 윤이 나게 반짝이는 독일인의 검은 양복만을 바라보는 시간이다. 그리고 과거의 인생을 수없이 회상하고 현재의 입장을 자각하는 시간이기도 했다. 그러나 나는 그럴 수가 없었다. 곤봉에 맞아 머리가 갈라진 듯한 나는 아무것도 이해할 수 없었다.

여섯 개의 등. 그들의 움직임 속에는 시인(是認)도 없었고 비난도 없었다.

독일인은 곧 지쳐 버렸다. 그는 이 손에서 저 손으로 트렁크를 옮겨 쥐기도 하고 가슴으로 안고 가기도 하다가, 나중에는 도저히 참을 수가 없었던지 호송병에게 못 나르겠다는 시늉을 했다. 그러자 옆에서 가던 전쟁 포로인 그의 짝이, 바로얼마 전의 독일군 포로 생활을 잊기라도 한 듯이(어쩌면 동정심에서였는지도 모르지만) 자진해서 트렁크를 옮겨 받아 운반해 갔다.

그다음에는 다른 포로들의 손으로 넘어갔다. 역시 아무 지시도 명령도 없이. 그다음에는 다시 독일인이.

그러나 나는 나르지 않았다.

그렇다고 누구 하나 나에게 뭐라고 말하는 사람은 없었다.

우리는 짐을 싣지 않은 기다란 짐마차와 우연히 마주쳤다. 마부들은 흥미진진한 표정으로 우리들을 바라보았다. 그중에는 마차 위로 깡충 뛰어올라 온몸을 일으켜 세우고 바라보는 사람도 있었다. 이윽고 나는 그들의 활기와 분노가 나 때문이라는 것을 알아차렸다. 나는 다른 동행인들에게 비해 너무나도 두드러져 보였다. 몸에 착 붙는 새 외투, 햇빛에 반짝이는 금 단추, 아직도 붙어 있는 군복 깃의 견장, 어디로 보나 방금 붙잡힌 장교라는 것이 명백했다. 어쩌면 나의 이 비하된 모습이 그들의 마음을 뒤흔들어 놓았을지도 모른다(어떤 정의감의 발로에서). 그러나 정치 교양으로 굳어진 그들의 머리로서는 자기들의 중대장도 이렇게 붙잡힐 수 있다는 것을 이해할 수 없었다. 결국 그들은 내가 〈저쪽〉[20]에서 왔다고 단정해 버린 것이다.

「걸려들었군, 블라소프의 악당! 저런 놈은 총살을 해야 해!」

그들은 흥분한 어조로 외쳐 대며(가장 강력한 애국심은 언제나 후방에 있게 마련이다) 갖은 욕설을 다 퍼부었다.

그들의 눈에는 내가 악명 높은 국제 스파이로 보였을 것이다 —〈그러나 저런 위험인물이 체포되었으니 일선의 진격도 그만큼 빨라질 것이고 전쟁도 그만큼 빨리 끝나게 될 테지.〉

나는 그들에게 뭐라고 대답할 수 있었을까? 말 한마디 할 수 없는 지금의 상태, 그러나 나는 그들에게 나의 모든 것을 설명해 줘야 한다. 자, 어떻게 그들에게 알려 줄 것인가 — 내가 적의 공작원이 아니라는 것을, 그리고 내가 그들의 친구라

20 독일군을 뜻함 — 옮긴이주.

는 것을? 그리고 또 내가 전장에 있는 것은 바로 그들을 위해서였다는 것을? 나는 빙긋 미소를 지어 보였다. 죄수 대열에서 그들을 바라보며 나는 미소를 지은 것이다! 그러나 그들에게는 나의 이 미소가 말할 수 없이 통렬한 조소로 느껴졌으리라. 그들은 더욱 거칠게 더욱 맹렬하게 나를 모욕하고, 주먹을 휘두르면서 나를 위협했다.

나는 절도나 배신이나 징병 기피죄가 아니라, 예리한 통찰력으로 스탈린의 악의 비밀을 파고들었다는 죄로 체포되었음을 자랑스럽게 여기면서 미소를 지었다. 나는 우리의 러시아 생활을 조금이라도 개선시키기를 원하고 또 어쩌면 앞으로 그럴 수 있을지도 모른다는 어떤 자부심을 느끼며 미소를 지은 것이다.

그러는 사이에도 나의 트렁크는 쉬지 않고 운반되고 있었다.

그러나 나는 자신의 이러한 행동에 대해 조금도 양심의 가책을 느끼지 않았다! 그리고 만약 옆에 있는 나의 짝(2주일이나 자란 턱수룩한 수염, 움푹 팬 얼굴, 그 눈에는 고통의 빛이 역력했다)이 지금 당장 분명한 러시아어로 내가 동료 죄수의 명예를 손상시켰으며 호송병의 도움으로 잘난 척하는 뻔뻔스러운 놈이라고 나를 비난했다 하더라도, 나는 그 말을 〈이해할 수 없었을〉 것이다! 그가 무슨 말을 하고 있는지 나는 도저히 이해할 수 없었을 것임에 틀림없다! 왜냐하면 나는 장교였으니까!

가령 우리 가운데 일곱 명이 길에서 죽어야 하고 단 한 사람만 호송병에 의해 구출될 수 있다고 가정하자. 그러면 나는 서슴지 않고 다음과 같이 외쳤을 것이다.

「중사! 나를 살려 주게. 나는 장교니까!」

이것이 장교라는 것이다. 비록 그 견장이 푸른색이 아니더라도!

그리고 만약 여기에 견장까지 푸르다면? 그리고 그가 다른 장교들보다도 명석한 두뇌를 가지고 있다고 자부한다면? 그가 다른 사람들보다 더 많이 신임을 받고 있고, 또 다른 사람보다 더 많은 것을 알고 있기 때문에 피고인의 머리를 두 다리 사이에 처박은 다음 배수관 속으로 떠밀어 넣어야 한다고 확신한다면?

그렇다. 그때는 어떻게 떠밀어 넣지 않을 수 있겠는가?

나는 사심 없이 자기희생을 하겠다고 나 자신에게 맹세해 왔다. 그리고 그러한 가운데 나는 완벽한 사형 집행인이 될 준비 역시 마칠 수 있었던 것이다. 그리고 만약 내가 예조프 시대에 NKVD 학교에 들어갔더라면, 나는 베리야 밑에서 나무랄 데 없는 사형 집행인으로 출세를 했을지도 모른다.

만약 이 책에서 정치적인 폭로를 기대하는 독자가 있다면 지금 당장 이 책을 덮어 주기 바란다.

가령 이렇게만 할 수 있다면 얼마나 간단할까! 흉악한 일을 꾸미는 악한들은 어디엔가 있게 마련인데, 그 악한들만을 골라내서 박멸할 수 있는 방법은 없는 걸까? 그러나 선과 악의 분기선은 어느 누구의 가슴에도 다 가로놓여 있다. 그러니 누가 자기 가슴의 한쪽을 박멸시킬 수 있겠는가?

한 심장이 살아가는 동안 이 선(線)은 때로는 열광적인 악으로 짓눌리기도 하고 때로는 어둠을 제거하는 선(善)에 공간을 내주면서 심장 위에서 이동을 계속한다. 동일한 인간이라도 나이와 상황에 따라 완전히 다른 사람이 되곤 한다. 어떤 때는 악마에 가까워지기도 하고, 어떤 때는 성인에 가까워지기도 한다. 그러나 그 이름만은 변하지 않고, 우리는 모든 것을 그 이름의 소행으로 돌리고 만다.

소크라테스는 우리에게 다음과 같은 말을 남겼다 ― 〈자기 자신을 알라!〉

우리를 박해한 자들을 구덩이 속에 떠밀어 넣으려고 할 때 우리는 그 앞에서 잠시 멍한 얼굴로 행동을 멈추게 된다. 그러나 이때 사형 집행인은 우리가 아니라 바로 그들이었다는 관념을 조성시킴으로써 우리 자신의 행동을 정당화시키게 마련이다.

만일 말류따 스꾸라또프[21]가 〈우리에게〉 업무를 지시했다면 우리도 아마 맡은 일을 잘하지 않았겠는가!

선에서 악까지는 단 한 걸음밖에 안 된다는 속담이 있다.

따라서 악에서 선까지도 마찬가지다.

불법과 고문이 판을 치던 그 시대의 추억이 사회를 뒤흔들기 시작하자 사방에서 논쟁을 일으키고 글로 쓰고 대꾸를 하기 시작했다 ― 〈그들 중에도 좋은 사람은 있었다!〉라고 말이다.

그 〈좋은 사람〉들을 우리는 알고 있다 ― 그들은 고참 볼셰비끼들에게 〈힘을 내라!〉고 귓속말로 속삭이기도 하고 때로는 슬그머니 빵 조각을 밀어 넣어 주기까지 했지만, 다른 나머지 사람들을 닥치는 대로 발길로 걷어찬 사람들이다. 그렇다면 당을 초월한 인간 ― 즉 인간적인 선인은 거기에 없었던 것일까?

도대체 그런 사람들은 그런 곳에 있을 리가 없었다. 기관은 그런 사람들을 채용하지도 않았고 또 채용 기준에 들어맞지도 않았다. 또 그런 사람들은 스스로 꾀를 부려 그 소굴을 모면하려고 애썼다.[22] 혹시 잘못 판단하여 발을 들여놓은 사람

---

21 이반 뇌제의 총신으로 탄압 정책을 펼친 사람 ― 옮긴이주.

22 전쟁 중 랴잔에서의 일이다. 레닌그라뜨 출신의 한 비행사는 병원에서 퇴원한 후 폐결핵 보건 진료소를 찾아가서 다음과 같이 간청했다. 「제게서 뭔

은 그 환경 속에 융화되어 버리거나 추방되거나 했다. 개중에는 스스로 목숨을 끊기도 했다. 그렇다면 정말 좋은 사람은 하나도 남아 있지 않았을까?

끼시뇨프에서의 일이다. 젊은 중위인 기관원 한 사람이 시뽀발니꼬프 신부를 찾아와서 이렇게 말했다. 「도망가십시오, 빨리. 당신을 체포하려고 하니!」(그 자신이 생각해서 온 걸까, 아니면 그의 어머니가 신부님을 구하기 위해 아들을 보낸 것일까?) 신부는 체포되었다. 그리고 공교롭게도 그 신부의 호송을 중위가 맡게 되었는데, 그때 중위는 왜 피하지 않았느냐고 몹시 가슴 아파하더라는 것이다.

그리고 또 이런 일도 있었다. 나의 중대에 오프샨니꼬프 중위라는 소대장이 있었다. 그는 일선에서 나와 가장 가까운 친구였다. 전쟁을 치르는 동안 우리 두 사람은 한솥밥을 먹고, 빗발치는 총알 아래서 뜨거운 수프를 나누어 먹기도 했다. 그는 말할 수 없이 깨끗한 마음씨를 가진 시골 청년이었다. 그에게서는 어떠한 편견도 찾아볼 수 없었다. 그 야수 같은 사관학교의 교육도 장교 계급장도 그의 이러한 특성을 손상시킬 수는 없었던 것이다. 나는 그에게서 많은 위안을 받았다. 그는 부하 병사들의 생명과 사기를 유지하는 것을 장교로서의 유일한 사명이라고 생각하고 있었다(그의 부하들 중에는 나이 많은 사람들도 많았다). 나는 그를 통해 오늘날의 농촌 실정과 집단 농장의 사정을 처음으로 알게 되었다(그는 흥분도 항의도 없이, 있는 그대로를 솔직히 말해 주었다 — 마치 숲속의 호수가 작은 나무까지도 선명히 비쳐 주듯이). 내가

가 좀 발견해 주십시오! 저보고 〈기관〉에 가라고 하니 말입니다!」 방사선과의 의사는 뢴트겐을 조작해서 비행사의 폐를 결핵균이 침식하고 있는 것처럼 만들어 주었다. 그러자 기관은 당장에 그를 거절했다고 한다.

체포되었을 때 그는 충격을 받고 나에 관한 전투 진술서를 되도록 유리하게 작성한 다음 사단장의 서명을 받으러 가기도 했다. 그는 제대를 한 후에도 나를 도우려고, 친척을 통해 나의 주소를 알려고 노력했다. (1947년이라 1937년과는 그래도 많은 차이가 있었던 것이다!) 나는 신문 도중 나의 〈진중 일기〉를 읽지 말아 주기를 얼마나 바랐는지 모른다. 그에 관한 이야기가 언급되고 있었기 때문이다. 1957년 복권되었을 때, 나는 무척 그를 찾고 싶었다. 나는 그의 시골 주소를 알고 있었다. 두 번이나 편지를 보냈으나 회답이 없었다. 나는 수소문 끝에 그가 야로슬라블에서 교육 대학을 졸업했다는 사실을 알아냈다. 이윽고 거기서 회답이 왔다 — 〈기관에 파견되었다〉는 것이었다. 아니, 그럴 수가. 하지만 더 흥미롭지 않은가! 나는 이렇게 생각하고 도시 주소로 그에게 편지를 띄웠다. 역시 회답은 없었다. 몇 년이 지나서 나의 처녀작 『이반 제니소비치의 하루』가 출판되어 나왔다. 자, 이젠 반응이 있겠지! 여전히 회답은 없었다! 다시 3년 후 나는 야로슬라블의 어느 통신원에게 직접 그를 찾아가서 나의 편지를 전해 달라고 부탁했다. 통신원은 편지를 전한 다음 나에게 다음과 같이 글을 보내왔다. 〈그는 『이반 제니소비치의 하루』도 읽지 않은 것 같더군요……〉 하긴 그렇다. 그들이 무엇 때문에 죄수들의 운명을 알려고 하겠는가? 그러나 이번만은 오프샨니꼬프도 침묵을 지킬 수 없었던지 회답을 보내왔다. 〈교육 대학을 마치자 《기관》에 들어가라는 제안을 받았다네. 나는 여기서도 역시 성공을 거둘 것 같은 생각이 들었어. (도대체 무슨 《성공》을 거둔다는 걸까?) 새로운 활동 무대이기 때문에 아직도 서툴고 마음에 들지 않는 곳도 없지는 않지만, 몽둥이는 안 들고 일을 하고 있네. 실수를 하지 않는 한, 동료들을 실망시

키는 일은 없을 걸세. (동료애라, 그렇게 정당화하는군!) 이젠 미래에 대해서는 생각도 하지 않는다네.〉

이것이 전부였다……. 내가 그전에 보낸 편지는 받아 보지도 못한 것 같았다. 그리고 나를 만나 보고 싶어 하지도 않았다(만약 우리 두 사람이 만났다면, 나는 이 장을 좀 더 잘 쓸 수 있었을 것이라고 생각한다). 스딸린 말기에 그는 벌써 신문관이 되어 있었다. 계속해서 마구 〈25년 형〉을 선고하던 바로 그 시기에 말이다. 도대체 어떻게 하길래 사람의 의식을 그렇게도 변하게 할 수 있는 걸까? 어떤 방법으로 그토록 흐리게 하는 걸까? 그토록 헌신적이고 순수하던 그 청년을 기억하고 있는 나로서는, 어떻게 그 모든 것이 이젠 돌이킬 수 없게 되었다고 믿을 수 있겠는가? 그리고 나의 마음속에 움텄던 그 새싹들이 하나도 남지 않고 다 없어졌다고 어떻게 믿을 수 있겠는가?

골드만 신문관이 베라 꼬르네예바에게 〈제206조〉 최종 조서에 서명시키려고 했을 때, 그녀는 자기에게 맡겨진 권리를 이해하고 그들의 〈종교 집단〉에 관련된 열일곱 명 전원의 〈사건〉을 상세히 조사해 보기 시작했다. 신문관은 분노가 머리끝까지 치밀었으나 그래도 거절할 수 없었다. 신문관은 그녀 때문에 골머리를 앓기가 싫었던지, 그녀를 넓은 사무실로 데려다 놓고 나가 버렸다. 그 사무실 안에는 대여섯 명가량의 직원들이 앉아 있었다. 우선 꼬르네예바 여사는 조서를 읽기 시작했으나 얼마 후 어떻게 된 일인지 서로 이야기가 오가다가 — 아마 직원들이 따분했기 때문이었겠지만 — 그녀는 마침내 본격적인 복음 설교를 하기 시작했다(그녀를 알아 둘 필요가 있을 것 같다. 그녀는 자유로운 몸으로 있을 때 선반공, 마구간 잡부, 그리고 한 가정의 주부에 지나지 않았지만, 그때 이미 명석한 두뇌와 능란한 화술을 겸비한 훌륭한 여자가 되어 있었다). 그들은 모두 숨을 죽이고 들으면서 이따금 질문을 하기도 했다. 그들은 예기치 않은 기회에 뜻밖의 설교를 듣게 된 것이다. 어느새 방 안은 사람들로 가득 찼다. 다른 방에서 들으러 온 사람도 많았다. 그들은 모두가 타자수, 속기사, 그리고 서류를 정리하는 사무직원들이었다. 비록 신문관들은 아니었지만, 어쨌든 그들과 같은 기관, 같은 환경에서 일하는 사람들임에는 틀림없었다. 그녀의 독백을 여기에 다 옮기는 것은 불가능하다. 아무튼 그녀는 여러 가지 이야기를 하는 데 성공했다. 조국의 배반자에 대한 이야기를 하면서, 농노 제도 시대인 1812년의 조국 전쟁[23] 당시에는 왜 그러한 배반자가 없었느냐고 반문했다. 순리적으로 보자면 오히려 그때 더 많은 배반자가 있어야 했을 텐데! 그러나 그녀는 주로 신앙과 신도들에 대해서 말했다. 〈예전에는〉 하고 베라는 말했다. 「모든 것이 제멋대로의 욕망에 맡겨져 있었습니다. 〈약탈당한 것을 약탈해라〉 하는 식으로. 따라서 그 당시에는 종교인들이 당신들을 방해했던 것도 사실이지요. 그러나 지금, 이 세상에서도 가장 행복한 나라를 〈건설하기를〉 원하고 있는 이때, 당신들은 왜 이 나라의 가장 훌륭한 시민들을 괴롭히는 겁니까? 그들이야말로 가장 귀중한 인재들입니다. 신자들을 감시할 필요는 없습니다. 그들은 도둑질도 모르고 일을 기피하지도 않으니까요. 당신들은 독선과 시기로 뭉쳐진 사람들만으로 공평한 사회를 건설할 수 있다고 생각합니까? 지금 당신네들의 모든 것은 무너져 내리고 있습니다. 당신들은 왜 착한 사람들의 마음에 침을 뱉는 겁니까? 교회에 진정한 기능을 부여하고 교회를 건드리지 마세요. 그렇다고 당신들이 손해를 보

23 나폴레옹과의 전쟁 — 옮긴이주.

는 것은 아닙니다! 당신들은 유물론자들이지요? 그럼 그런 식으로 교육을 시켜서 믿음을 없애게 하면 되지 않느냐 그 말이에요. 왜 체포를 해야 합니까?」이때 골드만 신문관이 들어와서 난폭하게 이야기를 중지시키려고 했다. 그러나 좌중은 모두 신문관에게 소리치기 시작했다. 「아, 그대로 놔둬요! 이야기를 하게 내버려 둬요…… 자, 계속해요, 계속해. 여자!」(그녀를 뭐라고 부를 것인가? 시민? 동무? 그런 호칭은 모두 금지되어 있다. 그들은 결국 임시방편으로 〈여자〉라는 호칭을 쓴 것이다. 그리스도께서도 〈여인〉이라 불렀으니, 제대로 들어맞는 호칭이다.) 이렇게 꼬르네예바 여사는 자기 신문관이 있는 앞에서 설교를 계속했던 것이다!

MGB 사무실의 종사자들이 보잘것없는 한 여죄수의 말에 그토록 관심을 기울인 이유는 무엇이었을까?

앞에서 언급한 바 있는 쩨레호프는 자기가 맨 처음 사형 선고를 내렸던 일을 아직도 잊을 수 없다고 내게 말한 적이 있다. 「그 사람이 참 불쌍하더군.」 그 기억이 잊히지 않는 것은 자기도 모르는 양심의 가책 때문일 것이다(그러나 그다음부터는 그 많은 사람들을 다 기억해 낼 수가 없었다고 한다).[24]

레닌그라뜨의 〈큰집〉에 있는 교도관들도 냉혈 동물만은 아니다. 그들의 마음속 깊은 곳에도 역시 내부의 핵은 남아 있게 마련이다. N. P. 여사의 말에 의하면 어느 날 공포라고는

---

24 쩨레호프 신문관과의 일화 한 토막을 소개한다. 흐루쇼프 시대의 재판 제도가 공정했다는 것을 논증하려 하면서, 그는 책상 위의 유리를 힘껏 내리쳐 유리 가장자리에 손목을 다쳤다. 전화를 걸자, 늙은 당직 장교가 요오드팅크와 과산화수소를 가져왔다. 그는 이야기를 계속하면서도, 피에 젖은 솜을 한 시간이나 상처 위에 누르고 있을 수밖에 없었다. 피가 제대로 응고되지 않았기 때문이다. 결국 신은 인간의 한계를 그에게 보여 준 것이다! 그런데도 그는 남을 재판하고 그들에게 사형 선고를 내렸으니……

모르는 말 없는 애꾸눈 〈여교도관〉이 그녀를 신문관실로 데려가는 도중, 별안간 〈큰집〉 바로 옆 어딘가에서 폭탄이 터지기 시작하여 당장 그들 머리 위로 폭탄이 떨어지는 것 같았다고 한다. 갑자기 여교도관은 자기 죄수 쪽으로 몸을 던지더니 공포에 떨며 그녀를 꼭 부둥켜안았다. 누구에겐가 기대고 싶은 인간 본능의 발로였으리라. 그러나 폭격이 지나가자, 그녀는 다시 애꾸눈으로 되돌아갔다. 「뒷짐을 져! 앞으로 가!」

물론 죽음의 공포 앞에서 인간이 된다는 것은 하나도 신기할 것이 못 된다. 자기 자신에 대한 사랑이 선의 증거가 될 수 없듯이(〈그 사람은 참 가족적인 분이야.〉 악한들일수록 자주 이런 말로 정당화된다). 최고 재판소장 I. T. 골랴꼬프는 정원 손질을 잘하고 책을 사랑하고, 고서점을 자주 드나들고, 똘스또이, 꼬롤렌꼬, 체호프를 애독한다고 해서 자주 칭찬을 받는다. 그러나 도대체 이들 작가에게서 무엇을 배웠다는 것일까? 그가 한 짓이란 수천 명의 삶을 파멸시킨 것밖에 없지 않느냐 말이다. 꼰꼬르지야 이오세의 친구인 그 대령만 해도 그렇다. 그는 블라지미르 형무소의 격리 감방에서 늙은 유대인들을 얼음 구덩이 속에 감금해 놓고 큰소리로 웃어 댔지만, 자기의 악행을 아내가 알까 봐 몹시 두려워하고 있었다. 아내는 남편을 고결한 인물이라고 믿고 있었고, 그 역시 아내의 이런 생각을 소중히 여기고 있었던 것이다. 그러나 그의 이러한 감정을 그의 마음속에 있는 선의 징조라고 볼 수는 없지 않을까.

왜 그들은 2세기 동안이나 하늘색을 소중히 여겨 왔을까? 레르몬또프의 시에도 〈너희들, 푸른 제복들이여〉라는 구절이 있다! 그 후에도 푸른 모자, 푸른 견장, 푸른 금장(襟章)들이 계속되었다. 그러나 그들은 푸른색이 눈에 잘 띄지 않게 하라는 지시를 받았다. 푸른색 상징은 언제나 인민으로부터 감사를 받아 오지 못했기 때문이다. 그리하여 푸른색은 그들의 머리와 어깨 위에서 점점 줄어들었고 나중에는 모자의 좁다란 줄무늬로 변모되고 말았지만, 그래도 여전히 푸른색에는 변함이 없었다!

이것은 변장에 지나지 않는 걸까?

아니면 모든 악은 가끔가다 한 번씩 푸른 하늘의 성찬을 받아야 하기 때문일까?

그럴듯한 멋진 생각이다. 그러나 야고다가 어떤 식으로 성상을 다루었는가를 안다면 이 모든 것을 이해할 수 있을 것이다. 목격자의 증언에 의하면(그 당시 야고다와 가깝게 지냈던 고리끼의 측근 중 한 사람) 모스끄바 근처의 야고다 별장 욕실 앞에 성상들이 나란히 서 있었다고 한다. 그것은 야고다가 자기 친구들과 함께 옷을 벗은 다음 권총 사격을 하기 위해 만들어 놓은 표적이었다. 그들은 한바탕 성상에 대고 권총을 난사한 다음 욕실로 들어가곤 했다는 것이다…….

이것을 어떻게 이해해야 할 것인가? 악당? 이것은 도대체 무엇일까? 이런 일이 정말 이 세상에 있을 수 있는 것일까?

그런 악인은 있을 수도 없고, 또 실제로 존재하지도 않는다고 대부분의 사람들은 말할 것이다. 악인은 아동용 동화 속에서 간단하게 그림으로 표현된다. 과거에 위대한 세계 문학 — 셰익스피어, 실러, 디킨스 등 — 이 흉악한 악인들의 형상을 창조해 내긴 했지만 그것은 이미 과장되어 있고 연극 같은 느낌을 주어 현대의 감각하고는 아주 멀다. 그러나 여기서 중요한 것은 그 악인들이 어떻게 묘사되어 있는가 하는 점이다. 그 악인들은 자기 자신을 악인이라 자인하고 또 자기의 마음이 검다고 스스로 느낀다. 악당들은 생각한다 —〈악을 행하지 않고는 살아갈 수 없다〉고.〈아버지와 형제 사이에 싸움을 붙일까! 희생자의 고뇌를 즐겨 볼까!〉하는 식이다. 이아고는 자기의 목적과 충동이 증오에 바탕을 둔 악행이라고 분명히 말하고 있다.

그러나 이런 악인은 존재하지 않는다! 악한 짓을 하기에 앞서 인간은 먼저 그것을 선이라고 믿어야 하고 자기 행위의 합법성을 찾아야 한다. 자기 행위를 〈정당화〉하려는 것이 인간의 본성인 것이다.

「맥베스」에서는 정당화가 약하다 — 양심이 그를 괴롭히기 때문이다. 그리고 이아고는 어린 양과 다를 것이 없다. 셰익스피어의 악당들의 상상력과 정신력으로는 불과 열 사람 정도의 사람도 제대로 죽일 수가 없었다. 왜냐하면 그들에게는 〈이데올로기〉가 없었기 때문이다.

이데올로기 — 그것은 사악한 일에 그럴듯한 정당성을 부여하고 악인에게 필요한 장기간에 걸친 강인함을 제공해 준다. 그리고 그 사회적인 이론은 자기와 다른 사람들 앞에서 자신의 악행을 은폐하게끔 도와주고, 비난과 저주를 듣는 대신 칭찬과 존경을 듣도록 도와준다. 그래서 종교 재판관은 그리스도교로, 침략자는 조국의 찬양으로, 식민주의자는 문화로, 나치스는 인종으로, 자코뱅파(초기와 후기의)는 다가올 세대의 평등과 우의와 행복으로 무장을 했던 것이다.

바로 이 〈이데올로기〉 때문에 20세기는 수백만 가지의 악행을 겪어야 했다. 이제 와선 그 악행을 뒤집어엎을 수도, 피할 수도, 입을 다물게 할 수도 없게 되었다 — 자, 그러니 어떻게 이 세상에 악인이 없다고 주장할 수 있겠는가? 수백만 명을 학살한 것은 도대체 누구란 말인가? 이 악인들이 없었다면 수용소군도도 존재하지 않았을 것이다.

1918년에서 1920년 사이에 다음과 같은 소문이 떠돌았다.

뻬뜨로그라뜨와 오데사의 체까 요원들은 그들의 손에 잡힌 죄수들을 다 총살하지 않고, 그 일부를 시립 동물원의 먹이로 (산 채로) 사용했다는 것이다.

나는 이것이 사실인지, 아니면 중상에 지나지 않는 건지, 그리고 또 만약 이것이 사실이라면 몇 사람이나 그렇게 했는지, 그 진상을 모른다. 그러나 나는 이 사실을 입증하려고 노력하지는 않겠다. 〈푸른 제모〉의 관습에 따라 나는 이것이 사실이 아니라는 것을 스스로 입증해 달라고 그들에게 제안하고 싶을 뿐이다. 하긴 그토록 극심한 기근 시대에 동물에게 줄 먹이를 어디서 구해 온단 말인가? 노동 계급의 식량에서 떼어 온다? 그 인민의 적들은 어차피 죽게 마련인데, 그들의 죽음으로 공화국의 동물원 사업을 지원하지 못할 이유가 어디 있겠는가? 그렇게 함으로써 미래를 향해 전진하는 우리의 걸음을 촉진시킬 수도 있지 않은가? 이 〈합목적성〉을 누가 부인하겠는가?

바로 이것이 셰익스피어의 악인들이 뛰어넘을 수 없었던 경계선이다. 그러나 이데올로기를 가진 악인은 말똥말똥한 눈으로 태연히 그 선을 뛰어넘는 것이다.

물리학은 〈한계〉의 크기와 〈한계 현상〉을 안다. 이것은 자연만이 아는, 자연에 의해서 암호화된 한계를 넘어서지 않으면 나타나지 않는 현상을 말한다. 라듐에 아무리 황색 광선을 비추어도 전자는 방출되지 않는다. 그러나 약한 파란 광선이 비치는 순간 전자는 방출된다(광전 효과의 한계를 넘었기 때문이다!). 산소를 영하 1백 도 이하로 냉각시키고 압력을 가하면 가스만 나오지만, 영하 118도까지 냉각시키면 흐늘흐늘한 액체로 변하고 만다.

악한 행위에도 역시 그 크기에 따라 한계가 있는 것 같다.

인간은 악과 선 사이에서 일생 동안 갈피를 못 잡고 갈팡질팡 동요한다. 그러나 악의 한계를 넘어서기 전까지는 선으로 되돌아올 가능성을 갖는다. 그리고 그가 바라는 곳에 아직도 머물러 있을 수가 있다. 그러나 악행의 밀도, 혹은 그 정도, 혹은 권력의 절대성에 의해서 일단 한계를 넘어서기만 하면 그는 이미 인류에게서 떠난 거나 마찬가지다. 그리고 어쩌면 인류로의 복귀도 영원히 불가능할지도 모른다.

●

옛날부터 정의의 개념은 다음과 같이 표현되어 왔다 — 즉, 선은 승리하고 악은 망한다고.

그러나 우리는 선이 승리하지 않을 뿐만 아니라 때로는 비겁한 자들에 의해 고통을 당해야 하는 그런 시대에까지 살아남는 데 성공했다. 지금은 만신창이가 되도록 얻어맞은, 지칠 대로 지친 선이 누더기를 걸치고 감방 한구석에 말 한마디 없이 앉아 있어야 하는 시대이다.

그리고 어느 누구도 감히 악에 관해서는 입을 열지 못한다. 그렇다. 선이 녹초가 되도록 고통을 당하고 있는데도, 거기에는 죄악이 존재하지 않는다. 그렇다, 수백만의 인간이 교수형을 당했는데도 거기에는 죄인이 존재하지 않는다. 그리고 만약 누군가가 〈그 짓을 한 놈들은 어떻게 됐지?〉 하고 묻기라도 한다면, 그는 사방으로부터 비난을 받아야 한다. 처음에는 그래도 제법 점잖게 〈아니, 동무, 왜 그러시는 거요! 무엇 때문에 자꾸 낡은 상처를 건드리려고 하오?〉[25] 라고 말하지만,

---

[25] 『이반 제니소비치의 하루』 때만 해도 푸른 제모의 연금 수령자들은 〈도대체 무엇 때문에 수용소에 갇혀 있던 사람들의 상처를 들추어낼 필요가 있소? 그 상처를 건드려서는 안 된단 말이오!〉라는 관점에서 반대를 했던 것이다.

나중에는 몽둥이를 휘두르며 내뱉는다. 〈잠자코 있어, 이 덜된 놈아! 우리가 너희들을 복권시켰다는 걸 잊었나!〉

서독에서는 1966년까지 〈8만 6천 명〉의 나치 전범들이 재판에 회부되었는데, 우리는 신문마다 라디오마다 목이 터져라 외쳐 대고도 모자라서 직장을 마친 후에 다시 회의에 남아서 고래고래 고함을 질렀다. 「〈적다!〉 8만 6천 명은 너무 적다! 20년 형으로는 모자란다! 더 연장해라!」[26]

한편 우리 나라에서(최고 재판소 군법 회의에 의하면) 유죄 선고를 받은 것은 〈열 명〉 정도에 지나지 않는다는 것이다.

오데르강과 라인강 저 너머의 사건은 우리를 흥분시킨다. 그러나 모스끄바와 소치 교외의 푸른 담 뒤에서 행해지고 있는 일이나, 우리 남편과 아버지의 살인자들이 우리의 대로를 자동차로 질주하고 우리는 그들에게 길을 양보해야 한다는 사실은 우리의 마음을 건드리지도 않고 흥분시키지도 않는다. 그것은 곧 〈낡은 것을 들추어내는 것〉을 뜻하기 때문이다.

그건 그렇다 치고, 8만 6천 명이라는 서독인의 숫자를 우리 나라의 인구에 비례해서 환산한다면, 〈25만 명〉에 해당하는 숫자이다!

그러나 지난 25년 동안 우리는 그런 죄인을 본 적도 없고 그들을 재판에 회부한 적도 없다. 우리는 〈그들의〉 상처를 들추어내지 않으려고 조심할 뿐이다. 그라노프스끼 3가에 살고 있는 몰로또프는 바로 그들 모두의 상징적인 존재이다. 자기 만족에 사로잡힌 채 아직까지도 자기 잘못을 하나도 시인하지 않고 있는 우둔한 흡혈귀 몰로또프는 유유히 보도를 가로질러 길고 넓은 고급 승용차에 몸을 싣곤 한다.

26 그러나 동독에서는 이런 말이 들려오지 않았다. 그것은 즉 나치 전범자들을 〈개조하여〉 국가에서 높이 평가하고 있음을 뜻한다.

이것은 우리 동시대인이 풀 수 없는 수수께끼이다 ─ 즉 독일인은 자기의 죄인들을 재판에 회부했는데, 〈왜〉 러시아에서는 그런 권리가 주어지지 않았는가? 만약 우리 몸속에서 썩어 가는 이 추악한 것을 정화시킬 권리가 우리에게 주어지지 않는다면, 우리는 앞으로 어떤 파멸의 길을 걸어야 할 것인가? 그리고 그때 러시아는 어떤 교훈을 세계에 줄 수 있을 것인가?

독일에서는 재판이 계속되는 동안 여기저기서 놀랄 만한 현상들이 일어나곤 했다. 한 피고인은 머리를 부둥켜 쥐고 변호를 거절하면서 판결 이외에는 아무것도 요구하지 않았다. 그는 자기 앞에서 열거되고 다시 재연된 일련의 죄상에 혐오감이 복받쳐 더 이상 살고 싶지 않다고 말했다.

바로 이것이 재판이 거둘 수 있는 최고의 성과다. 범인이 저도 모르게 몸을 떨 정도로 죄악이 철저하게 심판을 받았기 때문이다.

법정에서 8만 6천 번이나 죄인에게 판결을 내린 나라는(문학과 젊은이들 사이에서도 그것은 철저하게 규탄되었다) 해마다 죄악으로부터 정화되어 가고 있다.

그럼 우리는 무엇을 해야 하는가? 우리의 후손들은 몇몇 세대를 가리켜 소심하기 짝이 없는 세대였다고 말할 것이다. 맨 처음 우리는 수백만의 동료들이 학살당하도록 순순히 내버려 두고, 그다음엔 살인자들의 안일한 노후를 보장하도록 그들을 보살펴 주고 있으니 말이다.

만약 러시아의 위대한 전통인 참회라는 것이 후손들에게 이해되지 못하고 우스꽝스럽게 받아들여진다면, 우리는 도대체 무엇을 해야 할 것인가? 다른 사람들에게 자행한 것의 1백분의 1이라도 참아 낼 수 없을 것 같다는 동물적인 공포심이,

그들 속에 있는 정의에 대한 지향을 압도한다면, 우리는 도대체 어떻게 해야 할 것인가? 혹은 그들이 살해당한 사람들의 피로 이룩된 행복에 탐욕스럽게 집착한다면, 우리는 도대체 어떤 태도를 취해야 할 것인가?

물론 도살 기계의 손잡이를 돌린 자들은, 1937년의 일이라 해도 이젠 모두 늙어 버렸다. 그들은 이제 50세에서 80세 정도이다. 그들은 자기의 청춘 시절을 유복하게 배부르게 편안하게 보낼 수 있었다. 그러므로 〈공평한〉 보복을 가하기에는 이미 때가 늦어 버렸고 또 그들에게 그것을 보상받는다는 것도 이젠 불가능한 일이다.

그러나 관대한 태도를 보이도록 노력하자. 우리는 그들을 총살하지도 않을 것이고, 그들에게 소금물을 먹이지도 않을 것이다. 그리고 빈대를 살포하지도 않고, 〈제비〉 고문을 시키지도 않고 일주일씩 잠을 못 자게 세워 두지도 않을 것이다. 그리고 또 장화로 걷어차지도 않고 고무 방망이로 때리지도 않고, 또 쇠고리로 뇌를 압착하지도 않고, 사람 위에 사람이 자도록 짐짝처럼 감방에 쓸어 넣지도 않을 것이다. 그들이 했던 그 어떠한 고문도 우리는 바라지 않는다! 그렇지만 우리는 우리 조국과 우리 자식들 앞에 〈모든 죄인을 찾아내서 그들 모두를 재판할 의무〉를 가지고 있다! 그리고 우리는 그들을 재판하기보다도, 그들이 저지른 범죄를 재판하지 않으면 안 된다. 우리는 그들 각자가 큰소리로 다음과 같이 말해 주기만을 바랄 뿐이다.

「그렇습니다. 나는 사형 집행인이었고 살인자였습니다.」

그리고 만약 우리 나라에서 25만 번만 이런 말이 외쳐진다면(서독에 뒤지지 않을 비율을 감안해서) 일단 그것으로나마 만족할 수 있지 않을까?

20세기의 우리들은 반드시 처벌해야 할 잔혹 행위가 무엇이며, 〈들추어내서는 안 된다〉는 〈낡은 것〉이 무엇인지를 수십 년이 걸리는 한이 있더라도 반드시 규명해 둘 의무가 있는 것이다!

우리는 일부의 사람들이 다른 사람을 억압할 권리를 가진다는 그 〈관념 자체〉를 공개적으로 탄핵할 의무가 있다. 악에 대해 침묵을 지키면서 그것이 표면에 나타나지 않도록 슬그머니 허리춤에 숨겨 둔다면, 그 악은 앞으로도 수없이 고개를 들고 일어날 것이다. 우리가 악인들을 징벌하지 않고 또 그들을 비난조차 하지 않는다면, 우리는 결국 그 비겁한 죄인들을 보호하는 것이 되고, 또 이것은 새로운 세대들로부터 정의의 온갖 원칙을 앗아 가는 결과를 초래하게 된다. 그렇게 되면 그들은 〈무관심〉한 세대로 성장하겠지만, 결코 〈교육의 부족〉 때문에 그렇게 되는 것은 아니다. 젊은이들은 비겁한 행동이 한 번도 이 땅에서 처벌된 적이 없을 뿐만 아니라, 그러한 행동은 언제나 행복을 안겨다 준다는 것을 자기들의 교훈으로 받아들일 것이다.

이런 나라에 산다는 것은 얼마나 불쾌하고 또 얼마나 무서운 일이겠는가!

제5장

첫 감방, 첫사랑

이건 또 무슨 뚱딴지같은 제목인가? 감방이라 해놓고 느닷
없이 사랑이라니? 아, 그렇군. 레닌그라뜨가 포위되었을 때
당신은 〈큰집〉에 들어가 있었다 그 말이군? 그렇다면 알 만하
다. 당신이 지금까지 살아 있는 것은 거기에 들어가 있었기
때문이니까. 그곳은 레닌그라뜨에서 가장 좋은 곳이었다. 거
기 살고 있는 신문관들, 적군의 포격에 대비하여 지하 사무실
을 갖고 있는 신문관들에게만 그런 것은 아니었다. 농담이 아
니라 그 당시 레닌그라뜨에서는 세수도 제대로 할 수 없어서
누구나 시꺼먼 얼굴들을 하고 다녔다. 그러나 〈큰집〉의 수감
자들은 열흘에 한 번씩 더운물로 샤워를 할 수 있었다. 물론
교도관들을 위해 복도에만 난방이 되어 있었고 감방 안에는
없었다. 그 대신 감방 안에는 언제나 물이 콸콸 쏟아져 나오
는 수도와 변소가 있었다. 그 당시 레닌그라뜨에 그런 곳이
또 어디 있었겠는가? 그리고 빵은 바깥세상에서와 마찬가지
로 하루 125그램이었다. 어디 그뿐인가 — 하루 한 번은 말고
기 수프! 또 한 번은 멀건 죽이 나왔다.

그야말로 개 팔자를 부러워하는 고양이 이야기 같은 것이
었다! 그래도 징벌 감방은 있었겠지? 〈최고 조치〉[1]도 있었고?

아니다. 이 장 제목으로 하려는 이야기는 그것과 전혀 다른 이야기이다.

전혀 그런 얘기가 아니다.

눈을 감고 앉아서 지난날을 회상해 본다. 형기를 치르는 동안 얼마나 많은 감방을 거쳤는가를! 일일이 다 헤아릴 수도 없을 지경이다. 그러나 감방에서 만난 사람들, 사람들…… 어떤 감방에서는 단둘이 있기도 하고, 어떤 감방에서는 150명이나 있기도 했다. 어느 곳에서는 단 5분을 머물렀고, 어느 곳에서는 기나긴 여름을 보내기도 했다.

그러나 그 모든 감방 중에서 언제나 유별나게 떠오르는 것은 자신과 똑같은 운명에 처한 사람들을 만난 첫 감방이다. 너는 평생을 두고 그 감방을, 마치 첫사랑을 회상할 때와 같은 흥분을 느끼며 회상할 것이다. 그리고 지금까지의 인생을 새로운 방향으로 다시 생각하게 되었을 때 너와 더불어 사방이 돌로 된 감방의 방바닥과 공기를 함께 나누었던 사람들, 그 사람들을 너는 마치 너의 가족처럼 회상하게 될 것이다.

사실 그 시절엔 오직 그들만이 너의 가족이었다.

미결수 감방에서의 첫 경험은 〈그 이전의〉 생활이나 〈그 이후의〉 생활과는 하나도 공통되는 점이 없었다. 감옥이라는 것은 그 이전에도 수천 년을 존재해 왔고 또 앞으로도 수천 년 동안 더(그보다는 더 오래지 않기를 바라고 싶지만……) 존재할 것이지만, 너 자신이 신문을 받으면서 머물렀던 그 첫 감방은 오직 하나뿐인 특별한 존재이다.

어쩌면 그것은 인간으로서는 도저히 견디기 어려운 곳이었을지도 모른다. 빈대와 이투성이의 창문도 없는 유치장, 통풍구도 없고 판자 침상도 없는 땅바닥, 농촌 소비에뜨, 경찰서,

1 사형을 뜻함 — 옮긴이주.

철도 정거장, 항구 등에 이른바 KPZ[2]라는 궤짝 같은 구치소 (KPZ 또는 DPZ는 우리 나라 방방곡곡에 산재해 있으며 그 속에는 수많은 죄수가 있다). 아르한겔스끄 형무소의 〈독방〉 — 그곳은 일그러진 햇살이 자줏빛을 띠고 흘러들도록 유리창에 연단(鉛丹)이 칠해져 있고, 천장에는 15와트짜리 전구가 밤낮없이 켜져 있었다. 또는 초이발산시(市)의 〈독방〉 — 그곳에서는 불과 6제곱미터밖에 안 되는 방에 열네 명이 서로 몸을 비벼 대면서 몇 달 동안을 지내야 했다. 또는 레포르또보 형무소의 〈심리(心理)〉 감방의 하나, 예를 들어 〈111호 감방〉 — 그곳은 사면의 벽에 온통 검은 페인트를 칠하고 역시 25와트짜리 전구가 24시간 켜져 있었다. 나머지는 모두 다른 감방과 대동소이했다 — 바닥은 아스팔트로 되어 있었고, 난방 조절 마개는 복도에 있어서 교도관이 조종하고 있었다. 그러나 가장 괴로웠던 것은 — 몇 시간씩 귀청을 찢는 듯이 으르렁거리는 소음[이웃에 있는 기체 및 유체 역학 연구소의 풍동관(風洞官)에서 나오는 소리지만, 그것이 우연이었다고는 믿기지 않는다]이었고, 그 진동 때문에 식기와 손잡이 달린 컵은 테이블에서 굴러떨어지고, 말을 해도 서로 알아들을 수가 없었다. 하긴 그 대신에 아무리 큰소리로 노래를 해도 교도관의 귀에 들리지가 않았다. 그리고 그 으르렁거리는 소리가 멎게 되면 자유인의 세계보다도 더 큰 행복이 찾아드는 것이다.

그러나 너는 이 더러운 방바닥을, 그 음산한 벽을, 그 고약한 변기통 냄새를 좋아한 것은 아니었다. 그보다는 호령에 따라 함께 방향을 바꾼 사람들을, 서로 얼굴이 마주칠 때 무언가 가슴속이 뭉클해지는 그 사람들을, 이따금 그들의 입에서

2 KPZ 또는 DPZ는 미결수 형무소, 즉 기결수가 형기를 마치는 곳이 아니라 미결수가 신문을 받는 곳이다.

흘러나오는 놀라운 말들을, 그때까지는 도저히 생각지도 못했던 자유분방한 사상을 너는 사랑했던 것이다.

이 첫 감방에 오기까지 너는 얼마나 많은 고초를 겪어야 했던가! 너는 땅굴 속에, 칸막이 골방 속에, 지하실 속에 갇혀 있어야 했다. 너한테 인간다운 말을 건네는 사람은 아무도 없었다. 너를 인간다운 눈으로 보는 사람도 없었다. 다만 무쇠 주둥이로 너의 머릿골과 마음을 쪼아 댈 뿐이었다. 너는 비명을 질렀고, 너는 신음했고, 그들은 웃어 댔다.

너는 일주일 혹은 한 달씩이나 적들에게 에워싸여 외톨이로 지냈다. 이제는 이미 이성과 생명과도 작별을 고하고 있었다. 난방용 라디에이터에서 뛰어내려 원추형 철물에 머리를 들이박아 자살을 기도한 사람도 있다.[3] 그런데 갑자기 너는 살아나서 동료들이 있는 곳으로 끌려왔다. 그러자 이성도 다시 되돌아왔다.

첫 감방이란 이런 것이다!

너는 이 감방에 오는 날을 기다렸고, 마치 해방을 꿈꾸듯이 감방을 꿈꾸었다. 그런데 너는 그 틈바귀로부터 짐승의 소굴로, 레포르또보 형무소로부터 저 전설적인 악마적인 형무소 수하노프까로 옮겨지고 만 것이다.

수하노프까 — 이것은 MGB 산하 형무소 중에서도 가장 지독한 형무소다. 우리 동료들은 말만 들어도 겁을 냈으며 신문관들은 위협적인 어조로 그 이름을 불렀다(거기 한 번 들어간 사람한테서는 아무것도 알아낼 수가 없다 — 종잡을 수 없는 헛소리를 늘어놓든가, 아니면 이미 죽어서 이 세상에 없기 때문이다).

예전에 예까쩨리나 여제 시대의 수도원이었던 이 수하노프

3 알렉산더 D.

까 형무소는 미결감과 기결감으로 나뉘어 있고, 도합 68개의 수도사실을 가지고 있다. 거기에 가려면 호송차로 두 시간이 걸린다. 이곳은 레닌 언덕과 옛날의 지나이다 볼꼰스까야의 영지로부터 각각 4킬로미터, 5킬로미터 거리에 있는데 이 근방의 경치는 무척 아름답다.

처음으로 이 형무소에 들어오는 죄수는 초만원 상태에 있는 영창을 보고 어안이 벙벙해진다. 얼마나 비좁은지 서 있을 힘이 없으면 무릎을 벽에 기댄 채 엉거주춤 웅크리고 있어야 할 정도였다. 그런 영창에 하루 이상을 가두어 둔다. 죄수의 기를 꺾어 놓자는 속셈인 것이다. 수하노프까에서는 MGB 산하 어느 형무소보다도 맛있는 음식을 준다. 근처에 있는 건축동맹 휴양소에서 직접 날라 오기 때문이다. 꿀꿀이죽을 만들기 위해 일부러 취사장을 세울 필요가 없었던 것이다. 그 대신 여기서는 건축가 한 사람분의 감자튀김이나 커틀릿을 열두 사람 몫으로 나눈다. 그렇기 때문에 모든 죄수는 항상 굶주린 상태를 면할 수 없을 뿐만 아니라 더욱 쓰라린 자극을 받게 마련이다.

감방은 모두 두 명씩 수용하도록 꾸며져 있으나 미결수는 보통 한 사람씩 수용한다. 감방 크기는 세로 1.5미터에 가로 2미터, 돌로 된 바닥에는 두 개의 둥근 걸상이 흡사 나뭇등걸처럼 마루에 고정되어 있다.[4] 그리고 교도관이 벽 속에 장치

4 정확히는 156×209센티미터. 어떻게 그것을 알았는가? 이것은 기술적인 독특한 계산법과 수하노프까 형무소에 굴복하지 않는 강인한 정신력에서 얻어진 결과이다. 이것을 계산해 낸 알렉산더 D.는 아주 낙담하거나 미쳐 버리지 않기 위해서 이런 종류의 계산에 몰두했던 것이다. 그는 레포르또보 형무소에서 자기의 걸음 수를 계산하여 그것을 킬로미터로 환산하고, 지도를 상기한 다음 모스끄바에서 국경까지는 몇 킬로미터인가, 그리고는 유럽을 횡단하면 몇 킬로미터인가, 대서양 횡단은 몇 킬로미터인가를 산출해 냈다. 그에

된 영국식 자물쇠를 열면 감방 안쪽 벽에서 두 개의 선반이 의자 위로 떨어져 내려오고 뒤따라 조그만 밀짚 매트리스가 내려오게 되어 있다. 이렇게 만들어진 잠자리는 일곱 시간(이 것은 취침 시간이자 신문 시간이기도 하다 — 낮에는 보통 신 문을 하지 않으니까) 후엔 다시 벽으로 접혀 올라간다. 낮에 둥근 걸상은 비어 있지만 거기 앉는 것은 금지되어 있다. 걸 상 이외에 네 개의 철제 파이프가 세워져 있고 그 위에 다리 미판 같은 판자가 놓여 있는데 그것이 테이블이다. 통풍구는 언제나 닫혀 있다. 아침마다 10분씩 교도관이 몽둥이로 통풍 구를 열어 준다. 조그만 유리창에는 쇠창살이 달려 있다. 산책 은 절대 허용되지 않는다. 용변 시간은 오전 6시로 되어 있으 나 이때는 아직 누구의 위장도 그것을 필요로 하지 않는 시각 이다. 저녁엔 용변 시간이 없다. 교도관 두 사람이 일곱 개의 감방을 감시한다. 조그만 감시용 구멍을 통해 그들의 한쪽 눈 은 쉴 새 없이 감방을 들여다본다. 따라서 죄수들은 거의 항 상 감시 상태에 놓이게 된다. 예외는 교도관들이 다음번(즉 세 번째와 네 번째) 감방으로 이동할 때뿐이다. 이 고요한 수

게는 하나의 동기가 있었다. 즉 공상 속에서나마 고향인 아메리카로 돌아가는 것이었다. 이렇게 해서 그는 레포르또보 형무소의 독방에 있는 1년 동안에 공 상 속에서 대서양의 바다 밑까지 내려갔던 것이다. 그때 그는 수하노프가 형 무소로 이송되었다. 거기서 그는 이 형무소에 대해서 말하는 사람이 거의 없 다는 것을 알고(이 이야기는 모두 그에게서 들은 것이다), 감방을 측량하는 방법을 고안해 낸 것이다. 그는 식사 때 접시 밑에서 10/22라는 분수를 발견 하고, 〈10〉은 접시 바닥의 직경, 〈22〉는 접시 테두리의 직경이라는 것을 알아 냈다. 그는 곧 수건에서 실을 뽑아 1미터의 길이를 만들고 그것으로 감방의 모든 것을 측량했다. 그 후 그는 〈선 채로〉 자는 방법도 생각해 냈다. 무릎을 의자에 대고 교도관이 보면 눈을 뜨고 있는 듯이 하고 자는 것이다. 그는 그것 을 고안해 넘으로써 가까스로 발광을 면할 수 있었다(류민은 그에게 1개월이 나 잠을 재우지 않았던 것이다).

하노프까의 목적은 바로 여기에 있다 — 단 1분의 수면, 아니 단 1분의 사적인 생활이라 할지라도 감시당하지 않을 때라곤 없다. 누구든지 항상 감시하에 있고 당국의 권력 속에 장악되고 있는 것이다.

그러나 만약 네가 발광과의 격투에서 이기고 오랜 고독의 시련을 끝까지 이겨 낸다면 너는 그때 비로소 자신의 첫 감방을 가질 자격을 얻게 되는 것이다. 그리고 거기서 너는 마음의 상처를 달랠 수 있다.

그리고 만약에 네가 쉽사리 굴복하여 모든 것을 양보하고 모든 것을 배반한다 하더라도 역시 너는 너의 첫 감방을 맞이할 준비를 마치는 것이다. 이 행복한 순간까지 살아남기보다는 차라리 끝내 서명을 거부하고 지하실 속에서 승리자로서 죽는 편이 너를 위해 바람직한 일이기는 하지만.

하여튼 너는 이제 처음으로 〈적이 아닌 사람들〉을 만나게 될 것이다. 이제 너는 처음으로 살아 있는 사람들,[5] 너와 같은 길을 걷고 있으며 너와 더불어 〈우리들〉이라고 기쁘게 외칠 수 있는 사람들을 만나게 될 것이다.

〈우리들〉 — 바깥세상에 있을 때 이 말은 인간의 개성을 무시하는 것이라 하여 너는 이 말에 혐오감을 느꼈을 테지만 (《우리는 모두 하나같이! 우리는 뜨거운 분노를 느낀다! 우리는 강력히 요구한다! 우리는 굳게 맹세한다!》) 이제 이 말은 너에게 더없이 상쾌하게 들릴 것이다 — 너는 이 세상에서 결코 혼자가 아니다! 아직도 이 세상에는 이성과 영혼을 가진 존재 — 〈사람들〉이 존재하기 때문이다!

5 만약에 레닌그라뜨 봉쇄 시에 〈큰집〉에 있었다면 〈식인종〉을 만날 수도 있었을 것이다. 사람의 고기를 먹고 해부학 교실에서 사람의 간을 꺼내다가 팔아먹는 자들을 MGB에서는 무슨 이유에선지 정치범들과 함께 감금하고 있었다.

　　　　　•

　나흘 동안을 밤낮없이 신문관에게 시달린 후 취침 시간이
되어 전기 조명이 눈부신 칸막이 〈골방〉에서 몸을 눕히기가
무섭게 교도관이 와서 철거덕거리며 내 방문을 열기 시작했
다. 나는 처음부터 그 소리를 듣고 있었으나 교도관이 〈일어
나라! 신문실로 가자!〉라고 소리칠 때까지 1백분의 3초만이
라도 베개를 베고 더 누워 있고 싶은 마음에서 짐짓 잠든 체
하고 있었다. 그런데 교도관은 무슨 착각에서인지 날마다 입
버릇처럼 외치던 소리와는 달리 〈일어나라! 침구를 챙겨라!〉
라고 했다.

　무슨 일인가 의심하면서도 한편으로는 이처럼 가장 귀중한
시간을 빼앗기게 된 데 화를 내며 나는 발싸개를 감고 신발을
신고 외투를 입고 방한모를 쓴 다음 매트리스를 접어 가슴에
안았다. 교도관은 발끝으로 걸으면서 나한테 소리 내지 말라
고 연방 손짓을 해가며 무덤 속처럼 조용한 루비얀까의 4층
복도로 나를 끌고 갔다. 교도관장의 테이블을 지나고 감방들
의 유리 문패와 감시 구멍이 뚫린 감방 문을 여러 개 통과한
후에 교도관은 67호 감방 문을 열고 나를 들여보내고는 곧 문
을 잠가 버렸다. 취침 시간이 된 지 아직 15분이 채 되지도 않
았는데, 내가 들어갔을 때 67호 감방의 죄수들은 이미 철제
침대에 누워서 손을 담요 위에 얹고[6] 모두들 잠들어 있는 것

6 GPU—NKVD—KGB 관할하의 정치범 형무소에서는 종래의 형무소 규
칙 이외에도 여러 가지 학대 방법을 생각해 내서 서서히 보완해 나갔다. 1920년
대 초에 그곳에 투옥되었던 사람들은 그것을 몰랐다. 그 당시에는 취침 시간
이면 불을 끄는 등 비교적 인간적이었다. 그런데 그 후 밤중에도 언제든지 죄
수들을 감시한다는 이유에서 밤새 불을 켜놓게 되었다(취조를 위해 켜는 경
우에는 훨씬 더 심했다). 손을 담요 위에 내놓고 자도록 명령한 것은, 아마도

같았다. 문 열리는 소리에 세 사람 모두 깜짝 놀란 듯이 머리를 쳐들었다. 그들도 역시 신문에 불려 나갈 때만을 기다리고 있었던 것이다.

겁먹은 듯 번쩍 쳐든 세 사람의 얼굴 — 헝클어진 머리에 수염이 덥수룩한 핏기 없는 얼굴을 보자 나는 불현듯 인간적인 친밀감을 느꼈다. 그래서 매트리스를 안고 선 채 흐뭇한 미소를 지어 보였다. 그들 역시 미소로 대답했다. 아, 이런 표정을 보는 것이 참으로 얼마 만인가! — 불과 일주일밖엔 안 되었는데!

「방금 잡혀 왔나?」 그들은 물었다(새 식구에게 으레 묻게 마련인 최초의 질문이다).

「아뇨!」 나는 대답했다(이것 역시 새 식구가 으레 대답하게 마련인 최초의 대답이다).

그들은 내가 필시 최근에 체포된, 즉 갓 들어온 사람임이 틀림없다고 본 모양이었다. 나 자신은 무려 96시간에 걸쳐 신문을 받고 난 후였으므로 결코 갓 들어온 수감자라고는 생각하지 않았다. 그래, 내가 아직도 겪을 것을 다 겪지 못했단 말인가! 그렇지만 여기선 역시 〈갓 들어온〉 사람일 수밖에 없었다!

그래서 수감자 중 수염 없는 노인 하나가 시꺼먼 눈썹을 연방 움직거리며 성급하게도 최근의 전황과 정치 소식을 묻기 시작했다. 참으로 놀라운 일이었다! 이미 2월 하순이었는데도 그들은 얄따 회담이 있었다는 것도, 동프로이센이 포위되었다는 것도, 아군이 1월 중순에 바르샤바까지 진격했다는 것

수감자가 이불 속에서 스스로 목을 졸라 죽는 것을 방지할 목적에서였는지 모른다. 실험적인 조사의 결과 사람은 겨울에 언제나 손을 따뜻한 이불 속에 넣고 싶어 한다는 것을 알게 되었다. 그래서 이 방법이 최종적으로 확정되었던 것이다.

도, 심지어 지난해 12월에 연합군이 처참하게 후퇴했었다는 것도 전혀 모르고 있었다. 하기는 수감 중인 미결수에게는 국외 소식을 절대 알려서는 안 된다는 엄한 규칙이 있으므로 그들이 아무것도 모르는 건 당연한 일이었다!

나는 아군의 승리와 성공적인 포위 작전이 모두 내 자신의 손으로 이루어지기라도 한 듯이 밤새껏이라도 자랑스럽게 이야기를 들려줄 용의가 있었다. 그러나 이때 당직 교도관이 내 침대를 가져왔으므로 우선 그것부터 소리 나지 않게 조립하지 않으면 안 되었다. 나와 동년배인 청년이 거들어 주었다. 조종사 제복과 제모가 그의 침대 옆에 걸려 있는 것으로 보아 그도 역시 군인인 듯했다. 그는 노인보다 먼저 나한테 물었었다 — 전쟁 소식이 아니라 담배를 가지고 있느냐는 것이었다. 비록 새로운 동료들을 만나서 내 마음의 문이 활짝 열리기는 했지만, 그리고 몇 분 사이에 불과 몇 마디 말을 주고받았을 뿐이었지만, 나는 어쩐지 이 젊은 사나이에게서 그 어떤 이질적인 느낌을 받았다. 그래서 나는 동년배요 전우이기도 한 그에게 아예 마음의 문을 닫아 버리고 말았다. (나는 아직 〈감방스파이〉라는 말도 몰랐고 더욱이 그렇게 불리는 자가 감방마다 하나씩은 있다는 사실도 몰랐다. 이 게오르기 끄라마렌꼬라는 사나이가 마음에 들지 않는다고 생각하기에 앞서, 이미 나의 내부의 영적 직감력은 재빨리 이 사나이 앞에서 내 마음을 봉쇄해 버리고 말았던 것이다. 만일 이런 예가 단 한 번뿐이었다면 나도 이런 것을 언급할 필요는 없었을 것이다. 그러나 그 후 나는 얼마 안 되어 이 영적 직감력이 나의 천성의 일부라는 것을 놀라움과 기쁨과 불안이 뒤섞인 심정으로 뚜렷이 느끼게 되었다. 여러 해 동안 나는 수백 명의 사람들과 한 막사에서 자고 한 대열에서 걷고 한 작업반에서 일했지만, 이 신비로운 직감력은 항상 나 자신의 의지와는 관계없이 상대방의 얼굴이나 눈을 보자마자, 상대방의 음성을 듣자마자, 그 앞에 내 마음을 활짝 열어 놓기도 하고 때로는 아주 닫아 버리기도 했다. 이 직감력의 작용은 언제나 틀림없었다. 하기는 남을 배신하는 인간의 얼굴이나 음성은 어딘지 교활하고 부자연스러운 데가 있는 법이다. 또한 이 직감력은 상대방이 비록 초면이라도 과연 내 목숨이 걸려 있는 가장 깊은 비밀을 털어놓을 수 있는 사람인가를 가려내는 데 나를 도와주곤 했다. 이렇게 나는 8년의 감옥살이와 3년의 유형, 그리고 위험성에서 보자면 전자(前者)에 결코 뒤지지 않는 6년의 지하 작가 생활을 해왔다. 그리고 도합 17년 동안에 수십 명의 사람에게 경솔하게도 나의 마음속 깊은 곳을 열어 보였지만 단 한 번도 상대방을 잘못 본 적이 없었다! (이런 것은 어느 책에서도 아직 읽어 본 적이 없으므로, 관심 있는 심리 연구가들을 위해 여기 적어 두는 바이다. 나는 이러한 영적 직감력을 지닌 사람들이 얼마든지 있다고 생각한다. 다만 기술 문명이 극도로 발달한 시대여서 우리는 이런 기적을 멸시하고 그 능력을 스스로 발달시키려 하지 않을 뿐이다.)

우리는 침대의 조립을 마쳤다. 여기서 나는 이야기를 시작해도 좋았겠지만(물론 이 편안한 감방으로부터 징벌 감방으로 이송당하지 않기 위해 옆으로 누워 속삭이는 소리로), 그때 세 번째 감방 동료, 즉 나를 못마땅한 눈으로 바라보고 있던 희끗희끗한 짧은 머리의 중년 사나이가 북방 특유의 거친 어조로 말했다.

「내일 하지. 밤엔 잠을 자두어야 해!」

어디까지나 지당한 말이었다. 우리 중 누가 언제 어느 시각에 호출을 받아 신문실로 끌려갈지 모른다. 일단 끌려가기만

하면 거기서 아침 6시까지는 시달림을 받아야 한다. 신문관은 그때부터 잠을 자지만 수감자들에게 낮잠은 절대 금지되어 있었다.

하룻밤의 평온한 잠은 지구상의 어떤 운명보다도 몇 갑절이나 더 중요한 것이다!

그리고 또 한 가지 나의 이야기를 방해하는 요소가 있었다. 나는 이야기를 시작하는 순간부터 그것을 느끼기는 했지만, 과연 그것이 무엇인지는 꼭 집어 말할 수가 없었다. 즉 누구나 체포되는 순간부터 사물에 대한 모든 관념이 180도로 변하게 마련이어서 내가 그토록 신나게 시작한 얘기도 〈이곳 사람들〉에겐 아무런 기쁨도 줄 수 없을지 모른다는 일종의 위구심 같은 것이었다.

모두들 자리에 돌아누웠다. 2백 와트짜리 전구 불빛을 피하려고 눈에는 손수건을 덮고 담요 위에 내놓은 한쪽 손에는 얼지 않도록 세수수건을 감고 다른 한 손은 담요 밑에 쑤셔 넣고서 잠이 들었다.

그러나 나는 사람들을 만났다는 기쁨에 명절이라도 맞은 듯 마음이 들떠서 좀처럼 잠을 이루지 못했다. 바로 한 시간 전만 해도 다른 사람들을 만나리라고는 꿈에도 생각지 못했던 것이다. 나는 아무도 만나지 못한 채 목덜미에 총알을 맞고 죽어 버리고 마는 게 아닌가 생각했었다(신문관은 줄곧 그렇게 나를 위협했던 것이다). 나는 앞으로도 계속해서 신문을 받아야 할 것이다. 그러나 일단 그것이 일단 물러간 것만은 틀림없다. 내일이면 나는 저 사람들에게 이야기를 할 수 있다(물론 나 자신의 〈사건〉을 이야기하자는 건 아니다). 그리고 저 사람들의 이야기도 들을 수 있다. 내일은 내 생애에서 가장 즐거운 날이 될 것이다. (형무소는 파멸이 아니라 인생의 가장 중요한 전환점이 될 수도 있다는 의식이 나에게는 비교적 빨리, 그리고 아주 선명하게 떠올랐던 것이다.)

감방 안에 있는 것은 아무리 사소한 것이라도 나의 흥미를 불러일으키기에 충분했다. 잠이 올 리가 없었다. 교도관이 문구멍으로 들여다보지 않을 때면 나는 몰래 눈을 뜨고 그것들을 관찰했다. 저기 저 벽 위의 벽돌 세 장 크기만큼 움푹 들어간 곳이 있고 그 위에 푸른 종이 커튼이 드리워져 있는 건 대체 무엇일까? 그들은 창문이 하나 있다고 이미 이야기해 주었었다. 아, 저것이 바로 그 창문이구나! 감방에 창문이 있다니! 푸른 종이는 공습 때 불빛을 막는 커튼이다. 내일 낮엔 희미한 일광이 저 창문으로 흘러들겠지, 그리고 한낮에는 몇 분이나마 저 따가운 전등불도 꺼지겠지. 아, 이 얼마나 고마운 일인가. 낮에 전등불 없이 외광 속에 살 수 있다니!

게다가 감방 안에는 테이블까지 있다. 그 위에는 눈에 잘 띄는 곳에 물 주전자와 체스판과 책 몇 권이 놓여 있다(어째서 눈에 잘 띄는 곳에 그것들이 놓여 있어야 하는지 나는 몰랐다. 차차 알게 된 일이지만 이것 역시 루비안까 형무소 특유의 규칙이었다. 즉 교도관이 수시로 문구멍을 통하여 형무소 당국의 선물인 그 물건을 수감자가 악용하지 않고 있다는 것을 확인하지 않으면 안 되었기 때문이다. 주전자로 감방 벽에 구멍을 뚫을 수도 있고, 또 어떤 자는 체스 말을 집어삼켜 스스로 목숨을 끊으려 시도할 수도 있으며, 책으로는 불을 지펴 형무소에 방화를 기도할 수도 있기 때문이다. 심지어는 수감자의 사유물인 안경조차 극히 위험한 물건으로 인정하여 밤에는 감방 테이블에 놓아두지를 못하고 아침까지 교도관에게 맡겨야만 하게 되어 있다).

하여튼 이런 쾌적한 생활이 또 어디 있겠는가! 체스에 책에

스프링 침대에 푹신한 매트리스에 깨끗한 내의에……. 사실 나는 전쟁이 일어난 후 여태까지 이처럼 편안하게 잠을 자본 적이 한 번도 없었다. 반질반질한 모자이크 마룻바닥, 창문 밑에서 감방 문까지는 네 걸음쯤은 될 테니까 그런대로 어정어정 산책을 즐길 수도 있다. 여기 이 중앙 정치범 형무소는 형무소라기보다는 차라리 깨끗한 요양소라고 하는 편이 알맞겠다.

포탄도 떨어지지 않는다. 머리 위를 날아가는 날카로운 포탄 소리, 공중과 지상에서 터지는 굉음, 여기저기서 콩 볶는 것 같은 파열음이 귀에 들려오는 것 같았다. 박격포탄은 마치 상냥한 휘파람 소리 같았다. 우리가 〈괴벨스 박사의 박격포탄〉이라고 부르던 포탄의 작렬로 주위가 온통 뒤흔들린 적도 있었다. 나는 보름디트 전선의 진흙탕을 상기했다. 거기서 나는 체포되어 온 것이다. 지금 이 순간에도 거기에는 나의 전우들이 포위망 속의 독일군을 놓치지 않으려고 진눈깨비와 질벅한 진흙탕 속을 구르고 있을 것이다.

제기랄, 내가 너희들과 함께 싸우기를 원치 않는다면 ─ 마음대로 하라지.

•

우리 이전에 러시아어로 말을 하고 러시아어로 글을 쓰던 사람들의 고매하고 굳건한 정신은 우리 시대에 와서 상실된 많은 것 중에서도 가장 귀중한 것이다. 이상하게도 이런 정신을 지닌 인간형은 혁명 전의 우리 문학에 거의 묘사되지 않았다. 간혹 그들의 입김만이 예컨대 쯔베따예바[7]를 통해, 그리

---

7 마리나 쯔베따예바(1892~1941). 러시아의 여류 시인. 혁명 직후 망명했다가 소련으로 돌아갔다. 남편이 간첩죄로 처형된 후, 자살했다 ─ 옮긴이주.

고 〈성모 마리아〉[8]를 통해 우리에게 전해지고 있을 뿐이다. 그들은 하나를 선택하기 위해 너무나 많은 것을 보았고, 땅 위에 굳게 서기 위해 높은 곳을 향해서 너무나 힘차게 발돋움했다. 한 사회가 멸망하기 전에는 깊은 사색의 세계에 사는 그런 현명한 계층이 나타나게 마련이다. 그러나 그들은 얼마나 비웃음을 받았으며 얼마나 비난을 받았는가! 직선적인 사고와 행동밖에 모르는 인간들에게 그들은 목에 걸린 가시와 같은 존재였다. 그들에겐 〈부패 분자〉라는 호칭이 주어졌을 뿐이다.

그들은 너무나 섬세한 향기를 지닌 때 이른 꽃이었기 때문에 무참하게도 풀 베는 기계에 잘리고 말았던 것이다.

그들은 개인적인 생활에서는 특히 외롭고도 무력했다. 누구 앞에 굽실거리는 일도 없고 가면을 쓰는 일도 없었으며, 부화뇌동하는 일도 없었다. 그러나 일단 입을 열면 의견을 말하고 열정적으로 항의하는 것이었다. 바로 그런 사람들을 풀 베는 기계가 모조리 잘라 버렸고 짚 써는 기계가 잘게 썰어 버린 것이다.[9]

바로 그들이 이 감방을 거쳐 간 것이다. 그러나 감방의 벽은 그 후 벽지를 긁어내고 모르타르를 칠하고 거기에 다시 페인트를 칠해서, 과거에 대한 것은 아무것도 우리에게 말해 주지 못하고 있다(오히려 벽에 있는 도청기가 우리가 하는 말을 듣기 위해 귀를 곤두세웠을 뿐이다). 전에 이 감방에 머물렀던 사람들, 여기서 주고받은 그들의 이야기며, 그들이 총살당

---

8 쯔베따예바의 「블로끄의 화상」을 가리킨다 ─ 옮긴이주.

9 자신 있게 말할 수는 없으나, 1970년대를 앞두고 이런 사람들이 다시 출현하기 시작한 것 같기도 하다. 이것은 놀라운 일이다. 이런 일은 희망하기조차 힘든 일이었으니 말이다.

할 때, 그리고 솔로프끼섬으로 떠나갈 때 마음속에 간직했던 상념에 대해서는 어디에건 단 한 줄도 쓰여 있지 않고 언급되어 있지도 않다. 우리 나라 문학의 차량 40대분에 해당할 이들의 책은 아마 이 세상에서 햇빛을 보기는 어려울 것이다.

그리고 아직도 살아남은 사람들은 우리에게 시시한 얘기만을 들려줄 뿐이다 ― 전에 거기에는 나무로 만든 침대가 있었고 매트리스엔 짚을 가득 채워 넣었다느니, 창문에는 철망을 치고 유리창은 온통 흰 페인트를 칠했었다느니(1923년부터는 창문에 철창살이 설치되었는데, 우리는 이게 모두 베리야의 탓임을 알고 있다), 1920년대까지만 해도 벽을 두드려 이웃 감방과 연락을 취하는 것이 허용되었다느니(이건 제정 시대부터의 전통이다 ― 죄수들이 서로 벽을 노크하지 않으면 온종일 할 일이 또 무엇이었겠는가?), 1920년대 말까지도 이곳 교도관들은 라트비아 저격수 출신이 대부분이었고 식사는 키가 장대 같은 라트비아 여자들이 날라다 주었다느니 하는 얘기들이다.

이런 것은 모두 시시한 이야기지만 그 나름대로 생각해 볼 만한 점도 없지는 않다.

나는 이 유명한 정치범 형무소에 꼭 한 번 와보고 싶었다. 나를 이곳으로 데려다 준 건 정말 고마운 일이다. 나는 부하린에 관해서 많이 생각하고 있었고, 그에 대한 모든 것을 소개하고 싶었던 것이다. 그러나 나는 우리가 체포의 물결의 맨 가장자리에 있다고 느끼고 있었기 때문에 어느 주의 〈내부 형무소〉[10]라도 좋다고 생각하고 있었다. 그렇기 때문에 이곳에 오게 된 것을 분에 넘치는 영광으로 생각했던 것이다.

그러니 여기서 만난 사람들을 지루하게 생각할 이유가 전

10 보안대 산하의 형무소.

혀 없었다. 상대방의 말을 들을 수도 있고 또 그들을 비교할 수도 있었기 때문이다.

눈썹을 연방 움직거리는 그 노인(63세의 나이에 비해 무척 젊어 보였다)의 이름은 아나똘리 일리치 파스쩬꼬라 불렸다. 그는 우리 루비얀까 형무소를 장식하는 귀중한 존재였다. 그는 옛 러시아 형무소 전통의 보존자요, 러시아 혁명의 산증인이었다. 그는 자기 기억 속에 보존되어 있는 것에 의해서 과거에 발생한 것, 또 현재에 발생되고 있는 모든 것에 일정한 기준을 부여하고 있었다. 이런 사람은 감방에서뿐만 아니라 넓은 바깥세상에서도 매우 희귀한 존재가 아닐 수 없다.

우리는 파스쩬꼬라는 이름을 바로 이 감방에서, 우리 손에 들어온 1905년 혁명에 관한 서적 속에서 발견했다. 파스쩬꼬는 너무나 오래전의 사회 민주당원이었기 때문에 지금은 이미 생존해 있지 않은 것처럼 생각되고 있었던 것이다.

그가 처음 형무소에 들어온 것은 한창 나이 때인 1904년이었으나 1905년 10월 17일의 〈칙령〉에 의해 석방되었다.[11] (이 특별 사면령과 관련된 파스쩬꼬의 이야기는 매우 재미있었다. 그 무렵엔 아직 감방 창문에 덧문이 달려 있지 않았으므로 파스쩬꼬가 수감되어 있던 벨라야체르꼬프 형무소의 감방

---

11 우리는 누구나 할 것 없이 학창 시절의 역사 시간에 『소련 공산당 약사』에서 다음 내용을 배우고 암송했었다 — 이 〈도발적인 비열한 칙령〉은 자유에 대한 조롱에 지나지 않아서 황제는 〈죽은 자에겐 자유를, 산 자에겐 체포를〉이라고 명했다고. 그러나 이것은 그야말로 새빨간 거짓말이다. 칙령에 의하면 〈모든〉 정당이 법적으로 인정되었으며 국회가 소집되었다. 또한 광범한 특별 사면이 실시되었는데 이에 따라 많지도 적지도 않은 〈모든 정치범이 형종과 형량을 가리지 않고 예외 없이 석방되었다〉(이 사면령이 강요된 것이었다는 건 다른 문제다). 오직 일반 형사범들만이 형무소에 남았다. 1945년 7월 7일의 스딸린 사면령은 — 이것은 강요된 것이 확실하게 아니다 — 그와는 정반대로 정치범은 모두 그대로 형무소에 붙잡아 두었던 것이다.

에서는 수감자들이 자유롭게 형무소 앞마당을 내려다볼 수 있었고 한길을 오가는 사람들과 원하기만 하면 서로 큰 소리로 의사소통할 수도 있었다.) 그래서 10월 17일 낮에 황제의 칙령이 전보로 알려지자 바깥 사람들은 곧 이 소식을 수감자들에게 전했다. 정치범들은 너무나 기뻐서 미친 듯이 날뛰기 시작했다. 유리창을 부수는가 하면 감방 문을 떼어 내고 교도소장에게 즉각 석방해 줄 것을 요구했다. 적어도 그들 중의 몇 명은 교도관의 구둣발에 얼굴이 묵사발이 되어야 마땅했다. 몇몇은 영창에 들어가야 마땅했다. 또 어떤 감방에서는 서적이 몰수되고, 매점을 이용할 권리를 박탈당해야 마땅했다. 그런데 그게 아니었다! 당황한 교도소장은 황급히 이 감방에서 저 감방으로 뛰어다니며 애원했다 ―「여러분, 제발 진정하십시오. 나는 전보 통지만 가지고는 당신들을 석방할 권리가 없습니다. 끼예프의 직속상관으로부터 직접 지시를 받기전엔 곤란합니다. 여러분께 간곡히 부탁드립니다. 제발 오늘 하룻밤만 여기서 지내 주십시오.」그리하여 수감자들의 난동을 하루 동안 간신히 제지할 수 있었던 것이다.[12]

자유의 몸이 되자 파스쩬꼬와 그의 동지들은 즉시 혁명 운동에 투신했다. 1906년 파스쩬꼬는 8년의 강제 노동 판결을 선고받았다. 즉 족가(足枷) 구금 4년과 유형 4년이었다. 첫 4년 동안을 그는 세바스또뽈 형무소에서 보냈다. 그가 수감 중에 바깥에 있는 혁명 정당, 즉 사회 혁명당, 무정부주의자, 사회 민주당이 공동으로 조직한 죄수들의 대량 탈주 사건이 있었다. 형무소 벽이 폭파되어 기마병이 말을 탄 채 통과할

---

12 스딸린의 특별 사면령이 공포된 후 사면을 받은 죄수들은 2, 3개월 동안 그대로 수감되어 있었고, 예전과 마찬가지로 〈중노동〉을 강요당했다. 그러나 이것을 불법적인 것으로 생각하는 사람은 아무도 없었다.

수 있을 만큼 큰 돌파구가 생겼다. 20여 명의 정치범이 일제히 그 돌파구를 통해 도망쳤다(그러나 모두가 다 탈주한 것은 아니었다. 자기 당에서 미리 탈주할 사람과 형무소에 그냥 남아 있을 사람을 지정했던 것이다. 탈주할 사람은 미리 형무소에서 — 교도관을 통해! — 권총을 건네받아 무장하고 있었다). 한 사람을 제외하고 모두 무사히 탈주에 성공했다. 러시아 사회 민주당의 아나똘리 파스쩬꼬는 형무소에 남아서 혼란을 야기함으로써 교도관들의 주의를 딴 데로 돌리도록 하라는 지령을 받았었다.

대신 시베리아 예니세이강 변의 유형지에는 그리 오래 머물지 않았다. 그곳 유형지에서 우리의 혁명가들이 몇백 명씩 도망쳐 나와 대부분 국외로 망명했다는 것은 널리 알려진 사실이다. 그렇다면 제정 러시아의 유형지에서 탈출하지 않은 사람들은 모두 게으름뱅이라는 결론에 도달하게 된다. 그 정도로 탈주는 쉬웠던 것이다. 파스쩬꼬도 물론 〈탈출〉했다. 다시 말해서 증명서 없이 유형지를 떠난 것뿐이다. 그는 블라지보스또끄로 가서 아는 사람을 통해 외항선을 타려고 했다. 그러나 이 계획은 무엇 때문인지 이루어지지 못했다. 그래서 그는 전에 자기가 볼셰비끼 지하 운동을 하다가 체포된 곳인 우끄라이나에 가기로 결심했다. 여전히 증명서라곤 아무것도 없이 그는 태연히 기차를 타고 광막한 〈어머니 러시아〉를 횡단했다. 우끄라이나에서 그는 타인 명의로 된 여권을 입수하여 오스트리아 국경을 넘기로 했다. 이 여행에는 별로 위험이 따르지 않았기 때문에, 그리고 미행의 그림자를 전혀 느끼지 못하고 있었기 때문에 그는 그만 어처구니없는 부주의를 저지르고 말았다. 다름 아니라 국경선까지 와서 자기 여권을 경찰 관리에서 내주고 나서야 비로소 자기의 새 이름을 〈외어 두지 않았음)을 깨달은 것이다. 어쩔 것인가? 여객은 마흔 명가량 되었고 관리는 벌써 호명을 하기 시작했다. 파스쩬꼬는 문득 묘안이 떠올라서, 의자에 앉은 채 잠든 시늉을 했다. 그는 관리가 여권을 모두 내주고 마까로프라는 성을 몇 번인가 부르는 소리를 들었다. 그러나 자기의 가짜 성이 그것인지 아직은 자신이 없었다. 마침내 러시아 제국의 위엄 있는 관리는 이 지하 운동가의 어깨를 정중하게 흔들면서 말했다. 「여보시오, 마까로프 씨! 마까로프 씨! 여기 당신의 여권이 있습니다.」

파스쩬꼬는 파리로 갔다. 레닌을 비롯하여 루나차르스끼 등 혁명가들과 사귀게 되었고 롱쥐모의 당 학교에서 경리 보급 책임을 맡았다. 그리고 한편으로는 프랑스어를 배웠다. 그는 시야가 넓어짐에 따라 좀 더 넓은 세계를 구경하고 싶은 욕망이 생겼다. 1차 대전이 일어나기 전에 그는 캐나다로 건너가서 노동자 생활을 했고 미국에도 가서 살았다. 이 두 나라의 안정되고 풍요한 생활은 파스쩬꼬에게 적잖은 충격을 주었다. 그곳에서는 프롤레타리아 혁명이 절대 일어날 수도 없거니와 그런 것은 필요도 없다는 결론을 얻었다.

그러나 여기 러시아에서는 그것이 일어났다(1917년 2월 혁명). 그토록 오래 기다리던 혁명이 마침내, 기대했던 것보다는 빨리, 오고야 만 것이다. 모두들 고국으로 돌아갔다. 그리고 또 한 번의 혁명이 일어났다(10월 혁명). 파스쩬꼬는 이미 혁명에 대해 예전과 같은 그런 열정을 느낄 수는 없었다. 그러나 동족을 따르는 철새의 생리에 따라 그도 고국에 돌아왔다.[13]

13 파스쩬꼬가 돌아온 후 그의 캐나다 시절의 친구 한 사람이 뒤따라 귀국했다. 그는 유명한 뽀쫌낀 함(艦) 반란에 가담한 수병이었는데 캐나다로 망명하여 부유한 농장주가 된 사람이었다. 이 뽀쫌낀 수병은 농장과 가축을 죄다

그러나 파스쩬꼬의 이야기 중에는 내가 이해할 수 없는 점이 많았다. 그중에서도 가장 놀라운 것은, 그가 레닌과 잘 아는 사이면서도 레닌의 얘기가 나올 때면 지극히 냉담한 태도를 취한다는 점이었다. 그 당시 나는 레닌에 대해서 여전히 깊은 존경심을 품고 있었다. 그래서 누구든 감방에서 파스쩬꼬를 부를 때 성과 이름을 빼고 간단히 부칭만을 부르면 — 예컨대 〈일리치! 오늘은 자네가 용변 통을 들어낼 차례인가?〉라고 말하면 나는 참을 수 없는 모욕과 분노를 느끼곤 했다. 그것은 그토록 불결한 낱말과 일리치를 결합시켰기 때문이라기보다도 이 세상에 유일한 존재인 레닌 이외의 사람에게 〈일리치〉라는 호칭을 함부로 쓴다는 것 자체가 신성 모독으로 여겨졌기 때문이었다. 내가 그런 상태였기 때문에 파스쩬꼬도 아직 나한테 하고 싶은 말을 전부 다 하지는 못했을 것이다.

그는 더 분명할 수가 없는 러시아어로 이렇게 말했다 — 「스스로 우상을 만들어 섬기지 말아야 하네!」 그러나 나는 그 뜻을 미처 몰랐다.

내가 레닌의 열렬한 숭배자임을 알고 파스쩬꼬는 나한테

처분한 돈과 최신형 트랙터를 가지고 고향으로 돌아와 성스러운 사회주의 건설 사업에 참가했다. 그는 첫 농업 협동조합 중의 하나에 가입하여, 자기가 가지고 온 트랙터를 기증했다. 그러나 트랙터 운전사는 기계를 다룰 줄 몰라서 곧 못 쓰게 만들고 말았다. 뿐만 아니라 그는 모든 것이 자기가 20년 동안 꿈꾸어 온 것과는 딴판이라는 것을 알게 되었다. 높은 자리에 앉을 자격이 없는 자가 그 자리를 차지하고, 근면한 농장주의 눈에는 미친 짓으로밖에 보이지 않는 무모한 일을 하도록 명령하는 것이었다. 게다가 그는 건강마저 해쳤으며 의복은 누더기가 되고 캐나다 달러를 루블로 바꾼 돈도 거의 바닥이 났다. 그는 당국에 간청하여 가족과 함께 출국 허가를 받았다. 예전에 뽀쯤긴 함에서 도망칠 때보다 더 헐벗은 몸으로, 역시 예전처럼 선원의 신분으로(표를 살 돈이 없었던 것이다) 대서양을 건너 캐나다로 되돌아가서 다시 날품팔이로 재출발했다.

거듭 강조했다. 「자넨 수학자야. 자넨 데카르트의 말을 잊어서는 안 돼 ─ 〈모든 것을 의심하라!〉 〈모든 것〉을 의혹의 눈으로 보라!」 그럼 〈모든 것〉이란 대체 무엇인가? 아니, 〈모든 것〉을 다 의심할 수는 없지 않느냐 말이다! 나는 그때까지 충분히 많은 것을 의심해 왔는데 더 이상 무엇을 의심하란 말인가!

그는 또 이런 말도 했다 ─ 「제정 시대의 정치범들은 거의 남아 있지 않아. 내가 마지막까지 남은 사람 중의 하나일 걸세. 제정 시대의 정치범들은 모조리 제거됐고 우리 동료들은 이미 1930년대에 이곳저곳으로 추방당하고 말았어.」「왜 그랬을까요?」「왜라니! 우리가 서로 모이지 못하도록, 모여서 의논하지 못하도록 하기 위해서지.」 비록 그 말들은 평범했고 그 어조는 조용했지만 그래도 그 속에는 유리창을 부수고 하늘을 찌르는 절규가 숨어 있었다. 그러나 나는 그 절규를 단지 스딸린의 만행에 대한 규탄으로 받아들였을 뿐이다. 이 사실을 인정한다는 것은 괴로운 일이지만, 그래도 어쩔 수가 없다.

우리 귀에 들어온 것이라도 그것이 모두 우리의 의식에까지 들어가는 것은 아니다. 우리의 취향과 너무나 동떨어진 것은 비록 귀로 들은 것이라도 이내 사라져 버리게 마련이다. 그래서 비록 내가 파스쩬꼬한테서 들은 많은 이야기를 분명히 기억한다 하더라도 그의 견해와 주장은 내 기억 밑바닥에 희미하게 가라앉아 버렸다. 그는 나한테 여러 가지 책 이름을 불러 주면서 언제든 석방되어 나가면 꼭 구해서 읽으라고 권했다. 자기 자신은 연령이나 건강 상태로 보아, 살아서 세상에 나가리라고는 생각지 않고 있었다. 그 대신에 그는 언제든 내가 그러한 사상을 포착하게 되리라는 기대 속에서 만족을 찾고 있었다. 그의 말을 어디다 기록해 둘 수는 없는 처지였고 또 기억을 하자니 그것 말고도 형무소 생활에서 얻은 것이 너무나 많았다. 그래도 그 당시의 나의 취향에 맞는 책의 이름만은 잊지 않고 기억하고 있다. 그중에는 고리끼의 『시대에 뒤진 사고』(그때만 해도 나는 고리끼를 프롤레타리아 문학의 대가로서 높이 평가하고 있었다)와 쁠레하노프의 『고향에서의 한 해』가 포함되어 있다.

오늘날 나는 1917년 10월 28일 자로 된 쁠레하노프의 글 중에서 다음 구절을 발견할 수 있다.

> ……최근 며칠 동안의 사태가 나를 슬프게 하는 것은, 내가 러시아에서의 노동 계급의 승리를 바라지 않기 때문이 아니라, 오히려 그것을 너무나 열렬히 바라고 있기 때문이다. ……노동 계급이 아직 정권을 잡을 준비가 안 되었을 때 정권을 장악하는 것보다 더 큰 역사적 불행은 없을 것이라고 말한 엥겔스의 가르침을 명심할 필요가 있다. 그러나 때 이른 정권의 장악은 금년 2월과 3월에 쟁취한 진지로부터의 현저한 후퇴를 불가피하게 할 것이다.[14]

그 당시 파스쩬꼬 역시 이렇게 생각하고 있었다는 것을 나는 이제야 명백히 깨닫게 되었다.

그는 러시아로 돌아오자 예전의 지하 운동의 공적을 인정받아 정중한 대접을 받았으며, 따라서 중요한 자리를 차지할 수도 있었다. 그러나 그는 그것을 원하지 않고 『쁘라브다』 신문사의 대수롭지 않은 직책을 택했다. 그 후 그는 모스끄바 도시 계획국의 더욱 하찮은 자리로 옮겨 가서 남의 눈에 띄지

---

14 쁠레하노프, 「뻬뜨로그라드 노동자들에게 보내는 공개서한」, 신문 『단결』, 1917년 10월 28일 자.

않게 조용히 일했다.

나는 이상하게 생각했다. 「왜 그런 소극적인 길을 택했지요?」 그는 아리송하게 다음과 같이 대답했다. 「늙은 개는 쇠사슬에 묶이는 것을 싫어하는 법이거든.」

파스쩬꼬는 아무 일도 성취할 수 없음을 깨닫고 그저 무사히 제 목숨이 다할 때까지 살기만을 원했던 것이다. 그래서 나중에는 적은 액수의 보조 연금이 지급되는 한가한 일자리로 옮겼는데(고액 연금 생활자가 되면, 그때는 이미 처형된 많은 사람들과 가까운 사이였음이 드러나게 될 것이기 때문에) 어쩌면 그대로 1953년까지 무사히 지낼 수도 있었을 것이다. 그러나 불행히도 그의 이웃집 사람이 체포되었다. 날이면 날마다 술에 취해 방탕한 생활을 보내고 있던 작가 L. S.가 하루는 취중에 권총을 가지고 있다고 자랑했던 것이다. 권총을 지닌다는 것은 곧 테러를 기도하고 있다는 뜻이 된다. 그리고 작가의 이웃인 파스쩬꼬는 고참 사회 민주당원이라는 점에서 영락없는 테러리스트라는 것이었다. 물론 이 죄목과 함께 프랑스와 캐나다에서 정보 활동을 했다는 죄목으로, 다시 말해서 제정 러시아 비밀경찰의 끄나풀[15] 노릇을 했다는 죄목으로 그는 체포되었다. 그리하여 1945년 풍족한 봉급을 얻고자 배불뚝이 신문관 하나가 지방 헌병 기관의 보관 문서를 끈기 있게 뒤적인 결과 1903년의 지하 활동가의 암호명, 보안 암호, 경찰과의 밀회, 집회 등에 관한 조서를 아주 진지하게 작성해 냈던 것이다.

15 스딸린이 즐겨 쓰는 수법. 체포 구속된 당원에게는(특히 고참 혁명가에게는) 제정 러시아 비밀경찰의 끄나풀이라는 죄목을 반드시 들씌웠다. 이것은 그의 참을 수 없는 시기심 때문이었을까, 아니면…… 그 직감적 통찰 때문이었을까…… 아니, 어쩌면 유추 때문은 아니었을까……?

파스쩬꼬의 늙은 아내는(그들에겐 자녀가 없었다) 체포 후 열흘째 되는 차입품 접수일에 자기 힘으로 구할 수 있는 먹을 것 — 검은 빵 3백 그램(시장에서 1킬로그램에 1백 루블을 주어야 살 수 있었다)과 삶은 감자 여남은 알 — 을 가지고 왔다. 남편에게 전달된 꾸러미는 검색 시에 송곳으로 여기저기 찔린 상태였다. 엉망진창이 된(그리고 진정 신성한) 꾸러미를 보고 그는 가슴이 찢어질 것만 같았다.

이렇듯 성실과 의심 속에 63년이란 세월을 살아온 사람에게 그들은 이렇게 보복을 했던 것이다.

◆

우리 감방에는 네 개의 침대를 놓고도 아직 테이블 사이를 지나다닐 수 있을 정도의 공간이 남아 있었다. 그러나 내가 들어온 지 며칠 후에 다섯 번째 수감자가 들어와서 그의 침대는 우리들의 것과 다른 방향으로 놓였다.

그는 모두가 새벽 단잠에 빠져 있는 기상 한 시간 전에 우리 방으로 끌려왔다. 그래서 수감자 중 세 명은 머리조차 쳐들지 않았으나 끄라마렌꼬만은 담배라도 얻어 내려고(아니면 신문관에게 제공할 무슨 정보라도 얻어 내려고) 벌떡 일어났다. 두 사람은 소곤소곤 얘기하기 시작했고 우리는 그것을 듣지 않으려고 애썼다. 그러나 새로 들어온 사람의 말소리는 속삭임이라기보다는 울음소리에 가까운, 굵고 긴장과 불안에 찬 음성이어서 듣지 않으려야 듣지 않을 수가 없었다. 우리 감방에 예사롭지 않은 비극의 주인공이 또 하나 들어왔음을 우리는 이내 알 수 있었다. 그는 이 형무소에 들어오면 많은 사람이 총살형을 받느냐고 묻고 있었다. 나는 여전히 고개를 돌리지 않은 채 좀 더 조용히 하라고 그들에게 〈주의〉를 주었다.

기상 시간이 되자 우리는 일제히 자리에서 일어났다(꾸물 거리다가는 영창 신세를 져야 한다). 그 순간 우리 눈에 들어 온 것은 영락없는 장군의 모습이었다. 하기는 장군이라는 표 시는 아무것도 없었고 바지 솔기나 소매 끝에서 붉은 줄을 떼 어 낸 흔적도 보이지 않았다. 그러나 고급 옷감이며 부드러운 외투며, 특히 그의 몸매와 얼굴 생김새는 틀림없는 장군이었 다. 장군이라도 아주 전형적인 장군, 흔해 빠진 소장 정도가 아니라 의심할 여지가 없는 대장이었다. 중키에 떡 벌어진 몸 집, 넓은 어깨, 점잖게 살찐 얼굴, 그 얼굴에서 느껴지는 고관 특유의 위엄, 대체로 그의 얼굴은 불도그의 턱처럼 아래쪽이 발달되었는데 바로 거기가 중년 나이에 그를 그처럼 높은 계 급에까지 올려 준 그의 정력과 의지와 권세욕의 중심점을 이 루고 있는 듯싶었다.

서로 인사를 나누었다. 우리는 그의 이름이 L. V. Z.라는 것, 나이는 보기보다 훨씬 젊어서 올해 36세가 된다는 것(만약에 총살형을 받지 않는다면), 그리고 더욱 놀라운 것은 그가 장 군은 고사하고 대령도 아니며, 심지어 군인이 아닌 한낱 〈기 사(技師)〉에 불과하다는 것 등을 알게 되었다.

기사라고!? 나 자신이 바로 기사 사회에서 자랐기에 나는 1920년대의 기사들을 지금도 생생하게 기억하고 있다 ─ 그 들의 맑고 개방적인 지성, 불쾌감을 주지 않는 자유분방한 유 머, 사고의 넓이와 기민성, 하나의 기술 분야에서 다른 분야로 의 자유로운 전환, 그리고 높은 교양과 우아한 취미, 거침없는 대화, 때와 장소에 따라 알맞게 구사하는 깨끗한 어휘, 악기를 다룰 줄 아는 사람, 그림을 그릴 줄 아는 사람, 그리고 그들 모 두의 얼굴에 항상 나타나는 정신적인 충실감.

1930년대 초에 나는 그들의 세계와 관계를 끊었다. 그다음

엔 전쟁. 그런데 지금 내 앞에 〈기사〉가 서 있다. 이미 파멸의
길을 걸어간 구세대와 교체하여 등장한 새 세대의 기사 중 한
사람인 것이다.

무엇보다도 그의 한 가지 우월성만은 인정하지 않을 수 없
다. 그는 〈구세대〉에 비해 훨씬 완강하고 욕심이 많았다. 이미
오래전부터 무용지물이 되기는 했지만, 그에겐 강철 같은 어
깨와 두 팔이 있었다. 구김살 없는 의젓한 태도, 위엄 있는 눈
길, 반박의 여지도 없는 자신만만한 어조. 그는 〈구세대〉와는
다른 환경에서 성장했고 다른 방법으로 일해 왔던 것이다.

그의 아버지는 가장 완전한 의미에서의 진짜 농부였다. 그
리고 묘냐 Z.는 누더기를 걸쳐 입고 새까만 얼굴로 뛰노는 농
촌 소년들 중의 하나였다. 이들 중에는 뛰어난 재능을 지니고
있으면서도 끝내 빛을 보지 못하는 경우가 대부분인데, 일찍
이 벨린스끼나 똘스또이 같은 문인도 그것을 한탄한 바 있었
다. 묘냐 역시 로모노소프[16]처럼 제 힘으로 대학에까지 갈 수
는 없었겠지만, 원래가 똑똑한 인간이었으므로 만약에 혁명이
없었더라면 농사를 지어 제법 부유하게 살 수도 있었을 것이
고 그렇지 않으면 약삭빠른 장사꾼이 될 수도 있었을 것이다.

혁명 후에 그는 공산 청년 동맹에 들어갔다. 그의 동맹 생
활은 다른 수재들을 앞질러 그를 이름 없는 시골의 밑바닥 계
층으로부터 예비 학교[17]를 거쳐 공업 대학으로 끌어올려 주었
다. 그가 대학에 들어간 것은 1929년이었는데 그때는 바로 구
세대의 기사들을 무더기로 잡아들여 수용소군도로 추방하던
시기였다. 따라서 계급 의식에 투철하며 소비에뜨 정권에 충

---

16 벽지 농어촌 출신의 18세기 과학자이자 시인 — 옮긴이주.
17 기초 학력이 없는 노동자, 농민을 위해 대학 예비 교육을 실시하는 학
교 — 옮긴이주.

성스러울 뿐만 아니라 실무 면에서도 유능한 새 세대의 기사들을 시급히 양성할 필요가 있었던 것이다. 아직 창설되지 않고 있는 산업계의 우수한 〈지도자의 의자〉가 완전히 비어 있는 그런 시기였다. 그리고 그와 그의 동기생들은 바로 그 의자를 차지할 운명이었다.

료냐의 삶은 성공의 정상으로 향하는 꽃길의 연속이었다. 1929년에서 1933년에 이르는 고난의 시기에 내전은 이미 따찬까 ― 중기관총을 실은 사륜차 ― 가 아니라 경찰견으로 진행되고 있었다. 철도역마다 굶어 죽어 가는 사람들의 대열이 식량 배급 제도가 실시되고 있는 대도시로 나가려고 차를 기다리고 있었으나 끝내 차표 구입을 거부당한 채 정거장 울타리 밑에서 수없이 죽어 갔다. 이 시기에 그는 도시 주민들이 배급 카드 없이는 단 한 조각의 빵도 얻어먹을 수 없다는 것조차 모르고 지냈을 뿐 아니라 한 달에 9백 루블이나 되는 〈대학생〉 장학금까지 받고 있었다(그 당시 일반 노동자의 월급은 60루블이었다). 황무지로 변해 버린 농촌에 대해 그는 털끝만큼도 가슴 아프게 여기지 않았다. 그의 새로운 인생은 이미 도시의 승리자와 지도자들의 세계에서 시작되고 있었던 것이다.

그는 평범한 노동자 감독 일 같은 건 해보지도 못하고 단번에 수십 명의 기사와 1천여 명의 노동자를 거느리는 모스끄바 근교 건설장의 기사장 직에 올라앉았다. 전쟁이 시작되자 그는 물론 병역 면제의 특혜를 받아 소속 본부와 함께 중앙아시아의 알마아따로 옮겨 갔다. 그곳에서는 일리강에서 더욱 큰 건설 공사를 담당했다. 노동자 대신 죄수들이 그의 밑에서 일하게 되었다. 그러나 그 당시 이 잿빛 수의의 인간들은 그의 관심의 대상이 될 수는 없었다. 따라서 그는 그들의 처지를 눈여겨보거나 깊이 생각해 본 적은 한 번도 없었다. 그 자신이 달리고 있는 빛나는 궤도를 위해서는 오직 계획 달성의 숫자만이 중요했다. 그로서는 자기 산하의 각 공사장과 죄수들의 작업장 또는 현장 감독관들을 몰아세우는 것으로 충분했고, 또 그곳들은 제 나름대로의 방법으로 계획량을 달성하고 있었다. 현장에서 하루 몇 시간씩 일을 하고 있으며 급식 상태는 어떤지 같은 문제에 대해서는 생각할 필요도 없었다.

그는 전시에 이렇게 후방 깊숙한 곳에서 안락한 생활을 보냈던 것이다! 전쟁의 공통적 특성 중에는 이런 것이 있다 — 즉 한쪽에서 전쟁이 슬픔을 가져오면 가져올수록 다른 한쪽에서는 기쁨이 날개를 펴는 법이다. 료냐는 불도그 같은 외모뿐 아니라, 매우 민첩하고 빈틈없는 실무가적인 소질을 가지고 있었다. 그는 새로운 전시 경제 체제에 재빨리 적응해 갔다. 승리를 위해 모든 것을 희생하라! 전쟁은 그것을 모두 기록해 줄 것이다! 이것이 전시의 생활 원칙이다. 그러나 그는 전쟁을 위해 단 한 가지만을 양보했을 뿐이다 — 즉 그는 신사복과 넥타이를 집어치우고 국방색 복장으로 바꿔 입었다. 그는 멋진 가죽 장화를 주문하고 장성급 장교복을 맞추어 입었다. 우리들의 감방에 들어올 때 입고 있었던 것이 바로 그 군복이었던 것이다. 그것이 사회 분위기에도 알맞은 유행 복장이었을뿐더러 상이군인들의 분노와 여인들의 비난의 눈길을 피할 수 있었기 때문이다.

그러나 여인들은 다른 눈길로 그를 보는 경우가 더 많았다. 그들은 한때나마 굶주린 배를 채우려고, 따뜻하게 몸을 녹이려고, 또는 순간적인 쾌락을 얻으려고 그에게 접근해 왔다. 많은 돈이 그의 손에서 위세 좋게 뿌려졌다. 그의 지갑은 언제나 조그만 술통 모양으로 불룩하게 부풀어 있었다. 그에게 있어 10루블짜리 지폐는 동전만도 못했고, 1천 루블짜리는 1루블짜리와 맞먹었다. 그는 돈을 아끼지 않았고 저축하지도 않았고 세어 보지도 않았다. 그는 자기 손을 거쳐 간 여자만을, 그것도 자기가 〈순결을 빼앗은〉 여자만을 세고 있었다. 이 계산은 그의 최대 관심사였다. 그는 감방에 들어와서 우리에게 거듭 말했다 — 체포되는 바람에 3백 명을 채우지 못하고, 290여 명 선에서 끝난 것이 천추의 한이라고. 하기는 전쟁 중이라 외로운 여자도 많았을 것이고, 게다가 그에겐 권력과 돈 이외에 왕성한 정력까지 있었으니 그의 말도 거짓은 아닐는지 모른다. 그는 자기가 재미 본 얘기를 얼마든지 우리에게 들려줄 용의가 있었으나 우리는 그의 말에 귀를 기울이려고도 하지 않았다. 비록 그 어떤 위험도 그를 위협하지 않았지만, 그는 마치 사람들이 접시에서 새우를 집어서는 얼른 씹어 삼키고 또 다음 것을 집곤 하는 것처럼 최근 몇 년 동안 더욱 성급히 여자들을 붙잡아서 짓씹고는 이내 던져 버리는 짓을 끊임없이 되풀이했다.

이렇게 그의 낭비적인 생활은 습관화되었고 자기 자신의 저돌적인 질주에 익숙해졌다(특히 흥분했을 때는 정말로 억센 멧돼지처럼 감방 안을 껑충껑충 뛰어다녔다. 아마 그런 멧돼지에게는 떡갈나무도 견디어 내지 못했으리라). 게다가 지도층들과도 모두 잘 아는 사이였으므로 무슨 일이든 협조가 잘 이루어질 수 있고 또 적당히 얼버무릴 수 있다고 생각하고 있었다! 다만 그는 성공이 크면 클수록 남의 질시도 그만큼 크다는 것을 잊고 있었다. 이제 와서 신문을 받으면서 알게 된 일이지만, 이미 1936년에 그가 어느 술자리에서 함부로 지껄인 말이 두툼한 서류로 보관되어 있었다. 그다음에는 그에 대한 밀고와 정보원들의 보고가 여러 차례 있었다(여자를 유혹하려면 자연 남의 눈에 잘 띄는 식당을 출입해야 했을 테니까 그것은 당연한 일이었다). 그리고 또 1941년에 그가 독일군이 들어오기를 기다리면서 모스끄바에 필요 이상 머물러 있었다는 밀고도 있었다(사실 그는 그때 어떤 여자 때문에 피난처로의 출발을 미루고 있었다). 그는 경리 관계에서는 실수가 없도록 언제나 마음을 쓰고 있었으나 제58조라는 것이 이세상에 존재한다는 것을 잊고 있었다. 그래도 아직은 숙청의고배를 마시지 않고 무사히 고비를 넘길 수 있었을지도 모른다. 그런데 자만심에 빠져 있던 그는 별장 건축 자재를 제공해 달라는 어느 검사의 청탁을 거절해 버렸다. 사건은 바로여기서 기지개를 켠 후 언덕길 아래로 내달리듯 급속히 굴러가게 되었던 것이다(이것 역시 사건의 발단이 〈푸른 제모〉의물욕에서 비롯된다는 것을 보여 주는 사례의 하나이다).

료냐의 일반교양 수준은 형편없었다 — 그는 〈캐나다어〉가따로 있는 줄 알고 있었다. 감방에서 두 달 동안 그는 단 한 권의 책도, 아니 단 한 페이지도 읽지 않았다. 혹시 그가 몇 줄씩이라도 읽었다면 그것은 신문에 대한 괴로운 상념을 털어 버리려는 생각에서였을 것이다. 그와의 대화를 통해 우리는 그가 바깥세상에 있을 때도 책과는 거의 담을 쌓고 있었다는 것을 알 수 있었다. 그는 뿌시낀을 음탕한 일화의 주인공 정도로 알고 있었다. 똘스또이에 대해서는 아마 최고 소비에뜨의대의원 정도로 알고 있었을 것이 틀림없다.

그럼 그는 진짜 새 세대의 기사였을까? 구세대의 빨친스끼나 폰 메끄와 교체하도록 양성해 낸 가장 계급 의식에 투철한프롤레타리아 기사였을까? 놀랍게도 그렇지가 않았다. 한번은 료냐와 2차 대전의 진행 과정을 이야기한 적이 있었다. 나는 애초부터 우리 나라가 독일에 이긴다는 것을 한시도 의심한 일이 없었다고 말했다. 그는 내 말이 곧이들리지 않는지 나를 똑바로 쳐다보면서 말했다 ─「그게 정말인가?」 그러고 는 자기 머리를 움켜쥐며 말을 이었다. 「그런데 사샤(알렉산드르의 애칭), 나는 독일이 이길 거라고 믿었거든! 그것이 나를 이렇게 망쳐 놓은 거야!」 이럴 수가 있을까! 〈승리의 조직자〉 중의 한 사람인 그가 실은 독일군의 승리를 믿고 날마다 독일군이 오기만을 기다리고 있었으니 말이다! 하지만 그것은 그가 독일군을 좋아했기 때문이 아니라 우리 나라의 경제 상태를 너무나도 잘 알고 있었기 때문이다(나는 물론 그런 것을 몰랐기 때문에 우리 나라의 승리를 믿었던 것이다).

우리는 모두 감방에서 울적한 기분이었지만, 그렇다고 료냐처럼 그토록 낙심하거나 자기가 체포된 것을 그토록 큰 비극으로 생각하는 사람은 아무도 없었다. 그는 우리와 함께 지내는 동안 자기가 앞으로 최고 10년 형 이상은 받지 않을 것이며, 수용소에 가면 필시 현장 감독이 될 테니까 그다지 고생이 되지는 않을 것임을 알게 되었다. 그런데도 이것은 전혀 위안이 되지 않는 모양이었다. 그는 여태까지의 안락한 생활이 하루아침에 무너져 버린 데 대해 너무나도 큰 충격을 받았던 것이다. 사실 그런 생활은 그가 36년 동안 관심을 기울여온 유일한 관심사였다. 그는 테이블 앞의 침대에 걸터앉아서 짧고 두툼한 두 손으로 뚱뚱한 얼굴을 감싼 채 빛 잃은 흐릿한 눈으로 허공을 바라보며 곧잘 이런 노래 구절을 흥얼거리곤 했다.

젊디젊은 한창나이에
버려지고 잊혀서
나는 고아가 되었다네…….

언제나 노래는 이 이상 더 계속되지 못했다. 여기서 그의 노래는 발작적인 흐느낌으로 변하는 것이었다. 그의 내부에서 터져 나오는 어떠한 힘도 이제는 감방의 벽을 뚫는 데 도움을 주지 못했다. 남은 것은 자기 자신에 대한 연민뿐이었다.

그리고 자기 아내에 대한 연민. 이미 오래전부터 그가 거들떠보지도 않던 그 아내는 이제 열흘마다 한 번씩(더 자주는 허락되지 않았다) 그에게 호화로운 차입품 — 하얀 빵과 버터, 붉은 캐비아, 송아지 고기, 철갑상어 등 희귀한 음식 — 을 가져왔다. 그는 우리에게 샌드위치와 궐련을 하나씩 나누어 주고 나서 자기의 호화로운 〈식탁〉 앞에(그 구수한 향기와 아름다운 빛깔은 늙은 지하당원 파스쩬꼬의 푸르죽죽한 감자알과 좋은 대조를 이루었다) 쭈그리고 앉는다. 그러면 다시금 눈물이 갑절이나 쏟아져 내린다. 그는 크게 소리 내어 자기 아내의 눈물을 회상한다. 때로는 바지 호주머니에서 나온 연애편지 때문에, 때로는 외투 주머니에 들어 있는 어떤 여자의 팬티(엉겁결에 자동차 속에 벗어 놓고 잊어버린) 때문에, 그리고 그칠 줄 모르는 그의 엽색 행각 때문에 아내는 여러 해를 눈물로 보내야 했다. 이렇게 자신에 대한 동정으로 가득 차면 흉악한 힘의 투구가 벗겨지고, 한 사람의 파멸한 선량한 인간으로 변해 버리는 것이다. 나는 그가 어쩌면 그토록 통곡할 수 있는지 새삼 놀라지 않을 수 없었다. 우리의 감방 동료인 희끗희끗한 백발의 에스토니아인 아르놀드 수시는 나한테 이렇게 설명했다. 「잔인함의 밑바닥엔 반드시 감상이 깔려 있는 법이지. 이건 이를테면 상호 보완의 법칙이야. 예를 들어 독일 사람들에겐 이것이 민족적 특성으로 되어 있거든.」

한편 그와 반대로 파스쩬꼬는 우리 감방에서 자유의 몸이 될 가망성이 전혀 없는 유일한 인물이었음에도 불구하고 가장 활기 있는 사람이었다. 그는 나의 어깨를 끌어안고 이렇게 말했다.

진리를 위해 〈일어나서〉 싸우는 건 아무것도 아니야!
진리를 위해서는 형무소에 들어가 〈앉아〉 있어야지!

그러고는 나한테 자기가 좋아하는 옛 유형 시대의 노래를 가르쳐 주기도 했다.

어두운 감방 속, 축축한 갱도에서 말없이 죽어 간다 해도
우리의 외침은 살아남은 세대 속에 메아리쳐 살아나리라!

나는 이 말을 믿는다! 그리고 이 글이 그의 믿음을 실현시키는 데 조금이라도 도움이 되기를 간절히 바라는 마음이다!

◆

하루 열여섯 시간의 감방 생활에서는 특별한 사건이라곤 별로 일어나지 않지만 그래도 나에게는 이 열여섯 시간이 트롤리버스를 기다리는 16분보다 짧게 느껴질 만큼 흥미로운 것이었다. 주의를 돌릴 만한 사건은 하나도 없었음에도 불구하고, 저녁이 되면 오늘도 시간이 모자랐구나 하고 한숨을 내쉬곤 했다. 일상적으로 벌어지는 대수롭지 않은 일들에 난생처음 확대경을 대고 관찰하는 버릇이 생겼기 때문일 것이다.

기상 후 첫 두 시간이 하루 중에서도 가장 괴로웠다. 교도관이 감방 문의 자물쇠를 절거덕거리는 것을 신호로(루비얀까 형무소에는 〈먹이통〉[18]이 없다. 그래서 〈기상!〉이라는 말 대신 자물쇠를 여는 것이다) 우리는 벌떡 자리에서 일어나 침

구를 정리한 다음, 아직도 켜져 있는 전등 밑에 절망적인 표정으로 멍청히 앉아 있어야 한다. 아침 6시, 아직도 잠이 덜 깨서 세상만사가 귀찮게만 여겨지고 감방 안의 공기는 숨통이 막힐 듯 탁해서, 간밤에 신문실에 끌려갔다가 새벽녘에 들어와서 겨우 눈을 붙였던 사람에게는 특히 참을 수 없을 만큼 괴로운 시간이다. 그렇다고 잔꾀를 부릴 수도 없다. 만약에 벽에 기대거나 체스를 두는 체하거나 무릎 위에 펼쳐 놓은 책을 읽는 체하면서 조금이라도 졸아 보려 했다가는 당장에 감방 문을 두드리는 경계 신호가 울려온다. 혹은 더 나쁜 사태가 일어날 수 있다 — 언제나 요란스러운 소리를 내는 자물쇠가 걸린 문이 느닷없이 아무 소리도 없이 열리고(루비얀까의 교도관은 이렇게 자물쇠를 열 수 있도록 훈련되어 있다) 젊은 하사관이 그림자처럼 소리 없이, 마치 벽을 빠져나가는 유령처럼 서너 걸음쯤 다가가서 졸고 있는 사람을 쿡 찌르는 것이다. 어쩌면 징벌 감방으로 끌려갈지도 모르고 또 어쩌면 감방 안의 책을 모조리 가져가 버리거나 아니면 수감자 전원이 아침 산책을 금지당할지도 모른다. 아무튼 이것은 모든 사람에 대한 잔혹하고도 불공평한 처벌이다. 그 밖에도 여러 벌칙이 있다. 검은색으로 쓴 형무소 수칙이라는 게 감방마다 걸려 있으니 그걸 읽어 보라. 만일 당신이 안경이 있어야 뭘 읽을 수 있다면, 이 괴로운 두 시간 동안 당신은 책도 읽을 수 없거니와 신성한 형무소 수칙도 읽을 수 없게 마련이다 — 당신의 안경은 이미 전날 밤에 거둬들여졌고, 이 두 시간 동안에도 그것을 돌려준다는 것은 〈위험〉하기 때문이다. 이 두 시간 동안엔 아무도 감방에 오지 않고, 아무것도 가져오지 않고, 아무

---

18 감방 문에 뚫린 큼직한 창구. 교도관들은 그 창구를 통하여 수감자와 이야기도 하고 먹을 것도 주고 형무소 서류에 서명을 요구하기도 한다.

것도 묻지 않고, 아무도 불러내지 않는다. 신문관은 단잠에 곯아떨어져 있고 형무소의 간부 직원도 아직 잠에서 깨어나지 못하고 있다 ─ 다만 〈돌리기〉[19]만이 잠도 자지 않고 쉴 새 없이 복도를 오락가락하며 감방 문구멍으로 안을 들여다보고 있을 뿐이다.

그러나 이 시간에도 한 가지 일과가 있기는 하다. 아침 용변을 보는 일이다. 기상과 함께 교도관은 중요한 사항을 선언한다. 즉 그날의 변기 당번을 각 감방마다 한 사람씩 지명한다(일반 형무소에서는 수감자들이 이 문제를 스스로 해결하기 위한 언론의 자유와 자치권을 가지고 있지만 중앙 정치범 형무소인 루비얀까에서는 어림도 없는 일이다). 이윽고 당신들은 두 손을 뒤로 하여 일렬종대로 서고, 그날의 당번이 뚜껑이 달린 8리터들이 양철통을 안고 선두에 서서 걸어간다. 목적지까지 가면 당신들은 다시 갇힌다. 그러나 그전에 교도관은 수감자 수만큼 휴지를 세어 당번에게 나누어 준다. 휴지라야 꼭 기차표 두 장 크기의 종잇조각이다(루비얀까에서는 백지를 휴지로 사용하는데 이것은 참으로 재미없는 일이다. 어떤 형무소에서는 인쇄된 책장을 뜯어 휴지로 나누어 주는 곳도 있다 ─ 이것은 정말 멋진 읽을거리다! 우선 〈어떤 책에서〉 떼어 냈을까를 추측해 본다. 앞뒤 면을 다 읽고 내용을 파악한 다음 분석한다 ─ 말이 도중에 끊겨 있으면 평가하기 무척 힘들다! 동료들과 바꾸어 보기도 한다. 옛날에는 진보적인

19 내가 수감되어 있을 때 이미 이 말은 상당히 보급되어 있었다. 원래 이 말은 우끄라이나인 교도관들한테서 유래된 것이라 한다. 그들은 곧잘 「야, 그거 돌리지 마!」 ─ 즉 자물쇠를 열지 말라는 말을 썼다고 한다. 그래서 〈교도관〉의 은어로 〈돌리기〉란 말이 생긴 것이다. 그러나 〈교도관〉란 뜻의 영어 〈열쇠 돌리기*turnkey*〉란 말을 상기한다면 이 말도 전혀 근거 없는 은어는 아닐 것 같다.

백과사전이었던 『그라나뜨』에서 떼어 낸 것을 줄 때도 있었다. 때로는 입에 담기조차 무서운 일이지만 〈고전〉에서 떼어 냈을 때도 있는데 물론 순문학의 고전 같은 것을 말하는 건 아니다. 그러니까 용변 보러 가는 것이 지식 획득의 시간이 되는 셈이다).

그러나 이것은 웃음거리랄 수는 없다. 이것은 보통 문학에서는 다루지 않게 되어 있는 저속한 생리적인 요구이다(하긴 여기서는 〈아침 일찍 용변을 마친 자는 행복하다〉는 옛날부터의 경박한 속담이 여전히 통하고 있지만). 아주 자연스러워 보이는 이 형무소의 하루의 시작 속에 수감자에 대한 함정이 설치되어 있는 것이다. 게다가 그것은 정신을 위한 함정이기 때문에 더욱 모욕적이다. 운동 부족과 쥐꼬리만 한 식사, 그리고 극도의 신체적 쇠약 때문에 기상 후 즉시 용변을 보려고 해도 제대로 될 리가 없다. 결국은 뒤도 보지 못하고 이내 뒤돌아설 수밖에 없는데, 그다음에는 저녁 6시까지 견뎌야 한다(일부 형무소에서는 다음 날 아침까지 기다려야 한다). 이제는 낮의 신문 시간이 다가오는 것이 마음에 걸리고 그날의 사건에도 마음을 써야 한다. 그리고 배급된 음식을 먹기도 하고, 물을 마시기도 하고, 수프를 마시기도 한다. 그러나 그 시원한 장소에는 아무도 내보내 주지 않는다. 〈바깥 사람들〉은 거기에 언제라도 갈 수 있는 고마움이라는 것을 모른다. 이 괴롭고 저속한 요구는 매일매일, 때로는 아침 용변 직후에도 일어날 때가 있다. 그런 날에는 온종일 당신을 괴롭히고 압박할 것이며, 끝내는 말을 할 수도 책을 읽을 수도 무엇을 생각할 수도, 심지어 그 빈약한 식사조차 삼킬 수도 없을 만큼 당신의 자유를 구속할 것이다.

루비얀까 형무소의 이따위 규칙은, 아니 루비얀까뿐 아니라 대체로 모든 형무소의 이따위 규칙은 어떻게 해서 생겼을까? 일부러 죄수들을 골려 주려는 목적에서 만든 것일까, 아니면 저절로 그렇게 생긴 것일까? 형무소 속에서는 가끔 이런 문제가 논의된다. 기상 시간만 하더라도 물론 교활한 계산에 의하여 정해졌겠지만, 그 밖의 대부분은 맨 처음 그저 기계적으로 정해지고(우리의 형무소 생활에서의 비인간적인 규칙과 관례가 모두 그렇듯이) 상부에서 타당하다고 인정한 후 찬동했을 것으로 생각된다. 교도관들의 교대는 오전 8시와 오후 8시에 있다. 그러니까 수감자의 용변은 교도관의 근무 시간이 끝나기 전에 마치도록 하는 것이 편리하다고 생각했기 때문이다(한낮에 한 사람씩 용변을 허가하는 일로 공연히 신경을 쓸 필요도 없거니와 그런 번거로운 일을 한다 해서 교도관들에게 보수를 더 지급할 리도 없으니 말이다). 안경만 해도 그렇다. 기상 직후부터 서둘러야 할 이유가 어디 있는가? 야간 당직 교도관이 교대하기 직전에 돌려주면 그만 아닌가.

그러나저러나 벌써 안경을 돌려주는 소리가 들려온다. 문이 열렸다 닫히는 소리. 이웃 감방에도 안경을 낀 사람이 있는지 없는지를 곧 알 수 있다(당신과 같은 사건으로 체포된 사람도 안경을 끼지 않았나? 그렇다, 하지만 우리는 벽을 두들겨 연락을 취할 용기는 없다. 무서운 벌을 받을 테니까). 마침내 우리 감방에도 안경을 가져왔다. 파스쩬꼬는 책을 읽을 때만 안경을 쓰고, 수시는 언제나 안경을 쓴다. 수시는 오므렸던 미간을 펴고 안경을 썼다. 양쪽 눈두덩 위에 일직선을 이루는 굵은 뿔테 안경을 쓰면 그의 얼굴은 대번에 엄하고도 명석한 빛을 띠게 되는데, 그것은 우리 시대의 지성인들에게서만 느낄 수 있는 그런 인상이었다.

수시는 일찍이 뻬뜨로그라프(레닌그라프)에서 역사와 언어

학을 공부한 사람으로 그 후 20년 동안 모국인 에스토니아에 살았지만 아직도 그의 러시아어는 정확하고도 유창하다. 그 후 타르투에서 법학을 전공했으며 자기 모국어인 에스토니아어 이외에 영어와 독일어에도 능통하다. 최근까지도 그는 런던의 『이코노미스트』와 독일의 종합 과학 잡지 『통신Berichte』을 계속해서 구독했으며 한편으로는 여러 나라의 헌법과 법률을 연구해 온 학자였다. 그리고 지금 그는 우리들의 감방에서 정당하고도 겸손하게 유럽을 대표하고 있었다. 또한 그는 에스토니아에서 〈천금의 입〉이라는 별명을 가진 유명한 변호사이기도 했다.

복도에서 새로운 움직임이 일어나기 시작한다. 회색 가운을 걸친 젊은 식사 운반원 ─ 건강한 젊은이인데도 전쟁에 나가지 않고 있다 ─ 이 검은 빵 다섯 토막과 각설탕 열 개를 쟁반에 올려 들이밀었다. 우리 감방의 〈암탉(감방 스파이)〉이 분주하게 움직이기 시작한다. 이제부터 제비로 뽑게 되어 있음에도 불구하고(하기는 빵의 굳은 부분이 적으냐 많으냐, 빵 껍질이 두꺼우냐 얇으냐, 중량을 채우기 위한 부스러기는 얼마나 되느냐 하는 것은 중요한 의미를 지니므로 운명에 맡겨서 정할 수밖에)[20] 그는 한순간만이라도 이 모든 게 자기 것인 것처럼 하나하나 만져 본다. 〈암탉〉의 손바닥에는 빵과 각설탕의 부스러기가 남는다.

감자를 섞어 만들어 제대로 부풀어 오르지도 않고 눅눅하

---

20 이것은 우리 나라 어디를 가나 볼 수 있는 일이다. 오랜 세월에 걸친 전국민적 기아 상태의 결과인 것이다. 군대에서 배급이 있을 때에도 역시 마찬가지였다. 그래서 우리 군대의 참호에서 식량을 분배할 때의 대화를 엿들은 독일병들은 그것을 암기하고 있다가 곧잘 놀려 주곤 했다 ─ 「누구 차례지? 정치부 지도원 차례야!」

기만 한 이 검은 빵 450그램은 우리 〈생명의 지주〉이고 하루의 가장 중요한 사건이다. 이제야 생활이 시작된다! 바로 이 시간부터 하루가 시작되는 것이다! 저마다 당장 해결해야 할 문제가 생긴다 — 어제는 내가 이 빵을 적절히 분배했던가? 이놈을 실로 감아서 자를 것인가? 아니면 그냥 조각을 내버릴 것인가? 또 귀퉁이를 조금씩 뜯어 먹을 것인가? 차를 따라 줄 때까지 기다릴 것인가, 아니면 지금 당장 먹어 치울 것인가? 남겨 두었다가 점심때 먹을 것인가, 저녁때 먹을 것인가? 그렇다면 얼마나 남겨 둘 것인가?

그러나 이런 궁상맞은 생각 이외에도 이 한 토막의 빵은 우리들에게 광범한 토론의 주제를 제공해 준다(이제야 우리는 혀끝이 풀린다. 빵을 손에 드는 순간 우리는 비로소 인간이 되는 것이다). 이것은 곡식 가루보다는 물을 더 많이 부어서 만들었음이 틀림없다(그러나 파스쩬꼬의 설명에 의하면 지금은 모스끄바의 일반 근로자들도 이런 빵을 먹고 있다고 한다). 도대체 이 빵 속에 밀가루가 들어가기나 했을까? 여기다 무엇을 섞어 넣었을까? (감방마다 무엇을 섞어 넣었는지 감별할 줄 아는 사람이 하나씩은 있었다. 하기야 10년, 20년을 이런 것만 먹어 왔으니 그것을 모를 리가 있겠는가?)

이렇게 되면 자연히 옛날 얘기가 나오게 마련이다. 1920년대만 해도 먹음직스러운 흰 빵을 구워 내곤 했었다! 한껏 부풀어 오른 말랑말랑한 둥근 빵 — 연한 적갈색의 껍질은 버터가 배어 번들거리고 밑부분은 화덕 자국이 선명한 그 탐스러운 빵을 다시는 구경할 수 없을 것인가! 1930년대에 출생한 아이들은 도대체 〈빵〉이란 어떻게 생겨 먹은 것인지 상상도 못 할 것이다! 그러나 친구들이여, 이건 이미 금지된 주제이다! 음식에 대해서는 한마디도 하지 않겠다고 우리는 이미 약속하지 않았던가!

복도에서 다시 인기척이 난다. 이번엔 차를 배급할 차례다. 역시 회색 가운을 걸친 다른 청년이 물통을 들고 나타난다. 한 사람씩 자기 찻잔을 복도로 내밀면 그는 주둥이도 달리지 않은 물통을 기울여 차를 따른다. 그러니 찻잔에 들어가는 것보다 복도 바닥에 흘러 떨어지는 찻물이 더 많다. 형무소 복도는 마치 일류 호텔의 복도처럼 윤이 나게 닦여 있었는데 말이다.[21]

우리에게 주는 것은 이것뿐이다. 취사장에서 뭘 만들든 조리된 식사는 오후 1시와 오후 4시에 나올 뿐이다. 그 뒤에는 스물한 시간 동안은 음식에 대해 생각만 해야 한다(그러나 이것 역시 죄수를 골려 주자는 계산된 속셈에서 나온 것은 아니었다. 취사장 직원들도 빨리 일을 끝내고 집으로 돌아가야 했기 때문이다).

9시. 아침 점호 시간이다. 감방 문을 차례로 여닫는 소리가 한참 동안 들려오더니 드디어 우리 감방 문이 요란한 열쇠 소리와 함께 열리고 당직 장교 중의 한 사람이 거의 부동자세로 감방에 두 걸음쯤 들어선다. 그는 엄격한 표정으로 기립한 우리들을 노려본다(정치범은 기립하지 않아도 된다는 규칙을

---

21 얼마 후 베를린에서 체포된 생물학자 찌모페예프레소프스끼가 루비얀까로 이송되어 왔다(그에 대해서는 앞에서 이미 언급한 바 있다). 그는 루비얀까에서 무엇보다도 찻물 흘리는 것에 분노를 금치 못했다. 그는 이 한 가지 일에서 형무소 당국의(또 우리들 모두의) 직업적 무관심의 본보기를 발견했던 것이다. 그는 루비얀까 형무소가 존재해 온 27년간이라는 숫자에 730을 곱하고(하루 두 번씩이니까) 다시 전체 감방 수인 111을 곱한 결과 무려 218만 8천 번이나 찻물을 복도에 흘렸다는 해답을 얻었다. 그러니 그것을 닦는 데 얼마나 많은 걸레와 인력이 소모되었겠는가. 이것은 주둥이 달린 물통을 만드는 것과는 비교도 안 될 만큼 막대한 낭비인 것이다.

우리는 감히 상기하려고도 하지 않는다). 인원수를 확인하는 것은 간단한 일이다. 한 번만 쭉 훑어보면 되는 것이다. 그러나 이때가 바로 우리의 권리를 시험할 수 있는 순간이기도 하다. 우리에게는 미결수로서의 몇 가지 권리가 있는 것으로 되어 있지만 우리는 그것을 잘 모른다. 또한 교도관의 입장에서는 그것을 숨기는 게 편리할 것이다. 그들의 태도는 완전히 기계적이다 — 얼굴의 표정도 언어의 억양도 없으며 불필요한 말은 한마디도 하지 않는다.

우리는 예컨대 신발 수선을 요구할 권리, 의사의 치료를 받을 권리 등이 있다는 것쯤은 알고 있다. 그러나 의사한테 가봐야 좋을 것은 하나도 없다. 루비안까의 기계적인 근무 태도에 다시 한번 놀라게 될 뿐이다. 의사의 시선에서는 환자에 대한 배려 같은 것은 고사하고 단순한 주의력조차 찾아볼 수 없다. 그는 〈어디가 불편하오?〉라고 묻지 않는다. 말이 너무 길뿐더러, 그렇게 말하려면 자연히 억양이 붙게 되기 때문이다. 그래서 그는 다짜고짜 〈어디?〉 하고 묻는다. 만약 당신이 자기 병에 관해 너무 장황하게 늘어놓기 시작한다면 당장 제지당할 것이다. 「그래 알겠다. 이빨? 뽑아야지, 비소(砒素)를 써도 되고. 때우는 거? 여기선 안 해!」(그런 걸 하다가는 의사를 만나는 횟수가 늘어나서, 인간적인 분위기 같은 것이 조성될 우려가 있기 때문이다.)

형무소 의사는 신문관과 사형 집행인의 훌륭한 조수이다. 모진 고문 끝에 기절했다가 퍼뜩 정신이 들면 의사의 목소리가 귀에 들어온다. 「아직 더 때려도 됩니다. 맥박은 정상이에요.」 닷새 동안 추운 징벌 감방에서 시달린 차디찬 벌거숭이 몸뚱이를 내려다보며 의사는 말한다. 「아직 더 해도 됩니다.」 만약에 고문으로 죽어 버리는 경우에도 의사는 조서에 이렇게 서명한다 — 사인(死因)은 간경변증, 또는 경색. 감방에 죽어 가는 사람이 있어 아무리 급히 불러도 그는 결코 서두르지 않는다. 만약에 그렇지 않은 의사라면 우리 형무소에서는 배겨 날 수가 없다.[22]

그러나 우리의 〈암탉〉은 수감자의 권리에 대해 잘 알고 있었다(그의 말에 의하면 그는 벌써 11개월이나 미결수로 신문을 받고 있다는데, 그는 낮에만 신문실에 불려 가곤 했다). 지금 그는 당직 장교 앞으로 나서며, 형무소 책임자와의 면담을 신청해 달라고 간청했다. 「책임자라니, 루비얀까의 최고 책임자 말인가?」 「예.」 당직 장교는 그의 이름을 적는다(그날 밤 취침 시간이 되어 신문관들이 모두 제자리에 와 앉을 시각에 불려 갔다가 잎담배를 들고 돌아온다). 물론 이것은 뻔히 들여다보이는 엉성한 수법임에 틀림없다. 그렇다고 더 좋은 방법은 아직 생각해 낼 수가 없었다. 각 감방마다 모두 마이크 장치를 한다는 것은 비용도 비용이려니와 111개의 감방을 날마다 24시간 동안 도청한다는 건 거의 불가능한 일이다. 그럼 어떻게 할 것인가? 〈암탉〉은 훨씬 싸게 먹혀서 좋다. 앞으로도 오랫동안 그들의 이용 가치는 인정될 것이다. 그러나 우리 감방의 〈암탉〉인 끄라마렌꼬는 이따금 땀이라도 흘릴 듯이 우리의 대화에 열심히 귀를 기울이곤 했지만 그 얼굴 표정으로 보아 이야기의 내용을 알아듣는 것 같지는 않았다.

또 하나의 권리가 있다 — 진정서를 제출할 자유(우리가 바깥세상에서 이곳으로 들어올 때 상실한 출판, 집회, 투표의 자유 대신에 주어진 자유)이다! 한 달에 두 번씩 아침 점호 때 당직 장교가 묻는다 —「진정서를 쓸 사람은 없소?」 그러고는

22 F. P. 가스(인도주의로 유명한 독일 출신 의사 — 옮긴이주) 같은 의사는 여기선 견디지 못했을지도 모른다.

희망하는 사람의 이름을 빠짐없이 모두 적는다. 낮에 당신은 조그만 독방으로 불려 나가 거기서 누구에게든지 — 인민의 아버지에게, 당 중앙 위원회나 최고 소비에뜨에, 베리야나 아바꾸모프에게, 검찰총장이나 군 검찰총장에게, 형무소 당국이나 신문 부서에, 자기의 체포에 대하여 또는 신문관이나 형무소 책임자의 부당한 처사에 대하여 진정서를 쓸 수 있다는 것이다! 그러나 어떠한 경우든 당신의 진정서는 아무런 결과도 가져오진 못할 것이다. 그것은 어느 누구에게도 발송되지 않을 것이다. 왜냐하면 그것을 읽는 가장 높은 사람은 다름 아닌 바로 당신의 담당 신문관이기 때문이다. 그렇다고 이것을 증명할 수도 없다. 어쩌면 신문관은 그것을 〈읽지조차 않을〉 것이다. 아니, 신문관뿐 아니라 다른 어느 누구도 그것을 읽을 수가 없기 때문이다. 아침에 용변 시에 내주는 휴지보다 조금 큰 가로 10센티미터, 세로 7센티미터의 종잇조각에다가 당신이 꼬부라진 펜촉에 맹물처럼 묽은 잉크를 찍어 간신히 〈진정……〉이라는 두 글자를 쓰고 나면, 마분지 같은 종이에 잉크가 확 번져 버리고 다음 〈서〉조차 쓸 자리를 찾지 못하게 된다.

어쩌면 그 밖에도 몇몇 권리가 더 있을지도 모른다. 그러나 당직 장교는 침묵을 지키고 있다. 하긴 그런 권리를 모른다고 해서 별로 손해날 것도 없겠지만.

점호가 끝나면 하루의 일과가 시작된다. 지금은 신문관들도 형무소 어딘가에 출근해 있다. 〈돌리기〉가 이상야릇한 소리로 당신들을 호명한다. 그는 언제나 첫음절만을 발음하는 버릇이 있다(예를 들어 《심》은 누구야? 《페》는 누구야? 《엠》은 어디 있어? 그리고 《암》은?〉 하는 식이다). 그러니 당신은 최대한의 추리력을 발휘해야 한다. 이런 버릇은 교도관들의 실수를 막기 위해 생긴 것이다. 만약에 다른 감방에 수감 중인 사람의 성을 큰 소리로 불러 대면 우리는 누가 아직도 형무소에 남아 있는지 자연히 알게 되기 때문이다. 그러나 형무소 안에 서로 격리되어 있어도, 감방 안의 소식이 전혀 들어오지 않는 것은 아니다. 당국은 한 방에 되도록 많은 사람을 집어넣기 위해서 다른 수감자들을 이 감방에서 저 감방으로 옮기지 않을 수 없는데, 새로 옮겨 온 사람은 전에 있던 감방의 소식을 상세히 전해 주게 된다. 그래서 우리는 4층에 앉아 있으면서도 지하 감방과 1층의 격리 감방, 여자 미결수들을 모아 놓은 어두컴컴한 2층 감방, 그리고 계단식 감방 시설이 되어 있는 5층과 그 5층에 있는 가장 큰 감방인 111호 감방에 대해 제법 상세히 알고 있는 것이다. 내가 들어오기 전에 이 감방에는 아동 문학가 본다린이 수감되어 있었다. 그는 여기 오기 전 여자 미결수들이 있는 2층 감방에서 어느 폴란드 기자와 함께 있었고, 그 기자는 그전에 폰 파울루스 원수와 한 감방에 있었다. 이런 경로를 통해 우리는 폰 파울루스 원수에 관한 모든 소식을 상세히 알 수 있었다.

신문에 불려 나갈 시간이 지나가 버리면, 감방에 남은 사람들에게는 여러 가지 가능성과 그렇게 우울하다고만은 할 수 없는 길고도 유쾌한 하루가 시작된다. 형무소 생활에는 수감자가 지켜야 할 의무가 있다. 그중 하나는 한 달에 두 번씩 땜질용 램프로 침대를 소독하는 일이다(루비얀까에서는 원칙적으로 성냥 사용이 금지되어 있다. 담배를 피우려면 교도관에게 끈기 있게 열심히 손짓해서 불을 얻는 수밖에 없다. 그러면서도 땜질만은 안심하고 맡겨 놓고 있는 것이다). 그 밖에도 또 무슨 권리 같은 것이 있지만, 권리인지 의무인지 몹시 혼동된다. 일주일에 한 번씩 수감자를 차례로 복도에 불러내어 투박한 이발 기계로 머리를 깎아 준다. 또 한 가지 의무는 감방의 모자이크 마루를 닦는 일이다(됴냐 Z.는 언제나 이 일을 회피했다. 다른 일도 마찬가지지만 이런 종류의 작업은 그의 자존심을 몹시 상하게 하기 때문이다). 우리는 늘 배 속이 비어 있는 탓으로 곧 숨을 헐떡이게 된다. 그런 일만 없다면 이 작업도 권리 속에 집어넣어도 좋을지 모른다 — 어쨌든 건전하면서도 즐거운 일이다. 맨발로 솔을 앞으로 밀어내고 상체를 뒤로 당긴다. 앞으로 뒤로, 앞으로 뒤로, 모든 비애는 사라져 버린다! 거울 같은 마룻바닥! 그야말로 뽀쫌낀 형무소다![23]

게다가 우리는 이제 비좁은 67호 감방에서 비비적거릴 필요가 없게 되었다. 3월 중순경에 우리한테 여섯째 동료가 새로 들어왔는데, 여기서는 넓은 침상 위에서 빽빽이 끼어 자거나 마룻바닥에서 잠을 잔다는 것은 전례가 없는 일이었으므로 우리는 전원 그대로 53호 감방으로 옮겨졌던 것이다. (이 방에 들어가 보지 못한 사람에게 꼭 한번 들어가 보라고 권하고 싶다!) 아니, 이것은 감방이 아니다! 이것은 저명한 여행자에게 침실로 제공되는 궁전의 밀실이다! 일찍이 러시아 보험 회사[24]는 건축비 같은 것은 전혀 고려하지 않고 방의 높이를 5미터로 높였던 것이다. (아, 만약에 전방 방첩대장에게 이런 감방이 있다면 필시 그는 4층으로 판자 침상을 만들어 적어도

23 뽀쫌낀 마을에서 온 말. 뽀쫌낀 마을은 사정을 잘 모르는 황제를 속이기 위해 나무판자로 급조해서 그럴듯하게 꾸민 가짜 마을을 말한다 — 옮긴이주.

24 이 회사가 손에 넣은 모스끄바 땅의 일부는 특히 사람의 피와 인연이 깊었다. 로스똡친의 저택 근처에서는 1812년에 베레샤긴이 무고하게 사지가 찢겨 죽어 갔고 루비얀까 거리의 반대쪽에는 여자 살인마 살띠치하(그녀는 농노를 죽였다)가 살고 있었다. 『모스끄바 소개』, N. A. 게이니께 기타 감수 (모스끄바: 사바시니꼬프 출판사, 1917), p. 231.

1백 명쯤은 무난히 수용했을 것이다!)

그리고 또 창문은 어떤가! 창틀에 교도관이 올라가서 한껏 몸을 뻗어도 손끝이 통풍구에 간신히 닿을 만큼 높고 커서, 유리 한 장이 웬만한 집의 창문 전체의 크기와 맞먹을 정도이다. 다만 이 창문의 아래쪽 5분의 4를 철판으로 막아 버린 것만이 우리가 지금 궁전에 와 있지 않음을 상기시켜 줄 뿐이다.

그렇지만 날씨가 맑은 날에는 이 덧문 위에 우물 속과 같은 루비얀까의 안뜰로부터, 그리고 6층이나 7층의 창문으로부터 그 희미한 햇빛이 반사되어 스며든다. 우리에게 이것은 진짜 생명을 가진 햇살이나 다를 바 없었다. 그 한 걸음 한 걸음이 뜻을 지니고 있었다. 그 햇살이 벽을 따라 조금씩 이동하면서 산책 시간을 미리 알려 주고, 점심때까지 30분마다 시간을 세어 주다가, 점심시간 직전에 사라져 버리는 것을 우리는 상냥한 마음으로 지켜보곤 했다.

바로 이것이 우리에게 주어진 가능성이었다 — 산책을 나갈 수도 있고, 책을 읽을 수도 있고, 서로 지난날을 얘기할 수도 있고, 토론을 통해 판단력을 기를 수도 있고, 서로의 지식을 교환할 수도 있다! 그리고 마치 무슨 포상처럼 두 접시로 된 점심까지 얻어먹을 수 있으니, 참으로 믿기 어려운 일이 아닌가!

루비얀까에서 3층 이하의 감방 사람들은 산책의 쾌감을 거의 맛볼 수가 없다. 그들은 형무소 안뜰로 끌려 내려가는데 그곳은 사방이 형무소 건물로 둘러싸여 마치 깊은 우물 속처럼 답답하고 습기 찬 곳이다. 그러나 4층과 5층의 수감자들은 콘크리트로 된 옥상으로 올라간다. 교도관은 무장을 하지 않았지만 감시탑 위에서는 자동 소총을 든 감시병이 노려보고 있다. 그러나 공기만은 진짜다. 하늘 역시 진짜다! 「두 손을 뒤로! 둘씩 짝을 짓고! 말해선 안 돼! 멈춰서도 안 되고!」 그런데 고개를 뒤로 젖히지 말라는 소리는 잊은 모양이다. 물론 우리는 고개를 번쩍 쳐든다. 그러면 우리는 반사된 햇살이 아닌 진짜 태양을 본다. 아, 저 태양! 영원히 살아 있는 태양! 봄 구름 사이로 나타나는 황금빛 햇무리!

봄은 누구에게나 행복을 약속하지만 우리 수감자에겐 열 배나 더 큰 행복을 안겨 준다. 오, 4월의 하늘이여! 감옥살이쯤은 아무것도 아니다. 총살형만은 면하게 될 모양이니까. 그 대신 나는 여기서 더욱더 슬기로운 인간이 되련다. 여기서 더욱 많은 것을 깨달으련다. 하늘이여, 나는 또 나 자신의 과오를 시정하련다 — 물론 〈그들〉에 대한 과오가 아니다! 하늘이여! 너에 대한 과오를 말이다. 나는 여기서 나 자신의 잘못을 깨달을 수 있었다 — 나는 반드시 그것을 시정해 보이겠다!

마치 저 멀리 깊은 구멍 속에서처럼, 제르진스끼 광장에서 부산스러운 자동차 경적 소리가 쉴 새 없이 들려온다. 저 경적을 울리며 달리고 있는 사람에게는 그것도 승리의 나팔처럼 들릴지 모르겠지만, 여기서 바라보면 더없이 하잘것없는 존재들에 지나지 않는다.

산책 시간은 모두 합해 20분이다. 하지만 그사이에도 우리의 흥미를 끄는 일, 우리가 해야 할 일은 얼마든지 있다.

첫째로 산책 장소까지 가고 오는 동안이 무척 재미있다. 형무소 전체의 배치가 어떻게 되어 있고, 이 옥상 정원이 어디에 위치하는가를 확인해 두고 싶어진다. 언젠가 자유의 몸이 되어 근처의 광장을 지나갈 때 이내 그것을 알아보기 위해서다. 산책하러 가는 길에 우리는 여러 차례 방향을 바꾸는데, 나는 이런 방법을 생각해 냈다. 즉 감방 문을 나서면서부터 오른쪽으로 돌 때는 플러스 1을 세고 왼쪽으로 돌 때는 마이

너스 1을 세는 것이다. 아무리 빨리 돌고 돈다 하더라도 이것을 염두에 두고 침착하게 계산해 나가면 정확한 해답을 얻을 수 있다. 그리고 도중에라도 어느 층계 창문에서 루비얀카의 여신상인 감시탑이 보이면 이 계산에 따라 그것을 기억해 둔다. 이렇게 하면 감방에 들어와서도 방위(方位)를 정할 수 있으며 우리의 창문이 어느 방향을 향하고 있는가도 알 수 있는 것이다.

그리고 산책할 때는 할 수 있는 한 집중적으로 공기를 들이마셔야 한다.

그리고 또, 그 맑은 하늘 아래서 밝고, 결백하고, 그릇됨이 없는 자기 자신의 미래의 생활을 머릿속에 그려 보는 것이 좋다.

그리고 또 거기는 가장 심각한 주제를 가지고 대화를 나누기에 알맞은 장소이기도 하다. 산책 중 대화는 금지되어 있지만 그런 건 문제가 아니다. 눈치껏 얼마든지 할 수 있다. 더욱이 여기서는 감방 스파이도 도청기도 엿들을 수 없을 테니까.

산책을 할 때면 나는 되도록 수시로 짝이 되려고 애썼다. 그와는 감방 안에서도 얘기를 주고받았지만 중요한 대화는 주로 산책 시에 교환하곤 했다. 우리는 갑자기 친해진 것이 아니라, 오랜 시간을 두고 천천히 친해졌다. 나는 이미 그에게서 많은 얘기를 들을 수 있었다. 그와 사귀면서 나는 하나의 새로운 습성을 기르게 되었다. 즉 나의 장래 계획에는 들어 있지 않을뿐더러 예정된 인생 항로와는 전혀 관계가 없을 것 같은 일이라도 하나하나 참을성 있게 꾸준히 받아들일 줄 알게 된 것이다. 어릴 때부터 무슨 이유에서인지 나의 목적은 러시아 혁명의 역사를 연구하는 것이었고, 그 밖의 것은 전혀 나와 관계가 없는 것처럼 생각하고 있었다. 혁명을 이해하기 위해서는 마르크시즘을 연구해야 하며 그 이외의 것은 전혀 필요 없다는 생각에서 외면해 왔다. 그런데 지금 운명이 나와는 전혀 다른 정신세계에서 살아온 수시와 만나게 해준 것이다. 수시는 지금 자신의 관심사를 열심히 나에게 이야기해 주었다. 그의 관심사는 에스토니아와 민주주의, 그것이었다. 나는 에스토니아에 대해서, 더욱이 부르주아 민주주의에 대해서는 여태까지 흥미를 느껴 본 적이 한 번도 없었으나, 그래도 그의 얘기에는 열심히 귀를 기울였다. 오랜 전통을 가진 건장한 사내들로 이루어진, 이 겸손하고도 근면한 에스토니아라는 약소국이 지난 20년 동안 어떻게 자유를 누려 왔는가에 대하여 그는 애정 어린 어조로 이야기해 주었다. 에스토니아 공화국 헌법은 유럽 각국의 경험 중에서 장점만을 골라 제정한 것으로 입법부는 1백 명의 의원으로 구성된 단원제 국회였다고 한다. 왜 꼭 그렇게 해야 하는 건지, 나는 그것을 알 수 없었지만 하여튼 그 모든 것에 나는 마음이 끌리기 시작했으며, 또한 그것은 나의 식견을 넓혀 주는 계기가 되었다.[25] 나는 그들의 숙명적인 역사에 깊은 관심을 갖게 되었다. 에스토니아는 옛날부터 튜턴족과 슬라브족이라는 두 망치 사이에 끼어 동쪽과 서쪽으로부터 번갈아 가며 끊임없이 두들겨 맞았으며 이 연속적인 타격은 그칠 날이 없었다. 아니, 지금도 그것은 계속되고 있다. 1918년에 우리가 이 나라를 급습하여 집어삼키려고 했으나 그들이 끝내 굴복하지 않은 것은 잘 알려진(아니 전혀 알려지지 않은) 사실이다. 그 후 유제니치[26]는 그들 속의 핀란드적인 전통을 경멸했고, 우리는 그들을 백위

---

25 수시는 후에 당시의 나를 회상하면서 〈마르크스주의자와 민주주의자의 이상한 혼혈아〉라고 했다. 사실 당시 나에게는 그 두 가지가 괴상하게 결합되어 있었던 것이다.

26 내전 시의 반혁명 백위군 지휘관 — 옮긴이주.

군 잔당이라고 비난했다. 그 당시 에스토니아의 중학생들은
지원병으로 군에 입대했다. 우리 나라는 1940년과 1941년,
그리고 1944년에도 그들을 공격했다. 에스토니아의 아들 중
일부는 러시아군에 끌려가고 일부는 독일군에 편입되고 나머
지 일부는 숲속으로 도망쳤다. 이 시기에 탈린(에스토니아의
수도)의 중년 지식인들은 이 저주스러운 속박에서 벗어나 그
들 자신의 독자적인 삶을 누릴 수 있는 방법을 모색했다(새
정부의 총리로는 티프가 물망에 오르고 교육부 장관으로는
수시가 예정되었다고 한다). 그러나 처칠도 루스벨트도 그들
에겐 무관심했고 오직 〈조 아저씨(스딸린)〉만이 관심을 가지
고 있었다. 그리하여 우리 군대가 에스토니아에 침입하자마
자 이들 〈몽상가들〉은 며칠 밤 사이에 죄다 자택에서 체포되
고 말았다. 모스끄바의 루비얀까 형무소에도 열다섯 명가량
이 한 사람씩 따로따로 수감되어 있다. 그들은 제58조 2항
〈연방에서의 탈퇴 기도〉 혐의로 신문을 받고 있었던 것이다.

산책 후 감방으로 돌아올 때면 언제나 새로 다시 체포되어
온 듯한 느낌을 가지게 된다. 이 넓고 호화로운 감방에서조차
산책 후에는 항상 압박감을 느끼게 된다. 더구나 산책 후에는
무엇이든 좀 먹고 싶은 생각이 들게 마련이지만, 그런 생각은
아예 머릿속에서 몰아내는 게 상책이다! 만약에 차입품을 받
은 사람이 하필이면 이런 순간에 눈치도 없이 음식물을 펼쳐
놓고 먹기 시작한다면 그때는 정말 괴롭다. 하지만 자제심을
기르는 수밖엔 별도리가 없다! 그리고 책의 저자가 작품 속에
서 당신을 초대해서 갖가지 음식 맛을 보여 주려 한다면 그것
역시 괴로운 일이다. 아니, 그런 책은 버려야 한다! 고골의 책
이건 체호프의 책이건 음식 얘기가 쓰여 있는 건 딱 질색이
다! 도대체 먹는 얘기가 너무 많다! 예를 들어 보자 — 〈그는

아무것도 먹고 싶지 않았으나 그래도 하는 수 없이 쇠고기 한 접시를 먹고 맥주를 좀 마셨다.〉 이런 빌어먹을 놈이 있나! 그러니 보다 정신적인 책을 읽어야 한다! 도스또예프스끼 — 그렇다, 죄수들에겐 그의 책이 적당하다! 하지만 그의 책 속에도 이런 글이 나온다 — 〈아이들은 굶주리고 있었다. 벌써 며칠째 그들은 빵과 《소시지》이외엔 아무것도 구경하지 못했던 것이다.〉

루비얀까의 도서관은 가히 자랑할 만한 것이다. 하기는 그곳의 여자 사서가 혐오감을 느끼게 하는 존재라는 건 부인할 수 없다. 아마빛 머리에 전체적으로 말상인 이 아가씨는 일부러 모든 것이 추하게 보이도록 만들어진 것 같은 인상이었다. 얼굴빛은 표정 없는 인형의 얼굴처럼 희기만 하고, 입술은 연보랏빛이고, 뽑아 다듬은 눈썹은 까맣게 칠해져 있었다(물론 어떻게 화장을 하건 그녀 마음대로겠지만, 우리로서는 그녀가 조금만 귀여웠으면 좋았을 것이다 — 어쩌면 루비얀까의 형무소장은 이 모든 것을 미리 고려했는지도 모른다). 그러나 놀랍게도 그녀는 열흘에 한 번씩 책을 거두러 와서는 우리의 주문에 귀를 기울인다. 그녀는 루비얀까 특유의 인간미 없는 기계적인 표정으로 듣고 있기 때문에 우리는 알 수가 없다 — 내가 주문한 저자의 이름을 제대로 듣기나 했을까? 책 이름은 들었을까? 그보다도 내 말 자체를 듣기나 했을까? 그녀는 돌아간다. 우리는 불안과 기대가 뒤섞인 심정으로 몇 시간을 기다린다. 그사이에 우리가 돌려준 책은 페이지마다 뒤적이며 점검된다. 즉 문자 밑에 구멍을 뚫거나 점이 찍혀 있지 않나 살피는 것이다(형무소 안에서는 이런 교신 방법도 있기 때문이다). 혹은 또 마음에 드는 곳에 손톱으로 자국을 낸 곳은 없는가를 면밀히 살펴본다. 그런 짓은 절대로 하지 않으면서도 우리는 마음을 졸여야 한다. 왜냐하면 누군가 찾아와서 문자 밑에서 점이 발견되었다고 말하지 않는다고 보장할 수도 없기 때문이다. 그들은 항상 옳기 때문에 어떤 증명도 통하지 않는다. 그 결과 우리는 아무 잘못도 없이 3개월 동안 독서의 권리를 박탈당한다. 아니, 최악의 경우에는 감방 안의 전원이 징벌 감방으로 이송당할 수도 있다. 움막 같은 수용소로 가기 전에 이 혜택 받은 밝은 형무소에서의 수개월을 책 없이 지낸다는 것은 너무나도 아쉬운 일이다! 그러나 우리는 그저 겁에 질려 있는 것만은 아니다. 한편으론 설레는 마음으로 기다리고 있는 것이다. 젊을 때 연애편지를 보내고 초조한 마음으로 회답을 기다리듯이 ── 그녀가 올 것인가, 안 올 것인가? 만일 온다면 어떤 책을 가져올 것인가?

마침내 책을 가져온다. 그것으로 앞으로의 열흘 동안이 결정된다 ── 마음에 드는 책을 받게 되면 그만큼 독서에 열중하게 될 것이고 시시한 책이 오면 독서보다도 이야기에 더 시간을 보내게 될 것이다. 책은 감방 인원수만큼만 가져온다. 한 사람 앞에 한 권씩, 여섯 명이면 여섯 권을 갖다 준다. 그러니까 인원수가 많은 감방은 그만큼 덕을 보는 셈이다.

간혹 그 아가씨가 놀랍게도 우리가 주문한 책을 빠짐없이 갖다 주는 수도 있다! 그러나 우리의 주문을 그녀가 무시했을 때도 뜻밖에 재미있는 책을 보게 되는 경우가 있다. 왜냐하면 루비얀까의 도서관 자체가 그야말로 다른 곳과는 비교가 되지 않기 때문이다. 이곳의 책들은 이미 저승에 간 많은 장서가들의 서고에서 거둬 모아 온 것이 대부분인 것 같았다. 그러나 가장 중요한 것은 그들이 수십 년에 걸쳐 전국 도서관을 샅샅이 검열하여 없애 버리면서, 자기 자신의 호주머니를 조사하는 것을 잊고 있었다는 점이다. 그래서 여기, 즉 그들의 본거지에서 자먀찐, 뻴냐끄, 빤쪨레이몬 로마노프 등을 비롯하여 심지어는 메레시꼬프스끼 전집까지도 읽을 수 있었던 것이다(여기에 대해서 어떤 사람은, 우리를 이미 죽은 인간으로 보기 때문에 금지된 서적을 읽도록 내버려 두는 것이라고 농담 삼아 말하기도 했지만, 내가 보기엔 루비얀까의 도서관원들이 원래 게으르고 무식해서 자기들이 우리에게 무슨 책을 내주는지조차 모르고 있었던 것 같다).

점심 식사 전의 몇 시간은 책 읽기에 가장 적합한 시간이다. 그러나 단 한 구절에도 감동한 나머지 껑충 뛰어올라 창문에서 문으로, 문에서 창문으로 바삐 걸음을 옮길 때가 있다. 자기가 읽은 것을 남에게 이야기하고 거기서 어떤 결론을 제시하려 한다면 그때는 곧 논쟁이 벌어지게 마련이다. 그러니까 이 시간은 가장 심각한 논쟁의 시간이기도 하다.

나는 자주 유리 Y.와 격론을 벌이곤 했다.

◆

우리 다섯 사람이 궁전처럼 호화로운 53호 감방으로 옮겨 간 3월의 어느 날 아침에 또 한 사람의 새로운 미결수가 우리 감방에 할당되어 들어왔다.

그는 발걸음 소리도 없이 마치 그림자처럼 조용히 들어와서는 창틀에 몸을 기대고 섰다. 감방의 전구는 이미 꺼져 있었고 아침의 외광도 희미했다. 그런데도 그는 눈을 크게 뜨지 않고 실눈을 뜬 채 말없이 서 있었다.

그가 입은 군복 저고리와 바지의 천으로 미루어 보아 그는 소련군도 아니고 독일군도 아닌 성싶었다. 그렇다고 폴란드군이나 영국군 같지도 않았다. 얼굴 윤곽은 러시아인답지 않게 무척 길어 보였다. 그리고 그 깡마른 꼴이란! 야윌 대로 야원 몸집에 키는 왜 또 그렇게 큰지!

우리는 우선 러시아어로 그에게 물었다. 대답이 없다. 수시가 독일어로 물었다. 대답이 없다. 이번에는 파스쩬꼬가 프랑스어와 영어로 물었다. 여전히 묵묵부답이었다. 반송장처럼 누렇게 찌든 그 얼굴에 점차 미소가 떠올랐을 뿐이었다. 그런 미소를 나는 한평생 본 적이 없었다!

〈인간……〉 하고 그는 마치 오랜 실신 상태에서 깨어난 사람처럼, 또는 간밤에 밤새도록 총살 집행을 기다리다가 되돌아온 사람처럼 가냘프기 그지없는 목소리로 중얼거렸다. 그러고는 야윌 대로 야윈 허약한 손을 우리에게 내밀었다. 그 손에는 걸레 조각 같은 보자기가 쥐어 있었다. 우리의 〈암탉〉은 그게 무엇인지 알아채고는 낚아채듯 빼앗아 테이블 위에 펼쳐 놓았다. 거기에는 2백 그램가량의 담배가 들어 있었다. 그는 황급히 보통 때보다 네 배나 크게 담배를 말았다.

이것은 유리 니꼴라예비치 Y.가 3주일간의 지하 독방 생활을 거쳐 우리에게 처음 나타났을 때의 장면이다.

1929년 동만 철도에서의 충돌이 있은 후 우리 나라에는 이런 노래가 유행한 적이 있었다.

강철의 가슴으로 적을 막아 내며
〈27사단〉은 조국을 지키노라!

내전 시기에 창설되어 용맹을 떨친 보병 제27사단의 포병 대장은 제정 러시아 군대의 장교 출신이었는데, 알고 보니 그 사람이 바로 유리의 아버지 니꼴라이 Y.였다(나는 이 이름이 소련군 포병 교감 편찬자들의 이름 속에 끼어 있음을 상기했다). 니꼴라이 Y.는 한시도 떨어지지 않으려는 아내를 데리고 군용 침대차에서 생활하면서 볼가 지방에서 우랄 지방으로, 다시 동쪽에서 서쪽으로 소련 땅을 전전했다. 1917년에 출생한 〈혁명둥이〉인 유리와 그의 쌍둥이 형제는 그 침대차에서 어린 시절을 보냈다.

그 후 아버지 니꼴라이 Y.는 레닌그라뜨 육군 대학에 오랫동안 근무하면서 풍족하게 살았고, 아들은 성장하여 군사 간부 학교를 졸업했다. 핀란드와의 전쟁이 시작되자 유리는 조국 수호를 위해 용감하게 전선으로 달려 나갔으나 아버지 친구들의 주선으로 참모 본부 부관으로 임명되었다. 덕분에 유리는 핀란드의 토치카에 기어오르거나, 정찰을 나갔다가 적에게 포위되거나, 적군의 총화 밑에서 눈밭에 엎드려 동상에 걸리거나 할 필요가 없었다. 그럼에도 불구하고 그는 적기(赤旗) 훈장을 그 가슴에 장식할 수 있었던 것이다! 이렇게 그는 이 전쟁이 정의로운 것이고 자기도 거기서 어떤 역할을 수행했다는 확신과 함께 핀란드 전쟁을 마쳤던 것이다.

하지만 그다음 전쟁(2차 대전)은 그렇게 수월치가 않았다. 그가 지휘하던 포병 중대는 루가 근방에서 적의 포위망에 빠지고 말았다. 이리저리 방황한 끝에 결국은 전 중대가 포로로 잡혔다. 유리는 빌니우스 근처에 있는 장교 포로수용소에 수용되었다. 어느 누구나 생애 중 한 번은 자기의 운명과 신념과 열정을 판가름하는 결정적인 계기에 봉착하게 마련이다. 이 수용소에서의 2년은 유리의 인생을 송두리째 뒤흔들어 놓았다. 그 수용소가 어떤 것이었는지는 도저히 말로나 글로 형용키 어렵다 ─ 거기서는 죽음이 기다리고 있었을 뿐이다. 죽지 않은 사람은 그 나름대로의 결론을 내리지 않으면 안 되었던 것이다.

〈오르드너*Ordner*〉 ─ 죄수 출신의 수용소 내의 경찰 ─ 는 살아남을 수 있었다. 물론 유리는 〈오르드너〉가 되지는 않았다. 요리사들은 살아남았다. 그리고 수용소 당국을 위한 통역도 살아남을 수 있었다 — 독일군은 그런 통역들을 찾고 있었다. 유리는 독일어를 유창하게 구사할 수 있었음에도 불구하고 그것을 숨겼다. 통역 노릇을 하게 되면 자연히 동료들을 배신하지 않을 수 없다는 것을 알고 있었기 때문이다. 그 밖에 또 무덤을 파는 사람도 목숨을 부지할 수 있었다. 그러나 이 일을 위해서는 유리보다도 건장하고 기민한 자들이 많았다. 궁리 끝에 유리는 화가를 자청하고 나섰다. 사실 그는 다방면에 걸친 가정교육 덕분에 제법 그림을 그릴 줄 알았다. 자기의 뒤를 이어 주기 바라는 아버지의 간절한 희망만 아니었더라도, 그는 아마 미술 학교에 들어갔을지도 모른다.

또 한 사람의 늙은 화가와 함께(내가 그 노인의 이름을 잊은 것이 유감이지만) 유리는 수용소 막사 안에서 따로 조그만 방 하나를 배당받았고, 거기서 「네로 황제의 연회」며 「요정의 윤무(輪舞)」 같은 그림을 그려 독일군 위수 사령부의 장교들에게 바쳤다. 그 대가로 그는 기아를 면할 수 있었던 것이다.

수용소 당국이 주는 희멀건 감잣국만으로는 도저히 연명할 수 없었다. 그래도 그 국 한 그릇을 얻어먹으려고 소련군 장교 포로들은 이른 아침 6시부터 손에 양철 그릇을 들고 줄을 짓고 늘어서서 〈오르드너〉들의 방망이 세례와 취사병들의 국자 세례를 감수해야 했다. 저녁마다 아틀리에 창문을 통해 유리는 똑같은 광경을 목격했다. 이제 그의 화필이 그릴 수 있는 것은 오직 그것뿐이었다. 저녁 안개가 늪을 낀 풀밭에 길게 내려앉아 있었다. 풀밭은 철조망으로 둘러싸여 있고 곳곳에 모닥불이 타오른다. 모닥불 주위에는 소련군 장교들이, 아니 지금은 짐승과 다름없는 존재들이 둘러앉아 죽은 말 뼈다

귀를 핥는가 하면 감자 껍질을 계란처럼 뭉쳐 불에 굽기도 하고 마른 목초를 담배 대신 피우기도 한다. 이가 들끓어 하나같이 몸을 움찔거리고 있다. 그러나 이 두발짐승들이 죄다 죽어 버린 것은 아니다. 그들 중에는 아직도 바른말을 할 줄 아는 자들이 남아 있다. 검붉게 타오르는 모닥불 불빛은 네안데르탈 인종으로 퇴화해 버린 그들의 얼굴에 뒤늦게나마 새로운 이성이 되살아나고 있음을 보여 준다.

아, 저도 모르게 입속에서 울분이 북받쳐 오른다! 유리가 보존해 온 생활은 그야말로 참을 수 없는 것이었다. 그러나 그는 쉽사리 체념해 버리는 그런 인간은 아니었다. 그러나 만일 그가 살아남을 운명이었다면 그는 자기 나름대로의 어떤 결론에 도달해야만 했다.

소련군 포로들은 문제가 단지 독일인에게만 또는 일부 독일인에게만 있는 게 아니라는 것을 이미 잘 알고 있었다. 수용소에는 여러 나라 포로들이 있었지만 오직 소련군 포로들만이 그처럼 처참하게 지냈고 그처럼 비참하게 죽어 갔다. 어느 나라 포로들도 그들보다는 형편이 좋았다. 심지어는 폴란드나 유고슬라비아 포로들조차 그들보다는 훨씬 편하게 지냈다. 영국이나 노르웨이 포로들은 국제 적십자사나 자기 집에서 보내오는 위문품을 주체하지 못할 정도로 많이 받았다. 그래서 수용소에 주는 국 같은 것은 아예 받아먹을 생각도 하지 않았다. 이웃 수용소에 있는 연합군 포로들이 이따금 철조망 너머로 먹을 것을 던져 주곤 했는데 그럴 때면 소련군 포로들은 뼈다귀에 달려드는 굶주린 개떼처럼 우르르 몰려드는 것이었다.

우리 러시아인들은 처음부터 끝까지 이 전쟁을 도맡아 수행하고 있었는데, 유독 우리들만이 이토록 가련한 처지에 놓인 것은 대체 어찌 된 일인가?

여기에 대한 설명이 이 사람 저 사람의 입에서 점차 전해지기 시작했다. 예를 들어 소련은 포로 처우에 관한 헤이그 조약을 인정하지 않기 때문이라는 것이다. 즉 포로 처우에 관한 어떠한 의무도 지지 않을뿐더러 적국에 억류된 자기 나라 포로들의 안전도 요구하지 않는다.[27] 국제 적십자사의 활동 또한 인정하지 않는다. 소련은 어제까지 자기 나라의 병사였던 포로들을 인정하지 않는다. 포로가 된 병사들을 도와준다고 해도 아무런 가치가 없기 때문이다.

그리하여 이 열성적인 〈혁명둥이〉의 가슴은 조금씩 식어 가기 시작했다. 막사 안의 아틀리에에서 유리와 늙은 화가는 자주 논쟁을 벌였다(유리를 납득시키기란 무척 힘든 일이었으나 그래도 노인은 의문의 껍질을 한 겹 두 겹 벗겨 가며 차근차근 그를 설득했다). 이 모든 일은 무엇 때문일까? 스딸린 때문일까? 그러나 그 모든 것을 스딸린 탓으로 돌리는 것은 너무나도 지나친 생각이 아닐까? 그의 힘에도 한계가 있기 때문이다. 애매한 결론밖에 내릴 수 없는 사람은 전혀 결론을 내리지 못하는 것과 다를 바가 없다. 그럼, 나머지 사람들은? 스딸린의 측근과 그 수하의 사람들, 아니 러시아 전국에 흩어져 있는 조국의 이름으로 발언할 수 있는 사람들은?

만약 어머니가 제 자식을 집시한테 팔아넘겼다면, 아니 더 지독한 짓을 해서 미친개의 무리 속에 내던졌다면 그녀는 아

27 소련은 이 국제 협정을 1955년에야 승인했다. 그러나 1915년의 멜구노프의 일기 속에는, 러시아가 독일에 억류 중인 자기 나라 병사들에게 도움을 제공하지 않는 것은, 포로 생활이 편하다는 〈소문〉이 돌아 병사들이 자진해서 적의 포로가 되는 것을 방지하려는 속셈에서였다고 쓰여 있다(S. P. 멜구노프, 『회상과 일기』(파리, 1964), 제1권, pp. 199~203.

직도 그 아이의 어머니랄 수 있겠는가? 만일 자기 아내가 매춘부가 된다면 남편은 그 아내에게 충실할 수 있을까? 자기 나라의 병사들을 배반한 조국 — 그것이 과연 조국이랄 수 있을까?

마침내 유리는 심경에 일대 변화를 일으켰다! 여태까지 그는 자기 아버지를 존경해 마지않았으나 이제는 오히려 저주하게 되었다! 그는 곰곰이 생각한 끝에 비로소 다음과 같은 사실을 알게 되었다. 즉 자기 아버지는 자기를 출세시켜 준 군대의 선서를 배반한 사람이다. 왜냐하면 오늘날 이렇게 자기 병사들을 내동댕이쳐 버리는 그따위 질서를 군대 내에 세운 사람들 중의 하나니까. 그렇다면 유리가 지금 그 군대 선서를 지켜야만 할 이유는 없지 않은가?

1943년 봄에 처음으로 백러시아 〈의용군〉 대표자들이 모병을 위해 수용소에 왔을 때 어떤 사람은 단지 굶주림을 면하기 위해 응모했으나 유리는 확고부동한 결심을 가지고 모병에 응했다. 그러나 그는 의용군에 오래 머물러 있지 않았다. 일단 결심한 이상 철저히 행동하기로 마음먹은 것이다. 이제 그는 자기의 독일어 실력을 숨기지 않았다. 그러자 곧 독일군의 어떤 〈기관장〉이 그를 자기 보좌관으로 발탁했다. 이 기관장은 새로운 스파이 훈련소의 창설 임무를 맡은 사람이었다. 그리하여 유리 자신이 예상도 못했던 탈바꿈이 시작되었다. 그는 조국 해방의 사명감에 불타고 있었으나 독일군 측은 자기 나름대로의 계획으로 그에게 스파이 교육을 위임했다. 그렇다면 그 경계는 어디에 있었던가? 넘어서는 안 될 선은 어디부터였던가? 유리는 독일군의 중위가 되었다. 그는 독일군 군복을 입고 독일 땅을 돌아다녔고 베를린을 왕래하면서 러시아 망명객들도 만나 보았다. 전에 입수할 수 없었던 망명

작가들의 작품 — 부닌, 나보꼬프, 알다노프, 암피쩨아뜨로프 등의 책을 읽을 수 있었다. 유리는 부닌을 비롯한 이들의 작품이 페이지마다 러시아의 생생한 상처의 핏자국으로 얼룩져 있으리라 기대했다. 그런데 이게 어찌 된 일인가? 그들은 그토록 귀중한 자유를 대체 어디다 허비했던가? 그들은 하나같이 모두 여체의 신비니 욕망의 발작이니 황혼이니 귀족 생활의 아름다움이니 젊은 날의 감미로운 추억에 대해서 쓰고 있었다. 애당초 러시아에는 혁명 같은 건 없었다는 듯이, 아니면 자기의 능력으로는 혁명을 이해할 수도 언급할 수도 없다는 듯이, 그들은 전혀 관심을 표시하지 않았다. 그들은 러시아의 젊은이들이 알아서 인생의 방향을 찾도록 내버려 두고 있었다. 유리는 몸부림치며 좀 더 보고 좀 더 알려고 조급히 서둘렀다. 그러는 사이에 그는 옛날 러시아인의 습관대로 더욱 자주, 그리고 더욱 깊이 술 속에 빠져들었으며 그것으로 마음의 곤혹을 잊으려 했다.

스파이 양성 학교란 도대체 어떤 것이었던가? 물론 본격적인 학교와는 거리가 멀었다. 6개월 동안에 가르친 것이라곤 기껏 낙하산 사용법과 폭발물 사용법, 그리고 무전기 사용법뿐이었다. 독일군 측에서도 그들에겐 별로 기대를 걸지 않고 있었다. 그들을 소련에 보내면서 독일인들은 겉으로만 태연한 척하고 있었다. 하지만 완전히 버림받은 채 죽음에 직면해 있는 러시아 포로들에게 있어 이런 종류의 훈련 기관은 생명을 유지하기 위한 하나의 훌륭한 탈출구가 될 수 있다고 유리는 생각했다. 여기 들어오면 우선 배불리 먹을 수 있고 따뜻한 새 옷을 받을 수 있을뿐더러 호주머니마다 소련 화폐가 그득그득 채워지는 것이다. 훈련생들은(교관 요원도 마찬가지지만) 학교에서 배운 것을 그대로 실행하는 듯이 행동하고 있었다. 즉 소련군 후방으로 침투해 들어가서 간첩 활동을 하고 지정된 목표물을 폭파하고 암호 무전 연락을 취한 후 무사히 독일군 쪽으로 돌아와야 하는 것이다. 그러나 그들은 이 훈련소를 이용하여 죽음과 포로의 신분으로부터 벗어나려는 것이 목적이었다. 그들은 살아남기를 원했지만 일선에서 동포에게 총을 겨눌 생각은 전혀 없었던 것이다.[28] 그들은 일단 전선을 넘어 소련군으로 투입되었다. 그다음부터의 행동은 순전히 각자의 기질과 판단에 따라 자유롭게 선택되었다. 그들은 모두 하나같이 다이너마이트와 무전기를 내동댕이쳤다. 차이가 있다면 지체 없이 관계 기관에 자수하느냐(내가 군 방첩대에서 본 들창코의 〈스파이〉처럼) 아니면 우선 호주머니 속의 돈부터 유흥비로 써버리느냐 하는 데 있을 뿐이다. 다시 전선을 넘어 독일군 측으로 되돌아온 자는 단 한 명도 없었다.

그런데 갑자기 1945년 새해가 되기 조금 전에, 용감한 청년 하나가 되돌아와서 부여된 임무를 완수했노라고 보고했다. (조사해 볼 필요도 없었다! 좀처럼 있을 수 없는 일이었기 때문이다. 기관장은 그가 소련군 〈스메르시〉에서 보낸 첩자임이 틀림없다는 판단 아래 그를 총살해 버리기로 결정했다(충실한 첩자의 운명이란 으레 그런 것이다!) 그러나 유리는 반대로 그를 표창함으로써 훈련생들의 모범으로 삼아야 한다고 고집했다. 덕분에 목숨을 건진 이 청년은 유리를 술집으로 안

---

28 물론 우리 나라의 신문관들에게는 이런 변명이 받아들여지지 않았다. 특권 계급이 소련의 후방에서 더할 나위 없이 좋은 생활을 누리고 있을 때, 무엇 때문에 그들 포로에게 살아남을 권리를 부여하겠는가? 그리고 독일군의 무기를 가지고 소련군과는 결코 싸우지 않으려던 그들의 의도도 인정받지 못했다. 이 스파이 게임에 대해서는 가장 무거운 제58조 6항이 적용되었고 거기에 의도적인 파괴 활동죄까지 추가되었다. 즉, 이것은 죽을 때까지 형무소에 있어야 한다는 것을 뜻하는 것이다.

내했다. 술기운에 얼굴이 홍당무가 된 그는 테이블 너머로 몸을 내밀고 이렇게 털어놓았다.

「유리 니꼴라예비치! 소련군 사령부는 이제라도 당신이 우리 편으로 넘어오면 관대히 용서해 준다고 약속했소.」

유리는 부르르 몸을 떨었다. 이미 모든 것을 체념하고 얼음장처럼 식어 버린 그의 심장이 어떤 따스한 것으로 감싸지는 것 같았다. 정말 조국이? 그토록 비정하고 저주스러운, 그러면서도 역시 그리운 조국! 용서해 준다고? 가족에게 돌아갈 수 있을 거라고? 다시금 까멘노오스뜨로프스끼 거리를 산책할 수 있게 될 거라고? 우리는 어쩔 수 없는 러시아 사람이 아닌가! 용서하겠다면 돌아가는 수밖에! 그리고 돌아가서 훌륭히 행동하는 거다! 포로수용소를 떠난 후 지금까지 1년 반 동안 유리에게는 단 하루도 행복한 날이 없었다. 그는 후회하고 있지는 않았으나, 그렇다고 앞날에 기대를 걸고 있지도 않았다. 똑같은 처지에 있는 다른 러시아 사람들과 만나서 술을 마실 때마다 유리는 그들이나 자기나 하나같이 정신적 발판을 잃고 있다는 것을, 그리고 현재의 삶이 결코 참된 것이 아니라는 것을 뼈저리게 느끼곤 했다. 독일군 측은 제멋대로 그들을 이용한 것에 지나지 않는다. 이 전쟁에서 독일이 패하리라는 것은 이제 명백해졌다. 바로 이 무렵 유리에게는 하나의 탈출구가 나타났다. 그를 아끼던 독일 기관장은 독일이 패망하면 자기가 재산을 빼돌려 놓은 스페인으로 함께 달아나자고 제의했다. 그런데 지금 술 취한 러시아 첩자는 자기 생명의 위협을 무릅쓰고 테이블 너머에서 그에게 손짓을 하고 있는 것이다. 「유리 니꼴라예비치! 소련군 사령부는 당신의 경험과 지식을 높이 평가하고 있소. 당신을 통하여 독일 첩보 조직의 전모를 파악하려는 것이오.」

2주 동안 유리는 마음을 정하지 못하고 초조한 나날을 보냈다. 그러나 소련군이 비스와강으로 진격해 들어오자 그는 전선에서 멀리 떨어진 후방으로 훈련소를 이동하기로 했다. 그리고 이동 도중 조용한 폴란드의 장원에 들르도록 명령했다. 여기서 그는 훈련생들을 한 줄로 세워 놓고 선언했다. 「나는 소련군 쪽으로 넘어가겠다! 어느 길을 택할 것인지는 각자의 자유에 맡긴다!」 그러자 불과 한 시간 전까지도 독일군에 충성을 맹세했던 이 가엾은 스파이 훈련생들은 일제히 목이 터져라 환성을 올렸다. 「만세! 우리도 뒤를 따르겠습니다!」(그들은 앞으로 닥쳐올 징역살이에 대해 만세를 불렀던 것이다.)

그래서 그 훈련소의 모든 포로는 소련군 탱크가 진격해 오고 뒤이어 〈스메르시〉가 들어오기를 남몰래 기다리고 있었던 것이다. 그 이후 유리는 자기 부하를 다시는 만날 수 없었다. 그는 따로 격리되었다. 그 후 열흘에 걸쳐 훈련소의 역사며 훈련 계획이며 후방 파괴 공작 등에 관해 서면으로 보고하도록 명령받았다. 그는 정말로 자기의 〈경험과 지식〉을 높이 평가하는가 보다 생각했고, 집으로 돌아가 그리운 가족과 만나게 될 날을 기다리기까지 했다.

그는 루비얀까 형무소에 와서야 비로소 자기를 기다리는 것이 총살형 아니면 적어도 20년 이상의 징역형이라는 것을 깨달았던 것이다.

이렇게 인간은 고국 쪽에서 흘러오는 한 줄기 가느다란 연기에 이내 굴복해 버리게 마련이다! 마치 신경을 죽이기 전엔 치통이 완치되지 않는 것처럼 우리도 비소를 삼켜 버리기 전엔 언제까지나 조국의 일로 가슴을 앓을 수밖에 없는 것이다. 『오디세이아』에 나오는 연꽃을 먹는 사람은 향수에서 벗어날 수 있는 어떤 종류의 연꽃을 알고 있었지만……

유리는 우리 감방에 3주 동안밖에 머물러 있지 않았다. 그 사이에 나는 그와 자주 논쟁을 벌였다. 나는 우리 나라의 혁명 자체는 어디까지나 훌륭하고 공정한 것이었는데, 1929년에 와서 그것을 망쳐 놓은 것만이 큰 잘못이라고 말했다. 그러자 그는 동정해 마지않는다는 눈으로 나를 바라보고 신경질적으로 입술을 움직이며 말했다 — 혁명에 착수하기 전에 우리 나라 안의 빈대 같은 족속부터 깨끗이 없애 버렸어야 했던 거요! (그와 파스쩬꼬는 서로 출발점이 다른데도 불구하고 이 점에서만은 견해가 일치하는 것 같았다.) 나는, 그래도 우리 나라에서 오랫동안 큰일을 수행해 온 것은 고매한 의지와 자기희생적 정신을 지닌 사람들뿐이라고 말했다. 이에 대해서 그는, 애초부터 스딸린과 같은 족속들이 거들먹거리고 나섰던 것이라고 반박했다(스딸린이 악당이라는 점에서는 우리들도 일치하고 있었다). 나는 고리끼를 칭찬했다 — 현명한 사람이다! 올바른 인생관의 소유자다! 그러면 그는 콧방귀를 뀌듯 받아넘겼다 — 보잘것없는 따분한 인물이지! 그는 자기 소설의 주인공뿐만 아니라 자기 자신까지도 거짓투성이로 만들고 있으니 말이오. 그의 작품은 모두가 거짓말투성이요. 그에 비하면 레프 똘스또이, 그 사람이야말로 우리 문학의 진짜 황제지요!

우리는 젊은 혈기에서 날마다 격론을 되풀이했다. 우리는 서로를 부정하려고 열을 올리고 있었기 때문에 좀 더 친해져서 상대방의 마음속을 들여다볼 여유가 없었다.

그가 우리 감방에서 끌려 나간 후 나는 기회가 있을 때마다 그의 소식을 수소문해 보았으나, 부띠르끼 형무소나 유형지에서 그를 만났다는 사람은 아무도 없었다. 블라소프 군단의 일반 병사들까지도 모두 어디론가 자취도 없이 사라져 버렸다. 아마 땅속으로 사라졌다고 하는 편이 더 정확한 표현일 것이다. 증명서가 없어서 아직도 북쪽 유형지에서 빠져나오지 못하는 사람들도 있다. 그러나 유리 Y.의 운명은 그들 중에서도 특히 기구하다 할 것이다.

◆

마침내 루비얀까 형무소의 점심시간이 다가왔다. 이미 오래전부터 복도에서 덜그럭거리는 즐거운 접시 소리가 들려왔다. 이윽고 레스토랑식으로 한 사람 앞에 두 개의 알루미늄 접시가 쟁반에 올려져 들어온다 ― 수프 한 접시와 기름기가 없는 멀건 죽 한 접시.

갓 들어온 미결수는 처음 얼마 동안 불안한 마음 때문에 아무것도 목구멍으로 넘어가지 않는다. 며칠씩 빵에 손도 대지 않고, 그 빵을 어떻게 처분해야 할지 모르는 사람도 있다. 그러나 점차 식욕이 되살아난다. 그다음에는 온종일 허기진 상태가 계속되어 걸신들린 사람처럼 된다. 그러나 이때 스스로를 억제하는 데 성공한다면 위장이 줄어들어 형무소의 초라한 식사도 견딜 만하게 되며 나중에는 그것이 배에 알맞게 느껴진다. 이러한 경지에 도달하려면 자기 통제가 필요하다. 남이 여분의 식사를 하는 것에 곁눈질을 하거나, 형무소 생활에서 가장 위험한 얘기인 음식 얘기에 끼어드는 버릇부터 고쳐야 하고, 되도록이면 보다 고매한 정신적 세계로 자신을 끌어올리도록 노력해야 한다.

루비얀까에서는 점심 식사 후에 두 시간 동안 자리에 눕는 것이 허용되는데 이것 역시 요양소 생활과 같은 기적이 아닐 수 없다. 이때 우리는 문구멍에 등을 돌리고 책을 펼쳐 든 채 꾸벅꾸벅 졸기도 한다. 원칙적으로 잠자는 것은 금지되어 있어서 오랫동안 책장을 들추지 않는 것을 교도관이 볼 수도 있지만, 대체로 이 시간에는 감방 문을 두드리지 않는다(이러한 인도주의는 다음과 같이 설명될 수 있다. 즉 잠을 재워서는 안 될 사람은 이 시간에 모두 주간 신문을 위해 끌려가고 감방에는 남아 있지 않기 때문이다. 끝까지 신문 조서에 서명할 것을 거부하는 고집쟁이들이 감방에 돌아올 때면 이 휴식 시간도 끝나 버리고 만다).

여하튼 수면은 굶주림과 비애를 극복할 수 있는 가장 좋은 수단이다. 잠이 들면 육체는 괴로움을 잊게 되고 두뇌는 자기 자신이 저지른 지난날의 과오를 자꾸만 되씹지 않아도 되기 때문이다.

이럭저럭하다 보면 저녁 식사 시간이 된다. 이번엔 죽 한 접시뿐이다. 인생은 당신 앞에 모든 선물을 서둘러 제공해 준다. 이제부터 취침 시간까지 대여섯 시간 동안은 아무것도 입에 넣을 것이 없다. 그러나 이것도 그다지 괴로울 건 없다. 저녁에 음식을 먹지 않는 것은 쉽게 익숙해질 수 있다. 이것은 이미 오래전부터 군사 의학에서도 알려진 사실이다. 그렇기 때문에 예비 부대에서도 저녁 식사는 나오지 않는 것이다.

다음엔 온종일 기다리고 기다리던 용변 시간이 다가온다. 그야말로 전 세계가 갑자기 가벼워진 듯한 느낌이다! 그 후련함 속에서 아무리 엄청난 문제들도 지극히 하잘것없는 것으로 변해 버린다. 당신은 이것을 느껴 본 적이 있는가?

루비얀까 형무소의 저녁은 고적하기 이를 데 없다(물론 밤중에 신문실로 끌려 나갈 염려가 없을 때의 이야기지만)! 저녁 식사로 먹은 죽 한 그릇에 우리의 육체는 충족되고 우리의 마음은 더할 수 없이 느긋해진다. 우리의 사색 또한 자유의 날개를 편다! 우리는 마치 시나이산에 오른 듯한 기분을 느낀다. 거기서는 불길 속에서 진리가 나타난다. 뿌시낀도 그것을 꿈꾸고 있었던 것은 아닐까.

　　나는 사색하고 괴로워하기 위해 살고 싶은 거다! (뿌시낀의 「엘레지」의 한 구절)

　지금 우리도 괴로워하며 사색하고 있다. 그 밖에 우리가 이 인생에서 할 수 있는 것은 아무것도 없다. 그러니까 우리에겐 너무나도 쉽게 이 이상이 실현된 셈이다……

　물론 우리는 저녁마다 체스판과 책을 밀어내고 곧잘 논쟁을 벌이곤 했다. 가장 열띤 논쟁은 역시 나와 유리 사이에서 벌어졌으며 화제는 언제나 흥분을 야기하는 것뿐이었다. 한 번은 전쟁의 결과에 관해 토론을 벌이고 있었다. 마침 교도관이 말 한마디 없이 무표정한 얼굴로 들어와서 창문의 푸른 종이 커튼을 내리고 나갔다. 창밖의 모스끄바에서는 축포가 울리고 불꽃놀이가 시작되고 있었다. 우리는 불꽃이 아름답게 수놓는 밤하늘을 볼 수 없듯이 유럽의 지도도 볼 수 없었으나, 그래도 이번엔 또 어느 도시를 우리 군대가 점령했을까 열심히 추측해 보았다. 유리는 특히 축포 소리를 싫어했다. 그는 자기가 저지른 과오를 운명이 시정해 주리라고 기대하면서, 전쟁은 결코 끝나 가고 있는 것이 아니라고 주장했다. 소련군과 영미군은 서로 적대시하고 있기 때문에 오히려 이제부터 진짜 전쟁이 시작된다는 것이다. 감방 사람들은 그의 이런 예언에 비상한 관심을 보였다. 그렇다면 그 전쟁은 어떻게 끝날 것인가? 유리는 소련군이 간단히 패배하고 말 것이라고 단언했다. (그럼 우리는 해방되는 건가, 총살당하는 건가?) 여기서 내가 그의 견해에 반대하는 바람에 논쟁은 한층 더 격화되었다. 그의 견해에 따르면, 지금 우리 군대는 지칠 대로 지쳐 있으며, 생기도 없고 게다가 장비도 보잘것없다. 그리고 가장 중요한 사실은 연합국을 상대로 한 싸움에서 종전과 같은 강인한 정신력을 발휘할 수 없게 되었다는 것이다. 나는 내가 아는 부대의 예를 들어 가면서, 우리 군대는 결코 지치지 않았을뿐더러 그동안의 많은 경험을 바탕으로 더욱 강화되었기 때문에 독일군보다 더 수월하게 연합군을 분쇄할 것이라고 주장했다. 〈절대로 그럴 리 없어!〉 유리는(반쯤 속삭이는 목소리로) 외쳐 댄다. 〈그럼 아르덴의 전투는?〉 나도(반쯤 속삭이듯이) 소리친다. 바로 이때 파스쩬꼬가 끼어들어, 양쪽 다 〈서방〉을 모르고 있다고 웃으면서, 이제는 누구도 연합군으로 하여금 우리와 싸우도록 강요하지는 못할 것이라고 결론 지었다.

그러나 저녁 시간에는 딱딱한 논쟁보다는 수감자 전원이 재미있게 들을 수 있고 또한 전원이 화목하게 참여할 수 있는 화제가 적당했다.

그러한 화제 중의 하나는 형무소의 전통, 즉 〈혁명 전의 감옥살이〉에 관한 얘기였다. 여기에 대해서는 파스쩬꼬가 누구보다도 잘 알고 있었으므로 우리는 우선 그의 입을 통해 그 당시의 얘기를 들을 수 있다. 무엇보다도 우리를 감동시킨 것은, 옛날 정치범들은 스스로도 높은 긍지를 지니고 있었거니와 세상 사람들의 존경을 받고 있었기 때문에 지금처럼 일가 친척까지 인연을 끊는 일도 없었을뿐더러 심지어는 면식도 없는 아가씨들이 약혼녀를 가장하고 면회를 오는 일이 비일비재했다는 점이었다. 그리고 명절 때만 되면 반드시 잊지 않고 죄수에게 차입을 했다는 옛날 풍습은 어떤가? 이름도 모르는 죄수를 위해 형무소의 취사장에 차입을 하지 않으면 아무도 사순절 단식을 시작하지 않았다고 한다. 햄을 가져오는 사람, 커다란 파이를 가져오는 사람, 부활절의 원통형 케이크를 들고 오는 사람. 어떤 가난한 노파는 색칠한 달걀 한 꾸러미를 갖다 줌으로써 한결 마음이 가벼워졌다고 한다. 그런데 이 러시아의 미덕은 지금 어디로 사라져 버렸을까? 지금은 〈계급 의식〉이 그 미덕을 대신하고 있다! 우리 나라의 민중은 돌이킬 수 없을 정도로 압박을 당해서, 이젠 고통받는 사람들을 도와준다는 것은 생각도 할 수 없게 되었다. 지금 그런 짓을 한다면 미치광이 취급을 당할 것이다. 만약에 어느 기업체에서 그 지방의 형무소에 있는 수감자들을 위해 명절 선물을 모집한다고 하자. 그것은 곧 반소비에뜨 반란으로 여겨질 것이다! 그 정도로 우리는 짐승 같은 존재로 전락하고 만 것이다!

그러면 그 명절 선물은 수감자들에게 어떤 의미를 지니고 있었을까? 단지 맛있는 음식에 지나지 않았을까? 아니다, 그 선물은 바깥세상에서 형무소 안 사람들을 항상 생각하고 염려하고 있다는 따뜻한 감정을 수감자들에게 안겨 주었던 것이다.

파스쩬꼬의 말에 의하면 소비에뜨 시대에 들어와서도 적십자사가 있기는 있었다고 한다. 그러나 우리는 그의 말이 못 미더워서가 아니라 도대체 그것을 상상할 수가 없다. Y. P. 뻬시꼬바는 자기의 개인적인 특권을 이용하여 외국에 가서 모금을 했다(우리 나라에서는 제대로 된 모금이 불가능하다). 그녀는 소련으로 돌아와서 일가친척이 없는 정치범에게 먹을 것을 사서 들여보냈다고 한다. 그러면 정치범이면 누구나 다 선물을 받을 수 있었을까? 아니, 그건 아니었다. 반혁명 분자[예를 들어 기사(技師)나 성직자, 신부 등]는 제외하고 옛날 정당 운동에 가담했던 당원에게만 식료품이 차입되었다

고 한다. 아, 그러면 그렇지! 그러나저러나 그 적십자사마저
도 뻬시꼬바를 제외하고 모두 형무소에 갇히는 신세가 되고
말았다.

그리고 신문에 끌려 나가지 않는 저녁에 즐거운 화제가 되
는 것은 석방에 관한 이야기였다. 사람들의 이야기에 의하면
때로는 갑자기 석방되는 놀라운 경우도 없지 않다는 것이다.
그런데 하루는 우리 감방에서 Z.가 자기 〈짐을 꾸려 가지고〉
불려 나간 적이 있다 — 석방되는 것이 아닐까? 신문이 그렇
게 빨리 끝날 리가 없기 때문이다(열흘 후에 그는 되돌아왔
다. 레포르또보 형무소로 끌려가서 신속히 〈서명〉을 한 후 다
시 우리 감방으로 돌아온 것이다). 형무소에선 다음과 같은
이야기도 오갔다. 「만약에 자네가 석방된다면, 그건 자네 말
마따나 아무것도 아닌 혐의로 체포되었기 때문일 거야. 그러
니 나한테 약속하게 — 석방되면 내 마누라를 찾아가서, 자네
가 석방되었다는 뜻으로 차입품 속에 사과 두 개를 넣어서 나
한테 들여보내라고 일러 주게.」 「요즘에 사과를 어디서 구한
단 말인가?」 「그럼 도넛 세 개가 좋겠군.」 「아마 모스끄바에는
도넛도 없을지 모르지.」 「할 수 없군. 감자 네 개를 넣으라고
하는 게 좋겠군.」 (이렇게 두 사람이 약속을 한 후 정말로 N.이
〈짐을 꾸려 가지고〉 불려 나갔고, 며칠 후에 〈M.〉은 차입품으
로 감자 네 개를 받았다. 그러니까 N.은 석방된 것이다. 이건
참으로 예삿일이 아니다! 〈나보다 훨씬 심각한 사건으로 잡
혀 들어온 N.이 석방된 걸 보면 나도 곧 석방될지 모르잖은
가!〉 하고 M.은 생각한다. 그런데 실은 M.의 아내가 들여보낸
차입품 보자기 속엔 감자 다섯 개가 있었는데 그중 한 개가
부스러져서 네 개로 잘못 알았던 것이다. 한편 N.은 석방된 게
아니고 꼴리마 수용소로 가는 기선 속에 있었다.)

이렇게 감방 안에서는 온갖 종류의 화제로 이야기를 주고받았으며 지난날의 우스운 일들을 상기했다. 나와는 전혀 다른 인생을 살아온 사람들, 전혀 다른 경험을 지닌 재미있는 사람들과 어울린다는 건 유쾌하고도 보람 있는 일이 아닐 수 없다. 이럭저럭 저녁 점호 시간도 지나가고 안경도 거둬 갔다. 전등불이 세 번 깜박거린다. 취침 5분 전을 알리는 신호다.

서둘러라! 담요를 챙겨라! 급히 잠자리에 눕는다. 전선에 있을 때는 언제 어느 순간에 내 옆에 포탄이 떨어질지 몰랐으나 지금 여기서는 언제 어느 순간에 신문실로 끌려갈지 모르는 것이다. 우리는 자리에 누워 한쪽 손을 담요 위에 올려놓고 머릿속에서 모든 생각을 털어 버리려고 애쓴다. 자야 한다!

우리 감방에서 유리 Y.를 떠나보내고 며칠 안 되는 4월 어느 날 밤, 취침 시간에 감방 문의 자물쇠 소리가 요란스럽게 울려 퍼졌다. 가슴이 철렁 내려앉는다. 대체 누구 때문에 온 걸까? 교도관이 누구의 이름을 속삭일까? 〈S로 시작되는 자!〉라고 할까? 〈Z로 시작되는 자!〉라고 할까? 그러나 교도관은 아무 말도 하지 않았다. 문이 닫혔다. 우리는 일제히 고개를 쳐들었다. 문가에는 새로운 수감자가 서 있었다. 감색 양복에 감색 모자를 쓴 홀쭉한 청년이었다. 손에는 아무것도 들고 있지 않았다. 그는 어리둥절한 표정으로 감방 안을 두리번거렸다.

「여기가 몇 호 감방입니까?」 그는 불안한 듯 조심스럽게 물었다.

「53호요.」

그는 몸을 부르르 떨었다.

「갓 들어왔소?」 우리가 물었다.

「아뇨.」그는 괴로운 듯이 고개를 저었다.

「언제 체포되었는데?」

「어제 아침에.」

우리는 한바탕 웃어 댔다. 그의 얼굴은 단순하면서도 매우 유순하게 보였다. 눈썹은 거의 흰빛이었다.

「무슨 죄로?」

(이것은 그에게 대답을 기대할 수 없는 무리한 질문이었다.)

「나도 모르겠어요……. 아무것도 아닌 일인데…….」

하긴 누구나 다 아무것도 아닌 일로 잡혀 들어왔다고 대답한다. 미결수에겐 특히 자기의 사건이 아무것도 아닌 것처럼 느껴지게 마련이다.

「그래도 뭔가 있을 게 아니오?」

「그저 뭐…… 격문을 썼을 뿐이에요. 러시아 인민에게.」

「뭐어라고?」(이런 〈아무것도 아닌 일〉은 우리에게도 처음 있는 일이었다.)

「총살일까요?」그의 얼굴에 실망의 빛이 떠올랐다. 그는 아직도 벗지 않고 있는 모자챙을 연방 잡아당기며 물었다.

「아니, 총살은 아닐 거요.」우리는 위로했다.「요즘은 아무도 총살에 처하지 않소. 안심하시오. 아마 〈10년〉쯤 떨어질 거요.」

「그런데 당신은 노동자요? 사무원이오?」계급적 원리 원칙에 충실한 우리의 〈사회 민주당원〉이 물었다.

「노동잡니다.」

파스쩬꼬는 그에게 손을 내밀고, 나를 보며 의기양양하게 외쳤다.「알렉산드르 이사예비치, 바로 이것이 노동 계급의 태도라는 거요!」

그러고는 더 이상 물어볼 것도 없다는 듯이 잠을 자려고 돌아누웠다.

그러나 그의 결론은 너무 빠른 것이었다.

「밑도 끝도 없이 격문이라니, 대체 뭐요? 누구의 이름으로 쓴 건데?」

「내 자신의 이름으로 썼지요.」

「당신은 대체 누구요?」

청년은 어색하게 히죽 웃었다. 「황제요. 미하일 황제.」

우리는 모두 소스라치게 놀랐다. 다시금 침대 위에서 고개를 쳐들고 찬찬히 그를 바라보았다. 그의 수줍고 여윈 얼굴은 아무리 보아도 미하일 로마노프 황제와는 전혀 닮지 않았다. 게다가 나이도 차이가 너무 컸다.

「자, 이야긴 내일 하고 어서들 자지!」수시가 엄한 어조로 말했다.

내일 아침 식사 전 두 시간은 심심하지 않겠구나 생각하며 우리는 잠을 청했다.

황제에게도 침대와 담요가 운반되어 왔다. 그는 변기통 가까이에 조용히 누웠다.

◆

1916년의 일이었다. 하루는 모스끄바 철도국 기관사 벨로프의 집에 아맛빛 구레나룻을 기르고 몸집이 육중한 웬 낯선 노인이 들어와서 신앙심 깊은 기관사의 아내에게 이런 말을 했다. 「뻴라게야! 너에겐 돌 지난 아들이 있지. 하느님을 위해 아무쪼록 그 애를 소중히 기르도록 해라. 때가 오면 내가 또 오리라.」 그러고는 어디론지 가버렸다.

그 노인이 누구인지 뻴라게야는 알 수 없었다. 그러나 노인의 말이 너무나도 위엄 있고 분명했기 때문에 그녀는 깊이 명심하기로 마음먹었다. 뻴라게야는 아들 빅또르를 소중히 여겠다. 빅또르는 조용하고 공손한 성품으로 성장했다. 신앙심이 깊어서 자주 천사들과 성모님의 꿈을 꾸었다. 그러나 성인이 된 후에는 그러한 꿈도 그다지 꾸지 않게 되었다. 그 후 노인은 다시 나타나지 않았다. 빅또르는 자동차 운전을 배웠고, 군대에 징집되어 극동 지방 비로비잔 근방의 자동차 중대에서 근무하게 되었다. 그는 활발한 성격은 못 되었지만 운전병답지 않은 조용하고 상냥한 성품 때문이었는지 부대에서 근무하던 어떤 젊은 처녀 하나가 그에게 적극적인 호감을 보이기 시작했다. 그런데 그 처녀는 바로 빅또르의 직속상관인 소대장이 눈독을 들이고 있는 여자였다. 그 무렵 대규모의 기동연습을 시찰하기 위해 그들 부대에 블류헤르 원수가 도착했는데 공교롭게도 그의 운전병이 앓아눕고 말았다. 블류헤르는 자동차 중대장에게 가장 훌륭한 운전병 하나를 자기에게 보내도록 명령했고, 중대장은 소대장을 불러 적당한 운전병을 차출하라고 했다. 소대장은 자기의 라이벌인 빅또르 벨로프를 제거할 좋은 기회라 판단하고, 그를 원수의 운전병으로 차출했다(이것은 군대에서 흔히 있는 일로서, 자격이 있는 사람을 추천하는 것이 아니라 보기 싫은 사람을 쫓아 보내기 위해 추천하는 것이다). 하지만 벨로프는 술도 마시지 않았고자기 일에 충실한 사람이었기 때문에 추천받을 자격은 충분했다.

벨로프는 블류헤르 원수의 눈에 들어 그의 전속 운전병이되었다. 얼마 후 블류헤르는 그럴싸한 구실하에 모스끄바로소환되었다(그것은 그를 체포하기에 앞서 그에게 충실한 극동군 부대와의 관계부터 끊어 버리려는 목적에서였다). 이때그는 자기 운전병을 데리고 갔다. 모스끄바에 가서 주인을 잃은 벨로프는 끄레믈 차고에 소속되어 미하일로프(공산 청년 동맹의), 로조프스끼 등 고관의 차를 운전했으며 나중에는 흐루쑈프의 운전사까지 되었다. 여기서 벨로프는 고위층의 호화로운 주연이며 그들의 풍습, 그들의 극단적인 경계심을 직접 관찰할 수 있었다. 또한 그는 동맹 회관에서 행해진 부하린 재판에도 모스끄바 프롤레타리아의 대표자로서 출석했다. 그는 자기가 모신 여러 상관들 중에서 유독 흐루쑈프에 대해서만은 상당히 호의적인 어조로 이야기했다. 운전사는 부엌에서 따로 식사를 하는 게 보통이지만 흐루쑈프의 집에서만은 운전사도 가족들과 한 식탁에서 식사를 하게 했다. 그 집만은 노동자다운 소박함이 그대로 보존되어 있더라는 것이다. 낙천적 성격인 흐루쑈프도 빅또르를 좋아했다. 그래서 1938년 우끄라이나로 가게 되었을 때 흐루쑈프는 벨로프에게 함께 가자고 권했다. 「흐루쑈프한테서는 한평생 떠나고 싶지 않았는데.」 벨로프는 몹시 애석하다는 듯이 말했다. 그러나 어떤 이유에서인지는 몰라도 그는 모스끄바에 남게 되었다.

1941년, 전쟁이 시작되기 전에, 그는 일자리를 잃고 정부 차고에서 떠나 있었다. 일정한 직업이 없었기 때문에 그는 곧 군대에 소집되었다. 그러나 건강 상태가 좋지 않아서 전선으로 나가지 않고 노동 부대에 편입되었다. 처음에는 도보로 인자Inza 근방까지 가서 참호를 파고 도로를 건설하는 일에 종사했다. 지난 몇 해 동안 안락한 생활만 계속해 왔으므로 이곳에서의 생활은 그에게 참을 수 없는 고역이었다. 전쟁 전보다 일반 국민의 생활수준이 향상되기는커녕 극도로 빈궁 상태에 빠져 있었다는 것을 그는 여기서 처음으로 목격하게 되었다. 그는 너무나 몸이 허약해져서 동원이 해제되어 간신히 목숨만을 부지한 채 모스끄바로 돌아왔다. 얼마 후 그는 다시 일자리를 얻게 되어 셰르바꼬프[29]의 차를 끌었고 다음에는 석유 인민 위원 세진의 운전사가 되었다. 그러나 세진이 도합 3천5백만 루블의 공금 횡령 혐의로 면직되는 바람에 벨로프는 다시 고관의 운전사 자리에서 밀려나고 말았다. 그 후 그는 자동차 창고의 운전사로 취직했고 여가가 있을 때는 끄라스나야빠흐라까지 드라이브를 즐기기까지 했다.

그러나 그의 생각은 이미 다른 데 있었다. 1943년에 그는 어머니와 같이 살고 있었다. 어머니는 세탁을 하고 우물에 물을 길러 갔다. 그때 방문이 열리더니 흰 수염에 몸집이 큰 낯선 노인이 들어왔다. 노인은 성상을 향해 성호를 긋고 나서 엄숙한 표정으로 벨로프를 바라보며 말했다.

「잘 있었나, 미하일! 하느님께서 그대에게 축복을 내리셨소!」「나는 미하일이 아니라 빅또르입니다.」벨로프가 대답했다. 「앞으로 미하일이 될 거요. 신성한 러시아의 황제가 될 거란 말이오.」노인은 조용히 말했다. 이때 어머니가 돌아왔다. 그녀는 노인을 보자 기절할 만큼 놀라 물통을 떨어뜨리고 그 자리에 얼어붙고 말았다. 27년 전에 나타났던 바로 그 노인임을 알아보았던 것이다. 그때보다 머리와 수염이 하얗게 세기는 했지만 틀림없는 그 노인이었다. 노인은 말했다. 「하느님께서 너를 축복해 주실 게다, 뻴라게야! 아들을 소중히 보호했으니.」 그러고는 미래의 황제를 별실로 데리고 갔다. 그것은 마치 러시아 정교회의 총대주교가 새로운 황제의 계승을 선언하는 것과도 같았다. 노인은 어리둥절한 청년에게, 1953년

---

29 그의 이야기에 의하면, 몸집이 비대한 셰르바꼬프는 정보국에 출근할 때 사람들을 만나기를 싫어했다고 한다. 그래서 그가 통과해야 하는 방에서 부하 직원들은 모두 자취를 감추곤 했다. 그리고 그 뚱뚱한 몸을 간신히 굽혀 양탄자 귀퉁이를 들추곤 했는데 만약에 그 밑에 조금이라도 먼지가 쌓여 있는 날엔 정보국 전체에 벼락이 떨어졌다는 것이다.

에 정권이 바뀔 것이며 그때 그가 전 러시아의 황제로 등극하게 된다고[30] 예언했다. (그가 53호 감방이라는 말을 듣고 놀랐던 것은 바로 이런 이유 때문이었다!) 그리고 그것을 위해서는 1948년에 힘을 모으기 시작해야 한다고 했다. 어떻게 힘을 모아야 하는지에 대해선 가르쳐 주지 않고 노인은 떠나가 버렸다. 빅또르도 미처 그것까지 물어볼 수는 없었다.

이제 빅또르 벨로프는 소박한 생활 속에서 평온을 누릴 수 없게 되었다! 만약 다른 사람이었다면 이 분수에 넘치는 엄청난 일을 감히 생각조차 하지 못했을 것이다. 그러나 벨로프는 미하일로프, 셰르바꼬프, 세진 등 최고 권력층의 생활권 속에서 그들의 상태를 직접 목격했으며 동료 운전사한테서도 많은 얘기를 들은 바 있었기 때문에, 지배자가 되는 데는 비범한 자질 같은 것이 꼭 필요한 게 아니고 오히려 그 반대라는 것을 잘 알고 있었던 것이다.

새로이 축복받은 황제는 류리끄 왕조 최후의 왕인 뾰뜨르 이바노비치처럼 온유하고 양심적이며 동정심이 강해서, 왕관이 주는 도의적 중압감을 항상 느끼게 되었다. 여태까지는 아무런 책임도 느끼지 않았던 국민의 빈궁과 슬픔을 이제는 두 어깨에 무겁게 짊어지게 되었으며, 그것이 언제까지나 계속되고 있다는 것에 죄책감을 느끼게 되었다. 그리고 1948년까지 기다려야 한다는 것이 아무래도 이상하게 여겨졌다. 그래서 1943년 가을에 그는 러시아 인민에게 보내는 자기의 첫 격문을 작성하여 석유 인민 위원회 차고의 운전사 네 사람에게 읽어 주었던 것이다.

우리는 아침부터 빅또르 벨로프를 에워싸고 앉았다. 그리

30 운전사와 그의 예전 고용주(흐루쇼프)를 혼동한 것 외에는 이 노인의 예언은 거의 적중한 셈이다!

고 그는 차근차근 이 모든 것을 우리에게 이야기해 주었다. 우리는 남을 털끝만큼도 의심할 줄 모르는 그의 어린애 같은 순진함을 상상조차 못 한 채 그 이상한 이야기에 빨려 들고 말았다. 이것은 우리들의 잘못이었지만, 우리는 그에게 여기에도 스파이가 있다는 것을 미처 알려 줄 틈이 없었던 것이다. 하기는 그가 이토록 솔직하게 털어놓는 이야기 중에 신문관이 아직도 모르는 부분이 있으리라고는 도저히 생각도 할 수 없는 일이었다! 얘기가 끝나자 끄라마렌꼬는 교도관을 통해 〈담배를 얻으려고 형무소장한테 가고 싶다〉는 둥, 혹은 〈의사한테 진찰받고 싶다〉는 둥 하면서 면담을 요청하기 시작했다. 얼마 후 그는 불려 나갔다. 그는 거기 가서 그 네 사람의 운전사를 〈밀고했음〉에 틀림없다. 이런 일이 없었다면 이 네 사람의 일은 아무도 모르게 지나치고 말았을 것이다(이튿날 벨로프는 신문을 마치고 감방으로 돌아와서, 어떻게 신문관이 그 네 사람의 얘기를 알았는지 모르겠다고 고개를 갸웃거렸다. 그제야 우리는 깨닫는 바가 있었다). 그건 그렇고, 그 운전사들은 격문을 읽고 나서 모두 그것을 지지했고 〈아무도〉 황제를 밀고하지 않았던 것이다! 그러자 황제 자신은 아직 때가 이르다고 느꼈기 때문에 격문을 불살라 버렸다.

1년이 지났다. 빅또르는 자동차 창고의 정비공으로 일하고 있었다. 1944년 가을에 그는 다시금 격문을 만들어 열 명의 동료 운전사와 정비공에게 보여 주었다. 전원이 격문을 지지했다! 그리고 그들 중 아무도 그를 배반하지 않았다(밀고가 횡행하는 시기에 열 명 중에서 밀고자가 하나도 나오지 않았다는 것은 참으로 희귀한 현상이다! 파스쩬꼬가 〈노동 계급의 태도〉라고 판단했던 것은 틀린 것이 아니었다). 물론 여기서 황제가 악의 없는 책략을 부린 것은 사실이다. 즉 정부 안에 유력한 협력자가 있다고 암시하기도 하고, 각지에서 군주제에 찬성하는 사람들의 힘을 규합하기 위해 자기의 지지자들에게 근무상의 출장을 보내 주겠다고 약속하기도 했던 것이다.

다시 몇 달이 지났다. 황제는 차고에서 일하는 두 젊은 처녀에게 이야기를 털어놓았다. 이것이 실패의 원인이었다. 두 아가씨는 〈사상적으로 건전함〉을 지니고 있었음이 판명되었던 것이다! 빅또르는 위험을 예감해서 가슴이 꺼림칙했다. 성모 수태 고지 축일 후 어느 일요일에 그는 격문을 휴대한 채 시장을 걷고 있었다. 그의 지지자인 늙은 노동자 한 사람이 그를 만나자 이렇게 충고했다. 「빅또르! 그 문서를 빨리 불사르는 게 좋을 걸세.」 빅또르도 예리하게 그것을 느꼈다 — 그렇다. 너무 일찍 작성했다! 당장에라도 불살라 버려야 한다! 그는 집으로 급히 발걸음을 돌렸다. 그런데 이때 쾌활하게 생긴 두 청년이 그를 불러 세웠다 —「빅또르 벨로프! 우리하고 함께 좀 갑시다!」 그리고 그를 차에 태워 곧장 루비얀까로 끌고 왔다. 여기서는 너무나 흥분하여 서두르는 바람에 신체검사하는 것조차 잊어 버렸을 정도였다. 따라서 황제가 자기의 격문을 변소에서 없애 버릴 만한 기회는 충분히 있었다. 그러나 그것을 어디 감추었냐고 추궁당한다면 공연히 수사만 지연시켜 더욱 나빠질 것이라는 생각에서 단념했다. 그는 도착 즉시 엘리베이터를 타고 장군과 대령이 기다리는 곳으로 직행했다. 장군은 그의 불룩한 호주머니에서 직접 격문을 끄집어냈다.

그러나 대(大) 루비얀까가 마음을 놓기에는 단 한 번의 신문으로 충분했다. 대수롭지 않은 사건임이 판명된 것이다. 자동차 창고에서 열 명을 잡아들이고, 석유 인민 위원회 차고에서도 네 명을 잡아들였다. 피의자의 신문은 곧 중령의 손으로 넘어갔고, 중령은 격문을 검토하면서 이따금 큰소리로 웃어 댔다.

「여기다 이렇게 쓰셨군요, 폐하 ──〈나는 농업부 장관에게 명령하노니 봄이 오기 전에 전국의 집단 농장을 완전히 해체할 것〉이라고. 한데 집단 농장 소유의 농기계는 어떻게 분배하죠? 거기에 대해서는 언급이 없군요……. 그리고 그다음엔 〈주택 건설에 총력을 기울일 것이며 각자의 직장에서 가까운 곳에 주택을 배정하고, 노동자에 대한 임금을 인상하며〉라고 되어 있는데, 거기 필요한 예산은 어디서 확보하죠, 폐하? 돈을 마구 찍어 낼 작정인가요? 어차피 폐하는 〈국채를 폐지〉하실 테니까요! 그리고 또……〈끄레믈을 자취도 없이 철거할 것〉이라고 했는데, 그럼 폐하 자신의 정부는 어디에 자리 잡게 할 작정인지요? 대 루비얀까의 건물은 어떠신지요? 그럼 한번 돌아보시지 않으렵니까……?」

러시아의 황제를 조소하려고 젊은 신문관들이 모여들었다. 그들은 이 사건에서 웃음거리 이외엔 아무것도 발견하지 못했던 것이다.

우리도 감방에서 그를 대할 때 언제나 미소를 금할 수가 없었다. 「당신은 설마 53호 감방의 우리들을 잊지 않으시겠죠?」 Z.가 우리에게 눈짓을 하며 이렇게 말했다.

모든 사람이 그를 웃음거리로 삼고 싶어 했다.

흰 눈썹에 순해 빠진 얼굴, 손에는 온통 못이 박인 빅또르 벨로프는 가엾은 어머니 뻴라게야가 들여보낸 삶은 감자를 받자 자기 몫을 따로 나눌 생각도 않고 그냥 우리 앞에 내놓았다. 「자, 드세요. 드세요, 여러분!」

그는 수줍은 듯이 미소를 짓고 있었다. 러시아의 황제가 된다는 것이 얼마나 시대착오적이고 우스꽝스러운 일인가를 그 자신도 잘 알고 있었다. 그렇지만 하느님의 은총이 그에게 떨어진 이상 어쩔 수 없는 일 아닌가?

얼마 후에 그는 우리 감방에서 딴 곳으로 옮겨졌다.[31]

◆

5월 1일이 다가오자 창문에서 등화관제용 커튼을 떼어 냈다. 전쟁은 거의 끝나 가고 있었다.

그날 밤 루비얀까는 전에 없이 조용했다. 마치 부활절의 이틀째와도 같았다. 마침 그때는 휴일이 겹쳐 있었던 것이다. 신문관들은 모두 모스끄바 시내에서 휴일을 즐기고 있어서 아무도 신문실로 끌려가지 않았다. 고요한 정적 속에서 누군가 무엇에 항의하고 있는 소리가 들렸다. 그는 곧 감방에서 고문실로 끌려 나갔다(우리는 소리만 듣고도 모든 문의 위치를 알 수 있었다). 고문실에서는 문을 열어 놓은 채로 오랫동안 구타가 계속되었다. 형무소 안이 너무 조용했으므로, 부드러운 살에 철썩철썩 내리 떨어지는 채찍 소리와 입에서 거품을 내뱉는 소리가 귀청을 찌르듯 들려왔다.

5월 2일 모스끄바에서는 서른 발의 축포가 울렸다. 유럽의 수도 하나를 또 점령한 것이다. 우리 군대에 아직 점령되지 않은 수도는 베를린과 프라하 두 곳뿐이었으니까 그중 하나일 것이다. 우리는 둘 중 어디가 점령되었을까 열심히 추측해 보았다.

5월 9일에는 점심과 저녁 식사가 함께 나왔다. 이것은 루비얀까에서 5월 1일(노동절)과 11월 7일(혁명 기념일)에만 있

---

31 1962년에 나는 흐루쇼프를 소개받은 자리에서 〈니끼따 세르게예비치! 당신의 지인 중 한 사람을 나는 잘 압니다〉라고 말하고 싶었다. 그러나 나는 억울하게 감옥살이를 한 많은 사람을 대표하여 더 중요한 말을 그에게 해야 했다.

는 일이었다. 이것을 보고 우리는 비로소 전쟁이 끝났다는 것을 알 수 있었다.

저녁 무렵에는 또 서른 발의 축포가 울렸다. 함락되지 않은 수도가 하나도 없는 셈이다. 그리고 그날 밤에 또 한 차례의 축포가 울렸다. 마흔 발은 됨 직했다. 이것은 종전을 알리는 마지막 신호였다.

우리는 감방 창문의 덧문을 통하여, 아니 루비얀까의 모든 감방, 모스끄바의 모든 형무소 창문을 통하여, 우리는 — 이 전쟁의 최전방 대열에 참가했던 우리는 탐조등 불빛이 엇갈리고 불꽃으로 화려하게 물들여지는 모스끄바의 밤하늘을 멍하니 바라보고 있었다.

한때는 탱크 저격병이었으나 부상으로(폐에 불치의 상처를 입어) 제대했다가 동료 대학생들과 함께 투옥된 보리스 감메로프는 이날 저녁 귀환 포로와 전선 출신 죄수들이 태반을 차지하는 부띠르끼 감방에 앉아 있었다. 이 마지막 축포를 그는 가장 평범한 어휘로 된 시로 묘사했다.

마룻바닥에 외투를 뒤집어쓰고 누웠다.
요란한 소리에 잠이 깨어 고개를 쳐든다.
가늘게 뜬 눈으로 창문을 바라본다.
축포로구나, 다시 눕는다.
다시금 외투 속에 몸을 숨긴다.

그 외투에는 참호의 진흙이 배어 있었고, 모닥불의 재가 묻어 있었고, 독일군의 총탄에 구멍이 뚫려 있었다. 그 승리는 우리들을 위한 것이 아니었다. 그해 봄은 우리들을 위한 것이 아니었다.

제6장
그해 봄

1945년 6월에는 아침저녁으로 부따르끼 형무소의 창문을 통하여 어딘가 멀지 않은 곳에서(레스나야 거리나 혹은 노보슬로보쯔까야 거리인 듯싶었다) 브라스 밴드의 소리가 울려왔다. 그것은 언제나 행진곡뿐이었다. 한 곡이 끝날 때마다 다시 처음으로 되돌아가 몇 번씩이나 되풀이되곤 했다.

우리는 감방 창가에 서서 그 소리를 듣고 있었다. 물론 감방의 창문은 열려 있긴 했으나, 암녹색의 창유리에는 쇠창살이 달려 있었다. 군부대가 행진을 하는 걸까? 아니면 근로자들이 휴식 시간을 이용하여 행진 연습을 하는 걸까? 우리는 알 수가 없었다. 그러나 전쟁 개시 4주년 기념일인 6월 22일에 붉은 광장에서 거행될 예정인 승전 축하 대행진을 준비하고 있다는 소문은 이미 우리도 들어 알고 있었다.

건물의 토대로 놓인 돌들은 짓눌려 신음소리를 낼지언정 건물의 장식물이 될 수는 없다. 이 전쟁의 첫 타격을 자기의 이마와 갈비뼈로 막아 내고 적의 승리를 저지한 사람들은 지금 완전히 버림받아 그 토대의 돌이 되는 하찮은 명예조차 거부당하고 말았다.

〈행복의 음악도 배신자에겐 무슨 소용이 있으랴?〉

1945년 봄에 우리 나라 형무소들은 주로 러시아인 〈포로들〉로 붐비고 있었다. 그들은 마치 바다의 정어리 떼처럼 헤아릴 수 없을 만큼 큰 무리를 이루며 소련의 형무소들을 거쳐 갔다. 우리 감방을 거쳐 간 유리 Y.는 그 고기 떼의 선발대 중 한 사람이었다. 나는 그들에게 둘러싸여 있었으나, 그들은 마치 자기의 운명을 미리 알고 있기라도 한 듯이 한 덩어리가 되어 있었다.

물론 포로들만이 이 감방을 거쳐 간 것은 아니다. 유럽에 간 적이 있는 사람들이 모두 하나의 흐름이 되어 흘러갔다. 거기에는 내전 시기의 망명자들과 2차 대전 때 독일로 끌려간 〈러시아인 노동자〉들, 그리고 붉은 군대 장교들도 포함되어 있었다. 스탈린은 이들이 120년 전 나폴레옹 전쟁 때의 러시아 장교들처럼 유럽 원정에서 유럽식 자유사상을 가지고 돌아오지나 않았나 하고 의심했던 것이다. 그러나 그들 중에서도 가장 많은 것은 나의 동년배, 정확히 나와 동갑은 아니더라도, 〈10월 혁명〉과 함께 태어나 1937년에는 10월 혁명 20주년 축하 행렬에 기꺼이 참여했고, 전쟁이 시작될 무렵엔 군대의 주축을 이루었으며, 전쟁 발발 후 수 주일 동안에 독일군에 의해 무참하게 분쇄된 〈혁명둥이〉들이었다.

그리하여 승리의 행진곡이 울려오는 형무소의 괴로운 봄은 나와 같은 세대에 대한 보복의 봄과도 같았다.

우리가 자장가로 들은 것은 〈모든 권력을 소비에뜨로!〉라는 외침이었다. 햇볕에 그을린 가느다란 손을 소년단의 나팔 쪽으로 뻗치고 〈준비!〉라는 구호에 응답하여 오른손을 머리 위로 올리고 〈항상 준비!〉라고 목청이 터져라 외친 것은 우리들이었다. 그다음 우리는 부헨발트에 무기를 밀반입시켰으며 거기서 공산당에 입당했다. 그리고 이제 우리는 죽지 않고 살

357

아남았다는 단 한 가지 이유로 숙청의 대상이 된 것이다.[1]

우리의 붉은 군대가 동프로이센으로 진격해 들어갈 때 나는 의기소침한 귀환 포로들의 대열을 보았었다. 주위의 모든 사람이 승전을 기뻐하고 있을 때 오직 그들만이 슬픔에 잠겨 있었다. 그 당시만 해도 아직 그 까닭을 알 수 없었으나, 나는 그때 이미 그들의 침울한 표정을 보고 놀라지 않을 수 없었다. 나는 자동차에서 내려 그들이 자발적으로 만든 대열로 가까이 다가갔다. (왜 질서 정연하게 대열을 짓고 있었을까? 그들에게 그것을 강요하는 사람은 아무도 없지 않은가! 다른 모든 나라의 전쟁 포로들은 저마다 자유롭게 돌아가고 있는데 유독 우리 나라 포로들만이 저렇게 대열을 지어야만 할 까닭이 무엇인가?) 그때 나는 대위 계급장을 달고 있었으며 더욱이 행군 도중이었기 때문에, 그들이 왜 그토록 침울한 얼굴을 하고 있는지 그 이유를 알아낼 수 없었다.

그러나 운명은 나로 하여금 곧 그 포로들의 뒤를 따르게 했다. 나는 군 방첩대로부터 그들과 함께 전선 방첩 본부로 호송되었다. 거기서 나는 처음으로 그들의 이야기를 대강 들을 수 있었고 그 후 유리 Y.한테서 더욱 상세한 내용을 알게 되었다. 그리고 지금 부띠르끼의 붉은 벽돌 감방 안에서 수백만 러시아 포로들의 이야기는 마치 압정에 꽂힌 딱정벌레처럼 나의 마음을 완전히 사로잡고 만 것이다. 나 자신의 체포 투옥 같은 것은 대수롭지 않은 일로 여겨졌으며, 계급장을 박탈당한 데 대해서도 슬퍼하지 않기로 했다. 수많은 내 동년배들이 맞이한 종말을 내가 피할 수 있었던 것은 그저 우연 덕분

---

1 부헨발트 수용소에서 살아남은 죄수들은 거기서 〈살아남았기 때문에〉 우리 나라 수용소로 보내졌다 — 너는 어떻게 죽음의 수용소에서 살아남을 수 있었느냐? 여기에는 뭔가 심상치 않은 구석이 있다는 것이다.

이다. 그러므로 나는 그들과 함께 무거운 짐 한 귀퉁이에 어깨를 들이밀고 그들과 함께 끝까지 그 짐을 나르는 것이 나의 의무라는 것을 깨달았다. 그리고 나는 여태까지 그들과 함께 같은 길을 걸어왔다고 느끼게 되었다 — 즉 그들과 함께 솔로비요프스끄[11]의 나루터에서, 아니면 하리꼬프의 뒷골목에서, 아니면 께르치의 채석장에서 포로가 된 것 같은 생각이 들었다. 그리고 소비에뜨 병사로서의 자부심을 지닌 채 두 손을 뒤로 하고 수용소 철조망 안으로 들어간 것이다. 엄동설한에 한 잔의 식은 〈까바(커피 대용으로 마시는 차)〉를 얻어 마시려고 몇 시간씩 줄을 서 기다렸고 어떤 사람은 가마솥까지 가기도 전에 얼어 죽기도 했다. 68호 장교 수용소(수바우키)에서는 맨땅 위에서 겨울을 보내지 않으려고 맨손과 주전자 뚜껑으로 땅에 구덩이를 팠으며, 짐승처럼 굶주린 동료 포로가 아직 숨이 붙어 있는 내 몸뚱이에서 살을 뜯어 먹으려고 기어서 다가오는 것을 보았으며, 그리고 날이 갈수록 더욱 심해지는 굶주림 속에서, 또는 티푸스가 만연한 막사 안에서, 또는 이웃 영국군 포로수용소의 철조망 옆에서 소비에뜨 러시아는 자기의 죽어 가는 아들들을 내동댕이쳤다는 생각을 더욱 선명히 굳혔던 것이다. 〈러시아의 자랑스러운 아들들〉은 아직도 탱크 밑으로 기어들 수 있을 때만, 그리고 아직도 전투에 참가할 수 있을 때만 러시아를 위해 필요한 존재인 것이다. 적의 손에 포로로 잡힌 이상 무엇 때문에 그들에게 먹을 것을 보내 준단 말인가? 쓸데없는 짓이다. 게다가 그들은 치욕적인 패전의 불필요한 목격자가 아니냐 말이다.

가끔 거짓말을 하고 싶어도 혀가 제대로 말을 듣지 않을 때가 있다. 이 포로들은 배신자로 선고되었다. 그러나 판사도 검사도 신문관도 이 말을 잘못 사용하고 있다. 그리고 선고를 받은 사람들 자신도 모든 인민도 각 신문들도 그 잘못을 되풀이하며 그대로 받아들이고 있다. 즉 그들은 〈조국에 대한 배신자〉라고 불러야 할 것임에도 불구하고 아무도 그렇게 부르지를 않고 〈조국의 배신자〉라고 부르고 있다. 심지어는 재판 기록에까지 이렇게들 쓰고 있다.

하기는 옳은 말이다! 그들은 〈조국에 대한〉 배신자가 아니라 〈조국의, 조국이 만든〉 배신자였던 것이다. 그들 불행한 인간들이 조국을 배신한 것이 아니라 지나치게 타산적인 조국이 그들을, 그것도 〈세 번〉이나 배신한 것이다.

첫 번째로, 조국의 신임을 받는 정부가 전쟁터에서 패전을 위해 저지를 수 있는 모든 어리석은 과오를 저지름으로써 무능하게도 그들을 배신했다. 즉 전선에 구축한 방어선을 스스로 파괴했으며, 공군이 앉은 자리에서 격파되도록 방치했으며, 탱크 부대와 포병 부대들을 해체했으며, 유능한 장군들을 제거했으며, 육군 부대들로 하여금 저항을 포기하도록 명령했던 것이다.[2] 전쟁 포로들이야말로 적의 강타를 맨몸으로 받아 낸 사람들이었다.

두 번째로, 독일의 포로수용소에서 굶주려 죽어 가도록 내버려 둠으로써 무정하게도 그들을 배신했다.

그리고 세 번째로, 어머니의 자비로운 사랑으로 그들을 불러들이고는(조국은 그대들을 용서했다! 조국은 그대들을 부르고 있다!) 바로 국경선에서 목에 올가미를 씌움으로써 비열

2 그 후 27년이 지난 지금 이에 관한 최초의 공정한 저작이 나타났다(P. G. 그리꼬렌꼬, 『〈소련 공산당사의 제 문제〉지에 보내는 편지』(지하 출판, 1968). 그 당시의 증인이 모두 사망하지 않은 이상 이런 저술은 앞으로 많이 나올 것이다. 그리고 얼마 안 있어 누구나가 다 스딸린의 정부를 〈광기와 배신의 정부〉라고 부르게 될 것이다.

하게도 그들을 배신했다.[3]

우리 나라가 생긴 후 지금까지 1천1백 년이 흐르는 동안 추악하고 비열한 일도 많았을 것이다. 그러나 그중에서 이토록 많은 전사들을 바로 그 나라가 배신하고 도리어 그들을 배신자로 낙인찍은 일이 과연 한 번인들 있었을까?

우리는 너무나 간단히 그들을 외면하고 말았다 ─ 뭐, 배반했다고? 그런 철면피 같은 녀석이! 사회에서 말살해 버려! 하는 식으로 말이다. 아니, 실은 우리들이 하기 전에 이미 우리의 〈어버이〉가 〈그들을 말살해 버렸던 것이다〉 ─ 그는 모스끄바 인텔리겐치아의 꽃을, 1866년식 베르단 총을 들게 해서 뱌지마 근처의 인육 도살장과 같은 전쟁터에 투입했던 것이다. 게다가 그 베르단 총마저도 다섯 명에 한 자루꼴이었다. (만일 이런 형편이었다면 레프 똘스또이도 보로지노 전투의 장면을 쓰지 못했을 것임에 틀림없다!) 1941년 12월 〈위대한 전략가〉는 그 기름진 짧은 손가락 끝으로 지도 위를 가리키면서, 〈12만 명〉에게 께르치 해협을 건너게 했다. 그것은 단지 극적인 새해 소식이라는 것 말고는 아무 뜻도 없는 것이었다. 그리하여 보로지노 전투에 참가한 수에 거의 필적하는 이 병력은 단 한 번의 전투도 없이 고스란히 모두 독일군의 손에 넘어가고 말았던 것이다.

아니, 이 모든 행위에도 불구하고 어째서 그는 배신자가 아니고 그들이 배신자란 말인가?

(우리는 때로 편견에 빠진 호칭을 너무나도 쉽게 받아들이는 경향이 있다. 우리는 이들 충성스러운 병사들을 배신자라 부르는 데 간단히 동의한 것이다! 그해 봄에 부띠르끼의 한 감

3 으뜸가는 전쟁 범죄자의 한 사람이며 붉은 군대의 정보국장을 지낸 바 있는 골리꼬프 대장이 본국 송환 유인 공작과 체포의 임무를 맡고 있었다.

방에는 레베제프라는 노인이 수감되어 있었다. 교수직에 있던 금속학자였으나 겉보기에는 전세기 또는 전전 세기 제미도프 주물 공장의 건장한 대장장이를 연상케 하는 사람이었다. 널따란 어깨에 훌렁 벗겨 올라간 이마, 뿌가초프식 구레나룻, 게다가 그 억센 다섯 손가락은 60킬로그램가량의 큰 나무통을 힘들이지 않고 나를 수 있었다. 감방 안에서 그는 퇴색한 잿빛 노동복 상의를 내복 위에 걸쳐 입고 있었고 그 불결한 꼴은 마치 형무소의 고용 인부처럼 보였다. 그러나 일단 독서를 시작하면 그의 얼굴에는 항상 진중한 사색의 빛이 서리곤 했다. 수감자들이 그의 주위에 자주 모이곤 했으나 그는 금속학 얘기 같은 건 별로 하지 않았다. 그는 팀파니 같은 저음으로, 스딸린은 이반 뇌제 같은 미친개여서 언제나 〈쏘아라! 목을 매달아라! 꾸물거리지 말아라!〉 하는 식이고, 고리끼는 줏대 없는 거짓말쟁이로 사형 집행인들의 옹호자라고 우리에게 설명하는 것이었다. 나는 이 레베제프 노인에게 거의 매혹되다시피 했다. 내가 보기에 그 현명한 머리와 농사꾼의 손발을 지닌 완강한 몸집은 전 러시아 민중의 화신처럼 생각되었다. 그의 생각은 넓고도 깊었다. 나는 그를 통하여 세상을 이해하는 힘을 길렀다! 그런데 그러한 그가 느닷없이 손을 내두르며 제58조 〈1항의 b〉에 걸린 사람들, 즉 조국의 배신자들은 결코 용서해서는 안 된다고 고함을 지르는 것이었다! 〈1항의 b〉는 우리 감방에도 꽉 차 있었다. 아, 그들은 얼마나 심한 모욕감을 느꼈을 것인가! 이 노인은 러시아의 노동자, 농민의 이름으로 단호하게 그들을 고발하고 있지 않은가! 그들로서는 이 새로운 타격을 막아 내기가 어려웠을 뿐 아니라 부끄럽기도 했을 것이다. 〈10항〉으로 걸려 들어온 두 청년과 나만이 노인과 맞서서 그들을 비호할 수 있었다. 그보다도 국가에 의해 앵무새처럼 되풀이되는 거짓말이 얼마나 사람들의 판단력을 흐리게 하는가를 통감하지 않을 수 없었다. 우리 중 가장 뛰어난 분별력을 지닌 사람들조차 지금 자기가 목을 쑤셔 넣고 있는 진실의 일부만을 겨우 이해할 수 있을 뿐이다.)[4]

러시아는 오늘에 이르기까지 수많은 전쟁을 치러 왔다(좀 더 적었으면 좋았으련만). 그러나 그 모든 전쟁에서 얼마나 많은 배신자, 변절자가 나왔을까? 그 변절은 러시아 병사들의 정신 속에 뿌리를 내리고 있는 것일까? 그러나 세계에서 가장 공명정대한 제도를 가진 국가가 가장 공명정대한 전쟁을 수행하는 과정에서 갑자기 수백만의 변절자를 발생케 한 것은 도대체 어떤 이유에서일까? 그들은 모두가 순박한 민중의 아들들이다. 이것을 우리는 어떻게 이해해야 할 것인가? 어떻게 설명해야 할 것인가?

우리와 어깨를 나란히 하고 자본주의 체제의 영국이 히틀러와 싸웠다. 영국이라면 일찍이 마르크스가 노동 계급의 빈궁과 고통을 웅변적으로 묘사한 바로 그 나라다. 그런데 어째서 〈그 나라〉에선 이번 전쟁에 단 한 사람의 변절자(사업가인 호호 경[5])밖엔 나오지 않았는가? 우리 나라에선 몇백만이 나

---

4 여기에 대해서는 빗꼬프스끼가 1930년대를 토대로 다음과 같이 쓰고 있다 ─ 이른바 〈해독 분자〉들은 자기 자신이 아무런 해독 행위도 하지 않았음을 확신하고 있으면서도, 군인들과 성직자들의 〈숙청〉은 당연한 것이라고 공언하고 있다. 한편 군인들은 또 그들대로 자기 자신이 외국의 간첩도 아니고 붉은 군대 와해 공작을 시도하지도 않았음을 알면서도, 기사들은 해독 분자이고 성직자들은 마땅히 없애 버려야 한다고 굳게 믿고 있었다. 형무소에 갇힌 소련 사람들은 모두가 하나같이 자기만은 죄가 없지만 다른 사람들은 벌을 받아야 마땅하다고 생각했다. 신문의 교훈도 감방의 교훈도 그들의 눈을 뜨게 하지는 못했다. 그들 자신은 애꿎게 선고를 받고서도, 〈바깥세상〉에 있을 때의 그릇된 관념에 따라 음모, 독살, 해독 행위, 간첩 활동들이 실제로 존재한다고 믿고 있었던 것이다.

왔는데?

입을 놀리기도 무서운 일이지만, 어쩌면 이것은 국가 체제에 그 원인이 있는 것이 아닐까?

〈손아귀에 잡힌 짐승이 울면 절대 죽여서는 안 된다〉라는 옛날 우리 나라 속담은 포로에게 그대로 해당되는 말이다. 알렉세이 미하일로비치 황제 때는 〈포로의 고난〉을 참아 냈다해서 〈귀족〉 칭호까지 수여하지 않았던가! 그 이후의 〈모든〉 전쟁에서는 포로를 교환하고 그들을 위로하며 따뜻이 감싸주는 것이 사회적인 임무였다. 포로의 몸으로 탈주하는 것은 어떤 경우를 막론하고 최고의 영웅적 행위로서 칭송받았다. 1차 대전 때 러시아에서는 우리 포로들을 돕기 위한 모금과 위문품 모집이 한시도 중단되지 않았으며, 우리의 간호사들은 병든 포로들을 돌보기 위해 적국인 독일 땅까지 들어갔었고, 신문은 매일같이 포로수용소에서 온갖 고통을 감내하고 있는 동포들을 상기시켰다. 모든 서방 국가의 국민들은 이번 전쟁에서도 그렇게 했다 — 위문품과 위문편지를 비롯하여 온갖 형태의 원조가 중립국을 통해 자유롭게 전달되었다. 서방 국가의 전쟁 포로들은 독일군의 솥에서 한 국자의 감자 수프를 얻어먹기 위해 자기 자신을 비하시킬 필요가 없었다. 그들은 독일 경비병에게 멸시하는 태도로 말을 건네곤 했다. 서방 정부들은 포로가 된 자기네 군인들을 현역으로 간주하고 포로가 된 기간도 근무 연한으로 계산했으며 정기적인 진급에도 포함시켰을 뿐 아니라 심지어는 월급까지도 지급했다.

오직 세상에 둘도 없는 붉은 군대 전사들만이 〈포로가 되지 않는다!〉라고 교범에 쓰여 있는 것이다(독일군이 참호에서

5 Lord Haw Haw. 2차 대전 당시 나치 독일을 위해 선전부장으로 활동하다가 종전 후 영국군에 체포되어 처형당한 윌리엄 조이스의 별명 — 옮긴이주.

우리를 향해 외치곤 했다 ─〈포로가 되지 않는 이반!〉). 하지만 이것은 도대체 무슨 뜻인가? 전쟁이 있으면 죽음이 있다. 그러나 포로는 없다! 그야말로 기막힌 발견이 아닐 수 없다! 말하자면 이것은 〈너는 나가서 죽어라, 우린 살아남겠다〉는 뜻이 아니고 뭐란 말인가? 하지만 만약에 두 다리를 잃고 포로가 되었다가 살아서 돌아오는 자가 있으면(핀란드 전쟁 때 기관총 소대장으로 싸우다가 다리를 잃고 돌아온 레닌그라드 출신 장교 이바노프는 후에 우스찌빔 수용소에 수감되었다) 그는 재판에 회부된다.

조국에게 버림받아, 적들과 동맹군의 눈에도 가장 초라하게 비친 우리 군의 병사들만이 제3제국의 뒷마당에 버려진 돼지 먹이보다도 못한 음식물에 손을 뻗었던 것이다. 젊은 영혼은 쉽사리 믿으려고 하지 않았지만, 러시아 병사에 한해서 조국의 문은 굳게 닫혀 있었다 ─ 제58조 1항의 b 때문이다. 전시에 이 조항에 관련되면 총살보다 가벼운 형벌은 없었다! 독일군 총탄에 죽고 싶지 않았던 병사는 포로 생활을 체험한 후에 소련군의 총탄에 죽지 않으면 안 되었던 것이다! 다른 나라의 병사는 적에 의해서만 살해되지만, 우리 나라의 병사는 동포에 의해서도 살해되었다!

(하지만 여기서 〈무엇 때문에〉라고 묻는다는 것은 너무나도 순진한 생각이다. 어느 시대의 정부건 결코 도덕적이었던 예는 없기 때문이다. 그들은 무슨 짓을 〈했기 때문에〉 사람들을 투옥하고 처벌하는 것이 아니라 무슨 짓을 〈하지 못하도록〉 투옥하고 처벌하는 것이다. 이들 전쟁 포로들도 조국을 배신〈했기 때문에〉 투옥된 것이 아님은 물론이다. 왜냐하면 배신죄로 처단되어야 할 사람은 블라소프군에 가담한 자 이외엔 없다는 것을 누구나가 다 잘 알고 있었기 때문이다. 이

들 포로들을 모두 투옥한 것은 그들이 마을 사람들에게 유럽 얘기를 〈하지 못하도록〉 하기 위해서였다. 백문이 불여일견 이라고 직접 보지 못한 것은 꿈꿀 수도 없는 법이다. 거꾸로 말하면, 서방 세계를 보았으니까 반드시 그곳 사회를 꿈꿀 것이라는 논리인 것이다.)

그렇다면 러시아 전쟁 포로들은 대체 어떤 길을 선택할 수 있었을까? 〈합법적인〉 길은 하나밖에 없었다 — 땅바닥에 드러누워 자기 몸을 짓밟도록 내버려 두는 길이다. 어떠한 풀포 기라도 살아남기 위해서 그 가느다란 줄기를 하늘로 뻗으려고 한다. 하지만 러시아의 포로는 드러누워 짓밟혀야 한다. 전쟁터에서 일찌감치 죽을 수 없었다면, 때늦은 감은 있지만 이제라도 죽어야 한다. 그러면 아무도 너를 처형하지 못할 테니 말이다.

병사는 잠들어 있다. 자기 할 말을 다하고.
그들은 영원히 진실하리라.

절망적인 두뇌가 궁리해 낼 수 있는 나머지 모든 길은 결국 〈비합법적인〉 길일 수밖엔 없었다.

조국으로의 〈탈주〉 — 수용소의 삼엄한 경계망을 뚫고 독일 땅 절반과 폴란드 또는 발칸을 거쳐 천신만고 끝에 고국에 돌아온다 해도 스메르시에 잡혀 엄한 문초를 받은 끝에 재판에 회부되게 마련이다. 즉 다른 사람들은 도망칠 수 없는데 어떻게 너만 도망쳐 올 수 있었느냐? 아무래도 수상하지 않느냐? 대체 무슨 〈임무〉를 띠고 왔는지 말해 봐, 이 쥐새끼야! (이런 예는 미하일 부르나쩨프, 빠벨 본다렌꼬를 비롯하여 수

없이 많다.)[6]

　독일군에 항쟁하는 서방측 유격대로 탈주하는 길은 어떤
가? 이것은 단지 법정의 가혹한 심판을 연기하는 데 지나지
않는다. 그리고 결국에는 더욱 위험한 인물로 규정될 것이다.
유럽 사람들 사이에 자유롭게 섞여 살면서 무척 해로운 사상
에 물들었을 테니까. 그리고 겁 없이 탈주를 감행하여 다시

　6 숄로호프가 자신의 불멸의 단편 「인간의 운명」에서 이러한 문제를 제기
하면서 〈쓰라린 진실〉과 〈이면〉을 드러냈다는 것이 우리 나라 문학 비평에서
는 하나의 정설로 되어 있다. 그러나 우리는 여기에 반론을 제기하지 않을 수
없다. 이 작품에서 전쟁에 관한 부분은 대체로 박진감이 없으며 설득력이 결여
된 느낌을 준다(작가는 아마도 이번 전쟁에 관해서 아는 게 별로 없는 모양이
다). 또한 독일군의 묘사는 우스꽝스러울 만큼 도식적이다(다만 주인공의 아
내만은 어느 정도 성공적으로 묘사되어 있다. 그녀는 도스또예프스끼가 즐겨
그리던 순수한 기독교인이다). 특히 전쟁 포로의 운명에 관한 이야기에서 〈포
로의 핵심적인 문제가 은폐되었거나 왜곡되어 있다〉고 말하지 않을 수 없다.
　① 가장 죄가 없어 보이는 포로의 예를 선택하고 있다. 즉 의식을 잃고 있
는 상태에서 포로가 된 경우를 택함으로써 포로 문제의 모든 복잡성을 회피했
다. (절대다수가 그렇듯 만약에 의식이 분명한 상태에서 포로가 되었다면 대
체 어떻게 되었을까?)
　② 포로 문제의 핵심이 조국이 우리를 저버리고 거부하고 저주했다는 데,
또 그것이 우리를 절망으로 이끌었다는 데 있다고 보지 않고 있다. 이 문제에
대해 숄로호프는 한마디의 언급도 없다. 그는 수용소 내에서 우리 사이에 배
신자가 출현했다는 데에서 문제의 핵심을 찾으려 하고 있다. (그러나 만약에
그것이 중요한 문제라면 어째서 전 인민의 지지를 받아 혁명이 수행된 후
25년이 지난 지금에 와서 그처럼 많은 배신자가 생겨났는지 그 점을 파헤쳐
설명했어야 옳았을 것이다!)
　③ 주인공이 포로로 잡혔다가 탈주하는 장면은 지나치게 환상적으로, 스
파이 소설처럼 그려져 있다. 그리고 귀환 포로들에 대한 필수적인 절차, 즉 스
메르시의 신문과 심사 대기 수용소가 빠져 있다. 주인공 소꼴로프는 훈령에
명시된 대로 철조망 속에 갇히지 않을 뿐만 아니라 대령으로부터 1개월의 휴
가 — 이것이야말로 웃음거리가 아닐 수 없다! — 까지 받는다! (파시스트 첩
보 기관이 부여한 간첩 임무를 자유롭게 수행토록 하기 위한 휴가란 말인가?
그렇다면 그 대령도 형무소로 굴러 들어왔어야 했을 것이다!)

총을 들고 싸웠다면, 담대하기 짝이 없는 인간이라 해서 조국에서는 몇 배나 더 위험한 인물로 간주되게 마련이다.

자기 동포와 동지들을 배반하여 포로수용소 안에서 연명하는 길은 어떤가? 수용소 내의 경비원, 경비대장, 독일인의 앞잡이나 도우미가 되는 길도 있다. 스딸린의 법은 이런 사람들을 유격대에 가담한 사람들보다 더 심하게 벌하지는 않았다. 조항도 같았고 형기도 같았다. (왜 그런가는 추측하기 어렵지 않다 ─ 이런 인간들은 덜 위험하기 때문이다!) 그러나 우리들 내부에 확고부동하게 자리 잡은 양심의 법률은 우리 모두에게 이 길로 가는 것을 금하고 있었다. 오직 추악하고 비열한 인간만이 이 길을 택할 수 있었던 것이다.

이토록 힘에 겨운, 받아들이기 어려운 네 가지 길 이외에 다섯 번째 길이 하나 남아 있었다 ─ 독일인 모병관(募兵官)을 기다리는 길, 그래서 어디로든 끌려가는 날을 기다리는 길이다.

간혹, 운 좋게도 농장이나 공장의 위임을 받은 모집인이 나타나서 인부를 모집하거나 기술자를 선발해 가는 수가 있었다. 스딸린의 최고 명령에 의하면 기술자나 기능공이라 할지라도 포로는 자기 자신의 직업을 숨기고 이 선발에 응하지 말아야 한다. 만약에 설계사나 전기공이었다면, 포로수용소에 그대로 남아서 땅을 파고 구정물 통을 뒤지면서 먹을 것을 찾아 헤맬 때에만 애국적 순수성을 보존할 수 있다는 것이다. 만약에 조국에 대한 〈순수한〉 배신행위로 처벌된다면 그때 당신은 자랑스럽게 고개를 번쩍 쳐들고 10년 형에 〈권리 박탈〉 5년 형을 선고받을 테지만, 적에 대한 노동력 또는 전문 기술의 제공으로 처벌될 때에는 힘없이 고개를 떨구고 10년 형에 〈권리 박탈〉 5년 형을 선고받게 되는 것이었다.

이것은 스딸린의 탁월한 특징이기도 한 〈악랄한 귀금속 세

공사)로서의 섬세함을 말해 주는 것이다!

　그런데 때로는 전혀 성격이 다른 모집인, 즉 모병관이 오는 경우도 있었다. 그들은 대개가 최근까지 붉은 군대 정치 지도원으로 있던 러시아인들이었다. 전에 백위군이었던 사람들은 이 일에 관여하지 않았다. 모병관들은 포로수용소 내에서 집회를 열고 소비에뜨 정권을 비난하면서 간첩 훈련소나 블라소프 군단에 지원할 것을 종용했다.

　러시아군 포로들처럼 수용소에 날아드는 박쥐를 잡아먹고 낡은 구두창을 삶아 먹을 만큼 굶주려 보지 못한 사람이라면, 지극히 하찮은 물질적 유혹이 경우에 따라서는 얼마나 큰 힘을 발휘할 수 있는가를 도저히 이해하지 못할 것이다. 만약에 그 모병관 등 뒤에서, 수용소 문밖에서, 야전용 취사차가 허연 수증기를 뿜어 올리며 모병에 응한 사람에게 당장 배불리 식사를 할 수 있도록 해주기만 한다면 — 아, 단 한 번만이라도! 죽기 전에 단 한 번만이라도!

　그러나 김이 무럭무럭 나는 죽 이외에도 모병관의 호소 연설 속에는 무언가 자유의 환영(幻影) 같은 것이, 참된 삶의 꿈 같은 것이 어려 있었다! 그러니 따라 나서지 못할 곳이 어디 있겠는가! 블라소프의 대대로. 끄라스노프 장군의 까자끄 연대로. 미래의 대서양의 보루를 콘크리트로 쌓기 위한 노동 대대로. 노르웨이의 피오르로. 리비아의 사막으로. 히비*Hiwi*로 (이것은 독일 국방군 지원병*Hilfswillige*의 약칭이며 독일군의 각 중대에는 12인의 〈히비〉가 있었다). 그리고 나중에는 유격대를 추격 체포하기 위한 마을의 경찰에까지(이 유격대의 대부분 역시 조국으로부터 버림받은 사람들이었지만). 아니, 모병관이 어디로 부르든 간에, 버림받은 가축 떼처럼 죽지 않기 위해서는 어디를 가건 상관없었던 것이다.

그들로 하여금 날아드는 박쥐를 잡아먹어야 할 처지에까지 몰아넣음으로써, 조국은 조국에 대한 그들의 모든 의무를 저버리게 하였으며 동시에 전 인류에 대한 의무로부터도 그들을 해방시켜 주었던 것이다!

그러나 포로수용소에서 간첩 훈련소로 넘어간 우리의 병사들은 그러한 자포자기 속에서도 극단적 반역 행위는 고사하고 오히려 비상한 애국심에 따라 행동하고 있었다. 그들은 이렇게 행동함으로써 가장 쉬운 방법으로 수용소를 빠져나갈 수 있다고 생각했던 것이다. 그들의 생각은 모두가 하나같았다 ― 즉 그들은 독일군이 자기를 소련 영토 내에 투입하자마자 지체 없이 소련 당국에 출두하여, 자기가 지니고 온 장비와 부여받은 임무를 털어놓고 독일군의 어리석음을 조소하면서 다시 붉은 군대 군복을 입고 용감하게 전열로 되돌아가게 될 것이라고 생각했던 것이다. 그렇다. 〈인간적인 견지에서 과연 어느 누가 이와는 다른 것을 기대할 수 있었겠는가? 이와는 다르게 되리라고 어느 누가 상상인들 할 수 있었겠는가?〉나도 그들 중 많은 사람을 만나 보았지만, 모두가 둥근 얼굴의 착하디착한 병사들이었다. 정다운 뱟까 사투리와 블라지미르 사투리로 말하던 그들은 초등학교 4~5학년 정도의 학력밖에 없어서 지도를 읽는 법이나 나침반의 사용법도 모르는 사람들이었지만, 그들이 떳떳하게 간첩 훈련소로 들어간 것은 오직 조국의 품에 돌아가려는 일념에서였던 것이다.

그들에게는 아마 이것이 유일하게 올바른 결론이라고 생각이 들었던 것 같다. 따라서 독일군 사령부의 계획은 비용이 많이 드는 어리석은 짓처럼 생각되었을지도 모른다. 그러나 실은 그렇지가 않았다! 히틀러는 자기의 형제 독재자의 가락에 맞춰 장단을 쳐주었을 뿐이다! 간첩 망상증은 스딸린적 광기의 가장 현저한 특징 중 하나였다. 스딸린의 눈에는 자기 나라가 온통 간첩으로 들끓고 있는 것같이 보였음이 분명하다. 소련의 극동 지방에 거주하던 모든 중국인은 제58조 6항에 따라 간첩죄로 체포되어 북쪽 수용소에서 죽어 갔다. 내전에 참가했다가 제때에 중국으로 돌아가지 못한 중국인도 역시 같은 운명에서 벗어날 수 없었다. 수십만 명의 한국인들 역시 같은 혐의로 까자흐스딴으로 강제 이주를 당했다. 언제든 외국에 한 번 다녀온 일이 있는 소련 사람들, 그리고 외국인 전용 호텔 안에서 서성거리거나, 외국인과 함께 사진을 찍거나, 혹은 도시의 건물(예컨대 블라지미르 광장의 〈황금의 문〉 등)을 카메라에 담은 소련인들도 모두 같은 혐의로 체포되었다. 철도 선로나 국도의 교량이나 공장 굴뚝을 너무 오래 바라보고 있어도 역시 같은 혐의로 걸려들게 마련이었다. 소련 땅에 오래 머물러 있던 수많은 외국 공산주의자들, 코민테른의 간부들과 평당원들도 개개인의 행적을 고려함이 없이 일률적으로 간첩 혐의를 받았다.[7] 라트비아의 저격병들, 일찍이 혁명의 최선봉에 섰던 그들 역시 1937년에 역시 간첩죄로 전면적인 숙청을 당했다. 스딸린은 요부 예까쩨리나 여제의 명언을 제멋대로 받아들여 그것을 더욱 확대한 듯싶었다 ─ 즉 그는 단 한 사람의 간첩을 놓치지 않기 위해 999명의 무고한 사람을 죽이기를 서슴지 않았던 것이다. 이런 형편이었으니 독일군 정보 부대 수중에 실제로 들어갔던 러시아 병사들을 어떻게 믿을 수 있었겠는가! 그리고 유럽으로부터 무더기로 쏟아져 들어오는 이들 병사들이 스스로 자진해서 적의 간

---

7 요시프 티토는 간신히 이 운명을 모면했다. 그러나 유명한 라이프치히 재판 때 디미트로프와 함께 있었던 포포프와 타네프는 실형 선고를 받았다. (스딸린은 디미트로프를 위해서는 다른 운명을 준비해 두었다.)

첩이 되었노라고 털어놓았으니, MGB의 사형 집행인들의 일을 얼마나 편하게 해주었겠는가! 〈현자 중의 현자〉의 예측은 그야말로 놀라울 정도로 적중한 셈이다! 오냐, 오냐! 어서들 돌아와라, 이 바보 녀석들아! 너희들을 위한 형벌과 조항은 이미 오래전에 다 만들어 놓았으니!

　그러면 여기서 이런 질문이 나올 수 있다. 포로수용소에서 어떤 모집이나 모병에도 응하지 않고 적의 앞잡이도 되지 않고서 전쟁이 끝날 때까지 시종일관 〈전쟁 포로〉로서 남아 있던 사람은 어떤가? 거의 믿을 수 없는 일이기는 하지만 그래도 끝까지 죽지 않고 살아남은 사람도 있기는 있을 것이다! 예컨대 전기 기술자인 니꼴라이 세묘노프와 표도르 까르쁘프는 쇠붙이로 라이터를 만들어 그것으로 연명할 수 있었다. 설마 이런 사람들은 조국이 용서하지 않았을까?

　물론, 용서하지 않았다! 세묘노프와 까르쁘프는 내가 부띠르끼 형무소에서 알게 된 사람들인데 그때는 이미 법에 규정된 대로 선고를 받은 후였다. 얼마를 받았냐고? 예리한 독자라면 이미 알고 있을 테지만 — 〈10년 형에 권리 박탈 5년〉이었다. 그들은 훌륭한 기술을 가지고 있으면서도 전문 분야에서 일하라는 독일 측의 제의를 〈일축〉했다! 어디 그뿐인가! 1941년에 세묘노프 소위는 〈자원입대〉하여 전선으로 나갔던 사람이다. 1942년까지도 그는 권총 대신 빈 권총 케이스만 차고 있었다(신문관은 어째서 그가 빈 케이스로라도 자살해 버리지 않았는지 이해하지를 못했다). 포로수용소에서는 〈세번〉이나 탈주를 시도했다. 그리고 1945년, 포로수용소에서 해방되자 징벌대원(탱크의 지붕에 타는 돌격대원)으로 소련군의 탱크를 타고 〈베를린을 점령〉했고, 그 공훈으로 〈훈장〉까지 받았다. 그런데도 결국은 다시 투옥되어 징역 선고를 받은 것이다. 이것이야말로 우리 나라 징벌 제도의 가장 대표적인 케이스라 할 수 있다.

전쟁 포로로 적에게 잡혀 있다가 〈자유인〉으로서 소련 국경을 넘어 돌아온 사람은 거의 없다. 종전 직후의 혼란기에 어쩌다 누락된 사람들도 1946년에서 1947년 사이에 모조리 체포되었다. 그중 일부는 독일에서 적발되어 체포되었고, 다른 포로들은 체포 형식을 취하지 않았지만 소련 국경을 넘자마자 경비대가 호송하는 화물 열차에 실려 전국에 산재해 있는 〈심사 수용소〉 중 하나로 끌려갔다. 심사 수용소는 〈교정 노동 수용소〉와 별로 차이가 없었다. 거기 수용된 사람들은 아직 선고를 받지 않아서 수용소 내에서 형을 선고받는다는 점이 다를 뿐이다. 이들 심사 수용소는 으레 노동력 확보가 목적이었기 때문에 하나같이 공장이나 탄광, 그리고 건설 현장 옆에 있었다. 따라서 예전의 포로들은 그전에 독일을 보았을 때처럼, 이번에는 조국을 철조망 너머로 바라보면서 첫날부터 하루 열 시간의 노동을 강요당했다. 일을 하지 않는 저녁과 밤중에는 심사를 위한 신문이 진행되었다. 그래서 심사 수용소에는 다른 곳보다 몇 배나 더 많은 보안관과 신문관이 배치되어 있었다. 신문은 어느 경우에나 마찬가지로 유죄를 전제로 한 입장에서 진행되었다. 피고인은 철조망 밖으로 나가지 않고 자기 자신이 무죄라는 것을 입증해야 했다. 그것을 위해서는 반드시 다른 증인을 내세워야 한다. 증인이란 피고인과 함께 있던 전쟁 포로들인데, 그들은 지금 같은 수용소에 있지 않을 수도 있었다. 어느 먼 다른 수용소에 있을 수도 있기 때문이다. 그런 경우엔 그쪽 수용소에 문의 서류를 보내면 그곳 신문관이 증인 신문 결과를 통보하고 동시에 이쪽으로도 문의 서류를 보내와서 이번엔 피고인이 증인으로서 신문을 받게 된다. 이런 식으로 사실을 추궁하자면 1년 내지 2년이 걸릴 수도 있다. 그러나 그 때문에 조국이 손해 본 건 하나도 없었다. 왜냐하면 피고인은 그동안에도 날마다 석탄을 캐내고 있기 때문이다.

그리고 만약에 그 증인이 무언가 피고인을 위해 불리한 증언을 하거나 이미 죽어 버리고 없다면 그때 피고인은 조국의 배신자로서 낙인찍혀 약식 군법 회의 판결에 의해 〈10년 형〉이 확정되는 것이다. 그리고 또 아무리 추궁해 보아도 피고인이 정말로 독일군을 위해 일한 사실이 없으며 미국군이나 영국군을 구경한 일도 없다는 것이 판명된다면(포로수용소에서 우리 군대가 아닌 〈미국 또는 영국군〉에 의해 해방되었다면 문제는 아주 달라진다), 그때 신문관은 피고인을 어느 정도로 격리할 것인가를 결정한다. 어떤 사람에게는 거주지의 변경을 명령하고, 또 어떤 사람에게는 수용소의 경비대 근무를 권유하기도 한다. 이것은 말이 자유인이지, 모든 개인적 자유를 박탈당한 채 벽지에 붙잡혀 있다는 점은 죄수들과 다를 게 없다. 그런가 하면 또 다른 경우도 있다. 어떤 사람에게는 악수를 하고, 투항했다는 이유만으로 총살당할 뻔한 사람을 인도적으로 고향에 돌려보내기도 한다. 그렇다고 미리 기뻐할 건 못 된다! 그가 돌아가기에 앞서 이미 고향에서는 기관이 〈블랙리스트〉에 그의 이름을 올려놓고 기다리고 있기 때문이다. 그러다 1948년부터 1949년까지 불어 닥친 것과 같은 대숙청이 시작되기만 하면 반소 선전이나 다른 적당한 죄목으로 맨 먼저 그를 잡아들인다. 나도 형무소에서 이런 사람들과 함께 있었던 적이 있다.

〈아, 이럴 줄 알았다면!〉 — 이것은 그해 봄에 감방마다 퍼졌던 유행어였다. 만약에 내가 이걸 진작 알았다면 — 나를 이렇게 맞아 줄 줄이야! 이렇게 속일 줄이야! 이런 운명이 기다리고 있다는 걸 알았다면! — 나는 과연 조국에 돌아왔을 것인가? 천만에! 스위스나 프랑스로 달아났을 것이다! 바다를 건너, 대양을 건너, 삼대양 너머로 가버렸을 것이다![8]

좀 더 판단력을 지닌 사람들은 생각이 달랐다 — 과오는 이미 그전부터 있었던 거야! 1941년에 최전방으로 기어 나간 것부터가 벌써 잘못이었어. 모든 걸 다 알았다면 아예 싸움터엔 나가지 말았어야 하는 거야. 애초부터 후방에서 편안한 자리에 앉아 있던 친구들이 지금은 도리어 영웅 행세를 하고 있지 않은가! 개중에는 이렇게 말하는 사람도 있었다 — 차라리 탈영을 하는 편이 좋았어. 적어도 살가죽이 이렇게 상처투성이가 되지는 않았을 테니까. 게다가 탈영병은 10년이 아니라 8년이나 7년씩밖엔 안 받았고 수용소 내에서도 편한 일은 도맡아 하고 있지 않은. 탈영병은 적도 아니고 배신자도 아니고 정치범도 아닌 자기들 편, 즉 〈일반 형사범〉이기 때문이라는 거지. 이에 대한 열띤 반론도 있었다 — 그 대신에 탈영병

---

8 하지만 전쟁 포로 중에는 그것을 〈알고서도〉 고국으로 돌아오는 경우가 적지 않았다. 바실리 알렉산드로프는 핀란드 전쟁 때 포로가 되었다. 그곳에서 뻬쩨르부르그의 상인이었던 어떤 노인이 그를 찾아내서 이름과 부칭을 모두 확인한 후 이렇게 말했다. 「1917년에 당신 아버지한테서 많은 돈을 꾸었는데 그 부채를 갚을 길이 없어서 오늘까지 미루어 왔소. 그걸 당신이 받아 주시오!」 알렉산드로프로서는 뜻하지 않은 횡재를 한 셈이었다. 전쟁이 끝나자 그는 그곳 러시아 망명자 사회에 받아들여졌고 마음에 드는 여자까지 나타났다. 그리고 그의 장인 될 사람이 그의 교육을 위해 1918년부터 1941년까지 『쁘라브다』 신문철을 빠짐없이 그에게 주고 읽게 했다. 그러면서 한편으로는 이 책 제2장에 기술한 바와 같이 〈숙청의 흐름〉을 그에게 상세히 이야기해 주었다. 그런데도 어찌 된 셈인지 알렉산드로프는 약혼녀와 재산을 버리고 소련으로 돌아왔다. 물론 그는 〈10년 형에 권리 박탈 5년 형〉을 선고받았다. 1953년에 그는 특수 수용소에서 작업반장으로 지명되었다고 무척 좋아하고 있었다.

은 형기를 다 살아야 하지. 절대 용서하지 않을 거야. 우리는 곧 특사를 받아 모두 석방될 거란 말이야. (그때만 해도 탈영병에 대한 특혜가 있다는 건 알려지지 않았다.)

제58조 10항에 의해 제 집에서나 붉은 군대에서 잡혀 들어온 사람들은 이따금 다른 사람들을 부러워하기까지 했다 — 제기랄, 그까짓 10년쯤 받았으면 어떤가! 그 대신에 온 세상다 돌아다니며 재미있는 것을 많이 구경했으면 됐지! 우리야 돼지우리 같은 판자 침상의 현관밖에 못 보고 이렇게 수용소에서 죽어 가게 되었으니 진짜 억울한 건 우리지, 우리야! (그러나 제58조 10항으로 투옥된 죄수들은 누구보다도 먼저 자기들이 특사를 받으리라는 기쁜 예감을 감추지 못하고 있었다.)

〈아, 이럴 줄 알았다면〉 하고 탄식하지도 않고(자기들이 한 일이 무엇인지 분명히 알고 있었기 때문에) 관용도 특사도 기다리지 않고 있었던 것은 오직 블라소프 군단에 가담했던 사람들뿐이었다.

◆

뜻하지 않게 감방의 판자 침상에서 블라소프 대원들과 만나게 되기 훨씬 전부터 나는 그들에 대하여 알고 있었으나, 그들에 대해서 납득이 안 되는 점도 없지는 않았다.

내가 처음으로 그들에 대해서 알게 된 것은 오룔 전선 근방의 풀밭 — 3년 동안이나 자르지 않아 높게 자란 — 에서 여러 번 비바람에 씻겨 말라 일그러진 전단을 발견했을 때였다. 그 전단에는 1942년 12월에 스몰렌스크에서 〈러시아 위원회〉인가 뭔가 하는 것이 창립되었다고 쓰여 있었는데, 그것이 과연 러시아 정부를 자칭하는 것인지 아닌지가 분명치 않았다. 독일군 당국도 아직 이 건에 대해서는 결정을 못 내리고 있는 듯싶었다. 따라서, 이 자신 없는 보도는 전혀 근거 없는 허구라고 생각되었다. 전단에는 블라소프 장군의 사진과 그의 약력이 실려 있었다. 희미한 사진이기는 했으나 그의 얼굴은, 우리 나라의 새로운 계층의 장군들이 모두 그렇듯 투실투실 살이 찌고 자못 의젓해 보였다(나중에 들은 바에 의하면 블라소프의 외모는 그렇지가 않고 서방 국가의 장군들처럼 훤칠한 키에, 살이 없고 뿔테 안경까지 끼고 있었다 한다). 여하튼 그의 경력은 성공의 연속이었다. 가난한 집에서 태어나 출세 가도를 달렸고, 1937년에도 그 질주는 멈추지 않았다. 그가 장제스의 군사 고문을 지냈다는 경력도 문제가 되지 않았다. 그의 생애에서의 첫 전환점이자 재앙은 그가 지휘하던 제2돌격군이 상부의 무모한 조치 때문에 독일군 포위망 속에서 굶어 죽어 갔을 때 비로소 이루어졌다는 것이다. 그러나 그 당시 내가 전단에 쓰여 있는 약력을 어떻게 믿을 수 있겠는가?[9]

9 현재까지 알려진 바에 의하면, 안드레이 안드레예비치 블라소프는 혁명 때문에 니즈니 노브고로뜨의 중학교를 중퇴하고 1919년에 붉은 군대에 소집되어 일개 병사로서 내전에 참가했다. 남부 전선에서 제니긴과 브란겔 군대를 상대로 싸우다가 소대장이 되었고 그 후 중대장으로까지 승진했다. 1920년대에는 〈사격〉 과정을 마쳤으며 1930년에 소련 공산당에 입당, 1936년에는 연대장으로 승진하여 그 후 군사 고문으로 중국에 파견되었다. 그는 군 고위층이나 당 고위층에 아무런 배경도 없었으므로 자연히 스딸린의 이른바 〈제2편대〉에 속할 수밖에 없었다. 그러나 이 〈제2편대〉는 스딸린에 의해 제거된 군사령관, 사단장, 여단장들의 자리를 대신 차지하도록 예정되어 있었다. 1938년에 그는 사단장이 되었고, 1940년에 새로운 군대 계급 제도가 시행됨에 따라(사실은 옛날식 계급 제도로 되돌아간 것이지만) 육군 소장이 되었다. 그의 경력을 보아도 알 수 있는 일이지만, 우둔하고 경험 없는 자가 적지 않은 새 장군들 사이에서 그는 가장 유능한 사람 중 하나였다. 그가 1940년 여름부터 맡아서 교육, 훈련한 제99보병 사단은 독일군의 불의의 공격에 붕괴되지 않았을 뿐 아니라 다른 모든 부대가 동쪽으로 후퇴하는 상황에서, 오히려 서쪽으로 진격하여 프셰미실을 탈환하고 그곳을 6일간이나 사수했던 것이다.

전단에 실린 사진만으로는 그가 러시아를 위해 오랫동안 몸 바쳐 온 탁월한 인물이라고는 도저히 믿기지가 않았다. 뿐만 아니라 ROA, 즉 〈러시아 해방군〉의 창설을 알리는 전단의 문장은 이국풍, 분명히 독일풍의 지극히 조잡한 러시아어로

순식간에 군단장의 지위를 뛰어넘은 블라소프 중장은 1941년에는 우끄라이나 수도 끼예프 근방에서 제37군을 지휘하고 있었다. 끼예프의 거대한 포위망을 벗어난 그는 1941년 12월에는 모스끄바 근방에서 제20군을 지휘하여 성공적인 반격전을 전개함으로써(솔네치노고르스끄 탈환) 수도 방위전에 큰 공을 세워 그해 12월 12일 중앙 정보국 종합 보고서에 기록되기까지 했다(여기에 기록된 장군들을 열거하면 주꼬프, 렐류셴꼬, 꾸즈네쪼프, 블라소프, 로꼬소프스끼, 고보로프 등이다). 이 수개월에 걸친 빠른 승진 덕분에 그는 볼호프 전선 사령부(사령관 메레쯔꼬프) 부사령관으로 승진하여 제2돌격군을 맡게 되었다. 그의 지휘하에 제2돌격군은 1942년 1월 7일 레닌그라뜨 포위망 돌파 작전을 개시하여 볼호프강을 건너 서북방으로 진격했다. 이 작전은 몇 개 방향에서 동시에 개시하도록 구상된 것이었다. 레닌그라뜨 쪽에서는 제54군, 제4군, 그리고 제52군이 참가하게 되어 있었다. 그러나 이 세 군은 준비가 안 되어 제때에 움직이지 못했거나 움직이자마자 곧 적에게 저지당했다(우리 군대로서는 아직 이렇게 복잡한 작전을 계획하고 수행할 능력이 없었다. 가장 큰 문제는 보급이었다). 한편 제2돌격군만은 성공적으로 계획을 수행하여 1942년 2월 초에 독일군 진지로 무려 75킬로미터나 뚫고 들어갔던 것이다! 그러나 이때부터 스딸린의 최고 사령부로부터의 인적, 물적 보급이 끊겨 버렸다(예비 병력과 예비 물자도 없이 어떻게 진격을 개시한단 말인가!). 그리하여 레닌그라뜨는 노브고로뜨 방면의 상세한 전황도 모르는 채 그대로 포위망 속에 남게 되었다. 3월까지는 여전히 길이 얼어 있었으나 4월이 되자 습기 찬 늪지대가 질퍽거리기 시작했다. 그런 진흙탕을 따라 제2돌격군은 계속 전진했으나, 보급을 위한 도로는 모두 막혀 버리고 공중 지원도 없었다. 마침내 〈식량이 떨어졌다〉. 이런 상황하에서 블라소프는 부득이 후퇴를 허가하도록 요청했으나 〈거절당했다〉. 2개월 동안 그들은 굶주림과 고통에 시달렸다. 부띠르끼에서 만난 병사들은 그때 죽은 말의 썩은 발굽을 깎아 내서 그 찌꺼기를 끓여 먹은 이야기를 해 주었다. 5월 14일, 사방에서 독일군의 공격이 시작되었다. 물론 공중에는 독일군 비행기밖에 없었다. 그리고 그때가 돼서야, 마치 그들을 비웃기라도 하듯이 후퇴가 허가되었다. 그들은 7월이 될 때까지 어떻게든 포위망을 돌파하려는 절망적인 시도를 했다.

378

쓰여 있었다. 그리고 그 전단은 핵심적인 문제에는 전혀 관심 조차 보이고 있지 않았다. 그 대신 풍족한 급식과 병사들의 명랑한 분위기를 자찬하는 글들이 실려 있었다. 그런 군대가 존재한다고는 도저히 믿을 수가 없었다. 만약에 정말로 그런 군대가 존재한다 하더라도 어떻게 그런 명랑한 분위기가 있을 수 있겠는가? 이런 뻔뻔스러운 거짓말은 독일인이 아니고 서는 할 수 없는 성질의 것이었다.[10]

이리하여 블라소프의 제2돌격군은 괴멸하게 된 것이다. 이것은 1차 대전 당시 삼소노프의 제2군을 적의 포위망 속에서 전멸하게 했던 것과 닮아 있었다.

지금 이 사건은 당연히, 조국에 대한 배신이었다! 악랄하고, 이기적인 배신! 하지만 오히려 배신한 쪽은 스딸린이라고 해야 할 것이다. 배신은 반드시 돈에 넘어가는 것만을 가리키지 않는다. 총사령관으로서 전쟁에 대해 무지하고, 허술하게 대처하고, 전쟁 초기에는 겁을 집어먹고 혼란을 야기했으며, 무모한 명령으로 부대와 병사들을 무의미하게 희생시켰다면, 이보다 더한 배신이 어디 있겠는가?

삼소노프와 달리, 블라소프는 자살하지 않았다. 부대가 전멸한 후 그는 숲과 늪지를 헤매다가, 7월 6일에 시베르스까야 지역에서 적에게 투항했다. 그는 다른 소련군 장성들과 정치위원들이 붙잡혀 있는 동프로이센 뢰첸 근방의 독일군 사령부로 이송되었다. 그곳에는 당(黨)에서 잘나가는 고위급 인사였던 G. N. 질렌꼬프도 붙잡혀 있었다. 이 포로들은 이미 스딸린 정권에 대한 반대 입장을 표명한 상태였다. 하지만 그들 중에 대표가 될 만한 사람은 없었다. 블라소프가 그 대표가 되었다.

10 실제로 〈러시아 해방군〉은 거의 전쟁이 끝날 무렵까지 존재하지 않았다. 그 명칭과 부대 마크를 만들어 낸 사람은 러시아계 독일인으로 독일 정보국 요원으로 있던 슈트리크-슈트리크펠트 대위였다(그는 직책상으로는 대단치 않은 자리에 있었으나 독일군 고위층에 상당한 영향력을 가지고 있었다. 그는 히틀러 지휘 본부에 독소 연맹의 필요성을 내세우면서 러시아 사람들로 하여금 독일과 협력하도록 회유해야 한다고 주장했다. 이것은 양측에 모두 이득이 없는 헛된 구상이었다! 독일 측이나 블라소프 측이나 서로 상대방을 이용하고 기만하려는 생각밖엔 없었다. 그렇지만 독일군은 유리한 고지 위에서 힘을 지니고 있음에 반해 블라소프 일당은 골짜기 밑에서 환상만을 지니고 있었다). 여하튼 〈러시아 해방군〉이라는 군대는 실재하지 않았다. 그러나 소련 시민들로 이루어진 반소비에뜨 집단은 전쟁 초기부터 형성되어 있었다. 처음

우리와 맞서 싸우는 러시아인 부대들이 존재할 뿐 아니라 그들이 우끄라이나인들로 구성된 나치 친위대원보다 더 완강히 싸우고 있다는 것을 우리는 곧 체험하게 되었다. 1943년

으로 독일군을 지지한 것은 리투아니아인들이었다. 사실 우리 군이 거기에 진주했던 1년 동안 그들은 얼마나 많은 박해를 받았는지 모른다! 다음엔 우끄라이나인들로 된 SS-갈리치아 의용 사단이 창설되었고, 에스토니아인들로 된 몇몇 부대가 출현했다. 1941년 가을에는 백러시아 중대 단위 경비대들이 나타났고, 끄리미야 지방에는 따따르인 대대가 편성되었다. 이 모든 것은 우리 스스로가 씨를 뿌렸던 것이다! 예를 들어 끄리미야 지방에서 우리는 20년에 걸쳐 회교 사원을 폐쇄하고 파괴했으며 회교 신자들에게 모진 박해를 가해 왔다. 그러나 이와는 반대로 이 지방을 정복한 예까쩨리나 여제는 선견지명을 가지고 회교 사원의 건설과 확장을 위해 막대한 국가 예산을 할애했었다. 히틀러 정권도 이것을 알아채고 회교 사원을 보호하겠다고 나섰던 것이다. 그 후에는 까프까스인 부대들과 까자끄군이(기병 군단보다도 규모가 컸다) 독일군에 가담했다. 전쟁 첫해 겨울에 러시아인 의용병으로 된 소대와 중대들이 편성되었으나 독일군 측은 러시아인들로 된 부대를 불신하여 중대장과 소대장 및 선임 하사에는 독일군을 배치하고 그 아래 계급에만 러시아인을 임명했다. 구령도 독일어를 그대로 사용했다. 러시아인들로 된 좀 더 큰 집단으로는 1941년 11월에 브랸스끄주에 편성된 여단급 부대가 있었다(이것은 그 지방 공업학교 교사인 K. 보스꼬보이니꼬프가 주동자인 소위 〈러시아 민족 노동당〉소속 부대였다). 그리고 1942년 초에는 오르샤 근방 오신또르프 마을에서 러시아 망명객들의 지도하에 대단위 부대가 편성되었다(여기에는 러시아 망명객 중 극소수만이 참여했는데, 그들은 반독일적인 감정을 숨기려 하지 않았기 때문에 많은 병사가 소련 측으로 넘어가 버리고 심지어는 1개 대대가 전부 소련군에 귀순하는 일까지 일어났다. 그래서 독일군 당국은 이 부대에서 망명객들을 소환하고 말았다). 그 밖에도 1942년 여름 루블린 근처에서 편성된 길Gil의 부대가 있었다(유대인 출신으로 보이는 소련 공산당원 V. V. 길은 수바우키 근방 포로수용소에서 용하게 살아남았을 뿐 아니라 동료 포로들에 의해 그들의 대표자로 추대되었다. 그리하여 그는 독일군 당국에 〈러시아 민족주의 군사 동맹〉창설을 제의했다고 한다). 위에서 열거한 바와 같이 여러 군사 집단들이 존재하기는 했으나 〈러시아 해방군〉이나 블라소프 군단은 아직 존재하지 않았던 것이다. 독일군 장교 지휘하의 러시아인 중대들은 시험삼아 러시아 전선에 투입되었고, 기타 러시아인 부대들은 브랸스끄 지방과 오르샤 지방 및 폴란드 각지의 반독일 유격대 소탕 작전에 동원되었다.

7월에 오룔 지방에서 독일군 군복을 입은 러시아인 소대가 소바긴스끼 마을을 방어하고 있었다. 그들은 마치 자기들 손으로 이 마을을 건설하기라도 한 것처럼 발악하며 대항했다. 그들 중 하나가 지하실 속으로 쫓겨 들어갔다. 우리는 거기다 수류탄을 던져 넣었다. 잠잠해졌다. 우리가 지하실로 내려가려고 하자 그는 또다시 자동 소총을 내두르기 시작했다. 이쪽에서 대전차포를 쏘아 대니까 그제야 그는 고꾸라지고 말았다. 지하실 속에는 깊은 구덩이가 한 군데 패어 있어서 그가 거기 엎드려 수류탄 폭발을 피할 수 있었다는 것을 우리는 나중에야 알게 되었다. 그가 귀청을 뚫는 듯한 굉음과 타박상, 그리고 처절한 절망 상태에서 얼마나 용감히 싸웠는가를 한번 상상해 볼 필요가 있을 것이다.

그들이 어떻게 싸웠는지 뚜르스끄 남쪽 드네쁘르 교두보에서의 전투를 예로 들어 보자. 그곳에서는 불과 수백 미터를 두고 밀치락달치락하는 승패 없는 격전이 2주 동안이나 계속되었다. 그만큼 전투는 치열했으나 날씨는 또 형편없이 추웠다(1943년 12월이었다). 눈 덮인 싸움터에서의 전투였으므로 우리도 그들도 외투와 군모를 가리기 위해 흰 위장복을 입고 있었다. 그래서 말리예 꼬즐로비치 근처에서는 다음과 같은 사건이 있었다고 한다. 소나무 사이로 이리저리 각개 약진을 하다가 두 사람이 나란히 엎드리게 되었다. 이제는 상대를 분명히 가리지도 못하고 그저 닥치는 대로 총알을 갈겨 대는 판이었다. 양쪽 다 소련제 자동 소총으로 무장하고 있었다. 두 사람은 탄약을 나누어 쓰고, 서로 상대방의 솜씨를 칭찬하면서 추위에 얼어붙은 윤활유에 대해 화를 내고 있었다. 드디어 완전히 기름이 얼어붙어, 이젠 사격을 할 수 없게 되었다. 그들은 담배를 한 대 피우기로 하고 머리에서 위장용 두건을 벗었다. 순간 그들은 상대방의 군모에 붙은 모표를 보았다. 한쪽은 붉은 별이고 다른 한쪽은 독수리였다. 두 사람 다 껑충 뛰어올랐다! 자동 소총은 얼어붙어 말을 듣지 않았다. 그들은 방망이 휘두르듯 총을 휘두르며 서로 쫓고 쫓기기 시작했다. 이런 판국엔 이미 정치고 조국이고 없었다. 동굴 시대의 동물적 불신이 있을 뿐이었다 — 내가 저놈을 동정했다가는 저놈이 나를 죽일 테니 말이다.

동프로이센에서, 바로 내 옆을 블라소프군 포로 세 명이 연행되어 가고 있었다. 때마침 T-34 탱크가 요란한 굉음을 울리며 지나가고 있었다. 그때 포로 중의 하나가 느닷없이 달려나와 그 탱크 밑으로 날쌔게 몸을 던졌다. 탱크는 얼른 피하려 했지만 결국 한쪽 캐터필러 귀퉁이가 그를 깔아뭉개고 말았다. 탱크에 깔리고도 그는 얼마 동안을 꿈틀거리고 있었다. 입에서는 시뻘건 거품이 흘러나왔다. 그의 심중을 알 수 있을 것도 같았다. 그는 고문대에 매달리기보다는 차라리 병사답게 죽음을 택했던 것이다.

그들에겐 선택의 여지가 없었다. 그들은 그렇게 싸울 수밖에 없었다. 그들에게는 자기 자신을 좀 더 소중히 여기며 싸울 수 있는 길이라곤 없었던 것이다. 흠잡을 데 없이 〈깨끗한〉 포로까지도 〈용서받을 수 없는 배신자〉로 선고되는 판에, 무기를 손에 잡았던 그들의 운명이야 뻔한 게 아니겠는가. 이러한 사람들의 행동을 우리 나라의 선전에서는 다음과 같이 조잡하게 설명한다. (1) 배반자(생물학적으로 그렇다는 건가? 그들의 피 속에 그런 요소가 있다는 건가?), 아니면 (2) 겁쟁이. 아니, 절대로 겁쟁이는 아니다! 겁쟁이라면 온정과 관용이 있는 곳을 희구하게 마련이다. 그들을 독일 국방군의 〈블라소프 부대〉로 끌어들일 수 있었던 것은 그 절박한 사정, 극도의 절망감, 소비에뜨 체제에 대한 격렬한 증오, 그리고 자기 보호에 대한 경멸뿐이었다. 왜냐하면 거기에는 털끝만 한 관용도 있을 수 없다는 것을 그들은 잘 알고 있었기 때문이다. 우리 군에서는 포로로 붙잡힌 자가 러시아어를 말한다는 것을 알면 즉석에서 그들을 총살했다. 소련군에게 체포된 러시아인에게는 독일군에게 체포되었을 때와 마찬가지로 최악의 운명이 기다리고 있었던 것이다.

이 전쟁에서 우리가 발견한 한 가지 진리가 있다면, 그것은 이 세상에서 러시아인이라는 것보다 더 큰 불행은 없다는 사실이었다.

나는 지금도 수치심을 느끼며 회상하곤 한다 — 보브루이스끄 거점을 우리 것으로 만들었을(즉 약탈했을) 때, 나는 파괴된 채 뒹굴고 있는 독일군 자동차 사이를 거닐고 있었다. 그 자동차 도로에는 여기저기 화려한 전리품이 산재해 있었다. 도로 아래쪽에는 여러 대의 마차와 자동차가 진흙 속에 빠져 있었고 독일군의 커다란 수레를 끄는 여러 필의 말들이 정처 없이 방황하고 있었다. 전리품을 태우는 모닥불이 여기저기서 연기를 내뿜고 있었다. 나는 그때 갑자기 도움을 요청하는 외침을 들었다. 〈대위님! 대위님!〉 그것은 순수한 러시아어로, 독일군의 바지를 입은 보병이 나에게 도움을 바라며 외치고 있는 것이었다. 허리 위로는 아무것도 걸치지 않았는데 얼굴이며 가슴이며 어깨며 등이며 할 것 없이 이미 온몸이 피투성이가 되어 있었다. 뒤에서는 말을 탄 특무대 하사관이 연방 채찍을 휘두르며 그를 몰아세우고 있었다. 하사관은 그가 좀 더 빨리 걷도록, 그리고 공연히 구원을 호소하지 않도록, 그의 벌거벗은 몸에 새로운 채찍 자국을 만들며 사정없이 후려갈기고 있었다.

이것은 로마와 카르타고 사이의 포에니 전쟁도, 그리스와

페르시아 사이의 전쟁도 아니었다! 세계 어느 나라 군대건, 계급적 특권을 가진 장교라면 마땅히 이런 불법적인 잔혹 행위는 즉각 중지시킬 의무가 있었다. 그렇다. 어느 나라 군대건 매한가지다. 그러나 우리 군대는 어떤가? 나는 특무대원 앞에서 블라소프군 포로를 보호하고 나설 만한 용기가 없었다. 〈나는 아무 말도 하지 않고, 아무런 행동도 하지 않았다. 나는 그의 목소리를 듣지 못한 척하고 그 옆을 지나치고 말았다.〉 그것은 모든 사람이 겁내는 무서운 전염병 균이 나한테 들러붙지 않게 하기 위함이었다. (혹시나 이 블라소프군이 진짜로 사악한 악당이라면? 그리고 혹시나 특무대원이 나를 이상하게 생각한다면?) 그보다도 그 당시의 군대 내의 사정을 아는 사람에게는, 그 특무대원이 대위의 말씀은 귓등으로도 들으려 하지 않았으리라는 건 뻔한 일이 아니겠는가.

그리하여 특무대원은 흉악한 얼굴을 하고 그 무력한 인간을 마치 짐승 몰듯이 몰고 갔다.

이 장면은 내 기억 속에 영원히 남아 있을 것이다. 이것은 수용소군도의 상징이나 다를 것이 없었다. 그리고 이것은 이 책의 표지가 될 만한 인상적인 장면이기도 했다.

이 모든 것을 그들은 예감하고 예상하고 있었던 것이다. 그런데도 그들은 독일 군복 소매 위에다가 백·청·홍 삼색 바탕에 〈ROA(러시아 해방군)〉 세 글자가 새겨진 마크를 달고 다녔다.[11] 점령 지구의 주민들은 독일의 용병이라고 그들을 경

11 실제 〈러시아 해방군〉이라고 할 만한 대단위 부대는 존재하지 않았음에도 불구하고, ROA라는 약자는 널리 알려져 있었다. 러시아인으로 편성된 여러 부대들은 각지에 분산 배치되어 각기 다른 독일군 사령부에 예속되어 있었고, 블라소프군의 장군들은 베를린 근교 달렘도르프에서 카드놀이로 소일하고 있었다. 보스꼬보이니꼬프 여단은 그가 죽은 후 까민스끼 여단으로 개칭되었는데, 1942년 여름에는 각각 2천5백 내지 3천 명으로 구성된 5개 보병 연

멸했고, 독일인들은 그들의 러시아 혈통을 멸시했다. 그들의 초라한 신문(新聞)은 독일 검열관의 손에 의해 딴판으로 제작되어, 결국은 위대한 독일이니, 총통이니 하는 것으로 개작되곤 했다. 그래서 블라소프군 장병에게 남겨진 길은 하나밖에

대와 24대의 소련제 탱크로 된 1개 탱크 대대, 30문의 포를 가진 포병 부대를 거느리고 있었다(지휘부는 전쟁 포로인 장교들로 구성되었지만 병사들은 대부분이 브란스끄 출신 의용병들이었다).

이 여단은 유격대 출몰 지구 경비 임무를 맡고 있었다. 이와 동일한 목적하에 1942년 여름에 길-블라제비치 여단이 폴란드로부터(그곳에서 이 여단은 폴란드인과 유대인들에 대한 잔악한 박해로 용맹을 떨쳤다) 모길료프 근방으로 이동했다. 1943년 초에 이 여단의 지휘부는 블라소프와의 종속 관계를 거부했다. 블라소프가 공표한 강령에 〈세계 유대 민족과 유대인 정치 책임자들과의 투쟁〉이 포함되어 있지 않다는 것이 그 이유였다. 그런데 바로 이 로지오노프 여단이(길은 자기 이름을 로지오노프로 개명했다) 히틀러의 패전이 예상되기 시작한 1943년 8월에, 은빛 해골이 그려진 검은 깃발을 갑자기 붉은 깃발로 바꾸고 백러시아 북동 지방에 광대한 〈유격대 해방구〉와 소비에뜨 정권을 선언한 것이다(그 당시 우리 신문들은 〈유격대 해방구〉가 어떻게 생긴 것인지에 대한 설명은 없이 다만 유격대의 활동만을 보도하기 시작했다. 후에 살아남은 로지오노프 여단 장병은 모조리 투옥되었다). 소련 측으로 넘어간 로지오노프 연대를 토벌하기 위해 독일 당국은 다름 아닌 까민스끼 여단을 투입했던 것이다(그것은 1944년 5월의 일이었는데, 독일군은 그 후 다시 〈유격대 해방구〉를 섬멸하기 위해 13개의 독일군 사단을 파견했다)! 그러나 러시아어와 독일어는 서로 번역도 되지 않고 의사도 통하지 않아서 아무것도 일치할 수 없었다. 게다가 더욱 좋지 않았던 것은 1944년 10월에 이 여단을 폴란드 수도 바르샤바 폭동 진압에 동원한 사실이다.

한 무리의 러시아군이 비스와강 건너에서 느긋하게 망원경으로 바르샤바의 멸망을 바라보고 있을 때 다른 한 무리의 러시아군은 그 반란을 진압하고 있었던 것이다. 19세기에 이미 러시아인은 폴란드인에게 적지 않은 피해를 주었는데 20세기에 또 폴란드들을 마구 찔러 댔던 것이다(자, 이것으로 끝난 것일까? 이것이 마지막 수난일까?). 좀 더 직선적인 길을 걸은 듯 보이는 것은 쁘스꼬프 근처로 이동된 오신또르프 대대였다. 이 대대는 장교 2백 명과 병사 6백 명으로 편성되었고 지휘부는 망명객들로 구성되어 있었다(I. K. 사하로프, 람스도르프). 그들은 러시아식 군복을 입고 백·청·홍의 표식을 사용

385

없었다 ─ 죽을 때까지 싸우든가, 싸우지 않을 때는 보드까에 묻혀 지내든가. 이와 같이 전쟁이 끝날 때까지 그들의 존재는 시종일관 출구 없는 〈절망〉 그것이었다.

히틀러와 그 측근들은, 이미 각 전선에서 후퇴를 거듭하여 파멸 직전에 이르렀음에도 불구하고, 여전히 개별적 러시아인 부대에 대하여 강한 의혹을 떨쳐 버릴 수가 없었다. 그렇기 때문에 독일에 완전히 종속되지 않고 독립된 러시아 군대의 인상을 주는 사단 규모 부대 창설을 망설였던 것이다. 그러다가 1944년 11월, 패전의 소용돌이 속에서 비로소 때늦은 정치극을 연출하는 데 동의했다 ─ 즉 모든 민족 단체를 통일하는 〈러시아 제 민족 해방 위원회〉를 결정하고 프라하에서 선언문을 채택하도록 허용했던 것이다(그러나 이 선언문 역시 독자적인 것은 못 되었다. 왜냐하면 러시아의 운명을 독일 또는 나치즘의 운명과 결부시킨 내용이었기 때문이다). 블라소프가 이 위원회의 위원장이 되었다. 1944년 가을에 이르러서야 러시아인으로만 이루어진 블라소프의 사단들이 편성되기 시작했다.[12]

했다. 거의 연대 규모로까지 인원을 보충한 이 대대는 소련 측 수용소가 많은 볼로그다-아르한겔스끄 전선 후방으로 공중 투하될 예정이었다. 1943년 한 해 동안 이 대대의 지휘자인 이고리 사하로프는 유격대 소탕 임무를 끝내 회피할 수 있었다. 결국 그는 독일군 당국에 의해 제거되고 대대는 무장 해제되어 수용소에 수용되었으나 얼마 후 서부 전선에 투입되었다. 독일군은 애초의 계획을 포기하고, 아니 무시하고 1943년 가을에 이 러시아의 육탄을 대서양의 방파제로서, 즉 프랑스와 이탈리아의 레지스탕스 운동을 소탕하는 데 투입하기로 결정했다. 블라소프군 중에서 자기들의 존재에 그 어떤 정치적 의미나 희망을 부여하고 있던 사람들은 이제 그것마저 완전히 상실하고 말았다.

12 〈까민스끼 여단〉을 기반으로 한 S. K. 부냐첸꼬가 지휘하는 제1사단, 즈베레프(과거 하리꼬프시 군사령관)의 제2사단, 제3사단 병력의 반, 제4사단의 일부와 말리쩨프의 항공 부대. 4개 사단 이상은 허가되지 않았다.

아마도 현명한 독일 정치가들은 독일에 있는 러시아인 노동자들이 곧 손에 무기를 들고 소련군과 싸우리라고 생각했을 것이다. 이미 붉은 군대는 비스와강과 도나우강까지 와 있었기 때문이다. 그런데 가장 선견지명 없는 독일 당국의 선견지명을 비웃기라도 하듯이, 이들 블라소프 휘하의 사단들은 처음이자 마지막 독자적인 작전을 전개해서 독일군에게 공격을 감행했던 것이다! 이미 독일이 전면적인 패전에 직면해 있을 때, 독일 국방부 최고 사령부의 허가도 없이 블라소프는 이듬해 4월 말까지 2개 사단 반의 병력을 프라하 근방에 집결시켰다. 때마침 나치 친위대의 슈타이너 장군이 체코의 수도 프라하를 완전히 파괴하려는 것을 알게 되었다. 프라하를 고스란히 (아무 상처도 없이) 소련군에게 내주지 않기 위해서였다. 블라소프는 휘하 부대에게 반독 투쟁에 나선 체코인들 편에 서서 싸우라고 명령했다. 그리하여 그들은 지난 3년 동안 독일의 더부살이에서 가슴에 쌓이고 쌓인 모든 오욕과 서러움과 증오를 이제 독일군에 대한 공격에서 한꺼번에 털어버릴 수 있었다. 독일군은 뜻하지 않은 방향으로부터 공격을 받고 프라하에서 패배하여 후퇴하고 말았다(후에 모든 체코인들은 과연 〈어느 쪽〉 러시아군이 자기들의 수도를 구출해주었는지 그 진상을 알 수 있었을까? 지금도 우리의 왜곡된 역사는 프라하를 해방시킨 것은 소련군이라고 거짓된 주장을 계속하고 있다. 소련군이 들어오기에는 시기상조였는데도 말이다).

그 후 블라소프군은 바이에른 지방에 진격해 온 미군 쪽으로 후퇴했다. 그들은 모든 희망을 연합군에 걸고 있었다. 연합군에 이익이 된다면, 그들이 오랫동안 독일에서 맛본 고통도 결코 무의미한 것은 아니었음이 판명되는 셈이다. 그러나 미

군은 그들을 무기의 장벽으로 맞았으며, 얄따 회담에서 예견
한 대로 그들로 하여금 소련군에 투항하도록 강요했다. 같은
해 5월에 오스트리아에서도 〈동맹으로서의 신의〉를 지키는
이와 같은 조치가 처칠에 의해 이루어졌다(그러나 우리의 겸
손한 습관에 따라 우리 나라에서는 발표되지 않았다). 즉 처
칠은 9만 명에 달하는 까자끄 군단과 수많은 짐마차를 고스란
히 소련 측에 넘겨주었으며[13] 까자끄의 고향 마을로 돌아가기

13 이들의 인도 자체는 전통적인 영국의 외교 정신에 입각한 교활한 성격
을 띤 것이었다. 그 당시 까자끄 병사들은 목숨을 걸고 싸울 각오가 되어 있었
다. 아니면 바다 건너 먼 곳으로, 예컨대 파라과이나 인도차이나로라도 떠나
가기를 원하고 있었다. 무슨 일이 있어도 살아서 투항하기는 싫었던 것이다.
그래서 영국군은 우선 까자끄군에게 새로운 무기와 교환한다는 구실로 휴대
한 무기를 내놓도록 제안했다. 그다음 까자끄군의 운명을 협의하는 회의에 참
석하라는 구실하에 장교들만 따로 불러내서 영국군 점령 지구인 유덴부르크
로 데려갔다. 그러나 바로 그 전날 밤에 영국군은 이 도시를 비밀리에 소련군
에게 넘겨주었던 것이다. 중대장으로부터 끄라스노프 장군에 이르기까지 모
든 장교를 태운 40대의 버스는 높은 가교를 건너자마자 곧장 특무대원 〈호송
차들〉의 반원형 포위망 속에 들어가 버렸다. 주위에는 이미 호송대원들이 명
부를 들고 늘어서 있었다. 그리고 등 뒤에는 소련군 탱크가 길을 막고 있었다.
무기라고는 아무것도 없으니 자살할 수도 없었다. 장교들은 다리에서 돌로 포
장된 아래쪽 길바닥으로 뛰어내리기도 했다. 그러고 나서 영국군은 같은 속임
수를 써서 병사들도 소련군에게 넘겨주었다(무기를 수령하러 장교들한테 가
자고 속여 병사들을 열차로 실어 갔다).
    루스벨트도, 처칠도 자기 나라에선 전형적인 현명한 정치가로 존경받고
있다. 그러나 우리 형무소 속의 러시아인들이 생각하기엔, 두 사람 다 너무나
도 근시안적이었고 때로는 어리석기 짝이 없는 인물들이었다는 결론에 이르
게 된다. 그들은 1941년부터 1945년까지 유럽에 발을 들여놓았으면서도 어
찌하여 동유럽 국가들의 독립에 대해 하등의 보장책도 강구하지 않았던가?
어찌하여 그들은 베를린을 네 조각으로 분할된 우스꽝스러운 장난감으로 만
들고(이것은 그들의 미래의 아킬레스건이었다) 광대한 작센 지방과 튀링겐
지방을 넘겨주고 말았던가? 그리고 대체 어떠한 군사적, 정치적 이유를 가지
고 있었기에 한사코 투항하지 않으려는 수십만의 무장한 소련 시민들을 스딸
린의 손에 넘겨 버렸던가? 그것은 스딸린으로 하여금 일본과의 전쟁에 틀림

를 거부하는 노인들과 부녀자들까지 집단적으로 실어 보냈다 (세월이 흐를수록 영국 방방곡곡에 기념 동상이 늘어만 가는 바로 그 위인께서 이들을 죽음으로 몰아넣었던 것이다).

다급하게 창설된 블라소프 사단 이외에도 소단위 러시아인 부대들은 적지 않았으나 그들은 모두 독일군과 같은 군복을 입고 있어서 외견상으로는 식별하기가 힘들었다. 그들은 독일 군부대 깊숙이 예속해 있다가 각기 다른 지구에서 각기 다른 모양으로 종전을 맞았다.

나도 체포되기 며칠 전에 블라소프군과 직접 대전한 경험이 있다. 러시아인 부대는 우리가 포위한 동프로이센 지구에도 배치되어 있었던 모양이다. 1월 말경 어느 날 밤에 그들의 소부대는 서쪽으로 탈출하려고 우리 진지로 소리 없이 침투해 들어왔다. 전선은 빈틈없이 연결되어 있지 않았다. 그들은 삽시간에 깊숙이 쳐들어와서, 전진하고 있던 나의 포병 음향(音響) 중대를 협공하는 바람에 우리는 마지막 남은 도로로 간신히 중대를 끌어낼 수 있었다. 그러나 그 후 내가 파괴된 장비의 일부를 찾으러 갔을 때 다음과 같은 광경이 전개되었다. 새벽녘에 흰 위장복을 입고 눈 위에 엎드려 있던 그들은 느닷없이 일어나더니 〈우라(만세)!〉 하고 외치면서 아들리히 슈벤키텐 부근에 있던 152밀리미터 포병 대대 진지를 급습했

없이 참전토록 하기 위해 지불한 대가였다는 말도 있다. 이미 원자탄을 보유하고 있었으면서도, 그들은 스딸린이 만주를 점령하고, 중국에서는 마오쩌둥을, 한국의 반쪽에서는 김일성을 강화시키도록 놔둔 것이다! 이것이 정치적 타산이었다면 이 얼마나 어리석은 짓인가? 그 후 미코와이치크가 추방되고, 베네시와 마사리크가 살해되고, 베를린이 봉쇄되고, 부다페스트의 봉기가 무참히 진압되고, 한국에서 전쟁이 일어나고, 그리고 영국의 보수주의자들이 수에즈에서 쫓겨났을 때, 그들 중의 기억력이 좋은 사람들은 까자끄인들의 일화를 기억해 내지 않았을까?

다. 그들은 순식간에 12문의 중포에 수류탄을 던졌다. 우리는 미처 사격할 여유도 없었다. 그들의 예광탄 밑으로 우리는 눈 쌓인 들판을 3킬로미터나 후퇴하여 파사르게강 다리목에서 겨우 그들을 저지할 수 있었다.

며칠 후에 나는 체포되었다. 그리고 지금 승전 축하 대행진을 앞두고 나는 그들과 함께 부띠르끼 형무소의 판자 침상에서 생활하게 되었다. 우리는 피우던 담배를 서로 나누어 피우기도 하고, 둘이서 함께 여섯 통들이 양철 변기를 들어내 가기도 했다.

대부분의 블라소프 병사들은 〈일시적인 간첩〉들과 마찬가지로 1915년부터 1922년 사이에 태어난 젊은이들로 〈아무것도 모르는 젊은 종족〉이었다. 이 종족을 루나차르스끼는 뿌시낀의 이름으로 성급히 환영했던 것이다. 그들이 블라소프군에 편입된 것도 하나의 우연이고, 이웃 수용소의 동료들이 간첩 훈련소로 가게 된 것도 역시 우연이었다. 자기 수용소에 온 모병관이 누구인가에 달려 있었던 것이다.

모병관들은 사뭇 빈정거리는 어조로 그들을 설득했다 — 만약에 그것이 진실이 아니라면 얼마나 좋았을까! 〈스딸린은 너희들을 저버렸다!〉〈스딸린은 너희들에게 침을 뱉고 있다!〉

그들 스스로가 소련의 법률을 거부하기 전에 소련의 법률이 먼저 그들을 거부했다.

여하튼 그들은 지원서에 서명했다. 일부는 단지 죽음의 수용소를 벗어나기 위해서, 다른 일부는 유격대에 가담할 목적으로(아니, 실제로 그중 일부는 가담했고 유격대와 함께 싸웠다. 그러나 스딸린식 논법에 의하면 이것은 하나도 정상을 참작할 만한 근거가 되지 못했다). 하지만 개중에는 그토록 오랫동안 큰소리를 쳐온 소련군이 1941년에 그토록 어처구니

없게 패배한 것을 치욕스럽게 생각하는 사람도 있었다. 그러나 또 한편에서는 자기들을 이런 비인간적인 포로수용소로 몰아넣은 장본인이 바로 스딸린이라고 생각하는 사람도 있었다. 그리하여 그들 역시 자신의 존재를 알리기 위해, 자기의 무서운 체험을 이야기하기 위해 입대한 것이었다. 그들은 자기도 러시아의 일부분이기 때문에, 타인의 과오의 희생물이 되기보다 스스로 조국의 장래에 조금이라도 영향을 미치고 싶었던 것이다.

그러나 운명은 그들을 더욱 짓궂게 우롱하였으며, 그들을 더욱 보잘것없는 체스 말로 전락시켰다. 어리석고 자기들이 최고인 줄 아는 독일인들은 단지 그들을 총알받이로 이용하려 했을 뿐 그들이 자주적 러시아의 운명을 생각하는 것을 허용하지 않았다.

그리고 연합국까지는 4천 킬로미터나 떨어져 있었다 ― 게다가 그 연합국들마저도 결코 믿음직스러운 것은 못 되었다.

우리 나라에서 〈블라소프 군단〉이란 말은 곧 〈오물〉이란 뜻과 거의 다를 것이 없다. 이 말을 입에 담기만 해도 구역질이 나는 것 같아 누구나 그 말을 입에 올리는 걸 꺼려할 지경이었다.

하지만 역사는 그렇게 말하지 않을 것이다. 그로부터 사반세기가 지나서 그들의 대부분이 이미 수용소에서 죽어 갔고 그 일부만이 북쪽 끝에서 연명하고 있는 지금, 나는 이 책에서, 이것은 세계 역사상 유례없는 현상이라는 것을 상기시키고 싶었던 것이다 ― 20세에서 30세까지의 수십만에 달하는 젊은이들이[14] 조국이 가장 증오하는 적과 결탁하여 자기 〈조

14 독일군에는 정말로 그 정도 수효의 소련 시민들이 있었다 ― 블라소프 이전의 부대에, 블라소프 부대에, 까자끄, 회교도, 발트해 연안 및 우끄라이나의 여러 부대에.

국)을 향해 무기를 돌렸다는 사실을. 자, 이것을 어떻게 생각해야 할 것인가. 도대체 이것은 누구의 죄인가? 이들 청년들인가, 아니면 〈백발의〉 조국인가? 이러한 현상을 두고, 배신이 생물학적 요인인 것처럼 설명할 수는 없다. 거기에는 분명히 사회학적인 원인이 있을 것이다.

왜냐하면 옛날 속담도 〈먹이가 있으면 말도 날뛰지 않는다〉라고 하지 않는가.

자, 한번 상상해 보기 바란다 — 버림받은 굶주린 말들이 들판에서 정신없이 미쳐 날뛰고 있는 광경을.

◆

그해 봄에는 아직도 수많은 러시아 망명자들이 수감되어 있었다.

이것은 마치 지나가 버린 역사가 꿈속에서 되살아난 듯한 느낌이었다. 내전에 관해서는 이미 오래전에 마무리 지어져 이제는 교과서 연대표에 정리되기까지 했다. 백계(白系) 운동의 활동가들은 이미 우리와 같은 시대의 인물들이 아니고 퇴색한 과거의 망령에 지나지 않았다.

이스라엘 민족보다도 더 비참하게 쫓겨서 흩어진 러시아 망명객들은 (만약에 아직 살아 있다고 하더라도) 우리 소비에뜨인들의 상상 속에서 불결한 레스토랑의 악사나 호텔 벨보이, 세탁부, 거지, 모르핀이나 코카인 중독자 등 산송장과 다를 것이 없었다. 1941년 전쟁이 일어나기 전까지만 해도 우리 나라의 신문이나 문학 및 예술 관련 서적들은 해외의 러시아인 사회가 크나큰 정신적인 세계라는 것을 전혀 언급한 적이 없었다(우리의 배부른 거장들은 그것을 우리에게 알려 주려 하지 않았다). 그러나 해외의 러시아인들은 그들 나름대로 하나의 커다란 정신세계를 형성하고 있었다. 러시아 철학은 불가꼬프, 베르자예프, 로스끼 등에 의해 깊이를 더했고, 러시아의 예술은 라흐마니노프, 샬리아삔, 베누아, 지아길레프, 빠블로바, 그리고 자로프의 까자끄 합창단 등에 의해 온 세계를 매혹시켰으며 그 당시 소련에서는 금기로 되어 있던 도스또예프스끼 연구도 활발히 진행되고 있었다. 그리고 또 나보꼬프(시린)가 이색적인 작가로 등장했으며, 부닌이 아직도 생존하여 20년 동안 창작 활동을 계속하고 있었다. 러시아 미술 잡지도 발행되고 있었고, 연극도 상연되고 있었다. 해외 동포들의 회합은 러시아어 연설로 활기를 띠었으며, 남자 망명자들은 러시아인 여자를 아내로 맞았다. 그들 사이에 태어난 아이들은 우리와 같은 세대에 속하는 엄연한 러시아인이었다.

우리 나라에서의 망명자에 대한 관념은 모두 거짓말로 조작되어 있었기 때문에, 만약 누군가를 붙잡고 스페인 전쟁과 2차 대전에서 러시아 망명자들은 누구 편을 들었는가 묻는다면 대답은 모두 하나같을 것이다 — 그야 물론 프랑코 편을 들었겠지! 히틀러 편을 들었겠지! 우리 나라에선 지금도 공화국을 위해 싸운 백계 망명자 쪽이 훨씬 더 많았다는 사실을 모르고 있다. 스페인 전쟁 때 러시아 망명자들의 대부분은 공화파를 지지하여 싸웠다. 블라소프군이나 까자끄 군단은 망명객들로 이루어진 것이 아니라 소련 시민들로 편성되어 있었다는 사실도 지금까지 전혀 알려져 있지 않다. 망명자들은 히틀러 편에 가담하지 않았다. 히틀러를 지지한 메레시꼬프스끼와 기뻐우스는 망명자 사회에서 완전히 소외당한 외로운 존재였다. 심지어는 내전 시의 백위군 지도자 제니낀이 히틀러를 반대하여 소련을 위해 싸울 것을 열망했다는 일화도 있다. 그래서 한때 스딸린은 그가 고국에 돌아오도록 주선하려고까지 했다는 것이다(물론 군사력으로서가 아니라 민족 단결의 상징으로서 받아들이려 했을 것이지만). 프랑스가 독일군에 점령되었을 때 그곳의 러시아 망명자들은 노소를 불문하고 많은 사람이 레지스탕스에 가담했다. 그리고 파리가 해방되자 소련 대사관에 몰려들어 앞을 다투어 귀국 신청서를 제출했다. 어쨌든 러시아는 러시아인 것이다! ─ 이것이 그들의 구호였다. 이렇게 그들은 러시아에 대한 자기들의 사랑이 전에도 결코 거짓이 아니었음을 증명한 셈이었다. (1945년에서 1946년까지 그들은 형무소 속에서도 거의 행복할 지경이었다 ─ 형무소의 저 창살도 창살 밖의 교도관도 모두가 러시아의 것, 러시아의 동포가 아닌가! 그들은 소비에뜨의 청년들이 뒤통수를 긁으며 〈제기랄, 왜 우리는 돌아왔지? 유럽은 그토록 넓었는데!〉라고 불평하는 것을 놀란 듯이 바라보았던 것이다.)

그러나 스딸린식 논법에 의하면 외국에 체류한 일이 있는 소련 사람은 예외 없이 형무소에 들어가야만 한다. 이 운명을 어찌 망명자들이라고 피할 수 있었겠는가? 발칸반도에서, 중부 유럽에서, 만주 하얼빈에서, 소련군이 진주하자마자 그들은 지체 없이 자택이나 가두에서 체포되었다. 처음에는 남자들만, 그것도 과거에 정치 활동을 했거나 반소 입장을 천명한 일이 있는 남자들만 잡아들였다. 후에 그들의 가족은 러시아의 유형지로 집단 이주시켰고, 불가리아와 체코슬로바키아 등지에서는 그대로 남겨 두었다. 프랑스에 거주하는 망명자들은 존경과 꽃다발로 소련 시민으로 받아들여졌으며, 고국까지 편안하게 여행할 수 있었다. 그러나 고국 땅에 도착하자마자 그들 역시 모조리 잡혀 들어갔다. 중국 상하이의 망명자들은 약간 시간이 걸렸다. 1945년에는 아직 거기까지 소련의 손이 미치지 못했기 때문이다. 그러나 얼마 후 소련 정부의 전권 대사가 도착하여 최고 회의 간부회의 정령을 공포했다. 모든 망명자들을 관대하게 받아들인다는 것이었다! 어찌 이 것을 믿지 않을 수 있겠는가? 정부가 거짓말을 할 리 없다! (그런 정령이 정말 있었는지 없었는지는 모르지만, 어쨌든 〈기관〉은 그런 것에 구애받지 않았다.) 상하이 망명자들은 이 정령을 전폭적으로 환영했다. 그들은 무슨 물건이든 원하는 대로 가져갈 수 있으며 소련에서 원하는 곳에 정착하여 각자 의 능력에 알맞은 직업을 임의로 선택할 수 있다는 약속을 받 았다(그들은 자동차까지 싣고 갔다 — 이것도 조국에서 유용 하게 사용될 테니까). 그들은 몇 척의 기선으로 귀국했다. 승 객들의 운명은 일률적이지 않았다. 어떤 기선에서는 어찌 된 셈인지 전혀 먹을 것을 주지 않았다. 나홋까 항구(수용소군도 의 주요 중계점 중의 하나)로부터도 서로 다른 운명의 길로 들어섰다. 그들은 거의 모두가 화물 차량으로 편성된 군용 열 차에 실렸다. 삼엄한 호송병과 군용견만 없을 뿐 이것은 죄수 와 다를 것 없는 대우였다. 그들 중 일부는 여러 도시의 거주 지까지 수송되어 거기서 2~3년 동안 무사히 살 수 있었다. 나 머지 일부는 군용 열차에 실려 곧장 수용소로 끌려가서, 자기 들이 가져온 피아노며 화분 따위와 함께 볼가강 왼쪽 강변 어 느 숲속에 내던져졌다. 1948년부터 1949년에는 그때까지 수 용소에 들어가지 않고 남아 있던 극동으로부터의 망명자들이 한 사람도 남김없이 모조리 체포되고 말았다.

나는 아홉 살짜리 개구쟁이 시절에 쥘 베른보다도 V. V. 슐 긴의 푸른빛 동화책을 더 좋아했었다. 그 책은 그때 조그만 매점에서도 팔고 있었다. 그것은 이미 우리 나라에서 사라져 버린 지 오랜 신기한 환상 세계의 목소리였다. 그로부터 20년 이 지나서, 그 책의 저자의 길과 나의 길은 루비얀까 형무소의 고요한 복도에서 눈에 보이지 않는 점선을 그리며 다시 만나게 되어 있었다. 그러나 그 자신과 내가 직접 만난 것은 그때가 아니라, 그로부터 다시 20년이 지나서였다. 그 대신 나는 1945년 봄에 늙고 젊은 많은 망명자들을 자세히 관찰할 수 있는 기회를 가질 수 있었던 것이다.

제정 시대의 기병 대위 보르시와 육군 대령 마리유시낀을 나는 신체검사장에서 만났다. 그들의 누렇게 뜬 쭈글쭈글한 살가죽은 살아 있는 사람의 몸이라기보다는 차라리 미라로밖엔 보이지 않을 만큼 처참했다. 그 비참한 모습은 오랫동안 나의 눈에서 사라질 줄을 몰랐다. 그들은 죽음 직전에 체포되어, 모스끄바까지 수천 킬로미터를 끌려와서 지금 1945년 현재, 1919년의 반소비에뜨 투쟁에 대하여…… 가장 준엄한 신문을 받고 있다는 것이었다!

우리는 공정하지 못한 신문과 재판의 실례를 너무나 많이 보아 왔기 때문에 이제는 그 정도의 차이를 식별할 수조차 없게 되었다. 이 대위와 대령은 제정 러시아 군대의 간부 장교였다. 뻬뜨로그라뜨에서 황제가 폐위되었다는 전문을 받았을 때, 그들은 둘 다 마흔이 넘은 나이였다. 20년 동안 황제에 대해 충성을 맹세하고 복무해 온 그들은 이제 다시 임시 정부에 대해 충성을 맹세해야 했다(그것은 본심에서 우러나온 맹세는 아니었다. 어쩌면 마음속에서는 〈뒈져라, 사라져 버려라!〉라고 생각하면서 맹세했을지도 모른다). 그 후로는 아무도 그들에게 충성의 맹세를 요구하지 않았다. 왜냐하면 군대라는 것이 모두 붕괴하여 존재하지 않았기 때문이다. 그들은 새로운 질서가 마음에 들지 않았다. 장교들은 계급을 박탈당하거나 살해되었다. 당연한 결과로서, 새 질서에 대항하여 싸우기 위해 그들은 다른 장교들과 결속했다. 이 또한 당연한 결과로서 붉은 군대는 그들과 싸워 그들을 바다로 밀어냈다. 하지만 법 개념이라는 것이 조금이라도 존재한 나라라면, 도대체 무슨 근거에서 25년이나 경과한 지금에 와서 그들을 재판에 회부할 수 있단 말인가. (25년 동안 그들은 순전히 개인적인 생활만을 영위해 왔다. 마리유시킨은 체포되기 직전까지 그러한 생활을 해왔다. 하긴 보르시는 오스트리아에서 까자끄의 짐마차에 속해 있었지만 그것은 무장된 짐마차가 아니라 노인과 부녀자들의 짐마차였다.)

그럼에도 불구하고 1945년에 그들은 구속 기소되었다 — 노동자, 농민의 소비에뜨 정권을 〈전복〉하기 위해 활동했으며 소련 영토를 무력으로 〈침범〉했을 뿐 아니라(다시 말해서 소비에뜨 국가로 선포된 러시아에서 지체 없이 떠나가지 않았을 뿐 아니라) 국제 부르주아지(그들이 꿈에서도 본 일 없는)를 도왔으며, 반혁명 정부에 봉사했다는(다시 말해서 그들이 한 평생 상관으로 섬긴 장군들에게 봉사했다는) 죄목이었다. 이 모든 죄목은 형법 제58조 각항(1항, 2항, 4항 및 13항)에 해당되는 것인데, 소련 형법은 그들이 참가한 내전이 끝난 후 6~7년이 지난 1926년에야 공포된 것이다(이것은 법률의 〈소급 적용〉의 전형적인 실례이다)! 뿐만 아니라 형법 제2조에는 이 법이 러시아 사회주의 연방 공화국 영토 내에 거주하는 소련 시민들에게만 적용된다고 명시되어 있다. 그럼에도 불구하고 소련 기관의 갈퀴는 유럽과 아시아 여러 나라에서 소련 시민이 〈아닌〉 러시아인들을 닥치는 대로 긁어 들였던 것이다![15]

15 이런 식이라면 아프리카의 어느 나라 대통령이라 할지라도, 오늘 한 행동 때문에 앞으로 10년 후에 우리 나라에서 제정되는 법에 의해서 재판을 받지 않으리라는 보장은 없는 것이다. 중국인들도 이런 법을 제정하게 될 것이다. 좀 더 시간이 지나면.

시효에 관해선 더 이상 말하지 않겠다. 제58조에는 시효가 적용되지 않는다고 미리부터 교묘히 정해져 있었기 때문이다. (〈왜 낡은 것을 들추어내려고 하는가?〉) 이 시효는 우리 나라가 길러 낸 사형 집행인들에게만 적용되었지만, 그들은 내전 때보다 몇 배나 많은 사람들을 말살시켰던 것이다.

마리유시낀은 지금도 모든 것을 분명히 기억하고 있어서 자기가 노보로시스끄에서 철수하던 때의 이야기를 상세하게 들려주었다. 그러나 보르시는 마치 어린애로 되돌아간 것 같은 순진한 어조로, 자기가 루비얀까에서 부활절을 어떻게 보냈는가를 자세히 이야기해 주었다. 그는 부활절 전의 고난 주일 동안 배급 식량의 반만 먹고 나머지 반은 그대로 남겨 두었다. 그러면서 오래된 식량을 조금씩 새로운 것으로 바꾸어 놓기도 했다. 그리하여 감식(減食) 기도 기간이 끝났을 때는 7인분의 식량이 모였으므로, 그는 부활절부터 사흘 동안 명절 음식을 실컷 즐길 수 있었다는 것이다.

나는 그들 두 사람이 내전 시대에 어떤 부류의 백위군이었는지 알 수 없었다. 어쩌면 재판도 없이 노동자들을 목매달고 농민들의 사지를 찢어 죽인 흉악한 지휘관이었을지도 모른다. 아니면 그저 평범한 군인으로 내전에 참가했을 뿐인지도 모른다. 그들이 지금 여기서 신문을 받고 재판에 회부되어 있다는 것은 그 증거도 될 수 없고 판단의 자료도 될 수 없다. 그러나 그들이 혁명 후 25년 동안 편안한 연금 생활자로 살아온 것도 아니고, 우리는 지금 그들을 재판에 회부할 도덕적 기초를 발견할 수 없을 것이다. 이것은 아나톨 프랑스식의 변증법이지만, 우리 나라에서는 전혀 이해되지 않고 있다. 아나톨 프랑스에 의하면, 어제의 고행자라 할지라도 그가 오늘 비단옷으로 몸을 감싼다면 그 순간부터 그는 수난자일 수 없다는 것이다. 이 반대도 또한 진실이다. 그러나 우리 나라에서는 이렇다 — 내가 망아지에서 자라나 겨우 어른이 되었을 때, 1년이라도 짐마차를 끈 일이 있다면, 아무리 오랫동안 고급 마차를 끌고 있어도, 나는 죽을 때까지 짐말로 불리는 것이다.

이들 고독한 망명자들의 미라 중에서 꼰스딴찐 야세비치 대령만은 특이한 존재였다. 그에게 있어서는 내전이 끝난 후에도 반볼셰비즘 투쟁이 끝난 것은 아니었다. 그 후 어디서 어떤 방법으로 투쟁을 계속했는지 그의 이야기를 들을 수는 없었지만, 그가 지금 이 감방 속에서도 여전히 투쟁 대열에 꿋꿋이 서 있다는 것만은 틀림없었다. 대부분의 수감자들이 의식과 관념의 혼돈 속에서 일정한 주관을 상실한 채 동요하고 있는 것과는 반대로 그는 확고한 생활 태도를 가지고 주위의 사물을 정확한 눈으로 바라보고 있는 것 같았다. 뿐만 아니라 그의 몸에는 항상 건강과 탄력과 활력이 넘쳤다. 그는 예순이 넘은 나이에 머리카락 하나 없는 완전한 대머리였으며, 이미 신문의 온갖 고초를 겪었을뿐더러(그도 우리들과 마찬가지로 선고를 기다리고 있었다), 아무도 도움을 주는 사람이 없었음에도 불구하고, 피부는 젊은이처럼 언제나 불그레했으며 형무소 안에서 날마다 아침 체조와 냉수마찰을 하는 유일한 인물이었다(우리는 모두 감방 식사의 부족한 칼로리를 소모하지 않으려고 애쓰고 있었다). 그는 한시도 시간을 헛되이 보내지 않았다. 판자 침상 사이에 통로가 생기면 그 5~6미터의 공간을 쉴 새 없이 오락가락했다. 가슴에 팔짱을 낀 채 맑고 또렷한 눈으로 감방 벽을 응시하면서 뚜벅뚜벅 걷고 또 걸었다.

우리는 모두 우리 신상에 일어나는 일에 놀라기도 하고 겁을 집어 먹기도 했으나, 그에게는 놀랄 만한 일도 없고 겁을 먹을 만한 일도 없었다. 그의 예상에 어긋나는 일은 하나도 없었기 때문이다. 감방 안에서 그는 완전히 외톨이였다.

감방 안에서의 그의 행동을 나는 1년 후에야 어느 정도 이해할 수가 있었다. 나는 또다시 부띠르끼 형무소로 이송되어, 그곳 70개 감방 중의 하나에서 야세비치와 같은 사건으로 투옥되어 있는 젊은이들을 만났다. 그들은 이미 10년 내지 15년 형 판결을 받고 있었다. 그 판결문은 담배 종이에 타자로 쳐져 있었는데(그들이 어떻게 그것을 입수했는지는 알 수 없었으나) 그 명단의 맨 앞에 야세비치의 이름이 있었고 그의 판결은 총살형이었다. 그는 그 맑은 눈으로 감방 벽을 바라보면서 뚜벅뚜벅 보행 운동을 계속하고 있을 때 이미 자기의 운명을 예견했음이 분명하다! 한평생 자기 인생에 충실했다는 후회 없는 의식이 그에게 비상한 힘을 주고 있었던 것이다.

망명자 중에는 나와 같은 나이인 이고리 뜨론꼬도 끼어 있었다. 나는 그와 곧 친한 사이가 되었다. 둘 다 바싹 마른 허약한 몸에 뼈가 앙상하고 살가죽은 누런 잿빛을 띠고 있었다(왜 우리는 이토록 기진맥진한 상태에 이르렀을까? 내 생각으로는 아무래도 정신적인 공허감 때문이었던 것 같다). 둘 다 기다랗고 가냘픈 몸이어서 부띠르끼의 정원을 산책할 때 여름 바람이 조금만 불어와도 비틀거릴 지경이었다. 우리는 언제나 나란히 짝을 지어 노인같이 조심스럽게 발걸음을 옮기면서, 평행선을 더듬고 있는 서로의 인생에 대해서 이야기를 주고받곤 했다. 우리는 같은 해에 같은 남러시아 지방에서 태어났다. 운명의 여신이 자기의 낡은 주머니에서 나한테는 짧은 지푸라기를 그에게는 긴 지푸라기를 꺼내 주었을 때 우리는 아직 어머니의 젖을 빨고 있었다. 그의 아버지는 〈백위군〉이기는 했지만, 가난한 일개 전신병(電信兵)에 지나지 않았다. 결국 그는 빵을 찾아 바다 저쪽으로 흘러가 버렸던 것이다.

나는 그의 생활을 통해서 외국에 나가 있던 나와 같은 세대의 동포들이 어떤 생활을 해왔는가에 대해 비상한 관심을 기울이게 되었다. 그들은 매우 검소하게, 때로는 궁핍한 환경 속에서 부모의 세심한 보호를 받으며 성장했다. 가정교육도 좋았으며, 사정이 허락하는 범위 내에서 고등 교육도 받았다. 물론 그들이 어른이 될 때까지 백위군 조직의 권위가 어느 정도 압력을 가한 것도 사실이지만, 그들은 공포도 억압도 모르고 자랐다. 유럽의 모든 젊은이들을 휩쓴 세기말적인 악습(높은 범죄율, 인생에 대한 경박한 태도, 방탕과 사색의 빈곤 등)에도 그들은 물들지 않았다. 이것은 그들 자신이 씻을 수 없는 불행의 그늘 밑에서 자랐기 때문이었을 것이다. 세계 어느 나라에서 자랐건 그들은 러시아만을 자기 조국이라고 생각했다. 그들의 정신적인 교육은 러시아 문학을 통해 이루어졌다. 이 러시아 문학은 지금의 조국(소비에뜨 연방)과 단절되어 있었고, 그들 각자가 거주하고 있는 1차적인 지리적·물리적인 조국과도 관계가 없었으므로 그들에게는 더욱 호감 있게 받아들여졌다. 그들은 우리보다 더 자유롭게 현대의 출판물을 입수할 수 있었으나 소련 출판물만은 마음대로 손에 넣을 수가 없었다. 이러한 결함 때문에 그들은 소비에뜨 러시아에 관해 가장 중요하고 가장 훌륭한 것을 자기들이 이해하지 못하고 있으며, 간혹 자기들 손에 들어오는 것은 소련의 현실을 왜곡하거나 거짓 소개하는 내용뿐이라고 생각했다. 우리 나라의 현실에 대해서 그들은 거의 아는 것이 없었음에도 불구하고 조국에 대한 향수는 너무나도 절실한 것이었다. 만약 1941년에 그들에게 손을 뻗었더라면 그들은 모두 붉은 군대로 달려왔을 것이며, 살아남기보다는 기꺼이 죽음을 택했을 것이다. 25세 내지 27세의 이 청년들은 늙은 장군들이나 구 정치인들의 견해와는 완전히 상치되는 그들 자신의 관점을 이미 확립하고 있었고 그것을 굳게 지켜 나갔던 것이다. 이와 같이 이 고리의 그룹은 〈비결정주의자(非決定主義者)〉들이었다. 그들은 지난 수십 년 동안의 모든 고난을 조국과 함께 겪어 오지 않은 이상 러시아의 장래를 결정하거나 그에 대해 관여할 하등의 권리도 없으며, 오직 인민이 결정하는 바에 따라 자기 힘을 바치면 된다는 태도를 표명했던 것이다.

나는 이고리와 한 침상에서 나란히 꽤 오랫동안 생활하면서 될 수 있는 대로 그의 세계를 파악하려고 애썼다. 그와의 만남은 나에게 한 가지 중요한 사실을 알려 주었다(후에 다른 사람들과의 만남에서 이것은 다시 확인되었다). 다름 아니라 내전 때 국외로 흘러 나간 정신세계의 흐름은 러시아 문화의 굵고 중요한 가지 하나를 우리에게서 떼어 갔다는 사실이다. 그러므로 러시아 문화를 진정으로 사랑하는 사람이라면 누구를 막론하고 본국과 해외로 갈라진 두 나뭇가지를 다시 하나로 결합시키는 데 힘을 기울여야 한다. 그때 비로소 러시아 문화는 완전한 형태를 갖출 것이며, 결함 없는 균형 잡힌 발전의 가능성을 찾게 될 것이다.

내 생전에 그날이 오기를 간절히 바란다.

◆

인간은 약하다. 약한 것은 인간이다. 우리 중의 가장 고집센 사람들조차 그해 봄에는 모두 사면을 바랐으며, 조금이라도 더 생명을 연장하기 위해서 많은 것을 양보할 각오가 되어 있었다. 이런 우스갯소리가 유포되고 있었다 — 〈피고인은 마지막으로 할 말이 있으면 하시오!〉 〈저를 어디로 쫓아 보내든 상관없습니다. 다만 소비에뜨 정권이 있는 곳, 그리고 태양이 있는 곳으로 보내 주십시오!〉 소비에뜨 정권이 없는 곳으로 보내질 위험은 없겠지만 태양이 없는 곳이라면 정말 큰일이다. 북극권으로 가고 싶어 하는 사람이 어디 있겠는가. 거기 가면 십중팔구는 괴혈병이나 영양실조로 쓰러지게 마련이다. 무엇 때문인지 감방에서는 특히 알따이 지방이 동경의 대상으로 되어 있었다. 그곳에 가본 적이 있는 사람은 별로 없었다. 그런데 가보지도 못한 사람일수록 동료 죄수들에게 아름다운 꿈 얘기에 열을 올리는 것이었다 — 알따이는 정말 멋진 곳이야! 시베리아처럼 넓지만 온화한 기후, 꿀물이 흐르는 강들과 황금빛 밀 이삭이 물결치는 언덕, 양 떼와 들짐승들과 들새들과 물고기들, 주민이 많은 풍족한 마을들…….[16]

아, 그 고요함 속에 조용히 묻혀 살 수 있다면! 더럽혀지지 않은 공기 속에서 맑고 낭랑한 새벽닭의 울음소리를 들을 수 있다면! 그리고 착하고도 의젓한 말의 콧등을 쓰다듬을 수 있다면! 세상의 모든 위대한 문제들은 아랑곳할 것 없다. 그것은 다른 사람들에게, 나보다 더 어리석은 사람들에게 맡겨 버리면 그만이다. 그곳에서 신문관의 더러운 욕설과 너의 전 생애의 권태로움을 떨쳐 버리고, 형무소의 자물쇠 소리, 숨 막히는 감방의 공기로부터 해방되어 마음껏 숨을 몰아쉬고 싶다. 우리에겐 단 하나의 생명이, 그것도 짧고 작은 하나의 생명이 주어졌을 뿐이다! 그런데도 우리는 함부로 그것을 어느 누군가의 기관총 밑으로 들이미는가 하면, 아직 순수한 그 생명을 이끌고

16 알따이에 대한 죄수들의 동경은 그곳에 대한 옛 농부들의 꿈의 연장선일지도 모른다. 알따이에는 이른바 황실 땅이라는 것이 있어서 그곳으로의 이주는 오랫동안 금지되어 왔다. 그럴수록 농민들은 다른 어느 곳보다도 그곳에 가서 살기를 열망했다(그리고 실제로 이주하기도 했다). 이 끈덕진 전설 같은 이야기는 여기서부터 연유한 것이 아닐까?

더러운 정치의 쓰레기통으로 기어들기도 한다. 그곳 알따이에 가서 마을 한쪽 끝 숲 기슭에 있는 나지막하고 어둠침침한 오막살이집에서 살 수만 있다면 얼마나 좋을까! 땔감이나 버섯을 찾기 위해서가 아니라, 그저 훌쩍 숲속으로 들어가서 아름드리나무 두 줄기를 끌어안고 조용히 속삭이고 싶다 — 아, 그리운 나무들이여! 나는 더 이상 아무것도 필요 없다⋯⋯.

그리고 그해의 봄은 봄 자체로서 동정을 호소하고 있었다. 그토록 엄청난 전쟁을 승리로 마무리한 봄이 아닌가! 우리들이 보기에는 당국에 체포된 죄수들의 흐름은 수백만에 이르렀고 그보다 더 많은 죄수들이 수용소에서 우리를 맞아 주었다. 위대한 승리를 거두고 난 지금 이렇게 많은 사람들을 형무소에 그대로 묶어 둔다는 건 있을 수 없는 일이다! 우리를 잡아들인 것은 단지 경각심을 높이기 위해 위협을 주려는 데 목적이 있을 것이다. 그러니까 곧 특별 사면령이 내려 우리를 모두 석방할 것임에 틀림없다.

이와 관련된 신문 기사를 자기 눈으로 직접 보았다고 주장하는 사람도 있었다. 즉 스딸린이 어느 미국 신문 기자(그 기자의 이름은 기억하고 있지 않지만)의 물음에 답하여, 소련 정부는 전쟁이 끝나면 역사상 유례없는 대규모의 특별 사면령을 내릴 것이라고 말했다는 것이다. 그리고 또 어떤 죄수는 신문관 〈자신이〉 곧 전면적인 특사령이 내릴 것이라고 분명히 말했다고 주장했다(이런 소문은 신문을 진행하는 데 무척 도움이 될 수 있다. 〈어차피 오래 묶여 있지는 않을 테니까 순순히 진술서에 서명해 버리자〉 — 이렇게 피의자로 하여금 타협적인 태도를 취하도록 할 테니 말이다).

그러나 — 〈자비를 기대하는 데는 이성이 필요하다〉. 이것은 우리 나라의 모든 역사에 해당되는 말이다. 그리고 앞으로도 오랫동안 이 원리는 변하지 않을 것이다.

수감자 중의 몇몇 분별 있는 사람들은 지난 25년 동안 정치범에겐 한 번도 특사가 내린 적이 없었으며 앞으로도 절대 없을 것이라는 불길한 소리를 했으나, 우리는 그 말에 귀를 기울이지 않았다(그러자 감방 스파이 중의 한 사람으로 통하는 죄수가 나서며 반론을 제기했다——〈10월 혁명 10주년인 1927년에는 소련의 모든 형무소가 텅텅 비었었고 형무소 위엔 《흰 깃발》이 걸려 있었다네!〉 형무소에 흰 깃발이 걸린다는 건 이상한 일이다. 어째서 하필이면 〈흰 깃발〉이란 말인가?)[17] 우리는 사려 깊은 사람들의 말에 귀를 기울이지 않았다. 그들은 다음과 같이 설명했다. 〈우리가 이렇게 수백만씩 잡혀 들어온건 바로 전쟁이 끝났기 때문인 것이다. 이제 우리는 전선에서 불필요한 존재가 되었고 후방에선 위험한 존재가 되었다. 그러나 먼 변방의 건설 현장에선 우리가 없으면 벽돌 한 장도 쌓아 올릴 수 없지 않은가!〉 그러나 이 합리적인 설명을 우리는 귀담아들으려 하지도 않았다. 사실 우리는 객관적인 입장에서 사물을 깊이 통찰하는 힘이 부족했던 것이다. 만약에 스딸린이 악의에서가 아니라 순전히 경제적 견지에서 판단했다고 하자——이제 전쟁이 끝나서 제대해 돌아온 사람 중에서,

---

17 『형무소에서 교육 시설로』라는 책 396페이지에는 다음과 같은 숫자가 명시되어 있다. 즉 1927년에 특사령으로 석방된 사람은 전체 수감자의 7.3퍼센트였다는 것이다. 이 숫자는 믿어도 좋을 것 같다. 혁명 10주년 기념 특사치고는 약간 인색한 느낌이 든다. 정치범 중에서는 어린아이가 있는 여성들과 형기가 몇 달밖에 남지 않은 사람만이 석방되었다. 예를 들어 베르흐네우랄스끄 형무소에서는 2백 명의 수감자 중 겨우 열두 명이 석방되었다. 이렇게 인색한 특사령의 시행 과정에서 당국은 그것조차 후회가 되었는지 예정된 해당자 중의 일부를 계속 잡아 두거나 아니면 〈완전 석방〉 대신 거주 제한 조치를 내렸다.

아직 도로도 주택도 없는 꼴리마나 보르꾸따 또는 시베리아 등 변방으로 가족을 이끌고 자진해서 갈 사람이 어디 있겠는가? 하지만 그곳의 건설 사업은 국가 계획 위원회의 당면 과제이다. 결국 필요한 인원수만큼 잡아들이라는 명령을 내무부에 내릴 수밖에 없는 것이다. 특사령! 관대하고 광범위한 특사령을 우리는 기다리고 있었다. 아니, 갈망하고 있었다! 영국에서는 대관식 기념일마다 특사가 있다고 한다. 그러니까 해마다 특사령이 내리고 있는 셈이다! 로마노프 왕조 3백 주년 기념일에도 정치범에 대한 대규모의 특사가 있었다. 이제 세기적인 위대한 승리를 거둔 스딸린 정부가 하잘것없는 국민 한 사람 한 사람의 과오와 실수를 기억하고 언제까지나 복수심을 불태울 리는 없지 않은가?

간단한 진리라도 그것을 깨달으려면 적지 않은 대가를 치러야 하는 법이다. 진정 축복을 받아야 할 것은 전쟁에서의 승리가 아니라 전쟁에서의 패배인 것이다! 정부의 입장에선 전쟁에 이겨야 하지만 민중의 입장에선 전쟁에 지는 편이 유리하다. 승리를 거두고 나면 또 다른 승리를 바라게 마련이지만, 패전 후에는 자유를 바라게 되고 대개의 경우 그 자유를 획득하게 마련이다. 개개인에게 고난과 빈곤이 필요한 것처럼 민중에겐 패전이 필요하다. 그것은 내면생활의 깊이를 더해 주며 정신적으로는 우리를 보다 높은 곳으로 끌어올려 준다.

나폴레옹 전쟁 때 거둔 뽈따바의 승리는 러시아를 위해 불행한 것이었다. 왜냐하면 그 승리는 그 후 2세기 동안에 걸쳐 커다란 긴장과 경제 파탄, 자유의 억압을 강요했으며 계속적으로 새로운 전쟁을 초래했기 때문이다. 한편 뽈따바에서 패전한 스웨덴 사람들에겐 그 패배가 오히려 전화위복이 되었다. 호전적 기질을 반성하게 된 스웨덴 사람들은 유럽에서 가

장 행복하고 자유로운 국민이 될 수 있었던 것이다.[18]

우리는 지금까지 나폴레옹에 대한 승리를 너무나도 과시해왔으므로 다음과 같은 사실을 간과해 왔다 — 그 승리 때문에 실은 농노 해방이 반세기나 늦어졌고, 그 승리로 힘을 얻은 전제 정권이 12월당원을 쉽사리 분쇄할 수 있었던 것이다(프랑스군에 의한 점령은 러시아에 있어 현실적인 것은 아니었다). 이와는 반대로 러시아가 패전한 끄리미야 전쟁과 러일 전쟁 그리고 1차 대전은 우리에게 자유와 혁명을 가져다주었다.

그해 봄에 우리는 특별 사면이 꼭 있으리라 믿고 있었다. 그러나 이것은 하나도 새로운 현상이 아니었다. 고참 죄수들과의 대화를 통해서 점차 밝혀진 일이지만, 특사에 대한 갈망과 특사가 곧 있으리라는 믿음은 이 잿빛 형무소 벽 안에서 한시도 사라져 본 일이 없다는 것이다. 혁명 10주년이 되는 해에도 20주년 되는 해에도 수감자들은 특사를 기대했고 또 그것을 믿었다. 때로는 새로운 형법이 공포된다는 소문이 있었는가 하면 전반적인 재심이 진행되리라는 소문도 떠돌았다(이러한 소문들은 언제나 〈기관〉에 의해 조심스럽게 그리고 은근하게 뒷받침되어 왔다). 혁명 기념일마다, 레닌 탄생일마다, 승전 기념일마다, 붉은 군대 창설일마다, 파리 코뮌 기념일마다, 전 러시아 중앙 집행 위원회가 새로 구성될 때마다, 5개년 계획이 수행될 때마다, 최고 재판소 전원회의가 열릴 때마다 죄수들은 체포가 거칠어지면 거칠어질수록, 또 들어오는 죄수들의 규모가 커지면 커질수록 더욱 냉정함을 잃게 되어 특사에 대한 믿음은 더욱 확고해지는 것이었다.

18 어쩌면 그것은 20세기에만 한정되는 이야기일지도 모른다. 남들이 하는 말을 믿는다면, 오랜 평화 속에서 아무런 거리낌이 없는 생활은 도덕적인 퇴폐를 초래하고 있다고 한다.

모든 빛의 원천은 크고 작건 간에 태양과 비교해서 말할 수 있다. 그러나 태양만은 무엇과도 비교가 되지 않는다. 이와 마찬가지로 이 세상의 모든 기대는 특사에 대한 기대와 비교해서 말할 수 있지만, 특사에 대한 기대만은 다른 무엇과도 비교가 되지 않는다.

1945년 봄에 새로 감방에 들어오는 죄수들은 무엇보다 먼저, 특사에 대해 무언가 들은 것이 없느냐는 질문부터 받는다. 그리고 감방에서 두세 명씩 〈소지품을 휴대케 하고〉 호출해 가면, 감방의 〈식자(識者)〉들은 곧 그들의 〈죄상〉을 비교 대조해 가며, 이건 가장 〈가벼운〉 죄목이니까 그들은 물론 석방될 것이라고 결론을 내렸다. 〈드디어 특사가 시작되었구나!〉 변소에서, 목욕실에서, 죄수용 우편함에서, 우리의 적극 분자들은 특사에 관한 무슨 전언(傳言)이나 흔적을 발견하려고 부산하게 움직였다. 그런데 7월 초에 우리는 부띠르끼 형무소 목욕실의 유명한 보랏빛 타일 벽에서, 사람의 키보다도 높은 곳에 비누 거품으로 써놓은 〈예고〉를 발견한 것이다. 그것은 오랫동안 지워지지 않도록 하기 위해 목말을 타고 쓴 것이었다.

〈우라! 7월 17일 사면령!〉[19]

우리는 기뻐 날뛰었다! (정확한 것을 몰랐다면 그런 것을 쓸 리가 없지 않은가!) 가슴의 고동도, 맥박도, 체내의 모든 흐름도, 지금 당장 감방 문이 열린다는 기쁜 충격 때문에 일순간 멎어 버렸을 정도였다.

그러나 — 〈자비를 기대하는 데는 이성이 필요하다〉.

7월 중순경에 복도 근무 교도관이 우리 감방의 노인 한 사람을 변소 청소를 위해 불러냈는데, 거기서 교도관은 노인과

---

19 누군지 몰라도 그들은 숫자 하나를 틀렸다. 1945년 7월 7일의 스딸린의 대(大) 특사에 관해서는 제3부 제6장을 참조할 것.

단둘이 되었을 때(목격자가 있는 데서는 그런 짓을 하지 않았을 것이다) 백발이 성성한 노인의 머리를 동정 어린 눈으로 바라보며 귓속말로 물었다는 것이다. 「몇 조에 걸려들었소?」 「제58조올시다!」 노인은 기쁜 표정으로 대답했다. 집에서는 세 세대의 가족이 그를 위해 눈물을 흘리며 기다리고 있었던 것이다. 그러자 교도관은 한숨을 내쉬었다. 「풀려나기 어렵겠군……」 그러나 감방에서는 그것을 아무 의미도 없는 허튼소리로 결정했다. 「쓸데없는 소리야! 그런 무식쟁이 교도관이 뭘 안다고!」

감방에는 여자처럼 크고 아름다운 눈을 가진 발렌찐이라는 끼예프 출신의 청년(그의 성은 생각나지 않지만)이 있었다. 그는 신문을 매우 두려워하고 있었는데, 그에게는 분명히 예언적인 재능이 있었다. 하긴 그 당시 모든 죄수가 제정신이 아닐 만큼 흥분 상태에 있었기 때문에 더욱 그렇게 생각되었는지도 모른다. 이미 한두 번이 아니었다. 그는 아침에 감방 안을 걸어다니면서 수감자 중의 누군가를 손가락으로 가리키며 말했다. 「내가 간밤에 꿈을 꾸었는데 오늘은 당신하고, 또 당신이 불려 나갈 거요.」 그러면 그날은 바로 그 사람들이 불려 나가곤 했다! 그의 예언은 백발백중이었다! 죄수들의 마음은 그의 예언을 아무런 의혹도 없이 무조건 받아들일 만큼 신비주의로 기울어 있었던 것이다.

7월 27일 아침에 발렌찐은 나한테 다가와서는 말했다 ─ 「알렉산드르! 오늘은 당신하고 내가 불려 나갈 차례요.」 그는 꿈에 희미한 시냇물 위에 걸려 있는 조그만 다리와 십자가를 보았다고 했다. 나는 감방을 떠날 채비를 했다. 그것은 헛일이 아니었다. 아침 식사가 끝난 후 발렌찐과 나는 정말로 호출되었다. 감방 사람들은 우리를 축복하며 떠들썩하게 전송해 주었다. 대부분의 사람들은 우리가 석방될 것으로 믿고 있었다. 우리는 비교적 〈가벼운〉 죄목으로 체포된 것으로 인정받고 있었기 때문이다.

물론 그런 것을 정말이라고 믿지 않아도 좋다. 아니 믿을 필요가 없다고 생각해도 좋다. 쓴웃음을 지으며 그런 말을 부정할 수도 있다. 그러나 빨갛게 작열하는 뜨거운 집게가 느닷없이 마음을 옥죄어 온다 — 만일 그것이 정말이라면?

각 감방에서 호출되어 온 약 스무 명의 죄수들과 함께 우리는 우선 〈목욕실〉로 끌려갔다(죄수들은 신상에 변화가 있을 때면 무엇보다 먼저 목욕실을 거쳐야 한다). 그곳에서 우리는 한 시간 반을 보내며 여러 가지 추측과 궁리에 몰두할 수 있었다. 목욕으로 몸과 마음이 한결 부드러워진 우리는 부띠르끼 형무소의 푸른 정원으로 끌려 나갔다. 그곳에서는 새들이 요란스럽게 지저귀고(아마도 참새뿐이었을 테지만), 오랜만에 보는 나뭇잎의 푸른빛이 눈부실 만큼 선명하게 느껴졌다. 그해 봄처럼 수목의 푸르름이 강렬하게 나의 눈을 자극한 적은 없었다! 그리고 이 부띠르끼 형무소의 정원보다 천국에 가까운 곳을 나는 지금까지 한 번도 본 적이 없었다! 그러나 어느 때건 이 아스팔트 길을 통과하는 데 있어 30초 이상 걸린 적은 없었다.[20]

마침내 우리는 부띠르끼 형무소의 〈정거장〉으로 끌려가서 (죄수들을 받아들이고 떠나보내는 곳이므로 〈정거장〉은 잘

20 좀 작은 대신에 친밀감을 주는 이와 비슷한 정원이 또 하나 있다. 여러 해가 지나서 나는 관광객의 일원으로 뻬뜨로빠블로프스끄에 간 일이 있는데 뜨루베쯔꼬이 형무소에서 그곳을 발견했다. 관광객들은 복도와 감방의 너무나도 음산한 분위기에 기가 질려 버렸지만, 나는 이렇게 좋은 정원에서 산책할 수 있었다면 이곳 죄수들은 그래도 행복했겠다고 생각했다. 우리는 생명이라곤 없는 돌로 포장된 뜰 안에서만 산책할 수 있었으니 말이다.

어울리는 명칭이었다. 게다가 그곳의 현관은 실제 정거장 현관과 흡사했다) 넓고 큰 대기 감방으로 들어갔다. 조그만 창문 한 개가 높다랗게 달려 있어서 방 안은 좀 어두컴컴했으나 공기는 맑고 깨끗했다. 창문은 바로 우리가 지나온 정원 쪽으로 나 있었기 때문에 열린 통기창을 통하여 새들의 울음소리가 요란스럽게 흘러들어 왔고, 눈부시게 푸른 나뭇가지가 우리에게 자유를 약속하듯 창밖에서 흔들거리고 있었다. (이렇게 기분 좋은 대기 감방은 처음이었다 — 이것 역시 우연한 일은 아닐 것이다!)

우리는 모두 OSO(GPU-NKVD의 특별 심의회)에 넘겨진 것 같았다. 그렇다면 우리는 대수롭지 않은 죄목으로 체포되었음이 분명하다.

세 시간 동안 아무도 나타나지 않았고 아무도 감방 문을 열지 않았다. 우리는 초조하게 감방 안을 오락가락하다가 돌 벤치에 주저앉곤 했다. 창밖의 나뭇가지는 여전히 손짓하듯 흔들거리고, 참새 떼는 미친 듯이 지저귀고 있었다.

갑자기 요란한 소리를 내며 감방 문이 열렸다. 그리고 우리들 중의 한 사람인 35세가량의 얌전한 경리계가 불려 나갔다. 그가 나가자 문은 다시 잠겼다. 우리는 더욱 초조하게 감방 안을 오락가락했다. 속이 타서 죽을 지경이었다.

다시 문이 열렸다. 또 한 사람을 불러내고 먼저 불려 갔던 사람이 돌아왔다. 우리는 그에게 달려갔다. 그러나 그는 이미 아까의 그 사람이 아니었다! 그의 얼굴에는 생기가 없었다. 눈은 크게 뜨고 있었으나 아무것도 보이지 않는 듯싶었다. 그는 힘없이 매끄러운 방바닥을 비틀비틀 몇 걸음 움직였다. 어떤 강렬한 충격을 받은 것일까? 다리미판으로 얻어맞기라도 한 것일까?

「어떻게 됐어? 어떻게 된 거야?」 우리는 숨을 죽이며 물었다(만약에 그가 전기의자에서 돌아온 것이 아니라면, 적어도 사형 선고를 받았음에 틀림없었다). 마치 우주의 종말을 고하는 것 같은 목소리로 경리계는 간신히 입을 열었다.

「5년이야! 5년!」

또다시 문이 열렸다. 이번엔 마치 소변이라도 보고 온 것처럼 빨리 돌아왔다. 방 안에 들어서는 사람의 얼굴은 뜻밖에도 환하게 빛나고 있었다. 석방된 것이 틀림없었다.

「그래, 어떻게 됐어?」 우리는 희망을 되찾은 기분으로 그를 에워쌌다. 그는 웃음을 참으며 손을 내저었다.

「15년이야!」

그 대답은 너무나도 어처구니가 없었으므로 우리는 그 말을 믿을 수가 없었다.

제7장

기관실에서

〈소지품 검사〉 감방으로 잘 알려진 부띠르끼 정거장의 이웃 대기 감방(새로 들어오는 죄수들은 여기서 몸수색을 받게 되는데, 대여섯 명의 교도관이 한꺼번에 스무 명까지 죄수를 몰고 들어와 일을 할 수 있을 만큼 넓은 방이다)에는 지금 아무도 없고, 초라한 소지품 검사대도 텅 비어 있었다. 다만 전등 밑 한쪽 옆에 놓인 조그만 테이블에 깔끔하게 생긴 검은 머리의 NKVD 소속 소령이 혼자 앉아 있을 뿐이다. 그의 얼굴은 지루함을 억지로 참고 있는 듯한 그런 표정이었다. 죄수들이 한 사람씩 끌려 들어오고 끌려 나가는 동안 그는 공연히 시간만 낭비하고 있었다. 한데 모아 서명을 시키면 훨씬 빨리 일을 마칠 수 있었으련만, 그는 자기 테이블 앞에 놓인 걸상을 가리키고 나서 나의 이름을 물었다. 테이블 위에는 잉크병을 중심으로 좌우에 타자 용지 반만 한 규격의 흰 종이가 수북이 쌓여 있었다. 그것은 아파트 관리소에서 내주는 연료 카드, 혹은 기관에서 내주는 사무 용품 구매 위임장만 한 크기였다. 오른쪽 서류 더미를 한참 뒤적이다가 소령은 나에 관한 문서를 찾아냈다. 그는 서류를 뽑아내 무관심한 어조로 빨리 읽어 내려갔다(나는 8년 형이 선고되었다는 것을 알았다). 그러고는 곧 문서 뒷면에다 만년필로 나에게 이러한 사항을 통고한 날짜를 기입하기 시작했다.

나의 가슴은 이때 거의 아무런 충격도 받지 않았다 — 선고라기에는 너무나도 평범했기 때문이다. 과연 이것이 나의 일생을 영원히 파멸시키는 선고란 말인가? 나는 흥분하고 싶었고 이 순간의 모든 것을 포착하고 싶었다 — 그러나 나는 그럴 수가 없었다. 한편 소령은 벌써 문서의 뒷면을 내 쪽으로 돌려놓았다. 그리고 내 앞에는 무딜 대로 무딘 싸구려 펜촉이 달린 7꼬뻬이까짜리 학생용 펜대가 놓였다.

「아닙니다. 내가 직접 읽어 봐야겠습니다.」

「아니, 내 말을 믿을 수 없다는 거요?」 소령은 느릿느릿 대꾸했다. 「뭐, 그럼 읽어 보시오.」

그러고는 내키지 않는 듯한 표정으로 문서를 내주었다. 나는 문서를 뒤집은 다음 낱말 하나하나가 아니라 글자 하나하나까지도 확인하면서 일부러 천천히 읽어 내려갔다. 문서는 타이프로 찍은 것이지만, 내 앞에 있는 것은 원본이 아니라 사본이었다.

선고문 (사본)

소비에뜨 연방 내무 인민 위원회 특별 심의회 판결 제×××호

1945년 7월 7일[1]

그다음에는 모든 것이 점선으로 강조되고 점선에 의해 좌우 양쪽으로 구분되고 있었다.

1 이날은 바로 특사일이었다. 이런 날에도 심의를 한 것으로 보아 사건이 얼마나 밀려 있었는지 짐작할 수 있다.

신문 사항	판결
피고인의 죄상에 관하여 (피고인의 성명, 생년월일, 출생지)	○○○(피고인의 성명)는 반소비 에뜨적인 선동을 하고 반소비에뜨 단체의 조직을 시도하였으므로 교정 노동 수용소 8년 형을 선고함

사본 확인자 서기(書記) △△△

과연 나는 여기서 순순히 서명만 하고 말없이 물러나야 할 것인가? 나는 소령을 바라보았다 ― 혹시 뭔가 나한테 해명하려는 것은 아닐까? 하지만 그런 기색은 없었다. 그는 벌써 문 옆에 서 있는 교도관에게 다음 죄수를 들여보내라고 머리를 끄덕였다.

나는 이 중요한 순간에 조금이라도 어떤 의미를 부여해 보려고 비통한 어조로 다음과 같이 소령에게 물었다. 「하지만 이건 너무 가혹합니다! 8년이라니! 무엇 때문에?」

이 말은 나 자신의 귀에도 맥 빠진 소리로 들렸다. 나도 소령도 선고문 속에서 가혹함을 조금도 느끼지 않았기 때문이다.

「자, 여기요.」 소령은 다시 한번 서명할 곳을 가리켰다.

나는 서명을 했다. 달리 어찌할 도리가 없었던 것이다.

「그렇지만 여기 항소하겠다는 뜻을 써넣도록 허가해 주십시오. 이 판결은 부당하니까요.」

「항소는 규정에 따라 제기하시오.」 소령은 내 문서를 왼쪽 서류 더미 위에 올려놓으며 기계적으로 고개를 끄덕였다.

「자, 물러나시오!」 교도관이 나에게 명령했다.

나는 〈물러 나왔다〉.

(나중에 안 일이지만, 나는 너무나도 재치가 없었다. 예를 들어 게오르기 쩬노는 25년의 선고문을 받자 이렇게 외쳤다.

「이건 종신형과 다를 게 없지 않소! 옛날에는 사람에게 종신형을 줄 때면 북을 쳐서 온 고을 사람들을 집합시켰소. 그런데 이건 마치 비누 배급 통지서라도 주듯이 덮어놓고 25년이라니 도대체 이따위 법이 어디 있소!」

아르놀뜨 라쁘뽀르뜨는 펜을 들고 선고문 뒷면에다 이렇게 썼다 ─ 〈나는 이와 같은 폭력적, 불법적 선고를 절대로 받아들일 수 없다. 따라서 본인은 즉각적인 석방을 요구한다.〉 선고문을 읽은 장교는 참을성 있게 기다리고 있다가 이것을 받아 읽자 화가 머리끝까지 치밀어 올라서 서명이 든 선고문을 갈기갈기 찢어 버리고 말았다. 그러나 그 문서는 선고문의 사본이었기 때문에 그가 받은 형기에는 아무런 변동도 없었다.

그와는 반대로 베라 꼬르네예바라는 여죄수는 〈15년〉을 각오하고 있다가 선고문에 〈5년〉이라고 쓰여 있는 것을 보고 너무나 기뻐서 만면에 미소를 지으며 황급히 서명했다. 선고문을 다시 빼앗아 갈까 봐 겁이 났던 것이다. 한편 장교는 의심스러운 어조로 이렇게 물었다. 「내가 읽은 것을 분명히 다 알아듣고 서명을 하는 거요?」 그러자 그녀는 대답했다. 「네, 네, 감사합니다! 교정 노동 수용소 5년이지요!」

헝가리인 야노시 로자시는 복도에서 10년의 형기를 러시아어로 선고받았으나 통역을 해주지 않아서 무슨 영문인지도 모르고 서명을 했다. 그러고는 오랫동안 선고가 내리기만을 기다리다가, 그 후 수용소에 온 다음에야 그때의 일을 어렴풋이 상기하고 바로 그것이 〈선고〉였음을 알아차렸다.)

나는 미소를 머금고 감방으로 돌아왔다. 이상하게도 시간이 감에 따라 나는 점점 마음이 홀가분해지고 명랑해지는 것을 느낄 수 있었다. 누구나가 〈10루블 지폐(10년 형)〉를 받아 가지고 돌아왔다. 발렌찐도 마찬가지였다. 오늘 선고받은 사람 중에서 가장 형이 가벼운 사람은 정신이 나간 그 회계사였다(그는 아직까지도 제정신이 아닌 것 같았다). 그다음에는 8년인 내가 제일 가벼웠다.

창밖의 나뭇가지는 7월의 훈풍을 받아 햇빛에 반짝이며 여전히 즐겁게 너울너울 춤을 추고 있었다. 우리는 모두 신이 나서 떠들어 댔다. 갈수록 자주 여기저기서 유쾌한 웃음소리가 터져 나왔다. 우리는 모든 일이 속 시원히 결말이 났다는 데 대해 웃었고 정신이 나간 회계사를 보며 웃었다. 그리고 아침까지도 가지고 있었던 희망을 상기하며 웃었고, 감방에서 석방되면 그 증거로서 〈네 알의 감자와 두 개의 도넛〉의 차입을 부탁받은 이야기를 하며 웃었다.

「어쨌든, 앞으로 특사가 있을 거야!」 누군가가 자신 있게 말했다. 「이건 단지 정신을 차리라는 뜻에서 혼을 내주는 데 지나지 않아. 스딸린이 어떤 미국 기자에게 말했다니까.」

「그 기자 이름이 뭔데?」

「이름은 모르겠어.」

이때 모두들 소지품을 가지고 집합하라는 명령이 내렸다. 두 줄로 대열을 짓고 또다시 여름의 숨결로 가득한 눈부신 정원을 지나갔다. 도대체 어디로 가는 걸까? 우리는 또다시 〈목욕〉을 하라는 지시를 받았다.

우리는 여기서 일제히 웃음의 함성을 터뜨렸다 — 이런 바보 같은 짓이 또 어디 있을까! 우리는 깔깔거리며 옷을 벗어 갈고리에 건 다음, 오늘 아침과 마찬가지로 그것을 소독실에 내던졌다. 우리는 여전히 웃어 대면서 더러운 비누 조각 하나씩을 받아 쥐고 넓은 욕탕 안으로 들어갔다. 우리는 서로 물을 끼얹으며 뜨겁고 맑은 물을 자기 몸에 퍼붓고 또 퍼부었다. 마치 마지막 시험을 끝내고 목욕탕에 들어온 어린 학생들처럼 모두가 시시덕거리며 장난을 쳤다. 내가 생각하기에는 모든 것을 씻어 내리는 듯한 이 경쾌한 웃음소리는 결코 병적인 웃음소리는 아니었다. 그것은 오히려 인체의 조직을 보호하고 구원해 주는 활기 있는 웃음소리였던 것이다.

몸을 씻으며 발렌찐이 위로하듯 나에게 말했다. 「괜찮아. 우린 아직 젊으니까, 앞으로 얼마든지 더 살 수 있을 거야. 중요한 것은 〈여기서〉 더 후퇴를 해선 안 된다는 점이지. 수용소에 가면 추가형을 받지 않도록 〈말조심하고 그저 묵묵히 성실하게 일하는〉 거야.」

그는 정말로 이렇게 믿고 있었다. 스딸린의 맷돌 사이에 낀 한 알의 순진한 밀알과 다름없는 그는 정말로 그렇게 되기를 바라고 있었던 것이다! 나도 그의 생각과 마찬가지로 무사히 형기를 마치고 그다음에는 지난날의 모든 고난을 깨끗이 머릿속에서 씻어 버릴 수 있게 되기를 바랐다.

그러나 나는 그때 이미 마음속으로 다음과 같은 의문을 느끼기 시작했다 ─ 만약 앞으로 살기 위해 〈삶을 버려야〉 한다면 그때는 어떻게 해야 할 것인가?

◆

OSO, 즉 특별 심의회 혹은 특심은 볼셰비끼 혁명 후에 처음 생겨났다고 말할 수는 없다. 이미 예까쩨리나 2세가 자기 마음에 들지 않는 기자 노비꼬프에게 15년을 선고한 것 역시 특심이었다고 말할 수 있다. 왜냐하면 그를 재판에 회부하지 않고 선고를 내렸기 때문이다. 그리고 그 밖의 황제들도 이와 같은 방법으로 자기의 마음에 들지 않는 사람들을 재판에 회부하지 않고 유형에 처했던 것이다. 그러다가 1860년대에 재판 제도의 근본적인 개혁이 있었다. 그래서 마치 지배자와 국민들 사이에 사회에 대한 법적인 관념 비슷한 것이 형성되어 가는 것처럼 보였다. 그럼에도 불구하고 꼬롤렌꼬는 1870년대와 1880년대에도 재판 대신 행정적 제재만을 받은 여러 가지 경우를 조사한 바 있다. 그리고 그 자신도 1876년 두 대학생과 함께 재판도 예심도 없이 시베리아로 추방되었다(전형적인 특심의 경우라고 말할 수 있다). 그는 그 후 다시 한번 재판도 없이 그의 형제와 함께 글라조프로 추방되는 비운을 겪어야 했다. 꼬롤렌꼬는 황제에게까지 청원을 했다가 추방당한 농민 대표 표도르 보그단을 위시해서, 재판에서는 무죄 판결을 받았으나 황제의 칙령에 의해 추방당한 삐얀꼬프와 그밖의 몇 사람의 예들을 제시해 주고 있다. 베라 자술리치도 망명지에서 보낸 편지 속에, 자기는 재판을 피한 것이 아니라 재판도 아닌 행정적 제재를 피한 것이라고 설명하고 있다.

이와 같이 행정적 선고라는 전통은 점선처럼 이어져 내려왔다. 너무나 허술한 제도였지만, 도약이라는 것을 모르는 잠자는 아시아의 국가로서는 그런대로 쓸모가 있었던 것이다. 그리고 그때에는 어느 한 사람이 책임을 맡고 있지를 않아서, 도대체 〈누가〉 특심의 주체인지 구별할 수도 없었다. 황제일 때도 있고, 주지사일 때도 있고 차관일 때도 있었다. 그리고 또 그들의 이름과 사건을 열거할 수 있었다 해도 그것은 아직 대단한 세력이었다고 말할 수는 없을 것이다.

그것이 본격적으로 세력을 떨치기 시작한 것은 〈끊임없이〉 재판을 뭉개 버리기 위한 목적에서 확고부동한 권력을 지닌 〈뜨로이까〉가 창설되던 1920년대부터이다. 초창기에 그들은 GPU의 〈뜨로이까〉로서 자랑스럽게 고개를 들고 전면에 모습을 드러냈다. 위원들의 이름을 숨기기는커녕 그들은 오히려 큰소리로 그 이름을 공표했을 정도였다! 솔로프끼섬에 있던 죄수치고 저 유명한 모스끄바의 뜨로이까 — 글레쁘 보끼, 불, 그리고 바실리예프를 모르는 사람이 있었을까?! 그야말로 명실상부한 〈뜨로이까〉였다! 그 단어는 마차 굴레에 달린 조그만 방울처럼 약간의 힌트 같기도 하고, 사육제의 떠들썩한 행렬 같기도 했으며, 하나의 미스터리이기도 했다 — 하필이면 왜 〈뜨로이까〉일까? 그것은 무슨 뜻일까? 하긴 재판도 셋으로 이루어져 있다! 그러나 뜨로이까는 재판을 뜻하지는 않는다! 더 큰 수수께끼는 막후에 가려져 있다는 점이다. 우리는 거기에 간 적도 없고 그것을 본 적도 없다. 그저 서명하라고 내민 문서만 보았을 뿐이다. 뜨로이까는 혁명 재판소보다 더 무섭다는 평을 받았다. 그 후 뜨로이까는 점점 더 특수 기관으로 변모되어 가면서 장막에 가려진 채 외딴 방에 들어가 자물쇠를 잠가 버렸다. 그리고 그 이름도 자취를 감추고 말았다. 그래서 뜨로이까 요원들은 술도 마시지 않고 식사도 하지 않고 보통 사람들하고 어울려 다니지도 않는다는 생각에 익숙해져 버렸다. 그리고 그들이 일단 내부 회의만 열 뿐 공개적으로는 자취를 감추게 되자, 우리는 영원히 타자수를 통한 선고만을 받게 된 것이다(게다가 그 선고 문서는 다시 돌려주게 되어 있다. 개인이 그런 서류를 가지고 있을 수는 없기 때문이다).

이 뜨로이까들은(신이 어디에 어떤 형태로 존재하는가를 알 수 없듯이, 뜨로이까의 존재도 전혀 알 수 없으므로, 이제부턴 복수로 적기로 한다) 끊임없이 제기된 요구 즉, 일단 체포된 이상 절대로 석방시키지 말라는 요구에 충실히 부응해 왔다(말하자면 불량품이 나오지 않도록 하는, GPU 부속의 품질 감독부와 같은 존재이다). 그리고 만약에 무죄가 판명되어 도저히 그를 재판할 수 없을 경우에는 뜨로이까를 통해

〈마이너스 32〉, 즉 32개 주청 소재지에는 거주할 수 없게 할 수 있고 아니면 2~3년의 유형에 처할 수도 있다. 그러나 일단 걸려든 이상 그는 〈전과자〉란 낙인이 찍혀 영원히 감시를 받게 마련이다.

(우리는 여기서 또다시 죄의 유무, 즉 죄의 개념을 논의하는 우익 기회주의에 빠져 들고 말았지만, 독자는 우리를 용서해 주리라 믿는다. 아무튼 사건의 본질은 〈개인적인 죄에 있는 것이 아니라, 사회적인 위험성에 있다〉고 그들은 우리에게 설명해 왔기 때문이다. 즉 사회적인 이단자라면 죄가 없어도 형무소에 처넣을 수 있고, 사회적인 열성분자라면 죄인이라도 석방될 수 있다는 논리이다. 그러나 우리가 25년 동안이나 그 통제 밑에서 살아온 바로 그 1926년의 형법까지도 〈용서할 수 없는 부르주아적 경향〉, 〈불충분한 계급 의식〉, 그 밖의 〈죄상에 따른 응분의 처벌이라는 부르주아적 관점〉 따위로 비판받고 있기 때문에 하물며 법률적인 상식이라고는 전혀 없는 우리들에 대해서는 용서해 줄 수도 있을 것이다.)[2]

그러나 유감스럽게도, 우리는 이 〈기관〉의 매혹적인 역사를 기록할 만한 자료를 가지고 있지 못하다 — 뜨로이까는 어떻게 특심으로 변했으며 언제 개명을 했는가? 특심은 주(州)에도 존재했는가? 아니면 모스끄바에만 존재했는가? 우리의 긍지 높은 거물급 정치가 중에서 누가 그곳에서 일했는가, 얼마나 자주, 또 얼마나 오래 심의를 했는가? 차를 마시며 했는가, 아니면 차도 마시지 않고 했는가? 그 차에는 무엇이 따라 나왔는가? 그 심의가 진행되는 동안 그들은 이야기를 했는가, 아니면 하지 않았는가? 우리는 그 모든 것을 쓸 수가 없다 — 거기에 대해서는 하나도 아는 것이 없기 때문이다. 우리는 그

2 논문집, 『형무소에서 교육 시설로』, 1934.

저 특심의 본질이 삼위일체로 구성되어 있다는 것을 들었을 뿐이다. 그리고 지금 그 핵심 위원들의 이름을 일일이 열거할 수는 없지만, 그곳에 상임 대표를 파견하고 있던 세 개의 기관은 분명히 알고 있다. 즉 그 하나는 당 중앙 위원회이고, 또 하나는 내무부이고, 또 하나는 검사국이라는 것을 알고 있다. 먼 훗날, 거기에는 아무런 심의도 없었으며, 존재하지도 않은 조서에서 발췌문을 작성하고 있던 경험이 풍부한 여자 타자수들과 그들을 지휘하는 사무 주임 하나가 있었을 뿐이라는 것을 우리가 알게 된다 해도, 우리는 조금도 신기해하지는 않을 것이다. 어쨌든 여자 타자수들이 있었던 것만은 확실하고 이 점에 대해서만은 우리도 보증할 수 있기 때문이다.

1924년까지 뜨로이까의 권한은 3년 형까지로 제한되어 있었으나, 1924년부터 5년 형까지 유형을 보낼 수 있도록 권한이 확대되고, 1937년부터 특심은 〈10루블 지폐〉를 주기에 이르렀다. 그리고 1948년에 다시 권한을 뜯어고쳐 〈사반세기(25년 형)〉로 늘리는 데 성공했다. 전쟁 시기에는 특심이 총살형까지 집행했다는 것을 알고 있는 사람 — 예를 들어 차브다로프 — 들도 있다. 그렇다고 이상할 것은 아무것도 없는 것이다.

헌법에도, 형법에도, 그 어느 곳에도 언급되고 있지 않은 특심이지만 그것은 가장 편리한 도살 기계와 다를 것이 없다. 법의 도움을 필요로 하지 않는 융통성 있는 탐욕스러운 기계, 바로 그것이 특심이라는 기계이다. 형법은 형법대로, 특심은 또 특심대로, 205개조의 법조문 같은 것은 아랑곳도 없이 경쾌하게 빙글빙글 돌아갔던 것이다.

그래서 수용소에서는 이런 농담들을 한다 — 〈재판은 없어도 특심만은 존재한다〉고.

물론 일의 편의를 위해 특심은 그 어떤 상징적인 부호 같은 것을 필요로 했는데, 그들은 이것을 위해 〈대문자〉로 된 항목들을 창안해 냈다. 무척 조작이 간단해서(형법에 맞추려고 골머리를 앓을 필요도 없이) 어린애의 기억력만 가지면 누구나 다 이해할 수 있게(그중 어떤 것은 이미 앞에서 언급된 바 있다) 대문자 조항을 만들어 낸 것이다.

ASA   — 반소비에뜨 선동

KRD   — 반혁명 활동

KRTD — 반혁명 뜨로쯔끼 활동(이 T라는 글자가 있으면 죄수는 더욱 많은 고통을 당해야 했다)

PSh   — 간첩 혐의(혐의 이상일 경우 군법 회의에 넘겨진다)

SVPSh — 간첩 혐의로 이끄는(!) 연계(連繫)

KRM   — 반혁명적인 사고

VAS   — 반소비에뜨적인 사상 경향

SOE   — 사회적 위험 분자

SVE   — 사회적 유해 분자

PD   — 범죄 활동(아무 죄도 뒤집어씌울 수 없을 경우, 수용소 경험이 있는 사람에게 곧잘 적용되곤 했다)

그리고 끝으로 가장 범위가 넓은 것으로는,

ChS   — 피고인의 가족(전술한 〈대문자〉 조항 중의 하나로 기소된 사람의 가족)

이들 대문자 조항은 다양한 시기와 다양한 집단에 걸쳐 균등하게 적용된 것이 아니라, 법전이나 명령의 조항과 마찬가지로 전염병처럼 돌발적으로 엄습해 왔다는 것을 잊어서는 안 된다.

여기서 또 한 가지 해명해 둘 것이 있다. 특심은 피고인에게 결코 선고를 내리기를 원하지 않는다는 점이다! 실제로 특심은 선고를 내리지 않았다! 특심은 그저 〈행정적〉인 징계 처분만 내리면 그만이다. 따라서 특심은 마음대로 법적인 자유를 누릴 수밖에 없었던 것이다!

그렇지만 비록 선고를 내리는 대신 징계 처분을 원한다 할지라도 특심은 다음과 같은 것을 포함하여 최고 25년까지의 징역을 부과할 수 있었다.

— 관등과 포상의 박탈
— 전 재산의 몰수
— 금고(禁錮)
— 교신권(交信權)의 박탈

그러므로 원시적인 재판 선고보다도 더욱 확실하게 살아 있는 인간을 지구상에서 소멸시킬 수 있는 것이 특심이었다.

그리고 또 한 가지 특심의 중요한 특권은 일단 결정을 내리면 절대로 항소를 제기할 수 없다는 점이다. 그보다 높은 법정도 없거니와 그보다 낮은 법정도 존재하지 않았다. 다른 어떠한 법정도 존재하지 않기 때문에 항소할 대상이 없었던 것이다. 특심은 다만 내무부 장관, 스딸린, 그리고 악마에게 예속되어 있었을 뿐이다.

특심의 또 하나의 커다란 장점은 신속성에 있었다. 타자 기술만이 그 신속성에 제한을 가할 수 있었으니 말이다.

끝으로 특심은 피고인을 자기 눈으로 보고 싶어 하지도 않았을 뿐만 아니라(따라서 형무소 간의 이송 부담이 줄어들었다), 그의 사진마저도 요구하지 않았다. 게다가 형무소가 초만원을 이루었을 때에는 또 하나의 이점이 있었다. 그것은 죄수가 예심을 마친 후에도 형무소의 마룻바닥에 자리를 잡고 앉아서 공연히 빵을 먹을 필요 없이 곧장 수용소로 보내져서, 거기서 성실히 일하게 할 수 있기 때문이다. 그리하여 죄수는 훨씬 나중에야 수용소에서 선고문 사본을 읽을 수 있었던 것이다.

그것보다 좀 나은 경우로는, 목적지 역에 도착하면 죄수들이 열차에서 내리는 즉시 철로에 무릎을 꿇게 하고(이것은 도망을 방지하기 위해서이지만 겉으로는 특심을 위한 기도처럼 보였다) 바로 그 자리에서 선고문을 읽어 줄 때도 있었다. 그리고 또 이런 경우도 있었다. 1938년 뻬레보리에 도착한 일단의 죄수들은 자기 죄목은 물론이고 자기 형기조차 모르고 있었으나, 그들을 맞이한 서기는 벌써 그들이 SVE(사회적 유해분자) 5년이라는 것을 명단을 통해 미리 알고 있었던 것이다(이것은 갑자기 많은 인원이 필요했던 이른바 모스끄바-볼가 운하 건설 시기에 있었던 일이다).

그 밖에도 자기 선고를 모르면서 몇 달씩 수용소에서 일한 사람들도 많았다. 그러고 나서(I. 도브랴끄의 말에 의하면) 죄수들을 장엄하게 정렬시켰는데 바로 그날은 붉은 기가 휘날리는 1938년 5월 1일 메이데이 국경일이었다. 이윽고 그들은 각각 10년에서 20년까지의 형기를 선고받았다. 그리고 나의 수용소 반장 시네브류호프도 역시 같은 해인 1938년에 선고를 받지 못한 수많은 죄수들과 함께 첼랴빈스끄에서 체레뽀

베쯔로 이송되었다. 몇 달이 지날 때까지도 그들은 거기서 일만 했다. 그런데 별안간 살가죽이 얼어 터지는 어느 겨울날 (이때도 역시 휴일이었다. 특심이 휴일이나 국경일만 택하는 이유는 도대체 무엇 때문일까?) 그들을 바깥으로 내몰아 정렬시킨 다음, 중앙에서 내려온 중위가 나와서 특심의 선고문을 공포하기 위해 파견되어 왔다고 자기소개를 했다. 그러나 젊은 중위는 마음이 악한 사람은 아닌 것 같았다. 그는 죄수들의 닳아 빠진 신발과 얼음 속에 파묻힌 태양을 곁눈질하면서 이렇게 말했다.

「그건 그렇고, 너희들이 여기서 떨고 있을 필요는 없을 것 같다! 특심이 너희들에게 10년씩 내렸다는 것만 알면 돼. 한두 사람 8년짜리도 있긴 하지만. 알았나? 그럼 해산!」

◆

특별 심의회, 즉 특심이 이토록 공공연히 자기의 기계화 기능을 자랑하는 이상, 무엇 때문에 재판소가 필요하겠는가? 아무도 뛰어내릴 수 없는, 소리도 나지 않는 현대식 전차를 가지고 있는데 마차가 무슨 소용이 있단 말인가? 재판관들을 먹여 살리기 위해서?

아니, 그 이유는 너무나도 간단하다. 민주주의 국가에 재판 제도가 없다는 것은 아무래도 꼴불견이다. 그래선지 1919년 제8차 당 대회는 다음과 같은 것을 강령 속에 집어넣었다 — 〈모든 근로 인민은 하나같이 모두〉 재판관으로서의 의무를 수행하도록 노력해야 한다. 재판소의 일은 너무나도 섬세해서 〈하나같이 모두〉 의무를 수행하는 데는 성공할 수 없었지만, 그렇다고 재판이라는 것이 전혀 없다는 것도 문제가 아닐 수 없었던 것이다!

그건 그렇고 우리 나라의 정치 재판소, 즉 주(州) 재판 특별 위원회, 군법 회의(왜 평화 시에도 군법 회의가 있는 걸까?), 그리고 여러 최고 재판소들은 역시 〈특심〉을 본받아서 공개 재판도 모르거니와 쌍방의 변론에 귀를 기울이는 일도 없었다.

이들 재판의 첫째가는 중요한 특징은 그 비공개성에 있다. 그들은 자신의 편의를 위해 언제나 〈비밀의 장막〉에 가려져 있게 마련이다.

그래서 우리는 이미 수백만의 사람들이 비공개 법정에서 재판을 받았다는 사실을 조금도 이상하게 여기지 않게 되었다. 뿐만 아니라 죄수의 아들이나 형제, 혹은 그 조카들까지도 다음과 같이 불평을 늘어놓게 되었다. 「아니 뭣 때문에 공개 재판을 원하는 겁니까? 그런 짓을 하면 정보가 〈드러나서〉 적이 알게 된단 말이에요! 안 됩니다…….」

이와 같이 〈적이 알까 봐〉 두려워하면서 우리는 자기 머리를 두 무릎 사이에 파묻어 버려야 했다. 지금 우리 나라에서 책벌레들을 제외하고 다음과 같은 사실을 기억하고 있는 사람은 과연 몇 사람이나 될까 ─ 제정 러시아 시대에 황제를 저격했던 까라꼬조프에게 변호인이 주어졌다는 사실을? 그리고 〈문제아들이 알까 봐〉 전전긍긍하지도 않으면서 젤랴보프를 비롯한 모든 〈인민의지파(人民意志派)〉들을 공개 재판에 회부했다는 사실을? 그리고 또 당시의 모스끄바 경찰국장(요즈음으로 말하면 내무부의 모스끄바 치안 본부장에 해당한다)을 저격했던 베라 자술리치라는 여자는(머리를 스쳤을 뿐 명중하지는 않았지만) 고문실에서 처형되지도 비밀 재판에 회부되지도 않았을뿐더러, 오히려 배심원들(뜨로이까가 아니라)이 입회한 〈공개 재판〉에서 〈무죄〉를 선고받은 다음 의기양양하게 마차를 타고 떠나갔다는 사실을?

나는 이러한 비교를 통해 제정 러시아의 어느 시대에 완벽한 재판이 있었다고 말하려는 것은 아니다. 완벽한 재판은 가장 성숙한 사회의 최후의 결실이라고 말할 수 있겠기 때문이다. 블라지미르 달은 농노제 폐지 전의 러시아에서는 〈재판을 칭찬하는 속담이 하나도 존재하지 않았다〉고 지적하고 있다. 이것은 무엇인가를 우리에게 말해 주는 것이다. 지방 장관을 칭찬하는 속담 역시 하나도 없었을 것이 분명하다. 그러나 1864년의 재판 제도 개혁은 비록 도시에서만 적용되긴 했지만, 그것은 게르첸도 칭찬한 바 있는 영국식의 재판 제도를 지향하는 첫걸음이었던 것이 사실이다.

　나는 여기서 배심원 재판 제도에 대해 반대 의견을 토로한 도스또예프스끼의 『작가 일기』를 상기하지 않을 수 없다. 그는 변호사가 미사여구의 달변으로 배심원을 현혹시킨다고 말한다. (「친애하는 배심원 여러분! 만약 그 여자가 상대방을 궁지에 몰아넣지 않았다면, 그 여자는 어떻게 되었겠습니까……? 배심원 여러분! 당신들 중의 누가 과연 그 어린애를 창밖으로 내던지지 않을 수 있었겠습니까……?」) 그는 배심원들의 순간적인 충동이 시민의 책임을 압도할 수도 있다는 것을 말해 주고 있다. 그러나 도스또예프스끼는 우리의 실상보다 훨씬 정신적으로 앞서 있었고, 염려하지 〈않아도 될 것〉을 염려했던 것이다! 그는 그때 이미 공개 재판이 영원히 성취되었다고 믿고 있었던 것이다! (하긴 그도 그럴 것이 그의 동시대인들 중 그 누가 감히 〈특심〉이라는 것을 상상했겠는가?) 그러나 그는 또 다른 곳에서 이렇게 쓰기도 했다 ― 〈오판해서 형벌을 주기보다는 오판해서 자비를 베푸는 편이 더 낫다〉고. 아, 그렇다. 그야말로 옳은 말이다!

　달변의 남용은 재판 과정에서만 병폐가 되는 것이 아니라,

이미 널리 확립된 민주주의(확립은 되었지만 그 도덕적 목적은 아직 해명되지 않고 있는)에 있어서도 병폐가 되고 있다. 바로 영국의 경우가 그 본보기이다. 영국에서는 야당의 지도자가 자기 당의 입장을 유리하게 하려고 실제로 처해 있는 상태보다도 더 나쁘게 정부를 헐뜯고 있으니 말이다.

달변의 남용은 물론 좋지 않다. 그렇다면 비공개성의 남용에 대해서는 어떤 낱말이 적용되어야 하는 걸까? 도스또예프스끼는 피고인에게 필요한 모든 변호를 〈검사〉가 맡아 대변하는 그런 이상적인 재판을 꿈꾼 적이 있었다. 대체 우리는 몇 세기를 기다려야 그런 재판을 기대할 수 있을까? 지금도 우리 나라에서는 피고인에게 죄를 뒤집어씌우는 〈변호사〉들만 계속 늘어 가고 있으니 말이다. (성실한 소련인의 한 사람으로서 그리고 진정한 애국자의 한 사람으로서 이 모든 악행을 해명함에 있어서, 나는 참을 수 없는 혐오를 느끼지 않을 수 없다.)

그건 그렇고, 비공개 재판처럼 좋은 것도 없을 것이다. 법복도 필요 없고 소매도 마음대로 걷어붙일 수 있다. 또 일은 얼마나 수월한가! 마이크도 필요 없고 기자도 필요 없고 방청객도 필요 없으니 말이다(아니 방청객은 분명히 존재하지만, 그것은 신문관들뿐이다. 예를 들어 그들은 자기의 〈제자들〉이 어떤 태도를 취하고 있는지를 보려고 낮에 레닌그라뜨주 재판소로 찾아오지만 밤이 되면 자백받아야 할 사람들을 만나기 위해 형무소로 돌아가곤 했다.)[3]

우리 정치 재판의 두 번째 중요한 특징은 작업의 명확성에 있다. 다시 말해서 이것은 심의도 하기 전에 판결이 이미 결정되어 있다는 것을 말한다.[4] 즉 그들은 자기 상관이 피고인에

3 C.의 집단.

게서 무엇을 필요로 하는지를 언제나 알고 있다(이때 전화가 큰 역할을 한다). 어떨 때는 특심을 본받아 미리 판결문을 모두 타자기로 친 다음 나중에 이름만 적어 넣기도 한다. 그래서 스뜨라호비치라는 사람은 재판 심의 도중 이렇게 소리쳤다. 「저는 이그나또프스끼에게 포섭될 수 없었습니다. 그때 제 나이는 열 살밖에 안 되었으니까요!」 그러나 재판장(1942년의 레닌그라뜨 군관구 군법 회의)은 다음과 같이 호통쳤을 뿐이다. 「우리 소비에뜨의 첩보 기관을 중상할 생각인가!」 이그나또프스끼 집단에 속해 있던 사람들에게 모두 일률적으로 총살형을 선고하기로 한 것은 이미 오래전부터 결정되어 있었다. 그런데 그 집단에 리뽀프라는 엉뚱한 사람이 끼어들었다. 그 집단 속의 〈어느 누구도 그를 알아보는 사람이 없었고〉, 그 역시 그들을 〈알 리가 없었다〉. 그래서 결국 리뽀프는 10년 형을 받았다.

선고가 미리 결정되어 나온다는 것은 재판관의 생활에서 그만큼 고통스러운 부담을 덜어 주는 셈이다. 이것은 정신적인 부담을 덜어 줄 뿐만 아니라(골머리를 앓을 필요가 없기 때문에), 도덕적인 부담까지도 덜어 준다 — 왜냐하면 판결을 잘못해서 자기 자식들을 고아로 만들지나 않을까 하는 근심에

---

4 전술한 논문집 『형무소에서 교육 시설로』는 다음과 같은 자료를 우리에게 제공해 주고 있다. 판결의 예결은 이미 오래전부터의 일이어서, 1924년부터 1929년까지의 판결은 행정 및 경제적인 사정만을 고려해서 조정되었다. 1924년부터는 〈국내의 실업자〉들 때문에 강제 노동 선고를 경감시키고 징역형을 증가시켰다(물론 이것은 형사범에 대한 이야기다). 그러자 모든 형무소가 단기 복역수로 넘쳐흐르게 되고, 그들을 집단 작업장에서도 제대로 이용할 수 없게 되었다. 1929년 초 소비에뜨 연방 법무 인민 위원회는 명령 제5호로 단기 선고를 〈철회〉하고, 1929년 11월 6일(사회주의 건설로 돌입하는 10월 혁명 12주년 기념 전야)에 중앙 집행 위원회의 인민 위원회는 1년 이하의 징역 선고를 〈금지〉하는 결의문을 통과시켰던 것이다!

서 벗어날 수 있기 때문이다. 판결이 미리 결정되어 있었다는 것은 울리흐(대규모의 총살형은 그의 입을 통해 선고되었다!)와 같은 냉혈 재판관의 기분까지도 좋게 해주었다. 1945년 군법 회의는 에스토니아의 〈분리주의자〉들을 심의했다. 키가 작고 뚱뚱한 울리흐가 의장직을 맡았다. 그는 기회가 있을 때마다 동료들뿐만 아니라 미결수들과도 곧잘 농담을 했다. (이것도 인간미라는 것일까!) 그는 수시가 변호사라는 것을 알고 빙그레 웃으며 말했다. 「당신의 직업이 당신 자신에게 필요해졌군그래?」 그러나 실제로 무슨 말을 할 수 있겠는가? 화를 낸들 무슨 소용이 있느냐는 말이다. 재판은 질서 정연하게 진행되어 갔다. 그들은 재판관의 책상에 앉은 채 담배를 피우고, 마음이 내키는 대로 재판을 중지하고 점심을 먹으려고 나간다. 저녁때가 다가오면 그들은 〈심의〉를 하러 가야 한다고 말하지만, 하필이면 왜 밤에 심의를 해야 하는 걸까? 죄수들을 책상 뒤에 앉혀 둔 채, 그들은 뿔뿔이 자기 집으로 흩어져 간다. 그들은 아침 9시가 되면 면도를 한 싱싱한 얼굴로 나타나서 명령을 한다. 「기립! 재판 개시!」 그러고는 하나같이 모두에게 〈10년 형〉을 선고하는 것이다.

그리고 만약 특심에는 위선이란 것이 없지만, 위와 같은 재판에서는 심의하고 있는 듯이 보이려는 위선이 있는 것 아니냐는 식의 비난을 하는 자가 있다면, 우리는 단호히 거기에 반발할 것이다! 단호히!

끝으로 세 번째 특징은 — 〈변증법〉이다(예전에는 난폭하게도 〈끝채는 마음대로 돌려질 수 있다〉고 말해 왔다). 형사 법전은 재판이란 길 위에 돌처럼 굳어 버려서는 안 된다. 형사 법전의 제 조항들도 어느새 세월이 흘러 10년, 15년, 20년씩 나이를 먹게 되었다. 파우스트는 다음과 같이 말했다.

온 세상이 변하며 자꾸 앞으로 내닫고 있건만,

그런데도 나만은 그 말에 얽매여 벗어날 수 없으니……

모든 조문은 수많은 해석과 교시와 훈련으로 감싸여 왔다. 만약 형사 법전에 의해서도 피고인의 행위를 결정지을 수 없을 때에는 다음과 같은 것을 적용시켜 유죄를 선고할 수 있다.

— 〈유사성〉에 의해서 (그야말로 엄청난 가능성이다!)

— 〈출신 성분〉에 의해서[5] (제7조 35항, 사회적으로 위험한 계층에 속해 있는 자)

— 〈위험인물과의 관련〉 여부[6] (이것은 범위가 하도 넓어서, 재판관만이 누가 〈위험인물〉이며 또 어디에 〈관련〉이 있는가를 알 수 있다)

공포된 법률의 정확성에 트집을 잡을 필요는 조금도 없다. 1950년 1월 13일 사형 선고가 부활한다는 법령이 발표되었다 (그러나 베리야의 지하실에 가보면 사형이 엄연히 존재하고 있었다는 것을 누구나 쉽사리 알 수 있었을 것이다). 그 법령에 의하면 〈파괴 분자〉와 〈후방 파괴자〉를 사형에 처할 수 있다고 되어 있다. 자, 이것은 무엇을 뜻하는 걸까? 그러나 그에 대한 설명은 전혀 나와 있지 않다. 원래부터 스딸린은 딱 잘라 말하지 않고 암시만 하기를 좋아한다. 이것은 다이너마이트

5 최근 남아프리카 공화국에서는 공포 정치가 악화되어 위험 분자라고 지목되는 흑인이면 신문도 재판도 없이 〈3개월〉 동안 체포할 수 있다고 한다. 그러나 우리는 여기서 쉽사리 그 문제점을 발견할 수 있다 — 왜 3년에서 10년까지로 하지 않았을까?

6 우리도 이것을 모르고 있었다. 1957년 7월, 『이즈베스찌야』에 의해서 우리도 이것을 알게 된 것이다.

로 철도를 파괴하려는 자에 관해서 말하고 있는 것일까? 그러나 그것도 언급되어 있지 않다. 우리는 오래전부터 〈후방 파괴자〉라는 말을 잘 알고 있다. 즉 불량 제품을 내놓은 자도 후방 파괴자인 것이다. 그러면 파괴 분자라는 건 또 뭔가? 예를 들어 전차 속에서 조국의 권위를 〈파괴〉하는 이야기를 했다는 것일까? 혹은 러시아 여인이 외국인하고 결혼을 했다면 ― 그녀 역시 조국의 위신을 〈파괴〉했다고 해서 파괴 분자가 되는 걸까?

그러나 이것을 결정하는 것은 재판관이 아니다. 재판관은 그저 월급만 챙길 뿐, 재판은 훈령이 하는 것이다! 1937년의 훈령은 ― 10년, 20년, 총살형이었다. 1943년의 훈령은 ― 20년의 강제 노동과 교수형이었다. 그리고 1945년의 훈령은 ― 누구에게나 다 같이 10년 형에다 5년간의 권리 박탈이 부과되었다(세 번의 5개년 계획을 할 수 있는 노동력이다).[7] 그리고 또 1949년의 훈령은 모두 하나같이 25년 형이었다.[8]

모든 것이 기계적이다. 일단 기관의 문지방에서 단추를 뜯기고 나면, 〈형〉은 피할 길이 없다. 법에 종사하는 사람들도 완전히 이런 상황에 익숙해져서 결국엔 다음과 같은 추태를 연출하기에 이르렀다. 즉 1958년 각 신문에는 새로운 〈소비에뜨 연방 형사 소송법 기초안〉이 발표되었는데, 그 속에 들어 있어야 할 무죄 선고에 대한 조항이 〈빠져 있었던〉 것이다! 정부 기관지는 이때 부드러운 어조로 다음과 같이 힐책했다. 〈우리

---

7 사실 비정치적이었던 바바예프는 그들에게 다음과 같이 소리쳤다. 「차라리 3백 년을 선고하든가 나를 목매달아 죽이시오! 당신들의 자비로운 판결을 나는 죽을 때까지 결코 받아들이지 않겠소!」

8 진짜 간첩(슐츠, 베를린, 1948년)은 10년 형을 받았으나, 한 번도 간첩 활동을 한 적이 없는 귄터 바슈카우는 25년 형을 선고받았다. 그것은 그가 1949년의 파동에 걸려들었기 때문이다.

의 재판이 유죄 선고만을 행하는 것 같은《인상을 불러일으킬《수 있다》.》[9]

그러나 법관의 입장에서는 또 이렇게 반문할 수도 있을 것이다 — 모든 〈선거〉도 〈단일〉 입후보로 실시되는데, 재판이라고 〈두 개〉의 결말을 가질 필요가 어디 있는가? 그렇다, 무죄 선고는 경제적인 면에서도 무의미한 것이다! 만약 그렇지 않다면 정보원들도, 기관원들도, 신문도, 검사국도, 형무소 내의 경비대도, 호송병도 — 그 모두가 다 헛되이 일해 온 것이 되지 않느냐 말이다!

◆

바로 여기에, 흔히 볼 수 있는 전형적인 군사 재판의 한 사례가 있다. 1941년, 몽골 지방에 주둔하고 있던 우리 후방 부대에 보안 공작부 파견대가 배속되어 있었는데, 그들은 적극성과 경계심을 불러일으키는 의무를 지니고 있었다. 그런데 마침, 여자관계 때문에 빠벨 출뻬뇨프 중위를 시기하고 있던 군의관 로조프스끼는 한 가지 계략을 생각해 냈다. 우선 로조프스끼는 출뻬뇨프와 둘만 있을 때 다음과 같은 세 가지 질문을 던졌다. 첫 번째 질문 —「자넨 우리가 왜 독일군 앞에서 후퇴했다고 생각하나?」출뻬뇨프의 대답 —「독일군은 우리보다 장비가 더 우세하고, 게다가 병력 동원도 빨랐기 때문이겠지.」로조프스끼의 대답 —「천만에, 그건 〈작전〉에 지나지 않아. 우린 독일군을 〈유인〉하고 있는 거야.」두 번째 질문 —「자넨 연합군이 우리를 도와주리라고 믿고 있나?」출뻬뇨프의 대답 —「도와주리라고 난 믿고 있어. 그러나 거기엔 어떤 꿍꿍이속이 있겠지.」로조프스끼의 대답 —「난 속임수라고

9 『이즈베스찌야』, 1958년 9월 10일.

생각해. 하나도 도와주지 않을 거야.」 세 번째 질문 ─「왜 서북 전선에 보로실로프 지휘관을 파견했을까?」

출뻬뇨프는 대답을 한 다음 곧 잊어 버렸으나, 로조프스끼는 이 내용을 적어 넣어 밀고를 해버렸다. 출뻬뇨프는 사단의 정치부로 호출당했고 공산 청년 동맹으로부터 제명되었다 ─ 이유는 패배주의 경향을 가지고 있고, 독일군의 장비를 찬양했으며 우리 소련군 지휘부의 전술을 과소평가했다는 것이었다. 이때 누구보다도 가장 신랄하게 비난을 퍼부은 것은 공산 청년 동맹 책임자 깔랴긴이었다(그는 할힌골의 전투에서 출뻬뇨프 앞에서 겁쟁이처럼 행동한 적이 있었는데, 이제 그는 증인을 영원히 없애 버릴 수 있는 편리한 기회를 포착한 것이다).

출뻬뇨프는 곧 체포되었다. 로조프스끼하고는 단 한 번의 대질 신문이 있었다. 신문관은 그들의 대화 내용에 대해서는 언급도 하지 않고 그저 다음과 같이 물었을 뿐이다. 「이 사람을 알고 있소?」 「네.」 「증인은 돌아가도 좋소.」(신문관은 고소가 성립되지 않을까 봐 두려웠던 것이다.)[10]

한 달 동안 구덩이 속에서 고역을 치른 후, 출뻬뇨프는 제36기계화 사단 군법 회의에 회부되었다. 거기에는 사단 정치 위원 레베제프, 정치부장 슬레사레프가 참석했다. 증인인 로조프스끼는 재판에 소환되지도 않았다(그러나 허위 증언의 수속을 갖추기 위해서 그들은 재판이 끝난 후 로조프스끼와 세료긴 위원한테서 서명을 받게 되어 있었다). 재판소의 질문은 이러했다. 「당신은 로조프스끼하고 이야기를 한 적이 있소? 그 사람이 당신에게 뭐라고 물었소? 당신은 뭐라고 대답

---

10 로조프스끼는 지금 의학 석사로 모스끄바에 살고 있다. 그의 삶은 이렇게 모든 것이 순조롭게 진행되었으나 출뻬뇨프는 지금 트롤리버스의 운전사로 근무 중이다.

했소?」출뻬뇨프는 지금까지도 자기 죄를 알지 못하겠다고 솔직히 대답했다. 「그런 말은 누구나 다 하고 있는 겁니다!」출뻬뇨프는 순진하게 소리쳤다. 「아니, 누가 그런 말을 한다는 거요? 이름을 대시오.」그러나 출뻬뇨프는 그런 말에 대답할 만한 족속들하고는 달랐다. 이윽고 그들은 마지막으로 할 말이 없느냐고 물었다. 「제 애국심을 한 번 더 시험해 주시기 바랍니다. 얼마든지 목숨을 내걸 테니 제게 임무를 주십시오!」순진한 용사의 말은 계속된다. 「제 자신에게, 그리고 저를 중상한 그에게, 우리 모두에게 제 애국심을 증명할 수 있도록!」

오, 천만에! 바로 그러한 기사도적인 습성을 없애 버리는 것이 우리의 임무가 아니냐 말이다. 로조프스끼는 위험인물을 밀고할 의무가 있었고, 세료긴은 전투원들에게 그러라고 교육시킬 책임이 있었던 것이다.[11] 네가 죽느냐, 죽지 않느냐는 중요하지 않다. 중요한 것은 〈우리〉가 경비를 맡고 있었다는 사실이다. 재판관들은 법정에서 나가 담배를 피우고 돌아와서 10년 형과 3년의 권리 박탈 판결을 내렸다.

전쟁 기간에 이러한 사건은 각 사단마다 10건 이상이었을 것이다(만약 그렇지 않았다면 군사 재판을 위한 유지비가 매우 비싸게 먹혔을 것이다). 그런데 그 사단들이 또 얼마나 많았던가 — 어디 한번 독자 여러분께서 계산해 보기 바란다.

군법 회의의 재판은 어느 것을 막론하고 모두 대동소이하다. 개성이라곤 찾아볼 수 없는 몰인정한 재판관들은 흡사 고무도장과 다를 것이 없다. 그리고 컨베이어에 실려 나오는 천편일률적인 선고.

11 빅또르 안드레예비치 세료긴은 현재 모스끄바에 있고, 모스끄바시 소비에뜨 부속 생활 서비스 꼼비나뜨에서 일하면서 잘 살고 있다.

모두 엄숙한 표정을 짓고 있지만, 그것이 꼭두각시놀음이라는 것은 그들 자신도 잘 알고 있다. 그리고 이 사실을 누구보다도 잘 이해하고 있는 것이 다름 아닌 호송 부대의 일반 병사들이다. 1945년 노보시비르스끄 이송 감방에서 호송병이 문서를 보고 호명을 하며 죄수들을 인계받고 있었다. 「×××! 제58조 1항, 25년.」 그러자 옆에 있던 호송대장이 호기심을 보이며 물었다. 「무슨 죈가?」 「아무 죄도 없습니다.」 「거짓말 마. 〈아무 죄도 없으면 10년 형〉이란 말이야!」

군법 회의를 서두를 때는 〈심의〉를 마치는 데 단 1분이면 족하다 — 들어오고 나가는 데 소요되는 시간이다. 그러나 열여섯 시간씩 끌 때도 있다 — 그럴 때면 하얀 상보가 깔린 식탁 위에 과일 접시가 놓인 것을 볼 수 있다. 그다지 시간이 촉박하지 않을 때면, 그들은 〈심리적〉인 효과를 노려서 선고를 내리기를 좋아한다. 우선 총살형을 선고한 다음 잠시 사이를 두고 뚫어질 듯이 죄수를 바라본다. 〈이 순간을 어떻게 극복하고 있을까? 지금 피고인은 무엇을 느끼고 있을까?〉 그 표정을 보는 것이 재미있기 때문이다. 그러고 나서 〈그러나 여기서 개전의 정을 참작해서······〉라고 말하면서 당초의 판결을 경감시키는 것이다.

군법 회의 대기실의 벽이란 벽은 못으로 긁고 연필로 쓴 낙서로 범벅을 이루고 있다 — 〈사형 선고를 받았다〉, 〈25년 형을 받았다〉, 〈10년 형을 받았다〉. 그들은 이 낙서를 지우지 않는다 — 교훈을 주기 위해서다. 두려워해라, 기를 죽여라, 너희들의 행동으로는 아무것도 변화시킬 수 없다는 것을 명심해라. 몇몇 신문관들만이 있는 텅 빈 홀에서 비록 데모스테네스와도 같은 웅변으로 자기의 무죄를 증명한다 해도(1936년, 최고 재판소에서의 올가 슬리오즈베르끄 여사처럼), 이것은 너희에게 아무 도움도 주지 못할 것이다. 그저 너희들이 할 수 있는 것은 〈10년〉에서 〈총살〉로 형을 올리는 것뿐이다. 만약 당신이 다음과 같이 외쳤다고 하자. 「너희들이야말로 파시스트다! 몇 년씩이나 너희들과 같은 당에 있었다고 생각하니 치가 떨린다!」(1937년, 홀리끄가 의장직을 맡았던 마이꼬쁘 시(市)의 아조프 및 흑해 지방 특별 조사 위원회에서 니꼴라이 세묘노비치 다스깔이 한 말이다.) 그때 당신에게는 새로운 죄가 첨가되고, 당신은 영원히 파멸되고 말 것이다.

차브다로프는 신문관 앞에서 행한 거짓 증언을 재판 석상에서 갑자기 거부했을 때의 이야기를 다음과 같이 말하고 있다. 그럴 때면 어떻게 되는가? 그저 몇 초 동안 재판이 정체될 뿐이다. 검사는 아무 이유도 설명하지 않고 휴식을 요구한다. 그러자 곧 신문관실에서 신문관들과 우락부락한 그의 조수들이 달려 나온다. 그렇지 않아도 독방에서 녹초가 된 그를 또다시 마음껏 두들겨 팬다 — 다시 또 이런 짓을 하면 그땐 정말 끝장이라고 위협을 하면서. 이윽고 휴식은 끝난다. 재판관은 처음부터 다시 질문을 시작한다 — 그러자 이번에는 모두 자백을 했다.

섬유 과학 연구소의 지배인 알렉산드르 그리고리예비치 까레뜨니꼬프는 놀랄 만한 재치를 발휘했다. 최고 재판소 군법 회의의 조사 위원회가 열리기 직전 그는 경비병을 통해 〈추가〉 증언을 하고 싶다고 말했다. 검사는 그 말에 흥미를 느끼고 그의 제안을 받아들였다. 까레뜨니꼬프는 신문관의 걸상에 걸터앉아 곪은 쇄골을 드러내 보이면서 〈모든 증언은 고문하에서 이루어졌다〉고 선언했다. 검사는 〈추가〉 증언에 흥미를 느낀 자기 자신을 저주했으나 이미 때는 늦었다. 모든 법관들은 자기 자신이 공동으로 움직이는 기계 조직의 일부분이라고 느낄 때에 한해서 겁을 집어먹지 않게 마련이다. 그러나 일단 한 명의 개인에게 책임이 집중되면 그는 파랗게 질리면서 자기 자신이 아무것도 아니라는 것을 이해하게 된다. 까레뜨니꼬프는 바로 이런 점을 노리고 검사를 붙잡은 것이었다. 그렇게 된 이상 검사도 사건을 얼버무릴 수는 없게 되었다. 조사 위원회가 열렸다. 까레뜨니꼬프는 거기서도 같은 말을 되풀이했다. 그리하여 재판관들은 정말로 협의를 하기 위해 그 자리를 떠났다. 그러나 그 결과는 무죄 판결밖에 내릴 수가 없었다. 즉 지금 당장 까레뜨니꼬프를 석방할 수밖에 없었던 것이다. 그래서 결국 그들은 〈아무 판결도 내릴 수가 없었던 것〉이다!

어쨌든 그는 다시 감방으로 돌아와 치료를 받고 미결수 상태로 3개월을 보냈다. 새 신문관이 찾아와서 무척 공손한 태도로 새 조서를 꾸미면서 첫 번째 신문관의 질문을 다시 되풀이했다. (만약 조사 위원회가 일을 꼬이게 하지 않았다면, 이 3개월만이라도 까레뜨니꼬프는 자유롭게 산책을 할 수도 있었을 것이다!) 까레뜨니꼬프는 석방을 예감하면서 몸가짐을 단단히 하고 조금도 자기 죄를 시인하지 않았다. 그래서 어떻게 되었을까? 결국 그는 특별 심의에 의해서 8년 형을 선고받았다.

이것은 체포된 사람이 가진 가능성과 특별 심의가 가진 가능성을 여실히 입증해 주는 좋은 본보기라고 할 수 있을 것이다. 시인 제르자빈은 다음과 같이 노래하고 있다.

> 부당한 재판은 강도보다 흉악하고
> 법이 잠자는 곳에서 법관은 원수가 되나니,
> 너희들 앞에 뻗어 있는
> 무력한 시민의 목이여.

그러나 최고 재판소 군법 회의에서 이런 유의 사건이 있었다는 것은 정말로 희귀한 일이다. 사실 그들이 어느 특정한 하나의 죄수를 바라보기 위해 자기의 흐린 눈을 비빈다는 것은 거의 있을 수 없는 일이기 때문이다. 1937년, 전기 기술자 A. D. R.은 두 호송병에게 양팔을 붙잡힌 채 거의 뛰다시피 층계를 따라 4층으로 끌려 올라갔다(엘리베이터는 가동되고 있는 것 같았으나, 체포된 사람들이 너무나 많이 쏟아져 들어오기 때문에 직원들은 이용할 수 없었던 모양이다). 그들은 이미 선고를 받고 나오는 죄수들과 서로 엇갈리면서 조사 위원 회실로 뛰어 들어갔다. 얼마나 군법 회의를 서두르고 있었는지, 세 명의 재판관들은 앉지도 못하고 서 있었을 정도였다. 간신히 숨을 몰아쉬며(오랜 신문 끝에 몸이 극도로 쇠약했기 때문이다), A. D. R.은 자기의 성과 부칭, 이름을 댔다. 뭔가 중얼거리고 서로 바라보더니 울리흐가 — 여전히 그 장본인이! — 선언했다. 「20년!」 그러자마자 그는 다시 쏜살같이 끌려 내려왔고, 역시 같은 방법으로 다른 죄수가 끌려 들어갔다.

참으로 꿈같은 일이었다. 1963년 2월, 내가 당(黨) 책임자의 정중한 영접을 받으며 그 낯익은 층계를 다시 밟게 될 줄이야. 소비에뜨 연방 최고 재판소 전원회의가 열린다는 둥근 주랑(柱廊)이 서 있는 넓은 〈홀〉, 그 안에는 거대한 U자형 테이블이 놓여 있었고 다시 그 안쪽에 둥근 책상과 일곱 개의 고색창연한 의자가 놓여 있었다. 바로 그 안에서 70명의 군 법무관들이 나의 증언을 들었던 것이다. 그 옛날 까레뜨니꼬프를 비롯하여 A. D. R., 그 밖의 수많은 사람을 신문하고 재판했던 바로 그 군 법무관들 말이다. 나는 그들에게 말했다. 「오늘은 정말 뜻깊은 날입니다! 저는 처음에 수용소의 징역형을 선고받고 다시 그다음에 종신 유형을 선고받았지만, 지금까지 단 한 사람의 법관도 만나 보질 못했습니다. 그런데 지금 모두가 다 모인 이 자리에서 여러분을 만나 보게 되었으니!」(그러나 그들 역시 자기 자신의 눈으로 살아 돌아온 제끄의 모습을 보는 것은 생전 처음 있는 일이었다.)

그러나 그들은 과거의 그 법관들이 아니라는 것이 밝혀졌다. 그렇다, 그들은 자기들이 옛날의 그 사람들이 아니라고 말했다. 그들은 옛날의 〈그 사람들〉은 이미 없다고 나에게 다짐했다. 어떤 사람은 명예롭게 연금을 받고 퇴역하고, 또 어떤 사람은 제거되었다. (사형 집행인들 중에서도 가장 악질로 유명했던 울리흐는, 믿거나 말거나지만, 관용적이라는 이유로 1950년 스딸린 시대에 벌써 제거되었음이 밝혀졌다!) 그들 중 몇 사람(모두 합해 몇 사람에 불과하지만)은 흐루쇼프 시대에 재판을 받았다. 〈그들〉은 그때 피고인석에서 다음과 같이 위협했다고 한다. 〈오늘은 네가 우리를 재판하지만, 내일은 우리가 너를 재판할 테니 두고 보아라!〉 그러나 흐루쇼프가 시작한 모든 일이 다 그러했듯이, 이 움직임도 최초에는 매우 정력적이었으나 곧 그 자신에 의해서 잊히고 방기되었으며, 역전의 변화를 가져오는 데까지는 이르지 못했다. 이것은 곧 모든 것이 예전의 상태로 남게 되었음을 뜻하는 것이다.

사법부의 노병(老兵)들은 지금 앞을 다투어 지난날을 회상하고 있었다. 그들의 회상이 지금 이 장(章)의 재료가 되리라고는 그들 자신도 몰랐을 것이다(만약 그들이 자기들의 회상기를 출판할 수 있었다면? 그러나 세월은 흘러 그로부터 다시 5년이 지났지만, 전망은 전보다 더 밝아지지는 않았다). 그들은 일부 재판관들이 정상 참작에 관한 형법 제51조의 적용을 회피하는 데 〈성공〉했으며, 그로 인해 10년 대신 25년 형을 선고하는 데 〈성공〉했다고 〈자랑스럽게〉 재판소의 연단에서 떠들어 대던 것을 상기했다. 그리고 〈사법 기관이 얼마나 비굴하게 기관에 예속되어 있었던가〉를 상기했다! 어떤 재판관은 다음과 같은 사건을 담당하게 되었다. 즉 미국에서 돌아온 한 시민이 미국에는 훌륭한 고속 도로가 있다고 주장함으로써 소련을 중상했다는 것이었다. 그저 그것뿐이었다. 정말이지 사건은 그것뿐이었다! 법관들은 〈값진 반소(反蘇) 재료〉를 얻어 내려는 〈목적〉에서, 즉 죄수를 때리고 고문하기 위해서 일부러 그 사건에 대해 추가 신문을 요청했다. 그러나 이 재판관의 고상한 목적은 고려되지 않고, 다음과 같은 분노에 찬 회신을 받았을 뿐이다. 〈아니, 당신이 우리 기관을 불신하는 거요?〉 그러고 나서 그 재판관은 군법 회의의 서기에 의해 사할린으로 유배되고 말았다! 흐루쇼프 시대에는 그래도 많이 개선되어 〈죄를 저지른〉 법관들만 유배시켰다. 도대체 어디로 보내졌을까? 그들은 〈변호사〉로 일하라는 명령을 받았다.[12] 이와 마찬가지로 검사국도 기관의 조종을 받는 꼭두각시에 지나지 않았다. 1942년 북해 방첩대에서 류민이 권력을 남용한다는 소문이 파다했을 때도, 검사국은 감히 간섭할 생각은 하지도 못하고, 그저 아바꾸모프에게 류민의 부하들이 좀 지나친 장난을 하고 있다고 〈공손히〉 보고했을 뿐이다. 아바꾸모프는 〈기관〉을 이 나라의 중추적인 핵심이라고 굳게 믿을 만했다! (바로 그때 아바꾸모프는 류민을 불러 그를 승진시켰지만, 그것이 자기 자신의 파멸을 가져오리라고는 생각도 못 했던 것이다.)

그러나 유감스럽게도 2월의 그때에는 시간이 없었다. 시간

---

12 『이즈베스찌야』, 1964년 6월 9일. 여기서는 재판에 있어서의 변호를 어떻게 보고 있는가가 관심을 끈다! 1918년, 레닌은 지나치게 가벼운 선고를 내린 법관들을 당에서 제명하라고 요구했다.

이 있었다면 그들은 열 배나 더 나에게 말해 주었을 것이다. 그러나 이것 역시 생각할 거리를 제공해 주었다. 만약 재판소도 검사국도 국가 보안부 장관의 졸개에 지나지 않았다면, 개개의 장(章)을 사용하여 그들을 묘사할 필요가 어디 있겠는가?

그들은 서로 앞을 다투어 이 모든 사실을 나에게 이야기해 주었다. 나는 내 주위를 돌아보고 놀라움을 금치 못했다. 그렇다. 그들은 인간이었다! 그야말로 진짜 〈인간〉이었다! 지금 그들은 미소까지 짓고 있었다! 그들은 단지 선(善)만을 희구해 왔다고 진심으로 설명하고 있었다! 그러나 만약 사태가 반전되어, 그들이 나를 다시 재판하게 된다면? — 바로 이 넓은 홀에서(지금 나에게 보여 주고 있는 이 넓은 홀에서). 그렇다, 그들은 다시 나를 재판하게 될지도 모른다.

도대체 어느 쪽이 먼저일까 — 닭일까, 아니면 달걀일까? 사람일까, 아니면 체제일까?

수세기 전부터 우리 나라에는 다음과 같은 속담이 전해 내려오고 있다 —〈법을 두려워 말고, 재판관을 두려워하라.〉

그러나 나에게는 〈법〉은 이미 사람들을 밟고 넘어 앞지르고, 사람들을 잔혹함 속에 내버려 두는 것처럼 생각된다. 그리고 이제는 이 속담을 뒤집어엎을 때가 온 것이다 —〈재판관을 두려워 말고, 법을 두려워하라〉고.

물론 아바꾸모프식의 법을 말하는 거다.

지금 그들은 나의 처녀작 『이반 제니소비치의 하루』에 대해 이야기하기 위해 연단으로 나가고 있다. 그리고 그들은 이 책이 그들의 양심의 고통을 완화시켜 주었다(정말 이렇게 말했다……)고 기쁜 표정으로 말하고 있다. 그들은 또 내가 매우 부드럽게 수용소 광경을 묘사했으며, 그들 각자가 아는 수용소는 내가 묘사한 것보다 더 가혹한 것이었다고 고백하고 있다. (그렇다면, 그들도 알고 있었다는 것인가?) U자형 테이블에 앉아 있는 70명의 법관들 중 몇 명이 발언했지만, 그들은 잡지 『노비 미르』의 독자일 뿐 아니라 문학에도 매우 조예가 깊은 사람들이었다. 그들은 개혁을 갈망하고, 우리 나라의 사회적 병폐와 농촌의 황폐에 대해서 신랄한 비판을 가했다.

나는 그 자리에 앉은 채 생각에 잠겼다 ── 만약 진리의 이 조그만 첫 물방울 하나가 마치 심리적인 폭탄처럼 이토록 폭발적인 위력을 지니고 있다면, 〈진리〉가 폭포처럼 무너져 내릴 때 과연 우리 나라에는 무엇이 일어날 것인가?

그렇다, 분명히 무너져 내릴 것이다. 그것을 피할 수는 없을 것이다.

〈제2권에 계속〉

열린책들 세계문학 **258** 수용소군도 1

옮긴이 김학수 1931년 평양에서 태어났다. 한국외국어대학교 노어과를 졸업하고 미국 인디애나 대학교 대학원 슬라브어문학과에서 석사 학위를 받았다. 한국외국어 대학교 교수와 동 대학 부설 소련 및 동구문제연구소 소장을 역임하고 미국 컬럼비아 대학교 풀브라이트 교환 교수, 고려대학교 문과 대학 교수 및 동 대학 부설 러시아문화연구소 소장, 한국 노어노문학회 회장을 지냈다. 옮긴 책으로는 솔제니찐의 『1914년 8월』, 『이반 제니소비치의 하루』, 뚜르게네프의 『사냥꾼의 수기』, 『첫사랑』, 똘스또이의 『인생의 길』, 『부활』, 『신과 인간의 아들』, 도스또예프스끼의 『죄와 벌』, 『카라마조프의 형제』 외 다수가 있다. 1989년 서울에서 영면했다.

지은이 알렉산드르 솔제니찐 **옮긴이** 김학수 **발행인** 홍예빈·홍유진
발행처 주식회사 열린책들 **주소** 경기도 파주시 문발로 253 파주출판도시
전화 031-955-4000 **팩스** 031-955-4004 **홈페이지** www.openbooks.co.kr
Copyright (C) 주식회사 열린책들, 1988, 2020, *Printed in Korea.*
ISBN 978-89-329-1258-5 04890 **ISBN** 978-89-329-1499-2 (세트)
발행일 1988년 2월 1일 초판 1쇄 1990년 12월 10일 초판 6쇄 1995년 4월 15일 2판 1쇄 2007년 6월 5일 보급판 1쇄 2009년 11월 10일 세계문학판 1쇄 2020년 8월 25일 세계문학판 12쇄 2017년 12월 10일 특별판 1쇄 2020년 11월 20일 세계문학 신판 1쇄 2021년 6월 15일 세계문학신판 2쇄

이 도서의 국립중앙도서관 출판예정도서목록(CIP)은 서지정보유통지원시스템 홈페이지(http://seoji.nl.go.kr)와 국가자료공동목록시스템(http://www.nl.go.kr/kolisnet)에서 이용하실 수 있습니다.(CIP제어번호:CIP2020045995)